Anna Jonas
Das Erbe der Hohensteins

PIPER

Zu diesem Buch

Im Jahr 1925 strahlt das Hotel am Drachenfels in bewährter Pracht. Illustre Gäste strömen in das Grand Hotel am Rhein und feiern glamouröse Feste. Auch Valerie, die schöne, ungestüme Tochter von Hotelier Karl Hohenstein, genießt das Leben in vollen Zügen und verdreht den Männern um sich herum den Kopf. Ihr Bruder Ludwig dagegen hadert mit seinem Schicksal als Hotelerbe. Ihn locken die beruflichen Möglichkeiten, die sich auf dem amerikanischen Kontinent bieten. Am liebsten würde er sofort dorthin aufbrechen, wären da nicht die Familientradition und seine Verlobte Charlotte von Domin, die vor keiner Intrige zurückschreckt, um ihn daran zu hindern …

Anna Jonas wurde im Münsterland geboren, hat einen Teil ihrer Kindheit im hohen Norden verbracht und lebt seit ihren Studententagen in Bonn. Nach ihrem Germanistikstudium widmete sie sich dem Schreiben. Sie reist gerne und liebt das Stöbern in Bibliotheken, wo sie für ihre Romane intensive Recherchen betreibt. Sie lebt mit ihrem Mann und ihren Kindern in Rheinnähe mit Blick auf das Siebengebirge.

Anna Jonas

DAS ERBE DER HOHENSTEINS

Roman

PIPER

Mehr über unsere Autoren und Bücher:
www.piper.de

Von Anna Jonas liegen im Piper Verlag vor:
Das Hotel am Drachenfels
Das Erbe der Hohensteins

Die Zitate im vorliegenden Roman entstammen den folgenden Quellen:

Motto S. 5: Die Wanderer am Rheine. Herausgegeben und verfasst von Edward George Bulwer-Lytton. Übersetzt von Julius Weiße. Stuttgart, Julius Weise 1834.

Gedicht S. 69: Königswinter und das Siebengebirge. Herausgegeben von Ansgar Klein. Gedicht von Emil Rittershaus. Königswinter, Verkehrsverein 1904.

FSC
www.fsc.org
MIX
Papier aus verantwortungsvollen Quellen
FSC® C083411

Originalausgabe
ISBN 978-3-492-30956-1
September 2017

Umschlaggestaltung: U1 berlin/Patrizia Di Stefano
Umschlagabbildung: Michael Utech/Getty Images (Drachenfels); Lee Avison/Trevillion Images (Frau mit Schirm); lizard/123RF.com (Rahmen)
Karte: cartomedia, Karlsruhe
Satz: Uhl + Massopust, Aalen
Gesetzt aus der Aldus
Druck und Bindung: CPI books GmbH, Leck
Printed in the EU

Eben führte es sie an dem Siebenberg und Drachenfels vorbei. Die Sonne, wie sie langsam sich zum Untergange neigte, warf ihre goldhellen Strahlen über die glatten Wasser. Nur am Fuße der Berge lag ein Dörfchen tief in den Schatten gehüllt, aber oben prangten die Ruinen von Drachenfels in der reichen Abendglut.

Edward George Bulwer-Lytton,
1. Baron Lytton

Teil I

Aufbruch

⁂ 1 ⁂

Karl Hohenstein fragte sich, was ihn in diesem Moment mehr erschütterte: die Nachricht, dass der Hauptkoch mit einer Kiste Tafelsilber auf und davon war, oder der Moment der Erkenntnis, dass es sich bei dem androgynen Wesen, das gerade durch das Vestibül schritt, um seine Tochter Valerie handelte.

»Grundgütiger!«

Valerie drehte sich einmal um sich selbst, damit er die Gelegenheit bekam, das, was von ihrer dunklen Haarpracht übrig geblieben war, von allen Seiten bewundern zu können.

»Sehr hübsch«, sagte Karls Onkel, Konrad Alsberg, und nickte Valerie aufmunternd zu.

»Danke. Wenigstens einer, der Ahnung von Mode hat.« Valerie stützte sich auf die Rezeption und lehnte sich leicht vor. »Nun guck nicht so, Papa, das ist der letzte Schrei.«

»War das Mariannes Idee?« Valerie hatte bei ihrer älteren Schwester in Köln übernachtet.

»Nein, sie hat mich nur darin bestärkt. Man trägt sein Haar jetzt so.«

Karl begutachtete erneut kritisch die Frisur seiner Tochter. Die Haare waren nun nur noch kinnlang, hatten eine Wasserwelle, und zwei Locken waren seitlich ins Gesicht gedreht worden. Glücklicherweise war das zu seiner Zeit anders gewesen, dachte er.

»Ich werde Mama auch dazu überreden.«

»Untersteh dich.«

»Ach, Papa, du bist so *hoffnungslos* altmodisch.«

Konrad grinste verhalten. Er hatte auch leicht lachen, seine eigene Tochter Emma sah immerhin noch aus wie eine Frau.

»Wie geht es Marianne?«, wechselte Karl das Thema.

»Gut. Heinrich sagte, das Kind kommt bestimmt früher. Ich glaube, wenn ihr Bauch noch dicker wird, platzt sie.«

»Das hört sie sicher gerne.«

Valerie lachte nur. »Und was gibt's hier Neues?«, fragte sie, als sei sie länger als eine Nacht fort gewesen.

»Unser Erster Koch ist weg, und einen Satz Tafelsilber hat er auch mitgehen lassen«, antwortete Karl.

»Wie spannend.«

»Das kommt wohl auf den Standpunkt an.«

»Ruft ihr die Polizei?«

»Das macht dein Bruder gerade.« Und offenbar dauerte die Sache länger, denn er hatte seinen Ältesten, Ludwig, bereits vor einer guten halben Stunde damit beauftragt. Valerie hielt sich nicht länger mit den langweiligen Details auf, sondern verließ das Vestibül, vermutlich, um ihrer Mutter die neue Frisur vorzuführen.

»In den nächsten Tagen können wir uns noch irgendwie behelfen«, sagte Konrad. »Ich habe einem der Unterköche die Weisungsbefugnis über die Küche erteilt, aber wir brauchen dringend einen Ersatz. Jemand muss eine Anzeige aufgeben.«

Es war Anfang Juni, die Hochsaison hatte begonnen, und das Haus war ausgebucht – zum ersten Mal seit Ende des Großen Krieges ging es der Familie und dem Hotel finanziell wieder gut. In den Jahren zuvor war alles mehr Schein als Sein gewesen, eine glanzvolle Fassade, während in ihrem Privatleben jeder Pfennig zweimal umgedreht wurde. Das strikte Sparprogramm, das Karl und Konrad den Familien verordnet hatten, begann nun, Früchte zu tragen, und dieses Jahr, das hatte Karl seiner Tochter versprochen, würde man feiern wie in alten Tagen. Ausgerechnet jetzt musste er sich allerdings um diese ärgerliche Geschichte kümmern. Weit konnte der Kerl jedoch nicht gekommen sein, und vielleicht erhielten sie das Silber zurück, ohne vorher den Umweg über die Versicherung zu gehen.

»Übrigens wird nächste Woche das neue Automobil geliefert«, sagte Konrad in seine Überlegungen hinein. Ein Rolls Royce Phantom, der sich zu Konrads geliebtem Silver Ghost gesellen würde.

Der neue Wagen war ein Geschenk für Konrads Tochter Emma, Karls Cousine, die mit ihren achtzehn Jahren vier Jahre jünger war als Valerie. Das lag daran, dass sein Onkel nur zehn Jahre älter war als er, ein Umstand, der einer außerehelichen Affäre von Karls Großvater geschuldet war. Vor gut zwanzig Jahren, nachts zur Jahreswende, war Konrad Alsberg urplötzlich aufgetaucht und hatte Anspruch auf seinen Anteil am Hotel gefordert, ein legitimes Recht, denn er war mit Karls Vater zusammen der Haupterbe gewesen.

Seither hatte sich vieles geändert – es gab Elektrizität, Lifts, und nach dem Großen Krieg war das Hotel mit einer richtigen Telephonzentrale ausgestattet worden, die sich ein wenig zurückgelagert im Vestibül befand. In der Remise standen vier Hotelautomobile, die die Hoteldroschken ersetzt hatten, sowie zwei private, eines gehörte Karls Ehefrau Julia, das andere Konrad, beide wurden jedoch rege auch von den Kindern genutzt. Karl konnte zwar fahren, tat es jedoch ungern und überließ das meist einem der Hotelchauffeure.

Einer der Kellner näherte sich der Rezeption. »Es gab einen etwas unschönen Vorfall im Garten, gnädiger Herr. Die Zofe der Gräfin von Lichtenberg wurde beleidigt.«

»Von wem?«

»Ich bedaure es vielmals, aber Ihr werter Neffe hat sich wohl ein wenig im Ton vergriffen, gnädiger Herr.«

Karl musste nicht wissen, welcher der beiden. Hans, das ständige Ärgernis.

Nachdem Valerie sich bei ihrer Mutter die Bestätigung geholt hatte, dass ihre neue Frisur hinreißend war, verließ sie das Haus wieder und ging in den Garten. Die ständige Unruhe, die in ihr vibrierte, erlaubte ihr kein längeres Verweilen in der Wohnung, und das herrliche Sommerwetter lud dazu ein, draußen nach Zerstreuung zu suchen.

Im letzten Sommer hatte ihre Tante Johanna sie nach Ungarn eingeladen, wo sie mit deren ältester Tochter eine herrliche Zeit in den Ballsälen von Budapest und später auch in Wien verbracht hatte, denn zum Ende der Saison reisten ihre Tante und deren Mann Victor mitsamt ihren fünf Kindern meist nach Österreich. Im Sommer zuvor war Valerie in England gewesen. Den Winter über bei einer Freundin in Paris. Es hatte gutgetan, in den Zeiten massiver Einschränkungen trotzdem ein recht mondänes Leben führen zu können. Obgleich Valerie wusste, dass dies nur möglich war, da ihre Verwandten in Ungarn und England nach wie vor vermögend waren.

Das Siebengebirge war immer noch ein beliebtes Reiseziel, und der nach dem Krieg erlahmte Tourismus erlebte eine neue Blütezeit. Alles in allem war es wunderbar, und

Valerie freute sich unbändig auf die Saison. Sie ließ sich eine Tasse Kaffee bringen und beobachtete die Gäste. Das war jedes Mal ein großer Spaß, und gelegentlich hielt sie die ein oder andere Szene in schriftlichen Skizzen fest.

»Ah, Valerie, du bist es«, hörte sie die Stimme ihres Cousins Hans hinter sich und drehte sich zu ihm um. »Im ersten Moment glaubte ich, ein Mann mit einer seltsamen Vorliebe für Frauenkleider hätte sich unter die Gäste gemischt.«

Valerie spürte, wie ihr das Blut ins Gesicht trat. Hans war erst siebzehn – fast noch ein Kind –, und doch schaffte er es ständig, sie zu provozieren. »Höre ich da Begehrlichkeit und Enttäuschung?«, fragte sie, beobachtete gespannt seine Reaktion und feixte, als ihm seinerseits vor offensichtlicher Empörung die Röte über die Wangen kroch.

Er schwieg, schien nach einer angemessenen Antwort zu suchen, während ihm ihre Belustigung offenbar nicht entging. »Ist das gar der Grund für diesen Auftritt?«, fragte er schließlich. »Dass du aufreizend auf Männer wirken möchtest, die einen Hang zu Herren in Damenkleidern haben?«

»Hans!« Karl Hohenstein musste seine Stimme nicht erheben, um ihr die Schärfe eines Armeesäbels zu verpassen. »Was, um alles in der Welt, sind das für Worte, die du meiner Tochter gegenüber äußerst?«

Provozierend langsam drehte Hans sich um. »Onkel Karl. Ich denke, ich bin Ehrenmann genug, nicht zu sagen, welche Worte deiner Tochter den meinen vorangegangen sind.«

Nun spürte Valerie den Blick ihres Vaters auf sich und hob das Kinn, schwieg.

»Entschuldige dich bei ihr«, forderte Karl Hohenstein.

Hans lächelte aufreizend. »Ich entschuldige mich in aller Form, Cousinchen.«

Valerie neigte huldvoll den Kopf, während ihr Vater die Brauen nach wie vor finster zusammenzog. »Was war das eben mit der Zofe der Gräfin von Lichtenberg?«

Hans wirkte, als müsse er überlegen. »Ach, das. Keine große Sache. Sie ist im Garten spazieren gewesen, und ich habe lediglich angemerkt, dass der Garten vornehmlich unseren Gäste vorbehalten ist und es für ihresgleichen andere Möglichkeiten der Zerstreuung gibt.«

Damit hatte er nicht einmal unrecht, in den Garten durften in der Tat nur die Gäste des Hauses. Valerie bemerkte, wie ihr Vater sich entspannte. »Verstehe. Und darüber, dass du ihre Zofe darauf hingewiesen hast, hat sich die Gräfin geärgert?«

Ein nonchalantes Schulterzucken. »Ich vermute eher, es war, weil ich angedeutet habe, an welche Art der Zerstreuung ich gedacht habe.« Hans zwinkerte Valerie zu, drehte sich um und schlenderte von der Terrasse. Karl Hohenstein konnte ihm nicht nachfolgen, ohne die Aufmerksamkeit der anwesenden Gäste auf sich zu ziehen. Also blieb er stehen, und Valerie konnte sehen, wie es in ihm brodelte.

»Schick ihn doch eine Weile nach Ungarn«, schlug sie vor. »Vielleicht tut es ihm gut, mal etwas anderes zu sehen, andere Leute um sich zu haben.«

»Eine Woche bei Johanna, und wir sehen die Gute nie wieder. Nein, das ist keine Lösung. Zumindest nicht, wenn du ein Interesse daran hast, deine Tante auch künftig besuchen zu dürfen.« Tatsächlich hatte es im vorigen Jahr schon einmal einen äußerst schäbigen Auftritt seiner Tante Johanna gegenüber gegeben, der eine sehr bedenkliche Entwicklung anzeigte.

»Warum hast du einen Ungar geheiratet?«, hatte Hans gefragt. »Waren die deutschen Burschen nicht gut genug?

Macht es dir nichts aus, wenn wir darauf zusteuern, irgendwann ein ebenso abscheulich durchrasstes Volk zu sein wie die Amerikaner?«

Tante Johanna war zunächst sprachlos gewesen, dann hatte sie – sich um Ruhe bemühend, immerhin war er erst sechzehn gewesen und noch leicht beeinflussbar – ihre Sicht der Dinge dargelegt. Karl Hohenstein war weniger diplomatisch und hatte seinem Neffen eine kräftige Ohrfeige verpasst.

Valerie lächelte versöhnlich. »Na ja, er ist ja noch jung.«

»Wenn du das sagst, komme ich mir steinalt vor.«

»Bist du doch auch.« Sie lachte, erhob sich, gab ihm einen raschen Kuss auf die Wange und ging ins Hotel. Einer der Chauffeure sollte sie nach Königswinter fahren. Vielleicht bot sich dort etwas Abwechslung.

Nachdem Ludwig Hohenstein den halben Tag damit verbracht hatte, mit der Polizei zu sprechen und mithilfe der Haushälterin eine Bestandsliste des gestohlenen Tafelsilbers zu erstellen, stand an dem Tag nur noch die Buchhaltung auf dem Programm. Als er das Arbeitszimmer betrat, saß Emma, die Tochter seines Großonkels Konrad, an einem der beiden Schreibtische und verfasste ein Schreiben. Sie blickte kurz auf, lächelte ihn an und widmete sich wieder ihrem Text. Er vernahm das Kratzen des Federhalters, ihre Hand bewegte sich rasch über das Papier. Emma hatte von ihnen allen die schönste Schrift, weshalb man sie gerne alles verfassen ließ, das irgendeinen wie auch immer offiziell gearteten Charakter hatte.

»So«, sagte sie und legte den Federhalter zur Seite. »Also wenn wir damit keinen guten Koch finden, dann weiß ich auch nicht.«

Ludwig trat zu ihr und sah ihr über die Schulter. Gesucht wurde ein Koch mit gründlichen Kenntnissen der europäischen – insbesondere französischen – Küche. Ausbildung im Konditorgewerbe erforderlich, ebenso Berufserfahrung in der gehobenen Gastronomie, Kenntnisse der englischen und französischen Sprache in Wort und Schrift. Das Stellengesuch würde noch an diesem Tag dem Boten mitgegeben, damit dieser es nach Königswinter brachte. »Na, da bin ich gespannt.«

Emma lehnte sich zurück, damit sie ihn ansehen konnte. Mit ihrem weizenblonden Haar und den feinen Gesichtszügen war sie rein äußerlich eine Hohenstein, gepaart mit der weltmännischen Eleganz ihres Vaters. Nur die blaugrauen Augen und das energische Wesen offenbarten, dass sie ganz Tochter ihrer Mutter war. Sie und ihr jüngerer Bruder Andreas waren ein Jahr auseinander, ebenso wie Ludwig und Valerie. Zwischen ihm und Marianne lagen nur wenige Monate – eine der etwas weniger glanzvollen Episoden aus den wilden Jahren seines Vaters. Sie fünf waren alle wie Geschwister aufgewachsen, und später waren noch die beiden Söhne seines verstorbenen Onkels Alexander hinzugekommen. Während jedoch die hübsche, ungestüme Valerie von einem Vergnügen ins nächste tändelte, die wissenschaftlich interessierte Marianne einen Arzt aus Köln geheiratet und Ludwig von einem Leben in Amerika träumte, waren Emma und Andreas ganz und gar Hoteliers.

»Heute Abend spielt eine Jazzkapelle im Großen Saal. Kommst du auch?«, fragte Emma.

»Ich bin mit Charlotte verabredet.«

Emma verdrehte die Augen.

»Ich weiß, du magst sie nicht, aber sie ist in Ordnung, du müsstest sie nur besser kennenlernen.«

»Ach, Ludwig, hör dich doch an. Du willst sie heiraten und findest sie *in Ordnung*?«

»Du weißt, wie ich das meine.«

Emma seufzte und erhob sich. »Ist dein Vater im Vestibül?«

»Ja.«

»Gut.« Sie nahm den Anzeigenentwurf. »Wenn er damit einverstanden ist, kann das raus.« Sie verließ den Raum, und Ludwig ließ sich an seinem Schreibtisch nieder. Es gab drei Arbeitszimmer, eines gehörte seinem Großonkel Konrad, das andere seinem Vater, und das dritte teilte er sich mit Emma, wobei später noch Andreas dazukommen würde. Ludwig schlug das Rechnungsbuch auf und starrte blind hinein. Das hier war einfach nicht sein Welt. Er wusste jedoch, was von ihm erwartet wurde und fügte sich, worin er von seiner Verlobten, Charlotte von Domin, stets bestätigt wurde. Wie es wirklich in ihm aussah, wusste niemand, nicht einmal Valerie. Es auszusprechen würde es wirklich machen, greifbar. Es würde sich anfühlen wie ein Verlust und wäre erst recht nicht zu ertragen.

Sein Vater übertrug ihm allmählich mehr Verantwortung, um ihn auf sein Erbe vorzubereiten, und Charlotte würde nicht nach Amerika wollen. Also tat er, was von ihm verlangt wurde, und beließ es bei der Hoffnung, Amerika wenigstens gelegentlich bereisen zu können. Seufzend machte er sich an die Aufstellung der Kosten für die Versicherung.

Er war jedoch nicht bei der Sache, und immer wieder schweiften seine Gedanken ab, bis er es schließlich aufgab und versonnen den Blick zum Fenster gleiten ließ. Sonnenstrahlen tanzten auf dem Fensterbrett, sprachen eine stete Lockung aus, und Ludwig machte sich irgendwann nicht mehr die Mühe, ihr widerstehen zu wollen.

Als er das Vestibül durchquerte, begrüßte Konrad gerade einen älteren Herrn, der mit seinen beiden Töchtern angereist war, die als Krankenschwester und Gesellschafterin fungierten. Sie kamen seit Kriegsende jedes Jahr im Sommer, und während die Ältere ihre Heiratschancen schwinden sah und mit jedem Jahr verbitterter wirkte, war die Jüngere stets von übersprudelnd guter Laune. Sie hatte Ludwig auf einem der seltenen Ballabende, als er mit ihr tanzte, anvertraut, sie sei gar nicht böse darum, einem Leben in Freiheit und Ungebundenheit entgegenzusehen. Später am Abend hatte sie den leichtfertigen Versuch unternommen, ihn zu verführen, weil sie, wie sie sagte, trotz allem wissen wollte, wie sich die Liebe anfühlte. Da er jedoch bereits mit Charlotte verlobt und zudem jede Liaison mit Gästen verboten war, hatte er das Ansinnen so behutsam wie möglich abgelehnt. Als ihn die junge Frau nun bemerkte, hob sie die Hand und winkte ihm zu, was er erwiderte, ehe er das Hotel durch den Haupteingang verließ.

Eines der Hotelautomobile fuhr eben in den Hof ein, und Valerie stieg aus. Ludwig legte den Kopf schief und taxierte seine Schwester. Sie warf ihm ein schräges Lächeln zu.

»Ehe du etwas sagst – Mama findet es hinreißend«, sagte sie. »Und Marianne auch.«

»Ja, es hat was.« Ludwig zupfte spielerisch an einer der kurzen Strähnen, die ihr seitlich ins Gesicht fielen.

»Warst du heute den ganzen Tag im Bureau?«

»Ja, und ich bin immer noch nicht fertig.«

Valerie hakte sich bei ihm ein, während sie über den Hof spazierten. »Soll ich Papa sagen, er soll dir mehr Freizeit gönnen?«

»Da kann Vater nichts für, die ganze Sache mit unserem Koch hat mir einen leidigen Berg Arbeit beschert.«

»Ich finde ja, Herr Wagner hatte so gar nichts Banditenhaftes an sich. Das hätte ich eher unserem neuen Concierge zugetraut.«

»Valerie!«

»Was denn? Er hat so etwas Düster-Verschlossenes, das habe ich von Anfang an gesagt.«

Ihr vorheriger Concierge, Herr Stehle, war vor einem halben Jahr in den Ruhestand gegangen, und an seine Stelle war ein Mann Anfang dreißig getreten, Herr Wolff, der vorher in einem sehr noblen Hotel in Berlin gearbeitet hatte. Er war überaus fähig im Umgang mit den Gästen, freundlich und zuvorkommend, dabei aber ausreichend distanziert, um nicht anbiedernd zu wirken. Valerie jedoch bestand darauf, dass er etwas Vampirhaftes hatte.

Gäste kamen von Ausflügen zurück, andere brachen eben auf und ließen sich nach Königswinter bringen. Das Hotel Hohenstein lag inmitten der bewaldeten Hügel des Siebengebirges, bot einen überwältigenden Ausblick auf die Umgebung, war abgeschieden, um den stressgeplagten Städtern Erholung zu versprechen, aber dennoch nahe genug an Königswinter gelegen, um städtische Zerstreuung zu bieten. Im Gegensatz zu Valerie war Ludwig nur selten gereist, sondern hatte sich nach seinem Studium ganz in den Dienst des Hotels gestellt.

Da sein Vater auch die Vormundschaft für seine Cousins Hans und Jakob übernommen hatte, und gerade Ersterer es ihm wahrhaftig nicht leicht machte, wollte Ludwig ihm nicht noch zusätzlich Schwierigkeiten bereiten, indem er ihn mit der Arbeit im Hotel mehr oder weniger alleine ließ. Natürlich war Emma eine große Hilfe, und inzwischen war auch Andreas mit der Schule fertig und hatte ein kaufmännisches Studium begonnen. Emma wurde im Hotel ausgebildet und besuchte lediglich die Stenographiekurse in der Stadt. Für Ludwig bedeutete das allerdings keine Entlastung, denn sein Bereich blieb die Finanzbuchhaltung, da konnte ihm keiner der beiden helfen. Und später würden sie den Bereich übernehmen, in dem nun ihr Vater Konrad tätig war. Man konnte es drehen und wenden, wie man wollte, für Ludwig gab es kein Entkommen.

⁂ 2 ⁂

Emma stieß einen Laut des Entzückens aus. »Du machst Witze!« Vor ihr stand ein Rolls Royce Phantom, fabrikneu und glänzend in der sommerlichen Nachmittagssonne. »Und er ist wirklich für mich?« Sie vermochte es kaum zu glauben.

»Für dich ganz allein«, bestätigte ihr Vater.

Nun betrat auch Valerie den Hof und klatschte begeistert in die Hände. »Junge, was für ein Spaß! Machen wir eine Spritztour!«, rief sie.

»Ihr müsst es ja nicht gleich übertreiben«, machte Karl einen Versuch der Mäßigung, wurde aber von den jungen Leuten rasch überstimmt.

Valerie lief an Andreas vorbei und sicherte sich den Platz neben Emma, während Ludwig hinten einstieg.

»Warum bekomme ich eigentlich kein Automobil?«, fragte Andreas, während er ebenfalls hinten Platz nahm.

»Emma ist älter als du«, antwortete sein Vater.

»Nur ein Jahr.«

»Und mindestens vier Jahre reifer«, scherzte Emma. Sie winkte Hans und seinem drei Jahre jüngeren Bruder Jakob zu. »Kommt ihr auch mit?«

Obwohl Hans beim Näherkommen den Eindruck zu erwecken suchte, er sei wenig beeindruckt, konnte er sein Interesse an dem Wagen kaum verbergen. Jakob war da in seiner Begeisterung deutlich überschwänglicher.

»Ein Phantom!«, rief er. »Ich habe mir so gewünscht, einmal darin zu fahren.«

»Na, dann hast du ja Glück, dass du heute nicht in die Schule musst«, sagte Karl, »und dass Emma so generös ist.«

Hans ließ ihm den Vortritt und stieg als Letzter ein.

»Sitzt ihr alle?«, fragte Emma, und als lautstark bejaht wurde, startete sie den Motor. Behutsam, um ein Gefühl für den Wagen zu bekommen, lenkte sie ihn vom Hof und wusste dabei die Blicke ihrer Eltern und ihres Cousins auf sich. Als Emma sich in dem neuen Automobil sicherer fühlte, beschleunigte sie auf dreißig Stundenkilometer und steuerte den Wagen sicher die Straße entlang. Sie winkten Spaziergängern und Hotelgästen zu, passierten die Hirschburg und fuhren in das Zentrum von Königswinter. Hier galt es achtzugeben, weil neben den motorisierten Fahrzeugen immer noch viele Pferdekutschen unterwegs waren. Der Phantom zog die Blicke auf sich, und Emma konnte einen gewissen Stolz nicht verhehlen. Sie suchte einen Platz, um den Wagen zu parken.

»Das war großartig«, sagte Ludwig, als er ausstieg. »Lässt du mich nachher mal fahren?«

»Klar«, antwortete Emma großzügig.

»Und ich?«, rief Andreas.

»Wenn Andreas darf, ist es ungerecht, es mir nicht zu erlauben«, wandte Hans ein.

»Jeder darf fahren, nur ich nicht«, beschwerte sich Jakob.

»Emma möchte den Wagen ja auch in einem Stück nach Hause bringen«, antwortete Hans und wuschelte ihm gönnerhaft durch das Haar, das Jakob mühsam mit Öl geglättet hatte, um die »weibischen Locken«, wie er sie nannte, einigermaßen zu verbergen.

»Mach dir nichts draus«, sagte Valerie, »ich fahre auch nicht.«

»Ja, aber nur, weil du nicht willst«, maulte Jakob.

»Ludwig darf fahren«, sagte Emma. »Sonst niemand. Und jetzt keinen Streit. Kommt, ich lade euch zu einem Eis ein.«

Das versöhnte die anderen, und sie machten sich plaudernd auf den Weg zu einem Eiscafé. Die Alsberg- und Hohenstein-Kinder waren bekannt in Königswinter, und so mussten sie immer wieder ihre Plauderei unterbrechen, um zu grüßen und Fragen nach dem werten Befinden der Eltern zu beantworten.

Jakob war das Nesthäkchen in der Gruppe, der Einzige von ihnen, der noch zur Schule ging. Hans und Andreas waren gleichaltrig, weshalb sie sich auch am besten verstanden. Der Älteste war Ludwig mit dreiundzwanzig, und so wurde von ihm auch immer erwartet, am vernünftigsten zu sein. Bei der Wahl seiner Verlobten hätte sich Emma jedoch mehr Herz und weniger Vernunft gewünscht.

Sie ließen sich auf den zierlichen Stühlen vor einem Café nieder und gaben ihre Bestellung auf. Hans lächelte den jungen Frauen zu, die an ihnen vorbeiflanierten, und obwohl er noch so jung war, verfehlte er seine Wirkung auf sie nicht. In ein paar Jahren könnte er der einen oder anderen von ihnen durchaus gefährlich werden. Jakob hingegen verwirrten die Frauen derzeit eher, das war offensichtlich.

»Ich freue mich auf diesen Sommer«, sagte Valerie. »Ich werde tanzen, tanzen und tanzen.«

»Als hättest du das in den Jahren zuvor nicht auch getan«, antwortete Andreas. »Jede Saison woanders.«

»Damals hatte sie aber noch Haare auf dem Kopf«, stichelte Hans.

»Das ist Mode!«, zischte Valerie. »Aber was rede ich überhaupt mit dir darüber.«

Emma fasste an ihren Hinterkopf. »Ich überlege auch schon, mir das Haar abzuschneiden.«

»Nein«, sagten Andreas und Hans gleichzeitig mit Valeries »Ja«. Ludwig erklärte diplomatisch, dass er beides sehr hübsch fand, und Jakob starrte ein junges Mädchen an, das offenbar seine Wirkung auf Männer testete. Erst als Hans dem Mädchen ein Lächeln schenkte und ihm zuzwinkerte, wurde es rot und wandte sich rasch ab.

Ein Kellner erschien, brachte Eiskrem und Kaffee, fragte nach weiteren Wünschen und ging wieder, als diese verneint wurden. Emma löffelte Vanilleeis mit frischen Erdbeeren und beobachtete die Leute. Ihr ging seit Längerem eine Idee im Kopf herum, bisher hatte sie jedoch noch mit niemandem darüber gesprochen. Während Valerie sich mit Hans stritt und Andreas mit Ludwig über den Polizeibesuch von letzter Woche sprach, betrachtete Emma die Werbung für ein Lichtspielhaus in Bonn. Ein leichtes Kribbeln stieg in ihr auf, wie immer, wenn sie das Gefühl hatte, mit ihrer Idee aufs richtige Pferd zu setzen.

»Ludwig ist in Königswinter«, sagte Karl zu der jungen Frau, die eben das Vestibül betreten hatte. »Du hast ihn um eine Stunde verpasst.«

Charlotte von Domin wirkte enttäuscht. »Wie schade, ich wollte ihn überraschen.«

»Möchtest du im Salon auf ihn warten? Er kommt sicher gleich wieder.« Karl reichte Briefe an den Rezeptionisten, damit dieser sie in die Fächer der Gäste sortierte. »Oder im Garten?«, fügte er hinzu, da Charlotte etwas unschlüssig wirkte.

»Ja, gerne. Vielen Dank.« Sie verließ das Vestibül, und Karl sah ihr nach. Augenscheinlich hatte sein Sohn mit der Wahl seiner Verlobten einen echten Glücksgriff getan – elegant, stilvoll und aus guter Familie. Allerdings wurde Karl nicht recht warm mit ihr, und als Hoteliersgattin konnte er sie sich erst recht nicht vorstellen. Aber vielleicht überraschte sie ihn ja.

Eine Familie traf ein, die Mutter dünn und fahrig, die vier Kinder im Alter von drei bis neun, eine heulende Meute, die sofort den marmornen Brunnen belagerte, während der Vater – mager und so gerade, als stecke ein Stock in seinem Kreuz – erfolglos versuchte, die Kinder zur Ruhe zu rufen. Karl wartete darauf, auch noch ein Kindermädchen auftauchen zu sehen, aber die Familie reiste offenkundig ohne Personal.

Er begrüßte die Gäste und überließ es hernach dem Concierge und den beiden Rezeptionisten, sich um die Familie zu kümmern. Das Geschrei der Kinder verfolgte ihn bis in die hinter dem Vestibül gelegene Halle, und er dachte, dass sich mit den alten Zeiten nicht nur das lange Haar der Frauen, sondern auch das gute Benehmen der Jugend verabschiedet hatte. Schwer seufzend öffnete er die Tür zu seinem Arbeitszimmer.

»Du klingst, als würdest du das Elend der Welt auf deinen Schultern tragen«, hörte er die belustigte Stimme seiner Ehefrau.

Julia schloss die Tür zur Bibliothek hinter sich und trug einen Bildband über das Siebengebirge im Arm. Sie legte regelmäßig Bildbände im Hotelsalon aus, in denen die Gäste in müßigen Stunden blättern konnten. Dreiundvierzig war sie inzwischen, zwei Jahre jünger als er, und immer noch die schönste Frau, die er kannte. Sie hatten im Sommer 1901 geheiratet, das war im kommenden Jahr fünfundzwanzig Jahre her, und er würde sie mit einer Reise nach Florenz überraschen. Das letzte Mal waren sie in dem Jahr vor Kriegsbeginn verreist.

»Was hältst du davon, wenn ich mir die Haare so schneiden lasse wie Valeries«, setzte sie seinen Gedanken um ihre Schönheit ein recht abruptes Ende.

»Tu mir das nicht an.«

Sie lachte, dann gab sie ihm einen Kuss und ging in Richtung des hoteleigenen Salons davon. Auf Karl wartete währenddessen einiges an Arbeit. Inzwischen waren die ersten Bewerbungsschreiben angekommen, die er später mit Konrad und Emma – die in Konrads Bereich der Personalverwaltung eingearbeitet wurde – besprechen wollte. Unter Karls Verantwortung standen vor allem Buchhaltung und Finanzen, wobei ihm Ludwig inzwischen einiges abnahm. Er würde auch Hans in das Hotel einarbeiten, wenn er das Gefühl hätte, dass dieser auch nur ansatzweise dafür taugen würde. Es gab kaum einen Tag, an dem er nicht mit ihm aneinandergeriet.

Dabei gab er sich wirklich Mühe mit den Söhnen seines Bruders Alexander, aber während Jakob ein anständiger Kerl war, gab sich sein älterer Bruder meist verwöhnt und arrogant, woran Maximilian Hohenstein, Karls Vater, einen nicht unerheblichen Anteil an Schuld trug. Und alles nur, weil er ein schlechtes Gewissen gehabt hatte.

Alexander hatte eine Wäscherin geheiratet, woraufhin ihn sein Vater aufgrund der gesellschaftlichen Schande verstoßen und enterbt hatte. Sein Einkommen als Jurist hatte ihm jedoch einen einigermaßen guten Lebensstandard ermöglicht, zudem betrieb seine Ehefrau Agnes eine Bäckerei. Sie hatten sechs gute Jahre gehabt, ehe Alexander sich mit derselben Leidenschaft und dem Überschwang, in dem er alle Dinge angegangen war, freiwillig an die Front gemeldet hatte. Kein halbes Jahr später war er gefallen.

Zuvor hatte er noch versucht, sich mit seinem Vater auszusöhnen, aber der hatte ihn mit Spott und Verachtung zurückgewiesen. Nur seine Mutter hatte ihn umarmt, geküsst und ihm alles Gute gewünscht. Von dem Tage an, als das Telegramm aus dem Kriegsministerium eingetroffen war, war Maximilian Hohenstein ein gebrochener Mann gewesen. Nie hatte er sich von diesem Schlag erholen können, und auch wenn er es nicht zugegeben hatte, so hätte er vermutlich gerne sein eigenes Leben gegeben, wenn er dafür nur noch ein versöhnliches Wort mit seinem Sohn hätte wechseln dürfen.

Agnes, der er hernach das Leben sehr schwer machte – denn natürlich trug sie seiner Meinung nach die Schuld an dem ganzen Zerwürfnis –, starb kurze Zeit später an einer Lungenentzündung, und Karl bekam die Vormundschaft über die beiden Söhne. Hans, der äußerlich ganz nach seinem Vater kam – blond mit den typischen blauen Augen der Hohensteins –, wurde bald zum erklärten Liebling von Maximilian, indes Jakob, der mit seinen dunklen Locken vor allem Agnes ähnelte, von ihm weitgehend ignoriert wurde. Und allein darin offenbarte sich, wie wenig er seinen Sohn gekannt hatte, denn charakterlich war Jakob ganz und gar sein Vater, während Hans eher nach seinem Großvater kam. Vielleicht war das jedoch der wahre Grund für dessen Zuneigung: Hans war der Alexander, den Maximilian Hohenstein sich immer gewünscht hatte. Als Karls Eltern nach dem Krieg an der Spanischen Grippe erkrankten und kurz darauf starben, war dies besonders für Hans ein schwerer Schlag, und Karl bemühte sich, dem Rechnung zu tragen. Was sein Neffe ihm jedoch nicht leicht machte.

Charlotte trank Kaffee und beobachtete die Gäste. Die Ehefrau von Konrad Alsberg trat auf die Veranda und unterhielt sich mit einigen Frauen. Wieder einmal fragte sich Charlotte, wie ein so attraktiver Mann sich in eine so burschikose Frau wie Katharina Alsberg hatte verlieben können. Wie viele andere Frauen, die sich nicht von ihrem langen Haar trennen wollten, trug sie es so frisiert, dass es wirkte, als sei es nur kinnlang, was sie jedoch nicht hübscher machte. Dazu kam diese unmögliche Brille. Charlotte würde lieber halbblind durch die Gegend laufen, als ihr Gesicht derart zu verunstalten. Und selbst wenn sie gezwungen wäre, eine zu tragen – da gab es inzwischen durchaus schickere Modelle. Glücklicherweise kamen die Alsberg-Kinder nicht nach ihrer Mutter, Andreas war das Ebenbild seines Vaters, dunkelhaarig und dunkeläugig, und Emma sah aus wie eine Hohenstein. Vermutlich schwebte ständig die Angst über ihnen, eines ihrer Kinder könnte nach der Großmutter geraten.

Katharina Alsberg bemerkte sie und schenkte ihr ein sparsames Lächeln. Charlotte mochte weder sie noch Emma, und das entging keiner der beiden. Dennoch neigte sie grüßend den Kopf und erwiderte das Lächeln. Immerhin wusste sie, was sich gehörte. Später einmal würde sie neben diesen Frauen das Hotel leiten, also musste sie sich arrangieren. Ludwig war eine glänzende Partie, er brachte das Geld mit, Charlotte den Namen. Und da seine Mutter ebenfalls eine Adlige war, fand sich in dieser Ehe letzten Endes das zusammen, was zusammengehörte.

Als Charlotte den zweiten Kaffee getrunken hatte und

ihr Eis langsam in der Sonne schmolz, begann es sie zu ärgern, dass Ludwig auf sich warten ließ. Natürlich konnte er nicht wissen, dass sie ihn an diesem Tag überraschend besuchen kam, aber dass er sich mit den anderen jungen Leuten in Königswinter amüsierte, während sie hier saß wie bestellt und nicht abgeholt, nervte sie. Im Grunde genommen hätte sie nicht übel Lust, wieder zu gehen, aber das wäre tatsächlich peinlich und würde vor den Leuten wirken, als habe man sie versetzt.

Also bemühte sich Charlotte um einen gleichmütigen Gesichtsausdruck, während sie ihr angeschmolzenes Eis löffelte. Der Kellner erschien und fragte, ob sie noch weitere Wünsche habe, und sie bestellte den dritten Kaffee. Entspannt zurückgelehnt beobachtete sie die im Garten flanierenden Gäste, und ihr Blick blieb an der dunkelgrünen Linie des Waldes hängen, der den Garten am rückwärtigen Ende säumte. Eigentlich war Charlotte ein Stadtkind, doch als sie über Valerie Hohenstein Ludwig kennengelernt hatte, hatte sie sich erst in ihn und dann in das Hotel verliebt. Und in die Möglichkeiten, die er ihr bot, denn sie lebten in Zeiten, in denen dem verarmten Adel nicht mehr alle Türen offen standen, wie das einstmals der Fall gewesen war. Jetzt galt der etwas, der es zu was brachte, und in eben diese Kreise wollte Charlotte einheiraten. Die Vorstellung, ein Hotel zu leiten – und wenn es nur in repräsentativer Funktion war –, gefiel ihr.

Als sie Jakob aus dem Hotel kommen sah, hob sie die Hand und winkte ihn herbei.

»Guten Tag, Charlotte«, rief er und schenkte ihr ein schiefes Grinsen. Er war wirklich ein niedliches Kerlchen, dachte sie.

»Ist Ludwig auch da?«

»Ja, spricht gerade noch mit Onkel Karl.« Jakob ließ sich auf dem freien Stuhl ihr gegenüber nieder und bestellte Zitronenlimonade. »Wir waren mit Emmas neuem Automobil unterwegs«, erzählte er.

Charlotte hob die Brauen. »Ah ja?«

»Ein Phantom. Großartig!« Jakobs Augen leuchteten vor Begeisterung. »Ludwig ist auf der Rückfahrt gefahren.«

Offenbar ging es dem Hotel tatsächlich gut, wenn Konrad Alsberg seiner Tochter ein so teures Geschenk machen konnte. Charlotte fuhr auch gerne mit dem Automobil, aber bisher war sie noch nicht auf die Idee gekommen, sich selbst hinter das Steuer zu setzen, sie ließ sich fahren. Dass man das im Haus Hohenstein und Alsberg jedoch anders sah, wusste sie, denn Ludwigs Mutter war die Erste in der Familie gewesen, die das Fahren gelernt hatte.

»Was für eine schöne Überraschung«, sagte Ludwig, der eben auf die Veranda trat. »Mein Vater sagte, du wartest schon lange.« Er neigte sich zu ihr und küsste sie, keusch genug für die Öffentlichkeit. »Tut mir leid, wenn ich das gewusst hätte, wäre ich früher zurückgekommen.«

Sie schenkte ihm ein Lächeln. »Ist nicht so schlimm, ich wurde ja bestens versorgt.«

Der Kellner kehrte mit Jakobs Limonade zurück und fragte Ludwig nach seinen Wünschen, woraufhin dieser jedoch abwinkte. Charlotte runzelte kaum merklich die Stirn. Offenbar hatte er das bisschen, das ihm an Freizeit zur Verfügung stand, bereits aufgebraucht, daher saß er bei ihr nun praktisch wie auf dem Sprung.

»Ich muss nachher im Hotel die Stellung halten«, sagte er dann auch schon, »weil mein Vater und Konrad die Bewerbungen durchsprechen.«

Charlotte sog die Unterlippe zwischen die Zähne, unterdrückte ein ungeduldiges Seufzen.

»Du kannst mitkommen, wenn du magst«, fuhr Ludwig fort, »dann haben wir noch etwas gemeinsame Zeit, und mir wird nicht gar so langweilig. Außerdem gewöhnst du dich dann schon einmal daran.« Er zwinkerte ihr zu.

Charlotte war versöhnt – ein wenig zumindest. Sie trank den Kaffee aus und erhob sich, um an seiner Seite ins Hotel zu gehen. Wie immer, wenn sie die Hallen und Gänge durchschritt, bewunderte sie die erlesene Eleganz des Hauses. Im säulenbestandenen Vestibül zog ein marmorner Brunnen die Blicke auf sich, wo Wasser aus fein ziselierten Blütenkelchen floss. Eine geschwungene Treppe führte hoch in die Beletage, wo sich die höchstpreisigen Zimmer befanden. Ein wenig zurückgelagert und von der Rezeption aus nicht sichtbar befanden sich zwei Lifts, für die es eigenes Personal gab. Gäste trafen ein, gefolgt von Pagen in dunkelgrünen Livreen, die das Gepäck trugen.

An der Rezeption standen Konrad Alsberg, Karl Hohenstein und Emma. Als Ludwig sich mit Charlotte näherte, schenkten ihr Konrad und Karl ein freundliches Lächeln, während Emma ihr nur knapp zunickte, was Charlotte ebenso erwiderte. Früher einmal hatte es hier nur eine Dame des Hauses gegeben, durch Konrad gab es nun zwei. Julia Hohensteins Position würde an Charlotte gehen, Katharina Alsbergs an Andreas' Frau. Für eine dritte Dame wäre hier kein Platz, und Charlotte hoffte, dass Emma das schnell genug begriff. Nach Charlottes Dafürhalten, war diese nämlich zu sehr in das Hotelgeschehen eingebunden. So auch jetzt, als sich die beiden Herren gemeinsam mit ihr von Ludwig verabschiedeten, um über die Bewerber um die Stelle als Erster Koch zu sprechen.

»Hast du da nichts zu entscheiden?«, fragte sie.

»Personalfragen entscheidet in der Regel Konrad, mein Vater hat da nur beratende Funktion. Unser Teil sind die Finanzen.«

Nun ja, das war im Grunde genommen auch nicht so verkehrt. Charlotte schenkte den Gästen ein charmantes Lächeln, wechselte ein paar freundliche Worte zur Begrüßung und nahm befriedigt zur Kenntnis, dass man Ludwig zu seiner reizenden Verlobten gratulierte.

»Also ich finde den hier am besten«, sagte Emma und legte ein Schreiben auf die Mitte des Tisches, an dem ihr Vater und Karl saßen. Sie und Ludwig teilten sich das ehemalige Arbeitszimmer seines Großvaters, das mit einer Zimmerflucht das größte von allen war. Auf Emmas Betreiben hin war ein Tisch in den vorgelagerten Raum gestellt worden, wo sie sitzen und sich beraten konnten. Sie hatten eine ganze Reihe an Zuschriften bekommen, die Emma und ihr Vater am Vortag sortiert hatten. Vier waren in die engere Auswahl gekommen, wobei Emma die Bewerbung eines Kochs, der momentan noch in der Schweiz tätig war, am meisten zusagte. Sie beobachtete Karls Mienenspiel, während er den Brief las.

Lausanne, 8. Juni 1925

Herrn Konrad Alsberg, Hotel Hohenstein

Sehr geehrter Herr!

In der Schweizerischen Hotelrevue habe ich gelesen, dass die Stelle des leitenden Kochs in Ihrem Haus zu besetzen ist. Ich erlaube mir, Ihnen meine Dienste anzubieten, da ich glaube, alle Anforderungen erfüllen zu können, die in den Bedingungen gefordert werden.

Ich bin einunddreißig Jahre alt, beherrsche Deutsch, Französisch, Italienisch und Englisch in Wort und Schrift und wurde im Berliner Hotel Adlon zum Koch ausgebildet. Seit fünfzehn Jahren bin ich bereits im Hotelfach, habe neben dem Kochen Verwaltung gelernt und war in verschiedenen großen Hotels in Deutschland angestellt, ehe ich meine derzeitige Stelle in der Schweiz angetreten habe.
Ich beherrsche die europäische, da vor allem die deutsche, französische und italienische Küche in allen Variationen, und meine im Laufe der Jahre erworbene Erfahrung gibt mir die Überzeugung, dass ich den ausgeschriebenen Posten besetzen kann.
Es ist mein Streben, eine feste Stelle zu bekommen, die ich nun dauerhaft besetzen kann. Seien Sie überzeugt, dass ich Ihnen meine Dankbarkeit durch völlige Hingabe an meine Aufgaben bezeugen würde. Mein derzeitiger Hoteldirektor wird Ihnen gerne alle wünschenswerten Auskünfte über meine Arbeit geben.
Ich empfehle mich Ihnen mit besonderer Hochachtung.
Nicolas Merlo

Karl faltete den Brief zusammen und legte ihn zurück. Dann blätterte er durch die beigelegten Zeugniskopien und den Lebenslauf. »Ja, das klingt in der Tat nicht schlecht. Und was ist mit den anderen?« Emma reichte ihm die Schreiben der drei anderen Bewerber, die er schweigend las. »Nun gut. Was spricht eurer Meinung nach für diesen Merlo?«

Emma wollte ansetzen, hielt jedoch inne, da sie nicht wusste, ob ihr Vater etwas dazu sagen wollte. Der jedoch nickte ihr aufmunternd zu. »Er ist der einzige Koch, der drei Fremdsprachen in Wort und Schrift versteht.«

»Nicht gerade eine Fähigkeit, die einen Koch auszeichnen sollte«, gab Karl zu bedenken.

»Doch«, widersprach Emma. »Wenn wir den Gästen immer Neues bieten wollen, ist ein Koch, der Rezepte aus verschiedenen Ländern lesen und verstehen kann, durchaus ein Gewinn. Abgesehen davon sind seine Referenzen hervorragend.«

»Das sind die der anderen drei auch.«

Emma zögerte, und Karl lehnte sich zurück, verschränkte die Arme vor der Brust.

»Nun komm schon, Emma, überzeug mich.«

»Er hat mehr Erfahrung. Und wenn du jetzt argumentierst, dass zwei von den anderen älter sind als er, halte ich dagegen, dass er in einigen großen Hotels gelernt hat. Und gleichzeitig ist er noch jung genug, um ihn für längere Zeit an uns binden zu können. Außerdem wurde er im Adlon ausgebildet, das ist nur schwer zu überbieten.«

Karl nickte anerkennend. »Ich denke trotzdem, wir sollten sie alle vier zu einem Gespräch einladen und uns die letzte Entscheidung noch vorbehalten.«

»Ja, darauf können wir uns gerne einigen.«

»Dann schreib Einladungen an die vier und Absagen an die übrigen«, trug ihr Vater ihr auf. »Wenn du so weitermachst, kann ich mich ja schon etwas früher zur Ruhe setzen.«

»Untersteh dich, mich mit dem jungen Gemüse allein zu lassen«, sagte Karl. »Dann habe ich hier künftig überhaupt nichts mehr zu sagen.«

Emma lachte und erhob sich, um die Briefe zu schreiben. Sie hatten Vorlagen für Absagen und Einladungen, und so ging es recht schnell. Sie begann mit den Ablehnungen, da dies die meiste Arbeit war.

Königswinter, 12. Juni 1925

Sehr geehrter Herr!
Wir haben seinerzeit Ihren Brief erhalten, in dem Sie sich um die Stelle als leitender Koch bewarben. Als Antwort hierauf benachrichtigen wir Sie, dass Ihr Gesuch keine Berücksichtigung hat finden können. Wir senden Ihnen anbei die Schriftstücke zurück, die Sie uns zu unterbreiten die Güte hatten, und verbleiben mit Hochachtung.
Konrad Alsberg, Hotel Hohenstein

Nachdem sie mit allen Absagen fertig war, streckte sie die Finger, um ihre Hand zu entspannen. Sie verschloss die Briefe, versiegelte sie und legte sie in den Korb für die Ausgänge. Dann widmete sie sich den Einladungen.

Königswinter, 12. Juni 1925

Sehr geehrter Herr!
Ich habe Ihren Brief vom 8. Juni erhalten und bitte Sie, sich am 25. Juni im Hotel Hohenstein vorzustellen. Sollte Ihnen dieser Tag nicht passen, so teilen Sie mir bitte mit, an welchem Tag es Ihnen möglich wäre. Ich möchte mit Ihnen über die Bedingungen sprechen, zu denen wir Sie möglicherweise als Ersten Koch einstellen.
Hochachtungsvoll
Konrad Alsberg, Hotel Hohenstein

Emma kontrollierte rasch, dass sie die Namen und Daten korrekt erfasst hatte, dann landeten auch diese Briefe im Ausgang. Sie erhob sich, strich ihr Kleid glatt und sah auf die Uhr. Über eine Stunde hatte sie mit dem Schreiben der

Briefe zugebracht. Als sie aus dem Fenster blickte, sah sie Ludwig mit Charlotte über den Hof spazieren. Ein Anblick, der einem jeden Anflug von guter Laune gründlich verleiden konnte.

Dann wanderte ihr Blick weiter und verharrte stirnrunzelnd auf einem Mann, der in einiger Entfernung an einem Baum lehnte und rauchte, während es Emma war, als blicke er über den Hof hinweg direkt in ihr Arbeitszimmer. Und er wirkte nicht, als sei er eben erst gekommen. Emma schüttelte den Gedanken ab. Das war ja absurd.

✯✯ 3 ✯✯

Valerie genoss die charmante Aufmerksamkeit des Engländers Anthony Gilbert, der jeden Sommer einige Zeit im Hotel verbrachte – wie man munkelte, allein um ihretwillen. Seine Familie hatte vor dem Krieg viel Geld in der metallverarbeitenden Industrie gemacht – furchtbar prosaisch –, und so war Anthony nicht nur selbst ein erfolgreicher Geschäftsmann, sondern auch Erbe eines großen Vermögens. Grund genug, sich alle zehn Finger nach ihm zu lecken. Für Valerie zumindest Grund genug, ihn nicht vorschnell von der Angel zu lassen. Er sah gut aus, war ein wunderbarer Tänzer und hervorragender Unterhalter. Leider fehlte der letzte kleine Funke, der sie gänzlich für ihn entflammen ließ.

»In der Hinsicht bist du wie deine Tante Johanna«, hatte ihr Vater seufzend gesagt.

»Nun, Tante Johanna ist glücklich, nicht wahr?«

»Ja, das ist sie.«

Also gab es da nicht mehr viel zu diskutieren. Und an eine Ehe dachte Valerie ohnehin noch nicht. Sie war jung, und gerade begann der Sommer. Wer wollte sich da schon fest binden?

»Ich habe gehört, Ihr Herr Vater bestellt die Jazzkapelle jetzt regelmäßig?«, fragte Anthony, während sie vom Hof spazierten und den Weg nach Königswinter einschlugen.

»Ja. Das letzte Mal war ein so großer Erfolg, dass wir das jetzt öfter machen.« Valerie schwelgte einen Moment lang in der Erinnerung an den Tanzabend, und das flirrende Sonnenlicht wurde überlagert von dem Funkeln und Glitzern, das im Saal geherrscht hatte.

Der Weg führte durch den Wald am Burghof vorbei, einem Gasthof im Stil eines Schweizer Chalets. Gelegentlich kam Valerie mit Emma und Ludwig hierher, an diesem Tag war ihr jedoch nicht danach, und so gingen sie weiter. Durch den Viadukt gelangten sie auf die andere Seite der Bahngleise, auf der die Drachenfelsbahn verkehrte, und von dort aus gingen sie bergab in Richtung Rhein. Zu ihrer Linken lag Schloss Drachenfels, zu ihrer Rechten die Bahngleise.

Es waren viele Touristen und Ausflugsgruppen unterwegs, und ein Gemisch aus verschiedenen deutschen Dialekten, Niederländisch und Englisch war zu hören. Ein kleiner Junge rannte fast in sie hinein und fiel dabei hin. Als sie ihm aufhalf, kam sein Kindermädchen rasch hinterher und entschuldigte sich wortreich in französisch gefärbtem Deutsch.

»Hat man den räuberischen Koch inzwischen fassen können?«, fragte Anthony.

»Leider nicht. Der ist über alle Berge.«

»Mir hat mein Gärtner vor zwei Jahren einen Salon ausgeräumt. Bis heute ist es mir ein Rätsel, wie das unbemerkt vonstattengehen konnte.«

»Und? Haben Sie ihn später wenigstens erwischt?«

»Ja, aber mein Hab und Gut hatte er da bereits verkauft und das Geld angeblich durchgebracht.«

»Wie ärgerlich.«

»Na ja, es war nichts, woran mein Herz hing. Und selbst

wenn er das Geld noch hat, nützt es ihm im Gefängnis nun wenig.«

»Mein Vater wird sein Tafelsilber auch nie wiedersehen, denke ich. Das ist ein wenig traurig, es stammt noch aus Zeiten meines Großvaters, ich glaube, meine Großmutter hat es seinerzeit mit in die Ehe gebracht.«

»Also ein hoher ideeller Wert.«

»Ja.« Valerie grüßte ein älteres Ehepaar, das ihnen entgegenkam und gerade im Hotel weilte.

»Ein wirklich hübsches Medaillon tragen Sie da«, bemerkte Anthony.

Valerie berührte es mit den Fingerspitzen. »Mein Onkel Philipp hat es mir geschenkt, als ich noch klein war. Er hat damals gesagt, wenn mich die Männer irgendwann mit Schmuck überhäufen, könnte ich sagen, das erste Schmuckstück habe er mir geschenkt.«

»Das ist reizend. Er freut sich sicher, dass Sie es immer noch tragen.«

»Das würde er vermutlich, wenn er den Krieg überlebt hätte.«

»Oh, das tut mir leid.«

»Nicht schlimm, das konnten Sie nicht wissen. Er ist an einem Lungenschuss gestorben, da war der Krieg schon fast zu Ende. Er war der Mann meiner Tante, die jetzt in England lebt.«

»Ich hatte ja immer gehofft, dass wir uns während der Saison in London mal über den Weg laufen.«

»In diesem Jahr müssen Sie leider vergeblich warten, da ich hierbleiben werde.«

Anthony lachte. »Ein guter Grund, den Aufenthalt zu verlängern.«

Valerie mochte das feinperlige Kribbeln, das sie durchlief, wenn Anthony so offen bekundete, dass er nur um ihretwillen kam. Und doch konnte sie sich nicht dazu durchringen, ihn in seinen Gefühlen weiter zu ermutigen. Wann immer sie darüber nachdachte, war dies begleitet von der Angst, sich in eine Situation zu manövrieren, aus der sie nicht mehr hinauskonnte. Sie wollte etwas sagen, aber ehe sie dazu kam, hörte sie Hufgetrappel und einen Schrei, dann riss Anthony sie zur Seite, und eine Reiterin auf einem Pferd preschte vorbei. Valerie stolperte, blieb mit dem Fuß in einer Wurzel hängen und verdrehte sich den Knöchel.

Inzwischen hatte die Reiterin das Pferd gezügelt und drehte sich um. »Ist alles in Ordnung?«

»Oh ja«, blaffte Anthony sie an. »Wie Sie sehen können, ist alles bestens.«

Valerie hielt sich an ihm fest und beugte sich vor, um ihren Knöchel zu befühlen.

»Ist Ihnen klar, dass hier auch ältere Menschen und Kinder unterwegs sind?«, schimpfte Anthony.

Die Frau hielt das tänzelnde Pferd am kurzen Zügel. »Es war keine Absicht, er ist mir durchgegangen.«

»Dann üben Sie doch das Reiten an Orten, wo nicht so viele Menschen unterwegs sind.«

Die Frau warf ihm einen kurzen Blick zu, zuckte mit den Schultern und setzte ihren Weg fort, wobei sie das Pferd nur mühsam dazu bekam, Schritt zu laufen. Ehe sie um die nächste Biegung verschwunden war, war das Tier bereits wieder in einen raschen Trab gefallen.

»Geht es?«, fragte Anthony.

»Ich kann nicht auftreten, aber ansonsten ist alles gut.« Valerie versuchte dennoch, ihren Fuß zu belasten und zuckte zusammen.

»Also gut«, sagte Anthony, schob ihr einen Arm unter die Knie und hob sie kurzerhand hoch, ehe sie dazu kam, zu protestieren. »Dann eben so.«

»Setzen Sie mich ab. Sie können mich doch nicht den ganzen Weg zurück tragen.«

»Möchten Sie darauf wetten?«

Kurz überlegte sie, sich aus seinen Armen zu winden, aber das wäre vermutlich noch peinlicher gewesen, wenn sie dann auf dem Boden landete und nur stehen bleiben konnte, indem sie sich an Anthony festhielt. Allerdings geriet er schon ein wenig außer Atem, als er mit ihr bergan lief. Immer wieder begegneten ihnen Wanderer und Hotelgäste, und fast jeder hatte ein Scherzwort auf den Lippen.

»Was denken Sie, wird mein Vater sagen, wenn er uns sieht?«, fragte Valerie.

»Er wird sich freuen, dass es noch Kavaliere von meinem Schlag gibt.«

»Ich denke, er wird Sie eher fragen, warum Sie mir nicht eine bequeme Bank gesucht haben und zum Hotel zurückgekehrt sind, um jemanden zu schicken, der mich abholt.«

»Wie ungalant.«

Seine Worte kamen nun deutlich atemloser, und Valerie gönnte sich ein kleines Lächeln. »Na, schon aus der Puste?«

»Ich würde Sie bis zur Ruine hoch und zurück tragen.«

»Ha, das möchte ich sehen.«

»Fordern Sie mich nicht heraus.«

Da Valerie nicht wusste, wie ernst es ihm war, beschloss sie, dass es wohl das Beste wäre, jetzt zu schweigen.

Karl tippte mit einem Füllfederhalter auf die Tischplatte. »Verteufelt hübscher Bursche. Ich hoffe, er sorgt nicht für Unruhe unter dem weiblichen Personal.«

»Heißt das, du stimmst für ihn?«, fragte Emma.

»Von allen Bewerbern fand ich ihn am überzeugendsten«, antwortete Karl. »Konrad?«

»Ich schließe mich an.«

Nicolas Merlo war der letzte der vier Termine an diesem Tag gewesen, und Karl musste gestehen, dass Emma das richtige Gespür an den Tag gelegt hatte.

»Damit wäre das also beschlossen«, sagte Karl und erhob sich. »Emma, schreibst du ihn an und kümmerst dich um die Absagen?«

Emma nickte, und ihr Vater stand nun ebenfalls auf. Sie zögerte einen Moment, dann rief sie die beiden zurück. »Ich wollte kurz mit euch sprechen«, fügte sie hinzu.

Karl und ihr Vater drehten sich zu ihr um, sahen sie erwartungsvoll an.

»Setzt euch doch noch einen Moment«, bat sie.

Nun wirkte ihr Vater besorgt. »Ist etwas passiert?«

Sie schüttelte den Kopf. »Nein, aber ich habe eine Idee, und ich wollte hören, was ihr davon haltet.«

Karl ließ sich an ihrer Seite nieder und nickte ihr auffordernd zu.

»Also«, sie holte tief Luft, »was haltet ihr von einem eigenen Lichtspielraum, in dem Filme vorgeführt werden können?«

Beide Männer schwiegen, aber Emma konnte ihnen ansehen, dass sie das Ansinnen nicht rundheraus ablehnen würden. Schließlich war es ihr Vater, der das Schweigen brach. »Dir ist klar, dass da einiges an Kosten auf uns zukommen würde?«

»Ja, und ich weiß auch, dass ich die Kosten derzeit nicht überschauen kann. Das müssten Karl und Ludwig tun. Ihr müsst jetzt ja auch noch gar nicht zusagen. Aber könntet ihr nicht zumindest darüber nachdenken?«

»Ja«, antwortete Karl, »das kann ich dir zumindest gerne versprechen. Aber sei bitte nicht enttäuscht, wenn ich mich dagegen entscheide.«

Emma holte tief Luft und nickte. »Ich werde es versuchen.«

Ihr Vater lächelte. »Grundsätzlich gefällt mir die Idee, Liebes, aber in der Umsetzung ist sie tatsächlich nicht ganz so einfach.«

»Das weiß ich.«

»Also gut, belassen wir es vorerst dabei.«

Emma, die sich ein wenig mehr Begeisterung gewünscht, aber andererseits auch mit einem unmittelbaren Nein gerechnet hatte, musste sich damit vorerst zufriedengeben. Und immerhin hatte sie mit dem Koch auf das richtige Pferd gesetzt. Nachdem ihr Cousin und ihr Vater gegangen waren, blieb sie noch einen Moment lang sitzen und sammelte die Unterlagen der Bewerber zusammen. Dann stand sie auf und verließ das Arbeitszimmer.

»Ah, Emma«, hörte sie Charlottes freundliche Stimme, als sie eben die Tür hinter sich zugezogen hatte. »Mal wieder in der profanen Männerwelt unterwegs?«

»Nein, in der künftigen von uns Frauen.«

Charlotte hob die schmalen Brauen und neigte – unabsichtlich oder nicht – den Kopf so, dass das durch die hohen Bogenfenster einfallende Sonnenlicht ihr karamellfarbenes Haar goldbraun schimmern ließ. »Der Krieg mag einiges geändert haben, aber so weit wird es für Frauen wie uns dann wohl doch nicht kommen.«

Emma gönnte sich ein Lächeln. »Für Frauen wie dich vermutlich nicht, das stimmt.«

Die Zweideutigkeit der Bemerkung konnte Charlotte nicht entgangen sein, aber sie konnte nicht gut widersprechen, da Emma nur ihre eigenen Worte bekräftigt hatte. So begnügte sie sich mit einem Schulterzucken. »Was machst du eigentlich, wenn dein zukünftiger Ehemann nicht im Hotel leben möchte?«

»Wer sagt, dass ich heiraten will?«

»Sind die Trauben zu sauer?«

Nun musste Emma lachen. »Was Besseres fällt dir nicht ein?«

Wieder zuckte Charlotte die Schultern, wandte sich ab und ging. Seufzend drehte Emma sich in die entgegengesetzte Richtung. Welcher Moment geistiger Verneblung hatte Ludwig nur dazu gebracht, sich an diese Frau zu binden?

Es hatte in Ludwigs Leben durchaus die ein oder andere Liebschaft mit dem weiblichen Personal gegeben, was von seinem Vater jedes Mal jedoch streng geahndet worden war. Angesichts dessen, dass dieser sich selbst etliche jugendliche Verfehlungen geleistet hatte, fand Ludwig das nicht ganz gerecht, aber vielleicht war sein Vater auch gerade deshalb so unduldsam. Also ließ Ludwig die Finger von den Dienstmädchen und blieb auch in seinen Beziehungen zu Frauen aus Königswinter und Bonn überaus diskret. Seit Charlotte jedoch gab es selbst diese Liaisons nicht mehr, und in Momenten, in denen seine Verlobte sich an ihn schmiegte, während sie sich küssten, wurde ihm der Verzicht durchaus nicht leichter gemacht.

Sie standen hinter der Remise, verborgen vor den Blicken der Leute. Charlotte war einigermaßen schlecht gelaunt gewesen, als sie ihn nach langem Suchen im Hotel schließlich gefunden hatte. Leider war sie vorher Emma über den Weg gelaufen, und solche Treffen endeten meistens mit Verstimmung auf beiden Seiten. Ludwig hoffte, dass sich das ändern würde, ansonsten würden äußerst unerquickliche Zeiten auf sie alle zukommen, wenn Emma und Charlotte beschlossen, einander feindlich gesinnt zu bleiben. Nach der Hochzeit würden sie weitersehen, und bis dahin floss, wie man so sagte, noch viel Wasser den Rhein hinunter.

Ludwig löste sich von Charlotte. »Ich habe mir freigenommen, das heißt, mein Nachmittag gehört dir.«

»Das ist das Erfreulichste, was ich seit Langem gehört habe.« Sie schlang die Arme um seinen Hals und zog seinen Kopf wieder zu sich.

»Ich störe nur ungern«, kam Hans' Stimme wie aus dem Nichts, und die beiden fuhren auseinander.

»Was gibt es?«, fragte Ludwig.

Hans sah Charlotte an, die seinen Blick herausfordernd erwiderte, weit entfernt davon, verlegen zu sein. Dann wandte er sich wieder an Ludwig. »Es gibt Ärger mit einem Gast, und wie es aussieht, sind weder dein Vater noch Onkel Konrad abkömmlich. Also bat der Concierge mich, dich zu suchen. Ich habe mich als Schlichter angeboten, aber das wurde abgelehnt.«

Ludwig stieß einen Fluch zwischen zusammengebissenen Zähnen hervor. »Entschuldige mich«, sagte er zu Charlotte und eilte über den Hof ins Hotel. Er hörte die lautstarke Auseinandersetzung bereits im Vestibül – wobei lautstark ausschließlich der Gast war. Der Concierge bemühte sich mit ruhiger Stimme um Schadensbegrenzung. Mehrere Gäste sahen in verhaltener oder auch offener Neugierde zu ihnen hinüber, andere taten, als blätterten sie in Magazinen, hatten jedoch lauschend die Köpfe geneigt.

»Herr Wolff, was ist passiert?«, wandte sich Ludwig an den Concierge.

Der kam jedoch gar nicht zu Wort.

»Was passiert ist, möchten Sie wissen?«, keifte der Gast. »Ist ja schön, dass das noch jemanden aus Ihrem Haus interessiert.«

»Erklären Sie es mir bitte, Herr …« Ludwig kramte in seinem Gedächtnis nach dem Namen, »Vondel.«

»Dieser … Mensch«, der Schnurrbart des Mannes zitterte vor Entrüstung, »hat mich einen Lügner genannt.«

»Mit Verlaub, mein werter Herr, aber das habe ich nicht«, widersprach Herr Wolff.

»Sehen Sie! Er tut es wieder.«

»Nein, ich …«

»Sie«, ein rundlicher Zeigefinger richtete sich auf Ludwig, »werden jetzt diesen unmöglichen Mitarbeiter zurechtweisen.«

»Darf ich vorher wissen, was genau passiert ist?«, wiederholte Ludwig. »Damit ich entsprechend vorgehen kann.«

»Ihr Concierge hat mich aus meinem Zimmer geworfen.«

Das erstaunte Ludwig nun doch, und er wandte sich an den Concierge. »Herr Wolff?«

»So war es nicht …«

»Schon wieder!«, brüllte Herr Vondel. »Schon wieder nennt er mich einen Lügner.«

»Herr Wolff bedauert natürlich außerordentlich, dass dieser Eindruck entstehen konnte«, sagte Ludwig salbungsvoll. »Natürlich möchte er Sie nicht der Lüge bezichtigen, sondern auf ein Missverständnis in dem Disput hinweisen.«

»Herr Vondel«, erklärte der Concierge, »wollte seinen Aufenthalt hier um eine Woche verlängern.«

Ludwig nickte. Vermutlich war kein Zimmer mehr frei, und nun fühlte der gute Mann sich vor die Tür gesetzt.

»Und als ich darum bat, anschreiben zu lassen, da meine Barmittel erschöpft sind«, fuhr Herr Vondel an Stelle des Concierge fort, »wurde mir beschieden, dass unter diesen Umständen ein weiterer Aufenthalt nicht möglich sei.«

Das war in der Tat delikat. »In der Regel schreiben wir keine Zimmer an, nicht einmal bei unseren Stammgästen.« Zu denen Herr Vondel nicht gehörte, er war das erste Mal hier. Warum, um alles in der Welt, machte er daraus ein so großes Theater? Dergleichen regelte man diskret.

»Ich habe hier noch ein paar Dinge zu erledigen«, erklärte der Mann.

»Es steht Ihnen frei, zu bleiben, so lange Sie wollen, vorausgesetzt, wir haben noch Zimmer frei. Aber wir schreiben Zimmer nicht an.«

»Noch nie hat jemand mein Renommee in Zweifel gezogen.«

»Das tun auch wir nicht. Aber auch bei uns herrschen gewisse Regeln. Brechen wir sie einmal, müssen wir sie für jeden brechen.«

»Der Kerl«, Herr Vondel zeigte auf den Concierge, »hat mich einen Lügner genannt und behauptet, ich würde nicht zahlen.«

»Das habe ich nicht gesagt, ich habe nur die Befürchtung in den Raum gestellt, dass wir auf unseren Kosten sitzen bleiben könnten, wenn wir anfangen, Zimmer anzuschreiben.«

Wo gab es dergleichen überhaupt? Das hier war ein Hotel für die höhere Gesellschaft, keine billige Absteige am Stadtrand. Und selbst die mussten umgehend bezahlt werden.

Jetzt traten dem Mann Schweißperlen auf die Stirn. »Sie verstehen nicht – ich habe nicht einmal Barmittel für die Rückfahrt nach Landshut.«

»Möchten Sie, dass einer unserer Chauffeure Sie zur Bank fährt, damit Sie Ihre Angelegenheiten regeln können?«, bot Ludwig an, obschon er ahnte, dass dies das Problem mitnichten lösen würde. Aber was sollte er sonst tun?

»Wenn das so einfach wäre, hätte es diesen Auftritt hier wohl kaum gegeben, Sie Narr«, brauste der Mann erneut auf, um dann rot zu werden und zurückzurudern. »Verzeihen Sie bitte. Ich habe diese Schwäche, das Spiel, und in der Regel gewinne ich. Aber dieser Betrüger, an den ich geraten bin … Meine gesamten Mittel sind fort, und ich muss sie nun irgendwie zurückerlangen.«

Ludwig tauschte einen kurzen Blick mit dem Concierge. »Gibt es Verwandte, die Sie anrufen können?«

»Meine Tochter in Passau.«

»Dann tun Sie das. Wir stellen Ihnen ein Telephon zur Verfügung.«

»Aber dann erfährt sie …«

»Alternativ müssten Sie zu Fuß nach Landshut«, erklärte Ludwig. »So leid mir die Sache tut, ich sehe nicht, was ein längerer Aufenthalt an der Angelegenheit ändern sollte.«

»Ich möchte mein Geld zurückgewinnen.«

»Können Sie eine Garantie dafür geben, dass Ihnen das gelingt?«

»Nein, aber ich ...« Der Mann verstummte.

Ludwig nickte, dann winkte er einen der Rezeptionisten heran. »Bringen Sie Herrn Vondel in das Arbeitszimmer, damit er in aller Diskretion telephonieren kann.«

»Ja, Herr Hohenstein.« Der Angesprochene führte den Gast in den Raum hinter der Rezeption.

»In Zukunft«, wandte Ludwig sich an den Concierge, »sagen Sie in einem solchen Fall einfach, wir hätten kein Zimmer mehr frei.«

Herr Wolff nickte. »Ja, Herr Hohenstein. Ich verstehe nur nicht, warum er ein solches Geschrei angestimmt hat.«

»Vielleicht dachte er, wenn er rumpoltert, wirkt das respekteinflößend, sodass Sie ihm seinen Wunsch nicht verweigern, weil Sie denken, er sei jemand Bedeutsames.«

Nun näherte sich auch sein Vater und wurde von dem Concierge rasch ins Bild gesetzt. »Und er telephoniert jetzt?«, fragte Karl Hohenstein.

»Ja«, bestätigte der Concierge.

»Nun gut.«

Der Concierge wurde von einem Gast in ein Gespräch verwickelt, und Ludwig wandte sich an seinen Vater. »Warum war niemand hier?«, fragte er, nachdem er die Angestellten außer Hörweite wusste.

Sein Vater hob angesichts des barschen Tonfalls eine Braue. »Konrad hat einen Termin in Bonn, wie du weißt, und ich war im Hotel unterwegs, weil eines der Telephone ausgefallen ist.«

»Ja, großartig. Du wusstest aber, dass ich frei haben wollte, um mit Charlotte auszugehen.«

»Den freien Nachmittag nimmt dir auch niemand.«

»Von mir zu erwarten, auf Abruf bereitzustehen, ist wohl kaum als freier Nachmittag zu bezeichnen.«

Karl Hohenstein runzelte kaum merklich die Stirn. »Deine Empörung in Ehren, Ludwig, aber denkst du nicht, du übertreibst?«

Ja, das tat er vermutlich, aber er war es leid, das Hotel, das seine freien Stunden und sein ganzes Leben fraß.

»Und nun beruhige dich und geh zu Charlotte«, sagte sein Vater. »Ich kümmere mich um alles Weitere. Wo ist Andreas?«

»Keine Ahnung, vermutlich in seinem Zimmer und lernt.«

Sein Vater nickte, und Ludwig wandte sich ab. Als er den Hof betrat, sah er Hans mit einem Zimmermädchen schäkern.

»Weißt du, wo Charlotte ist?«

»Im Garten mit Valerie und ihrem englischen Galan«, antwortete Hans. »Der Kerl hat sie nach Hause getragen.«

Ludwig runzelte die Stirn.

»Sie sagte, eine Irre hätte sie umgeritten, und danach konnte sie nicht mehr auftreten.«

»Hat sie Dr. Kleist gerufen?«

»Nein, dafür war es dann wohl doch nicht schlimm genug.« Hans nickte zum Hotel hin. »Wie ist die Sache da drin geendet? Hast du den Fettsack beruhigen können?«

»Und da wunderst du dich, dass der Concierge dich nicht Schadensbegrenzung betreiben lässt?«

»Wundern? Nein, eigentlich nicht. Aber ein Heidenspaß wäre es gewesen.«

Nun musste Ludwig trotz seines Ärgers schmunzeln. Als er zum Garten ging und das Sonnenlicht auf dem Weg vor ihm tanzte, hob seine Laune sich. Ein klein wenig zumindest.

⁂ 4 ⁂

Emmas Lächeln war gerade ausreichend, um dem Mann, der neben ihr stand und mit ihr zu flirten versuchte, nicht allzu deutlich zurückzuweisen, aber distanziert genug, damit er sich keine Hoffnungen machte. Leider schien das nicht ganz so gut zu fruchten wie erhofft. Sie ließ ihren Blick unauffällig umherschweifen auf der Suche nach Rettung, die schließlich in Gestalt Ludwigs kam. Er nahm ihre Hand und zog sie mit sich auf die Tanzfläche.

»Endlich«, sagte sie. »Mein weißer Ritter in der Not.«

»Ein flehender Augenaufschlag, Prinzessin, und ich wäre schon früher herbeigeeilt.«

Emma warf einen flüchtigen Blick zu dem Mann und bemerkte, dass er sie noch immer anstarrte. Es war der, den sie letztens im Hof hatte stehen sehen. Vermutlich hatte ihr Eindruck sie nicht getäuscht, und er hatte sie tatsächlich durch das Fenster des Arbeitszimmers beobachtet. Dann schüttelte sie das diffuse Unbehagen ab. Das war ja absurd. Wenn sie nicht achtgab, fühlte sie sich am Ende von jedem Mann, der Interesse an ihr zeigte, verfolgt.

»Wem gilt dieses spöttische Lächeln?«, fragte Ludwig.

»Mir selbst.«

»Und was könntest du getan haben, um diesen Spott zu verdienen?«

»Es ist vielmehr, dass ich mir Absurdes vorstelle, was die Taten eines anderen angeht.«

»Du willst mich wirklich im Ungewissen lassen, nachdem du nun meine Neugierde geweckt hast?«

»Ja, zu meinem großen Bedauern.«

Er seufzte.

»Ich befürchte, ich muss dich nun freigeben«, sagte Emma und neigte den Kopf vertraulich zu ihm. »Charlotte sieht mich an, als würde sie mich jeden Augenblick anspringen.«

»Ihr solltet wirklich versuchen, euch besser zu verstehen. Valerie mag Charlotte.«

»Und ich mag Valerie. Trotzdem passt es nicht in Kombination mit uns dreien. Tut mir leid.«

Ludwig ließ sie los. »Auf Dauer wird es funktionieren müssen.«

Da sie ihm nicht den Abend verderben wollte, schluckte sie den Widerspruch hinunter und übertünchte die Abneigung mit einem Lächeln. »Wird es schon. Und nun geh zu ihr.« Sie drehte sich um und verließ die Tanzfläche.

Ihr Bruder Andreas stand an eine Säule gelehnt und beobachtete die Tanzenden. Seit dem letzten Sommer hatte er sich vom Jugendlichen zum jungen Mann gewandelt, war in seiner Statur inzwischen weniger schlaksig und wirkte nun in seinem Anzug überaus elegant. Emma bemerkte, wie die Frauen ihn ansahen und fragte sich, was für eine Braut er wohl eines Tages hierherbringen würde. Hoffentlich keine zweite Charlotte, das würden ihre Nerven nicht aushalten.

»Na, Schwesterchen, amüsierst du dich?«, fragte er, als sie sich zu ihm gesellte.

»Ja, immerhin war die Jazzkapelle meine Idee.«

»Nachdem *ich* dir dazu geraten habe.«

»Du hast lediglich die Platte auf dem Grammophon abgespielt und mir gesagt, dass du gerne dazu tanzen würdest.«

»Und du warst überaus bestrebt, mir diesen Wunsch zu erfüllen.«

»Für dich tue ich eben alles.«

»Deine Worte aus dem Mund der hübschen Rothaarigen dort drüben.«

Emma folgte seinem Blick, dann stieß sie ihn an. »Keine Unanständigkeiten in meiner Gegenwart.«

Als würde das Mädchen ahnen, dass sie über sie sprachen, drehte sie sich zu ihnen, und Emma schenkte ihr ein freundliches Lächeln, während Andreas rot anlief. Sie tätschelte ihm die Schulter. »Wir sprechen noch einmal darüber, wenn du erwachsen bist.«

Lachend erwiderte sie seinen finsteren Blick und wollte sich abwenden, als sie zum Tanzen aufgefordert wurde. Wieder dieser Mann. Sie konnte ihm jedoch nicht gut grundlos einen Korb geben, und so ließ sie sich von ihm auf die Tanzfläche führen.

Karl beobachtete Hans, der wiederum die Jazzkapelle mit unverhohlener Verachtung musterte, während alle anderen um ihn herum tanzten.

»Was ist falsch an guter Volksmusik?«, hatte er gefragt, als er das Programm für den Abend gesehen hatte. Karl war dieser Einwand nicht einmal eine Antwort wert, und er hoffte, dass Hans diese seltsamen Leute, mit denen er sich herumtrieb und deren fragwürdige Ansichten er ungefiltert weitergab, bald über waren.

Gelegentlich überlegte er, ob es für Hans nicht doch das

Beste war, eine Zeit lang an einem anderen Ort zu leben, aber wo sollte Karl ihn hinschicken? Zu Henrietta nach London? Sie hatte derzeit ihre eigenen Sorgen, da ihre Schwiegereltern ihr gegenüber kaum freundlicher entgegentraten, als Karls Eltern es gegenüber Agnes getan hatten. Henriettas Vergangenheit war nicht gerade dazu angetan, Schwiegertochter eines Barons zu werden, da waren sich Julias Eltern ausnahmsweise einig gewesen, als ihr Bruder Philipp sich zu dieser Ehe entschlossen hatte. Und nachdem Philipp gefallen war, hatte Henrietta ihr gemeinsames Haus in Frankfurt aufgegeben und war nach London gezogen, wo sie geerbt hatte – weit weg von Philipps Familie. Sie hatte drei Söhne, und der Besitz in Königstein im Taunus würde eines Tages an den ältesten Sohn Philipps übergehen – gleich, was dessen Eltern von seiner Ehefrau hielten. Aber auch wenn Henrietta seine Tochter Valerie immer wieder mit offenen Armen empfangen hatte – Hans konnte er ihr nicht guten Gewissens aufs Auge drücken.

Valerie stand etwas abseits und tanzte nicht. Ihr Knöchel schmerzte immer noch ein wenig, wenngleich sie nicht mehr hinkte, aber der Arzt hatte ihr zur Schonung geraten. Sie unterhielt sich mit einigen Freundinnen und wiegte dabei kaum merklich den Körper zur Musik. Karl hatte gehört, dass dieser Engländer sie den ganzen Weg nach Hause getragen hatte, und er hatte ernsthaft überlegt, ob diesbezüglich ein Gespräch fällig war. Es war ja nicht so, als hätte es keine anderen Lösungen gegeben. Dann jedoch entschied er, die Sache nicht unnötig aufzubauschen und ihr womöglich mehr Bedeutung beizumessen als sie tatsächlich gehabt hatte. Valerie war kein bisschen romantisch veranlagt, und dass sie an dem Engländer kein Interesse hatte, war Karl von Anfang an klar gewesen, auch wenn sie selbst sich in dieser Hinsicht wohl noch unsicher war.

Die Musiker legten eine kurze Pause ein, und der Sänger bediente sich am Servierwagen, der eigens für die kleine Kapelle abgestellt worden war. Valerie, die stets auf alles Neue neugierig war, näherte sich ihnen und verwickelte den Saxophonisten in ein Gespräch. Durch ihre häufigen Aufenthalte bei ihrer Tante beherrschte sie die englische Sprache fließend und nutzte die Gelegenheit, wann immer sie sich bot, sie zu sprechen.

Er betrachtete sie, wie sie sich mit dem Mann unterhielt, wie sie lächelte, eine Antwort gab, auf die hin beide lachten. Julia hatte in ihrem Alter bereits zwei Kinder gehabt, und Karl kam nicht umhin, erneut den Wandel zu bemerken, den die Zeit getan hatte. Wenn er sich Valerie ansah, war er froh darüber, dass ihr manches, das ihrer Mutter in jungen Jahren versagt geblieben war, nun offenstand. Auch wenn er früher anders darüber gedacht hatte.

Einige weibliche Gäste hatten sich hinzugesellt und beteiligten sich an der Unterhaltung. Der Saxophonist schien etwas zu erzählen, was sie alle zu fesseln vermochte. Vielleicht war es aber auch sein unbestreitbar gutes Aussehen und der kleine Reiz des Verbotenen, denn natürlich kam ein Mann wie er nicht als künftiger Ehemann infrage.

Karl ging ein wenig näher zu der Gruppe, um zu hören, was geredet wurde. Auch Hans trat heran, was einige der jüngeren Damen lächelnd zur Kenntnis nahmen. Äußerlich kam er wirklich ganz und gar nach seinem Vater. Wenn er ihm nur charakterlich ein klein wenig ähnlicher wäre. Das Einzige, was er jedoch in dieser Hinsicht geerbt zu haben schien, war seine Wirkung auf Frauen – und den Ärger, den das versprach, sah Karl bereits jetzt schon lebhaft vor sich.

Ludwig hatte er in die entsprechenden Bahnen zu lenken gewusst, bei Hans würde das nicht so einfach werden.

»Na, meine Hübschen«, hörte er seinen Neffen sagen, »was hat der Bimbo zu bieten, das euch die jungen Kerle hier nicht bieten können.«

Es herrschte schlagartig Stille, und Karl, der einen Moment wie erstarrt war, ging mit raschen Schritten auf Hans zu. »Entschuldige dich auf der Stelle«, befahl er so ruhig es ihm möglich war.

Hans sah den Saxophonisten schweigend an, dann schob er die Hände in die Taschen und wandte den Blick provokativ seinem Onkel zu. Dessen Hand zuckte, so sehr verlangte es Karl danach, dem jungen Mann das impertinente Lächeln aus dem Gesicht zu schlagen. »Hans«, wiederholte er. »Entschuldige dich.«

Hans sah erneut den Saxophonisten an. »Mein Onkel möchte, dass ich mich entschuldige, also tue ich das hiermit, ehe er mich aus dem Haus wirft.« Damit drehte er sich abrupt um und ging.

Nicolas Merlo verfügte – bei allen Fehlern, die er sonst haben mochte – über eine gesunde Selbsteinschätzung. Und die hatte ihm bereits beim Bewerbungsgespräch gesagt, dass die Herren Hohenstein und Alsberg von seinem Können überzeugt waren. Schon als er in Königswinter angekommen war und sich von einer Droschke zum Hotel fahren ließ, wusste er, dass dies der Ort war, an dem er sich niederlassen wollte. Bewaldete Berge und Täler, in denen Schlösser und Ruinen thronten, all das umwoben von jenen Geheimnissen, die nur wahrhaft alte Wälder kannten. Und in denen Nicolas auch die seinen gut aufgehoben wusste.

Man hatte ihn im Hotel höflich in Empfang genommen und in ein geschmackvoll eingerichtetes Arbeitszimmer geführt, wo Konrad Alsberg und Karl Hohenstein bereits auf ihn warteten. An ihrer Seite eine hübsche junge Frau, in der Nicolas zuerst die Sekretärin vermutet hatte, die ihm dann jedoch als Emma Alsberg vorgestellt worden war. Das Gespräch hatte er hernach mit den beiden Herren geführt, unter den aufmerksamen Blicken der Frau.

Die Zusage war wenige Tage später gekommen, und unter Einhaltung der nötigen Frist hatte Nicolas sogleich gekündigt – was, wie man ihm versicherte, im Hotel auf großes Bedauern stieß – und seine Habseligkeiten für die Reise nach Königswinter gepackt. Da der Zug Verspätung hatte, kam er erst abends in Bonn an, von wo aus er sehr knapp den nächsten Zug nach Godesberg erwischte. Eine Droschke brachte ihn in die Gemeinde Mehlem, und er setzte mit der letzten Fähre des Tages über. Als er schließlich am Hotel ankam, drangen aus geöffneten Flügelfenstern zu einem festlich erleuchteten Saal Klänge einer Jazzkapelle.

Er ging um das Hotel herum und betrat es durch den seitlich gelegenen Dienstboteneingang, zu dem man über einen rückwärtig gelegenen Hof hinter der Remise kam. In dem Schreiben stand, er solle sich bei Herrn Steinfeld, dem Hausverwalter, dem die männlichen Dienstboten unterstanden, melden. Auf sein Läuten hin öffnete ein hübsches Dienstmädchen die Tür, das sich als Stubenmädchen Hanni vorstellte. »Eigentlich Hannelore«, erzählte sie, während sie ihn ins Haus führte. »Aber das klingt, als sei ich schon sechzig Jahre alt.«

Da Nicolas vermutete, dass von ihm eine Antwort erwartet wurde, bestätigte er, dass er Hanni ebenfalls viel jugendlicher fand. Er persönlich hätte höchstens einen Pudel so genannt, aber sei's drum.

»Sie sind unser neuer Erster Koch, nicht wahr?«, fragte sie. »Herr Alsberg hat Sie schon angekündigt.«

Sie führte ihn durch einen Gang, der mit einem schlichten grauen Läufer ausgelegt war, und blieb vor einer Tür stehen, an die sie klopfte. Auf ein »Herein« hin drückte sie die Klinke hinunter und gab Nicoals mit einer Geste zu verstehen, ihr zu folgen. »Herr Steinfeld, der neue Koch ist angekommen.«

»Ah, sehr gut.« Ein Mann um Mitte vierzig mit dichtem, ergrauendem Haar erhob sich von seinem Schreibtisch. »Danke, Hannelore, du kannst gehen.«

Das Mädchen knickste und zog sich zurück.

»Wir hatten Sie früher erwartet«, sagte Herr Steinfeld und wies auf einen der beiden Stühle vor seinem Schreibtisch. Es handelte sich hier offenbar um Wohn- und Arbeitsräume des Hausverwalters.

»Der Zug hatte Verspätung«, erklärte Nicolas, während er sich niederließ. »Glücklicherweise habe ich noch eine Fähre nach Königswinter bekommen.«

»Sie haben eine weite Anreise hinter sich, habe ich gehört.«

»Ich komme aus Lausanne.«

»Ja, die Schweiz.« Herrn Steinfelds Gesicht bekam einen leicht schwärmerischen Ausdruck, dann wurde er wieder ernst. »Da es schon spät ist und wir darüber hinaus auch eine Feier haben, wird man Sie morgen einweisen. Ich lasse Sie von einem Lakaien in Ihre Kammer bringen, wo Sie sich ausruhen und frisch machen können. Aufstehzeit ist für Sie um fünf Uhr in der Früh, dann werden Sie in die Abläufe der Küche eingewiesen. Später macht Frau Katharina Alsberg Sie mit dem Hotel vertraut. Da Sie ausreichend Erfahrung mitbringen, wird sich hier ja keine gänzlich neue Welt für Sie auftun.« Herr Steinfeld erhob sich, ein Zeichen dafür, dass das Gespräch beendet war, sodass Nicolas es ihm gleichtat. Der Ältere reichte ihm die Hand, dann läutete er nach einem Lakaien, der kurz darauf eintrat.

»Fritz, bring Herrn Merlo in sein Zimmer.«

Der junge Mann nickte höflich. »Ja, Herr Steinfeld.« Er wandte sich an Nicolas. »Wenn Sie mir bitte folgen möchten.«

Nicolas nahm seinen kleinen Koffer und verließ nach dem Lakaien die Räume des Hausverwalters. Es ging über den Dienstbotenkorridor zu einer Treppe, die ebenfalls sehr schlicht gehalten war und von der aus man sowohl in die Hoteletagen kam, wie der Lakai erklärte, als auch in die Dienstbotenquartiere. Die Räume der höhergestellten Angestellten, zu denen auch Nicolas gehören würde, lagen nicht direkt unter dem Dach, und die Kammern waren auch größer. Zudem musste Nicolas sein Zimmer nicht mit jemandem teilen. Gute Köche waren begehrt, und man war bestrebt, sie zu behalten. Wer Familie hatte, so wie sein Zweiter Unterkoch, erzählte Fritz, konnte sich auch eine Wohnung in Königswinter nehmen, aber da musste man dann morgens noch früher raus, um pünktlich bei der Arbeit zu erscheinen.

Die Kammer war so, wie die, die Nicolas zuvor bewohnt hatte, ein wenig geräumiger vielleicht. Das Fenster war ausreichend groß, um tagsüber künstliches Licht überflüssig zu machen. Es gab ein Bett mit einer – wie Nicolas sofort überprüfte – bequemen Matratze, einen Tisch mit Ablagefächern für Post und einen Stuhl mit gepolstertem

Sitz. Außerdem einen Waschtisch, einen Kleiderschrank, eine Kommode und ein Nachtschränkchen. Auf dem Boden lag mittig des Raums ein gewebter runder Teppich.

»Sehr nett«, sagte Nicolas, da er den Eindruck hatte, der Lakai warte auf ein Urteil. Nun lächelte der junge Mann.

»Ja, das ist es. Haben Sie noch einen Wunsch? Ansonsten lasse ich Sie nun allein.«

»Alles bestens, vielen Dank.«

»Ach ja, ehe ich es vergesse – das Bad liegt am Ende des Korridors.«

Nicolas nickte, und der Lakai verließ den Raum. Obwohl er müde von der Reise war und es das Vernünftigste wäre, zu schlafen, packte Nicolas zunächst seinen Koffer aus, hängte Kleidung in den Schrank, räumte Wäsche und Hemden in die Kommode und goss kaltes Wasser aus der Karaffe in die Schüssel, um sich das Gesicht zu waschen. Hernach war auch die Müdigkeit wie weggeblasen, und da Nicolas ohnehin neugierig auf sein neues Zuhause war, beschloss er, sich ein wenig umzusehen. Er öffnete die Tür und trat hinaus in den Korridor, brauchte einen Moment, um sich zu orientieren, und fand recht schnell die Treppe. Er hörte Stimmen und emsiges Hantieren sowie Schritte, die sich eilig entfernten. Vertraute Geräusche an einem festlichen Abend. Da Nicolas das jedoch heute noch nicht tangierte, verließ er das Haus und trat hinaus in den Hof.

Hans' Abgang, der als nichts anderes als peinlich zu bezeichnen war, hatte die Stimmung getrübt. Zumindest, war dies Valeries Eindruck, und sie hatte diesbezüglich in der Regel ein feines Gespür. Ihr Vater trug weiterhin eine Maske freundlicher Aufmerksamkeit und Gelassenheit zur Schau, aber Valerie konnte in seinem Mienenspiel die feinen Nuancen lesen, die nur zu deutlich zeigten, dass die Sache für Hans noch nicht ausgestanden war. Wenigstens hatte die Kapelle den Auftritt nicht abgebrochen.

Als Valerie den Saal verlassen wollte, hielt Charlotte sie auf. »Wo willst du hin?«

»Frische Luft schnappen.«

Unwillkürlich sah Charlotte zur Tür, durch die Hans die Feier verlassen hatte.

»Keine Sorge«, sagte Valerie. »*Das* überlasse ich meinem Vater.«

»Wird wohl kein so erquickliches Frühstück morgen.« Ein klein wenig Sensationslust schwang in Charlottes Stimme mit.

»Ich werde es dir ausführlich und in allen Details berichten.« In ihrem Zorn kannte Valerie keine familiäre Loyalität – zumindest nicht Hans gegenüber, der keine Gelegenheit ausließ, sie zu ärgern. Sollte er nun die Konsequenzen seines Benehmens tragen, auf ihr Mitgefühl musste er nicht zählen. Valerie wandte sich ab und verließ den Saal.

Im Vestibül ging es zu dieser fortgeschrittenen Stunde ruhig zu, sodass niemand außer den beiden Rezeptionisten bemerkte, dass Valerie das Hotel durch den Haupteingang verließ. Auch der Hof lag ruhig da, beleuchtet von den Außenlaternen, die milchig gelbes Licht verbreiteten. Im Hof standen die Automobile der Gäste, deren Chauffeure im Dienstbotenzimmer verköstigt wurden.

Es war ein lauer Abend, der noch die Reste sonnenwarmer Stunden trug, und Valerie atmete tief durch, nahm das Aroma, das so unverwechselbar nach Sommer schmeckte, auf. Sie spazierte über den Hof, hörte den Kies unter ihren Schritten knirschen, ging bis zum Tor und von dort aus wieder zurück in Richtung Haus, ohne dass ihr jedoch danach war, es wieder zu betreten. Sie hielt inne, schnupperte und sah sich um, um auszumachen, woher auf einmal der Geruch nach Tabak kam. Auf eine Begegnung mit Hans hatte sie nicht die geringste Lust.

Es war jedoch nicht ihr Cousin, der lässig mit dem Rücken an der Mauer, die den rückwärtigen Teil des Hauses vom Hof trennte, lehnte. Für einen Chauffeur war er zu gut gekleidet. Eine elegante Reisegarderobe erkannte Valerie selbst bei dieser Beleuchtung auf den ersten Blick. Die Spitze der Zigarette glomm rot auf, während der Mann, der sie rauchte, sie weiterhin schweigend betrachtete. Da es sie nicht ins Haus zog und sie in Stimmung war, etwas Verwegenes zu tun, ging sie zu ihm.

»Haben Sie eine Zigarette für mich?«

Der Mann hob erstaunt die Brauen, dann zog sich sein rechter Mundwinkel zu einem schiefen Lächeln hoch, und er entnahm einem silbernen Etui eine Zigarette, die er Valerie reichte. Als er ihr Feuer gab, beugte sie sich leicht vor und roch einen Duft, in dem ein Anflug von Sandelholz mitschwang.

»Sind Sie hier zu Gast?«, fragte sie.

»Nein.«

»Sie besuchen unser Fest?«

»Nein.«

»Aber ein Chauffeur sind Sie nicht, oder?«

Jetzt lachte er. »Nein.«

Er wollte es also geheimnisvoll machen. Gut, umso besser. Valerie nahm einen tiefen Zug von der Zigarette – hätte sie jetzt doch nur eine von diesen langen Spitzen – und atmete den Rauch mit halb geöffneten Lippen wieder aus. Das verfehlte die Wirkung auf den Mann – so gelassen er auch wirkte – ganz offensichtlich nicht. Ein kleines Lächeln spielte um seinen Mund.

»Und was treibt Sie um diese Zeit hinaus?«, fragte er.

»Die Suche nach etwas Zerstreuung.«

»Nun, welcher Art könnte die wohl sein, wenn Sie die dort«, er nickte kaum merklich zum Haus hin, »nicht finden.«

Das Spiel begann, ihr Spaß zu machen. »Das überlasse ich Ihrer Fantasie.«

Und die war, wie sein Lächeln zeigte, recht lebhaft. Er rauchte auf und ließ den Zigarettenstummel in den Kies fallen, wo er verglomm. Valerie tat es ihm nach, nachdem sie sich noch ein paar rasche Züge gegönnt hatte.

»Warten Sie hier auf jemanden?«, setzte sie die Fragerei fort.

»Nein.«

Valerie legte den Kopf schief und taxierte ihn.

»Nachdem wir nun geklärt hätten«, fuhr er fort, »dass keine Nebenbuhlerin zu erwarten ist, lassen Sie uns doch direkt zur Zerstreuung übergehen.«

Sie schenkte ihm ein keckes Lächeln. »Und an was dachten Sie dabei?«

In der Art, wie er sie ansah, las sie Belustigung und eine Spur von Übermut. »Darf ich konkret werden?«

»Ich bitte darum.«

Er machte keine weiteren Worte, sondern trat auf sie zu, schlang einen Arm um sie, zog sie an sich, und im nächsten Augenblick war sein Mund auf dem ihren. Valeries Lippen öffneten sich, ließen sich für wenige Sekunden auf das erregende Spiel ein. Dann jedoch gewann die Empörung – und ein kleiner Rest an Vernunft – die Oberhand, und sie stieß den Mann von sich. »Was erlauben Sie sich?«

»Ah, die Entrüstung kam spät.«

»Eine Frau überrumpeln und die Schrecksekunde für Genuss halten«, versuchte Valerie sich an Verachtung, indes sie ihn immer noch auf ihrem Mund spürte. Unwillkürlich hob sie die Hand und berührte ihre Lippen mit den Fingerspitzen.

Wieder dieses schiefe Lächeln. »Es hat Ihnen gefallen. Andernfalls hätten Sie mir sofort eine Ohrfeige verpasst.«

Valerie holte aus, und im nächsten Moment klatschte ihre Hand auf seine Wange. Dann wandte sie sich ab und floh ins Haus.

⁂ 5 ⁂

Der Morgen war in der Tat unerquicklich. Als Valerie das Frühstückszimmer betrat, herrschte ein so eisiges Schweigen, dass sie im ersten Moment befürchtete, jemand könne sie bei ihrem kleinen Abenteuer beobachtet und dies ihrem Vater mitgeteilt haben. Dann jedoch bemerkte sie Hans' stoischen Blick auf den Teller, auf dem sein unberührtes Frühstück lag. Sie hatte die Szene also verpasst. So ein Ärger.

»Na, setzt es Hausarrest?«, fragte sie, als sie sich setzte.

»Halt den Mund«, fuhr er sie an.

»Hans!« Ein Wort ihres Vaters reichte, damit wieder Ruhe herrschte. Ludwig ließ sich von Fritz, der an diesem Tag beim Frühstück bediente, Kaffee einschenken, während Jakob auf seinem Stuhl herumlümmelte und versuchte, seine Gliedmaßen, die eines Tages wie über Nacht zu lang und ungelenk geworden waren, irgendwie so bei Tisch zu ordnen, dass er sich keine Ermahnung von seiner Tante einfing.

Valerie bestrich Toast mit Butter und ließ sich von Fritz Kaffee einschenken. Dann sah sie Hans an. »Nun erzähl schon. Gestern warst du auch nicht so verschwiegen, was deine Gedanken anging.«

Hans blickte auf, lehnte sich zurück und verschränkte die Arme vor der Brust. Seine Kiefermuskeln traten hervor, und er schwieg weiterhin.

»Frühstücke jetzt, Hans«, forderte ihr Vater ihn auf. »Später gibt es nichts mehr.«

»Ach, wird mir nun auch das Essen gestrichen?«

Ihr Vater sah ihn lediglich an, als sei ihm diese Frage nicht einmal eine Antwort wert.

»Das macht dir Freude, nicht wahr?«, sagte Hans. »Mich zu bestrafen und bei Tisch bloßzustellen.«

»Als hättest du dich gestern darum geschert, wen du bloßstellst«, hielt Valerie dagegen.

Karl Hohenstein brachte sie mit einem Blick zum Schweigen. »Nein, Hans, es macht mir keineswegs Freude. Ebenso wenig, wie es mir gestern Freude gemacht hat, mich bei den von dir beleidigten Menschen um Schadensbegrenzung zu bemühen.«

Hans zuckte lediglich mit den Schultern.

»Onkel Karl hat ihm das Taschengeld bis Ende des Sommers gestrichen«, rief Jakob, der offenbar ungerecht fand, dass jeder am Tisch Bescheid wusste, nur sie nicht.

»Tatsächlich?« Valerie lächelte entzückt.

»Wenn ich noch einen Anflug von Schadenfreude hier sehe«, drohte ihr Vater, »dann setzt es für dich Hausarrest.« Er sah Jakob an und wandte sich dann an Valerie. »Und du, junge Dame, kannst dir bis Ende des nächsten Monats jede Tanzveranstaltung aus dem Kopf schlagen.«

Valerie schwieg und trank einen Schluck Kaffee. Kein Taschengeld war praktisch gleichbedeutend mit Hausarrest. Wenn Hans ausgehen wollte, würde er nun jedes Mal seinen Onkel um Geld ersuchen müssen. Kein Wunder, dass er so düster dreinschaute. Nun, recht geschah es ihm.

»Na, wenigstens bemühst du dich um Gerechtigkeit«, sagte Hans, »auch wenn Valerie vermutlich nicht ernsthaft mit Konsequenzen zu rechnen hat, aber das weiß hier wohl jeder.«

»Das Gespräch ist beendet, Hans«, antwortete Karl Hohenstein. »Frühstücke und dann geh auf dein Zimmer und lerne.«

Hans schien etwas entgegnen zu wollen, aber Ludwig, der neben ihm saß, legte ihm begütigend die Hand auf den Arm, und so blieb der erneute Ausbruch aus. Ludwig und Emma hatten diesen Einfluss auf Hans und nutzten ihn gelegentlich, um auf ihn einzuwirken. Bedauerlich, dass am Vorabend keiner von ihnen in der Nähe gewesen war.

Valerie ließ es nun auch gut sein – im Gegensatz zu Hans zweifelte sie nämlich keinen Augenblick daran, dass ihr Vater seine Drohung wahr machen würde – und widmete sich ihrem Frühstück. Wieder stand ihr die letzte Nacht vor Augen, der Mann in der eleganten Reisekleidung, der geraubte Kuss … Es hatte durchaus schon den ein oder anderen Burschen gegeben, der das – erfolglos – versucht hatte. Aber so dreist war bisher noch keiner vorgegangen.

Konrad Alsberg betrat den Raum. »Entschuldigt die Störung. Karl, der neue Koch hat sich in aller Frühe bei mir vorgestellt. Katharina weist ihn gerade ein.«

»Ist er gestern doch noch gekommen?«

»Ja, er war ziemlich spät. Lag wohl am Zug.«

Der neue Koch? Valerie ahnte Böses. *Sind Sie hier zu Gast? Nein.* Durfte das denn wahr sein? Sie hatte sich vom Koch küssen lassen? Ein Dienstbote hatte sie überrumpelt und ihr einen Kuss geraubt? Grundgütiger, dachte sie und hob unwillkürlich die Fingerspitzen an die Lippen. War es möglich, diese kurze Berührung gar einen Tag später noch zu spüren? Dann fing sie Hans' Blick auf, das spöttische, wissende Lächeln.

»Vegetarisch?« Frau Nettesheim, die Haushälterin, sah aus, als habe Nicolas Chinesisch gesprochen. »So ein neumodischer Kram wurde hier bisher nicht angefordert.«

»So neu ist das gar nicht«, erklärte Nicolas. »Der Vegetarierbund wurde bereits 1867 gegründet. Es gibt Ernährungslehren zur Vollwertkost.«

»Aber unsere Gäste sind gehobenes Klientel«, erklärte Frau Nettesheim.

»Und es ist gerade die Oberschicht, von der diese Art der Ernährung ausgeht.«

»Kohlrabiapostel nennt man die doch«, sagte ein Zimmermädchen und wurde sofort von Frau Nettesheim zur Ordnung gerufen.

»Sei nicht so vorlaut, Jette.«

Das Mädchen wurde rot und warf Nicolas einen schüchternen Blick zu, den er mit einem freundlichen Lächeln erwiderte. Nicht zu lange, um den Unmut der Haushälterin nicht auf sich zu ziehen.

»Es kann ja nicht schaden, ein oder zwei Gerichte anzubieten. Wir werden dann sehen, wie es angenommen wird«, sagte Nicolas.

»Wir haben doch schon Gemüsebeilagen auf der Speisekarte«, führte Frau Nettesheim ins Feld.

Nicolas lächelte nachsichtig. »Ich meinte, komplette Gerichte.«

»Da die Küche Ihr Bereich ist, mische ich mich dort selbstverständlich nicht ein«, erklärte die Haushälterin.

Diesen ersten Tag verbrachte Nicolas damit, mit den Abläufen im Hotel vertraut gemacht zu werden. Frau Alsberg – eine überaus anziehende Person, deren herber Charme wenig mit dem gängigen Schönheitsideal gemein hatte – hatte ihn morgens durch das Hotel geführt. Danach war er bis mittags in der Küche gewesen und hatte der Zubereitung verschiedener Speisen für das Mittagessen beigewohnt. Die Köche waren gut geschult, daran war nicht das Geringste zu beanstanden. Das Mittagessen hatte er mit dem Personal eingenommen, und nun wurde Kaffee im Dienstbotengesellschaftszimmer serviert.

Nicolas hatte einen Reiseführer erhalten mit dem Titel *Königswinter und das Siebengebirge. Neuester Führer verfasst von A. Klein.* Auf der Titelseite stand ein Gedicht von Emil Rittershaus.

Da, wo die Berge stehn,
die sieben,
Die alter Sagen Geister
weih'n,
Da lacht in Wonne,
Lust und Lieben
Am schönsten uns der
Deutsche Rhein

Lust und Lieben klang besonders reizvoll, und Nicolas musste an die letzte Nacht denken, an die junge Frau und an das Spiel, auf das sie sich so offenkundig nicht ausreichend verstand, um es zu spielen.

»Ich mag das Gedicht auch sehr«, sagte eine Frau, Nicolas' Lächeln offensichtlich fehldeutend.

Es war Jette, die ihm wieder diesen errötenden Blick schenkte.

»Sehr hübsch, in der Tat«, antwortete er, um sie nicht in Verlegenheit zu bringen.

Im nächsten Moment erschien Herr Steinfeld, der angekündigt hatte, ihn nachmittags in den Salon zu führen, sodass er die gesamte Familie kennenlernen konnte. Immerhin musste er Bescheid wissen, wer zu den Hohensteins und Alsbergs gehörte, wenn er diesen begegnete.

»Sind Sie so weit?«, fragte er.

»Ja«, antwortete Nicolas und erhob sich.

Herr Steinfeld führte ihn über den Dienstbotenkorridor in die Halle und von dort aus ins Vestibül. Den Concierge hatte Nicolas bereits kennengelernt, der junge Mann neben ihm war ihm jedoch fremd – wenngleich die Ähnlichkeit zu Karl Hohenstein den Schluss nahelegte, dass es sich um dessen Sohn handeln musste.

»Herr Ludwig Hohenstein«, stellte Herr Steinfeld ihn vor. »Und Fräulein von Domin, die künftige Frau Hohenstein«, weitete er die Vorstellung auf die junge Frau an der Seite Ludwig Hohensteins aus.

Es folgten freundliche Grüße und die Versicherung, wie froh man über seine Ankunft war. Nicolas bestätigte, dass es ihm ebenfalls ein Vergnügen sei, damit war es der Förmlichkeiten genug, und Herr Steinfeld führte ihn weiter. Der Salon war sehr hübsch und geschmackvoll eingerichtet, und die hohe Decke schien von filigran wirkenden Säulen gehalten zu werden. Sonnenlicht ergoss sich buttergelb durch die großen Fenster und ließ das Parkett in einem Ton schimmern, der an Honig erinnerte. Vorherrschend waren die Farben Burgunderrot und Gold in zurückhaltender Eleganz.

Der Hausverwalter führte ihn zu einem Tisch, an dem er Konrad Alsberg nebst Gattin und Tochter erkannte.

»Die gnädigen Herrschaften sind Ihnen ja bereits bekannt.« Herr Steinfeld nickte zu einem jungen Mann. »Herr Andreas Alsberg.« Weiter ging es mit einer Frau, die genau jenes klassische Schönheitsideal darstellte, das

Nicolas bei nur wenigen Frauen bisher gesehen hatte. »Frau Julia Hohenstein, die Ehefrau von Herrn Karl Hohenstein. Hans und Jakob Hohenstein, die Neffen des gnädigen Herrn Hohenstein.«

Arroganter Fatzke und lustiger Geselle, urteilte Nicolas innerlich über die beiden. Dann jedoch wurde seine Aufmerksamkeit abgelenkt, als eine junge Frau eilig den Salon betrat. Sein Herz setzte einen Schlag lang aus und schlug dann umso heftiger.

»Verzeihung, Mama«, sagte die junge Frau und ließ sich ebenfalls am Tisch nieder. »Ich war noch bei den Pferden und …« Sie bemerkte ihn, stutzte und eine leichte Röte überzog ihr Gesicht, »Ikarus lahmt«, beendete sie den Satz hastig.

Ihre Mutter hob fragend die Brauen, dann wandte sie sich an Nicolas. »Meine Tochter, Valerie Hohenstein, um die Vorstellung abzuschließen. Valerie, Liebes, unser neuer Erster Koch.«

Die junge Frau hob das Kinn, musterte ihn und nickte dann nur, ehe sie sich in die Getränkekarte vertiefte. Ihrer Mutter war dieses Benehmen offenkundig peinlich, während Hans Hohenstein ein süffisantes Lächeln aufsetzte, das zunächst Valerie galt, dann Nicolas. Der wiederum hoffte, dass man ihm das Erschrecken nicht ansah.

»Was ist das für ein Benehmen?«, fragte Julia Hohenstein, doch Valerie zuckte lediglich mit den Schultern.

»Er ist der Koch, Mama. Soll ich ihm vor Begeisterung um den Hals fallen?«

Ihre Mutter runzelte die Stirn. »Haben wir dich zu so einem Verhalten erzogen?«

»Schon gut, es tut mir leid.« Valerie studierte weiterhin

die Getränkekarte und legte sie schließlich hin, um bei dem herbeieilenden Kellner einen Kaffee zu bestellen. Wieder lächelte Hans sie an.

»Was gibt es zu grinsen?«, fragte sie ihn.

»Valerie!«, tadelte ihre Mutter. »Nicht Hans hat sich hier unhöflich benommen.«

»Eben«, bestätigte Hans, und sein Lächeln wurde noch breiter.

Valerie schwieg und sog die Unterlippe zwischen die Zähne. Der Mann war ebenfalls erschrocken gewesen, wenngleich er es gut zu überspielen gewusst hatte. Aber Valerie war empfänglich für Nuancen. Während ihre Mutter sich mit Katharina unterhielt, bekam sie ihren Kaffee serviert und nippte daran, indes ihre Gedanken um den neuen Koch kreisten. Wie war noch gleich sein Name gewesen? Nicolas Irgendwas.

Sie stellte die Tasse ab und bemerkte, dass Konrad sie musterte. Bei ihrem Großonkel hieß es stets, achtsam zu sein, er war ein überaus aufmerksamer Beobachter. Nicht auszudenken, wenn er ihre Reaktion und die des Kochs richtig zu deuten wusste. Valerie erhob sich, und ihre Mutter sah sie fragend an.

»Ich möchte ein wenig an die frische Luft«, erklärte Valerie. Da sie als unruhiger Geist bekannt war, maß niemand dem viel Bedeutung bei, und ihre Mutter nickte lediglich. Der Einzige, der sie einen Augenblick länger ansah als die anderen, war Konrad.

Als Valerie in den Hof trat, wurden gerade einige Pferde für Ausritte aus dem Stall geführt. Das Wetter war nicht mehr ganz so strahlend wie am Vormittag, und inzwischen ballten sich Wolken am vormals seidenblauen Himmel zusammen, aber es war nach wie vor warm, und so ließen sich die ausflugsfreudigen Urlauber nicht von ihren geplanten Unternehmungen abhalten.

Valerie schlenderte langsam umher, ging zum Stall, sah noch einmal nach dem lahmenden Wallach und kehrte zurück auf den Hof. Ob Hans sie letzte Nacht gesehen hatte? Aber hätte er dann nicht was gesagt? Diese Gelegenheit hätte er sich doch nicht entgehen lassen. Und wenn dieser Koch sich nun eine kleine Indiskretion erlaubte? Aber das würde er nicht wagen, dann wären seine Tage im Haus Hohenstein gezählt.

Als Valerie zurück in den Hof trat, zog es sie zur Remise – dorthin, wo sie den Mann in der Nacht zuvor getroffen hatte. Emmas Phantom stand eingereiht bei den privaten Fahrzeugen der Familie. Ein Automobil selbst zu steuern traute Valerie sich bei all ihrem sonstigen Wagemut nicht so recht zu. Ihre Mutter zog sie gelegentlich damit auf, dass sie in dieser Hinsicht ganz nach ihrem Vater schlug.

Aus dem Augenwinkel heraus nahm sie eine Bewegung wahr und drehte sich um. »Beobachten Sie mich schon lange?«, fragte sie und ignorierte das Flattern in ihrem Magen.

Nicolas, der Koch, trat näher und zündete sich eine Zigarette an. »Nein, ich bin eben erst gekommen. Ich hingegen könnte durchaus auf den Gedanken kommen, dass Sie hier auf mich warten.«

»Ganz sicher nicht.«

Er betrachtete das Auto, und Valerie fragte sich, ob er ebenfalls an den Kuss letzte Nacht dachte. »Schöner Wagen«, sagte er dann jedoch.

»Er gehört der Cousine meines Vaters.«

Der Mann nickte. »Können Sie auch fahren?«

»Nein.«

Valerie holte tief Luft. »Hören Sie zu, ich möchte mich nicht mit Ihnen unterhalten, als seien wir gute Bekannte. Vergessen Sie die letzte Nacht bitte.«

»Es hat Ihnen doch gefallen.«

»Hat es nicht. Ich war überrumpelt. Seien Sie froh, dass ich meinem Vater nichts davon erzählt habe.«

»Oh, das bin ich in der Tat. Wenngleich er es vermutlich bei einer Ermahnung belassen hätte und der Bitte um Diskretion.«

»Er hätte Sie vor die Tür gesetzt.«

»Und ich hätte ihn gefragt, ob er wolle, dass jeder erfährt, dass ich an meinem ersten Tag wieder gehen muss, weil die Tochter des Hausherren mich nachts zu einem Kuss verführt hat.«

Valerie spürte, wie ihr das Blut ins Gesicht stieg. »Das habe ich nicht.«

»Sie haben es darauf ankommen lassen, nicht wahr?«

»Und wenn schon. Ein Ehrenmann nutzt dergleichen nicht schamlos aus.«

»Eine anständige junge Frau provoziert keine Küsse von fremden Männern. Ich hätte ja auch ein umherstreunender Sittenstrolch sein können.«

»Umherstreunend wohl nicht, aber das andere mag stimmen.«

Jetzt lachte er. »Wir können das gerne unter günstigeren Umständen wiederholen. Ich verspreche, Sie werden es nicht bereuen.«

»Sie glauben doch nicht, dass ich mich ein weiteres Mal von Ihnen küssen lasse. Gestern waren Sie noch der geheimnisvolle Mann aus dem Dunkeln, heute sind Sie nur noch der Koch.«

Er verengte die Augen kaum merklich. »Meine Liebe, ich bin mir sicher, Sie werden meine Qualitäten zu schätzen wissen, wenn Sie das nächste Mal gut essen möchten.«

Nun schämte Valerie sich doch ein wenig für ihre Überheblichkeit. Sie sprach ja wie Hans. »Es war nicht so gemeint«, sagte sie.

»Doch, das war es. Aber es macht nichts.« Er trat den Zigarettenstummel aus und hob ihn auf. »Auf bald, meine Hübsche. Beim nächsten Mal werden Sie den Anfang machen, und dann wird es Ihnen gleich sein, dass ich *nur* der Koch bin.«

Valerie sah ihm nach, wie er durch den Seiteneingang im Haus verschwand. Dann wandte sie sich ab und ging ebenfalls.

»Du machst es ihm auch nicht gerade leicht.« Emma versiegelte einen Brief und legte ihn zu den Postausgängen, während Hans erst ihr und dann sich selbst Kaffee einschenkte.

»Er kann mich nicht leiden, das konnte er noch nie.«

»Das ist Unsinn.«

»Großvater war der Einzige, der mich wirklich gern hatte, nachdem Mama gestorben ist.«

Emma dachte an ihren Onkel Maximilian, der Andreas nicht hatte ausstehen können, sie jedoch – zu ihrer aller Überraschung – wohl sehr lieb gehabt hatte. Ihr Vater hatte vermutet, dass es daran lag, dass sie äußerlich nach den Hohensteins schlug. »Das Selbstmitleid steht dir nicht.«

Hans legte die Ellbogen auf die Seitenlehnen des Stuhls und verschränkte die Hände ineinander. »Es ist kein Selbstmitleid. Das Leben bei ihm ist mir unerträglich.«

»Du musst allerdings auch zugeben, dass du es ihm

schwer machst. Und was du gestern Abend von dir gegeben hast ... «

» Fang du nicht auch noch damit an. «

» Hans, das geht nun einmal nicht. Wir sind ein Hotel, ein weltoffenes Gästehaus. Du kannst nicht hingehen und Menschen beleidigen, weil sie dir nicht deutsch genug sind. «

» Ich habe gar nichts gegen Besucher. Aber müssen wir uns jetzt alles Mögliche ins Land holen, was unser deutsches Brauchtum verdrängt? «

» Ich bitte dich, Hans, das kann nicht dein Ernst sein. « War es aber vermutlich doch, wenn Emma seinen Gesichtsausdruck richtig deutete. Sie seufzte. » Was sind das eigentlich für Leute, von denen du dieses Gerede mitbringst? «

» Menschen, denen ihre Heimat wichtig ist. «

» Hörst du dir immer noch diese kruden Reden an? «

» Es geht ihnen darum, der Regierung im Kampf gegen den Kommunismus zu helfen. «

» Diese Leute sind nicht gut für dich, Karl hat recht, wenn er dir den Umgang verbieten möchte. «

» Onkel Karl kann das gerne versuchen. Aber sobald ich volljährig bin, trete ich der NSDAP bei. «

Emma starrte ihn an. » Bist du närrisch? «, fragte sie schließlich.

» Warum? Es ist eine offizielle Partei, die Politik für die Menschen im Land macht. «

» Sie wurde verboten. «

» Das Verbot wurde im Februar aufgehoben. « Hans stand auf. » Ich dachte, wenigstens du verstehst mich. «

» Ich gebe mir alle Mühe, wirklich, aber dafür kann ich kein Verständnis aufbringen. «

Hans zuckte mit den Schultern. » Dann lass es. « Er trank

den letzten Schluck Kaffee im Stehen und machte Anstalten, den Raum zu verlassen.

»Du weißt, dass ich dich wirklich gern habe, nicht wahr?«, fragte Emma.

Ein kaum merkliches Kopfnicken war die einzige Antwort.

»Dann hör bitte auf mich.«

»Ich bin erwachsen, Emma, wenngleich laut Gesetz noch nicht volljährig. Ich weiß, was ich will.«

Emma stieß den Atem langsam aus. »Dann weiß ich nicht, was ich dir raten soll. Möchtest du, dass ich mit meinem Vater spreche und du zu uns ziehen kannst?«

»Das würde das Problem nur verschieben. Onkel Karl hat die Vormundschaft für mich. Aber danke trotzdem.«

Die Tür fiel hinter Hans ins Schloss, und Emma blickte ihm gedankenverloren nach. Sie wusste, dass es für Karl nicht leicht gewesen war. Erst der Krieg, dann die Inflation. Während Emmas Vater zwei Kinder zu versorgen hatte, war Karls Kinderschar praktisch über Nacht auf fünf angewachsen. Emmas Mutter und Julia hatten nach dem Krieg in Bonn in den Suppenküchen ausgeholfen, weil die Familie nicht wollte, dass der Eindruck entstand, die Hohensteins und Alsbergs lebten in ihrem Hotel fernab vom Elend wie in einem Elfenbeinturm.

Es hatte strenge Sparprogramme gegeben, und Karl hatte sich deutlich stärker einschränken müssen als die Alsbergs, wenngleich es ihnen im Vergleich zu einem Großteil der Stadtbevölkerung wirklich gut gegangen war. Dennoch lastete auf Karls Schultern die Verantwortung für die Kinder seines Bruders, dessen Tod ihm seinerzeit sehr nahegegangen war. Emma war noch klein gewesen, und es war das einzige Mal in ihrem Leben, dass sie einen Mann hatte weinen sehen. Und jetzt die ständigen Auseinandersetzungen mit Hans.

Emma beschloss, den Tag nicht länger im Arbeitszimmer zu verbringen, sondern ein wenig an die frische Luft zu gehen. Ihr Vater hatte vor einigen Tagen die Sorge geäußert, sie könne zur Stubenhockerin werden, und wenn Emma recht darüber nachdachte, war die Sorge nicht gänzlich unbegründet. Aber sie trieb ständig die Sorge um, sich beweisen zu müssen. Ludwig würde später erben und Hotelier werden, aber bei Emma war das eben nicht so selbstverständlich. Natürlich würde ihr Vater ihre Wünsche berücksichtigen, aber im Hinterkopf lauerte dennoch die Angst, sie würde als ungeeignet aussortiert werden und nur hier sitzen, weil man sie nicht enttäuschen wollte.

Sie erhob sich, als die Tür erneut geöffnet wurde. Anstelle von Hans stand nun Valerie auf der Türschwelle, die Wangen gerötet und in den Augen ein erregter Glanz. Sie stieß die Tür hinter sich ins Schloss und ließ sich auf den Stuhl fallen, auf dem Hans zuvor gesessen hatte. »Du wirst nicht glauben, was mir letzte Nacht passiert ist.«

Emma setzte sich wieder hin und hob fragend die Brauen.

»Du darfst es aber niemandem erzählen.«

»Ach, nicht einmal Charlotte?«, fragte Emma unschuldig.

Valerie schnitt ihr eine Grimasse. »Also, hör zu. Letzte Nacht hat mich unser neuer Koch geküsst.«

Emma starrte sie an.

»Ich wusste natürlich nicht, dass er der Koch ist. Er war einfach ein hübscher Kerl, der an der Remise herumstand.«

»Und du denkst, das macht es besser? Irgendein Kerl steht herum, und du küsst ihn einfach?«

»Ach, ich kann das nicht erklären. Er war so geheimnisvoll. Außerdem wollte ich ihn ja gar nicht küssen, er hat *mich* geküsst.«

»Und das ist ein Unterschied?«

»Ein Riesenunterschied.«

»Deshalb warst du heute Nachmittag so komisch.«

»War es sehr auffällig?«

»Auffällig genug, damit mein Vater Fragen stellt.«

Valerie biss sich auf die Lippe. »Ich befürchte, Hans hat mich gesehen.«

»Er war vorhin hier und hat nichts erzählt.«

»Das heißt nichts.« Valerie entfernte die wärmende Hülle und schüttelte die Kaffeekanne, dann nahm sie sich eine leere Tasse vom Tablett. »Weißt du«, fuhr sie fort, »das Schlimme ist ja, er hat wirklich gut geküsst.« Sie goss sich Kaffee ein. »Ich habe ihn natürlich geohrfeigt, immerhin hat er mich überrumpelt, aber ich muss gestehen, ich hatte mir gewünscht, ihn wiederzusehen.«

»Was ja auch eingetroffen ist.«

»Aber unter was für Umständen!« Valerie nippte an dem Kaffee. »Ich wäre ja durchaus versucht, es ein klein wenig darauf ankommen zu lassen.«

»Hör zu, wenn du ausreizen möchtest, wie weit du gehen kannst, ehe deinem Vater die Halskrause platzt, solltest du dir ein anderes Opfer suchen und nicht den armen Koch um seine Existenz bringen.«

Valerie zog ein silbernes Zigarettenetui hervor, entnahm ihm eine Zigarette, steckte diese auf eine lange Spitze und beugte sich vor. »Hast du Streichhölzer?«

Emma musste lachen, zündete ihr aber eins an, und kurz darauf wehte die erste Qualmwolke zu ihr. »Und was wirst du jetzt tun?«

»Ach, das war doch nur so dahergesagt. Ich meine, er

ist Koch, ich lasse mich doch nicht mit der Dienerschaft ein.«

»Dann ist ja gut.« Emma musterte sie und war nicht so recht überzeugt. Sie wusste, dass Valerie sehr impulsiv und leidenschaftlich sein konnte, und Nicolas Merlo hatte zweifellos Eindruck hinterlassen. Sie dachte an Karls Worte. *Ich hoffe, er sorgt nicht für Unruhe unter dem weiblichen Personal.* Tja, dachte sie, offenbar nicht nur beim Personal, lieber Cousin.

⁂ 6 ⁂

Die junge Frau kam am frühen Vormittag und fuhr einen roten Mercedes mit heruntergelassenem Verdeck, den sie souverän in die Einfahrt lenkte. Ehe sie ausstieg, nahm sie das Kopftuch ab, ließ es auf den Beifahrersitz fallen und fuhr sich ordnend über ihr dunkles Haar, das in weichen Wellen zurückgekämmt und am Hinterkopf zu einem lockeren Knoten aufgesteckt war. Dann öffnete sie die Fahrertür und kam auf Ludwig zu. Der wiederum sah von ihr zum Wagen und wieder zurück, unschlüssig, wer ihn stärker faszinierte.

Sie streckte ihm die Hand entgegen. »Minna Rebein.«

»Ludwig Hohenstein.« Er erwiderte den festen Händedruck. »Sie sind die Photographin?«

»Sie sagen das so erstaunt.«

»Freudig überrascht trifft es eher.«

Sie lächelte spöttisch. »Wenn Sie jetzt noch sagen, dass es Ihnen bei meinem Anblick leichter fällt, in die Kamera zu schauen, hat mein Bruder die Wette gewonnen.«

»Nichts läge mir ferner.«

Sie legte den Kopf schief. »Wollen Sie damit sagen, ich sei unansehnlich?«

»Nein, ich … ich wollte nur …«

Ein Lachen perlte aus ihrem Mund, und Ludwig stellte fest, dass sie dabei die Nase entzückend krauste. »Schon gut, ich wollte Sie nur aufs Glatteis führen.«

Emma und sein Vater traten nun ebenfalls in den Hof. »Ah, Fräulein Rebein«, sagte Karl Hohenstein. »Wie schön, dass Sie es einrichten konnten. Fräulein Alsberg, meine Cousine.«

Die junge Frau reichte Emma die Hand, dann wurde sie von seinem Vater ins Hotel geführt.

»Du hast sie angestarrt wie ein liebeskranker Elch«, bemerkte Emma.

»Ein *Elch*?«

»Das war das erste Tier, das mir einfiel.«

»Bei meinem Anblick? Das gibt mir zu denken. Außerdem galt meine Aufmerksamkeit dem Automobil, nicht ihr.«

»Das gibt *mir* wiederum zu denken.« Doch auch Emma war fasziniert von dem roten Mercedes mit den schwarzen Kotflügeln, das konnte sie nur schlecht verbergen. »Das ist das neueste Modell. Meine Güte, ist der schön.«

Ein Mercedes 15/70/100 PS, entwickelt von Ferdinand Porsche. Was für ein Prachtstück. Ludwig fuhr mit der Hand über die noch warme Motorhaube, die in der Sonne glänzte.

»Ich würde gerne sagen, ich hätte ihn mir hart erarbeitet«, hörte er eine Frauenstimme hinter sich, und sowohl er als auch Emma wandten sich um, »aber meine Familie ist vermögend.« Minna Rebein öffnete den Kofferraum und entnahm ihm ihre Kameraausrüstung. Sie sagte das leichthin und vermutlich eher an Emma als an Ludwig gerichtet. Emma nickte, erkannte eine Gleichgesinnte. Gleichzeitig waren die Fronten geklärt, sie waren einander ebenbürtig.

Natürlich war sie vermögend, dachte Ludwig, kein Photograph verdiente so viel, um sich eine sechssitzige Coupé-Reiselimousine für über zweiundzwanzigtausend

Reichsmark leisten zu können. »Sie betreiben die Photographie also als Freizeitbeschäftigung?«

Nun sahen ihn sowohl die Frau als auch Emma aus schmalen Augen an. Das war ja unheimlich.

»Klar«, sagte Minna Rebein schließlich. »Neben all meinen weiblichen Beschäftigungen wie Stricken und Kuchen backen.«

»Ich meinte nicht …«

»Schon gut«, unterbrach ihn Emma. »Mach es nicht noch schlimmer.«

Jetzt lachte Minna Rebein wieder. »Helfen Sie mir bitte tragen?«, wandte sie sich an ihn. »Ein wenig Hilfe könnte ich gebrauchen, und Sie würden sich dann nicht gänzlich aus Ihrer Zeit gefallen fühlen.«

Dass sie ihn als altmodisch abtat, gefiel Ludwig nun auch wieder nicht. Aber er nahm folgsam Kiste und Taschen entgegen, mit denen sie ihn belud, dann ging er mit ihr ins Hotel, während sie die Kamera und das Stativ trug.

»Haben wir nicht Pagen für dergleichen?«, fragte Valerie, die im Vestibül stand und in einem Magazin blätterte. Sie sah an ihm vorbei die Frau an, und ihre Augen weiteten sich leicht. »Wir sind uns doch schon begegnet.«

Ludwig stellte die Kiste ab, platzierte die beiden Taschen darauf und wandte sich zu seiner Schwester um. »Ah, tatsächlich?«

Minna Rebein hatte die Stirn leicht in Falten gelegt, wirkte, als überlege sie. »Ich erinnere mich nicht. Vielleicht auf einer Gesellschaft?«

»Nein, Sie haben mich umgeritten.«

»Ach, Sie waren das. Es tut mir sehr leid, ich hoffe, der Vorfall blieb ohne Folgen?«

»Mein Fuß war verstaucht.«

»Das bedaure ich wirklich außerordentlich.«

»Vielleicht lernen Sie das Reiten lieber, ehe Sie sich auf öffentliche Wege wagen.«

»Ich reite hervorragend.«

Valerie gönnte sich einen jener kleinen Lacher, in denen sie Herablassung und Spott vereinte. »Aber natürlich.«

»Fräulein Rebein ist die Photographin, die Vater bestellt hat«, mischte sich Ludwig ein.

Mit einem knappen Blick maß Valerie die junge Frau. »Ah ja, verstehe.«

Glücklicherweise näherte sich nun Katharina, die Minna Rebein herzlich begrüßte. »Wie schön, dass Sie es so kurzfristig einrichten konnten. Mein Mann erzählte mir, Sie seien auch schon in Afrika gewesen, um Photos zu machen. Davon müssen Sie mir mehr erzählen.«

Valerie wandte sich an Ludwig. »Deine Verlobte hat vorhin angerufen«, sagte sie – ziemlich laut, angesichts dessen, dass er direkt vor ihr stand.

»Hast du ihren Namen vergessen?«

»Nein, aber du hattest gerade diesen Blick, da hielt ich es für angeraten, zu erwähnen, welche Rolle Charlotte hier spielt.«

»Sei nicht albern, ich kenne diese Frau doch gar nicht.«

Valerie zuckte die Schultern.

Die folgenden Stunden wurden damit zugebracht, Photographien vom Hotel zu machen, und sowohl Ludwig als auch Emma und Konrad halfen, die Beleuchtung richtig zu platzieren und die Kamerautensilien hin und her zu tragen. Katharina Alsberg und Ludwigs Mutter waren zwar zugegen, blieben aber als Beobachterinnen außen vor. Ludwig wusste, dass seine Mutter die Photographie überaus faszinierend fand. Vielleicht sollte er seinem Vater mal einen kleinen Wink geben, immerhin stand ihr Geburtstag bevor.

Nachdem vom Hotel ausreichend Aufnahmen vorhanden waren, stellte sich die Familie am Nachmittag vor dem Haupteingang des Hotels auf, und Minna Rebein machte die letzten Aufnahmen des Tages. Als auch das endlich geschafft war, erbot Ludwig sich, ihr zu helfen, die Ausrüstung zurück in ihren Wagen zu räumen.

»Zu gerne«, antwortete die junge Frau, als sie das Zubehör in Kiste und Taschen verstaute. Während sie mit geübten Handgriffen die Kamera zerlegte, beobachtete Ludwig sie, bis sie den Kopf wandte und ihn dabei ertappte. Eilig den Blick abzuwenden, wäre peinlich gewesen, und so sah er sie an, bemerkte die Belustigung in den grauen Augen, als wisse sie um seine Gedanken.

»Sie sind also verlobt«, sagte Minna Rebein, während sie ihm bedeutete, die Kiste aufzuheben.

»Ja.« Er platzierte die Kiste in dem geöffneten Kofferraum und holte die Taschen.

»Und Ihre Schwester hielt es für angeraten, mich das wissen zu lassen?«

»Meine Verlobte ist ihre Freundin, von daher hält sie es wohl für angeraten, es jede Frau, die sich in meine Nähe wagt, wissen zu lassen.«

Minna Rebein neigte kaum merklich den Kopf. »Wenn ich mich für Sie interessierte«, sagte sie, »wäre mir Ihre Verlobte gleich, dessen seien Sie versichert. Und Ihnen nach kurzer Zeit ebenfalls.« Sie lächelte und stieg in den Wagen.

»Die Rüben müssen sauber geputzt werden«, erklärte Nicolas die Zubereitung von weißen Rüben mit Sahne.

»Dann brüht man sie mit kochendem Wasser ab. Mit einem halben Liter kochendem gesalzenem Wasser und einem Esslöffel Butter setzt man sie aufs Feuer und dünstet sie langsam weich. Dann wird die Brühe auf helles Schwitzmehl gegossen, eine Tasse süße Sahne hinzugegeben, und unter Zusatz von Zucker, Salz und Pfeffer kocht man dann eine sämige Soße, in der man die Rüben noch einmal aufkocht. Zum Schluss kann man die Rüben mit Maggiwürze verfeinern.«

»Sehr simpel«, sagte ein junger Hilfskoch.

»Ganz recht«, entgegnete Nicolas. »Umso seltsamer, dass es nicht auf der Speisekarte steht.« Er hatte bereits mit Herrn Alsberg gesprochen, und der hatte ihm freie Hand gelassen, das angebotene Menü zu erweitern.

Nachdem er seine Köchinnen und Köche entsprechend angewiesen hatte, machte er sich an die Aufstellung des besonderen Tagesmenüs, das am kommenden Morgen in die Speisekarten gelegt werden würde und täglich wechselte. Er setzte sich ins Dienstbotengesellschaftszimmer und ließ sich von einem der Hilfsköche einen Kaffee bringen. Drei Zimmermädchen saßen ebenfalls hier, in ein Gespräch vertieft, das verstummt war, sobald er den Raum betreten hatte.

»Lassen Sie sich von mir nicht stören, meine Damen«, sagte er und erntete Gekicher.

Das zweite Stubenmädchen kam nun ebenfalls und ließ sich auf einen Stuhl fallen. Es war sehr blass um die Nase und wirkte etwas elend.

»Geht es Ihnen gut, Flora?«, fragte er.

Sie nickte nur und hielt sich ein Taschentuch an den Mund.

»Wenn du krank bist«, sagte Frau Nettesheim, die eben

aus der angrenzenden kleinen Küche kam, »solltest du nicht gerade hier sitzen, wo du alle anstecken kannst.«

»Ich bin nicht krank«, antwortete das Mädchen matt. Im nächsten Moment jedoch presste sie sich das Taschentuch vor die Lippen und floh aus dem Raum.

»Na«, sagte eines der Zimmermädchen, als Frau Nettesheim Flora nachging und außer Hörweite war, »die *Krankheit* hat sie sich vermutlich von Herrn Hans anhängen lassen.« Wieder Gekicher.

Nicolas sah von der Tür zu den drei Frauen. »Halten Sie dergleichen Spekulationen für angebracht?«

»Sie hat es sich selbst zuzuschreiben, oder?«, sagte eine von ihnen, deren apartes sommersprossiges Gesicht er zum ersten Mal sah. »Dachte, auf diese Weise könnte sie aufsteigen.«

Ja, dergleichen hatte Nicolas im Laufe seiner Berufsjahre schon mehrfach gesehen. Bedauernswerte Frauen, die am Ende auf der Straße landeten.

»Sie sagte mal, es hätten ja immerhin schon zwei Dienstmädchen aus dem Hotel in die höheren Kreise eingeheiratet.«

»Tatsächlich?«, fragte Nicolas.

»Ja«, antwortete eine Brünette, »aber das ist schon fast zwanzig Jahre her.«

»Frau Nettesheim war damals noch Stubenmädchen.«

Die Frauen schreckten auf, als jemand laut in die Hände klatschte. »Was ist das hier für ein Getratsche?« Frau Nettesheim betrat das Dienstbotenzimmer. »Auf, meine Damen, die Arbeit ruft.«

Nicolas wandte seine Aufmerksamkeit wieder dem Zettel zu. Als Tagessuppe hatte er Kaisersuppe notiert, strich das dann jedoch durch und schrieb stattdessen Hodge Podge auf, eine schottische Suppe. Sicher etwas gewöhnungsbedürftig, aber man konnte es ja mal probieren.

»Jetzt eine schöne Tasse Tee«, seufzte Frau Nettesheim. »Elsa, Mädchen, sag in der Küche Bescheid«, scheuchte sie die Zweite Küchenmagd aus dem Raum, kaum dass diese ihn betreten hatte. »Haben die Schnattergänse Sie hier gut unterhalten?«, fragte sie an Nicolas gewandt.

»Das übliche Dienstbotengerede«, antwortete Nicolas ausweichend.

»Ach, das war zu meiner Zeit schon so, und das wird sich wohl auch nicht ändern. Aber es stimmt, ich war früher einmal Stubenmädchen. Hab Stenographie gelernt und wollte als Sekretärin in der Stadt arbeiten, hab aber nichts gefunden. Und dann kam der Krieg, unsere Frau Hansen ging in den Ruhestand, und Herr Alsberg bot mir an, im Hotel aufzusteigen. Ich hätte gerne im Bureau gearbeitet, aber das geben die Herren nicht aus der Hand.« Frau Nettesheim lächelte nachsichtig. »Sie sind ja ordentlich rumgekommen, habe ich gehört.«

»Ja, durchaus.«

»Das klingt herrlich.« Eine Spur von Wehmut hatte sich in ihre Stimme geschlichen. »Ich dachte damals, ich könnte die Sekretärin eines Handelsreisenden werden. Bisher bin ich nie über Bonn hinausgekommen. Und im Hotel Hohenstein arbeite ich seit meinem fünfzehnten Lebensjahr.«

»Es ist nicht zu spät, mit dem Reisen anzufangen.«

Sie lachte. »Vielleicht erfülle ich mir diesen Traum im Alter, aber jetzt ist es gut, wie es ist.« Ihr Blick ging zur Küche. »Elsa? Wird das mit dem Tee heute noch was?«

Nicolas fügte Gurkensuppe mit Kalbfleischklößen und Croutons hinzu, um auch den konservativen Geschmäckern eine Alternative auf der Tageskarte zu bieten. Vielleicht noch eine Obstsuppe, die nach Belieben kalt oder warm serviert werden konnte. Nicolas drehte den Stift zwischen den Fingern und dachte nach.

»Ach, Albert«, sagte Frau Nettesheim, als der Hausverwalter das Dienstbotenzimmer betrat. »Geh doch bitte in die Küche und sieh nach, wo Elsa mit meinem Tee bleibt.«

»Ist das meine Aufgabe?«, fragte er, tat es dann aber dennoch und brachte kurz darauf den Tee sogar eigenhändig mit.

Rhabarbersuppe, notierte Nicolas. Ente in Aspik, Huhn mit Morcheln, Jagdpastete, Steinbutt auf dem Rost gebraten, vegetarisches Pilzrisotto und als Nachtisch wahlweise eine Kirschkaltschale oder Linzer Apfelspeise. Er legte den Stift weg und erhob sich, um die Karte Herrn Alsberg vorzulegen. Im Dienstbotenkorridor kam ihm Flora entgegen. Sie war – wenn das überhaupt möglich war – noch bleicher, und ihre Augen wirkten glasig. Ohne ihn anzusehen, eilte sie an ihm vorüber.

»Was für ein reizender später Besuch«, begrüßte Ludwig Charlotte, als diese das Vestibül betrat.

»Ich war heute in Bonn und habe Stoffe angesehen für mein Brautkleid«, erzählte Charlotte und nahm seinen Arm. »Außerdem müssen wir uns langsam um den Termin kümmern.«

Emma, die ein wenig abseits stand und neue Journale auf den Tischen auslegte, bemerkte, wie es in Ludwigs Augen bei diesen Worten flackerte. »Ihr werdet doch im Sommer heiraten, nicht wahr?«, mischte sie sich ein. Das war noch ein Jahr hin, Zeit genug, damit Ludwig zur Vernunft kommen konnte.

Mit einem flüchtigen Blick maß Charlotte sie, als nehme

sie sie erst jetzt wahr. »Ach, guten Abend, Emma. Nein, ich dachte an Frühjahr. Wenn die ersten Blätter und Blüten austreiben. Eine herrliche Jahreszeit für eine Hochzeit.«

»Warum nicht im Sommer, wenn alles in voller Pracht steht?«

»Emma, es ist löblich, dass du dich um meine Hochzeit sorgst, vor allem angesichts dessen, dass dir selbst ja keine in Aussicht steht, aber überlass das mir und Ludwig.«

Der wiederum zog nun die Brauen zusammen. »Ist dieser grobe Ton nötig?«, fragte er.

Charlotte sah ihn erstaunt an. »Wie bitte?«

»Warum sprichst du so mit ihr?«

»Schon gut«, sagte Emma, »es macht nichts, sie hat ja recht. Im Gegensatz zu ihr zieht es mich nicht in den Hafen der Ehe.«

»Siehst du«, kam es nun auch von Charlotte, »sie hadert nicht mit ihrem Zustand.«

»Mein *Zustand*?« Zwar hatte Emma sich vorgenommen, ruhig zu bleiben, aber sie ließ sich mitnichten darstellen, als sei sie krank oder als stimme etwas nicht mit ihr.

Charlotte gönnte ihr jedoch nur ein kleines Lächeln und wandte sich wieder Ludwig zu. »Gehen wir in den Garten, mein Lieber?«

»Denkst du nicht, eine Entschuldigung wäre angebracht?«, entgegnete er.

Nun wirkte Charlotte weniger erstaunt als vielmehr verärgert. »Sie provoziert mich, und ich soll mich entschuldigen?«

»Sie hat einen Vorschlag gemacht, und du hast sie beleidigt. Also wäre eine Entschuldigung angebracht, denkst du nicht?«

»Ich habe sie nicht beleidigt, ich verbitte mir lediglich ihre Einmischung.«

»Es war ein Vorschlag«, sagte Emma, »mehr nicht.«

Charlotte hob das Kinn. »Gänzlich ohne Hintergedanken? Wenn ja, entschuldige ich mich.«

Damit hatte sie Emma, denn diese, das wusste jeder, der sie kannte, konnte überhaupt nicht lügen. Und so schwieg sie.

Ein triumphierendes Lächeln glitt über Charlottes Lippen. Sie hakte sich bei Ludwig ein, in dessen Augen es unheilvoll aufglomm, und Emma wusste, dass das ihr galt. Er hatte sie darum gebeten, sich mit Charlotte zu vertragen, doch sie brachte es einfach nicht über sich.

»Wie bist du hergekommen?«, hörte sie ihn fragen.

»Ich habe eine Droschke genommen.«

»Soll ich dich nachher nach Hause bringen?«

»Darauf hatte ich gehofft.«

Sollten sie doch herumturteln, dachte Emma, während sie die Journale mit mehr Schwung als nötig auf den Tisch legte und die alten in den Korb warf. Blieb nur zu hoffen, dass Ludwig der Moment der Erkenntnis nicht dann traf, wenn es zu spät war. Sie trug den Korb zum Rezeptionsarbeitszimmer, hielt auf dem Weg dorthin jedoch inne und betrachtete sich aus einigem Abstand in dem großen silbergefassten Spiegel, der seit einigen Jahren halb verborgen und umgeben von Farnen hinter einer Säule stand – das Geschenk eines türkischen Geschäftsreisenden. Es war immer wieder spannend zu sehen, dass kaum eine Frau daran vorbeigehen konnte, ohne hineinzusehen, und Emma erging es da ähnlich. Nun jedoch wollte sie nicht den Sitz ihres Hutes prüfen oder ob ihr Rock richtig fiel, sondern sie versuchte, sich mit den Augen eines Fremden zu sehen. Dann jedoch kam sie sich lächerlich vor, sah sich eilig um, ob jemand sie bemerkt hatte, und ging weiter.

An der Rezeption grüßte sie beiläufig den Concierge, übergab den Korb einem der Rezeptionisten und beschloss, noch einige Unterlagen durchzusehen. Ohne Wissen ihres Vaters und Karls hatte sie Informationen eingeholt, wie sich ein Lichtspielhaus gestalten würde, bisher war sie aber noch nicht dazu gekommen, diese durchzusehen. Wenn sie das Thema wieder zur Sprache brachte, wollte sie vorbereitet sein. Als sie das Arbeitszimmer betrat, lagen die dicken Umschläge noch genauso auf dem Schreibtisch, wie sie sie hinterlassen hatte.

Sie ärgerte sich selbst über den kindischen Impuls, Charlotte zu provozieren. Natürlich war es durchschaubar gewesen, sie erwartete nicht allen Ernstes, dass Charlotte ihr ein ernsthaftes Interesse an ihrer Hochzeitsplanung abnahm. Jetzt war Ludwig wütend auf sie – das war ihm anzusehen gewesen –, und Charlotte hatte trotzdem gewonnen. Wenn er ihr nun vorwarf, Zwietracht zwischen ihm und seiner Verlobten säen zu wollen, konnte sie das nicht mal guten Gewissens verneinen, da sie es ja im Grunde genommen ein klein wenig darauf abgezielt hatte, den beiden den gemeinsamen Abend etwas zu verderben. Emma seufzte und beschloss, sich bei Ludwig zu entschuldigen. Letzten Endes war es seine Entscheidung und nicht ihre, auch wenn sie bereits ahnte, dass es mit Charlotte gleichberechtigt an ihrer Seite im Hotel jede Menge Ärger geben würde. Mit einem Brieföffner schlitzte sie den ersten Umschlag auf und zog die auf dickem cremefarbenen Papier gedruckten Broschüren heraus.

⁂ 7 ⁂

Valerie führte ihre Stute aus dem Stall, prüfte noch einmal den Sitz des Sattels und warf einen kurzen Blick zur Remise. Dieses Mal standen dort nur zwei Etagendiener und rauchten. Ein kleiner Stich des Bedauerns durchfuhr sie, und sie schalt sich töricht. Ein Dienstbote! Die Reaktion ihrer Eltern vermochte sie sich kaum vorzustellen, ihr Vater beobachtete Anthony schon mit Argwohn.

»Ist es nicht schon etwas zu spät für einen Ausritt?«, hörte sie Ludwig fragen.

»Es ist noch nicht einmal sechs Uhr.«

»Du verpasst das Abendessen.«

»Ach, und wenn schon.« Sie ließ sich von ihrem Bruder in den Sattel helfen und nahm die Zügel auf.

»Ich dachte, du wolltest heute mit Anthony Gilbert nach Königswinter.«

»Ich habe es mir anders überlegt.«

»Armer Kerl.«

»Ein wenig zappeln lassen erhöht den Marktwert, das weißt du doch.«

Ludwig lachte. »Solche Reden dürfte ich gar nicht dulden.«

Aus der Höhe vom Pferderücken aus zerzauste sie ihm das Haar. »Dir bleibt gar nichts anderes übrig, weil du dasselbe denkst.« Damit trieb sie das Pferd über den Hof und ritt auf den Wald zu.

Es waren viele Spaziergänger unterwegs, obwohl der Tag nicht mehr ganz so strahlend war. Wolken schoben sich vor die Sonne, Schatten verdichteten sich, und der Wind frischte auf. Dennoch empfand Valerie dies nach der Hitze der letzten Tage als angenehm. Um sie herum wogte üppiges Grün, durchsetzt mit den Farbtupfern der Blumen, während es in den Blättern über ihr rauschte. Sie nahm den normalen Weg hoch zur Drachenburg, für alle längeren Ausflüge war es in der Tat schon zu spät. Aber um ein wenig aus dem Trott, der sie schon den ganzen Tag in lähmender Langeweile gefangen hielt, herauszukommen, reichte es.

Ihre Mutter hatte von ihr erwartet, im Hotel an ihrer Seite ein wenig Präsenz zu zeigen, später waren einige Damen zu Besuch gekommen – zwei Stunden Unterhaltung über völlige Nichtigkeiten –, und hernach hatte sie mit Emma zusammen noch die Einladungen zu einer Gesellschaft schreiben müssen, die sie in einem Monat geben würden.

Ihre Stute, eine Goldfuchs, die ihr Vater ihr vor einem Jahr zum Geburtstag geschenkt hatte, schien ebenfalls der Meinung zu sein, dass es genug der Langeweile war. Sie schnaubte und ging munter einher, sodass Valerie ihr die Zügel ein wenig länger gab. Am liebsten hätte sie die Arme ausgebreitet und sich vorgestellt, dass der Wind sie mit sich riss, sie davontrug auf eine Reise ins Ungewisse.

Dann sah sie den Fußgänger mitten auf dem Weg, der den Blick in ein Buch – vermutlich ein Reiseführer – gesenkt hatte. Er blickte auf, doch Valerie hatte ihn auch so bereits erkannt. Ein kurzes Aufflattern in ihrem Magen, das so schnell verflog, wie es gekommen war, dann schlug ihr Herz schneller, und sie schalt sich eine Närrin. Nun hatte auch Nicolas Merlo sie erkannt und wirkte überrascht.

»Haben Sie Ihren freien Tag?«, fragte Valerie.

»Nein, ich habe mich einfach davongestohlen, aber verraten Sie es niemandem.«

Valerie schnitt eine wenig damenhafte Grimasse. »Haben Sie sich verlaufen?«

»Auf diesem kurzen Stück vom Hotel bis hierher sollte mir das schwerfallen.« Jetzt grinste er. »Ich erkunde nur ein wenig die Gegend.«

Kurz entschlossen ließ sich Valerie vom Pferderücken gleiten. »Prächtig. Mir fehlt es entschieden an Unterhaltung.«

Nicolas Merlo hob fragend eine Braue, dann glitt ein zweideutiges Lächeln über seine Lippen.

»Nicht *die* Art von Unterhaltung«, sagte Valerie bestimmter als ihr eigentlich zumute war. Sie nahm ihm den Reiseführer aus der Hand. »Geben Sie her, den brauchen Sie mit mir nicht.«

»Dann überlasse ich mich zu gerne Ihrer Führung.«

Valerie ließ die Stute am langen Zügel hinter sich her trotten. »Der Drachenfels ist zwar nicht der höchste Berg des Siebengebirges, aber sicher der meistbesuchte. Die Burg wurde Anfang des zwölften Jahrhunderts durch den Kölner Erzbischof Friedrich I. vollendet, weil er sein Land gegen feindliche Mächte schützen musste. Im Dreißigjährigen Krieg haben die Schweden die Burg erobert und besetzt, danach war sie dem Untergang geweiht.« Valerie machte eine dramatische Pause, in der ihr Pferd ein lautes Schnauben ausstieß und den Kopf schüttelte, sodass die Trense ein leises Klirren von sich gab. »Erzbischof Ferdinand ließ die Mauern schleifen, und die Franzosen erledigten dann während ihrer Raubzüge den Rest. Als später der Dombau zu Köln wieder in Angriff genommen wurde, hat man hierfür hauptsächlich Drachenfelssteine genommen, bis die preußische Regierung dem Einhalt gebieten ließ.«

»Glücklicherweise, sonst wäre von der stolzen Feste überhaupt nichts mehr übrig.«

Sie waren fast an der Plattform, von der aus man zur Ruine gelangte, angekommen, und schon von hier aus konnte man den Überrest des Turms sehen. Am Rand stehend hatte man einen großartigen Blick auf den Rhein, über dem sich der Trachytfelsen fast senkrecht erhob. »Man sagt«, fuhr Valerie fort, »kein anderer Berg im Siebengebirge hütet einen so reichen Schatz aus Sagen und Geschichten wie der Drachenfels.«

»Wie heißt die Insel dort?«, fragte Nicolas Merlo und deutete auf ein Eiland im Fluss.

»Die längliche in der Mitte ist die Insel Nonnenwerth. Und die dort rechts ist Grafenwerth, daneben liegt auf der anderen Rheinseite Rolandswerth. Nonnenwerth gehört den Franziskanerinnen, und das Kloster beherbergt ein Mädchenpensionat.«

»Sind Sie dort zur Schule gegangen?«

»Nein, ich war auf einer Schule in Königswinter.«

Nicolas Merlo drehte sich um und hob die Hand, um die Augen zu beschatten, als er zur Turmruine aufblickte. Die Sonne lugte zwischen den Wolken hervor und schenkte dem Tag noch einen letzten Abglanz sonnenwarmer Stunden, ehe sie wieder geschluckt wurde und es sich sofort merklich abkühlte.

Valerie rieb sich fröstelnd die Arme, und Nicolas Merlo sah sie an. »Ich möchte Sie keinesfalls aufhalten.«

»Das tun Sie nicht.« Valerie ging an ihm vorbei auf den Aufgang zur Ruine zu und band ihr Pferd an. »Für Poppy ist es zu steil.«

»Sie nennen ein Vollblut Poppy?«

»Eigentlich heißt sie Penelope, aber ich finde, Poppy passt besser zu ihr.«

Nicolas Merlo sah sie zweifelnd an, widersprach jedoch nicht, sondern folgte ihr. Es waren immer noch viele Touristen und Ausflügler unterwegs, sodass die Plattform mit ihren Verkaufsständen und dem Gasthof gut besucht war. Es gab hier sogar ein Postamt, von dem aus man die Karten, die man hier kaufte, gleich losschicken konnte, außerdem ein eigenes Elektrizitätswerk, um die Wirtschaftsräume zu beleuchten.

»Ihr Vorgänger«, erzählte Valerie, »hat die beste heiße Schokolade gekocht, die ich je getrunken habe.«

»Na, heiße Schokolade werden die anderen Köche doch wohl auch hinbekommen.«

»Ja, aber nicht so. Er hat irgendetwas gemacht, damit seine noch besser schmeckte.«

»Ich liebe Herausforderungen.« In seiner Stimme schwang ein Lachen mit.

»Sie wären mein Held, wenn Ihnen das gelänge.«

Er feixte. »Darf ich mich öffentlich damit schmücken?«

»Nein.«

»Das dachte ich mir schon.«

Valerie schenkte ihm ein keckes Lächeln, dann ging sie die letzten Schritte hoch zur Ruine und trat an die Mauer, um die so vertraute Aussicht zu bewundern. Am Fuße des Berges blickte man auf Königswinter, es folgte die Einsenkung des Rhöndorfer Tales und das Talbecken von Honnef.

»Dort ist Bonn«, sagte Valerie und deutete in die entgegengesetzte Richtung, wo der Fluss einen großen Bogen beschrieb. »Und wenn Sie genau hinschauen, können Sie darüber hinaus auch noch die Türme des Kölner Doms sehen.«

Nicolas Merlo verengte die Augen, während er in die von ihr vorgeschlagene Richtung blickte. »Beeindruckend«, sagte er.

»Ich vermute, Sie sind aus der Schweiz auch grandiose Ausblicke gewöhnt.«

»So verwöhnt kann man gar nicht sein, um eine solche Aussicht nicht zu würdigen.«

Wieder glitt ein kurzes Lächeln über Valeries Lippen. Sie war nicht romantisch veranlagt, ganz anders als ihre Tante Johanna, die eine große Schwäche für Byron hatte, mit dem Valerie wiederum nichts anzufangen wusste. Aber sie konnte durchaus verstehen, dass man sich im Siebengebirge mit all seinen Mythen und Sagen und dem zauberhaften Blick auf das Land zu allerlei romantischem Unfug hinreißen lassen konnte.

Valerie zog ihre Uhr hervor und stellte fest, dass es bereits später war, als sie gedacht hatte.

»Wann erwartet man Sie zurück?«, fragte Nicolas Merlo, dem die Geste nicht entgangen war.

»Schon zum Abendessen, daher ist es eigentlich gleich, solange ich noch im Hellen daheim bin.« Langsam machte Valerie sich wieder auf den Weg hinunter, folgte dem schmalen Pfad, der sich um den Felsen herumwand. Auf der Plattform band sie ihre Stute los und führte sie auf den Eselpfad.

»Darf ich Sie begleiten?«, fragte Nicolas Merlo.

»Nun, da ich immer noch Ihren Reiseführer habe und Sie nun ohne mich hier hoffnungslos verloren wären, wird das wohl das Beste sein.«

»Ich danke Ihnen vielmals, dass Sie mich nicht der Wildnis überlassen.«

Valerie lachte, während sie einer Gruppe Touristen folgten, die ebenfalls zum Hotel zurückkehrte. Tatsächlich war es einigermaßen unmöglich, sich im Hellen auf dem Weg zum Hotel zu verlaufen, zumindest, wenn so viele Ausflügler unterwegs waren. Da sich inzwischen mehrere Hotelgäste auf den Heimweg machten und der eine oder andere Valerie unterwegs in ein Gespräch verwickelte, verlief der Rückweg einigermaßen unspektakulär.

»Hier, bevor ich es vergesse«, sagte Valerie, ehe sie den Hof betraten.

Nicolas Merlo nahm den Reiseführer entgegen, zog einen Füllfederhalter hervor, schlug das Buch auf und schrieb etwas hinein. Dann gab er es Valerie zurück. »Auf bald.«

»Wenn Sie mir die versprochene heiße Schokolade kochen.«

»Ich stehe Tag und Nacht zur Verfügung.« Er zwinkerte ihr zu und ging.

Valerie öffnete das Buch.

Auf dass ich mich auch künftig
Ihrer Führung anvertrauen darf.
Nicolas Merlo

»Sag nicht, du bist mir immer noch böse.« Emma legte einen Stapel neuer Ansichtskarten auf Ludwigs Schreibtisch.

»Bin ich nicht.« Er sah kaum auf.

Emma ließ sich seufzend an ihrem eigenen Platz nieder. »Hör zu, es war nicht so gemeint, ja?«

Ludwig nickte nur und fuhr fort, Zahlen zu notieren.

Seufzend schob Emma die Karten auseinander und wieder zusammen, wartete darauf, dass er noch etwas sagte.

»Ich werde sie heiraten«, sagte Ludwig schließlich. »Finde dich damit ab oder nicht. Aber lass sie in Ruhe.«

»Liebst du sie?«

»Bin ich dir Rechenschaft schuldig?«

»Du hättest auch einfach Ja sagen können.«

»Halte dich bitte raus, in Ordnung?«

Emma nickte nur und erhob sich.

»Was würdest du eigentlich machen, wenn du heiraten wolltest, und ich mich die ganze Zeit einmischen und den Mann schlechtreden würde?«, fragte er, ehe sie den Raum verließ.

Emma drehte sich zu ihm um. »Ich weiß es nicht«, gestand sie.

»Warum so betrübt?«, hörte sie Hans' Stimme hinter sich, als sie die Tür schloss.

»Ach, nichts weiter.«

»Immer noch die leidige Sache mit Charlotte?«

»Dir entgeht nichts, oder?«

Hans zuckte die Schultern. »Ich beobachte nur gut. Sag Ludwig, er soll sich nicht so anstellen.«

»So einfach ist das leider nicht.«

Emma ging ins Vestibül und sah Karl und ihren Vater an der Rezeption stehen. Während sie freundlich begrüßt wurde, erntete Hans einen ungnädigen Blick. Die Angelegenheit mit dem Jazzsaxophonisten war noch nicht vergessen. Vor allem, weil sich die Kapelle seither nicht mehr buchen ließ.

»Mein lieber Herr Hohenstein.« Die Stimme ließ alle aufblicken. Eine rundliche Gestalt kam auf sie zugewatschelt. Hildegard Drescher, ehemalige Nachbarin von Karls Eltern.

»Einen schönen guten Abend«, begrüßte Karl sie freundlich. »Was verschafft uns die Ehre?«

»Ach, ich war oben an der Ruine und habe mir gedacht, ich schaue auf dem Rückweg mal vorbei.«

Bis zum Hotel war es von der Bahnstation auf halbem Weg aus noch einmal ein Spaziergang von gut zwanzig Minuten. Frau Drescher ließ sich das Vorbeischauen ganz schön was kosten, dachte Emma, angesichts der roten Wangen und des rascher gehenden Atems der Frau.

»Ich bin vorhin Valerie begegnet«, erzählte Frau Drescher. »Sie war mit einem jungen Mann spazieren. Also nicht, dass ich etwas unterstellen möchte«, fügte sie rasch hinzu. »Er war ihr nicht ungebührlich nahe.«

Karl hob die Brauen. »Ach ja?«

»Vermutlich ein Hotelgast, der sich verlaufen hat«, sagte Frau Drescher. »Sie hat ihm ein wenig von der Region erzählt.« So recht konnte sie die Sensationslust in ihrer Stimme jedoch nicht verbergen.

»So wird es vermutlich sein.« Für Konrad Alsberg schien die Sache damit erledigt. Lediglich Karl wirkte etwas skeptisch, sagte aber nichts weiter und nahm Frau Drescher damit den Wind aus den Segeln. Sie tauschten noch ein paar höfliche Belanglosigkeiten aus, dann verließ die ältere Dame das Hotel wieder.

»Wo willst du hin?«, fragte Karl, als Hans Anstalten machte, ebenfalls zu gehen.

»Ich möchte mir eine Rede anhören.«

»Wieder diese komischen Leute?«

»Und wenn schon.« Hans schob die Hände in die Taschen und sah seinen Onkel bar jeden Respekts an.

»Du bleibst hier.«

Hans' Kiefer mahlten, aber der Ausbruch blieb aus. »Darf ich wenigstens in den Hof, oder bin ich jetzt hier eingesperrt?«

Karl machte eine Geste zum Hof hin, und Hans ging. »Der Bengel bringt mich noch verfrüht ins Grab.«

»Er ist noch sehr jung«, sagte Emmas Vater.

»Alt genug, um auf Abwege zu geraten.«

Vermutlich dachten sie alle gerade an Hans' Äußerungen gegenüber Johanna. *Durchrasstes Volk.* Emma gegenüber hatte Hans später erklärt, dass er seine Tante gar nicht hatte beleidigen wollen. »Aber es kann doch keine Schande sein, sein Vaterland zu lieben«, hatte er hinzugefügt.

»Ich glaube nicht, dass ihn wirklich überzeugt, was er oder was dieser komische Hitler da von sich gibt«, sagte Konrad Alsberg nun. »Es ist seine Art zu rebellieren. Und womit trifft er seinen Hoteliers-Onkel denn stärker als mit dem Ablehnen von allem, was fremdländisch ist?«

Karl wirkte nicht überzeugt, beließ es jedoch bei einem vagen Schulterzucken.

»Du warst mit einem jungen Mann bei der Ruine?«, fragte Karl Hohenstein beiläufig.

»Unser neuer Koch. Ich habe ihn zufällig auf einem Ausflug getroffen und ihm ein wenig von der Burg erzählt.« Valerie spielte Klavier und blickte kaum auf, spürte jedoch, wie ihr das Blut in die Wangen stieg. »Woher weißt du überhaupt davon?«

»Frau Drescher hat dich dort gesehen und hatte nichts Besseres zu tun, als uns gleich davon in Kenntnis zu setzen.«

»Dafür hat sie extra einen Abstecher ins Hotel gemacht?«

»Sie sagte, sie sei zufällig vorbeigekommen auf dem Weg nach Königswinter.«

Mit einem kleinen Umweg mochte das stimmen. »Tratschtante«, murmelte Valerie.

»Ja, das stimmt. Pass trotzdem auf, ich möchte nicht, dass es zu Gerede kommt.«

Valeries Hände hielten auf den Klaviertasten inne. Sie spielte bei Weitem nicht so gut wie ihre Tante Johanna, aber das hielt sie nicht davon ab, es wieder und wieder zu versuchen. »Wenn ich mich danach richte, dass die alten Schnatterweiber nichts zu erzählen haben, dann begrabe ich mich am besten direkt.«

»Na, nun übertreib mal nicht.«

Als ihr Vater den Salon wieder verlassen hatte, zog Valerie erneut das Buch hervor und las die Inschrift nun schon zum fünften Mal. Sie war ja närrisch. Entschlossen schlug sie das Buch wieder zu, so wie die vier Male zuvor. Warum hatte Nicolas Merlo sich nicht als geheimnisvoller Gast entpuppen können? Vielleicht als Industrieller. Selbst ein verarmter Adliger wäre eine Möglichkeit gewesen. Aber ein Dienstbote? Valerie schlug eine Taste an, dann eine weitere, lauschte dem Missklang und ließ den Klavierdeckel schließlich zufallen.

Was ihr Vater von der Sache halten würde, ahnte sie nur zu gut. Von den Leuten ganz zu schweigen, wenn selbst ein harmloser Spaziergang schon Anlass zu Getratsche gab. Sie blickte auf, als die Tür zum Salon ein weiteres Mal geöffnet wurde, und ließ den Reiseführer in ihr Täschchen gleiten. »Was willst du denn hier?«

»Ja, dir auch einen schönen Abend«, antwortete Hans. »Zu deiner Information: Ich wohne hier.«

»Leider, ja.«

»Ist das eine Art, mit einem armen Waisenkind zu sprechen?«

Valerie seufzte entnervt und erhob sich.

»War's denn nett mit unserem neuen Koch?«

»Woher weißt du davon?«

»Ich habe euch aus dem Wald kommen sehen.«

»Wie auch immer, es geht dich nichts an.«

»Hmhm«, machte Hans unbestimmt und nahm ihren Platz am Klavier ein. Er spielte deutlich besser als sie, ohne dafür großartig zu üben. Das war frustrierend. Valerie verließ den Salon und überlegte, was sie mit dem Rest des Abends anfangen sollte. In ihrem Zimmer fiel ihr ein, dass sie ihre Tasche im Salon hatte stehen lassen, und eilte zurück. Nicht auszudenken, wenn Hans den Reiseführer entdeckte. Wobei – an ihre Handtasche zu gehen, traute sie nicht einmal ihm zu.

Sie öffnete die Tür zum Salon und erblickte Flora, die mit rotfleckigen Wangen dastand, die Fäuste geballt, und Hans ansah. Der wiederum wirkte, als behelligte man ihn gerade mit einem besonders lästigen Problem.

»Ist etwas passiert?«, fragte Valerie.

»Nein«, antwortete Hans. »Flora wollte eben gehen.«

Flora schien zu einer Antwort ansetzen zu wollen, entschied sich dann aber dagegen, machte auf dem Absatz kehrt und verließ den Raum.

»Na so was«, murmelte Valerie und ging zum Klavier. »Gibst du mir bitte meine Tasche?«

Hans griff nach unten, hob die Tasche auf und reichte sie ihr.

»Hast du was mit Flora?«, fragte sie.

Für einen Moment wirkte Hans überrascht, dann hoben sich seine Mundwinkel spöttisch. »Zu blutarm.«

Als Valerie den Salon verließ, sah sie Flora auf dem Korridor stehen, als warte diese nur den richtigen Moment ab, um in den Raum zurückzukehren. Unter Valeries Blick jedoch wandte sie sich ab und eilte davon.

⁂ 8 ⁂

»Marianne ist letzte Nacht niedergekommen.« Karl konnte das freudige Vibrieren in seiner Stimme nicht unterdrücken, als er Konrad davon erzählte. »Heinrich hat mich heute Morgen angerufen.«

Konrad lachte. »Na dann, gratuliere! Du wirst tatsächlich früher Großvater als ich.«

»Ja, dabei fühle ich mich überhaupt noch nicht großväterlich.«

»Tja, du hast früh angefangen, mein Lieber. Wann fahrt ihr hin?«

»Heute Nachmittag. Julia und die Kinder kommen mit.«

Emma kam recht undamenhaft ins Vestibül gestürmt. »Valerie hat es mir gerade erzählt! Darf ich mitkommen?«

»Gerne, aber dann ist dein Vater mit allem allein.«

»Ach, das schafft er schon«, sagte Emma, noch ehe Konrad etwas darauf erwidern konnte.

»Wie die junge Dame sagt«, antwortete Konrad nun. »Fahrt ruhig alle zusammen. Katharina ist ja hier, und zur Not ziehe ich Andreas heran.«

»Oh, großartig«, jubelte Emma. »Wie heißt der Kleine überhaupt?«

»Das habe ich vergessen zu fragen.«

»Ach, Männer!«

Karl ging zurück in seine Wohnung, wo Julia in ihrem

Salon gerade dabei war, einige Briefe zu beantworten. Als sie ihn kommen hörte, blickte sie auf. »Guten Tag, Großvater.«

»Ich finde, aus Loyalität könntest du dich ebenfalls ein wenig großmütterlich fühlen.«

Sie hob die Brauen. »Sehe ich so aus?«

»Niemand könnte weniger großmütterlich sein als du.« Er küsste sie. Dem Kind gegenüber würde sie die Rolle dennoch einnehmen, das wusste Karl, denn an ihre richtige Mutter konnte Marianne sich kaum mehr erinnern. »Spätestens in zwei Jahren wirst du es vermutlich ganz offiziell sein, wenn Ludwig verheiratet ist.«

Julias Lächeln verblasste ein wenig. Sie war mit der Wahl ihres Sohnes nicht glücklich, wenngleich sie nicht recht zu sagen wusste, worin diese Abneigung begründet lag. Arme Charlotte, dachte Karl, einen leichten Stand hatte sie hier nicht, und das, obwohl sie alle Voraussetzungen mitbrachte, die man sich als Schwiegertochter und Ehefrau eines Hoteliers wünschen konnte.

Am frühen Nachmittag fuhren sie gemeinsam mit Julias Mercedes und Emmas Phantom zum Bahnhof in Bonn, von wo aus sie den Zug nach Köln nahmen. Am Kölner Bahnhof wartete Mariannes Mann Heinrich Wagner bereits mit seinem Automobil. Der Chauffeur des Hauses fuhr den zweiten Wagen. Heinrich strahlte, als ihm die Familie zu dem Jungen gratulierte.

»Es ging so schnell«, sagte er. »Dabei war Marianne gut zwei Wochen zu früh dran. Aber der kleine Mann wollte nicht mehr warten.«

»Wie habt ihr ihn genannt?«, fragte Julia.

»Ich habe Marianne versprochen, dass sie euch das sagen darf.«

Sie stiegen in die Automobile, und während der kurzen Fahrt zur Villa Wagner im noblen Stadtteil Marienburg, erzählte Heinrich Karl und Julia, die bei ihm im Wagen saßen, von dem Kind. »Ich glaube, er kommt ganz nach eurer Familie.«

»Angesichts dessen, wie ein Neugeborenes aussieht«, sagte Julia, »ist das ein sehr zweifelhaftes Kompliment.«

Die Männer lachten.

Sie fuhren auf das Tor der Villa zu, als Karl eine Frau bemerkte, auf eine Art vertraut, die lange zurücklag. Er stutzte, neigte den Kopf, um sie im äußeren Rückspiegel noch einmal sehen zu können. Dann runzelte er die Stirn.

»Ist alles in Ordnung?«, fragte Julia, der sein Mienenspiel offenbar nicht entgangen war.

»Ja«, antwortete er zerstreut, stieg aus und wandte sich dann wieder zum Tor. »Geht ihr doch schon einmal rein, ich glaube, ich habe jemanden gesehen.«

Nun drehte sich auch Julia zum Tor, ebenso Heinrich. »Treibt sich jemand vor meinem Haus herum?«

»Geht nur, ich kläre das«, sagte Karl und ging zur Straße. Und da stand sie wirklich und wahrhaftig vor ihm. »Carlotta?«

Sie war älter geworden, was jedoch ihrer sinnlichen Ausstrahlung keinen Abbruch getan hatte. »Du hast dich kaum verändert«, sagte sie nun auch, als habe sie seine Gedanken gelesen.

»Was tust du hier?«

»Karl Hohenstein ist Großvater geworden. Auch wenn die Geburtsanzeige noch nicht erschienen ist, pfeifen es bereits die Spatzen von den Dächern.«

»Woher weißt du, wo Marianne wohnt?«

»Scherzt du? So groß, wie ihre Hochzeit seinerzeit aufgezogen wurde? Mein Lieber, nur weil ich sie dir überlassen habe, heißt das nicht, dass ich nicht mitbekommen habe, wie es ihr weiterhin erging. Immerhin tut euereins ja nichts Großes, ohne dass die Zeitungen darüber schreiben.«

»Geschenkt«, antwortete er. »Und was willst du hier?«

»Ihr gratulieren und alles Gute wünschen. Immerhin bin ich nun Großmutter.«

»Das bist du nicht. Du hast alle Rechte auf sie aufgegeben, als du sie nicht mehr haben wolltest.«

Der Zorn, der in ihren Augen aufflammte, war so vertraut, dass Karl sich zwanzig Jahre zurückversetzt fühlte. In die Zeit, als sie immer wieder heftig stritten, ehe sie miteinander schliefen. Er war ein treuer Ehemann geworden, und in diesem Moment fragte er sich dennoch, wie es sein mochte, wenn sie sich jetzt in diesem Moment in der gleichen leidenschaftlichen Hast lieben würden wie damals, eine Regung, die ihn so wütend machte, dass er sich ruckartig von Carlotta abwandte. »Verschwinde«, sagte er und wollte zum Tor gehen.

Sie kam ihm nach und hielt seinen Arm fest, was er mit einem Blick aus verengten Lidern quittierte. »Dir ist schon klar, dass man uns sehen kann, ja?«

Zögernd zog sie ihre Hand zurück. »Die Zugfahrt hat mich viel Geld gekostet.«

»Ich werde Marianne Grüße von dir ausrichten.«

»Willst du mir tatsächlich meine Entscheidung von damals vorwerfen? Wo, denkst du, hatte Marianne es denn besser?«

»Du hast nicht an Mariannes Wohlergehen gedacht, sondern nur an dich selbst. Abgesehen davon, dass mich dein Tun damals fast meine Ehe gekostet hätte.«

Nun erschien ein höhnisches Lächeln auf ihren Lippen.

»Als hätte die *von und zu* sich von dir scheiden lassen. Und den kleinen Denkzettel hattest du durchaus verdient, findest du nicht? Ich habe gehört, du sollst danach mustergültig geworden sein.«

Nun ja, da hatte sie in gewisser Weise recht.

»Und Marianne hat es gut getroffen«, fuhr sie fort. »Aufgewachsen im Luxus und nun verheiratet mit einem wohlhabenden Arzt.«

»Willst du Geld?«

Jetzt war sie es, die ihn aus verengten Augen ansah. »Nein«, sagte sie dann. »Wenn ich welches wollte, wäre dies nun nicht gerade der richtige Augenblick.«

»Was, um alles in der Welt, suchst du dann heute hier?«

Carlotta verschränkte die Arme vor der Brust und sah zum Haus. »Es ist zwanzig Jahre her, und sie hat ein Kind. Ich habe sie nie wirklich vergessen, und da dachte ich, jetzt ist ein guter Zeitpunkt, meinen Frieden mit ihr zu machen. Außerdem möchte ich das Kind sehen.«

»Du mochtest Kinder nie.«

»Das ist nicht wahr. Ich mochte nur die Umstände nicht, unter denen ich Mutter geworden bin. Inzwischen habe ich ein weiteres Kind. Einen siebzehnjährigen Sohn, der die Schule beendet hat und eine Konditormeisterlehre macht.« Stolz hatte sich in ihre Stimme geschlichen, was Karl seltsam anrührend fand.

»Wie schön«, sagte er, nun freundlicher gestimmt. »Ich gratuliere.«

»Also, lässt du mich zu ihr?«

Karl seufzte. »Warte hier. Ich lasse Marianne entscheiden.«

»Du wirst sie gar nicht fragen und mir dann ausrichten lassen, sie habe Nein gesagt, nicht wahr?«

»Bin ich jemals wortbrüchig geworden?«

Sie schüttelte den Kopf.

»Na also.« Er ging zum Tor und überquerte den Hof. Es war so lange her, und er fragte sich, wie Julia reagieren würde. Der Lakai ließ ihn ein, und Karl lief die Treppe hinauf in Mariannes Zimmer, wo die ganze Familie bereits versammelt war. Julia stand neben Mariannes Bett und hielt ein Kind in den Armen.

»Mama, jetzt gib ihn mir doch auch mal«, sagte Valerie.

Karl blieb einen Moment stehen und betrachtete die Szene. Unwillkürlich stieg in ihm die Erinnerung auf, wie er viele Jahre zuvor in ein Schlafzimmer gekommen war, und Julia neben dem Fenster stand, einen Säugling in den Armen und auf dem Gesicht diesen Ausdruck leisen Erstaunens. Dann löste er sich von dem Anblick und ging zu Marianne, beugte sich zu ihr und küsste sie.

»Wie geht es dir, mein Liebes?«

»Gut. Ich war ja in besten Händen.« Sie lächelte Heinrich an und sah dann zu Julia und dem Kind.

»Steht dir immer noch so gut wie vor dreiundzwanzig Jahren«, sagte Karl zu ihr.

»Komm nicht auf dumme Gedanken«, scherzte sie.

»Also wirklich, Mama«, sagte Valerie und wurde rot. »Und jetzt gib ihn mir endlich.« Sie nahm Julia das Kind aus den Armen und wich geschickt Emma aus, die es ebenfalls haben wollte. »Marianne, Papa ist da, du kannst jetzt sagen, wie er heißen soll.«

»Ich dachte an Alexander.«

Karls Brust zog sich kurz zusammen. »Das ist eine wunderbare Idee.« Er erhob sich und nahm Valerie das Kind aus den Armen. »Herzlich willkommen, kleiner Alexander.« Der Junge sah ihn aus blauen Augen an, gähnte und schien gänzlich unbeeindruckt. Karl übergab ihn Emma und wandte sich wieder an Marianne. »Liebes, draußen steht eine Besucherin. Ich habe sie weggeschickt, aber sie ließ sich nicht abweisen und wollte dich unbedingt sehen.«

»Wer?«

»Carlotta.«

Mariannes Augen weiteten sich erstaunt.

»Was will sie hier?«, fragte Julia. Natürlich war sie nicht gut auf sie zu sprechen. Bei der Erinnerung an das einzige Zusammentreffen der beiden überkam Karl heute noch Unbehagen.

»Ihren Frieden machen, sagte sie.«

Julia verschränkte die Arme vor der Brust und schwieg. Sie würde sich nicht einmischen, wenngleich sie über das Auftauchen von Carlotta sichtlich nicht erfreut war.

»Schick sie hoch«, sagte Marianne.

»Bist du dir sicher?«

»Ja, warum nicht? Ich erinnere mich kaum noch an sie und bin neugierig. Wäre sie nicht gekommen, hätte ich sie vielleicht selbst aufgesucht.«

Karl hob erstaunt die Brauen.

»Ich kann sie inzwischen verstehen, Papa. Ein wenig zumindest. Und bei dir aufzuwachsen war doch das Beste, was mir passieren konnte, nicht wahr?« Sie lächelte entwaffnend.

Karl läutete nach dem Stubenmädchen, das kurz darauf erschien. Er wies sie an, Carlotta einzulassen und zu Marianne zu führen. Julia wandte sich ab und ging zum Fenster.

»Jetzt wird es spannend«, sagte Hans. »Onkel Karls Fehltritt kommt zur Tür herein.«

»Sei nicht so unverschämt«, wies Karl ihn zurecht.

»Stimmt, es war ja nur einer von vielen.«

Julia drehte sich zu ihm um. »Hans, das reicht.«

»Natürlich, Tante Julia, Verzeihung.«

Valerie stellte sich neben ihre Mutter, wirkte seltsam ablehnend, und Karl fragte sich, ob er nicht einen Fehler gemacht hatte. Aber nun war es zu spät. Das Stubenmädchen führte Carlotta in den Raum, und diese wirkte auf einmal beinahe schüchtern, was sich seltsam bei ihr ausnahm.

»Guten Tag«, sagte sie unbestimmt in die Runde und näherte sich dann dem Bett. »Marianne.« Ihr Lächeln wirkte bemüht. »Danke, dass du mich empfängst.«

Marianne nickte ihr freundlich zu. »Setz dich doch. Möchtest du einen Kaffee?«

Zögernd ließ Carlotta sich auf einem Stuhl nahe dem Bett nieder. »Wie ich sehe, geht es dir gut.«

»Ja.« Marianne läutete nach dem Stubenmädchen und wies sie an, Kaffee zu bringen. Währenddessen stand Emma ein wenig abseits mit dem Kind, und neben Julia hatte sich eine Art stumme Front gebildet. Karl hoffte, dass Carlotta nicht darum bat, den Säugling nehmen zu dürfen oder ihn gar als ihr Enkelkind bezeichnete.

»Ich hätte vielleicht mit meinem Besuch warten sollen«, sagte Carlotta. »Daran, dass deine Familie heute kommt, hätte ich denken müssen.«

»Das macht nichts. Nicht wahr, Papa?«

Karl fühlte Julias Blicke auf sich ruhen, als er den Kopf schüttelte. »Nein, durchaus nicht.« Er ging zu seiner Frau und legte ihr leicht die Hand um die Taille, spürte, wie angespannt sie war. Ging ihr das wirklich bis zu diesem Tag nach? Er wusste, dass seine Untreue ihr zugesetzt hatte, und die Sache mit Carlotta wohl mehr als die mit den anderen Frauen, da diese auch Mutter eines seiner Kinder war.

»Wie hast du überhaupt so schnell davon erfahren?«, fragte Marianne.

»Es hat sich herumgesprochen, dass Karl Hohenstein Großvater geworden ist.« Nun schimmerte wieder ein wenig von dem früheren verschmitzten Lächeln durch.

Als das Stubenmädchen mit dem Kaffee erschien, erhob Carlotta sich, um ihr das Tablett abzunehmen und stellte es auf den Tisch. Karl entspannte sich ein wenig. Die Sache schien doch weniger dramatisch zu werden, als er befürchtet hatte.

»Es ist doch offensichtlich, dass dir etwas fehlt«, sagte Frau Nettesheim, als Flora mit leicht grünlichem Gesicht an ihrer Tasse nippte. Sie saßen zur nachmittäglichen Teestunde um den langen Tisch im Dienstbotengesellschaftszimmer, und Flora tat kaum mehr, als halbherzig den Kuchen zu zerkrümeln und ab und zu einen Schluck Tee zu trinken.

»Vielleicht kann dir Frau Hohensteins Zofe deine Kleider um die Mitte ein wenig auslassen«, schlug eines der Zimmermädchen vor, woraufhin einige der Frauen kicherten und auf Floras Gesicht rote Flecke erschienen.

»Ruhe!« Frau Nettesheim sah in die Runde. »Dergleichen Unterstellungen möchte ich hier bei Tisch nicht hören. Flora, geh ins Bett, für heute bist du entschuldigt.«

Flora erhob sich rasch und verließ den Raum. Sie war so offensichtlich in anderen Umständen, dass Nicolas sich fragte, ob die Haushälterin das nicht bemerkte oder nicht bemerken wollte. Oder aber sie setzte auf Diskretion und wollte Gerede eindämmen. Wie auch immer, für Flora wurde es kritisch.

»Ich finde übrigens Ihr Kalbsragout ganz famos«, sagte Hannelore – oder Hanni, wie sie genannt werden wollte.

»Vielen Dank«, antwortete Nicolas und bemerkte Jettes Blick, die stumme Einladung. Das war in der Tat verlockend, aber so gerne er darauf eingegangen wäre, so wusste er doch, dass Liaisons mit den Dienstmädchen zu Ärger führten. Und da ihm seine derzeitige Stelle gut gefiel, hatte er nicht vor, diese zu riskieren, indem er sich von einer Frau, mit der er zusammenarbeitete, ein Kind unterschieben ließ oder gar eine lautstarke Szene heraufbeschwor, weil es ihm nicht ernst war. Zudem hatte er andere Ambitionen.

Als Nicolas sich erhob, konnte Jette ihre Enttäuschung nur schlecht verbergen. Er ging in die Küche, zog seine weiße Kochbekleidung an, setzte die hohe Mütze auf und nahm die Bestellungen für das Abendessen entgegen. Für den kommenden Tag stand die Bestandsaufnahme der Vorräte auf dem Programm. Ihm oblag die Verwaltung der gesamten Küche, und nicht alles konnte er an seine Unterköche delegieren.

Er wies einen Hilfskoch an, Eischnee mit Zucker zu schlagen, und einen weiteren, Pistazien und süße Mandeln mit Sahne und Eiweiß fein zu stoßen. Dann setzte er Milch auf, kochte sie bei kleinem Feuer eine Viertelstunde lang mit einer Vanilleschote, fügte die Pistazien-Mandel-Sahne hinzu, schmeckte sie mit Zucker und einer Prise Salz ab und quirlte Mehl mit ein wenig kaltem Wasser hinein. Nachdem die Suppe fünf Minuten gekocht hatte, goss er sie durch ein feines Sieb und zog sie mit Eigelb ab. Aus dem Eischnee stach er Klöße aus, die er in die heiße Suppe gab. Sein erster Unterkoch richtete sie auf einem Teller an und gab sie weiter. Er wusste, an welche Familie das Essen ging, die älteste Tochter hatte eine Schwäche für Milchsuppen und verlangte jeden Abend danach.

Eine Abendgesellschaft bestellte geschmorte Ente mit

Rosmarin, getrüffelte Gans, Fleischsuppen und Rehkeule. Die Küche summte vor Geschäftigkeit, und während Nicolas einige Gerichte selbst zubereitete, musste er zugleich ein Auge auf die übrigen Köche haben. Eine seiner Auszubildenden trug einen Teller mit Hammelfleisch in Kapernsoße, lief zu schnell, glitt aus, und der Teller flog in hohem Bogen durch die Küche. Das Menü spritze auf die weißen Kittel der Köche, Soße troff auf den Boden, und Brocken von Hammelfleisch mit Beilage landete in Töpfen, sodass einiges von dem, was gerade köchelte, unbrauchbar wurde. Lautes Fluchen war zu hören, das Knirschen von Scherben, und Nicolas sah sich gezwungen, ein Machtwort zu sprechen. Er wies die Küchenmägde an, den Boden aufzuwischen, ließ das Essen zum Teil neu aufsetzen und hielt der ungeschickten Anzulernenden eine Strafpredigt, während derer sie in Tränen ausbrach. Dann schickte er jemanden zu Konrad Alsberg, damit dieser die Gäste vertröstete, die nun länger auf ihr Menü warten mussten.

»Verdammt noch mal«, schimpfte einer der Hilfsköche und riss sich den verdreckten Kittel vom Leib. Er hatte von allen am meisten abbekommen. »Pass demnächst besser auf, du dumme Gans.«

»Mäßigen Sie sich«, ermahnte Nicolas ihn, als das Mädchen erneut zu weinen anfing. »Und Sie, Martha, gehen zurück an Ihre Arbeit«, sagte er zu der Auszubildenden.

Er warf einen Blick auf die Uhr. Die Hohensteins wurden bald zurückerwartet, und bis dahin musste das Diner für gewöhnlich fertig sein. Wenn er das Menü für die beiden Familien ein wenig nach hinten schob und dafür die Gäste vorzog, für die neu gekocht werden musste, wären sie bald wieder im Zeitrahmen.

Valerie beobachtete die ihr unbekannte Frau schweigend. Sie unterhielt sich mit Marianne, wobei das Gespräch sehr allgemein blieb. Gerade erzählte sie ihr jedoch von deren Halbbruder. Wollte sich diese Person gar in ihr Leben drängen? Valerie ahnte, dass ihrer Mutter der Besuch ganz und gar nicht gefiel, und auf eine künftige nähere Bekanntschaft legte diese ganz gewiss keinen Wert.

Allerdings schien Marianne da ähnlicher Meinung zu sein, denn sie war zwar höflich, nannte sie aber offenbar bewusst nicht »Mutter« und bat auch nicht darum, ihren Sohn kennenzulernen. Irgendwann erhob die Frau sich, bedankte sich noch einmal bei Marianne, dass diese sie empfangen hatte, und wandte sich an Valeries Vater.

»Ich hoffe, wir trennen uns dieses Mal im Guten.«

Karl Hohenstein nickte knapp. »Leb wohl, Carlotta. Und alles Gute.«

»Frau Hohenstein.« Die Frau neigte den Kopf. »Sie grollen mir natürlich noch. Aber immerhin hat mein Besuch Sie dazu gebracht, ihn endlich zur Vernunft zu bringen. Sonst hätten Sie ihn vielleicht nie verlassen.«

»Ja, ich danke Ihnen vielmals«, spöttelte Julia Hohenstein.

Die Frau verließ das Zimmer, und Ludwig wandte sich an seine Mutter. »Du hast Papa verlassen?«

»Müssen wir heute darüber sprechen?«, fragte Karl Hohenstein.

»Nein«, sagte Marianne entschieden. »Sie war hier, meine Neugierde ist gestillt, und nun lasst uns Kuchen essen. Emma, bring mir den Kleinen bitte. Hans, läutest du noch mal nach dem Stubenmädchen?«

Es wurde dann doch noch ein schöner Nachmittag, und der Besuch der früheren Geliebten ihres Vaters hinterließ keinen Missklang. Zumindest keinen, der offen spürbar war. Valerie ahnte, dass ihre Mutter auch nach all den Jahren nicht gänzlich mit der Angelegenheit versöhnt war.

Während der Rückfahrt nach Bonn schwieg Valerie und hing ihren Gedanken nach. Erst als sie mit ihrem Bruder, ihren Cousins und Emma im Wagen saß und zur Fähre fuhr, kam das Thema zur Sprache.

»Tante Julia hat Onkel Karl wirklich verlassen?«, fragte Jakob.

»Sieht so aus«, sagte Ludwig, der vorne neben Emma saß.

»Wollte sie sich scheiden lassen?«, fragte Hans.

»Da wir bisher nicht einmal wussten, dass sie mal getrennt waren«, antwortete Valerie, »sollte es sich doch wohl von selbst verstehen, dass wir auch das nicht wissen können.«

»Ich bezweifle es allerdings«, kam es von Emma. »Ich meine, heute ist es ja schon schwierig, sich scheiden zu lassen. Wie mag das damals dann gewesen sein.«

Auf Valerie machten ihre Eltern jedoch nicht den Eindruck, als seien sie nur widerwillig zusammen. Und solange Valerie sich zurückerinnerte, war das nie anders gewesen. Natürlich würden sie die Kinder das nicht spüren lassen, aber Valerie wusste, verbergen ließe sich das nicht so einfach, sie hatte genug Freundinnen, deren Eltern nur eine Zweckgemeinschaft bildeten.

»Sie war früher sicher einmal sehr hübsch«, sagte Hans. »Aber nicht so schön wie Tante Julia. Daher bestand die Gefahr sicher nicht.« Es war fast, als wolle er sie trösten, und Valerie sah ihn erstaunt an. Dann schenkte sie ihm ein Lächeln und wandte den Blick wieder auf die Straße.

Daheim angekommen ging sie nicht ins Haus, sondern

in den Hof hinter der Remise und setzte sich auf einen verwitterten Mauerrest. Einer der Chauffeure kam vorbei und grüßte im Vorbeigehen, fünf Zimmermädchen trafen sich zu einer kurzen Zigarettenpause, sahen sie verwundert an und gingen wieder an ihre Arbeit. Und schließlich trat Nicolas Merlo aus der Tür, bemerkte Valerie und wirkte überrascht.

Valerie stand auf. »Haben Sie eine Zigarette für mich?«

Er reichte ihr eine. »Warten Sie womöglich auf mich?«

»Ja, Sie sind der Einzige, der mit mir raucht.«

Ein kaum sichtbares Lächeln spielte um seine Mundwinkel. »Na, immerhin.«

Aufmerksam musterte sie ihn. »Was hat Ihnen denn heute die Laune verdorben?«

»Ein kleines Malheur in der Küche.«

»Ah ja.« Valerie nahm einen tiefen Zug und atmete langsam aus.

»Sie wirken auch nicht gerade glücklich. Gefiel Ihnen der Sohn Ihrer Schwester nicht?«

Valerie musste lachen. »Oh, der ist reizend. Nicht, dass ich es eilig damit hätte, selbst einen zu bekommen, aber doch, wirklich reizend. Aber leider ist Mariannes Mutter auch gekommen.«

Davon, dass Karl Hohenstein eine uneheliche Tochter hatte, musste er gehört haben, das war nun wahrhaftig kein Geheimnis. »Wie nett.«

»Hmhm«, machte sie unbestimmt.

»War sie auf Ärger aus?«

»Nein, sie wollte ihren Frieden mit Marianne machen. Sie hat sie wohl seit zwanzig Jahren oder so nicht gesehen.«

»Und das passt Ihnen nicht?«

Valerie stieß den Rauch langsam aus und dachte nach, woher ihr Unbehagen rührte. »Es ist seltsam, sie zu sehen und daran zu denken, dass sie neben Mama … Na ja, Sie wissen schon.«

Jetzt war das Lächeln offensichtlicher. »Ja, ich weiß schon.«

»Ich habe sie wie einen Eindringling empfunden.«

»War sie das denn? Ein Eindringling?«

Valerie schüttelte den Kopf. »Sie wollte wirklich nichts Böses. Aber sie hat sicher bemerkt, dass keiner von uns glücklich über ihr Kommen war.«

»Denken Sie, es ging ihr in Wahrheit um Ihren Vater?«

»Nein, das sicher nicht. Es ging ihr nur um Marianne. Sie war aber so vertraut mit ihm.«

»Angesichts dessen, dass sie einmal seine Geliebte war, ist das wohl normal.«

Valerie nickte nur und schnippte Asche auf den Kies. Dann schob sie den Gedanken an Mariannes Mutter entschieden beiseite und bemühte sich um ein Lächeln. »Sie schulden mir noch die beste Schokolade meines Lebens.«

»Wann immer Sie wollen, Sie müssen nur befehlen. Ich bin nachts in der Regel der letzte, der zu Bett geht.«

In Valeries Magen flatterte es. Sie war ja närrisch. Ärgerlich auf sich selbst ließ sie die Kippe fallen, trat sie aus und hob sie auf, um sie in den Abfallkübel zu werfen. »Ich muss wieder rein. Haben Sie einen schönen Abend.«

»Danke, Ihnen auch.«

Valerie drehte sich auf dem Absatz um und ging. Falls Nicolas ihr brüsker Abgang irritierte, zeigte er es nicht.

⁂ 9 ⁂

Minna lenkte ihren Mercedes auf den Hof vor dem Hotel und war sich der Blicke der Umstehenden gewiss. Sie stieg aus, nahm das Kopftuch ab, warf es nachlässig ins Auto und nahm dann ihre Photomappe vom Rücksitz. Der Portier grüßte höflich, als sie an ihm vorbei ins Vestibül schritt. Ludwig Hohenstein stand an der Rezeption und unterhielt sich mit dem Concierge. Als er aufblickte und sie sah, lächelte er.

»Fräulein Rebein.« Er kam auf sie zu und gab ihr die Hand. »Wir haben heute Morgen über die Photos gesprochen.«

Minna reichte ihm die Mappe. »Nun, dann hoffe ich, sie entsprechen Ihren Erwartungen.«

Ludwig Hohenstein wies mit der Hand in Richtung Salon. »Sehen wir sie uns doch in Ruhe bei einer Tasse Kaffee an. Mein Vater und mein Großonkel sind in einem Gespräch, und Fräulein Alsberg ist außer Haus. Sie müssen also momentan mit mir vorliebnehmen.«

»Ich kann mir Schlimmeres vorstellen«, scherzte sie.

Der Salon war wirklich hübsch mit seinen hohen Bogenfenstern und den altmodischen Kandelabern dazwischen. Minna ließ sich auf einem der zierlichen gusseisernen Stühle nieder und griff nach der Karte, während Ludwig Hohenstein die Mappe mit den Photographien auf dem Tisch ablegte.

»Sie sind natürlich unser Gast«, sagte er.

Sie lächelte ihn an und neigte dankend den Kopf. Dann stützte sie die Ellbogen auf den Tisch und legte das Kinn in die Hände. »Nun schauen Sie schon rein, ich sehe doch, dass Sie vor Neugierde platzen.«

Ludwig Hohenstein wirkte belustigt. »Platzen nicht vielmehr Sie vor Neugierde auf meine Reaktion?«

»Nein, ich weiß, dass ich ziemlich gut bin.«

»Ah ja?«

»Überzeugen Sie sich selbst.«

Er öffnete die Mappe und holte einen Stapel Photos hervor. Währenddessen näherte sich der Kellner, um die Bestellung entgegenzunehmen. Minna wählte ein Stück Erdbeerkuchen und Kaffee.

»Gnädiger Herr?«, wandte der Kellner sich an Ludwig Hohenstein.

»Kaffee, bitte.« Dann wandte er sich den Photographien zu, und Minna wartete gespannt, während er die sepiafarbenen Aufnahmen durchsah. Es waren verschiedene Aufnahmen vom Hotel, von außen, von innen, mit im Garten flanierenden Gästen sowie Bilder von der Familie. »Sehr gelungen«, sagte er. Einige Photos sah er sich etwas länger an als andere. »Meiner Mutter werden sie gefallen. Sie möchte gerne selbst photographieren.«

»Eine schöne Freizeitbeschäftigung für Frauen, nicht wahr?«

»Ja«, antwortete er zerstreut, während er die Bilder betrachtete. Dann wurde ihm sein Fehler offenbar bewusst, und er sah auf, wurde rot. »Ich meinte …«

Der Kellner erschien mit dem Bestellten.

»Also ich wollte damit nicht sagen, dass meine Mutter genauso gut photographiert wie Sie.«

»Trauen Sie ihr nicht zu, hm?«

»Nein, das meinte ich nicht.« Er wurde tatsächlich noch eine Spur roter. Minna grinste.

»Keine Sorge, ich wollte Sie nur ein wenig ärgern. Es stimmt, um wirklich gute Bilder zu machen, dauert es Jahre. Und ich mache das ja beruflich. Für den Privatgebrauch ist es wieder etwas anderes.«

»Ich habe noch nie photographiert, stelle es mir aber interessant vor.«

»Heute habe ich meine Ausrüstung nicht dabei, aber wenn es sich ergibt, lasse ich Sie gerne mal ran.«

Er quittierte die kleine Zweideutigkeit mit einem kurzen Heben der rechten Augenbraue, ehe er sich wieder den Photographien zuwandte. Minna trank einen Schluck Kaffee und griff nach der Kuchengabel.

»Die Gartenaufnahmen gefallen mir besonders gut«, sagte sie. »Für Postkarten würde ich eines der Bilder von der Hotelfront auswählen. Und dann gibt es die Möglichkeit, mehrere Bildausschnitte auf einer Karte zusammenzustellen. Also im Zentrum die Hotelfront und drumherum möglicherweise eine Gartenaufnahme, eine vom Salon und eine vom Vestibül mit der herrlichen Treppe.«

Ludwig Hohenstein nickte. »Ja, das klingt gut. Ich werde das mit meinem Vater und Herrn Alsberg besprechen.«

Valerie Hohenstein betrat den Salon, bemerkte sie und hob grüßend die Hand. »Guten Tag, Fräulein Rebein«, sagte sie kühl – offenbar war sie immer noch nachtragend – und sah ihrem Bruder von hinten über die Schulter. »Die Photos. Wie schön! Die schaue ich mir nachher genauer an. Hast du Mama gesehen?«

»Wollte sie nicht nach Bonn?«

»Wir wollten gemeinsam hin.«

»Ach so, keine Ahnung, wo sie ist.«

Valerie Hohenstein wandte sich seufzend ab und verließ mit einem knappen Gruß in Minnas Richtung den Salon.

»Ihre Schwester ist mir wohl immer noch böse wegen des Reitunfalls.«

»Sie wird darüber hinwegkommen.« Ludwig Hohenstein schob die Photos zusammen und schloss die Mappe. Dann trank er einen Schluck Kaffee und sah Minna an. »Sie waren wirklich in Afrika?«

»Hat Frau Alsberg Ihnen das erzählt?«

»Ja, sie war sehr beeindruckt.«

»Ich von ihr ebenfalls. So viel wie sie bin ich nicht gereist.«

»So viel wie sie ist wohl kaum eine Frau gereist. Möchten Sie das weiterhin machen? Reisephotographie?«

»Ja, nicht als Schwerpunkt, aber hin und wieder schon. Daher habe ich es mit dem Heiraten nicht eilig, dann ist damit nämlich Schluss.« Es war ihr wichtig, das klarzustellen, nicht, dass er ihr Geplänkel falsch verstand.

»Die Zeiten ändern sich.«

»Nicht, was das angeht, befürchte ich. Ich möchte auch gar nicht hierbleiben, sondern nach Amerika.«

Jetzt wirkte er interessiert. »Tatsächlich?«

»Ja. Ich würde herumreisen, Photos machen und dann in einer der großen Städte meinen eigenen Photosalon eröffnen. *Dafür* muss ich allerdings vorher heiraten, sonst erlaubt meine Familie es nicht. Sie sehen, mein Leben ist etwas vertrackt.«

»Nicht nur Ihres«, antwortete er.

»Nun, Ihr Weg scheint mir als Haupterbe des Hotels doch einigermaßen fest vorgezeichnet.«

»Ja, das ist wohl so.«

Minna schob sich das letzte Stück Kuchen in den Mund und betrachtete ihn. Sie hatte ein gutes Auge für Menschen und Stimmungen. Bedauerlich, dass sie seine Verlobte noch nicht kennengelernt hatte, sie hätte gerne gewusst, was für ein Mensch sie war und welche Art Frau er ausgewählt hatte, um mit dieser sein Leben zu verbringen.

»Sprechen wir von etwas Erfreulicherem.«

»Erfreulicher als ein Luxushotel als Haupterbe?«

Er verzog kaum merklich das Gesicht, was ihr Antwort genug war.

»Dann erzählen Sie mir von Ihrer Verlobten. Vielleicht könnte ich ein Bild von Ihnen zusammen machen.«

»Das ist eine hervorragende Idee«, meinte er. Sein Blick jedoch sagte etwas anderes, nicht offensichtlich, vielmehr veränderte er sich untergründig um feine Nuancen. Sie hatte dergleichen einmal bei einem Wolf gesehen, der in einem Gehege gefangen war. Resigniert, in sein Schicksal ergeben, das keinen Ausbruch erlaubte. Interessant, dachte sie.

Der Mann war ein Ausflugsgast, so viel wusste Emma inzwischen. Er schien Wanderungen ins Siebengebirge zu machen und kehrte dabei stets im Hotel ein. Gelegentlich erschien er auch auf einem Tanzabend. Und immer sah er sie an, auf eine Art, die ihr unangenehm war. Sie überlegte, mit ihrem Vater darüber zu sprechen, aber was sollte sie sagen? Dass er sie ansah? Er war schließlich nicht übergriffig, belästigte sie nicht und tat auch sonst nichts, was ein Eingreifen rechtfertigte. Mehr als ein diffuses Unbehagen konnte sie nicht gegen ihn ins Feld führen.

Sie begegnete ihm immer häufiger, und nachdem er ihr

schließlich mehrere Tage hintereinander über den Weg gelaufen war, war Emma inzwischen so weit, dass sie sich fortwährend umsah. Das war ja verrückt. Dann war er mehrere Tage lang gar nicht gekommen, aber anstatt aufzuatmen wurde Emma nur noch nervöser, als könne er sich hinter Bäumen verborgen halten. Als es schließlich so weit war, dass sie Hans fragen wollte, ob er sie an diesem herrlichen Sommertag nach Königswinter begleitete, wo sie einige Besorgungen zu erledigen hatte, schalt sie sich selbst eine Närrin.

Der Weg durch den Wald war rege frequentiert, da viele Touristen und Ausflügler das schöne Wetter für einen Aufstieg zum Drachenfels nutzten und dabei auch abseits des allgemein gebräuchlichen Esel- und Wanderpfades unterwegs waren. Ihre diffusen Ängste kamen Emma inzwischen selbst albern vor, als sie den Duft von sommerwarmen Blumen einatmete und ein lauer Wind durch das sattgrüne Laub strich.

Sie ging zu ihrer Schneiderin zur Anprobe, vereinbarte, dass die drei fertigen Kleider geliefert werden konnten, während zwei weitere ein wenig enger gemacht werden mussten. Als sie später wieder auf der Straße stand, war ihr noch nicht so recht danach, heimzukehren, und so bummelte sie noch ein wenig durch die Straßen, auf denen Sommergäste unterwegs waren. Ab und zu fuhr ein Automobil holpernd über das Kopfsteinpflaster.

Als Emma an einem Friseursalon vorbeikam und die ausgestellten Werbebilder sah, auf denen Frauen einen eleganten Bubikopf trugen, mal mit Pony, mal mit Seitenscheitel, mal hinten kürzer als vorne, mal – wie bei Valerie – mit seitlich ins Gesicht gedrehter Locke, griff sie an ihren Haarknoten und stellte sich vor, wie eine solche Frisur wohl bei ihr aussehen mochte. Bisher hatte sie sich nicht so recht getraut, sich von ihrem langen Haar zu trennen. Was bei Minna Rebein – die sie vor ihrem Aufbruch noch kurz mit Ludwig gesehen hatte – mondän und schick wirkte, kam Emma bei sich selbst altbacken vor. Und so betrat sie kurz entschlossen den Salon.

Eine Stunde später war sie sich sicher, den Fehler ihres Lebens begangen zu haben. Sie stand wieder auf der Straße, der Kopf fühlte sich seltsam leicht an, und der Wind strich ihr über den Nacken. Das Haar war kinnlang mit Pony, auf beiden Seiten in einer leichten Welle ins Gesicht gekämmt und hinten etwas kürzer als vorne. Während der Friseur ihr vorgeschwärmt hatte, wie wunderbar sie aussah, rechnete Emma innerlich, wie lange es dauerte, bis das Haar wieder lang war.

Jetzt war sie den Tränen nahe, fühlte sich unansehnlich, hatte das Gefühl, ihr Kopf sehe auf einmal zu klein aus. Als sie durch die Straßen ging und immer wieder im Vorbeigehen ihr Spiegelbild in den Fenstern sah, fühlte sie sich in diesem Eindruck wieder und wieder bestätigt. Schließlich machte sie sich auf den Rückweg, langsam, um den Moment, in dem sie ihrer Familie so gegenübertreten musste, hinauszuzögern. Hans würde vermutlich spotten, das tat er ja bei Valerie schon ständig, und die sah hinreißend aus.

Auf dem Rückweg waren weniger Menschen unterwegs, was ihr nur recht war. Gegen Abend machten sich die meisten Wanderer – vor allem die Familien – auf den Rückweg oder kehrten noch für ein frühes Abendessen in eines der auf dem Weg liegenden Restaurants ein. Emma berührte ihr Haar im Nacken, seufzte und verwünschte ihren Einfall, den Friseursalon betreten zu haben.

»Ich finde es auch überaus bedauerlich, dass Sie sich von Ihrem herrlichen Haar getrennt haben«, hörte sie eine Männerstimme hinter sich sagen und fuhr herum.

Ihr Herz setzte einen Moment aus und schlug dann in einem rasend schnellen Rhythmus. Wieder dieser Mann. Sie konnte nicht einmal sagen, worin sich ihre Abneigung gegen ihn begründete. Er sah nicht unbedingt schlecht aus, war gekleidet wie ein Mann aus ihren Kreisen und hatte ihr bisher auch nichts getan. Dennoch erschrak Emma, als er so plötzlich hinter ihr war.

»Das soll natürlich nicht heißen«, fuhr er auf ihr Schweigen hin fort, »dass Sie nun weniger hübsch sind.«

»Vielen Dank«, antwortete Emma so ruhig wie möglich und wollte ihren Weg fortsetzen.

»Sie sind auf dem Weg ins Hotel?«, fragte er.

»Ja.«

»Dort möchte ich auch hin. Ich liebe Ihre Küche.«

»Das freut uns sehr«, antworte Emma mechanisch und beschleunigte ihre Schritte ein wenig.

»Ich war in den letzten Wochen schon oft Gast in Ihrem Haus«, fuhr der Mann fort.

Emma nickte lediglich.

»Einmal haben wir ja sogar miteinander getanzt, daran erinnern Sie sich bestimmt.«

»Ich habe mit so vielen Gästen getanzt«, antwortete Emma in entschuldigendem Ton.

»Aber an die Blicke, die wir in letzter Zeit getauscht haben, erinnern Sie sich doch gewiss.« Der Mann schlug einen vertraulich scherzenden Ton an.

»Ich bedaure …«

»Sie gehören zu den Frauen, die sich gerne vorher ein bisschen zieren, nicht wahr?«

Emma blieb stehen und wandte sich zu ihm um. »Offenbar liegt hier ein Missverständnis vor, Herr …«

»Böhm, Walter Böhm.«

»Herr Böhm. Es tut mir leid, dass Sie sich falsche Hoffnungen gemacht haben, aber von meiner Seite aus besteht kein Interesse an einer näheren Bekanntschaft.«

Der Mann lächelte, wirkte gar ein wenig nachsichtig. »Und was sollten dann die Blicke?«

»Wie gesagt, ich denke, Sie haben etwas missverstanden.« Emma hoffte, er sah ihr nicht an, dass ihr das Herz bis zum Hals schlug. Mit einem kühlen Nicken verabschiedete sie sich und wollte weitergehen, aber er umfasste ihren Arm.

»Was sollen die Spielchen?«, fragte er. »Sind Sie eine von denen, die die Männer gerne zappeln lassen?«

»Lassen Sie mich los«, zischte Emma und sah sich um, in der Hoffnung, einen Spaziergänger zu entdecken.

»Wenn meine Anwesenheit Sie auf einmal so stört, warum haben Sie sie dann die ganze Zeit vorher anstandslos hingenommen? Haben mich angesehen, mit mir getanzt, ohne nur das leiseste Zeichen einer Abneigung?«

»Ich habe Sie nicht anders behandelt als jeden anderen Gast.«

»Das glaube ich Ihnen nicht. Keiner von den anderen hat in den letzten Wochen so oft Ihre Nähe gesucht wie ich, und ich weiß, wovon ich spreche, ich habe Sie beobachtet.«

Emma versuchte, ihren Arm zu befreien, wollte fliehen, am besten zurück nach Königswinter, überschlug sie rasch, der Weg dorthin war kürzer als zum Hotel. Mit einem Ruck zog der Mann sie an sich und versuchte, sie zu küssen.

»Nein!« Emma drehte ihr Gesicht weg, doch er presste die Finger in Ihre Wangen. Dann hielt er abrupt inne.

»Man sollte doch glauben«, hörte sie eine fremde Männerstimme, »dass Ihnen die Bedeutung des Wortes *Nein* geläufig ist.«

Walter Böhm sah den Fremden an, und sein Griff um Emmas Gesicht lockerte sich. »Wer sind Sie?«, fragte er gepresst.

»Lassen Sie sie los!« Der Fremde hatte den Mann am Kragen gepackt, so fest, dass er ihm offensichtlich fast die Luft abschnürte. »Jetzt sofort.« Die Stimme duldete keinen Widerspruch.

Zögerlich ließ Walter Böhm von ihr ab, inzwischen hochrot im Gesicht. »Es tut mir leid«, sagte er zu Emma. »Ich weiß nicht, was in mich gefahren ist.«

Der Fremde stieß ihn von ihr weg. »Los, verschwinden Sie.«

»Verzeihen Sie mir bitte.« Eilig wandte er sich ab und rannte den Weg zurück Richtung Königswinter.

Emmas Atem ging so rasch, dass sie kaum sprechen konnte. Beruhigend legte der Fremde ihr die Hand auf den Arm. »Atmen Sie tief ein und langsam wieder aus.«

»Danke«, kam es in einem erstickten Laut über Emmas Lippen. Tränen nahmen ihr die Sicht, Tränen des Schrecks, des Zorns und des Ekels.

»Wohin sind Sie unterwegs?«, fragte der Mann.

»Nach Hause, ins Hotel Hohenstein«, antwortete Emma, als sie ihrer Stimme wieder traute.

»Dorthin wollte ich auch, ich treffe meine Schwester.«

Argwöhnisch taxierte Emma ihn.

»Minna Rebein, sie wollte heute Photographien dorthin bringen. Ich bin Georg Rebein.« Er reichte ihr die Hand, die Emma zögernd ergriff. »Wir wollen zusammen zu Abend essen. Wenn Sie erlauben, begleite ich Sie.«

Emma nickte nur und machte sich daran, ihren Weg mit

zittrigen Knien fortzusetzen. Georg Rebein hielt ausreichend höflichen Abstand zu ihr, während er neben ihr herging. Der Weg kam ihr länger vor als bisher, und da sie nicht in Plauderstimmung war und der Fremde ihr kein Gespräch aufzwang, lag nun auch noch ein drückendes Schweigen in der Luft. Gelegentlich kamen ihnen Spaziergänger entgegen, ansonsten waren nur die Geräusche des frühabendlichen Waldes zu hören. Emma atmete auf, als endlich das Hotel in Sicht kam.

»Und was genau stört dich daran, dass sie weiterhin Kontakt mit Marianne sucht?«, fragte Konrad.

»Sie hat sich all die Jahre nicht um sie geschert«, antwortete Karl, während sie im Arbeitszimmer Unterlagen zur Installation eines elektrischen Weckdienstes durchgingen.

»Vielleicht lag das nur in den Umständen begründet. Sie wollte keine ledige Mutter sein und hat einen klaren Schnitt gemacht. Jetzt ist sie eine verheiratete Frau, und Marianne ist erwachsen.«

Karl zuckte lediglich mit den Schultern.

»Hat Julia etwas dazu gesagt?«

»Nein. Solange sie ihr nicht begegnen muss, macht es ihr wohl nicht so viel aus.«

»Na also.«

Die Tür flog auf, und Emma kam in das Arbeitszimmer gestürzt. Karl und Konrad sahen erstaunt auf.

»Was ist passiert?« Konrad erhob sich. »Emma?«

Es war ein gänzlich ungewöhnlicher Anblick, die sonst so selbstbewusste Emma mit den Tränen kämpfen zu sehen.

»Ich war beim Friseur«, kam es ihr gebrochen über die Lippen. »Und ich sehe scheußlich aus.«

»Nein«, widersprach Konrad, »du …«

»Und dann im Wald«, fiel sie ihm ins Wort, »war da dieser Mann.«

»Ein Mann?« Nun klang ihr Vater alarmiert. »Was für ein Mann?«

»Er war schon öfter hier zu Gast. Ein Herr Walter Böhm. Er verfolgt mich schon seit Längerem, und ich dachte, ich bilde mir das nur ein.«

Nun stand auch Karl auf, lauschte aufmerksam.

»Und im Wald hat er mich festgehalten und gesagt, er würde merken, dass ich an ihm interessiert sei und dass er kein Nein gelten lassen würde. Und dann hat er versucht, mich zu küssen.« Sie brach in Tränen aus, und Konrad kam zu ihr, nahm sie in die Arme.

»Alles gut, mein Liebes. Wo ist der Mann jetzt?«

»Der Bruder von Fräulein Rebein ist in diesem Moment vorbeigekommen und hat ihn verjagt.« Emma löste sich von ihrem Vater und kramte nach einem Taschentuch. Karl reichte ihr eins. »Danke.« Sie schniefte. »Ich wollte zu Mama, aber die ist nicht da.«

»Sie ist noch in Bonn bei einer Bekannten.« Konrad führte Emma zu einem Stuhl. »Setz dich erst einmal, meine Kleine.« Er griff nach der Kanne und goss ihr eine Tasse Tee ein.

»Wo ist Herr Rebein?«, fragte Karl. »Ich werde mit ihm sprechen und mich bei ihm bedanken. Außerdem muss ich mehr über den Mann erfahren, der dich angegriffen hat. Wir werden ihn bei der Polizei melden.«

»Oh, bitte nicht«, rief Emma hastig. »Ich möchte das nicht irgendwelchen Polizisten erzählen, ich würde vor Scham sterben.«

»Du hast dir nichts zuschulden kommen lassen«, sagte Karl.

»Trotzdem. Vielleicht habe ich ihn ja wirklich ermutigt, weil ich die ganze Zeit, in der ich mich beobachtet gefühlt habe, nichts unternommen habe.«

»Nein«, antwortete ihr Vater entschieden. »Dich trifft keine Schuld, Emma. Nicht die geringste.«

»Aber dennoch …«

»Vielleicht greift er sonst die nächste Frau an, wenn wir das ungesühnt lassen«, insistierte Karl.

Emma griff sich an die Stirn. »Gib mir einen Moment«, bat sie, und Karl nickte.

»Gut, ich lasse euch jetzt allein.«

»Sag Herrn Rebein bitte, dass auch ich noch mit ihm sprechen möchte«, bat Konrad noch, bevor Karl die Tür hinter sich zuzog.

Das war in der Tat ein Schreck, und Karl mochte sich nicht vorstellen, wie er selbst reagiert hätte, hätte jemand gewagt, sich Valerie auf diese Art zu nähern. Wo war sie überhaupt? Er hatte sie seit dem Nachmittagskaffee nicht mehr gesehen.

Ludwig stand mit Fräulein Rebein und einem ihm unbekannten Mann – vermutlich deren Bruder – an der Rezeption. Sie hatten den Nachmittag damit verbracht, Photos durchzusehen, darüber zu sprechen, welche sie auswählen würden, welche sich für Postkarten eigneten und welche Aufnahmen für die Werbung genutzt werden konnten. Sie würden Werbeprospekte auch auf Englisch und Französisch drucken lassen, und hinsichtlich dessen fiel die Wahl der richtigen Bilder schwer. Sie waren sich immer noch nicht gänzlich einig.

»Ah, Vater«, sagte Ludwig, als er ihn entdeckte. »Herr Georg Rebein, der Bruder von Fräulein Rebein«, stellte er den Fremden vor. Karl ergriff dessen Hand.

»Es ist mir ein Vergnügen. Und vielen Dank für das, was Sie für Fräulein Alsberg getan haben.«

»Das war doch eine Selbstverständlichkeit.«

Ludwig runzelte die Stirn. »Was ist mit Emma? Sie wirkte verstört, als sie heimkam.«

Offenbar hatte Minna Rebeins Bruder zu der Angelegenheit diskret geschwiegen. Das sprach für ihn, befand Karl. »Ein Mann hat sie belästigt, und Herr Rebein hat Schlimmeres verhindert.«

Ludwig war sichtlich erschrocken. »Wo ist sie jetzt?«

»Bei ihrem Vater. Wir werden uns um alles Weitere kümmern. Herr Rebein, ich möchte die Sache morgen früh bei der Polizei zur Anzeige bringen, und vermutlich werde ich Sie als Zeugen benötigen.«

»Ich stehe Ihnen zur Verfügung.«

»Siehst du«, sagte Minna Rebein. »Da hatte es doch sein Gutes, dass wir heute Abend hier essen gehen wollen. Sonst wärst du nicht als strahlender Held zur Stelle gewesen.« Sie lächelte.

»Sie sind heute Abend natürlich unsere Gäste«, sagte Karl. »Mein Sohn wird Sie in den Speisesaal führen und dem Oberkellner Bescheid geben, es Ihnen an nichts fehlen zu lassen.«

»Selbstverständlich.« Ludwig sah Minna Rebein für Karls Begriffe einen Moment zu lange an. Da Karl in seinen jungen Tagen selbst nicht gerade ein Ausbund an Tugendhaftigkeit und Zurückhaltung gewesen war, wusste er dergleichen Blicke zu deuten. Offenbar empfahl es sich, die Sache im Auge zu behalten, immerhin waren sie mit der Verlobung Verpflichtungen eingegangen.

Eine Stunde später – Emma saß mit einer Tasse Kräutertee auf dem Sofa im elterlichen Salon – hatte der Zorn den Schrecken und die Scham über das Geschehene verdrängt. Doch Emma stellte fortwährend ihr eigenes Verhalten infrage. Sie hätte ihn entschiedener in die Schranken weisen sollen, ihn ohrfeigen und treten müssen. Warum diese Zurückhaltung? Hatte er womöglich doch recht, dass sie nicht eindeutig genug war in ihrer Ablehnung?

»Du musst deinen Vater und Karl morgen nicht begleiten, wenn du nicht möchtest«, sagte ihre Mutter. »Herr Rebein wird als Zeuge mitkommen. Ich denke, man wird die Sache diskret behandeln.«

»Findest du es denn auch richtig, es zu melden?«

Ihre Mutter überlegte. »Ja, durchaus«, antwortete sie schließlich. »Wenngleich ich dein Zögern verstehen kann, mir ginge es nicht anders.«

Ehe sie das Thema weiter ausführen konnten, trat Fritz, der Erste Lakai, ein und meldete eine Besucherin. »Gräfin Wittershaus, gnädige Frau.«

Katharina Alsberg blickte erstaunt auf. »Was für eine seltsame Uhrzeit für einen Besuch. Führ sie rein, Fritz.«

»Kennen wir sie, Mama?«, fragte Emma, ohne ihre bequeme Sitzhaltung mit untergeschlagenen Beinen aufzugeben. Wer abends unangekündigt hereinschneite, musste damit leben, dass die Form nicht mehr gänzlich gewahrt blieb. Julia hätte Valerie dergleichen nicht durchgehen lassen, Emmas Mutter war da weniger streng.

Eine sehr elegante Dame um die Fünfzig betrat den Salon. »Guten Abend, Frau Alsberg. Ich entschuldige mich für die späte Störung, aber die Sache duldet keinen Aufschub.« Für Emma hatte sie nur ein knappes Nicken übrig.

Katharina Alsberg hatte sich erhoben. »Nehmen Sie

doch bitte Platz, Gräfin Wittershaus. Womit kann ich Ihnen helfen?«

Die ältere Dame setzte sich, und Emmas Mutter schickte Fritz weg mit der Anweisung, ihnen Tee zu bringen.

»Es geht um meinen Neffen.«

Katharina Alsberg forderte die Dame mit einem leichten Nicken auf, weiterzusprechen.

»Er war eben bei mir und erzählte mir von einem bedauerlichen Missgeschick mit Ihrer Tochter.«

Nun stellte Emma ihre Teetasse mit einem Klirren ab und richtete sich auf. Gräfin Wittershaus warf ihr einen kurzen Blick zu und fuhr, an ihre Mutter gerichtet, fort. »Offenbar befand er sich in der irrigen Annahme, sein Interesse an Ihrem Fräulein Tochter sei gegenseitiger Natur und hat in seinem jugendlichen Überschwang ein wenig über die Stränge geschlagen.«

»Über die Stränge geschlagen?« Emmas Stimme klang gepresst. Ihr war, als schnüre ihr jemand die Luft ab. »Er hat mich festgehalten und versucht, mich zu küssen.«

»Das ist bedauerlich, und dafür entschuldige ich mich in seinem Namen in aller Form. Allerdings trifft Sie durchaus eine gewisse Mitschuld, meine Liebe.«

Fritz trat ein, stellte ein Tablett mit Teegedeck und einem Teller Buttergebäck auf einem Tisch ab und zog sich rasch wieder zurück.

»Eine Mitschuld?« Katharina Alsberg hob kaum merklich die Brauen. »Wie darf ich das verstehen?«

»Mein Neffe war des Öfteren hier und hat Ihrer Tochter sein Interesse signalisiert, was dieser nicht unlieb zu sein schien.«

»Das ist doch gar nicht wahr«, begehrte Emma auf. »Hätte ich ihm verbieten sollen, hierherzukommen? Und was hätte er dann gesagt? Dass ich mir seine Blicke einbilde?«

»Sie waren sich seiner Blicke also bewusst?«

»Ja, durchaus.«

»Und Sie haben ihn nicht in die Schranken gewiesen?«

»Was hätte ich denn sagen sollen? ›Sehen Sie mich nicht so an?‹«

Gräfin Wittershaus nickte verstehend. »Haben Sie Ihren Eltern davon erzählt?«

»Nein ...«

»Haben Sie mit ihm getanzt, als er Sie aufgefordert hat?«

»Ihm öffentlich einen Korb zu geben, wäre sicher sehr unhöflich gewesen. Wenngleich mir nicht wohl dabei war, mit ihm zu tanzen.«

»Haben Sie ihm das gesagt?«

»Nein, ich ...«

»Und da wundern Sie sich, dass Ihr Benehmen als Einladung verstanden wird?«

Emma spürte, wie ihr das Blut in die Wangen schoss.

»Das reicht jetzt.« Die Stimme ihrer Mutter klang scharf. »Was unterstellen Sie meiner Tochter denn?«

»Dass sie sich der Aufmerksamkeit eines gut aussehenden Mannes bewusst war, diese hingenommen hat und nun ein lautes Geschrei anstimmt.«

»Ich habe überhaupt nichts hingenommen. Im Wald habe ich ihm gesagt, er solle mich in Ruhe lassen, aber er hat nicht darauf reagiert.«

»Nachdem Sie ihm vorher erlaubt haben, Sie zu begleiten.«

»Darum hat er doch gar nicht gebeten, er ist einfach mitgekommen und hat sich nicht abschütteln lassen.« Emma hörte selbst, wie schrill ihre Stimme klang. »Vielleicht hätten Sie ihn besser erziehen sollen, dann wüsste er, wie er sich einer Dame gegenüber verhält.«

»Sie lümmeln in meiner Anwesenheit auf dem Sofa herum wie ein Kind und haben den Nerv, mich über Erziehung belehren zu wollen? Abgesehen davon, dass mir bei Ihrer Haltung das Wort *Dame* gewiss nicht als Erstes in den Sinn gekommen wäre.«

Katharina Alsberg erhob sich. »Das reicht. Verlassen Sie meinen Salon.« Sie zog am Klingelstrang.

Gräfin Wittershaus schenkte ihr ein sparsames Lächeln. »Falls Sie die törichte Idee haben sollten, die Sache der Polizei zu melden, möchte ich Sie wissen lassen, dass die Polizei dieselben Dinge fragen und dieselben Schlüsse ziehen wird wie ich. Abgesehen davon, dass ich einige wichtige Leute kenne, und ich garantiere Ihnen, am Ende ist der Ruf Ihrer Tochter garantiert angeschlagen. Also lassen Sie es gut sein. Mein Neffe wird sich formvollendet entschuldigen, und danach vergessen wir die Angelegenheit. Im Übrigen steht ihr Wort gegen seines.«

»Sie vergessen offenbar«, sagte Katharina Alsberg, »dass es einen Zeugen gab. Und Herr Rebein hat seine Hilfe bereits angeboten.«

Gräfin Wittershaus runzelte kaum merklich die Stirn. »Georg Rebein?«

»Ja, ganz recht.«

»Hat seine Schwester nicht gerade einen großen Auftrag in Ihrem Haus?« Die Brauen der älteren Dame zogen sich zusammen.

»Bezweifeln Sie seine Glaubwürdigkeit?«

Nun lächelte Gräfin Wittershaus. »Aber keineswegs. Ich vermute nur, dass er seine Beobachtung eher in eine Richtung interpretieren würde, die für seine Schwester keinen finanziellen Schaden bedeutet.«

Die Tür wurde geöffnet, und Fritz trat ein. »Sie wünschen, gnädige Frau?«

»Gräfin Wittershaus möchte gehen.«

Die ältere Dame nickte ihr und Emma zu. »Haben Sie noch einen schönen Abend.«

Nachdem Fritz sie hinausgeleitet und die Tür hinter sich geschlossen hatte, sank Katharina Alsberg zurück auf ihr Sofa. Sie zitterte vor Zorn, Emma hatte sie noch nie zuvor so gesehen.

»Es ist doch immer dasselbe«, zischte ihre Mutter. »Der Mann benimmt sich daneben, und die Frau ist schuld.«

Emma biss sich auf die Unterlippe. Wieder überkamen sie die Zweifel, hatte sie das Gefühl, nicht entschieden genug in ihrer Ablehnung gewesen zu sein. »Ich möchte nicht zur Polizei«, sagte sie.

»Wir lassen uns von dieser Person sicher nicht vorschreiben, was wir zu tun haben. Sie mag einflussreich sein, aber das sind die Hohensteins auch. Und die Zeiten des Adels sind ohnehin gezählt.«

Emma nickte vage, beschloss jedoch, sich nicht von ihrer Meinung abbringen zu lassen. Nicht auszudenken, wenn die Polizei ihr Verhalten ebenso darstellen würde wie diese Frau soeben. Dem wollte sie sich ganz sicher nicht aussetzen.

»Ich lausche natürlich nicht an Türen«, sagte Fritz und wirkte beleidigt.

»Und woher weißt du dann, dass ein Fremder Fräulein Emma küssen wollte?«, fragte Henri, der Zweite Lakai im Hause Hohenstein.

»Sie sprachen darüber, als ich den Tee gebracht habe.«

Nicolas ging eine Menüliste durch, während um ihn herum wilde Spekulationen angestellt wurden, von welcher Natur der Vorfall gewesen sein mochte.

»Also wenn *mich* der Neffe einer Gräfin küssen würde, würde ich nicht so ein Geschrei darum machen«, sagte Hanni.

»In dem Fall wären deine Tage in unserem Haus gezählt«, brummte Frau Nettesheim.

»Wieso? Kann ein Dienstmädchen nicht auch aufsteigen?«

»Aber bestimmt nicht *so*«, kam es von einem der Zimmermädchen.

»Von wegen Grafenküsse«, sagte das sommersprossige Zimmermädchen – Elsbeth, wenn Nicolas sich richtig erinnerte, »wo ist Flora eigentlich?«

Einige Mädchen lachten, andere verzogen gequält über den wenig gelungenen Scherz das Gesicht.

»Krank«, sagte Frau Nettesheim.

Wieder kicherten einige, und Nicolas sah auf, um auszumachen, wer es war. Dann widmete er sich wieder seiner Menüaufstellung.

»Warum geht Flora nicht zum Arzt?«, fragte Elsbeth.

»Das ist ihre Sache«, antwortete Frau Nettesheim. »Und jetzt ist Schluss mit den Mutmaßungen, meine Damen.«

Nicolas fand es überaus sympathisch, dass die Haushälterin nach wie vor zu Flora hielt, solange ihr Zustand nicht offensichtlich war. Immerhin stellte sie die Möglichkeit in den Raum, dass die junge Frau tatsächlich nur krank war – unwahrscheinlich, aber im Rahmen des Möglichen.

Inzwischen hatte Nicolas sich im Hotel eingelebt, und es gefiel ihm ausgesprochen gut, wenngleich man nicht mehr leicht zu beeindrucken war, wenn man seine berufliche

Laufbahn im Adlon begonnen hatte. Ihm oblag hier mehr Verwaltungsarbeit als bei seiner vorherigen Stelle, aber das war ihm nur recht. Seine Ausbildung hatte zwei Jahre Kochlehre umfasst sowie ein Jahr Serviertätigkeit und eine einjährige Einführung in Bureautätigkeiten und Warenkunde. Durch Hotelpraxis und die Fachschule hatte er kaufmännische und wirtschaftliche Zusammenhänge verstehen gelernt.

Da das Hotel Hohenstein – wie die meisten großen Hotels – ein eigenes Bestell- und Rechnungswesen in der Küchenabteilung hatte, kamen Nicolas' Kenntnisse oft zur Anwendung. Zudem unterstand ihm der Wareneingang, das Lebensmittellager – sowohl das im Keller zur längerfristigen Lagerung als auch das in Küchennähe für den Tagesbedarf –, die Vorratskammer für Milchprodukte und die für Brennmaterialien. An die Hauptküche schloss sich die kalte Küche an, in der rohes Fleisch und kalte Speisen angerichtet wurden und wo die Kühlschränke untergebracht waren. Weiterhin gab es die Hotelpatisserie, in der Süßspeisen zubereitet wurden, die Kaffeeküche und die Gemüsekammer. Abgetrennt von der Küche waren die Spülanlagen, wo die Küchenmägde arbeiteten.

Das Küchenkontor, wo Nicolas eigentlich sein Bureau haben sollte, war derzeit noch nicht fertiggestellt. Zwar war der Raum abgeteilt worden von der Kaffeeküche, aber es sollte noch ein Schreibtisch samt Stuhl hinein und ein Telephon. Solange dies nicht der Fall war, musste er seine Verwaltungstätigkeiten am Tisch im Dienstbotengesellschaftszimmer erledigen, was angesichts des fortwährenden Geschnatters oftmals nicht ganz einfach war. Andererseits ließ man ihn dafür abends weitestgehend in Ruhe, wenn er länger wach blieb und die liegengebliebene Arbeit nachholte. Und da bestand immerhin die Möglichkeit, dass Valerie Hohenstein einmal den Weg zu ihm finden würde.

⁂ 10 ⁂

Valerie frisierte Emmas Haar mit einem Brenneisen. »Der Schnitt passt zu deinem Gesicht«, sagte sie. »Außerdem gibt er dir etwas Mondänes und Geheimnisvolles.«

»Es ist nett, dass du das sagst.« Emma klang wenig überzeugt.

»Ich hätte mich von der alten Schachtel nicht davon abhalten lassen, zur Polizei zu gehen, wenn ihr widerlicher Neffe mich geküsst hätte.«

»Du hast ihn auch bemerkt?«

»Nein, aber wenn er es nötig hat, einer Frau aufzulauern und sie zu befummeln, kann er nur widerlich sein.« Sie betrachtete Emma im Spiegel, die Augen kritisch prüfend zusammengekniffen, zupfte hier und da eine Strähne zurecht und war schließlich zufrieden. »Du bist so hübsch, Emma. Wenn du nur nicht immer so ernst gucken würdest.«

»Ich habe eben nicht deine Frohnatur.«

»Nicht alle können sein wie ich. Die Männerwelt würde durchdrehen.«

Jetzt musste Emma doch lachen, dann stand sie auf und gab Valerie einen Kuss auf die Wange. »Ich wüsste nicht, was wir hier ohne dich tun sollten.«

»Das weiß ich auch nicht. So, und nun beeil dich. Ich habe gehört, Papa und Onkel Konrad beraten über den Lichtspielraum.«

»Ja, ist das nicht unglaublich?«

»Noch unglaublicher fände ich es, wenn du meinen Vater endlich zum Kauf eines Rundfunkempfängers überreden könntest. Stell dir vor, Musik aus Amerika direkt im Zimmer empfangen zu können. Man kann sich kaum ausmalen, wie zauberhaft das wäre.«

»Mein Vater ist da einigermaßen zugänglich, aber deiner scheut die Kosten.«

»Und wenn wir dafür auf den Lichtspielraum verzichten?«

»Auf keinen Fall!« Emma betrachtete sich ein weiteres Mal im Spiegel und wirkte immer noch skeptisch. »Ich lasse sie wieder wachsen.«

»Ach was, du gewöhnst dich daran.«

»Wenn du es sagst.« Sie warf Valerie eine Kusshand zu und verließ den Raum.

Valerie ließ sich vor dem Spiegel nieder, fuhr sich halbherzig mit der Puderquaste durch das Gesicht, besah ihre Frisur von allen Seiten und wusste nichts rechtes mit dem Tag anzufangen. Besuche standen nicht an, und auf einen Ausflug in die Stadt hatte sie auch keine Lust. Eigentlich hatte sie auf gar nichts Lust. Wobei, nein, das stimmte nicht. Sie schloss die Augen, gestand sich Wort für Wort ein, was sie sich ansonsten stets verbot. *Ich möchte Nicolas Merlo küssen, bis mir die Sinne schwinden.* Sie öffnete die Augen wieder. So, nun war es heraus. Sie saß in ihrem Zimmer und verzehrte sich nach einem Dienstboten. Ging es noch vulgärer?

»Vielleicht bist du ein Graf«, murmelte sie, »der sich als Koch tarnt, um seinem Häscher zu entkommen. Oder du musst dich verstecken, weil du ein düsteres Geheimnis trägst. Oder ich bin ganz einfach verrückt geworden.«

Sie stand auf und verließ das Zimmer. Vielleicht war Anthony irgendwo zu sehen und ging mit ihr spazieren. Es war Zeit, wieder einen klaren Kopf zu bekommen. Ihre Mutter saß mit Charlotte beim Tee, und kurz überlegte Valerie, sich anzuschließen, aber sie hatte auch dazu nicht so recht Lust. Als sie in den Garten ging, sah sie Anthony dort mit zwei Hotelgästen sitzen und in eine angeregte Unterhaltung vertieft. Ihr zuliebe würde er sie zweifellos unterbrechen, aber sie wollte ihn nicht stören, wie ein kleines Kind, das sich nicht zu beschäftigen wusste. Und hinter der Remise darauf zu warten, dass Nicolas Merlo auftauchte, verbot sie sich.

Als sie zurück ins Hotel ging und gerade überlegte, ob sie nicht doch nach Bonn fahren und eine Freundin besuchen sollte, bemerkte sie, wie zwei Zimmermädchen aufgeregt miteinander tuschelten. Ein drittes kam hinzu, bekam die Neuigkeiten mitgeteilt und machte große Augen. Valerie blieb stehen, konnte jedoch nicht hören, was sie sagten. Dann sah sie Frau Nettesheim, auf deren Wangen sich rote Flecke gebildet hatten.

»Steht hier nicht rum und tratscht«, herrschte sie die Mädchen an, dann eilte sie weiter.

Das Gespräch war nicht ganz so verlaufen, wie Emma es sich erhofft hatte. Karl und ihr Vater hatten zwar ihre Pläne bis ins Detail angehört und für gut befunden, doch sie wollten sich mit der Planung noch etwas Zeit lassen, um die Kosten zu überschlagen.

»Aber es wäre optimal, wenn alles zum Winter hin fertig wäre«, sagte sie.

»Es bleibt immer noch die Frage, wo genau der Raum eingerichtet werden soll«, kam es von Karl. »Der Vorschlag, den alten Herrensalon umzufunktionieren, gefällt mir nicht.«

»Wir könnten eine Suite in der Beletage umbauen.«

»Auf keinen Fall«, widersprachen ihr Vater und Karl gleichzeitig.

»Überzeug uns, Emma«, sagte ihr Vater hernach. »Dann reden wir weiter.«

Damit war das Gespräch beendet. Aber Emma wollte sich nicht beklagen. Alle anderen Punkte hatten die Zustimmung der beiden gefunden, sie hatten sich die Prospekte angesehen und die Planung durchgesprochen. Blieb nur noch die Frage der Lokalität.

Es klopfte, dann betrat Frau Nettesheim das Arbeitszimmer. »Fräulein Alsberg?«

»Ja?«

»Es geht um Flora, wir würden gerne einen Arzt rufen lassen.«

»Ach je, was fehlt ihr denn?«

»Die Sache ist etwas … delikat.«

Emma hob fragend die Brauen.

»Wir befürchten, nun ja, eine Fehlgeburt, gnädiges Fräulein.«

Emma nickte. »Verstehe. Ich rufe Dr. Kleist an. Wer kümmert sich um sie?«

»Ich selbst, gnädiges Fräulein. Momentan ist Hanni bei ihr.«

»Gut.« Emma griff nach dem Telephon und ließ sich mit der Praxis von Dr. Kleist verbinden. Während sie wartete, tippte sie mit einem Bleistift auf die Tischplatte. Was für eine unglückliche Geschichte. Als Dr. Kleists Assistent ans Telephon ging, erzählte sie ihm von der Fehlgeburt, und er versicherte ihr, der Arzt werde sich umgehend auf den Weg machen, sobald er die aktuelle Behandlung beendet hatte.

Emma legte auf und ging zu ihrem Vater, der mit dem Concierge an der Rezeption stand und Gäste aus Frankreich begrüßte. Der Mann hatte eine Halbglatze, einen langen Hals und erinnerte sie an ein nervöses Rennpferd. Seine Frau hingegen, stämmig und rotgesichtig, wirkte, als halte sie die Zügel fest in der Hand. Zwei Kinder sprangen um sie herum, ein drittes fiel fast in den Brunnen. Der Mann schnaubte mit leicht geblähten Nasenflügeln, während die Frau mit dem Organ eines Seemannes zur Mäßigung rief. Alle drei Kinder standen stramm, und die Frau konnte mit den Formalitäten fortfahren. Beletage, offenbar waren sie gut betucht.

Emma sah sich rasch um, nach wie vor hatte sie stets die Befürchtung, den Neffen der Gräfin Wittershaus hier erneut zu erblicken. Allerdings hatte man ihm Hausverbot erteilt, es war also ausgeschlossen, dass er das Hotel noch einmal betreten würde, ohne umgehend wieder fortgeschickt zu werden. Aber auch wenn ihre Vernunft ihr das sagte, blieb die Angst. Er war noch einmal hier gewesen, um sich zu entschuldigen, aber Emma hatte ihn nicht empfangen. Dafür jedoch ihre Eltern, und nach allem, was sie gehört hatte, hatte er tatsächlich noch versucht, die Schuld erneut auf sie zu schieben. Was genau ihr Vater daraufhin gesagt hatte, wusste sie nicht, er wollte nicht mehr über die Angelegenheit sprechen. Es musste jedoch vernichtend gewesen sein, da man den jungen Herrn Böhm kreidebleich aus dem Hotel hatte stürmen sehen.

Emma ging zu ihrem Vater an die Rezeption. »Papa? Hast du einen Moment für mich?«

Konrad Alsberg drehte sich zu ihr um. »Ja, was gibt es?«

»Nicht hier.« Sie ging in das angrenzende Arbeitszimmer hinter der Rezeption, gefolgt von ihrem Vater, der die Tür hinter sich schloss.

»Was ist passiert?« Ein Anflug von Besorgnis vibrierte in seiner Stimme.

»Flora hat eine Fehlgeburt. Ich habe Dr. Kleist rufen lassen.«

Ihr Vater nickte. »Gut, ich kümmere mich darum. Mit wem hast du gesprochen?«

»Mit Frau Nettesheim.«

Wieder nickte er.

»Was passiert jetzt?«

»Zunächst möchte ich herausbekommen, wer der Vater des Kindes ist. Falls es ein Dienstbote ist, wird es entsprechende Konsequenzen für ihn haben.«

»Und wenn nicht?«

»Dann sehen wir weiter.«

Emma sah ihm nach, als er das Arbeitszimmer verließ und machte sich ihrerseits auf den Weg in den Dienstbotentrakt. Sie wollte nicht außen vor bleiben, immerhin oblagen Personalfragen den Alsbergs. Sie traf Ludwig auf dem Weg durch das Vestibül.

»Flora hat eine Fehlgeburt«, sagte sie, nachdem sie sich vergewissert hatte, dass kein Lauscher in der Nähe stand.

»Ah, tatsächlich. Sie sah schon seit einiger Zeit nicht wohl aus.«

»Ich werde zu ihr gehen und nach ihr sehen.«

»Ist etwas über den Vater des Kindes bekannt?«

»Bisher nicht.«

»Gut, ich spreche mit Frau Nettesheim.«

Emma nickte und ging in den Dienstbotentrakt. Bereits auf dem Korridor, wo die Quartiere des weiblichen Personals lagen, hörte sie das Stöhnen. Flora musste äußerst starke Schmerzen haben. Emma betrat das Zimmer, das Flora sich mit Hannelore teilte, und sah die junge Frau auf ihrem Bett liegen, das bleiche Gesicht schweißglänzend, die Hände in die Decke gekrallt. Ein Eimer stand neben dem Bett, abgedeckt mit einem blutbefleckten Leinentuch.

»Gnädiges Fräulein.« Hannelore erhob sich. »Das ist nichts für Sie, ich bleibe bei ihr.«

Emma näherte sich dem Bett. »Ist schon gut. Flora?«

»Ja, gnädiges Fräulein«, kam es gepresst zurück.

»Unser Hausarzt ist gleich bei dir.«

»Danke, gnädiges Fräulein.« Wieder stöhnte sie und presste die Lider zusammen. Eine Träne quoll hervor und lief über ihre Wange. »Sie werden mich auf die Straße setzen, ja?«

»Mach dir darum jetzt keine Gedanken.«

»Ich denke an nichts anderes.« Das letzte Wort ging in einem Keuchen unter.

Emma ließ sich vorsichtig am Bettrand nieder und ergriff die kalte Hand der jungen Frau. »Ich spreche mit meinem Vater darüber«, versprach sie. Obgleich sie ahnte, dass es vergebens sein würde. Was dergleichen Verfehlungen anging, war er für gewöhnlich sehr konsequent.

»Wer ist der Vater des Kindes?«, fragte sie, wenngleich ihr das indiskret vorkam. Aber vielleicht war da etwas zu machen, falls es ein Dienstbote war.

»Herr Hans, gnädiges Fräulein.«

Emma stieß den Atem aus. Auch das noch.

Sie standen zu dritt im Salon, Hans wie ein gescholtenes Kind, das bockig jede Schuld zu leugnen gedachte. Ludwig lehnte mit dem Rücken an der Wand neben dem Fenster, die Arme vor der Brust verschränkt in der Rolle des Beobachters.

»Und?«, fragte sein Vater.

Hans erwiderte dessen Blick nur kurz. »Wie, und?«

»Was hast du zu der Angelegenheit mit Flora zu sagen?«

»Was soll ich dazu sagen? Ich war es nicht, gleich, was die dumme Gans sagt.«

»Warum sollte sie sich das ausdenken?«

»Na, vielleicht, weil sie hofft, dass sie dann nicht auf der Straße landet.«

»Valerie sagte«, mischte Ludwig sich ein, »sie habe Flora dabei erwischt, wie sie mit dir gesprochen hat. Sie wirkte wohl ziemlich aufgebracht.«

»Ah ja, das sagt Valerie also? Es war aber nichts. Ich bin nicht der Vater.«

»Hast du mit ihr geschlafen?«, fragte Karl Hohenstein. »Und lüg mich nicht an, ich bekomme es früher oder später ohnehin heraus.«

»Ein einziges Mal, in Ordnung? Das ist ein halbes Jahr her, da müsste sie jetzt schon hochschwanger gewesen sein.«

Karl Hohenstein stieß einen langen Seufzer aus. »Dr. Kleist hat gesagt, sie war im dritten Monat. Und sie sagt, außer dir gab es niemanden.«

»Dann lügt sie.«

»Ich soll dir glauben, dass es bei diesem einen Mal geblieben ist, wenn sie darauf besteht, dass du der Vater bist, und du einräumst, mit ihr geschlafen zu haben?«

»Glaub, was du willst. Es war einmal, und es hat nicht einmal besonders viel Spaß gemacht. Das konnte einem die Lust auf eine Wiederholung gründlich verleiden.«

Ludwig bemerkte, wie die Kiefer seines Vaters mahlten. »Habe ich dir diese Respektlosigkeit Frauen gegenüber anerzogen?«

Einen Moment lang wirkte Hans, als müsse er darüber nachdenken. »Nein. Ich folge nur deinem lehrreichen Vorbild. Oder ist Marianne durch zu intensives Hingucken entstanden?«

Im nächsten Augenblick brachte eine Ohrfeige ihn zum Verstummen. »Geh jetzt, Hans«, sagte Karl Hohenstein mit sehr ruhiger Stimme. »Bleib auf deinem Zimmer, bis du beschließt, mir die Wahrheit zu sagen.«

Hans' Wange war feuerrot, und für den Bruchteil eines Augenblicks dachte Ludwig, er würde wie ein Kind in Tränen ausbrechen, dann zeigte sein Gesichtsausdruck jedoch nur noch lodernden Zorn. »Wie ich dich hasse«, fauchte Hans, drehte sich auf dem Absatz um und verließ den Salon, nicht ohne die Tür krachend hinter sich ins Schloss zu ziehen.

Karl Hohenstein stand da, rieb sich die Augen mit einer Hand, während er die andere in die Seite gestemmt hatte. Selten sah Ludwig seinen Vater so ratlos wie nach Auseinandersetzungen mit Hans.

»Vielleicht war er es tatsächlich nicht«, sagte Ludwig.

»Ich spreche noch einmal mit Flora, wenn es ihr wieder besser geht«, antwortete sein Vater.

Ludwig nickte nur und verließ nun ebenfalls den Salon. Auf dem Korridor zum Wohntrakt begegnete er Emma.

»Was ist mit Hans?«, fragte sie.

»Vater hat ihn in sein Zimmer geschickt, da soll er bleiben, bis er alles zugibt.«

Emma blies die Backen auf und atmete dann langsam aus. »Ich möchte bezweifeln, dass das der richtige Weg ist. Andererseits möchte ich Flora auch nicht einfach unterstellen, dass sie lügt.« Sie wirkte müde.

Ludwig vermutete, dass ihr in diesem Moment ihr eigenes Erlebnis vor Augen stand, die Unterstellung, sie habe dergleichen provoziert. »Wie geht es dir inzwischen?«

»Gut. Es war einfach eine schauderhafte Woche. Ich glaube, ich lege mich heute etwas früher hin und lasse das Abendessen ausfallen.«

Henri kam aus Richtung des Vestibüls. »Fräulein von Domin ist gerade eingetroffen, gnädiger Herr.«

Charlotte? Ludwig runzelte die Stirn, überlegte, ob sie verabredet gewesen waren. Vermutlich wollte sie ihn überraschen, was ihm an diesem Tag vollkommen ungelegen kam. »Gut, danke.«

»Na dann, viel Spaß«, sagte Emma, gänzlich ohne jeden ironischen Unterton. »Ich werde sehen, ob es im Arbeitszimmer noch etwas zu tun gibt.«

Als Ludwig das Vestibül betrat, betrachtete Charlotte sich in dem hohen Spiegel, sichtlich zufrieden mit ihrer gefälligen Erscheinung. Sie bemerkte ihn im Spiegelbild, lächelte und wandte sich um. »Das ging ja schnell, mein Liebster.« Sie kam zu ihm und ließ sich einen Kuss auf die Wange geben. »Ich hoffe, ich störe dich nicht.«

»Du störst nie.« Er reichte ihr seinen Arm und führte sie in den Salon. Es war noch zu früh zum Abendessen, und so bestellte er Tee und Gebäck.

»Ist jemand krank?«, fragte Charlotte. »Auf dem Weg hierher ist mir Dr. Kleist entgegengekommen.«

»Flora hatte eine Fehlgeburt.«

Charlottes Augen weiteten sich. »Euer Stubenmädchen?«

»Ja. Sie sagt, Hans sei der Vater. Der leugnet das allerdings.«

»Euer Stubenmädchen kann ja viel erzählen.«

Der Tee wurde serviert, und sie unterbrachen das Gespräch, während der Kellner das Tablett abstellte und sich diskret wieder zurückzog.

»Beweisen kann sie es nicht.«

Charlotte rührte Sahne in den Tee. »Wie geht es Emma?«

Erstaunt über den Themenwechsel und das Interesse an Emmas Befinden antwortete Ludwig: »Recht gut.«

»Ich habe gestern die Gräfin Wittershaus getroffen. Das ist wirklich eine sehr unschöne Geschichte.«

»Gelinde ausgedrückt.«

»Kennst du ihren Neffen?«

»Vom Sehen her.«

Charlotte griff nach einem Plätzchen, biss hinein – Ludwig fragte sich immer, wie Frauen das machten, so geziert in Gebäck zu beißen, dass kein Krümel danebenging – und kaute nachdenklich. »Wie kommt Emma denn damit zurecht, diesen Übergriff herausgefordert zu haben? Ich würde vor Scham im Boden versinken.«

Ludwig verengte die Augen. »Wie kommst du darauf, dass sie es provoziert hat?«

»Walter Böhm sieht ja nun nicht gerade aus wie jemand, der es nötig hat, Frauen zu belästigen, nicht wahr? Ich meine, wenn es Valerie gewesen wäre, könnte man es ja noch verstehen, aber Emma? Ich bitte dich. Vor allem, nachdem sie sich diese unmögliche Frisur zugelegt hat.«

Ludwig lächelte in jener Art, die Vorsicht anraten ließ. »Tatsächlich? Sie wollte also im Wald bedrängt werden?«

»Dass sie bedrängt wurde, sagt sie. Ludwig, sei doch mal ehrlich. Vielleicht war sie zunächst ganz geschmeichelt von seiner Aufmerksamkeit. Als er sie dann küssen wollte, mag es ihr zunächst auch noch gefallen haben. Dann kommt der Bruder von diesem Mannweib daher, und da Emma – zu

Recht – um ihren Ruf fürchtet und womöglich auch erschrocken ist von ihren eigenen Gefühlen, fängt sie an, sich gegen den Mann zu wehren.«

»Also ist Emma schuld.«

»Beide sind schuld, würde ich sagen.« Das nächste Plätzchen verschwand.

Ludwig schwieg.

»Mein Lieber, du musst nicht verstimmt sein, ich …«

»Ich bin nicht verstimmt, Liebste«, antwortete Ludwig gefährlich ruhig, »ich bin vielmehr so wütend, dass es angeraten ist zu schweigen, ehe ich Dinge sage, die nicht wiedergutzumachen sind.«

Nun wirkte Charlotte aufrichtig erstaunt. »Auf mich?«

»Siehst du hier sonst noch jemanden?«

»Nur weil ich in dem Fall klarer sehe als du? Du bist mit Emma verwandt, daher bist du voreingenommen.«

»Du hingegen kannst sie nicht ausstehen, daher siehst du in ihr eine Frau, die über jede Aufmerksamkeit glücklich sein kann, selbst wenn sie gegen ihren Willen geschieht.«

Nun wirkte Charlotte ungeduldig, als habe sie ein Kind vor sich, das schwer von Begriff war. »Sie hat es sicher nicht bewusst getan. Aber machen wir uns nichts vor – Emma hat nun nicht gerade eine glänzende Partie in Aussicht. Ist es ihr da zu verübeln, ein klein wenig geschmeichelt von der Aufmerksamkeit eines gut aussehenden Mannes zu sein?«

»Sprich nicht so von ihr, Charlotte. Hast du das verstanden?«

Sie erhob sich brüsk. »Beenden wir das Gespräch, ehe wir uns noch streiten. Wenn du magst, kannst du mich morgen besuchen kommen, vielleicht gerätst du dann nicht gleich außer dir, wenn ich es wage, anderer Meinung zu sein als du.«

Ludwig stand ebenfalls auf und begleitete Charlotte schweigend ins Vestibül. Wenn sie erwartete, dass er sie zum Bleiben überreden würde, lag sie falsch. Ihm ging nicht nur nach, was sie über Emma gesagt hatte, sondern auch ihre verächtliche Bezeichnung für Minna Rebein. *Mannweib*. Aber das waren in Charlottes Welt vermutlich alle Frauen, die auf eigenen Beinen standen. In Momenten wie diesen hatte Ludwig seine Verlobte ebenso über wie das Hotel.

** 11 **

Es waren aufreibende Tage gewesen, dachte Valerie bei sich. Hans und ihr Vater standen sich in frostigem Schweigen gegenüber. Zudem machte Hans ihr Vorwürfe.

»Warum hast du ihm überhaupt erzählt, dass sie bei mir war? Du wusstest doch gar nicht, worum es ging.«

»Ich habe es nicht ihm erzählt, sondern Ludwig.«

»Was in der Sache natürlich einen großen Unterschied macht.«

Valerie fand das ungerecht. Immerhin war es ihr in dem Fall tatsächlich um Flora gegangen. Sie und Hans mochten sich nicht besonders freundschaftlich gegenüber stehen, aber gegenüber den Eltern hatten sie sich einander immer loyal gezeigt. Die Sache ging ihr nach, sowohl Hans' ständig lodernder Zorn als auch Floras ungewisse Zukunft.

Als Valerie wieder einmal wach in ihrem Bett lag, während das ganze Haus im Tiefschlaf schien, hielt sie es nicht mehr länger aus, sich stundenlang von einer Seite auf die andere zu werfen, und erhob sich. Sie zog sich einen Morgenmantel über, band ihn sorgsam zu, vergewisserte sich, dass alles so saß, dass man keinen Anstoß daran erregen konnte, und verließ das Zimmer.

Ich bin nachts in der Regel der letzte, der zu Bett geht. Während Valerie über den Korridor ging, schloss sie für einen Moment die Augen, spürte ihren Herzschlag im

Hals. Sie war verrückt geworden, ganz und gar verrückt. Wenn ihr Vater sie nun sähe, wüsste sie nicht, was für eine Entschuldigung sie dafür haben sollte, in Nachthemd und Morgenmantel bekleidet durch das Haus zu geistern.

An der Tür zauderte sie einen Augenblick lang, dann verließ sie den privaten Wohntrakt und ging über den Dienstbotenkorridor in den Teil des Hotels, wo die Küche lag. Man hatte darauf verzichtet, im privaten Wohnbereich eine eigene Küche einzurichten, sodass die Familie ebenfalls über die Hotelküche bekocht wurde. Den Weg kannte Valerie, sie war als Kind gerne in die Küche gegangen, hatte sich im Dienstbotenzimmer an den Herd gekuschelt und von der damaligen Köchin mit Gebäck verwöhnen lassen.

Sie bemerkte, dass im Dienstbotenzimmer noch Licht brannte, und kurz fragte sie sich, was sie sagen sollte, wenn sie dort nicht auf Nicolas Merlo stieß oder wenn dieser nicht allein war. Sie blieb vor der Tür stehen, legte behutsam die Hand auf die Klinke, konnte sich nicht dazu durchringen, sie hinunterzudrücken. Dass sie es schließlich doch tat, war allein dem Umstand geschuldet, dass es weitaus peinlicher und erklärungsbedürftiger gewesen wäre, hier zu stehen, als den Raum zu betreten. Wenn sie resolut eintrat, konnte sie sich immer noch irgendwie herausreden. Aber nicht, wenn sie dastand, als wolle sie lauschen oder traue sich nicht hinein.

Nicolas Merlo saß am Tisch und schrieb in eine Kladde, eine Tätigkeit, die er unterbrach, als er Valerie sah. Ein feines Lächeln trat auf seine Lippen. »Ich habe mir ja so manch reizvolle Begegnung mit Ihnen vorgestellt, aber das übertrifft selbst meine kühnsten Erwartungen.«

»Spotten Sie nicht, es hat mich genug Überwindung gekostet, überhaupt zu kommen.«

»Sie hätten läuten können, wenn Sie heiße Schokolade wünschen.«

»Hätte ich. Dann hätte ich Alice geweckt, die hätte mir die Schokolade gebracht und mir hernach eine Gute Nacht gewünscht. Dabei kann ich nicht schlafen und würde es auch nach der Schokolade nicht können.« Valerie zog einen Stuhl heran und ließ sich darauf nieder.

»Nun, wenn die Neugier auf meine Schokolade Sie bei Nacht in diesem hinreißenden Aufzug zu mir treibt, soll es mir nicht einfallen, Sie warten zu lassen.« Nicolas Merlo legte den Stift weg und stand auf.

Valerie sah ihn an, überlegte kurz, ob sie ihm folgen sollte.

»Das Rezept ist mein persönliches Geheimnis«, nahm er ihr die Entscheidung ab und zwinkerte ihr zu.

Valerie lächelte, und ihre Hände, die sie im Schoß gefaltet hatte, zitterten leicht. Immer wieder blickte sie zur Tür, befürchtete, jemand könne trotz der späten Stunde den Weg hierher finden und sie in arge Erklärungsnot bringen. Sie hörte Nicolas in der Küche hantieren und sah sich im Dienstbotenzimmer um. Seit ihrer Kindheit hatte sie sich nur selten hierher verirrt, aber in all den Jahren hatte sich nichts verändert, der Raum strahlte immer noch eine gediegene Gemütlichkeit aus mit seinem langen, blank geschrubbten Holztisch, den beiden Kommoden, einem vergessenen Buch auf einer Ablage, den Zeitungen im Korb unter dem Fenster und dem Ofen, der jetzt kalt war, aber im Winter gemütlich vor sich hin bollerte. Zwar war das Hotel mittlerweile mit einer Zentralheizung ausgestattet, aber das galt nicht für den Personalbereich.

»So, meine Dame, ich hoffe, es mundet.« Nicolas Merlo hatte einen weißen Porzellanbecher auf ein kleines Silbertablett gestellt und servierte es ihr mit der Geschicklichkeit eines Kellners. Die Schokolade war sämig und roch so verführerisch, dass Valerie das Wasser im Mund zusammenlief. Sie hob den Becher an den Mund und nippte vorsichtig an dem heißen Getränk. Ein wenig Zimt schmeckte sie heraus, aber auch noch etwas anderes, das sie nicht benennen konnte.

»Und?«, fragte Nicolas Merlo.

Erst wollte sie ihn ein wenig auf die Folter spannen, aber dann entschied sie sich für ein ehrliches und direktes »Phantastisch«.

Er lächelte und setzte sich wieder auf den Platz ihr gegenüber. »Das freut mich außerordentlich.«

Während Valerie die Schokolade trank, wandte er sich wieder seinen Notizen zu. Für Valerie lag darin jedoch nichts Unhöfliches, es war vielmehr, als säßen sie vertraut beisammen, jeder in sich selbst vertieft und sich doch der Anwesenheit des anderen bewusst. Es war angenehm, fand Valerie und spürte, wie sie sich entspannte. Wenn in diesem Moment jemand den Raum beträte, wäre er angesichts der kleinen Szene vermutlich befremdet, aber da war keine offenkundige Vertrautheit, die man ihnen zum Vorwurf machen konnte – oder vielmehr ihr, denn sie hatte hier unten streng genommen nichts zu suchen.

Als sie den Becher abstellte, sah Nicolas Merlo auf, hielt jedoch nach wie vor den Stift in der Hand, als warte er darauf, seine Arbeit fortsetzen zu können. Da Valerie nicht wusste, welchen Grund es nun geben sollte zu bleiben, ohne dass zu offenkundig wurde, dass es nicht allein die Schokolade war, die sie hierhergeführt hatte, schob sie den Stuhl zurück und erhob sich. »Vielen Dank. Ich hoffe, ich bin nicht schuld, wenn Sie nun allzu spät ins Bett kommen.«

»Selbst wenn, wäre es mir die Sache wert.«

Wieder stob dieses wilde Flattern in ihrem Magen auf, als habe jemand einen Schwarm Hummeln darin freigelassen. Und auch dieses Mal wandte Valerie sich abrupt ab und verließ Nicolas Merlo mit einem knappen Gruß.

Emma erschien in aller Frühe im Arbeitszimmer ihres Vaters.

»Wer hat dich denn aus dem Bett geworfen?«, begrüßte er sie.

»Ich konnte einfach nicht mehr schlafen.« Ihr fiel ein Blatt auf dem Schreibtisch ins Auge, und sie zog es heran, um es zu lesen. Ihr Vater wies Karl darin an, Flora das fällige Gehalt auszuzahlen. Emma wusste, was das bedeutete. »Ihr setzt sie auf die Straße?« Sie musste nicht näher ausführen, wer gemeint war.

»Du kennst das Procedere, Emma.«

»Und welche Konsequenz erwartet Hans? Eine Woche kein Taschengeld?«

»Das bleibt Karl überlassen.«

»Das ist ungerecht.«

»So sind nun einmal die Regeln, Flora weiß das.«

Emma legte das Blatt zurück und lehnte sich mit der Hüfte gegen den Schreibtisch. »Ich finde es trotzdem nicht richtig.«

»Wenn wir für Flora eine Ausnahme machen, müssen wir das künftig bei jeder Verfehlung tun, sonst wäre es in der Tat ungerecht.«

»Bekommt sie ein Zeugnis?«

»Nein.«

»Aber Papa, das ...«

»Hör zu, Emma, es gibt bestimmte Regeln, die gelten für

alle. Ich kann nicht willkürlich entscheiden, für wen ich sie breche.«

»Mariannes Mutter …«

»Ist ebenfalls ohne Zeugnis auf der Straße gelandet. Sie hatte lediglich Glück, dass Karl für sie gesorgt hat. Ich mache das auch nicht gerne. Aber welche Maßstäbe willst du anlegen, um Ausnahmen zu machen? Sympathie? Und was, wenn es tatsächlich nicht Hans war? Dann hat sie zudem auch noch gelogen und ihn in Schwierigkeiten gebracht.«

Emma knibbelte an einem ihrer Zierknöpfe herum. »Er hat mir gesagt, dass er es nicht war. Zumindest ist er nicht Schuld an der Schwangerschaft, aber das ist ja nicht die eigentliche Verfehlung, die ihr zur Last gelegt wird, nicht wahr?«

»Hans spricht mit dir über so etwas?«

»Du weißt, dass er das tut.« Es gab vermutlich nicht viel, was Hans ihr nicht anvertraute. Und in dem Fall hatte er auf ihre Frage hin, ob an der Sache was dran sei, sehr bereitwillig Auskunft gegeben. Einmal, hatte er gesagt, nur ein einziges Mal.

»Was wollte sie von dir, als Valerie euch erwischt hat?«, hatte Emma ihn gefragt.

»Mir erzählen, dass sie schwanger sei und dass ich die Verantwortung dafür tragen müsste. Als könnte ich nicht bis neun zählen. Spätestens bei der Geburt hätte ich doch gemerkt, dass es nicht von mir sein kann.«

»Hast du ihr denn am Anfang geglaubt?«

»Es war ja nicht ausgeschlossen, wenngleich sie für eine so fortgeschrittene Schwangerschaft eigentlich zu schlank war.«

»Wenn er es nicht war«, schreckte Emma die Stimme

ihres Vaters aus ihren Gedanken, »kann Karl ihn nicht für alle Zeiten einsperren.«

»Das sage ich ihm seit Tagen.«

»Auf dich hört er nicht. Ich werde mit ihm sprechen.«

Emma nickte und richtete sich auf. »Ist gut. Hast du noch was zu tun für mich?«

»Momentan nicht. Du kannst später ein paar Briefe für mich aufsetzen, wenn du möchtest.«

»Ja, gerne.« Emma verließ das Arbeitszimmer und schlug den Weg zum Speisesaal ein, wo das Frühstück serviert wurde. Ein Kindermädchen brachte ihre beiden Schützlinge – Mädchen im Kleinkindalter – in das Kinderzimmer, wobei sie offenbar zwischen die Fronten eines erbitterten Krieges geriet, der um den Besitz einer Puppe geführt wurde. Emma beobachtete die verzweifelten Bemühungen des Kindermädchens, einen Kompromiss zu finden und ging schließlich dazu über, der offenkundigen Besitzerin der Puppe zu erklären, dass Teilen ein wahrhaft damenhafter Charakterzug war. Damenhaft jedoch wollte die Kleine offenbar nicht sein, denn sie riss ihrer Puppe einen Arm ab und warf sie dann dem anderen Mädchen vor die Füße. »So«, schrie sie, »das hast du verdient.« Kinderlogik.

Emma wandte sich ab und wollte weitergehen, als sie eine Männerstimme ihren Namen sagen hörte. Sie drehte sich um – wie stets mit dem unbehaglichen Kribbeln im Bauch – und lächelte dann erfreut.

»Herr Rebein. Was führt Sie zu dieser frühen Stunde hierher?«

»Meine Schwester wurde für einige Aufnahmen herbestellt und möchte das erste Licht des Tages nutzen. Sie sagte, durch die Verschiebung der Schatten könne sie eine besondere Atmosphäre auf den Bildern schaffen.«

»Ah ja«, antwortete Emma unbestimmt.

»Ich verstehe auch nicht viel davon«, entgegnete Georg Rebein. »Meine Welt ist zu prosaisch für diese Art der Kunst.«

»Meine auch.«

»Haben Sie schon gefrühstückt?«, fragte Georg Rebein.

»Nein, bisher noch nicht.«

»Darf ich Sie einladen?«

»In unserem Hotel? Müsste es da nicht eher anders herum sein?«

»Ich bin ein Mann, der stets das Unerwartete tut.«

Emma musste lachen. »Wie spannend!«

»Sie würden sich wundern.« Er reichte ihr seinen Arm, und Emma ließ sich von ihm wie ein Gast in den Speisesaal führen.

»Ich bin froh, dass wir uns unter erfreulicheren Umständen wiedersehen«, sagte Georg Rebein. »Ehrlich gesagt war das der Hauptgrund, warum ich meine Schwester begleiten wollte.« Er rückte Emma einen Stuhl zurecht.

»Tatsächlich?«

»Ja. Es wäre doch bedauerlich, wenn Sie mich nur als Ihren Retter in Erinnerung hätten und nicht als charmanten Unterhalter.«

Obwohl Emma die Erinnerung an diese Episode immer noch Magenschmerzen bereitete, musste sie lachen. »Nun, dann bezaubern Sie mich.«

Während er mit dem Kellner sprach und die Bestellung aufgab, beobachtete Emma ihn. Die Ähnlichkeit mit seiner Schwester erschöpfte sich in der Mundpartie und dem dunklen Haar, ihre Gesichtszüge offenbarten kein auffälliges geschwisterliches Abbild. Minna Rebein hatte graue

Augen, ihr Bruder blaue, und auch vom Charakter her schien er ruhiger, zurückhaltender.

»Sie sind berufstätig wie meine Schwester, nicht wahr?«, fragte Georg Rebein.

»Ja, die Aufgaben im Hotel sind aufgeteilt zwischen meinem Vater und meinem Cousin Karl. Es gibt keinen Verwalter oder Direktor, wir machen alles selbst. Ludwig arbeitet inzwischen in der Buchhaltung mit, und ich gehe meinem Vater in Personalfragen zur Hand.«

»Was das angeht, hat der Krieg bei allem Elend doch ein paar positive Veränderungen bewirkt.«

»Ja, wenngleich ich finde, dass wir Frauen immer noch zu wenig Anerkennung bekommen. Und wenn wir aus reichen Familien stammen, sieht man unsere Arbeit eher als kleines Freizeitvergnügen.«

»Davon kann meine Schwester ein Lied singen.«

Das Frühstück wurde serviert, ein Korb mit frischen Brötchen und französischen Croissants, Süßrahmbutter, Kompott, Käse, Honig und Rührei. Emma nahm die Kanne und goss erst Georg Rebein und dann sich selbst Kaffee ein.

»Sahne? Zucker?«, fragte sie.

»Keins von beidem.«

Emma rührte für sich selbst großzügig Kaffeesahne ein.

»Entschuldigen Sie bitte«, begann Georg Rebein, »wenn ich noch einmal auf das unerfreuliche Thema zu sprechen komme, aber Ihr Vater hat mir mitteilen lassen, dass er meine Aussage nicht benötige. Darf ich wissen, warum Sie davon abgesehen haben, zur Polizei zu gehen?«

Emma zog unbehaglich die Schultern hoch. »Die Tante dieses Mannes war hier, Gräfin Wittershaus, und sie meinte, die Sache würde sich rasch zu meinen Ungunsten darlegen lassen.«

Erstaunt hob Georg Rebein die Brauen. »Wie das?«

Obwohl Emma wusste, dass sie keine Schuld trug, konnte sie das Gefühl der Scham nicht gänzlich unterdrücken. »Na ja, sie stellte es so dar, dass ich daran schuld sei und mich nur herausreden wolle.«

»Ich kann bezeugen, dass es anders war.«

»Gräfin Wittershaus meinte auch, da Ihre Schwester im Auftrag unseres Hauses als Photographin tätig sei, würden Sie dergleichen schon allein um ihretwillen aussagen.«

Die freundliche Aufmerksamkeit in Georgs Blick schmolz zu einer unheilverkündenden Härte zusammen. »Sie stellt meine Integrität infrage?«

Emma trank einen Schluck Kaffee. »So klingt es zumindest.«

»Gut, sie soll die Antwort darauf beizeiten bekommen. Offenbar überschätzt sie ihren Einfluss und unterschätzt den meinen. Das alles sollte Sie jedoch nicht davon abhalten, auf Ihrem Recht zu bestehen.«

»Aber im Grunde genommen hatte sie recht damit, dass die Öffentlichkeit es ähnlich sehen wird wie sie. Der Mann war oft hier, das werden einige Leute bezeugen können. Letzten Endes hat sie es so gedreht, dass ich ihn von Anfang an in die Schranken hätte weisen sollen.«

»Ist er vorher schon übergriffig geworden?«

»Nein, er hat mich nur so seltsam angesehen.«

»Ich wüsste nicht, wie Sie das hätten verhindern können.«

Emma zuckte mit den Schultern. »Wie auch immer, ich möchte diese Episode einfach nur vergessen.«

»Ah, hier bist du, mein Lieber.« Minna Rebeins fröhliche Stimme war Emma in diesem Moment überaus willkommen. Sie drehte sich um und sah die junge Frau den

Speisesaal durchqueren. »Ich brauche noch eine gute Stunde. Hast du so lange Zeit?«

»Ich habe mir den Tag für dich freigehalten«, antwortete ihr Bruder.

»Bestens. Guten Tag, Fräulein Alsberg.« Minna Rebein hatte einen sehr festen Händedruck, stellte Emma fest. »Wie schön, dass Sie meinem Bruder Gesellschaft leisten. Sie hatten mir letztes Mal erzählt, dass mein Atelier Sie interessiert. Wenn Sie möchten, können Sie nachher mitkommen.«

Emma überschlug ihre Tagesplanung. Die Briefe für ihren Vater konnten sicher auch noch am Nachmittag geschrieben werden, und das Photoatelier interessierte sie in der Tat. Sie hatte eine Idee für das Hotel, die sie jedoch erst einmal in Ruhe überdenken wollte, ehe sie sie äußerte. »Sehr gerne. Das heißt, wenn ich wirklich nicht störe. Offenbar haben Sie ja gemeinsame Pläne für heute.«

»Sie stören nicht«, antwortete Minna Rebein. »Es ist uns ein Vergnügen.«

»In Wahrheit«, sagte Georg Rebein, »möchte meine Schwester, dass ich ihren Wagen nach Hause fahre und sie mit Ihnen in Ihrem berühmten Phantom mitfahren darf.«

Minna Rebein stieß ihn an. »Ach, du bist unmöglich. Tatsächlich war *er* es, der ständig von dem Automobil gesprochen hat.«

Emma lachte. »Werfen wir doch eine Münze.«

Die Geschwister sahen sie so aufmerksam an, dass Emma klar wurde, man nahm sie beim Wort. Wieder musste sie lachen. Georg Rebein entnahm seiner Geldbörse eine Münze.

»Machen Sie das, Minna denkt immer, ich würde schummeln.«

»Tust du ja auch.«

»Also gut.« Emma tat ihnen den Gefallen.

»Kopf«, rief Minna, ehe ihr Bruder zu Wort kommen konnte.

Die Münze flog hoch, wurde gefangen, und Emma amüsierte sich über die Anspannung, die sich auf den Gesichtern der beiden zeigte. »Zahl.«

»Ha!«, triumphierte Georg Rebein.

»Tja, mein Lieber«, sagte seine Schwester, »leider darfst du ohne Anstandsdame nicht mit ihr durch die Gegend fahren. Pech gehabt. Vielleicht ein anderes Mal.«

»Dein plötzlicher Sinn für Anstand ist nun wirklich durchschaubar.«

»Ich weiß.« Minna lächelte Emma zu. »Also, meine Liebe. Frühstücken Sie in Ruhe zu Ende, ich mache meine Photos. Und wenn mein Bruder schmollt, ignorieren Sie es einfach.« Sie winkte ihm zu und verließ den Speisesaal.

Nach allem, was Emma mittlerweile über die Industriellenfamilie Rebein erfahren hatte, konnten diese sich vermutlich ohne Weiteres einen Rolls Royce leisten.

»Wissen Sie, einige Wünsche sollte man sich nicht zu schnell erfüllen«, sagte Georg Rebein, als könne er Gedanken lesen. »Dann macht es mehr Spaß.«

Nicolas verbrachte seinen freien Nachmittag in einer kleinen Konditorei in Königswinter. Ein Blick auf die Uhr sagte ihm, dass er früh dran war, und so überbrückte er die Wartezeit mit einer Tasse Kaffee, während er an die letzte Nacht dachte. Valerie Hohenstein sah mit ihrem kastanienbraunen Haar und den grünen Augen ihrer Mutter sehr ähnlich, besaß jedoch nicht deren klassische Schönheit, sondern war auf eine ganz eigene Art überaus anziehend. Da sie jedoch die Tochter des Hoteliers war, galt es, mit Fingerspitzengefühl an die Sache heranzugehen. Das Ergebnis war das behutsame Vorgehen mit Sicherheit wert.

»Wartest du schon lange?« Der Mann, der die Konditorei betrat, war ein jüngeres Abbild von Nicolas, das gleiche honigbraune Haar und Augen, die um nur wenige Nuancen dunkler waren.

»Nein, ich bin auch gerade erst gekommen.« Nicolas erhob sich und umarmte seinen Bruder. »Setz dich, Lennard. Wie geht es dir?«

»Gut.«

»Wie geht es Anne und den Kindern?«

»Alle wohlauf. Die Große geht nächstes Jahr in die Schule.«

»Schon?«

»Du warst lange nicht mehr bei uns, du würdest dich wundern. Sie ist schon eine richtige Dame. Aber nun erzähl von dir. Dich hat es also ins Siebengebirge verschlagen, ja? Denkst du, das ist weit genug weg?«

»Das will ich zumindest hoffen.«

Lennard hob die Hand, um die Kellnerin herbeizuwinken. »Einen Kaffee bitte.«

»Willst du nichts essen? Die Waffeln hier sind gut. Nicht so gut wie meine, aber gut.«

»Später vielleicht.« Lennard lehnte sich zurück und schlug die Beine übereinander. »Gefällt es dir hier?«

»Ja, es ist ganz schön.«

»Gibt es eine neue Frau?«

»Möglicherweise. Der Vater ist Hotelier, die Mutter alter preußischer Adel.«

»Aber nicht verwandt mit deinem Arbeitgeber, oder?«

»Seine Tochter.«

»Du bist verrückt. Anne ist schon lange der Meinung,

dir solle mal jemand ordentlich den Kopf waschen. Nicht auszudenken, wenn meine Töchter mal an einen wie dich geraten.«

Nicolas wartete, bis die Kellnerin, die den Kaffee servierte, sich zurückzog. »Dieses Mal wird es anders. Ich will hierbleiben, endlich sesshaft werden.«

Lennard blickte ihn zweifelnd an. »Und wenn jemand dich hier findet?«

»Gibt es ein Interesse daran, die Sache laut werden zu lassen?«

»Vermutlich nicht.«

»Na also.« Nicolas beobachtete durch das breite Fenster vorbeiflanierende Fußgänger. Dann wandte er sich wieder an seinen Bruder. »Wann musst du zurück nach Heidelberg?«

»Übermorgen. Ich habe mir ein paar Tage freigenommen. Wer weiß, wann du uns das nächste Mal beehrst.« Lennard entschied sich, die Waffeln nun doch zu probieren.

»Kommst du mich im Hotel besuchen? Ich muss in den nächsten Tagen arbeiten.«

»Gerne, falls ich kein gut gehütetes Geheimnis bin.«

»Aus meiner Familie habe ich nie eins gemacht.«

Lennard nickte schließlich. »Also gut, warum nicht.«

Die Brüder hatten eine behütete Kindheit erlebt, bis ihr Vater gestorben war und die Mutter nicht mehr für sie sorgen konnte. Sie hatte sie in die Obhut der Großeltern gegeben und gearbeitet, um regelmäßig Geld zu schicken. Als sie an der Schwindsucht gestorben war, war Nicolas sechzehn, Lennard dreizehn gewesen. Nicolas hatte sich bei mehreren großen Hotels um eine Ausbildungsstelle bemüht und war im Adlon genommen worden. Jeden Pfennig, den er entbehren konnte, hatte er seinen Großeltern geschickt und es seinem Bruder damit ermöglicht, Pharmazie zu studieren. Lennard selbst hatte während des Studiums gearbeitet und sich das Geld vom Mund abgespart. Jetzt war er verheiratet mit der Tochter eines seiner Professoren, hatte zwei reizende Töchter und führte ein recht gutes Leben.

»Weiß der Vater der jungen Frau, dass du ihr nachstellst?«, fragte Lennard jetzt.

»Nein.«

»Das wird vermutlich ein Spaß, wenn er es merkt.«

»Ich denke, das bekomme ich schon hin.«

Lennard bestellte noch eine weitere Tasse Kaffee und wandte sich dann wieder an seinen Bruder. »Und wenn sie nun doch alles erfahren?«

»Dann spielt es, ehrlich gesagt, keine Rolle mehr, ob ich seine Tochter vorher hatte oder nicht.«

Es war nicht schwer, Lennard anzusehen, was er davon hielt. Nicolas zahlte, und sie machten einen Spaziergang durch die Stadt, wobei Lennard ihm von seiner Familie erzählte, von seiner Arbeit und davon, dass man ihm einen Lehrauftrag an der Universität in Aussicht gestellt hatte.

»Du solltest uns mal wieder besuchen kommen«, schloss er. »Die Kinder fragen ständig nach dir.«

»Vielleicht nach Weihnachten.«

»Wirklich ein hübsches kleines Städtchen. Die Kurorte haben durchaus ihren Reiz, wenngleich es mich eher in die großen Städte zieht.«

Das war bei Nicolas nicht anders, er war immer ein Stadtkind gewesen. Allerdings fand er Königswinter tatsächlich sehr hübsch mit den alten Villen am Rhein, der Promenade, den beschaulichen Straßen mit dem Kopfsteinpflaster, den Geschäften und Cafés.

Abends verabschiedeten sich die Brüder voneinander, nicht ohne dass Lennard erneut versprechen musste, ihn im Hotel zu besuchen. Nicolas ging zu Fuß den Weg zurück. Es war drückend warm, obwohl die Sonne nicht schien, und Nicolas musste sich immer wieder während des steilen Aufstiegs mit einem Taschentuch den Schweiß von der Stirn wischen.

Am Hotel angekommen war er einigermaßen außer Atem. Er ging um das Gebäude herum auf den Hof hinter der Remise und zog eine Zigarette hervor. Genießerisch tat er den ersten Zug, atmete langsam den Rauch aus und genoss die abendliche Ruhe. Es war schön gewesen, Lennard zu sehen, und Nicolas freute sich auf seinen Besuch am kommenden Tag. Sie sollten sich wirklich häufiger sehen.

»Jetzt brauchst du mir auch nicht mehr zu kommen«, hörte Nicolas eine Männerstimme aus der Remise. Vermutlich einer der jungen Burschen, die die Automobile warteten. »Geh doch zu Herrn Hans.«

»Das war doch nur, weil ich nicht wusste, was ich sagen sollte«, antwortete Flora. »Ich dachte, dann werfen sie mich nicht raus.«

»Erzähl kein dummes Zeug! Du warst mit mir zusammen, um es *ihm* am Ende unterzuschieben.«

Schweigen.

»Verschwinde einfach. Mir war's Ernst, weißt du.«

»Aber das kann es doch immer noch werden.« Floras Stimme klang erstickt, als kämpfe sie gegen Tränen. »Wenn ich nach Hause komme und meinen Eltern sage, sie hätten mich ohne Zeugnis vor die Tür gesetzt, weil ich schwanger war, prügelt mein alter Herr mich windelweich.«

»Dann sag ihnen halt nicht, warum. Was willst du

eigentlich jetzt von mir? Suchst du einen Dummen, der dich versorgt?«

Wieder Schweigen. Dann hörte Nicolas Schritte, die sich entfernten. Er rauchte seine Zigarette auf und ging zurück ins Haus. Nicht, dass er viel von Hans Hohenstein hielt, aber es war sicher nicht schlecht, sich den einen oder anderen zum Freund zu machen. Man wusste nie, wann man sie brauchte.

»Wie ich sehe, hatte Vater ein Einsehen«, sagte Ludwig, als Hans das Vestibül betrat.

»Er hat nicht viele Worte verloren«, antwortete dieser. »Hat nur gesagt, mein Zimmerarrest sei aufgehoben. Ich verstehe ohnehin nicht, was das sollte. Selbst wenn ich der Vater gewesen wäre – was hätte das geändert?«

»Ich denke, es ging ihm darum, dass du Verantwortung für dein Tun übernehmen sollst.«

»Ist jetzt ja auch egal«, sagte Hans und lehnte sich mit der Schulter an eine Säule. »Onkel Karl weiß jetzt, dass ich es nicht war.«

»Hat Flora ihm die Wahrheit gestanden?«

Hans grinste freudlos. »Sie hat sich in der Remise mit ihrem Liebhaber gestritten. Unser neuer Koch hat es mitbekommen und Onkel Konrad erzählt.«

»Tatsächlich?« Davon hatte Ludwig noch nichts gehört.

Emma betrat das Hotel, die Wangen gerötet, ein Lächeln auf den Lippen, als habe sie eine erstaunliche Entdeckung gemacht. »Ludwig«, rief sie, »ich habe einen famosen Einfall.« Sie drehte sich zu Hans um und legte ihm die Hand auf den Arm. »Ich sehe, Karl hatte ein Einsehen?«

»Nein. Er glaubt lediglich unserem Koch mehr als mir.«

»Nimm es nicht zu schwer.«

»Tue ich nicht. Er wird ja sehen, was er davon hat.« Hans' Blick wanderte zu einem eintreffenden Gast. »Na so was, der bringt ja schon wieder seinen Hausnigger mit.«

»Hans!«, zischte Ludwig. »Noch ein Wort in der Art, und ich sorge dafür, dass der nächste Hausarrest länger dauert.«

»Wenn es drauf ankommt, fällt der Apfel nicht weit vom Stamm, nicht wahr?«, spottete Hans.

Emma sah, ebenso wie Ludwig, zu dem eintreffenden Gast, Klaus Bornhelm. Er war im Vorjahr schon einmal hier gewesen, ein Handelsreisender, den die Arbeit nach Bonn führte und der bei der Gelegenheit gerne ein paar Tage freinahm zum Wandern. Sein Kammerdiener entstammte den ehemaligen Kolonien, lebte aber seit seiner Kindheit in Weimar. Klaus Bornhelms Vater hatte ihn während der Aufstände mitgenommen, sodass er dem Massaker entgangen war, das unter den Hereros angerichtet worden war.

»Geh einfach«, sagte sie jetzt zu Hans. »Ich ertrage dich nicht, wenn du so sprichst.«

Er zuckte mit den Schultern. »Ganz wie du willst.«

»Ich verstehe nicht, was in ihn gefahren ist.« Von Emmas guter Laune war nurmehr ein mattes Glimmen in den Augen geblieben.

»Das versteht keiner so recht«, antwortete Ludwig. »Aber du wolltest etwas erzählen.«

An dem Glimmen entzündete sich das kleine Feuer aufgeregter Erregung. »Ich war heute Vormittag bei Minna Rebein, sie hat mir ihr Atelier gezeigt. Du musst dir das unbedingt ansehen, sie ist eine richtige Künstlerin.«

Die Vorstellung, Minna Rebein wiederzusehen, hatte durchaus ihren Reiz, gestand Ludwig sich ein.

»Ich habe folgende Idee«, fuhr Emma fort. »Was hältst du davon, wenn wir den Gästen anbieten, sich photographieren zu lassen? Mit dem Hotel als Kulisse. Wir könnten Kinderphotographien anbieten als Erinnerung an die Reise.«

»Und du dachtest dabei an Fräulein Rebein?«

»Ja, ich habe sie allerdings noch nicht gefragt. Erst einmal möchte ich hören, was unsere Väter dazu sagen.«

»Da wüsste ich tatsächlich nicht, was dagegen spricht. Wir müssten uns natürlich mit Fräulein Rebein handelseinig werden, aber ich denke, die Preise für die Photos lassen sich entsprechend anpassen, dass es für alle Seiten lohnenswert ist.«

»Du findest also auch, dass es eine gute Idee ist?« Emma strahlte.

»Durchaus, ja.«

»Du bist großartig. Jetzt muss ich nur noch mit Papa und Karl sprechen. Ich hoffe, sie sind da zugänglicher als bei der Sache mit dem Lichtspielraum.« Sie hakte sich bei Ludwig ein und ging mit ihm hinaus auf den Hof. Es war erstickend schwül geworden zum Abend hin, und die Luft klebte gewitterschwer auf der Haut.

»Sie klangen beim letzten Mal doch sehr zugänglich.«

»Es scheitert an dem passenden Raum.«

Ludwig grüßte im Vorbeigehen ein junges Ehepaar, das sich gerade auf Hochzeitsreise befand. Die Frau hing mit einem glücklichen Lächeln am Arm ihres Mannes, der sie wiederum verliebt ansah. Was für eine Idylle. »Was ist mit dem alten Rauchersalon?«

»Der wird doch noch genutzt.«

»Ja, aber mehr als zweiter Herrensalon.« Die Zeiten, in denen die Männer sich zum Rauchen diskret zurückgezogen hatten, waren vorbei. Man zog auch keine Raucherjacketts mehr über die eigenen, damit man den Geruch nicht in die anderen Räume trug. Rauchen war gesellschaftsfähig geworden. »Im Grunde ist er entbehrlich. Und er liegt auch günstig, da man ihn damals ja von jeder Feier aus gut erreichen sollte. Schlag Papa das doch vor.«

»Oh, Ludwig, du bist genial.«

»Ich weiß, aber nett, dass du es sagst.«

Sie stieß ihn scherzhaft in die Seite. »Gleich morgen spreche ich mit Karl darüber, jetzt kann er nicht mehr Nein sagen. Aber mal was anderes«, wechselte sie das Thema, »was ist eigentlich mit dir und Charlotte? Hast du sie gesehen, nachdem sie beleidigt davongerauscht ist?«

Allein die Erwähnung reichte, um Ludwigs Stimmung auf den Tiefpunkt sinken zu lassen. »Nein. Woher weißt du überhaupt davon?«

»Von Valerie. Charlotte hat sich wohl bei ihr ausgeheult. Verträgst du dich wieder mit ihr?«

»Ich werde sicher nicht zu ihr gehen und mich entschuldigen, immerhin hat sie den Fehler begangen.«

»Hmhm. Wie alt seid ihr noch mal?«

Ludwig sah sie an, die Augen leicht verengt. »Du weißt nicht, worum der Streit ging, oder?«

»Nein, das nicht. Willst du sie denn immer noch heiraten?«

»Ja, ich breche doch keine Verlobung wegen eines Streits.«

»Dann solltest du die Angelegenheit in Ordnung bringen, ehe die Leute anfangen, zu reden.«

»Ausgerechnet du möchtest, dass ich mich mit Charlotte vertrage?«

Emma seufzte. »Wenn das, was sie getan hat, nicht

schlimm genug ist, um mit ihr zu brechen, dann vertrag dich halt mit ihr. Wie soll das denn in Zukunft laufen? Sie und ich – das funktioniert ja schon mal nicht. Dann streitet sie sich mit dir, und keiner von euch macht den ersten Schritt zur Versöhnung. Sie heult sich bei Valerie aus, die zwischen den Stühlen sitzt. Dann bilden sich zwei Fronten neben der, die zwischen ihr und mir ohnehin schon vorhanden ist. Ich bin natürlich auf deiner Seite. Aber sie wird denken, ich beeinflusse dich dahingehend, dass du dich nicht mit ihr versöhnst.«

Ludwig sah zur Remise. Grundsätzlich war an dem, was Emma sagte, durchaus was dran. Aber ihm gingen Charlottes Gehässigkeiten nicht aus dem Sinn, und er würde nicht einfach darüber hinwegsehen können. »Ich denke darüber nach«, sagte er nur.

⁂ 12 ⁂

Valerie mochte den Spätsommer, mochte das weiche Licht, das zum Nachmittag hin den Farbton von dunklem Gold bekam, mochte es, dass die Farben intensiver wirkten und man von dem sommerwarmen Duft nach Blüten, Gras und Erde trunken wurde. Gäste spazierten gemächlich durch den Garten, Hummeln brummten träge durch die Luft, und Valerie fühlte sich fast schläfrig entspannt, während sie Eis aß, das auf dem Löffel schmolz. Anthony Gilbert hatte sie über eine Stunde mit amüsanten Anekdoten unterhalten, ehe er mit einem Bekannten zu einem geselligen Abend in Bonn aufgebrochen war.

Vormittags war die Photographin wieder hier gewesen und hatte Bilder von Ludwig und Charlotte vor dem Hotel gemacht. Valerie war froh darum, dass sich die beiden wieder vertragen hatten, wenngleich die Sache sich lange hingezogen hatte. Überdies hatte Valerie den Eindruck, dass die Photographin ein unangemessenes Interesse an Ludwig zeigte, daher war es gut, dass Charlottes Anwesenheit sie in die Schranken wies. Wobei sie sagen musste, dass sie sich darüber, wie Charlotte die Sache mit Emma und diesem Kerl im Wald beurteilte, selbst geärgert hatte. Allerdings war sie diesbezüglich diplomatischer als Ludwig.

Valerie ging zur Remise, lehnte sich an Emmas Phantom und sah zur Tür, die vom Dienstbotentrakt aus in den

Hof führte. Nach einer Weile ärgerte sie sich über sich selbst. Sie war Valerie Hohenstein, Männer aus den besten Familien liefen ihr hinterher, und sie saß hier wie eine Dienstmagd und wartete auf den Koch. Rasch richtete sie sich auf und ging zurück zum Hotelportal. Sie sah einen Gast mit einem dunkelhäutigen Dienstboten auf den Hof treten. Klaus Bornhelm. Er mochte in den Dreißigern sein und hatte eine überaus sympathische Ausstrahlung. Letztes Jahr war sie zweimal mit ihm essen gegangen.

»Guten Tag, Fräulein Hohenstein«, begrüßte er sie. »Auf der Suche nach Zerstreuung?«

»Bisher leider vergeblich.«

»Ich biete mich gerne an, Sie auszuführen, wenn Sie erlauben.«

Valerie legte den Kopf schief. Warum eigentlich nicht? Das brachte sie wenigstens auf andere Gedanken, und überdies versprach dieser zweifellos weltgewandte Mann nach wie vor, unterhaltsam zu sein. »Ich werde nur kurz meinen Eltern Bescheid geben.«

Sie traf ihre Mutter im Damensalon an. »Geh nur«, sagte Julia Hohenstein, als Valerie sie fragte, ob sie nichts dagegen habe, wenn sie mit Herrn Bornhelm nach Bonn fuhr. »Aber komm nicht zu spät zurück.«

»Keine Sorge.« Überdies hatte sie an Klaus Bornhelm kein Interesse, und von seiner Seite aus war es wohl ähnlich. Das war Valerie nur recht, denn es machte die Sache nicht unnötig kompliziert.

»Erlaubnis bekommen?«, fragte Klaus Bornhelm und grinste jungenhaft.

»Aber immer doch.«

Eine der Hotellimousinen fuhr vor, und der Chauffeur stieg aus, um ihnen die Tür aufzuhalten.

»Jerome, du kannst hinten bei uns sitzen«, sagte Klaus Bornhelm.

»Danke, aber ich sitze gerne vorne«, antwortete sein Kammerdiener.

»Wie du willst.« Klaus Bornhelm nahm Valerie gegenüber Platz, und der Chauffeur schloss die Tür. »Jerome hat eine Schwäche für Automobile. Ich glaube, er würde gerne vom Kammerdiener zum Chauffeur wechseln. Wer weiß, vielleicht lasse ich ihn ja sogar.«

»Wie kann denn ein Kammerdiener Chauffeur sein?«, wunderte sich Valerie.

»Ich habe mein Personal auf ein Minimum reduziert. Eine Köchin, ein Zimmermädchen und eine Zugehfrau. Heute braucht es nicht mehr viel Personal, die Zeiten haben sich geändert. Und wenn Jerome gerne fahren möchte, so soll er es tun.«

Um das Personal hatte Valerie sich bisher nicht viele Gedanken gemacht, es war eben einfach da. Die Vorstellung, irgendwann mal keins mehr zu haben, fand sie jedoch befremdlich. Gut, in einem Hotel war das eher unwahrscheinlich, aber wenn sie einmal heiratete, würde sie sich mit Personalfragen und Haushalt herumschlagen müssen. Glücklicherweise lag der Tag noch in weiter Ferne.

Sie fuhren nach Königswinter und nahmen von dort aus die Fähre nach Mehlem, einer Provinz der Bürgermeisterei Godesberg. Von hier aus brachte sie eine Pferdedroschke an den Bonner Bahnhof. Es gab zwar seit mehr als zwölf Jahren die »Vereinigung der Bonner Kraftdroschkenhalter e.V.«, aber für sie war es nach wie vor schwer, gegen die mächtigen Pferdedroschkenbesitzer, die immer noch eine größere Lobby hatten, anzukommen. Immerhin gab es in der Stadt jetzt sechs Taxihalteplätze, das war nach Valeries Dafürhalten, die inzwischen lieber mit einem schicken Automobil als mit der Pferdedroschke unterwegs war, ein großer Fortschritt.

Sie spazierten zu Fuß durch die Einkaufsstraßen, wobei sich auch Klaus Bornhelms Kammerdiener als interessanter Unterhalter erwies. Bisher hatte Valerie Jerome Kabal nur im Vorbeigehen gegrüßt, ein längeres Gespräch hatte sie nicht mit ihm geführt. Er hatte ein sehr umfassendes politisches Wissen – sein Steckenpferd, wie er verriet. Valerie hatte zwar kein sonderlich großes Interesse an Politik, aber er erzählte so interessant von Weltpolitik und Wirtschaft, dass sie gebannt zuhörte.

Sie fanden ein hübsches kleines Café in einer Seitengasse, wo sie sich niederließen, um Kaffee und Kuchen zu bestellen. Die Kellnerin kam zu ihnen, sah Jerome Kabal an und hob die Brauen, dann wandte sie sich an Klaus Bornhelm, um seine Bestellung entgegenzunehmen. Valerie nahm ein Stück Bienenstich und Kaffee, Jerome Tee und Herr Bornhelm Buttergebäck und Tee.

»Seit meinen Jahren in London bin ich zum Teetrinker geworden. Leider können nur die wenigsten guten Tee machen.«

»Und wir?«, fragte Valerie.

»Der Darjeeling ist sehr gut. Beim Assam muss ich allerdings gestehen, dass er immer zu lange zieht.«

»Ich werde in der Küche Bescheid geben, dass dieser Mangel behoben wird«, antwortete Valerie und spürte, wie ihr beim Gedanken an Nicolas das Blut ins Gesicht stieg. Der Kerl verfolgte sie sogar, wenn sie über gänzlich andere Dinge sprach.

»Oh, ich wollte Sie keinesfalls in Verlegenheit bringen«, beeilte Klaus Bornhelm zu versichern.

»Mir ist nur heiß, sonst nichts.« Wie zum Beweis nahm Valerie die Getränkekarte und fächelte sich Luft zu.

Kurz darauf erschien ein Mann, der sich mit einer Geste untertäniger Beflissenheit näherte. Der Besitzer des Cafés, wenn Valerie sich richtig erinnerte.

»Ich hoffe, es ist alles zu Ihrer Zufriedenheit?«

»Bisher durchaus«, sagte Klaus Bornhelm. »Mehr kann ich Ihnen erst sagen, wenn unsere Bestellung eintrifft.«

»Es ist so«, der Mann wirkte, als sei ihm das, was er zu sagen hatte, unangenehm, »einige Gäste haben sich beschwert, und da wollte ich Sie fragen, ob Ihr Begleiter nicht auf einem unserer Plätze draußen sitzen möchte. Die Sonne scheint so herrlich, und wir könnten ihm das Bestellte dorthin bringen.«

Valerie sah sich um und bemerkte in der Tat, wie einige Leute sie ansahen und rasch wegblickten. »Ach ja?«, sagte sie und wünschte, Emma wäre hier. Die war in so einem Fall nicht um Worte verlegen.

Klaus Bornhelm lief rot an. »Was Sie nicht sagen?«

»Ich bedaure, aber natürlich ist uns daran gelegen, alle Gäste zufriedenzustellen.«

Jerome Kabal schob seinen Stuhl zurück. »Ich gehe hinaus, dann könnt ihr hier in Ruhe euren Kuchen essen.«

Herr Bornhelm legte ihm die Hand auf den Arm. »Auf keinen Fall, mein Freund.« Dann wandte er sich an den Cafébesitzer. »Mein Begleiter soll also draußen vor der Tür warten wie ein Hund?«

Der Mann wurde rotfleckig im Gesicht. »Natürlich nicht. Wir haben auch draußen Tische, es sind ganz normale Plätze.«

»Nun gut.« Klaus Bornhelm erhob sich. »Fräulein Hohenstein? Ich bedaure, dass meine Einladung so unerfreulich verläuft, aber wir werden uns eine andere Lokalität suchen müssen.«

»Ich wollte Sie keinesfalls vertreiben«, versicherte der Mann. »Fräulein Hohenstein, Sie können sicher bezeugen, dass Sie hier stets aufs Höflichste bedient wurden.«

»Nun«, sagte Valerie und hob das Kinn, »eine einzige schlechte Erfahrung reicht meist schon, um den guten Ruf zu ruinieren, nicht wahr?« Ohne den Mann eines weiteren Blickes zu würdigen, verließ sie das Café.

»Entschuldigen Sie bitte«, sagte Klaus Bornhelm, als sie wieder auf der Straße standen.

»Nicht Sie müssen sich entschuldigen«, antwortete Valerie.

»Das kommt gelegentlich vor, wenn wir gemeinsam unterwegs sind, allerdings überaus selten.«

Valerie sah noch einmal zu dem Café, richtete dann ihren Blick auf Klaus Bornhelm. »Kommen Sie, ich kenne eine sehr hübsche Konditorei, wo es guten Kuchen gibt. Und danach dürfen Sie mich in irgendein verruchtes Lokal ausführen.« Sie grinste spitzbübisch, was die Stimmung wieder aufhellte.

Letzten Endes wurde es doch noch ein sehr netter Nachmittag, wenngleich Klaus Bornhelm sich entschieden weigerte, sie in »finstere Spelunken«, wie er es nannte, zu führen und sie stattdessen in ein hübsches Tanzcafé mitnahm, wo eine Jazzband spielte, und das auch am frühen Abend schon gut besucht war. Als sie aufbrachen war es kurz nach neun.

»Das war sehr schön, vielen Dank«, sagte Valerie, als sie die Straße entlangspazierten.

»Es war mir ein Vergnügen.«

Da Klaus Bornhelm noch Freunde in Bonn sehen wollte,

hatte er im Hotel angerufen, damit ein Wagen losgeschickt wurde, um Valerie abzuholen. Als sie am Bahnhof ankamen, sah Valerie das vertraute Fahrzeug bereits und den Chauffeur, der mit einem der Taxifahrer am Stand plauderte.

»Guten Abend, Fräulein Hohenstein«, sagte er und öffnete ihr die Tür.

Valerie drehte sich zu Klaus Bornhelm um. »Ich wünsche Ihnen noch einen schönen Abend.«

»Noch schöner als mit Ihnen kann er schwerlich werden.«

»Charmeur«, antwortete Valerie lachend, und er reichte ihr die Hand, um ihr in das Automobil zu helfen.

Valerie lehnte sich zurück in das bequeme Polster und sah durch das Fenster hinaus, während der Wagen über die Straße rollte. Sie bemerkte eine Gruppe von jungen Männern, eine dieser neuen sogenannten Bürgerwehren, die stets wirkten, als seien sie auf Krawall aus. Einen Moment lang stockte Valerie, richtete sich auf und versuchte, einen genaueren Blick auf die Gruppe zu erhaschen, aber sie waren zu schnell vorbei. War Hans dort etwa mitgelaufen? Wundern würde es sie nicht, erschrecken jedoch schon.

Als sie im Hotel ankam, war es elf Uhr, ihre Eltern saßen im Salon noch ein wenig beisammen. Jakob war offenbar schon zu Bett gegangen.

»Ist Ludwig aus?«, fragte sie, als sie sich auf dem Sofa niederließ und ein Glas kühle Limonade trank.

»Er ist bei Charlottes Eltern eingeladen«, antwortete ihre Mutter. »War es denn schön in der Stadt?«

»Ja, zumindest, nachdem wir ein Café gefunden haben, das Herrn Bornhelms Kammerdiener nicht vor der Tür warten lassen wollte.«

Ihre Eltern blickten sie überrascht an, und Valerie erzählte die Geschichte.

»Ich habe davon gehört«, sagte ihr Vater. »Abstoßendes Gebaren.«

»Was würdest du tun, wenn Hotelgäste sich beschweren würden?«, fragte Valerie.

»Wer ein Haus besucht, das der ganzen Welt offen steht, und dabei einen Teil der Welt ausschließen möchte, sollte sich besser nach entsprechenden Örtlichkeiten umsehen. Leider gibt es ja inzwischen Hotels, in denen entsprechende Leute verkehren.«

Valerie überlegte, ob sie erzählen sollte, dass sie Hans mit genau diesen Leuten gesehen hatte, aber dann unterließ sie es, vor allem, da sie nicht einmal wirklich sicher war, ob es sich um ihn gehandelt hatte. Sie würde Ludwig und Emma davon erzählen, vielleicht konnten sie auf ihn einwirken.

Nach einer halben Stunde erhoben sich ihre Eltern. »Bleib nicht so lange wach«, sagte ihre Mutter und küsste sie.

»Nein, ich gehe auch gleich ins Bett. Gute Nacht.« Valerie griff nach einem Roman, den sie vor einigen Tagen angefangen hatte, der sie jedoch nicht so recht zu fesseln vermochte. Nach zwei Seiten legte sie das Buch weg und lehnte den Kopf an die Rückenlehne, um eine Weile nachdenklich an die Wand zu starren. Die seltsamen Blicke aus dem Café ließen sie nicht los. Jerome Kabal war gelassen geblieben, sie, Valerie, hätte das nicht gekonnt, sondern wäre in Tränen ausgebrochen, hätte man sie so behandelt. Einen winzigen Moment lang war ihr die Situation sogar peinlich gewesen, und sie schämte sich immer noch für diesen Gedanken.

Ein Blick auf die Uhr sagte ihr, dass es inzwischen halb zwölf war. Und dann dachte sie doch wieder an Nicolas Merlo. Dieses Mal zauderte sie nicht, sondern erhob sich, um in die Küche zu gehen. Sie betrat das Dienstbotengesellschaftszimmer, fand es dieses Mal jedoch leer vor. Ein Anflug von Enttäuschung stieg in ihr auf. Dann bemerkte sie die Kladde auf dem Tisch und ging neugierig näher, um zu lesen, was dort stand, konnte jedoch nichts entziffern.

»Das ist Stenographie«, hörte sie eine Männerstimme sagen und fuhr herum.

Das Blut stieg ihr heiß ins Gesicht. »Ich bitte vielmals um Verzeihung«, stammelte sie.

»Nicht schlimm, es handelt sich nur um eine Warenliste, und auf diese Art geht es schneller. Morgen wird mein Assistent sie noch einmal ordentlich abschreiben.« Nicolas Merlo kam näher. »Was führt Sie zu dieser Stunde zu mir? Wieder meine heiße Schokolade?«

Valerie nickte nur, und als er in die Küche ging, folgte sie ihm. »Wer war der junge Mann, der Ihnen so ähnlich sah?«

»Mein kleiner Bruder. Wo haben Sie ihn gesehen?«

»Im Hof, als er gerade gegangen ist. Wohnt er in der Nähe?«

»Nein, in Heidelberg.«

»Und ist er auch Koch, wie Sie?«

Ein kleines Lächeln umspielte Nicolas Merlos Mundwinkel, während er Schokolade im Wasserbad schmolz. »Nein, er hat Pharmazie studiert und wird wohl irgendwann an der Universität unterrichten.«

Oha, dachte Valerie.

»Ich sehe regelrecht, wie es hinter Ihrer Stirn arbeitet. Könnte ein Koch mit einem Universitätsdozenten als Bruder nicht doch einigermaßen passend sein?«

»Sie denken, ich sei an Ihnen interessiert?«

»Sie sind es, meine Liebe.«

»Und Sie sind offenbar ein bedauernswertes Opfer Ihrer eigenen Arroganz.«

Nicolas Merlo sah auf die schmelzende Schokolade. »Ich habe in vielen Hotels gearbeitet, und Sie sind nicht die Erste, die spezielle Wünsche hat, was Getränke oder Speisen anbelangt. Die entsprechenden Damen haben mich allerdings nie bei Nacht persönlich in der Küche aufgesucht, wenn Sie nicht darüber hinaus an anderen Dingen interessiert waren.«

»Und derer gab es viele?«

Nicolas Merlo sah sie kurz an, dann richtete er seinen Blick wieder auf die Schokolade. »Ein Ehrenmann schweigt.«

Valerie verschränkte die Arme vor der Brust und lehnte sich mit dem Rücken gegen die Anrichte, sodass sie Nicolas Merlo ins Gesicht sehen konnte. »Und angenommen, mich würde etwas anderes hertreiben als die Schokolade, wäre ich dann nur eine kleine Spielerei für Sie?«

Er nahm das Wasserbad vom Feuer und stellte den Topf beiseite. »Die Frage ist doch vielmehr«, sein Gesicht war nahe dem ihrem, ohne es zu berühren, »was ich für Sie bin.«

»Sie dürfen auf keinen Fall denken, ich sei verliebt in Sie.«

»Hmhm«, sein Atem streichelte ihr Gesicht, und Valerie hörte ihren eigenen Herzschlag in den Ohren dröhnen. »Sie sind auf der Suche nach einem Abenteuer, nicht wahr?«

Nur eine Handbreit trennte Valeris Gesicht noch von seinem.

»Und wenn dem so wäre?«

»Würde ich eine ganze Menge riskieren, nur um Ihre kleine Spielerei zu werden.«

»Ich riskiere viel mehr.« Valerie neigte den Kopf vor und berührte seine Lippen mit ihren. Kurz verharrten beide reglos, dann schlossen sich Nicolas' Arme um sie, und er begann ein überaus verführerisches Spiel, während er ihren Kuss vertiefte, kleine Lockungen, denen Valerie mit wild klopfendem Herzen folgte. Nicolas hob sie hoch und setzte sie auf die Anrichte, sodass ihre Gesichter auf einer Höhe waren. Valeries Arme lagen um seinen Nacken, ihre Finger spielten mit seinem Haar, und sie spürte, wie seine Hand behutsam an den Knöpfen ihres Kleides nestelte. Rasch umfasste sie sein Handgelenk und brachte gerade genug Abstand zwischen ihre Münder, um etwas sagen zu können. »*Das* nicht.«

»Verstehe. Aber gut, ich kann warten.«

»Das wird auch künftig nicht anders sein.«

»Das wird es, glaub mir.«

Niemals, wollte Valerie sagen, doch das Wort zerfaserte in ihren Gedanken, als sie den Kuss fortsetzten.

»Gnädiger Herr.«

Karl fuhr aus dem Bett auf, als sein Kammerdiener ihn ansprach. Dass dieser zu so später Stunde in seinem Zimmer stand, war beunruhigend.

»Es tut mir leid, Sie stören zu müssen, gnädiger Herr, aber die Polizei ist im Vestibül. Der Concierge hat mir Bescheid gegeben.«

Ludwig, dachte Karl. Ludwig war etwas zugestoßen, und der Schreck nahm ihm fast den Atem. Eilig erhob er sich. »Ist gut, ich komme sofort. Führen Sie die Herren in unseren privaten Salon, danach können Sie wieder zu Bett gehen.«

»Sehr wohl, gnädiger Herr.«

Karl kleidete sich an und verließ sein Zimmer. Kurz überlegte er, Julia zu wecken, unterließ es dann jedoch. Wenn es schlechte Nachrichten gab, reichte es, sie zu wecken, sobald er Gewissheit über den Grund des Polizeibesuchs hatte.

»Guten Abend, meine Herren.« Karl konnte das Vibrieren nervöser Anspannung nicht unterdrücken. »Was führt Sie zu mir.«

»Kommissar Hauser«, sagte der ältere der beiden. »Guten Abend. Ich bedaure den späten Besuch, aber in Bonn wurde ein Mann totgeprügelt, und alles deutet darauf hin, dass er aus Ihrem Haus kommt.«

Karl griff nach einer Sofalehne, spürte, wie ihm schwindlig wurde – dergleichen war ihm noch nie passiert. »Ludwig«, presste er hervor.

Der jüngere Polizist trat vor, schien ihm beruhigend die Hand auf die Schulter legen zu wollen und tat es dann doch nicht. »Nein, nicht Ihr Sohn, Herr Hohenstein. Ein Gast, oder besser gesagt, sein Dienstbote.«

Die Erleichterung schwappte über Karl hinweg wie eine Welle und hinterließ eine tiefe Scham, denn das änderte nichts daran, dass ein anderer Mensch zu Tode gekommen war. »Wer ist der Mann?«

»Ein Jerome Kabal, der zusammen mit seinem Dienstherrn unterwegs war. Es hat beide übel erwischt, sie wurden schlimm verprügelt, Herr Bornhelm liegt im Krankenhaus.«

Karl erinnerte sich an die beiden. »Wird Herr Bornhelm es schaffen?«

»Ja, es sieht ganz so aus. Wenngleich mit zwei Zähnen weniger. Außerdem wurde ihm der rechte Arm gebrochen, das wird wohl eine langwierige Sache. Er wollte verhindern, dass man seinen Begleiter mit einem Eisenrohr verdrischt und hat etwas abbekommen. Ansonsten hat man es bei ihm bei Faustschlägen belassen.«

»Grundgütiger. Was waren das für Leute?«

»Das Pack, das hier seit Neuestem öfter mal durch die Straßen marschiert und Ärger macht.«

»Haben Sie die wenigstens erwischt?«

»Ja. Das ist, ehrlich gesagt, auch der Hauptgrund für unser Erscheinen. Einer von ihnen ist Ihr Neffe, Hans Hohenstein.«

Hans. Allmächtiger, dachte Karl und schloss für einen Moment die Augen. »Und es besteht kein Zweifel, dass er daran beteiligt war?«

»Er war mit ihnen zusammen, ist mit ihnen geflüchtet und hat Abschürfungen an den Händen. Allerdings sagt er, dass er mit dem Totschlag nichts zu tun habe, die Abschürfungen auf den Handflächen rührten daher, dass er versucht hätte, das Rohr festzuhalten. Möglicherweise ist die Sache für ihn aus dem Ruder gelaufen. Aber beteiligt war er dennoch.«

Karl nickte und umklammerte die Sofalehne, bis seine Fingerknöchel weiß hervortraten, während er überlegte, was er jetzt tun sollte. Ein Mann tot, ein anderer schlimm verprügelt und im Krankenhaus. Beide Gäste seines Hotels. Und einer der Täter sein Neffe. Das war eine Katastrophe.

»Wo ist mein Neffe jetzt?«

»In Polizeigewahrsam in Bonn.«

»Gut. Ich rufe unseren Anwalt an und kümmere mich um die Angelegenheit. Kann ich Ihnen sonst noch helfen?«

»Wir brauchen die Adresse der Familie von Herrn Bornhelm, damit unsere Kollegen vor Ort sich darum kümmern können, sie zu informieren. Wenn Herr Kabal im Dienst von Klaus Bornhelm stand, dann wird er dort auch gewohnt haben?«

»Davon gehe ich aus. Seine Familie wird Ihnen da mehr sagen können. Der Concierge kommt erst morgen früh, aber unsere Rezeptionisten werden Ihnen diesbezüglich alles sagen, was Sie wissen möchten.« Karl brachte die Polizisten persönlich ins Vestibül und wies die Angestellten an der Rezeption an, ihnen jede gewünschte Auskunft zu geben. Dann kehrte er zurück in den privaten Wohntrakt.

Er betrat den Korridor in just dem Moment, als Valerie über die Personaltreppe kam. Sie starrte ihn erschrocken an, und Karl bemerkte, dass sie immer noch das Kleid trug, in dem er sie abends im Salon gesehen hatte. »Wo kommst du denn her?«

»Ich war in der Küche und habe heiße Schokolade getrunken.«

»Seit wann gehst du persönlich in die Küche, um Schokolade zu trinken?«

»Ich wollte Alice nicht wecken.«

»Das hat dich all die Jahre nicht gestört. Wer ist noch unten?«

»Nur unser Koch.«

»Welcher davon?«

»Der Hauptkoch.«

Dieser Bursche, der zu gut aussah, als dass auch nur ein Vater, der seine Sinne beisammen hatte, dulden konnte, dass seine Tochter nachts allein mit ihm zusammen war. »Geh zu Bett«, befahl er. »Darüber sprechen wir morgen noch.«

Valerie nickte verzagt und stieg die Treppe hoch. Karl hingegen ging in die entgegengesetzte Richtung und lief hinunter in die Küche. Tatsächlich saß Nicolas Merlo am Tisch im Gesellschaftszimmer und schrieb.

»War meine Tochter eben hier?«, fragte er.

Nicolas Merlo sah auf und erhob sich. »Ja, gnädiger Herr. Sie wollte heiße Schokolade trinken.« Nicolas Merlo deutete auf einen weißen Becher, der auf dem Tisch stand. Karl bemerkte die Reste sämiger brauner Schokolade und nickte.

»Warum sind Sie noch wach? Sie müssen doch morgen gewiss auch früh raus.«

»Ich habe noch einiges an Bureauarbeit zu verrichten, und dafür benötige ich die abendliche Ruhe.«

»Wurde Ihnen dafür kein Raum zur Verfügung gestellt?«

»Doch, aber der ist noch nicht fertig.«

»Ich werde mit Herrn Alsberg darüber sprechen«, antwortete Karl zerstreut, sah wieder auf den Becher, dachte an Valerie, an Hans, an den toten Mann. Und plötzlich schien ihm, als täte sich in dem Sommer, in dem alles wieder in altem Glanz erstrahlen sollte, ein schwarzer Abgrund auf.

Emma erschien gerade im Frühstückszimmer, als ihr Vater ihr die schlimme Neuigkeit mitteilte. »Karl hat eben angerufen«, schloss er. »Er wird gleich mit Hans hier sein.«

Katharina Alsberg war kreidebleich, Emma hatte ihre Mutter noch nie so fassungslos gesehen.

»Mama, ich bin mir sicher, dass Hans es nicht war«, sagte Emma, wobei sie selbst nicht recht daran glauben konnte. Grundsätzlich konnte sie sich nicht vorstellen, dass Hans jemanden töten könnte, aber sie kannte seine Einstellung gegenüber Menschen wie Jerome Kabal. Und wenn seine Freunde drauflosprügelten, war es nicht ausgeschlossen, dass Hans sich ihnen anschloss und mitmachte.

»Ich warte im Arbeitszimmer auf Karl, er wird mit Hans dorthin kommen.«

»Ich begleite dich«, sagte Emma.

»Das halte ich für keine gute Idee.«

»Warum nicht? Ich kann besser mit ihm umgehen als ihr, und mir vertraut er.«

Ihr Vater zögerte kurz, dann willigte er ein. Bevor sie die Wohnung verließen, gingen sie noch kurz bei Julia vorbei, um zu sehen, wie sie die Nachricht auffasste. Nicht gut, wie es aussah. Julia war blass, Jakob saß verstört auf seinem Platz im Frühstückszimmer, und Valeries Augen waren glasig, während ihre gesamte Haltung seltsam starr war.

»Ich habe Hans gestern gesehen«, brach es aus ihr heraus. »Da hatte ich mich eben erst von Herrn Bornhelm und Jerome Kabal verabschiedet.«

»Du warst mit den beiden zusammen?«, fragte Konrad Alsberg.

Valerie nickte stumm.

»Sie waren Kaffee trinken und dann tanzen«, fügte Julia hinzu.

Eine Träne löste sich aus Valeries Augenwinkel und lief ihr die Wange hinab. Jakob sprang auf, verließ den Raum und knallte die Tür hinter sich zu.

»Karl kommt gleich mit Hans zurück.« Konrad Alsberg sah Julia an. »Emma und ich werden dabei sein, wenn er mit ihm spricht.«

Julia nickte nur. »Ich kümmere mich um Jakob.«

Von Valerie kam keine Regung, dann blickte sie unvermittelt auf. »Als ich Hans gestern gesehen habe, war er wieder mit diesen seltsamen Leuten zusammen«, sagte sie kaum hörbar. »Ich bin an ihnen vorbeigefahren, als unser Chauffeur mich abgeholt hat.«

Fritz betrat das Speisezimmer. »Herr Hohenstein und der junge Herr Hans sind zurück, gnädiger Herr. Sie warten im Arbeitszimmer.«

»Ist gut. Danke, Fritz.« Konrad Alsberg berührte den Arm seiner Tochter. »Komm, Emma.«

Auf dem Weg zum Arbeitszimmer fragte Emma sich, ob die Sache inzwischen im Hotel die Runde gemacht hatte und ob dort ein ebenso bedrücktes Schweigen herrschte wie in den Privaträumen der Familie. »Wer hält vorne die Stellung?«, fragte sie.

»Ludwig.«

Emma betrat das Arbeitszimmer mit einem mulmigen Gefühl im Magen. Zuerst sah sie Hans, der auf Karls Schreibtischstuhl saß, offenbar fand Karl es angebracht, bei dem Gespräch mit diesem breiten Hindernis etwas Abstand zwischen sie beide zu bringen. Hans war so fahl, dass seine Augen irisierend blau wirkten und die dunklen Schatten darunter von der Haut gelöst schienen. Das Haar hing ihm in die Stirn, seine Kleidung war zerknittert, und in seinem Blick erkannte Emma Angst und Bestürzung. Karl hingegen beherrschte nichts als kalter Zorn.

»Man hat ihn gehen lassen?«, fragte Konrad.

»Ja«, antwortete Karl. »Laut Zeugen war er an den Pöbeleien beteiligt, aber auf die beiden eingeprügelt haben nur fünf von ihnen. Die Eisenstange hatte Hans in der Hand, das ist unbestritten, dafür sprechen auch die Abschürfungen in den Händen. Offenbar stimmt jedoch, was er gesagt hat, nämlich, dass er sie festhalten wollte, damit der Mann, der damit auf Jerome Kabal eingeschlagen hat, innehält. Einige sagen, er wollte die Schläge verhindern, andere, er habe die Stange haben wollen, um selbst zuzuschlagen.«

»Das ist aber nicht wahr!«, begehrte Hans auf.

Karl ignorierte ihn. »Ludwig sagte, er habe den Mann als *Hausnigger* bezeichnet. Angesichts dessen, was er sich gegenüber unserer Jazzband erlaubt hat, wundert mich das, ehrlich gesagt, nicht.«

»Valerie hat gerade erzählt, sie habe ihn mit den Männern zusammen gesehen.«

»Valerie?«, fragte Hans.

Karl drehte sich zu ihm um. »Ja, ganz recht, Valerie. Sie war kurz zuvor noch mit den beiden Männern zusammen, Herr Bornhelm hat sie ausgeführt. Nicht auszudenken, wenn sie bei ihm gewesen wäre, als er auf euch getroffen ist. Wer weiß, was ihr mit ihr gemacht hättet.«

In Hans' Augen flackerte es. »Als hätte ich zugelassen, dass jemand sie anrührt.«

»Ah, du hättest es verhindert, ja? So, wie du verhindert hast, dass dieser arme Mann mit einer Eisenstange zu Tode geprügelt wurde.«

Konrad Alsberg mischte sich ein. »Was sagen denn die Männer, die beteiligt waren?«

»Sie haben nicht alle gefasst. Jeder schiebt natürlich die Schuld auf den anderen, aber es gab auch unabhängige Zeugen. Zudem ist Herr Bornhelm ansprechbar und konnte die Täter daher ebenfalls beschreiben. Für Hans spricht immerhin, dass er ja offenbar an der Prügelei nicht unmittelbar beteiligt war. Das macht es zwar nur geringfügig besser, aber wie es aussieht, trifft ihn zumindest der Vorwurf des Totschlags nicht.«

Emma sah Hans an, dann ging sie zu ihm und lehnte sich rücklings an den Schreibtisch. »Warum habt ihr das gemacht?«

»Es war so nicht geplant«, sagte Hans. »Der Kerl, dieser Herr Bornhelm, kam uns blöd. Wir hatten zuerst nur geredet, hatten ihm gesagt, er solle seinen Neger dorthin schicken, wo er ihn herhabe.«

»Ah«, sagte Karl, »und da ist er *euch* blöd gekommen, ja?«

Hans schwieg, und Karl wirkte, als halte er nur mit Mühe an sich.

»Das Schlimme ist«, sagte Karl, »dass ich ihm zutraue, diese Dinge getan zu haben. Ebenso, wie ich ihm zutraue, dem Kerl die Stange entreißen zu wollen, um selbst mal zuschlagen zu dürfen.«

»Aber so war es nicht!«, rief Hans. »Ich wollte, dass er aufhört. Es war doch klar, dass der Typ das nicht überlebt, außerdem wusste ich, dass sie Gäste im Hotel sind.«

»Wie unglaublich umsichtig von dir.«

»Wie geht es nun weiter?«, fragte Konrad.

»Darüber muss ich noch nachdenken. Zunächst einmal steht fest, dass er diese Leute nicht mehr wiedersehen wird. Das Übrige klären wir noch.« Karl sah seinen Neffen an. »Wahrhaftig, Hans, ich bin zum ersten Mal froh darüber, dass dein Vater nicht mehr unter uns weilt. Das hätte er nicht ertragen.«

Hans versank in stoisches Schweigen.

»Was hat die Polizei gesagt? Was geschieht nun?«

»Wenn es sich bewahrheitet, dass er nicht zugeschlagen hat, wird die Sache zumindest in seinem Fall nicht weiter verfolgt. Besser wäre es noch, wenn es sich erweist, dass die Aussage, er habe dem Schläger die Stange entwinden wollen, der Wahrheit entspricht.«

Über den Schaden, den dieser Übergriff dem Renommee des Hotels zufügte, sprach niemand, das wäre vermutlich jedem pietätlos erschienen. Emma ahnte jedoch, dass der Gedanke sie alle umtrieb.

Valerie saß beim Frühstück, ohne etwas zu essen. Sie nippte immer wieder an ihrem Kaffee und wischte sich die Tränen von den Wangen. Seit ihr Vater ihr von dem Tod Jerome Kabals erzählt hatte, konnte sie nicht aufhören, zu weinen. Jetzt betrat ihr Vater das Speisezimmer, das Gesicht so düster und zornig, wie sie es bei ihm noch nie gesehen hatte. Ihre Mutter war vermutlich immer noch bei Jakob, den die ganze Sache sehr mitnahm.

»Und was dich angeht, junge Dame – was war das letzte Nacht in der Küche?«

Valerie sah kurz auf und dann wieder in ihre Tasse. »Ich habe heiße Schokolade getrunken. Soll ich Alice dafür wecken?«

»Das hat dich sonst auch nicht gestört.«

»Möglicherweise bin ich jetzt vernünftiger geworden.«

Ihr Vater sah sie aus verengten Lidern an. »Also gut«, sagte er schließlich. »Ich weiß derzeit ohnehin nicht, wo mir der Kopf steht. Gib auf dich acht, ich kenne Männer wie diesen Kerl. Wenn er sich dir ungebührlich nähert, setze ich ihn vor die Tür.«

Valerie nickte nur, wollte das Thema nicht länger ausführen. Ohnehin war die letzte Nacht, der Kuss, momentan so denkbar weit weg und der Nachmittag und Abend mit Klaus Bornhelm und Jerome Kabal viel präsenter in ihren Gedanken. Ihr traten erneut Tränen in die Augen. Sie schniefte undamenhaft und trank ihren Kaffee. Ihr Vater kam zu ihr, legte ihr tröstend die Hand auf die Schulter. »Für Herrn Bornhelm sieht es nicht ganz so schlecht aus, sagen die Ärzte. Er wird sicher wieder. Was seinen Kammerdiener angeht …«

»Er war wohl mehr ein Freund als ein Dienstbote. Als

wir gestern aus dem Café geworfen wurden … Ich habe mich so schäbig gefühlt, weil ich gedacht habe, dass ich froh bin, dass nicht ich es war, die so angesehen wurde. Das ist abscheulich.«

»Mach dir keine Vorwürfe.«

»Er hat von seinen Plänen erzählt. Ich kannte ihn ja nicht weiter, aber er war so reizend. Und jetzt ist er tot, einfach zu Tode geprügelt, nur weil er anders aussah.«

Ihr Vater tätschelte ihre Schulter, dann verließ er das Speisezimmer. Als kurz darauf erneut die Tür geöffnet wurde, dachte Valerie, es sei ihre Mutter, stattdessen betrat Hans das Zimmer. Valerie sah ihn kurz an und dann wieder in ihre Tasse.

»Du warst gestern mit den beiden zusammen?«

Valerie schwieg.

»Warum hast du Onkel Konrad gesagt, du hättest mich mit diesen Leuten zusammen gesehen? Ich meine, nicht dass es eine Rolle spielen würde, verschlimmert hat es nichts. Aber warum erzählst du es ihm?«

Langsam wandte Valerie den Kopf. »Ein Mensch wurde ermordet, und deine einzige Sorge ist, was ich unserem Onkel erzähle?«

»Ich habe den Mann nicht getötet.«

Valerie zuckte mit den Schultern und sah wieder in ihre Kaffeetasse.

»Genauso wie das mit Flora. Wann immer du kannst, bringst du mich in noch größere Schwierigkeiten.«

Es war doch nicht zu fassen. »Ob du in Schwierigkeiten bist, ist mir gerade herzlich egal. Ein Mensch ist tot, einer, mit dem ich gestern noch geplaudert und gelacht habe. Und das nur, weil er dir nicht weiß genug war.«

»Verdammt noch mal!« Hans' Faust krachte auf den

Tisch, und Valerie fuhr zusammen. »Ich war es nicht, ja? Ich prügle doch niemanden tot.«

»Ich wünschte, ich hätte unserem Chauffeur gesagt, er solle zurückfahren, als ich euch gesehen habe. Nachdem wir aus dem Café geworfen wurden, hätte ich ahnen sollen, dass Leute wie ihr Ärger bedeuten.«

Hans goss sich Kaffee ein. Valerie fragte sich, wie er überhaupt etwas hinunter bekam. »Ich habe dich gesehen. Nachts, mit diesem Koch, als er dich geküsst hat. Aber ich habe dich nicht an deinen Vater verraten, weil wir das nie getan haben. Ich wünschte, du wärst mir gegenüber auch so loyal.«

Valerie erschrak. »Das … er hat mich überrumpelt.«

»Du hast Spielchen mit ihm getrieben.«

»Ich habe ihn geohrfeigt!«

»Ja, nachdem er dich daran erinnert hat.«

Valerie schwieg, grub die Zähne in die Unterlippe. »Ich habe es Papa immer nur erzählt«, sagte sie, »wenn andere Menschen durch dich zu Schaden gekommen sind.«

»Das mit Flora war ich nicht. Und den Mann habe ich auch nicht getötet.«

Valerie antwortete nicht und trank den letzten Schluck kalten Kaffee aus. »Wie auch immer«, sagte sie dann und erhob sich. »Er ist tot. Und das ist er nur, weil es Menschen wie dich gibt.«

Teil II

Abwege

⁂ 13 ⁂

Der gewaltsame Tod Jerome Kabals hing wie eine dunkle Wolke über dem Hotel. Kaum einer hatte gewagt, es auszusprechen, doch Emma wusste, dass ihr Vater und Karl einen Einbruch der Besucherzahlen befürchtet hatten. Dies war nicht eingetroffen, aber geredet wurde natürlich trotzdem. Die ganze Angelegenheit war furchtbar, und Karl hatte daraus die Konsequenz gezogen, Hans' Umgang streng zu kontrollieren. Ihm wurde das Taschengeld für den Rest des Jahres gestrichen, und wenn er nicht zur Universität musste, wollte Karl immer genau wissen, wohin er ging. Emma war sich nicht sicher, ob das der richtige Weg war, aber da sie ebenfalls in Sorge war, dass Hans noch weiter in diese seltsamen Kreise geriet, mischte sie sich nicht ein.

Vor dem Fenster rauschte der Wind in den entlaubten Bäumen, und obwohl Emma im warmen Zimmer saß, fröstelte sie. November, der Monat, der offiziell noch Herbst war, sich aber wie Winter anfühlte. Karl hatte Angebote eingeholt, um aus dem alten Rauchersalon einen Lichtspielraum machen zu können – ein überwältigender Erfolg für Emma. Ihre Idee mit den Photos lief gut, das hatte ihr Auftrieb gegeben, und als sie mit Ludwig an ihrer Seite einen passenden Raum vorgeschlagen hatte, hatten ihr Vater und Karl eingewilligt.

Minna Rebein kam nun zweimal die Woche und nahm

die Phototermine wahr. Mit Stellwänden aus dunklem, afrikanischem Holz war eine Art kleiner Raum hinten im Vestibül abgetrennt worden, gut sichtbar, damit jeder wusste, dass dort Bilder gemacht werden konnten, aber doch so weit verborgen, sodass ein Anschein von Privatheit erzielt wurde. Gemeinsam mit Emma hatte Minna vorgeschlagen, eine Mitarbeitergalerie zu erstellen. Sie hatte das für ein anderes Restaurant schon gemacht, und Karl hatte sich für die Idee recht schnell begeistern können. Vor allem das Personal, das in der Regel nicht sichtbar war, doch für die Abläufe im Hotel unverzichtbar, kam nun zu einer gewissen Würdigung, und Emma hatte es als geradezu rührend empfunden, wie scheu die Küchenmägde Aufstellung genommen hatten.

Emma rieb sich die Augen und gähnte. Obwohl es noch nicht einmal sieben Uhr war, fühlte sie sich elend müde. Es wurde früh dunkel, und schon der späte Nachmittag hatte sich im Stockfinstern angefühlt, als sei der Abend weit fortgeschritten. Sie schob die Unterlagen zusammen und beschloss gerade, früh zu Bett zu gehen, als es klopfte.

»Herein.«

Georg Rebein betrat das Arbeitszimmer, und Emmas Herz machte einen kleinen Satz. Er begleitete seine Schwester oft oder kam abends gelegentlich ins Hotel, um noch mit ihr zu essen, und dabei sah er stets bei Emma vorbei und plauderte ein wenig mit ihr.

»Georg«, rief sie. »Wie schön. Der Abend ist so ermüdend langweilig.«

»Dann ist es ja gut, dass ich nun da bin, um Sie zu erlösen.«

»Ist Ihre Schwester schon fertig?«

»Noch zwei Gäste, die Photos mit ihren Kindern machen

wollen, die laut meinem Dafürhalten längst ins Bett gehören.«

»Da gehöre ich vermutlich auch hin, mit mir ist heute furchtbar wenig anzufangen.«

Georg grinste. »Wie schön, ich liebe Herausforderungen.« Er reichte ihr die Hand. »Kommen Sie, gehen wir raus.«

»Es ist kalt.«

»Ganz recht, da verfliegt jede Müdigkeit.«

»Sind Sie nicht mit Ihrer Schwester verabredet?«

»Sie wird es verschmerzen.«

Emma stand auf, nahm seine Hand und ließ sich von ihm aus dem Arbeitszimmer führen. »Und an was dachten Sie?«

»Lassen Sie sich überraschen.«

Ehe sie ins Vestibül gingen, ließ Georg ihre Hand los, sodass nicht der Verdacht unangemessener Vertraulichkeit entstehen konnte. Hans stand an der Rezeption, ein seltener Anblick, denn normalerweise interessierten ihn die Belange des Hotels herzlich wenig. Ludwig war jedoch der Meinung gewesen, dass es nicht schaden konnte, wenn er Präsenz zeigte und den Gästen höflich und aufmerksam begegnete – *allen* Gästen, wie Karl betonte. Hans war still geworden seit dem Übergriff auf Jerome Kabal, wirkte in sich gekehrt und zurückhaltend. Gelegentlich begehrte er gegen Karls Strenge auf, im Großen und Ganzen fügte er sich jedoch. Immerhin nahm er sein Studium wieder etwas ernster, wenngleich dies wohl allein dem Umstand geschuldet war, dass der Gang zur Universität Abwechslung im täglichen Einerlei bedeutete.

Emmas Vater stand an Hans' Seite und unterhielt sich mit dem Concierge. Als er Emma und Georg sah, lächelte er.

»Herr Rebein, schön, Sie zu sehen.«

»Ganz meinerseits. Ich möchte Sie fragen, ob ich Ihre Tochter entführen darf.«

Emma hob erstaunt die Brauen, und Hans sah Georg interessiert an.

»An was dachten Sie?«, fragte Konrad Alsberg.

»Ein Spaziergang und dann ein Abstecher in den Großen Saal. Ich habe gehört, Sie geben heute wieder einen Tanzabend.«

»Wenn meine Tochter gerne möchte – meine Erlaubnis haben Sie.«

Georg sah Emma an, die huldvoll nickte, während es in ihren Mundwinkeln zuckte.

»Na dann, habt einen schönen Abend«, sagte ihr Vater an sie gewandt. Er nickte Georg zu. »Herr Rebein.«

»Vielen Dank.« Georg reichte Emma seinen Arm, und gemeinsam verließen sie das Vestibül wieder und gingen zum Wohntrakt. »Ich nehme an, Sie möchten eben Ihren Mantel holen?« Er selbst trug seinen noch und knöpfte ihn wieder zu.

Emma lief in die Wohnung, zog ihren Mantel an, band einen Schal um und kehrte zurück in die Eingangshalle. Sie verließen das Hotel durch den privaten Bereich der Familie.

»Haben Sie Ihrer Schwester Bescheid gegeben?«

»Sie wird es schon merken, wenn ich nicht erscheine.«

»Wie ungalant.«

Die Kälte prickelte auf Emmas Wangen, als sie über den Hof spazierten. In der Luft war der kommende Frost zu spüren, und der leichte Wind, der durch das Geäst strich, ließ Emma trotz des warmen Mantels frierend die Schultern hochziehen.

»Ich muss Ihnen wirklich danken für die Idee mit den

Photos im Hotel. Minna hat sich so gefreut, und die beiden festen Termine sind für eine Photographin, die von der Auftragslage abhängig ist, eine sehr gute Sache.«

Dass er die beruflichen Ambitionen seiner Schwester so ernst nahm und nicht einfach sagte, dass auch fehlende Aufträge sie nicht arm machen würden, war Emma sympathisch. Natürlich würde Minna Rebein nicht am Hungertuch nagen, wenn die Aufträge weniger würden oder ausblieben – und als Frau brachte man ihr diesbezüglich immer noch weniger Vertrauen entgegen als einem männlichen Photographen –, aber es steckte ja viel mehr dahinter. Emma konnte das gut verstehen, weil sie selbst genauso war. Inzwischen wusste sie, dass Minna und Georg zusammen in der Familienvilla der Rebeins lebten. Ihre Eltern waren vor einigen Jahren gestorben, und Georg hatte das Unternehmen seines Vaters geerbt, in dem Bauteile für Güterwaggons gefertigt wurden. Minna hatte sich für die Stahl- und Eisenbahnindustrie nie interessiert und sich schon früh voll und ganz auf die Photographie konzentriert.

»Ich nehme an, Sie möchten nicht im Wald spazieren gehen?«, fragte Emma.

»Es hätte durchaus seinen Reiz, aber ich möchte Sie nicht auf Abwege führen.«

»Oh, Sie denken, Sie könnten mir gefährlich werden?«

»Lassen Sie mich in dem Glauben, ja?«

Emma lachte. »Also gut. Natürlich gehen wir nicht in den Wald. Schließlich möchte ich nicht Gefahr laufen, meine Tugend allzu leichtfertig zu verschenken.«

Er bot ihr seinen Arm, eher in einer freundschaftlichen denn höflichen Geste, und Emma hakte sich ein. Sie tändelte für gewöhnlich nicht mit Männern herum und war erstaunt, wie leicht ihr die Scherzworte über die Lippen gingen. Ob es für Valerie auch jedes Mal so war, wenn sie kokettierte?

»Ich wohne jetzt schon so lange in Bonn, im Siebengebirge war ich nur als Kind mit meinen Eltern. Wäre Minna nicht zum Hotel gerufen worden, wäre ich vermutlich auch jetzt nicht gekommen.«

»Warum nicht? Reizt es Sie nicht?«

»Als Halbwüchsiger hatte ich andere Interessen als die Abgeschiedenheit der Berge. Später kam dann das Studium, da war ich mehr mit meinen Kommilitonen unterwegs. Und später habe ich so viel gearbeitet, dass praktisch keine Zeit für solche Ausflüge blieb.«

»Aber jetzt nehmen Sie sich die Zeit?«

»Ja, jetzt nehme ich sie mir.«

»Ihre Schwester ist sicher sehr froh darüber, dass Sie so oft hier sind, um mit ihr essen oder tanzen zu gehen.«

»Ich bin nicht nur wegen Minna hier.«

Emma hielt die Luft an, fühlte sich mit einem Schlag ernüchtert. Er würde die Momente unbeschwerten Zusammenseins zerstören, wenn er nun auf diese plumpe Art und Weise das Falsche sagte – und das würde er, dessen war sie sich gewiss.

»Ich gestehe«, fuhr er fort, »ich hoffe immer noch darauf, dass Sie mich mit Ihrem Automobil fahren lassen.«

Erneut lachte Emma auf, erleichtert und befreit. »Ich befürchte, das kann ich Ihnen nicht erlauben, ohne dass ich dabei bin. Ich hänge an dem Phantom.«

»Ich würde Ihre Gegenwart gerne für dieses Vergnügen in Kauf nehmen.«

»Galanterie ist nicht Ihre starke Seite, nicht wahr?«

»Ich möchte Ihnen nur ein ehrlich gemeintes Nein nicht zu schwer machen.«

»Ach, das bekommen Sie auch dann zu hören, wenn Sie noch so charmant wären. Wenn ich nicht will, will ich nicht. Meine Eltern können Ihnen da so einige Klagelieder aus meiner Kindheit singen.«

Georg ließ ein leises Lachen hören, und Emma fragte sich, ob es ihm tatsächlich ernst damit war, ihren Wagen zu fahren. Und ob er es irgendwie falsch verstehen würde, wenn sie es ihm anbot – in ihrer Begleitung. Sie musste an Minnas Bemerkung mit der Anstandsdame denken und wusste nach wie vor nicht, ob diese seinerzeit ernst gemeint gewesen war, oder ob sie ihren Bruder nur hatte ärgern wollen. Valerie wüsste vermutlich genau, was nun zu sagen wäre, doch sie selbst fühlte sich mit einem Mal furchtbar unbeholfen. Offenbar merkte er ihr diese Unsicherheit jedoch nicht an, und in einhelligem Schweigen gingen sie weiter. Emma beschloss, die Sache mit dem Phantom erst einmal ruhen zu lassen.

»Möchten Sie das Hotel später leiten?«, fragte Georg.

»Eigentlich ist mein Bruder der Haupterbe, aber ich hoffe, dass ich an seiner Seite als Direktorin arbeiten kann. Viele große Hotels haben Direktoren, und es wäre eine gute Möglichkeit, meine Wünsche und seine Erbansprüche unter einen Hut zu bekommen.«

»Er wäre dann gleichberechtigt mit Ludwig Hohenstein?«

»Ja. Momentan studiert er noch.«

Sie spazierten am Waldsaum entlang, den das Licht vom Haus her gerade noch berührte. Als sie zum Garten kamen, wurde der Lichtschimmer schwächer, aber es reichte, um sich zu orientieren.

»Ich habe gehört, Ihre Mutter war sehr reiselustig?«

»Ja«, antwortete Emma. »Ich glaube, sie ist ein wenig enttäuscht, dass keiner von uns ihr Reisefieber geerbt hat. Als sie meinen Vater geheiratet hat, hat sie das viele Reisen aufgegeben.« Ihre Mutter hatte ihr mal erzählt, dass nun ein neues Abenteuer auf sie wartete, und sie hätte gerne mehr als zwei Kinder bekommen. Nach Andreas hatte sie jedoch eine Reihe von Fehlgeburten gehabt und sich ihrer Gesundheit zuliebe irgendwann von dem Wunsch, weitere Kinder zu bekommen, verabschiedet.

»Meine Schwester reist auch gerne und macht dabei Photos, am liebsten in Amerika.«

»Da möchte Ludwig auch gerne hin.«

Sie schlenderten zum Hotel zurück. Durch die Fenster zum Großen Saal konnte Emma sehen, dass der Tanzabend bereits gut besucht war.

»Nachdem mein Bruder mich versetzt hat, werden Sie mir doch sicher keinen Korb geben«, sagte Minna Rebein, während sie die Kameraausrüstung in den dafür vorgesehenen Schrank räumte. Das Hotel hatte ihr eine komplette Ausrüstung zur Verfügung gestellt, sodass sie nicht jedes Mal alles mitbringen musste.

Ludwig nahm den Schlüssel von ihr entgegen und steckte ihn ein. »Ich hoffe, Sie waschen ihm für dieses unhöfliche Verhalten gründlich den Kopf.«

»Oh, darauf können Sie wetten.« Sie lächelte keck und legte den Kopf schief. »Und? Was ist? Begleiten Sie mich auf den Tanzabend?«

»Es ist mir ein Vergnügen.«

»Welche Erleichterung, dass höfliche Umgangsformen noch nicht gänzlich aus der Mode sind. Ich schicke meinen Bruder zu Ihnen in die Lehre.«

Ludwig lachte, und gemeinsam machten sie sich auf den Weg zum Tanzsaal, wo die Kapelle bereits spielte. Es war eine ausgelassene Stimmung, die sofort auf ihn überging, als er mit Minna den Saal betrat. Ohne lange zu zögern, nahm Minna seine Hand und zog ihn auf die Tanzfläche. Ihr Köper war schlank und geschmeidig unter seinen Händen, während Minna dem Rhythmus der Musik folgend tanzte. Obwohl er für gewöhnlich nur die Tanzfläche betrat, wenn es sich nicht vermeiden ließ, wurde er mitgerissen von der Musik und Minnas so offensichtlicher Freude an der Bewegung.

Sie wandte den Kopf und lächelte spöttisch. »Ach, jetzt sieh mal an!«

Ihr Bruder betrat mit Emma die Tanzfläche und erwiderte ihren Blick ohne einen Anflug schlechten Gewissens.

»Zu Hause bist du fällig, mein Lieber«, sagte sie.

»Sie muss mir drohen, um das Gesicht zu wahren«, erklärte er wiederum Emma.

»Er muss das sagen, damit Sie weiterhin denken, er sei der Mann im Haus«, fügte Minna hinzu.

Ludwig und Emma lachten, dann tanzten sie wieder auseinander, und Minnas Aufmerksamkeit gehörte ganz und gar Ludwig und der Musik.

»Wenn wir einen zweiten Tanz wagen, werden die Leute reden«, sagte Ludwig.

»Na, dann verlassen wir doch besser gar nicht erst die Tanzfläche und verlängern den ersten einfach«, antwortete Minna, und wieder folgte er ihren Bewegungen ein weiteres Lied hindurch.

»Ludwig!« In der Pause, die dem nächsten Stück vorausging und während der Ludwig eben im Begriff war,

Minna von der Tanzfläche zu führen, war Charlottes Ausruf wirklich von jedem zu hören. Alle drehten sich erst zu ihr, dann zu ihm um, während Minna an seinem Arm ging.

»Ich lasse Sie wohl besser allein«, sagte Minna.

»Dazu besteht kein Anlass«, antwortete Ludwig. Immerhin hatten sie sich nichts zuschulden kommen lassen, und die Art und Weise, wie Charlotte durch den ganzen Raum seinen Namen rief, tadelnd, wütend, machte ihn ärgerlich.

»Guten Abend«, sagte er und wollte ihr einen Kuss auf die Wange geben, was sie durch ein Drehen des Kopfes verhinderte. Nun hatten die Leute wahrhaftig einen Grund, zu starren. Und leider ließ sich auch die Kapelle Zeit damit, das nächste Stück anzusetzen.

»Wie erklärst du mir das?«, fragte sie, und ihre Stimme bebte vor Zorn.

»Darf ich erfahren, wovon du sprichst?«

»Du hast dich seit Tagen nicht bei mir gemeldet, und nun komme ich, um dich zu überraschen, und finde dich tanzend vor mit dieser … dieser …«

»Pass auf, was du sagst«, warnte Ludwig sie mit gesenkter Stimme.

»Willst du mir drohen?« Charlotte machte keine Anstalten, leiser zu sprechen, und Minna, sichtlich peinlich berührt von der Szene, ließ ihre Hand von seinem Arm gleiten.

»Ich habe ihn gefragt, ob er mit mir tanzen geht, und er konnte mir keinen Korb geben, ohne unhöflich zu werden.«

»Mein Verlobter kann also dem Personal keinen Korb geben?«

»Charlotte!«

Minna ließ ein kleines, herablassendes Lächeln erkennen, doch jede diplomatische Freundlichkeit war wie weggeblasen. »Na, was denn, meine Liebe? Haben Sie Angst, dass ihr Verlobter einsieht, dass es sich nicht lohnt, eines Namens wegen zu heiraten?«

Endlich fing die Kapelle wieder an zu spielen, jedoch dachte nun offenbar niemand mehr daran, zu tanzen.

»Könnten wir das draußen klären?« Ludwig gab sich Mühe, die Stimme ruhig und beherrscht zu halten.

»Von meiner Seite aus muss nichts geklärt werden«, sagte Minna und berührte leicht seinen Arm. »Mein Mitleid haben Sie, mein Lieber.« Sie nickte Charlotte übertrieben freundlich zu und ging auf die Tanzfläche, wobei sie im Vorbeigehen einen Mann aufforderte, ihr zu folgen, was dieser verdutzt tat.

»Und mit so einer männerverschlingenden Dirne treibst du dich an meiner statt herum«, fauchte Charlotte.

»Es reicht«, fuhr Ludwig sie an. »Verdammt noch mal.«

»Ich gehe dann wohl besser«, sagte Charlotte und warf den Kopf zurück.

»Tu dir keinen Zwang an«, antwortete er kalt.

»Dann tanz nur weiter mit dieser …«

»Schweig einfach, ja? Und nein, ich werde nicht tanzen, die Lust ist mir gründlich vergangen.«

»Na, dann war mein Besuch ja nicht gänzlich umsonst.«

Ludwig sah sie an, eine vernichtende Antwort auf der Zunge, die er jedoch mit einiger Mühe zurückhielt, um die Sache nicht noch schlimmer zu machen. Stattdessen wandte er sich abrupt ab und ging.

Valerie hielt Nicolas' Hand fest, die immer kühner werdende Liebkosungen wagte. Sie gingen ohnehin schon weiter als Valerie eigentlich gewollt hatte, aber in diesen Momenten, in denen die ganze Welt aus den Fugen geriet, schmolz auch ihr Widerstand dahin. Sie löste sich aus dem Kuss und richtete sich auf, schloss die Knöpfe ihrer Bluse und fragte sich, was für ein Irrsinn sie antrieb. Sie hatte so viel zu verlieren und hatte sich mehrmals vorgenommen, dass jetzt Schluss war mit diesen Treffen. *Ein letztes Mal noch,* sagte sie sich stets, wenn sie ihrem Vorsatz untreu wurde.

»Bleib noch ein wenig«, bat Nicolas, und nach kurzem Zögern ließ sie zu, dass er sie wieder zu sich auf den Boden zog, ließ zu, dass er die verzehrende Begierde wieder in ihr entfachte, die all die Küsse und Liebkosungen nicht zu stillen vermochten.

Valerie angelte nach Nicolas' Uhr, zog sie aus seiner nachlässig hingeworfenen Uniformjacke und sah auf das Ziffernblatt. Nahezu zwei.

»Wann musst du aufstehen?«, fragte sie.

Er sah über ihre Schulter auf die Uhr. »In sechs Stunden, mein Dienst beginnt morgen etwas später.«

Valerie küsste ihn, dann erhob sie sich und setzte sich auf den Stuhl vor dem Schreibtisch. Endlich hatte Nicolas sein eigenes kleines Bureau bekommen. Der Raum war eng, und sie konnten kaum darin liegen, ohne das Gefühl zu haben, entweder an die Wände oder den Tisch zu stoßen. Viele Alternativen gab es jedoch nicht. Im Sommer hatten sie sich im Wald getroffen, aber dafür war es inzwischen zu kalt und verregnet.

»Hast du Zigaretten?«, fragte sie.

»In der zweiten Schublade von oben.«

Valerie zog sie auf, entnahm ihr die Schachtel und zündete sich eine an. »Du auch?«

»Wenn du so freundlich wärst.«

Langsam atmete Valerie den Rauch in die Luft, und Nicolas öffnete das winzige Fenster. Sie rauchten in einvernehmlichem Schweigen, und Valerie fragte sich, wie sie erklären sollte, dass ihre Kleidung nach Qualm roch, wenn sie jemandem aus ihrer Familie auf dem Weg in ihr Zimmer begegnen würde. Allerdings war sie zu müde und träge, um diesem Gedanken in allen Konsequenzen zu folgen.

Bisher hatte sie es immer geschafft, unbemerkt in ihr Zimmer zu gelangen – abgesehen von dem einen Mal, als sie ihrem Vater in die Arme gelaufen war. Sie hatte sich so erschrocken, hatte gedacht, er müsse ihr ansehen, was geschehen war. Sie hatte seinen finsteren Blick, seine Blässe, seine Fassungslosigkeit auf ihr Vergehen geschoben und die Nacht über kaum schlafen können, stets eingedenk des Gesprächs, das ihr am kommenden Morgen bevorstand. Und dann der weitaus schlimmere Schock. Nach wie vor konnte sie nicht an Jerome Kabal denken, ohne dass sich ihr der Magen zusammenkrampfte. Es tat ihr so unendlich leid um ihn. Klaus Bornhelm hatte zwei Wochen lang im Krankenhaus gelegen, und Valerie hatte ihn mehrmals besucht, hatte ihm versichert, wie sehr sie alles bedaure, hatte geweint, als sie bemerkt hatte, dass ihm die Tränen in den Augen standen, überzeugt, noch nie etwas Traurigeres gesehen zu haben. Klaus Bornhelm hatte ihr erzählt, dass Jerome Kabal eine junge Frau in Stuttgart hatte heiraten wollen, ebenfalls aus den ehemaligen Kolonien. Überhaupt hatte er viel erzählt über ihre langjährige Freundschaft, die Reisen.

Valeries Vater hatte ihn ebenfalls besucht, ebenso Konrad. Karl Hohenstein hatte sich unglaublich geschämt für das Verhalten seines Neffen, wenngleich dieser zumindest an der Schlägerei nicht beteiligt gewesen war. Aber er war dabei gewesen, als die Stimmung zunehmend angeheizt wurde. Dass die ganze Sache straffrei für ihn ausgegangen war, sprach für Karl Hohenstein nicht dafür, dass er keine Schuld an dem Vorfall trug.

Damit Nicolas nicht noch später zu Bett kam, erhob Valerie sich von dem Stuhl und machte Anstalten, zu gehen. Sie drückte die Zigarette im Aschenbecher aus und reichte diesen an Nicolas weiter.

»Ich habe übermorgen meinen freien Nachmittag«, brach Nicolas das Schweigen. »Sehen wir uns?«

Nein, wollte Valerie sagen. »Ja.« *Ein letztes Mal noch.*

⁂ 14 ⁂

»Es tut mir leid«, sagte Charlotte. »Ich weiß, dass ich ein wenig … überreagiert habe.« Sie war überraschend in seinem Arbeitszimmer aufgetaucht, nachdem Ludwig sie bereits den zweiten Tag ignorierte.

»Ein wenig?« Ludwig war unversöhnlicher Stimmung. »Kannst du dir auch nur annähernd vorstellen, wie peinlich dein Auftritt gewesen ist?«

Charlotte setzte sich auf einen der beiden Stühle vor dem Schreibtisch. »Du hast in den letzten Wochen so wenig Zeit für mich, und dann komme ich überraschend vorbei und finde dich tanzend mit dieser … dieser … Frau.«

»Ihr Bruder wollte mit Emma den Tanzabend besuchen, Fräulein Rebein fragte, ob ich sie nicht begleiten wolle, und da habe ich aus Höflichkeit zugesagt. Mehr war das nicht.«

Eine kleine Falte erschien zwischen Charlottes Brauen. »Ihr wirktet ziemlich vertraut.«

»Sie arbeitet schon seit dem Sommer für uns.«

»Mit euren anderen Dienstmädchen turtelst du nicht so herum – zumindest hoffe ich das.«

»Sie ist nicht unsere Dienstbotin.«

»Na, aber wohl auch kaum mehr als das.«

Und schon wieder hatte sie es geschafft, dass Ludwig der Kamm schwoll. »Sie hat ihr eigenes Atelier, ist die Schwester eines angesehenen Industriellen und entstammt einer wohlhabenden Familie. Ein Dienstmädchen ist sie mitnichten.«

»Schon gut, ich will mich nicht schon wieder mit dir streiten. Ich sagte ja bereits, dass es mir leidtut.« Sie stand auf und kam zu ihm, ließ sich auf der seitlichen Lehne seines Stuhls nieder und legte Ludwig einen Arm um den Nacken, mit der anderen Hand drehte sie sein Gesicht zu sich. »Sei mir nicht böse, ja?« Sie senkte den Kopf und küsste ihn.

Ludwig umarmte sie und zog sie, ohne den Kuss zu unterbrechen, an sich, sodass sie auf seinem Schoß zum Sitzen kam. Während sie sich in seine Arme schmiegte, dachte er, dass ihr sein heftiges Verlangen unmöglich entgehen konnte. Sie löste sich aus dem Kuss und sah ihn an.

»Warum hörst du nicht auf zu arbeiten, und wir nehmen uns etwas Zeit für uns.« Sie strich ihm das Haar aus der Stirn, ordnete es, wo ihre Hände es zuvor zerwühlt hatten.

»An was dachtest du?«, fragte er, während er ihre Hand einfing und jeden Finger küsste.

»Teestunde in eurem Salon? Deine Eltern sind doch gerade nicht dort, oder?«

»Mein Vater ist im Hotel, meine Mutter macht Besuche, und Valerie ist gerade nach Königswinter gefahren.«

»Wir müssten also nicht, wie hier, befürchten, dass jeden Moment jemand reinplatzt?«

»Nein.« Was die Sache überaus gefährlich machte. In Momenten wie diesen wurde Ludwig bewusst, wie lange er schon keine Frau mehr gehabt hatte. Wenn Charlotte ihn weiterhin ermutigte – und er bezweifelte nicht, dass sie das bei ihrer *Teestunde* tun würde –, war es recht wahrscheinlich, dass sie diese bald vom Salon in sein Schlafzimmer verlegen würden. Und das würde Charlotte sicher nicht in Besitz ihrer Unschuld verlassen.

»Was hältst du davon, wenn wir zusammen nach Bonn fahren und ich dich ausführe«, schlug er vor. So verlockend es auch sein mochte, ihre Hochzeitsnacht vorzuziehen, etwas in ihm sperrte sich dagegen.

Wieder erschien diese kleine Unmutsfalte zwischen ihren Brauen, und damit es nicht wieder zum Streit kam, küsste Ludwig sie erneut. Im Grunde hatte sie recht, sie kam derzeit einfach zu kurz. Vermutlich hätte er ebenfalls unleidlich reagiert, wenn sie ihn ständig hinhalten und er sie dann bei einem überraschenden Besuch mit einem anderen Mann tanzen sehen würde. Behutsam löste er sich von ihr, und sie stand auf.

»Ich gehöre heute den restlichen Tag dir«, sagte er. »Wir können in die Stadt fahren, später gehen wir zu dir, und dann frage ich deine Eltern, ob ich bis in die Nacht mit dir tanzen gehen darf.«

»Das klingt großartig.« Charlottes Lächeln hatte nichts Bemühtes, sie schien sich wirklich zu freuen.

Ludwig zog sein Sakko an und richtete seine Kleidung vor dem Spiegel.

»Du solltest dich vielleicht einmal kämmen«, sagte Charlotte mit einem Lachen in der Stimme. »Du siehst aus, als kämest du gerade aus einer allzu leidenschaftlichen Umarmung.«

Das stimmte allerdings. »Lass dir im Hotelsalon Kaffee servieren, ich komme wieder, sobald ich präsentabel bin.«

»Soll ich dir zur Hand gehen?«

»Ich bezweifle, dass wir in dem Fall heute noch in die Stadt kommen.«

Jetzt wurde ihr Blick ernst, und sie legte die Hand auf

seinen Arm. »Mein Vertrauen in dich geht so weit, dass ich dich nicht zurückweisen würde.«

»Und mein Respekt für dich geht so weit, das nicht auszunutzen.« Ludwig gab ihr einen Kuss und zog eine Strähne aus ihrem aufgesteckten Haar, die ihr weich ins Gesicht fiel. »Warte im Salon, ich bin gleich wieder zurück.«

Sie nickte und verließ an seiner Seite das Arbeitszimmer. Ehe Ludwig sich abwandte, um in den privaten Wohnflügel zu gehen, küsste er sie ein weiteres Mal, dann beeilte er sich, in sein Zimmer zu kommen. Die Begierde, die Charlottes Umarmungen in ihm entfacht hatte, loderte immer noch, wenngleich inzwischen auf kleinerer Flamme, und Ludwig fragte sich, was seine wahren Beweggründe gewesen waren, das verlockende Angebot abzulehnen. Sie wären in der Tat ungestört geblieben, und sie hatten doch ohnehin vor, zu heiraten, ihre Verbindung wäre unlösbar geworden. Und vermutlich war es genau das, was Ludwig abschreckte.

Verrußt wirkende Wolken wälzten sich über das Siebengebirge heran und schluckten das milchige Sonnenlicht. Schon jetzt zählte Valerie die Wochen bis zum nächsten Frühjahr. Im Gegensatz zu ihrem Bruder, der den Herbst und Winter mochte, war sie ein Kind des Sommers.

Da sie und Nicolas das Hotel nicht gemeinsam verlassen konnten, trafen sie sich am Fähranleger und setzten über nach Mehlem. Dass sie es nicht einmal wagen durfte, seine Hand zu berühren, machte die Sache für Valerie aufregender als sie eigentlich war, als wären sie ein Liebespaar, das seine Liebe nur im Verborgenen ausleben durfte. Ob es so auch für ihren Bruder und ihre Cousins war, wenn sie sich mit Dienstmädchen einließen? Irgendwie bezweifelte

Valerie das, dafür fehlte ihrer Beziehung zu Nicolas das Unbekümmerte. Sie wusste, dass sie die Sache möglichst bald beenden musste, konnte sich jedoch einfach nicht dazu durchringen. Jetzt, wo sie neben ihm die Fähre verließ, konnte sie an kaum was anderes denken als daran, ungestört mit ihm zu sein. Die Vorstellung, mit ihm zu brechen und zuzulassen, dass seine Umarmungen und Küsse künftig einer anderen gehörten, war ihr unerträglich. Andererseits konnte es so auch nicht ewig weitergehen. Sie seufzte.

»Kummer?«, fragte er.

»Nur der, dass ich dir mehr Platz in meinem Leben einräume als vernünftig ist.«

»Ich mag es, wenn du unvernünftig bist.«

Wieder seufzte Valerie.

»Wohin gehen wir?«, fragte er.

Valerie überlegte. Sie passierten das Hotel Dreesen. Ein Kaffee auf der hübschen Terrasse mit Blick auf den Rhein wäre zwar durchaus nach ihrem Geschmack, aber dorthin konnten sie nicht, denn natürlich kannte man sich untereinander, und vermutlich wäre der Umstand, dass Valerie mit dem Ersten Koch dort eingekehrt war, recht bald ihren Eltern zugetragen worden. Natürlich könnte sie sich herausreden, aber dieses Herumwinden um die Wahrheit war ihr lästig, und zudem wollte sie sich nicht in einem Netz aus Lügen verstricken.

»Wir könnten auch einfach spazieren gehen«, schlug Nicolas vor. »Und dann trinken wir später in einer Konditorei einen Kaffee.«

»Ja, das klingt gut.« Sie hätte sich gerne bei ihm eingehakt, aber die Gefahr, dass jemand, der sie kannte, sie sah, war zu groß.

Ein Kindermädchen kam ihnen mit ihren beiden Schützlingen entgegen, sichtlich überfordert mit den Kindern. Während das vielleicht siebenjährige Mädchen den offenbar gleichaltrigen Jungen ständig hinter dem Rücken des Kindermädchens ärgerte, schimpfte dieses ihn aus, wenn er seine Schwester ein wenig zu fest knuffte. Das Mädchen grinste schadenfroh und setzte ihre subtilen Hänseleien fort.

»Reizende Brut«, bemerkte Nicolas.

»Möchtest du eigentlich Kinder?«

Nicolas runzelte die Stirn. »Meine Liebe, geht das nicht etwas zu schnell? Wir sind ja noch nicht einmal verlobt.«

»Du weißt genau, dass ich nicht mich damit meinte.«

»Dabei könnte ich mir derzeit niemanden vorstellen, mit dem ich lieber in Produktion ginge.«

Valerie spürte, wie ihr Gesicht heiß wurde. »Kannst du keine simple Frage beantworten, ohne anzüglich zu werden?«

»Schon gut, Verzeihung. Ja, ich hätte gern welche. Und du?«

»Ich weiß es noch nicht. Es wird erwartet, nicht wahr?«

»So ist es wohl.«

»Ich hoffe, mein künftiger Mann lässt sich davon überzeugen, dass zwei genug sind.«

»Wenn er dich liebt, wird er das sicher.«

Ein kurzer Anflug von Bedauern durchzuckte Valerie, ließ ihr für einen Moment die Kehle eng werden, dann jedoch wurde ihre Aufmerksamkeit wieder auf die Kinder gelenkt, die inzwischen an ihnen vorbei waren, aber ein lautstarkes Geschrei anstimmten.

»Sie hat aber angefangen!«, schrie der Junge und rannte auf eine der in den Rhein ragenden Landzungen, die, wie Valerie wusste, überaus tückisch waren.

»Paul!«, rief das Kindermädchen. »Komm sofort zurück.«

»Nein, ich will nichts mehr mit Emily zu tun haben. Mädchen sind blöd, ich will einen Bruder!«

»Tja«, sagte Nicolas, »da hilft wohl nur, ein gutes Wort bei den Eltern einzulegen, vielleicht liefern sie ja noch einen nach.«

»Aber mein Herr«, stieß das Kindermädchen empört aus.

»Sie sollten ihn da lieber wegholen«, sagte Valerie. »Die Unterströmung dort ist sehr stark.«

Das Mädchen lief nun ebenfalls dorthin, und zusammen balgten sie sich um einige Muscheln, die ihr Bruder offenbar gefunden hatte. »Such deine eigenen Muscheln!«, schrie er.

Das Kindermädchen eilte zu ihnen, hielt das Mädchen fest, das seinerseits den Bruder abrupt losließ. Der taumelte zurück, trat ins Wasser, ruderte einen Moment in der Luft und schlug dann rücklings auf. Im nächsten Moment schlossen sich die Wellen über ihm, das Wasser war in Bewegung, ein kleiner Arm tauchte auf und verschwand wieder. Das Kindermädchen schrie schrill auf, und noch ehe Valerie reagieren konnte, war Nicolas auf dem Weg zu der Stelle, wo der Junge gefallen war. Im Laufen zog er sich seine Jacke aus, warf sie von sich und sprang in den Rhein, tauchte unter, erschien nach einer elend langen Zeit an der Wasseroberfläche, ein ganzes Stück entfernt, holte Luft und war wieder verschwunden. Dann blieb das Wasser, abgesehen von den Luft- und kleinen Strudelbewegungen still. Inzwischen hatten sich mehrere Menschen am Ufer versammelt.

»Dort!«, rief jemand, und Valerie folgte mit dem Blick

dem ausgestreckten Finger, konnte aber nichts erkennen. Voller Angst schlug ihr das Herz bis zum Hals. Er war ertrunken, dachte sie. Sie presste eine Hand auf ihren Mund, erstickte ein entsetztes Aufschluchzen. Einige Männer wateten hinunter zum Wasser, suchten die Oberfläche ab, da tauchte Nicolas auf einmal wieder auf, weit abgetrieben in der Mitte des Rheins, nach Luft schnappend, dann abrupt wieder verschwindend.

»Die Strömung zieht ihn runter«, sagte jemand.

Das schrille Weinen des Kindermädchens zerrte an Valeries Nerven.

»In der trüben Brühe findet er den Kleinen nie«, sagte eine Frau. »Gehen höchstens beide drauf.«

Nicolas' Kopf tauchte auf, dann bemerkte Valerie, dass er Schwimmzüge zum Ufer hin machte. Seltsam unbeholfen, und sie sah, dass er jemanden im Arm hielt. Nun eilten weitere Männer zum Wasser. Nicolas musste sichtlich kämpfen, ließ sich dann ein Stück mit der Strömung treiben und schwamm das Ufer schräg an, wobei er immer wieder unter Wasser gezogen wurde.

Valerie lief neben ihm her, während die Männer unten am Ufer dasselbe taten. Als er schließlich um Luft ringend nach der Böschung tastete, fanden sich viele hilfreiche Hände, die ihn an Land zogen. Auf allen vieren hockend keuchte Nicolas, während ihm der Atem in kurzen Schluchzern ging. Das Kind hing leblos in den Armen der Männer.

»Ist hier ein Arzt?«

»Ich war Kriegskrankenschwester«, rief eine Frau und kam eilig die Böschung hinunter. Sie hieß die Männer, das Kind hinzulegen, stemmte sich mit beiden Händen stoßweise auf seine Brust und atmete in seinen Mund.

»So ein Firelefanz funktioniert doch nie im Leben«, sagte jemand.

»Wir brauchen einen echten Arzt.«

Doch die Frau ließ sich nicht beirren. Valerie, die zögernd näher kam, fühlte sich furchtbar hilflos. Sie ließ sich neben Nicolas zu Boden sinken, wollte ihm das Haar aus der Stirn streichen und wusste sich doch von zu vielen Augen beobachtet.

»Geht es Ihnen gut?«, fragte sie.

Er wirkte erstaunt, ging dann jedoch auf ihren distanzierten Tonfall ein. »Ja, gnädiges Fräulein.«

»Er wird wieder, Fräulein Hohenstein«, sagte ein Mann. »Hat nur wenig Wasser geschluckt.« Er zog seine Jacke aus und reichte sie Nicolas, woraufhin dieser seine durchnässte Oberkleidung auszog. Dabei zitterte er am ganzen Körper. Valerie nahm ihren Schal ab und reichte ihn ihm ebenfalls. Währenddessen hustete und spuckte das Kind, und alle raunten auf.

»Offenbar bin ich doch nicht so unfähig, wie Sie gern glauben möchten, meine Herren«, sagte die Frau und erhob sich. Das Kindermädchen schloss seinen Schützling weinend in die Arme.

»Soll ich eine Droschke rufen?«, bot ein Mann an.

»Nein«, antwortete Valerie an Nicolas' Stelle. »Ich kümmere mich darum. Er arbeitet bei uns.«

»Na, da ist es ja gut, dass Sie gerade zur Stelle waren«, sagte ein älterer Herr freundlich.

Valerie nickte. »Ja, das ist gut.« Sie wartete darauf, dass Nicolas taumelnd auf die Beine kam und hielt auf der Uferstraße eine Droschke an.

»Zum Hotel Hohenstein«, wies sie den Fahrer an, der ausstieg und ihnen die Tür aufhielt.

»Haben Sie im Rhein gebadet oder was?«, fragte dieser Nicolas. »Die Dame kann mit, Sie machen mir nur die Polster nass.«

»Ich bin Valerie Hohenstein«, sagte Valerie kalt, »und dieser Mann hat gerade ein Kind vor dem Ertrinken gerettet. Sie lassen ihn also jetzt gefälligst einsteigen. Wenn Ihnen Kosten entstehen, wird mein Vater sie erstatten.«

Der Fahrer nickte knapp. »Zu Ihren Diensten, Fräulein Hohenstein.«

Nicolas stieg ein, und in der abgeschlossenen Intimität des Innenraums zog Valerie seinen Kopf an ihre Schulter und umarmte ihn. »Hol dir nur keine Lungenentzündung«, flüsterte sie.

»Na so was«, kam es zitternd über Nicolas' Lippen, »du magst mich ja doch.«

»Natürlich mag ich dich, du Narr. Würde ich mich sonst von dir küssen lassen?« Valerie legte ihre Wange an sein kaltes, nasses Haar, sah durch das Fenster auf den Rhein und weinte lautlos vor Erleichterung. Und weil Nicolas so erstaunt geklungen hatte bei seinen Worten. *Na so was, du magst mich ja doch.*

»Du bekommst Besuch«, sagte Konrad, während Karl dabei war, die Reservierungen für die Silvesterfeier durchzugehen – die erste, die sie seit vielen Jahren wieder gaben und für die das Hotel Hohenstein einst berühmt gewesen war.

Karl blickte auf. »So eine Überraschung«, rief er erfreut, als er Marianne durch das Vestibül kommen sah.

Marianne schob einen Kinderwagen vor sich her, sah glücklich und strahlend aus, wenngleich müde, denn sie weigerte sich, die Erziehung ihres Kindes einem Kindermädchen zu überlassen. »Die Zeiten haben sich geändert«, pflegte sie zu sagen, wenn Karl sie darauf ansprach.

Jetzt kam sie zur Rezeption, ließ sich erst von ihrem Vater und dann von ihrem Großonkel einen Kuss auf die Wange geben. Die Rezeptionisten und der Concierge warfen einen Blick in den Kinderwagen und bewunderten den properen Buben, was Marianne jenes Lächeln entlockte, in das sich jeder unweigerlich verliebte.

»Hast du Zeit für mich?«, fragte sie Karl. »Ich weiß, ich hätte anrufen sollen.«

»Du musst nicht anrufen, wenn du uns besuchen möchtest, das weißt du doch.«

»Ich weiß aber auch, dass du viel zu tun hast.«

»Nicht so viel, dass für dich keine Zeit wäre. Komm.« Karl ging mit ihr in den Salon, wo eben für den Nachmittagskaffee eingedeckt worden war. »Valerie und Ludwig sind leider nicht da.«

»Wo sind sie hin?«

»Valerie sagte, sie wolle einen Stadtbummel machen, und Ludwig ist mit Charlotte aus. Sie hätten sich sicher gefreut, den kleinen Alexander zu sehen.«

»Vielleicht bleibe ich über Nacht.«

»Nur zu gerne«, freute sich Karl.

»Carlotta hat mich übrigens wieder besucht«, erzählte sie, während sie den Kellner heranwinkte.

Karls Freude erhielt einen Dämpfer. »Was wollte sie?«

»Plaudern, mehr nicht. Ich glaube, jetzt, wo ich erwachsen bin, kann sie mehr mit mir anfangen als zu meiner Kindheit.«

»Du musst sie nicht sehen, wenn du nicht willst.«

»Das weiß ich. Aber es ist wirklich interessant, mit ihr

zu sprechen, Papa. Und sie ist ihrem Sohn eine gute Mutter, du solltest hören, wie sie über ihn spricht.«

Er nickte nur.

»Im Grunde genommen gibt es für dich keinen Anlass, ihr böse zu sein. Sie wollte kein Kind, hat mich dennoch bekommen und dafür all die Vorteile mitgenommen. Und als ihr das Leben die Möglichkeit bot, ehrbar zu werden, eine Ehefrau und Mutter eines ehelich geborenen Kindes, hat sie die Gelegenheit ergriffen.«

Ganz so simpel war es nicht gewesen, aber Karl würde diesbezüglich selbstverständlich nicht ins Detail gehen. Es gab Dinge, die musste Marianne nicht wissen, weder über ihn noch über ihre leibliche Mutter. »Mag sein«, antwortete er.

»Bist du nicht froh, dass ich bei dir aufgewachsen bin, anstatt bei ihr?«

»Was für eine Frage. Natürlich bin ich das.«

»Na also!« Sie klang wie eine Mutter, die ihr Kind endlich von seiner eigenen Unvernunft überzeugt hatte, dachte Karl amüsiert. »Also gibt es doch keinen Grund, ihr zu grollen.«

»Was will sie denn von dir?«

»Wirklich nur plaudern. Ihr Sohn wird seine Ausbildung in einem Jahr beenden und sich dann eine feste Stelle als Konditor suchen.«

Und jetzt kommt es, dachte Karl.

»Da hatte ich die Idee, dass er es hier vielleicht versuchen könnte«, sagte Marianne auch sogleich.

So eine kluge Frau, dachte Karl, wissenschaftlich begabt und stets eine anregende Gesprächspartnerin. Und dann ging sie Carlotta so offensichtlich auf den Leim.

»Ich weiß, was du denkst«, sagte sie auch sogleich. »Aber

sie hat kein Wort davon gesagt, dass sie aus diesem Grund bei mir ist.«

»So dumm ist sie nicht.«

»Ach, komm schon, Papa.«

»Ist das der Anlass für deinen Besuch heute?«, fragte Karl.

»Nein! Sag mal, wofür hältst du mich? Sie soll dich nur schön selbst fragen, wenn sie meint, dass ihr Sohn nicht Manns genug dafür ist, sich auf offiziellem Weg zu bewerben.«

Erleichtert lächelte Karl.

»Aber falls ihr jemanden sucht, würde ich ihr einen Wink geben, dann könnte sich ihr Sohn hier bewerben.«

»Momentan brauchen wir niemanden, aber wenn ich was von den umliegenden Hotels höre, sage ich es dir. Wenn er gut genug ist, dann wird einer vernünftigen Anstellung ja nichts im Wege stehen.«

Der kleine Alexander meldete sich, erst ein Quietschen, mit dem er anzeigte, dass er wach wurde, dann ein langgezogenes Wimmern, wieder ein Quietschen – Vorboten eines lautstarken Weinens, wie Karl inzwischen aus Erfahrung wusste. Da hieß es, rasch zu reagieren. Marianne erhob sich auch schon sogleich und nahm ihn aus dem Wagen.

»Wo ist eigentlich seine Amme?«, fragte Karl.

»Die kommt in einer Stunde nach, sie musste einen Brief an ihre Mutter aufgeben, die ist wohl krank.«

»Und solange trinkt er nicht?«

»Eigentlich dürfte er jetzt noch keinen Hunger haben.«

Davon würde sich der Säugling vermutlich nicht so einfach überzeugen lassen, aber Karl hütete sich, eine entsprechende Äußerung zu machen, denn dann würde Marianne ihm wieder einen Vortrag über die modernen Methoden der Säuglingspflege halten. Auf Erfahrungswerte griff sie nur zurück, wenn es ernst wurde, dann konnte es auch mal vorkommen, dass sie mitten in der Nacht anrief, um Julia zu fragen, was sie tun sollte, weil der Kleine plötzlich fieberte – dass ihr Ehemann Arzt war, schien in dem Fall keine Rolle zu spielen.

»Diese Photographin, die hier immer die Bilder macht, ist gut, nicht wahr?«, fragte Marianne, während sie das greinende Kind wiegte.

»Ja, wir sind zufrieden.«

»Ich möchte gerne ein Familienphoto machen lassen für Heinrichs Familie. Ihr bekommt natürlich auch eins«, fügte sie rasch hinzu, als befürchte sie, Karl könne eifersüchtig werden. Alexander weinte nun etwas lauter, und die Leute drehten sich zu ihnen um. »Ach je, was hat er denn bloß?«

»Hunger?«, schlug Karl vor.

»Nein, das kann nicht sein.«

Marianne kramte im Kinderwagen und zog einige Tücher hervor. »Vielleicht muss er neu gewickelt werden.«

Karl hob die Brauen. »Im Salon?«

Einen Moment lang wirkte Marianne, als hätte sie vergessen, wo sie war. »Oh. Nein, natürlich nicht.«

Karl erhob sich. »Gib ihn mir, ich bringe ihn Julia, die freut sich, wenn sie ihn mal ein wenig zu sehen bekommt.«

Obwohl Marianne sichtlich mit sich rang, war ihr doch anzumerken, dass sie nicht böse darum war, den Kleinen ein paar Minuten abgeben zu können. Bei all den neuen Ideen und dem Verzicht auf das Kindermädchen war es wohl doch sehr anstrengend. Dabei konnte sie nachts in der Regel zumindest schlafen, da der Kleine dann von seiner Still-Amme versorgt wurde. Morgens wurde er allerdings stets sehr früh wach, und dann wurde auch Marianne geweckt, die seiner ersten Mahlzeit beiwohnte und ihn hernach wickelte. Karl hielt den Säugling im einen Arm und steuerte den Kinderwagen mit der anderen Hand aus dem Salon. Dabei wiegte er das Kind leicht, und es beruhigte sich rasch wieder. Offenbar verlernte man dergleichen nicht. Auch dieses Gefühl bedingungsloser Liebe, die ihm die Brust eng werden ließ, war dasselbe, das er seinerzeit bei seinen eigenen Kindern empfunden hatte – und immer noch empfand.

Hans kam ihm entgegen. »Ist Marianne hier?«, fragte er mit Blick auf das Kind.

»Im Salon«, antwortete Karl knapp.

»Wohin bringst du ihn?« Hans strich dem Kleinen behutsam mit den Fingerspitzen über das seidenweiche Blondhaar.

»Zu Julia.«

»Die ist oben in Konrads Wohnung bei Katharina.«

»Gut, danke.« Karl ließ Hans stehen und ging weiter. *Du bist zu hart zu ihm.* Konrads Worte, die dieser seit jenem Vorfall im Sommer mehrmals wiederholt hatte, hallten in ihm wider. Ja, er war hart zu Hans, aber nur, weil er festgestellt hatte, dass er mit zu viel Nachgiebigkeit bei ihm versagt hatte. Hans war seinem Vater äußerlich so ähnlich, dass es zuweilen wehtat, ihn anzusehen. Und Karl wollte ihn nicht verlieren. Er hatte Alexander nicht davon abhalten können, im Krieg sein Leben zu riskieren, er würde nicht zulassen, dass Hans sein eigenes so leichtfertig wegwarf und dabei zusätzlich das anderer Menschen gefährdete.

Wie vermutet freute sich Julia, als er ihr den Säugling brachte, und auch Katharina war entzückt. »Ja, lass ihn nur hier«, sagte diese.

Karl machte sich auf den Weg zurück in den Salon, wo er bei Marianne nicht nur Hans vorfand, sondern auch Valerie, das Kleid vorne nass, die Augen rot geweint. Alarmiert ging er zu ihr.

»Was ist passiert?«

»Oh, Papa, im Rhein wäre beinahe ein Kind ertrunken.«

»Offenbar ist dein neuer Koch ein Held«, sagte Hans. »Er hat ein Kind gerettet. Und Valerie war zufällig in der Nähe.«

»Konrad ist draußen und bezahlt den Droschkenfahrer.« Valerie nahm ein Taschentuch von Marianne entgegen und tupfte ihre Augen. »Nic… Herr Merlo musste direkt ins Warme.«

Karl nahm den Versprecher durchaus zur Kenntnis, sagte aber nichts dazu. »Geh und zieh dich um, Liebes, ehe du krank wirst. Wo ist Herr Merlo jetzt?«

»In seiner Kammer, denke ich. Der Droschkenfahrer wollte uns nicht mitnehmen, er sagte, Herr Merlo mache seine Polster nass. Ich habe ihm versichert, du würdest für alle Schäden aufkommen.«

»Ja, natürlich.«

Als Valerie den Salon verließ, kam ihr Konrad entgegen, sprach kurz mit ihr und ging dann zu dem Tisch, an dem Marianne saß. »Ich habe die Rechnung beglichen«, sagte er. »Soll ich sicherheitshalber Dr. Kleist rufen, um sicher zu gehen, dass sich Herr Merlo nicht verkühlt oder Schlimmeres?«

»Ja, tu das. Ich spreche nachher auch noch mal mit ihm.«

Marianne erhob sich. »Entschuldigt mich, ich gehe nach Valerie sehen.«

Vermutlich war ihr der Versprecher ebenso aufgefallen wie Karl.

⁂ 15 ⁂

»Fühlst du dich besser?«, fragte Valerie, als sie mit Nicolas hinter der Remise stand. Er hatte sich eine Halsentzündung zugezogen, von der er sich langsam wieder erholte. Eine Woche lang hatte er im Bett gelegen, fiebrig und unfähig zu schlucken.

»Ja, inzwischen schon. Euer Hausarzt ist wirklich gut.«

Während er krank gewesen war, hatten sie sich nicht gesehen, denn Dr. Kleist hatte strikte Bettruhe verordnet, und natürlich konnte Valerie nicht riskieren, Nicolas in seiner Kammer aufzusuchen. »Ab wann arbeitest du wieder?«

»Ab nächste Woche, hoffe ich.«

»Genießt du die freie Zeit nicht?«

»Den ganzen Tag im Bett liegend? Du beliebst zu scherzen. Ich war heilfroh, dass ich gestern endlich aufstehen und herumgehen konnte.«

»Schmerzen hast du nicht mehr?«

»Nein, ich fühle mich nur noch ein wenig schlapp.«

Valerie holte eine Zigarette hervor, zündete sie an und tat einen tiefen Zug. »Für dich noch verboten, hm?«, fragte sie.

»Ja. Und jetzt gib mir schon eine.«

Valerie grinste und reichte ihm das silberne Etui. »Du bist ein richtiger Held, sagen alle.«

»Nicht der Rede wert.«

»Sag das nicht.« Die Eltern des Jungen – der Vater war Bankier in Bonn – waren am folgenden Tag ins Hotel gekommen, um sich persönlich zu bedanken. Da Nicolas bettlägerig war und sie wohl ahnten, dass es ihm unangenehm sein würde, wenn sie ihn in seiner Kammer aufsuchten, hatten sie gesagt, sie würden ein anderes Mal wiederkommen. Valerie hatte ihnen erzählt, dass sie vor der Strömung gewarnt hatte, und sie hoffte, dass das Kindermädchen zur Verantwortung gezogen wurde. Dass es möglicherweise auf die Straße gesetzt wurde, war ihr gleich, schließlich hätte die ganze Sache auch deutlich schlimmer ausgehen können.

»Du bist zu hart zu ihr«, sagte Nicolas, als sie ihm davon erzählte. »Sie hat ja versucht, die Kinder von dort wegzuholen.«

»Sie hätte sie gar nicht erst dorthin laufen lassen dürfen.«

»Sie kann sie ja schlecht fesseln.«

»Unsere Kindermädchen hätten uns schon daran zu hindern gewusst. Ludwig, Marianne und ich hätten das einmal wagen sollen, so nah am Wasser zu spielen und zu streiten. Wer hier wohnt, weiß doch, wie gefährlich das ist.«

Nicolas war nicht ihrer Meinung, das konnte sie ihm ansehen.

»Immerhin hättet ihr beide sterben können.«

»Die Schuld dafür kannst du nicht dem Kindermädchen anlasten.«

Weil ihr der Disput lästig war, schwieg Valerie. Marianne war ihrer Meinung gewesen, als sie ihr davon erzählt hatte, später, auf ihrem Zimmer. Marianne hatte außerdem vorsichtig versucht, herauszufinden, welcher Art ihre Beziehung zu Nicolas war, worauf Valerie allerdings nicht eingegangen war. Was hätte sie auch antworten sollen? »Ja, wir sehen uns nachts, und ich lasse mich von ihm küssen, weil es mir gefällt. Aber verliebt bin ich nicht.« Marianne hätte das sicher nicht gutgeheißen.

»Ah, hier bist du?«, hörte sie die Stimme ihres Vater aus Richtung der Remise kommen. »Deine Mutter sucht dich.«

Valerie versuchte, sich nicht anmerken zu lassen, wie erschrocken sie vom plötzlichen Auftauchen ihres Vaters war, wenngleich sie hier nun wahrhaftig nicht in verfänglicher Pose erwischt worden war. Sie nahm einen letzten Zug und ließ den Zigarettenstummel fallen.

»Ja, ist gut, ich komme.«

Sie nickte Nicolas knapp zu und lief durch die Remise, wo ihr Vater in eines der Automobile stieg, um sich nach Königswinter fahren zu lassen, in den Hof und betrat das Hotel.

Emma ging die Pläne für den Lichtspielraum durch. Es gab einige Vorschläge, wie die Idee umzusetzen war, und es fiel ihr schwer, sich zu entscheiden. Für die Bestuhlung liebäugelte sie mit der Idee, die Sitzplätze auf drei verschiedenen Ebenen anzuordnen, aber das war die kostenintensivste Methode, und sie ahnte, dass Karl davon nicht allzu begeistert sein würde. Sein Argument würde sein, dass man die große Leinwand auch ohne diesen Aufwand in der letzten Reihe würde sehen können. Schweren Herzens legte Emma diesen Vorschlag also zur Seite. Sie blickte auf, als die Tür geöffnet wurde und Ludwig eintrat.

»Gibt es auch mal einen Nachmittag, an dem du nicht arbeitest?«, fragte er und ließ sich ihr gegenüber am Schreibtisch nieder.

»Wir können ja nicht alle dem Müßiggang frönen, so wie du«, stichelte Emma.

»Ich war bei der Bank und habe mich dort mit tödlich langweiligem Kram herumgeschlagen.«

»Du Ärmster«, antwortete Emma ohne jedes Mitgefühl.

»Und jetzt muss ich die Buchhaltung machen.« Ludwig rieb sich die Augen, er sah müde aus.

»Alles gut bei dir?«, fragte Emma.

»Ja, ich war gestern nur etwas zu lange aus. Charlotte wollte in Köln tanzen gehen.« Ludwig griff nach der Kanne auf Emmas Schreibtisch und goss sich Tee ein. »Sie möchte mit mir schlafen«, sagte er übergangslos.

Emma runzelte die Stirn. »Charlotte?«

»Ja, wer sonst?«

»Hmhm, na dann viel Vergnügen.« Emma wusste, dass es inzwischen Paare gab, die auch diesen Aspekt ihrer Beziehung ausprobierten, ehe sie heirateten. Von Charlotte hätte sie das allerdings nicht erwartet, immerhin schmälerte das ihren Wert auf dem Heiratsmarkt beträchtlich, wenn Ludwig sie – aus welchen Gründen auch immer – doch nicht heiraten würde. Auch wenn sie recht hübsch anzusehen war, so hatte sie doch eigentlich nur ihren adligen Namen zu bieten, und der war in diesen Zeiten immer weniger wert.

»Ich denke, ich werde es nicht tun«, sagte Ludwig.

»Warum nicht? Ich möchte annehmen, du machst das nicht zum ersten Mal.«

»Darum geht es nicht. Aber wenn wir aus irgendeinem Grund nicht heiraten, wäre es für sie deutlich schwieriger, eine passende Partie zu finden.«

»Tja, wenn *das* der Grund ist, dann sollte dir das wirklich zu denken geben.«

Ludwig antwortete nicht, sondern sah an ihr vorbei aus dem Fenster. »Es kann immer etwas … Unvorhergesehenes passieren.«

»Liebst du sie nicht mehr?«

»Liebe war es vermutlich noch nie, aber ich habe sie sehr gern.«

»Und das reicht, um zu heiraten?« Emma konnte es kaum glauben.

»Ich denke, Freundschaft ist für eine Ehe eine verlässlichere Grundlage als Verliebtheit.«

»Denkst du denn darüber nach, die Verlobung zu lösen?«

»Nein, das ist es nicht.« Ludwig zog die Unterlagen, die vor Emma lagen, zu sich. »Darf ich mal sehen?«

»Ja, klar.« Emma kommentierte den Themenwechsel nicht weiter. »Das sind die Pläne für den Lichtspielraum.«

»Das mit den Stufen ist sicher eine gute Idee, aber zu teuer.«

»Das dachte ich auch schon.«

»Was ist hiermit?« Ludwig reichte ihr einen der Pläne.

»Die Art, wie die Beleuchtung angebracht ist, gefällt mir nicht.«

»Und das?« Er legte ihr den nächsten Vorschlag vor.

»Zu wenig Stühle.«

»Wird es sonst nicht zu eng?«

»Nein, nicht, wenn man die Stühle halbkreisförmig anordnet, wie auf dem nächsten Plan. Aber da ist wieder das Problem mit der Beleuchtung.«

Ludwig zuckte mit den Schultern. »Darüber kann man ja sicher sprechen.«

Nachdenklich sah Emma sich die drei Pläne noch einmal an, dann nickte sie. »Ja, ich muss aber noch in Ruhe darüber nachdenken. Außerdem wollte ich mit Minna über Photos für neue Werbeprospekte sprechen.«

»Hat Papa zugestimmt?«

»Ja, meine Vorschläge haben ihn überzeugt.« Emma

hatte überlegt, dass sie für die Prospekte nicht nur Photographien des Hotels und der Umgebung nutzen sollten, sondern auch eines der Pagen, die Aufstellung im Vestibül nahmen, sowie eines des Küchenteams, mit dem Vermerk, dass die in den besten Hotels ausgebildeten Köche sich um das leibliche Wohl der Gäste kümmerten und kulinarische Spezialitäten aus ganz Europa anzubieten hatten. Sie hatte sich auf heftige Diskussionen eingestellt, aber ihr Vater und Karl hatten direkt versichert, dass ihnen der Vorschlag gefiel.

»Du solltest an meiner Stelle hier die Verantwortung übernehmen«, sagte Ludwig.

»Rede keinen Unsinn, ich interessiere mich nicht im Geringsten für die Buchhaltung, du bleibst also unentbehrlich.« So zu reden passte nicht zu Ludwig, und Emma fragte sich einen Augenblick lang besorgt, ob er sich von ihr zurückgedrängt fühlte.

»Ich meine das ernst, Emma. Du bringst viel mehr Ideen und Leidenschaft mit.«

»Ja, aber nicht für trockene Zahlen, mich interessieren ganz andere Dinge. Allerdings denke ich, du und ich könnten bestens zusammenarbeiten, mit meinen Ideen und deinen Fähigkeiten, wirtschaftlich zu denken. Und Andreas übernimmt dann das Personal, das ist ohnehin vorgesehen.«

Emma hoffte, dass es sich auch in Zukunft so fügen würde, dass sie drei reibungslos zusammenarbeiteten. Es könnte so gut funktionieren, wenn sie die Aufgaben neu teilten und alles neu strukturierten.

»Was ist eigentlich mit Georg Rebein?«, fragte Ludwig betont beiläufig.

Aus ihren angenehmen Gedanken um eine Zukunft als

Hotelierin – gab es das Wort überhaupt? – aufgeschreckt, sah Emma ihn fragend an. »Was soll mit ihm sein?«

»Ihr seht euch recht oft.«

»Nur, wenn er hier ist, um Minna zu besuchen.«

»Nun, er besucht sie häufig, scheint mir«, bemerkte Ludwig.

»Wieso sollte er auch nicht?«

»Hast du dir schon einmal überlegt, dass seine Schwester ein guter Grund sein könnte, um nicht offiziell zugeben zu müssen, dass er deinetwegen hier ist? Ich meine, immerhin hat er sie versetzt, nur, um mit dir tanzen zu gehen.«

»Stimmt, an dem Abend, als Charlotte ihren Auftritt hatte.«

»Reite nicht wieder darauf herum.«

»War es eigentlich danach, als sie gesagt hat, sie wolle mit dir schlafen?«

Ludwig antwortete nicht.

»Sie hat vermutlich geahnt, dass du es nicht lange mitmachst, wenn du öfter mal solche öffentlichen Peinlichkeiten befürchten musst.«

Ludwig zog die Brauen zusammen. »Du denkst, sie hätte es nötig, mich auf diese Weise zu halten? Wenn mit mir zu schlafen das Einzige wäre, das sie zu bieten hat, hätte ich mich gar nicht erst mit ihr verlobt.«

Emma zuckte nur mit den Schultern und wünschte, sie hätte nichts gesagt. Sie musste Ludwig nur ansehen, um zu wissen, dass die Stimmung mal wieder dahin war.

»Ah, unser Held«, begrüßte Hanni Nicolas, als er das Dienstbotenzimmer betrat. Ihm war nicht danach, wieder zu Bett zu gehen, und so suchte er ein wenig Gesellschaft.

»So heldenhaft war das gar nicht«, antwortete er und

setzte sich. Obwohl er sich wieder recht gut fühlte, war er immer noch ein wenig schwach auf den Beinen.

»Ich bringe Ihnen Tee«, sagte Jette, und erhob sich rasch.

»Sie sehen ja wieder ganz gut aus«, bemerkte Frau Nettesheim.

»Er sieht *immer* gut aus«, fügte eine der Küchenmägde hinzu.

Nicolas hob die Hände. »Sie machen mich verlegen, meine Damen.«

»Ich beziehe mich allein auf Ihre Gesundheit«, sagte die Haushälterin, »bilden Sie sich also keine Schwachheiten ein.«

»Ich käme nicht im Traum darauf.«

Nach einigen Minuten kam Jette mit einer Tasse Tee zurück.

»Und dass man Ihnen hier hochherrschaftlich den Tee serviert, wird natürlich auch nicht zur Gewohnheit«, fuhr Frau Nettesheim fort.

»Das macht mir ohnehin nur in Ihrer Gesellschaft Spaß«, konterte Nicolas, »und bisher widerstehen Sie meinem Charme ja leider.«

Sie schlug ihm mit einem zusammengerollten Magazin auf die Finger. »Mich wickeln Sie nicht ein, mein Hübscher, das sage ich Ihnen gleich.«

»Dann ist er ja wieder für uns zu haben«, witzelte eines der Zimmermädchen.

Nicolas trank seinen Tee, zwinkerte dem Mädchen zu, sodass dieses rot anlief.

»Das reicht jetzt.« Frau Nettesheim scheuchte alle auf. »An die Arbeit, ehe der Anstand hier endgültig seinen Abschied feiert. Sie dürfen sitzen bleiben«, sagte sie zu Nicolas.

»Ich danken Ihnen vielmals«, antwortete er.

Während sie den Raum verließen, unterhielten sich Hanni und Jette über eine Kirmes, die hier in Kürze Station machen würde, und fragten die beiden Lakaien, ob sie mit ihnen hingehen würden.

»Da habe ich auch noch ein Wörtchen mitzureden«, rief Frau Nettesheim, die ihnen gefolgt war.

Nicolas trank seinen Tee und genoss die einkehrende Stille, die untermalt wurde von den Geräuschen geschäftigen Hantierens in der Küche. Dass seine Tat überall als Heldentat bezeichnet wurde, behagte ihm nicht so recht. Sogar die Zeitung war im Hotel gewesen, er hatte sich jedoch geweigert, mit jemandem zu sprechen, sodass der Artikel recht allgemein blieb. Dass sein Name groß in der Presse auftauchte, hatte ihm gerade noch gefehlt.

Immerhin schien Valerie in ihren Gefühlen nicht gar so distanziert, wie sie ihn – und sich selbst – gerne glauben machen wollte. Sie ging ein großes Risiko ein, ihn immer wieder zu sehen, und Nicolas konnte sich nicht vorstellen, dass sie das nur tat für ein wenig Spaß. Den konnte sie auch standesgemäßer haben. Andererseits wäre da natürlich die Gefahr größer, dass es an die Öffentlichkeit käme. Nicolas seinerseits wusste nicht so recht, was er für sie empfand. Sein Bruder hatte ihn gewarnt. »Du wirst es einmal zu oft ausreizen.« Aber dieses Mal, versprach er sich, dieses Mal wird es anders.

»Du verkehrst ein wenig zu vertraut mit unserem Koch«, sagte Karl, als Valerie sich am späten Nachmittag zum Kaffee zu ihm in den Weißen Salon gesellte. Dabei beobachtete er aufmerksam ihre Reaktion.

»Wir haben uns doch nur unterhalten.«

»Seit wann verbringst du deine Zeit hinter der Remise?«

»Ich habe dort geraucht.«

Gut, offenbar glaubte sie, ihn für dumm verkaufen zu können. Karl seufzte. Genoss sie es nicht für gewöhnlich, sich mit einer langen Spitze rauchend ein wenig mondän in Szene zu setzen? »Und das tust du seit Neuestem im Nebenhof?«

Jetzt stieg ihr kaum merklich Röte ins Gesicht. »Mir war nach frischer Luft.«

Nun hielt sie ihn allzu sehr zum Narren, und Karl hob eine Braue. »Meine Liebe, ich kenne die Spielchen seit meiner Jugend.«

»Welche Spielchen meinst du?«

»Nicolas Merlo ist ein gut aussehender Bursche, nicht wahr?«

»Kann schon sein. Und?«

»Und ich denke, das fällt dir durchaus auf. Du gehst nachts in die Küche und lässt dir von ihm heiße Schokolade zubereiten, du rauchst mit ihm, du gehst mit ihm im Siebengebirge spazieren ...«

»Da habe ich ihn nur zufällig getroffen«, fiel Valerie ihm ins Wort. »Und überhaupt, Papa, er ist ein *Dienstbote*! Wofür hältst du mich?«

Für eine junge Frau, die Gefahr lief, dem falschen Mann zu verfallen. »Ich könnte dir verbieten, ihn weiterhin zu sehen, nicht wahr?«

»Dann mach das doch!« Kämpferisch schob Valerie das Kinn vor.

Karl wusste inzwischen, dass man mit Drohungen bei ihr nicht ans Ziel kam. In diesem Fall jedoch wusste er nicht, wie er unterbinden sollte, dass sie diesen Mann zu häufig allein sah. Also versuchte er, an ihre Vernunft zu appellieren. »Er könnte deine Gefühle ausnutzen.«

»Ich hege keine Gefühle für ihn. Ich meine, ich hätte einen Anthony Gilbert haben können, denkst du, dann nehme ich einen Koch?«

Sie stritt es ein wenig zu vehement ab. Vielleicht glaubte sie selbst tatsächlich daran, dass sie nichts für ihn empfand, Karl jedoch hatte den Blick gesehen, mit dem sie den jungen Mann bedacht hatte. So sah man jemanden, für den man keine Gefühle hegte, nicht an. Er beschloss, das Thema vorerst ruhen zu lassen und es mit Julia zu besprechen.

Die Gelegenheit dazu bot sich jedoch erst abends in Julias Schlafzimmer – sie hatten seit ihrer Heirat getrennte Räume, wie es in ihren Kreisen üblich war, aber meist schlief er bei ihr oder sie bei ihm. Die Zimmer waren durch eine Verbindungstür miteinander verbunden, seinerzeit in dem Gedanken so angelegt, dass niemand mitbekam, wenn es sie danach verlangte, eine Liebesnacht miteinander zu verbringen. Inzwischen hatten sich die Zeiten auch diesbezüglich geändert.

»Ist dir eine Veränderung an Valerie aufgefallen?«, fragte er, während Julia ihr Haar löste, das immer noch dick und kastanienbraun war, durchzogen von einigen grauen Strähnen.

»Ich denke, sie ist verliebt«, sagte Julia. »Ich weiß nur nicht, in wen.«

»In unseren Ersten Koch, vermute ich.«

Julia sah ihn erstaunt im Spiegel an. »Ah ja, tatsächlich?«

»Ja, ich habe die beiden heute zusammen im Nebenhof hinter der Remise gesehen. Und davon, dass sie sich mitten in der Nacht von ihm persönlich in der Küche heiße Schokolade hat zubereiten lassen, hatte ich dir ja erzählt.«

Julia nickte langsam. »Hmhm, ja, gut möglich, dass sie verliebt in ihn ist.«

»Ich habe sie danach gefragt, aber sie hat es abgestritten.«

Jetzt lachte Julia hell auf. »Natürlich hat sie das, mein Lieber. Du kennst doch unsere Valerie. Sie lehnt einen Anthony Gilbert ab und soll dann gestehen, dass sie lieber den Koch hätte?«

»Ich würde dieser Sache gerne Einhalt gebieten.«

»Vielleicht tust du ihm unrecht. Immerhin hat er sein Leben riskiert, um ein Kind vor dem Ertrinken zu retten.«

»Ich sage nicht, dass er ein schlechter Kerl ist – und wo du davon sprichst, auch da war Valerie an seiner Seite. Ich kenne Männer wie ihn.«

Ein kleines spöttisches Lächeln grub sich in Julias Mundwinkel.

»Nein, es liegt nicht daran, dass mir kein Mann gut genug für sie ist«, verteidigte sich Karl. »Aber er erinnert mich zu sehr an mich selbst, als ich jung war.«

»Und?«, fragte Julia.

»Und? Findest du das nicht beunruhigend?«

»Nun ja, ein wenig schon, das muss ich gestehen. Zumindest, was einige deiner Charakterzüge angeht.«

»Meine Besorgnis bezieht sich selbstverständlich nicht auf meine guten Seiten.«

Nun lachte Julia, dann wurde sie ernst. »Wir beobachten die beiden erst einmal, ja? Es bringt nichts, Valerie jetzt unter Druck zu setzen. Und wenn die Sache Form annimmt, spreche ich noch einmal mit ihr. Du weißt, dass wir auch auf ihre Vernunft vertrauen müssen, sie geht ihren eigenen Weg, wie Johanna seinerzeit.«

Karl nickte nur. Julia stand auf, drehte sich zu ihm um und legte ihm die ausgestreckten Arme auf die Schultern. »Und nun komm zu Bett, ja?«

⁂ 16 ⁂

»Bleibst du heute Abend hier?«, fragte Georg, während er Minna dabei zusah, wie sie die Kamera im Schrank verstaute. Die Hohensteins und Alsbergs gaben eine private Feier, und sowohl er als auch Minna waren eingeladen.

»Ich habe keine Abendgarderobe dabei.« Minna schloss den Schrank ab und rollte die Tapete für den Hintergrund auf.

»Das weiß ich, daher habe ich sie dir mitgebracht.«

Minna zog die Brauen hoch. »Ach was?«, spöttelte sie.

»Deine Zofe hat mir alles rausgesucht.«

»Also muss ich nicht befürchten, dass die Schuhe nicht zum Kleid passen oder dass es sich um meine Nachmittagsgarderobe handelt?«

»Du tust mir unrecht. Es musste damals schnell gehen, und zudem war die Beleuchtung in dem Zimmer sehr schlecht.«

Sie waren in der Schweiz gewesen, Minna hatte keine Zeit mehr gehabt, in ihr Hotelzimmer zurückzukehren, und Georg hatte sich großzügig erboten, ihr eine komplette Garderobe mitzubringen. »Schon gut, vergessen wir's. Du hast dir die Mühe umsonst gemacht, ich komme nicht mit.«

Georg reichte ihr die Kiste mit den Photoplatten. »Warum nicht?«

Nachdem alles aufgeräumt war, setzte Minna ihren Hut

auf und warf einen prüfenden Blick in den Spiegel. »Ich nehme an, du erinnerst dich noch daran, was los war, als ich das letzte Mal auf einem Tanzabend hier im Hotel war?«

»Dieser vulgäre Auftritt von Fräulein von Domin war doch nicht deine Schuld.«

»Er galt aber mir. Sie denkt offenbar, ich bandle mit ihrem Verlobten an.«

Georg lehnte sich an einen Tisch und verschränkte die Arme vor der Brust. »Tust du's?«

»Nein.« Sie hoffte, es klang überzeugend. Komplikationen in ihrem Leben durch einen Mann waren das Letzte, was sie derzeit gebrauchen konnte. Ja, sie hatte vielleicht ein wenig mit Ludwig Hohenstein geflirtet, aber sie war bestrebt, sich beruflich einen Namen zu machen, da würde es ihr nur schaden, wenn sie in Zusammenhang mit peinlichen Szenen einer sich betrogen fühlenden Verlobten gebracht wurde.

»Meide Ludwig Hohenstein doch einfach.«

»Und wenn er mich zum Tanz auffordert?«

»Gibst du ihm einen Korb.«

»Du hast aber schon mitbekommen, dass ich für die Hohensteins arbeite, ja?«

»Und? Dürfen sie dich deshalb dazu zwingen, mit ihnen zu tanzen?«

Minna seufzte. Für ihn mochte das ja alles einfach sein, immerhin war er als Mann weniger angreifbar als sie. Aber für sie stellte sich das eben deutlich komplizierter dar, sie musste genau darauf achten, was sie tat und mit wem sie es tat. »Sei mir nicht böse, aber ich fahre heim. Du wirst ohne mich hingehen müssen.«

»Das werde ich nicht, ich begleite dich.«

»Rede keinen Unsinn, das musst du nicht.«

»Ich weiß, aber ich möchte es gerne. Du siehst müde aus.«

»Eben, daher werde ich umgehend zu Bett gehen. Du verzichtest also ganz umsonst auf das Vergnügen, mit Emma Alsberg zu tändeln.«

Georg antwortete lediglich mit einem kurzen Schulterzucken. »Ich glaube, sie ist ohnehin nicht an mir interessiert.«

»Doch, das ist sie. Aber sie möchte auch einen Beruf ausüben, und das ist als Ehefrau eben nicht ganz so einfach. Da hat unsere Gesellschaft noch eine Menge zu lernen.«

»Ich sperre eine Frau nicht zu Hause ein, das weißt du.«

»Ja, ich weiß das.« Minna nahm ihre Handtasche. »Du bleibst hier, Georg.« Sie sah ihn an, seine elegante Abendgarderobe. »Ich fahre alleine nach Hause. Und ich möchte keine Widerrede hören.«

»Wie soll ich dich entschuldigen?«

»Plötzliches Unwohlsein?«

»Und dann lasse ich dich allein fahren? Sehr glaubwürdig.« Dass er auch immer so stur sein musste. Manchmal fragte sich Minna, wer von ihnen beiden eigentlich der Ältere war. »Du hast mir meine Frage vorhin nicht beantwortet«, sagte Georg. »Bändelst du mit Ludwig Hohenstein an?«

Minna überlegte. »Und wenn?«

»Er ist verlobt, du kannst also davon ausgehen, dass ich es nicht gutheißen würde.«

»Weil Fräulein von Domin dir leidtut?«

»Nein, weil ich nicht möchte, dass du dich zu einer Unüberlegtheit hinreißen lässt.«

Wieder lächelte Minna spöttisch. »Du möchtest nicht, dass ich mit ihm schlafe und dann hängen gelassen werde?«

»Ja.«

»Wenn ich es täte, wäre es keine Unüberlegtheit, sondern im Gegenteil äußerst überlegt. Aber mach dir keine Sorgen, mir ist an meinem Ruf gelegen.« Minna hakte sich bei ihm ein. »Also komm, gehen wir. Du lässt dich ja doch nicht davon abbringen.«

Im Vestibül begegneten sie Emma, die ein zauberhaftes meergrünes Kleid trug, das bestens mit ihrem Haar und ihrem hellen Teint harmonierte. »Guten Abend, Minna«, rief sie erfreut. »Möchten Sie sich in meinem Zimmer umkleiden?«

»Vielen Dank, meine Liebe, aber ich werde direkt nach Hause fahren. Und mein Bruder lässt sich nicht davon abbringen, mich zu begleiten.«

Emma sah von ihr zu Georg. »Oh, das ist aber schade.« Und dann wieder zu Minna. »Ist Ihnen unwohl?«

Da Minna sie nicht gerne anlog, antwortete sie: »Mir ist heute Abend einfach nicht nach tanzen.«

Emma nickte, sichtlich enttäuscht, aber ohne zu insistieren. »Mir eigentlich auch nicht, aber ich muss wohl hingehen.«

»Warum?«

»Weil es von mir erwartet wird.«

»Es sei denn, Sie wären anderweitig eingeladen.«

»Ja, aber das bin ich leider nicht.«

Minna lächelte. »Nun, dann lade ich Sie hiermit offiziell zum Abendessen ein. Unsere Köchin ist vielleicht nicht ganz so gut wie Ihr begnadeter Erster Koch, aber ihre Pasteten sind phantastisch.«

Es war offensichtlich, dass Emma mit sich rang. »Ich müsste meine Eltern fragen, ich weiß nicht, ob es ihnen recht ist.«

»Dann fragen wir Ihren Vater doch am besten gleich«, sagte Georg. »Da vorne ist er.«

Emma drehte sich zeitgleich mit Minna um. Tatsächlich kam da gerade Konrad Alsberg in elegantem Smoking ins Vestibül, sprach noch kurz mit dem Concierge und bemerkte schließlich seine Tochter und die Geschwister. »Guten Abend«, sagte er und nahm rasch mit einem Blick zur Kenntnis, dass Georg dem Anlass entsprechend gekleidet war, Minna jedoch nicht. »Dürfen wir Sie heute Abend nicht begrüßen?«, fragte er.

»Ich bedaure, aber ich bin zu müde zum Tanzen.« Minna lächelte entwaffnend. »Ich würde aber gerne Ihre Tochter zum Abendessen einladen.«

Konrad Alsberg runzelte kaum merklich die Stirn. »Heute Abend?«

»Ja«, rief Emma. »Du erlaubst es doch, Papa, ja?«

Er zauderte, warf einen kurzen Blick zu Georg, dann wieder zu Emma. Schließlich nickte er. »Also gut, ich sage deiner Mutter Bescheid.« Er wandte sich an Georg. »Sie bringen Sie später zurück?«

»Ja, natürlich.«

»Nach zehn Uhr in Begleitung Ihrer Schwester. Ich möchte nicht, dass es zu Gerede kommt.«

Georg nickte. »Selbstverständlich.«

»Also gut.« Konrad Alsberg berührte Emmas Schulter. »Dann habt einen schönen Abend.«

»Danke«, sagte Minna, »den haben wir gewiss.«

Valerie versicherte dem jungen Mann, es sei ihr ebenfalls ein Vergnügen, ihn wiederzusehen, während sie sich krampfhaft daran zu erinnern versuchte, wer – um alles in der Welt – er war. Er plauderte über irgendwelche gemeinsamen Bekannte, während Valerie sich weiter den Kopf zerbrach, um sich an seinen Namen zu erinnern.

Charlotte erlöste sie schließlich und entführte sie dem Mann mit einem charmanten Lächeln. »Dafür habe ich was gut bei dir«, sagte sie.

»Gibt es keine Freundschaftsdienste mehr ohne Gegenleistung?«, fragte Valerie in jenem Ton, in dem sich die Älteren über den Wandel der Zeit beklagten.

»Ich befürchte, dafür wurdest du einfach zu spät geboren.«

Valerie stieß einen theatralischen Seufzer aus.

»Sieh mal«, sagte Charlotte und deutete auf einen dunkelhaarigen jungen Mann in schmucker Uniform. »Seit wann ist der denn wieder im Land?«

Er kam Valerie vage bekannt vor, sie erinnerte sich jedoch nicht an seinen Namen.

»Rudolf von Weißenburg«, half Charlotte aus. »Magdalena von Weißenburgs Cousin.«

»Ach«, entfuhr es ihr. »War das nicht so ein Pummelchen?«

Charlotte lachte. »Das war vor seiner Zeit beim Militär.«

Der Mann schien zu bemerken, dass er beobachtet wurde, denn er drehte sich zu ihnen um und schenkte ihnen ein Lächeln.

»Du kannst ihn haben«, sagte Charlotte großzügig.

»Du bist zu freundlich.«

»Bedank dich bei deinem Bruder, sonst wäre ich jetzt nicht so generös.«

Valerie schenkte dem jungen Mann ein herausforderndes kleines Lächeln. *Na los, versuch dein Glück.* Er lächelte zurück, ein klein wenig zurückhaltend, abwartend. Gut, das versprach spannend zu werden. Mit einem kurzen Blick zu ihm wandte sie sich halb ab, ließ ihn den ersten Schritt machen.

»Ob das klappt?« kommentierte Charlotte.

»Tut es«, antwortete Valerie, als sie bemerkte, dass der Mann sich in ihre Richtung bewegte.

»Rudolf von Weißenburg, ich hoffe, Sie erinnern sich noch an mich?«

Einen Moment lang tat Valerie, als müsse sie nachdenken. »Hm, ja, in der Tat.«

In seinen Augen glomm ein Anflug von Belustigung auf, als durchschaue er das Spiel. »Schenken Sie mir den nächsten Tanz, Fräulein Hohenstein?«, fragte er.

Sie neigte den Kopf. »Sehr gern.«

Galant führte er sie auf die Tanzfläche.

»Seit wann sind Sie wieder in Königswinter?«, fragte sie, als die Musik einsetzte.

»Erst seit einer Woche. Es ist nur ein kurzer Besuch, dann muss ich zurück zu meinem Regiment.«

»Wie bedauerlich.«

»Ja, das finde ich auch.«

Er war ein guter Tänzer, und so zögerte Valerie nicht lange, als er dem ersten Tanz noch einen weiteren folgen lassen wollte. Angenehm beschwingt begleitete sie ihn hernach von der Tanzfläche zum Büfett. Sie griff nach einer Kaltschale und überlegte beim Löffeln, ob diese von Nicolas zubereitet worden war, verbot sich den Gedanken an ihn jedoch direkt. Mit dieser ganzen Sache musste Schluss sein, ein für allemal. Valerie Hohenstein und der Koch. Nicht auszudenken, wenn das die Runde machte. Sie fächelte sich Luft zu.

»Ist Ihnen heiß?«

»Ein wenig.« Valerie schenkte ihm ein Lächeln und

einen Blick, der ahnen ließ, worauf er hoffen durfte. Und Rudolf von Weißenburg ging prompt darauf ein.

»Möchten Sie ein wenig an die frische Luft?«

Das klappte ja bestens. »Ja, sehr gerne.«

Sie stellte die Kaltschale ab und ging an seinem Arm zur Verandatür. Während er ihr galant die Tür öffnete, stellte sich Valerie einen flüchtigen Moment lang vor, wie Nicolas in diesem Augenblick eine andere Frau küsste. Und wenn schon, dachte sie und schob jeden Anflug von Unbehagen beiseite. Die ganze Sache war doch ohnehin von Anfang an zum Scheitern verurteilt gewesen. Was um alles in der Welt band sie an ihn, was nicht auch ein anderer Mann ihr geben konnte? Verstohlene Küsse? Das würde ein Rudolf von Weißenburg – der ebenfalls überaus anziehend war – wohl hinbekommen.

Die Abendluft war eiskalt, und Valerie erschauerte, was der junge Mann zum Anlass nahm, ein wenig näher zu ihr zu treten, nicht so, dass es aufdringlich wurde, aber dennoch so, dass mehr Vertraulichkeit zu erwarten war.

»Ich habe schon gehört, dass man es hier früher zu feiern verstand«, sagte er. »Schön, dass das Hotel wieder zu dieser Leichtigkeit findet.«

»Bis dahin war es ein langer Weg.«

»Der war es für uns alle. Aber ich denke, es brechen großartige Zeiten an, man hört es allerorts. Neue Ideen, ein neues Deutschland.«

Valerie nickte nur. Das Letzte, wonach es sie verlangte, war ein Gespräch über Politik. Sie schlang die Arme um den Oberkörper und versuchte, nicht vor Kälte zu zittern.

»Möchten Sie wieder zurück in den Saal?«

»Nein.« Sie schüttelte leicht den Kopf und sah den jungen Mann an, abwartend, was nun passieren würde.

Er war ihr nun so nahe, dass ihre Körper sich berührten, und als er vorsichtig einen Arm um ihre Schultern legte, ließ sie ihn gewähren, ließ sich von ihm an sich ziehen.

»Das Leben beim Militär muss sehr abenteuerlich sein«, sagte sie.

»Nun ja, es ist viel Disziplin und Drill. Für den Krieg war ich ja leider noch zu jung.«

»Sie bedauern es ernsthaft, nicht teilgenommen zu haben?«

»Das sollte jeder echte Patriot bedauern.«

Valerie dachte an ihre beiden Onkel, Alexander und Philipp, und ihr Interesse an dem jungen Mann flaute bereits ab. »Und sonst bietet das Leben Ihnen keinerlei Abenteuer?«

»Nun, die andere Art von Abenteuer, die ich schätze, finde ich bei der Armee leider nicht.«

»Ach?« Offenbar vermutete er in der Art, wie sie ihn ansah, eine Aufforderung und bemerkte die Ernüchterung über sein plumpes Vorgehen nicht. Er senkte den Kopf und küsste sie – überaus gekonnt, wie Valerie einräumen musste. Aber dennoch verspürte sie nicht das leiseste Verlangen danach, den Kuss auszukosten, im Gegenteil, er fühlte sich schäbiger an, je länger er dauerte. Valerie wandte den Kopf ab, und Rudolf reagierte sofort.

»Es tut mir leid, wenn ich Sie bedrängt habe«, sagte er.

»Nein, schon gut. Ich … ich habe mich geirrt. Entschuldigen Sie.« Valerie strich sich über das Haar, vergewisserte sich, dass es nicht in Unordnung geraten war und wandte sich ab, um zurück in den Saal zu gehen. Es war wohl das Beste, diesen peinlichen Moment so rasch wie möglich zu beenden.

»Und?«, fragte Charlotte. »Hat es sich gelohnt?«

Valerie zog eine Grimasse. »Ach, frag nicht.«

»Also war es enttäuschend«, stellte Charlotte fest und warf dem jungen Mann einen flüchtigen Blick zu. »Schade, danach sieht er gar nicht aus.«

»Das tun sie ja meistens nicht.«

Charlotte hakte sich bei ihr ein und spazierte mit ihr durch den Saal.

»Wo ist Emma eigentlich?« Es war nicht so, dass Charlotte sie vermisste, aber seltsam erschien es ihr doch. Auf Familienfeiern waren die Hohensteins und Alsbergs in der Regel alle anwesend.

»Sie ist bei den Rebeins. Eigentlich wollten die beiden auch kommen«, erzählte Valerie. »Aber Minna Rebein war nicht in Stimmung, also haben sie stattdessen Emma zu sich eingeladen. Ihr Bruder ist wohl hier in kompletter Abendgarderobe erschienen, hat seine Schwester und Emma dann aber begleitet. Übrigens habe ich den Eindruck, da scheint sich irgendetwas zwischen ihr und Georg Rebein anzubahnen.«

»Ach ja?«

»Hast du das nicht mitbekommen? Er lungert doch ständig im Hotel herum, tut so, als sei er wegen seiner Schwester hier.«

Offenbar mochte Valerie Minna Rebeins Bruder ebenso wenig wie Minna selbst. Der erste Eindruck war bei Valerie meist entscheidend, und da hatte Minna Rebein nun einmal nicht gerade gepunktet. Allerdings galt das nicht für Ludwig, und Charlotte beobachtete mit einigem Argwohn, wie gut sich die beiden verstanden. Wenn Emma nun auch noch mit Georg Rebein anbandelte, würden sich die Familien womöglich auch außerhalb der Arbeit öfter privat sehen.

»Denkst du, Emma ist in ihn verliebt?«, fragte sie.

»Bei Emma weiß man das nie so genau, sie erzählt nicht viel davon. Ich weiß nicht einmal, ob ein Mann in ihre Lebenspläne passt.«

Ach, dachte Charlotte, wenn man verliebt war, passte so einiges. Und für sie war es natürlich beruhigend, dass Minna Rebein die Gelegenheit, Ludwig zu sehen, ausschlug, andererseits konnte es natürlich sein, dass sie sich nicht ganz so offensichtlich an ihn heranmachen wollte, sondern es über Emma versuchte. Ob Minna Rebein wusste, dass Ludwig – obschon oberflächlich gesehen alles wieder bestens war – Charlotte die Szene während des Tanzabends immer noch übel nahm? Charlotte wusste selbst nicht, was in sie gefahren war, sie war so wütend gewesen. Tagelang hatte er sie hingehalten, und dann so was. Welche Frau wäre da ruhig geblieben?

»Dieser Wut«, so hatte ihre Mutter sie später belehrt, »kann man auch weniger vulgär Ausdruck verleihen.« Aber Charlotte war immer schon impulsiv und wenig überlegt gewesen, wenn sie sich über etwas ärgerte.

Es war nicht so, dass Ludwig zu ihr auf Distanz ging, ganz im Gegenteil, sie trafen sich derzeit recht häufig, und er wirkte auch nicht wütend, aber Charlotte spürte, dass sich etwas geändert hatte, spürte es, wenn er sie küsste. Da war eine Zurückhaltung, eine Vorsicht, die es vorher nicht gegeben hatte. Noch vor einem Jahr hätte er ganz sicher nicht abgelehnt, hätte sie angedeutet, dass sie mit ihm schlafen würde. Ob er es in Minna Rebeins Fall auch ablehnen würde? Charlotte wusste, so weit durfte sie es nicht kommen lassen. Sie musste Ludwig halten, an der Ehe hing so viel!

»Was ist los?«, fragte Valerie. »Du siehst so grimmig aus.«

Charlotte zwang ein Lächeln auf ihre Lippen. »Alles bestens. Komm, lass uns ein wenig rausgehen.«

»In die Kälte? Da war ich gerade.« Valerie erschauerte übertrieben.

»Ach ja, die Kälte, die nicht mal dein Galan wegküssen konnte.«

»Woher weißt du, dass er mich geküsst hat?«

»Ich habe es vermutet, aber nun weiß ich es.« Charlotte grinste. »Wenn dir dabei nicht heiß wurde, kann es tatsächlich nicht so überwältigend gewesen sein.«

Ein schräger Blick war Valeries einzige Antwort darauf, und Charlotte zog ihre Freundin zu den Verandatüren. Anfangs empfand sie die Kälte als köstlich, denn im Saal war es inzwischen doch recht drückend. In tiefen Zügen atmete Charlotte die frische Nachtluft ein und wandte den Kopf, als sie eine Bewegung im Garten wahrnahm. »Ist das nicht Hans?«

»Wo?« Valerie spähte in die Finsternis und schien die Gestalt nun ebenfalls wahrzunehmen.

»Sieht aus, als wolle er sich fortschleichen.«

»Ja, aber wohin?«

»Vielleicht trifft er sich wieder mit diesen Leuten?«

»Das glaube ich nicht, die Sache mit Jerome Kabal dürfte ein heilsamer Schock gewesen sein.«

Charlotte, der die Kälte langsam durch das dünne Abendkleid auf die Haut kroch, zog die Schultern hoch. »Wenn ihn die Sache an sich überzeugt, war das für ihn vielleicht nur eine Art … Ausrutscher.«

»Ein Mensch ist gestorben. Schöner Ausrutscher!«

Die Gestalt war noch für einen Moment im Garten zu sehen, dann verschwand sie aus dem letzten Lichtschimmer. »Wirst du es deinem Vater sagen?«

Valerie biss sich auf die Lippen, zögerte und schüttelte schließlich den Kopf. »Ich weiß doch nicht einmal sicher, ob es Hans war. Und selbst wenn er es war – was, wenn er lediglich ein Mädchen sehen will?« Ihrer Stimme war jedoch anzuhören, dass sie zweifelte.

Es war fast drei Uhr, als der letzte Gast gegangen, die Familie sich zurückgezogen und das Personal alles abgeräumt hatte. Zum Schein hatte Valerie sich in ihr Zimmer zurückgezogen und ging erst eine gute halbe Stunde, nachdem alles ruhig war, hinunter in Richtung Küche. Obwohl sie nicht wirklich damit gerechnet hatte, fand sie Nicolas am Tisch im Dienstbotenzimmer vor. Nach wie vor saß er nachts gerne hier, und Valerie ahnte, dass er das um ihretwillen tat, damit sie nicht erst durch die Küchen laufen und ihn suchen musste.

»Dass du so spät den Weg zu mir findest, habe ich kaum zu hoffen gewagt«, sagte er. Er trug immer noch seine Dienstkleidung und wirkte müde.

Valerie ließ sich auf einen Stuhl ihm gegenüber an der anderen Seite des Tisches nieder. »Ich habe einen Mann geküsst«, gestand sie.

Nicolas sah sie aufmerksam an. »Warum?«

»Ich wollte wissen, wie es sich anfühlt.«

»Und?«

Sie zuckte mit den Schultern, berührte flüchtig ihre Lippen.

»Gefiel es dir?«

»Nein, nicht so besonders.«

»Und warum erzählst du es mir?«

Das wusste Valerie selbst nicht so recht. Wollte sie Absolution? Oder dass er das tat, wozu ihr die Kraft fehlte, und diese Affäre beendete? »Brichst du nun mit mir?«

»Ein so durchschaubares Manöver? Wo du einfach nur sagen müsstest, dass du mich nicht mehr sehen willst?«

Aber genau das konnte sie nicht. Warum auch immer. Dabei sollte der Gedanke an das, was ihr Vater gesagt hatte, reichen, um sie von dieser Narretei abzubringen. Aber in gewisser Weise hatte er auch ihren Kampfgeist geweckt. Sie würde sich nicht vorschreiben lassen, wem sie ihre Zuneigung schenkte und wem nicht. Und sie hatte ja gemerkt, wie falsch es sich anfühlte, einen Mann zu küssen, für den sie nichts empfand.

Die Zeiten, zu denen man nur aus gesellschaftlichen Vorteilen eine arrangierte Ehe eingegangen war, waren glücklicherweise vorüber. Ihre Eltern hatten noch auf diese Weise geheiratet, ihr Onkel Alexander hingegen hatte sich gegen die Pläne seines Vaters aufgelehnt und sich für eine Frau entschieden, die er liebte. Und damit wäre sie wieder bei sich und Nicolas. Band sie Liebe an ihn? Das, was Valerie sich bisher unter Liebe vorgestellt hatte, entsprach nicht dem, was sie für ihn empfand. An eine Ehe dachte sie dabei erst recht nicht – sie konnte unmöglich die Ehefrau eines Dienstboten werden, wenngleich dieser vom Rang her über dem gewöhnlichen Hauspersonal stand. Andererseits wollte sie sich auch nicht vorstellen, ihn an eine andere Frau zu verlieren.

»Es ist so schrecklich verfahren«, sagte sie schließlich.

Nicolas nickte. »Ja, aus deiner Sicht ist es wohl so.«

Langsam erhob Valerie sich, kam zu ihm und umfasste sein Gesicht. »Du siehst müde aus«, murmelte sie und strich mit dem Daumen über die feine Haut unter seinen Augen.

Er umfasste ihre Hand und streichelte die Innenfläche, dann zog er Valeries Kopf zu sich hinunter und küsste sie.

Valeries Hände glitten in sein Haar, spielten darin, und sie verharrte in dieser unbequemen Haltung, leicht über ihn gebeugt, bis er ihre Lippen freigab.

»Musst du nicht ins Bett?«, fragte sie. »Es war ein langer Tag.«

Er erhob sich, schob einen Arm um ihre Mitte und zog sie an sich. »Ohne dich erscheint mir mein Bett gerade furchtbar reizlos.«

Wärme stieg Valerie in die Wangen, und sie ließ zu, dass er sie erneut küsste und mit sich in sein kleines Bureau zog, wo er die Tür verriegelte, ohne sich aus ihrem Kuss zu lösen. Ganz kurz keimte der Gedanke in ihr auf, dass ihre Eltern merken könnten, dass sie nicht in die Wohnung zurückgekehrt war, aber selbst das war ihr in diesem Moment gleich. Sie genoss die zögernden Liebkosungen, mit denen Nicolas sich etwas weiter vorwagte als bisher, während er sie küsste, sich von ihrem Mund löste, die Lippen über ihren Hals gleiten ließ, in die kleine Kuhle zwischen ihren Schlüsselbeinen und zurück zu ihrem Mund.

Valerie ließ sich mit ihm zu Boden sinken, den Herzschlag wild in der Kehle, aus der Nicolas Küsse atmete. Kurz hielt er inne, hob den Kopf und sah sie an. »Du wirst mir Einhalt gebieten müssen, wenn du nicht mit mir schlafen möchtest«, sagte er. »Denn von alleine werde ich nicht aufhören.«

Valerie hätte sich nun entschieden aus seinen Armen winden und ihn verlassen müssen, aber das konnte sie nicht, und so zog sie ihn an sich und küsste ihn erneut. Seine Berührungen wurden gewagter, drängender, seine Hände lösten Knöpfe und Schleifen, streiften Seide von ihren Schultern, und Valerie kam ihm entgegen, folge jeder Lockung bereitwillig.

Er war so behutsam, dass Valerie ihm jederzeit Einhalt hätte gebieten können. Aber erst sein Eindringen, das trotz aller Vorsicht überaus schmerzhaft war, riss Valerie aus ihrer hingebungsvollen Verzückung. »Hör auf«, sagte sie, und als er nach einem kurzen Moment verblüfften Innehaltens den nächsten Stoß wagte, versuchte sie, sich unter ihm hervorzuwinden. »Du sollst aufhören, du tust mir weh!«

Es war Nicolas anzusehen, wie schwer es ihm fiel, den Moment zu unterbrechen, doch er zog sich zurück, richtete sich auf, schwer atmend. »Es tut immer weh beim ersten Mal.«

»Das hättest du mir früher sagen sollen.« Valerie rollte sich unter ihm weg, zerrte das teure Abendkleid wieder über die Hüften und erhob sich. »So will ich das nicht. Auf dem Boden zwischen deinem Schreibtisch und der Wand.«

»Ich habe dich gefragt, oder?«

»Ja, hast du. Und es tut mir leid.« Valerie zog ihr Mieder zurecht und knöpfte ihr Kleid zu. Ohne Nicolas eines weiteren Blickes zu würdigen, verließ sie eilig den Raum und ging durch den Dienstbotenkorridor in die Wohnung ihrer Eltern. Dabei kam sie sich furchtbar töricht vor. Ausgerechnet sie, Valerie, die sich stets so vernünftig und weltgewandt geben wollte, verlor ihre Unschuld auf *diese* Weise – nicht in einem Moment leidenschaftlicher Liebe, sondern aus einem Augenblick der Lust heraus, den sie abrupt abbrach, weil die ganze Sache nicht ihren Vorstellungen entsprach.

⁂ 17 ⁂

Valerie wusste nicht, mit wem sie über die letzte Nacht sprechen sollte – aber mit irgendjemandem musste sie reden, die ganze Sache lastete ihr wie ein Stein auf der Brust. Kurz überlegte sie, Charlotte zu besuchen, aber ihrer standesbewussten Freundin konnte sie unmöglich erzählen, dass sie, Valerie, sich von einem Koch auf dem Fußboden hatte verführen lassen. Dass sie ihre Unschuld für nichts und wieder nichts verloren hatte. Marianne konnte sie es auf keinen Fall erzählen, die würde zwar nichts verraten, wäre aber entsetzt und würde kein Geheimnis daraus machen. Also ging Valerie zu Emma.

»Trinkst du einen Kaffee mit mir?«

Emma, die gerade über irgendwelchen Dokumenten brütete, nickte. »Ja, gerne.«

»Wo ist Ludwig?«

»In Königswinter bei seinem Schneider.«

»Woran arbeitest du?«

Emma verzog die Lippen zu einem spöttischen Lächeln. »Interessiert dich das wirklich?«

»Nein.«

»Dachte ich es mir doch.«

Valerie läutete nach dem Stubenmädchen, und kurz darauf erschien Hanni, nahm die Anweisung, Kaffee zu bringen, entgegen und verließ den Raum.

»Ich habe gestern Abend Rudolf von Weißenburg geküsst«, sagte Valerie, die beschloss, nicht lange um den heißen Brei herumzureden.

Emma wirkte nur gelinde erstaunt, und Valerie fragte sich, was das über sie selbst aussagte.

»Und danach habe ich in der Küche mit Nicolas Merlo geschlafen«, fuhr sie fort.

Emma starrte sie an.

»Ich würde gerne behaupten, ich sei in ihn verliebt, und es wäre schön gewesen.«

»War es das nicht?«, fragte Emma vorsichtig.

»Nein, ganz und gar nicht. Ich habe ihn gebeten aufzuhören und bin dann weggelaufen.«

»Hat er dich … gewaltsam …«

»Nein«, fiel Valerie ihr rasch ins Wort. »Er war sehr rücksichtsvoll. Aber ich hatte es mir anders vorgestellt.«

»Verstehe.« Emma schien nicht recht zu wissen, was sie sagen sollte. »Und nun?«

»Das weiß ich selbst nicht.«

Hanni trat mit einem Tablett ein, stellte es auf dem Schreibtisch ab, schenkte Kaffee und Sahne in zwei Tassen und verließ den Raum wieder.

»Und du bist wirklich nicht in ihn verliebt?«, fragte Emma.

»Nein.«

»Aber warum das alles? Und warum dieser Kuss zuvor auf dem Fest? Warst du in diesen Mann auch nicht verliebt?«

Valerie schüttelte zögernd den Kopf. »Ich wollte aufhören, an Nicolas zu denken, aber mit Rudolf von Weißenburg fühlte es sich auch falsch an.« Nachdenklich sog Valerie ihre Unterlippe zwischen die Zähne. Die ganze

Nacht hatte sie damit verbracht, über ihre Gefühle für Nicolas nachzudenken, darüber, was sie dazu getrieben hatte, ihn so weit gehen zu lassen. Es war Neugier gewesen auf das, worüber alle nur flüsterten. Und auch das Verlangen danach, dass Nicolas das erfüllte, was seine Küsse und zurückhaltenden Liebkosungen versprachen.

»Kann es sein, dass du jetzt schwanger bist?«

»Nein, das halte ich für ausgeschlossen.« Zumindest hoffte Valerie das. Ihr Wissen war in dieser Hinsicht recht dürftig. Hoffentlich hatte sie diese Sorge nun nicht auch noch zu tragen. Sie nippte an ihrem Kaffee, verbrannte sich die Zunge und stellte die Tasse wieder ab.

»Dann wird es wohl das Beste sein, die Sache zu vergessen«, riet Emma.

Wenn das nur so einfach wäre. Nicolas spukte fortwährend durch ihre Gedanken, und selbst nach dieser gänzlich misslungenen Liebesnacht konnte sie ihn nicht einfach aus ihrem Kopf verbannen. Vermutlich hielt er sie ohnehin für töricht und würde sie bei ihrer nächsten Begegnung weidlich verspotten.

»Oder bist du doch verliebt in ihn und willst es nur nicht zugeben?«

»Warum sollte ich es nicht zugeben wollen?«

»Weil er zum Personal gehört.«

Ein vages Kopfschütteln war Valeries einzige Antwort.

»Wirst du ihn wiedersehen?«

»Ja, ich kann das doch nicht einfach auf sich beruhen lassen?«

»Warum nicht? Wenn er doch nur ein Dienstbote ist und du ihn ohnehin nicht liebst? Er wird wohl kaum darüber reden.«

»Ach, das ist kompliziert.« Ihn gar nicht mehr zu sehen

vermochte Valerie sich nicht vorzustellen. Aber ihm jetzt gegenübertreten konnte sie auch nicht. Sie bemerkte, dass Emma nur wenig Verständnis hatte, sie mochte es lieber, wenn Klartext gesprochen wurde. Früher oder später würde sie ihn aufsuchen und mit ihm reden, aber jetzt war das undenkbar, dafür schämte sie sich viel zu sehr. Sie würde eine heiße Schokolade bestellen und darauf bestehen, dass diese von ihm zubereitet werden sollte. Vielleicht verstand er ja, dass sie trotz ihres Schweigens nicht vorhatte, ihn zu verlassen.

Karl beobachtete Hans im Gespräch mit einem französischen Geschäftsmann.

»Je ne rentrerai que très tard. La nuit le portier sera là, n'est ce pas?«, fragte der Gast.

»Certainement, monsieur, vous pouvez rentrer à n'importe quelle heure«, antwortete Hans in gewandterem Französisch, als Karl es ihm zugetraut hätte.

Das ließ sich ja überaus erfreulich an. Konrad hatte recht gehabt mit dem Vorschlag, Hans neben seinem Studium in die Arbeit im Hotel einzubeziehen. Allerdings weigerte Karl sich nach wie vor, die Zügel zu lockern.

»Nous voulons faire une excursion demain. Pouvez-vous nous procurer une voiture?«

»Vous pouvez avoir une voiture à l'hotel, monsieur.«

Der Mann bedankte sich und ging.

»Sehr gut«, lobte Karl.

Hans jedoch sah ihn nur kurz an, brachte ein knappes »Danke« hervor und wandte seine Aufmerksamkeit dann der Treppe zu, auf der in diesem Moment eine Frau in den Vierzigern herabschritt. Eine Schauspielerin, die ihre Blütezeit allmählich hinter sich hatte. Amelia Schwenner stammte gebürtig aus Brasilien, war das Kind einer Mestizin und eines Deutschen, der man ihre deutschen Wurzeln jedoch kaum ansah. Sie war nicht das, was man nach gängigen Maßstäben als hübsch bezeichnen würde, trotz ihres exotischen Aussehens, aber in ihren Bewegungen und der Art zu sprechen, überaus anziehend, was der Grund für ihren Erfolg beim Film war. Da sie ausreichend Geld verdient und von zwei Ehemännern geerbt hatte, konnte sie der Tatsache, dass ihr Stern langsam sank, einigermaßen gelassen begegnen.

Hans beobachtete sie mit distanziertem Interesse, was Karl ein wenig beunruhigend fand. Nach wie vor traute er seinem Neffen nicht so recht, denn er konnte sich nicht vorstellen, dass man ein so verqueres Denken einfach über Nacht ablegte. Andererseits war es natürlich möglich, dass der Schock damals wirklich heilbar gewesen war und ihm die Augen geöffnet hatte.

»Ich hoffe, es ist alles zu Ihrer Zufriedenheit, Frau Schwenner«, sagte Karl, als die Frau zur Rezeption kam.

Sie schenkte ihm ein verführerisches Lächeln. »Das Zimmer ist wunderschön und der Ausblick herrlich.«

»Das freut mich.«

»Die Familie meines Vaters stammt aus der Region, müssen Sie wissen. Ich folge sozusagen den Spuren meiner Familie.«

»Sie sind aber in Brasilien aufgewachsen, ja?«, fragte Hans.

Frau Schwenner sah ihn an. »Ja, mein Vater hat dort als Ingenieur gearbeitet.«

»Man hört es«, antwortete Hans. »Wobei Ihr Akzent wirklich entzückend ist«, fügte er hinzu, als wisse er, dass es in Karl zu brodeln begann.

Die Frau lachte. »Ihr junger Angestellter ist ja ein Charmeur.«

»Er ist mein Neffe«, antwortete Karl.

Sie sah erst ihn, dann Hans an. »Stimmt, da ist eine gewisse Ähnlichkeit. Nun, mein hübscher Junge, dann sehen Sie doch mal bitte nach, ob Post für mich gekommen ist.«

Hans war nicht anzusehen, was er von der Anrede hielt, aber er nickte höflich und ging zu den Postfächern. »Nichts«, sagte er schließlich.

»Bedauerlich. Ich warte auf den Brief meiner Großmutter. Sie wohnt hier in der Nähe, aber sie hasst unangekündigten Besuch, also habe ich ihr geschrieben, dass ich hier bin, und warte auf eine Antwort.«

»Sie können von hier aus auch telephonieren«, bot Karl an.

»Das würde ich nur zu gerne, aber sie hält Telephone für neumodischen Schnickschnack. Selbst heute noch, wo jeder eins hat.« Sie zuckte bedauernd die Schultern. »Nun gut, was soll's. Sagen Sie bitte Ihrem Chauffeur Bescheid, dass ich ausfahren möchte? Und können Sie eine gute Chocolaterie empfehlen?«

Karl läutete nach einem Chauffeur und nahm einen Prospekt von der Rezeption. »Hier finden Sie ausgewählte Cafés, Konditoreien in der Umgebung sowie zwei ausgezeichnete Chocolaterien.«

Frau Schwenner lächelte. »Ich danke Ihnen vielmals.«

Nachdem sie gegangen war, taxierte Karl seinen Neffen prüfend, versuchte auszuloten, was dieser dachte. Hans erwiderte seinen Blick ungerührt. In seinem Bruder hatte Karl stets lesen können wie in einem offenen Buch, sein Neffe hingegen stellte für ihn ein unlösbares Rätsel dar. Vielleicht lag es tatsächlich daran, dass er Karls Vater, Maximilian Hohenstein, so ähnlich war, und diesem hatte er sich nie nahe gefühlt.

Das neue Stubenmädchen, das an Floras Stelle gekommen war, schien sehr anstellig. Sie hieß Marie, war recht hübsch – das waren Stubenmädchen ja in der Regel immer, da sie auch eine repräsentative Funktion erfüllen mussten – und hatte ein so übersprudelndes Lachen, dass jeder, der es hörte, zwangsläufig einstimmen musste. Kurzum, sie war entzückend. Unter anderen Umständen hätte Nicolas es sogar auf eine kleine Liaison ankommen lassen.

Dank Valerie hatte er eine sehr unerquickliche Nacht verbracht und erschien übel gelaunt in der Küche. Da half selbst Maries Lachen nicht. Er ließ sich am Tisch nieder, frühstückte stoisch schweigend.

»Stimmt es, dass es dieses Jahr ein Feuerwerk zu Silvester geben wird?«, fragte Hanni.

»Ja«, antwortete Frau Nettesheim. »Wie in alten Zeiten.«

»Früher gab es das jedes Jahr«, sagte Herr Steinfeld. »Es war ein großartiges Ereignis, dafür war das Hotel Hohenstein bekannt.«

Nicolas interessierte das alles nicht, und so lauschte er lediglich und schwieg. Die letzte Nacht mit Valerie war eine einzige Farce gewesen. Warum hatte er sich überhaupt so weit hinreißen lassen? Inzwischen kannte er sie und ihr kapriziöses Gehabe doch wahrhaftig ausreichend gut.

»Gehst du mit mir auf den Weihnachtsmarkt, Marie?«, fragte Fritz.

»Hat der schon begonnen?«, mischte sich Hanni ein.

»Er beginnt in zehn Tagen«, antwortete Henri. »Lasst uns doch alle gehen. Jette, wie sieht es aus?«

Fritz machte ein langes Gesicht, andererseits hatte Frau Nettesheim ihn bereits mit einem strengen Blick bedacht, sie duldete keine Tändeleien unter dem Personal. Das Geplauder rauschte an Nicolas vorbei, während er sich eine weitere Tasse Tee einschenkte. Er hatte keine Ahnung, wie er Valerie begegnen sollte, wenn sie sich das nächste Mal sahen. Tun, als sei nichts geschehen? Nein, das war albern. Was war das überhaupt für ein Abgang, den sie da hingelegt hatte? Als hätte er sich ihr aufgezwungen. Ja, genau so war es gewesen, als hätte er sie gezwungen. Als sei sie ihm nicht mit der gleichen Begierde begegnet, die auch ihn angetrieben hatte. Und dann so etwas. Selbst wenn sie nicht mehr wollte, sie hätte ja nicht fortlaufen müssen, ohne ihm einen weiteren Blick zu schenken. Andererseits war ihr die Sache vielleicht selbst peinlich. Die hübsche Valerie, die sich so gerne mondän gab, ließ sich von einem Dienstboten die Unschuld rauben und ertrug es dann doch nicht.

»Herr Merlo?«, unterbrach Marie seine Grübeleien. »Kommen Sie auch mit? In zehn Tagen am frühen Abend?«

Er wollte absagen, überlegte es sich dann doch anders. »Ja, sehr gern.«

Nicht nur Marie strahlte, während Fritz und Henri lange Gesichter machten.

»Sehr gut«, sagte Herr Steinfeld. »Ich bin sicher, Sie werden über Sitte und Anstand auf dem Ausflug wachen.«

»Aber natürlich«, antwortete Nicolas mit ernster Miene.

»So, meine Damen und Herren.« Frau Nettesheim erhob sich. »An die Arbeit!« Sie scheuchte alle vom Tisch auf, und nur Nicolas blieb sitzen und trank seinen Tee aus, ehe er ebenfalls aufstand. Die Arbeit in der Küche delegierte er an seinen Ersten Unterkoch und ging dann in sein Bureau. In diesem Moment überkam ihn die Erinnerung an Valerie, mit der er dort verschlungen auf dem Boden gelegen hatte, bis sie aufgesprungen war und ihr Kleid geordnet hatte. Rasch verdrängte er den Gedanken daran und machte sich an die Tageskarten für die kommende Woche.

Während der folgenden beiden Stunden war Nicolas voll und ganz mit den Karten beschäftigt. Die einzelnen Gerichte sollten miteinander kontrastieren, die Menüs in ihrer Gesamtheit in einem ausgewogenen Verhältnis stehen und zudem nahrhaft sein. Die Speisen mussten miteinander harmonieren, sodass sie später nicht schwer im Magen lagen.

Es gab eine Reihe von Menüregeln, die zu beachten war. So musste für größtmögliche Abwechslung gesorgt sein, keine Wiederholungen. Gerichte von dunklem Fleisch und von hellem Fleisch mussten wechseln, ebenso sogenannte braune und weiße Gerichte – benannt nach ihren Soßen. Buttersoßen durften nur einmal vorkommen, ähnliche Soßen auf einer Karte wie weiße und braune Champignonsoße, Sauce vénitienne und Sauce verte, weiße Pilz- und Béchamelsoße waren unstatthaft. Und so ging es in einem fort, es war eine Wissenschaft für sich. Nicht umsonst hatte die Ernährungslehre einen großen Teil seiner Ausbildung ausgemacht. Da seine vegetarischen Gerichte gut ankamen, gehörte ebenfalls stets eines davon auf die Tageskarte.

Es klopfte, und eine der beiden Küchenmägde trat ein. »Möchten Sie eine Tasse Kaffee?«, fragte sie.

Nicolas lächelte. »Ja, sehr gerne.«

Das Mädchen – Anette – stellte ein wenig ungeschickt das Tablett vor ihm ab. Servieren gehörte nicht zu ihren Tätigkeiten. »Was lesen Sie da?«, frage sie und deutete auf ein Buch, das auf seinem Schreibtisch lag.

»Es geht um Ernährungslehre im Lichte der chemischen

Definition der Energiezufuhr für den Menschen in Form von Nahrung.«

»Oh.«

»Na ja, es handelt schlicht und ergreifend davon, wie Ernährung zusammengestellt sein muss.«

»Ich möchte auch gerne Köchin werden«, sagte Anette und wurde rot, als habe sie etwas Unerhörtes geäußert. »Aber diese ganze Gelehrsamkeit, ich glaube, das kann ich nicht.«

Gelehrsamkeit. Er dachte daran, wie es sich aus Valeries Sicht anhörte. Es kam wohl immer auf den Standpunkt an.

»Letzten Endes musst du gut kochen und backen können und wissen, welche Speisen zusammengehören. All das lernst du in der Ausbildung. Kannst du lesen und schreiben?«

»Ja, aber nicht besonders gut.«

»Das wird besser, je mehr Übung du bekommst.«

»Denken Sie, ich kann das schaffen?«

»Ja, warum nicht?«

»Könnte ich auch bei Ihnen lernen?«

»Wenn Herr Alsberg entscheidet, dass du deine Ausbildung hier machen darfst, sicher.«

Ein Strahlen überzog das Gesicht des Mädchens, das auf einmal gar nicht mehr so unscheinbar war.

»Was stehst du da und schäkerst mit Herrn Merlo?«, war Frau Nettesheims Stimme zu hören. »An die Arbeit, Mädchen.«

»Ja, Frau Nettesheim, ich habe Herrn Merlo nur Kaffee gebracht.« Eilig verließ die junge Küchenmagd den Raum und schloss die Tür hinter sich.

Kurz darauf wurde diese jedoch wieder geöffnet und Alice, die Zofe der Hohenstein-Damen trat ein. »Fräulein

Hohenstein wünscht eine heiße Schokolade und hat ausdrücklich darauf bestanden, dass Sie sie zubereiten.«

Wollte sie ihm mit dieser Geste sagen, dass sich nichts zwischen ihnen geändert hatte? Oder wollte sie ihm zeigen, wo sein Platz war? Er erhob sich. »Na, dann will ich das gnädige Fräulein nicht warten lassen.«

Diese ganze Gelehrsamkeit. Nicolas musste lachen.

⁂ 18 ⁂

Obwohl es gerade erst vier Uhr war, als Minna nach einem Phototermin das Haus ihres Kunden verließ – er hatte Bilder seiner beiden kleinen Töchter nebst Gattin machen lassen –, wirkte es durch den grauen Himmel bereits dämmrig auf den Straßen von Königswinter. Da Minna jede Art von Winterabend mochte – wenn es nicht gerade regnete –, beschloss sie, noch einen Spaziergang zu machen, nachdem sie ihre Ausrüstung im Wagen verstaut hatte.

Langsam schlenderte sie durch die pittoresken Straßen der kleinen Stadt, beobachtete Menschen, die mit Paketen beladen die Geschäfte verließen oder sich wie sie einfach in den Abend treiben ließen. Kleine Mädchen – in dicke Mäntel gehüllt – gingen an den Händen ihrer Mütter oder Kindermädchen durch die Straße, Jungen rannten, einem Ball folgend, vorbei. Ein Automobil bremste schlitternd, der Fahrer beugte sich aus dem Fenster und schimpfte hinter ihnen her. Paare flanierten, Dienstboten eilten von Geschäft zu Geschäft, ein Junge bot heiße Maronen an, eine Frau mit Bauchladen gefüllte Pasteten.

»Darf ich Sie zu heißen Kastanien einladen?«, hörte Minna eine vertraute Stimme und drehte sich um.

»Ludwig«, sagte sie überrascht. »Was für ein reizender Umstand, dass wir uns hier über den Weg laufen.«

»Ich war bei meinem Schneider und habe Sie vorbeigehen sehen.« Er deutete mit dem Kinn auf ein Haus, in dessen Schaufenstern elegant geschnittene Herrenmode ausgestellt war und dessen Schild es als Schneiderei für den exklusiven Geschmack auswies. »Sind Sie auf dem Weg zu jemandem? Auf keinen Fall möchte ich Sie aufhalten.«

Ein kleines Lächeln erschien auf Minnas Lippen. »Nein, ich hatte einen Photoauftrag hier in Königswinter und gehe nun ein wenig spazieren.«

Ludwig kaufte eine Tüte Maronen und reichte sie ihr. Die Wärme kribbelte angenehm in ihren Fingerspitzen.

»Man sieht Sie selten in letzter Zeit.« Es lag kein Vorwurf in der Feststellung, nur ein leichtes Bedauern, das in eine halbe Frage gekleidet war.

Tatsächlich ging Minna immer gleich, wenn sie mit ihrer Arbeit fertig war. Kein Geplauder mehr hernach mit Emma und Ludwig, und sie ließ sich auch nicht mehr von Georg dort besuchen, weil sie vermeiden wollte, dass er sich mit Emma festquatschte. Für ihn war das natürlich bedauerlich, aber wenn er die junge Frau sehen wollte, musste er das eben auf anderem Wege herbeiführen. »Es tut mir leid.« Mehr wusste sie dazu nicht zu sagen, da sie keine Ausreden erfinden wollte.

»Es ist wegen des Tanzabends, an dem meine Verlobte aufgetaucht ist, nicht wahr?«

»Nein, das ist es nicht, es ist nicht so, dass ich nun beleidigt bin. Aber es hat ein Problem aufgezeigt, für das ich nicht die Ursache sein möchte.«

Er stritt nichts ab, sondern nickte nur. Dass er sie offenbar verstand, bewies, dass Minnas seltsam widerstreitende Gefühle nicht einseitig waren.

»Ich hoffe, ich bin nicht schuld an einem Zerwürfnis mit Ihrer Verlobten.«

»Nein, das sind Sie nicht. Sie hat sich für ihren Auftritt entschuldigt.«

Minna nickte nur, und gemeinsam schritten sie über den verharschten Schnee, der unter ihren Stiefeln knirschte. Dabei aßen sie die Maronen, die in der Papierhülle langsam abkühlten.

»Werden wir Sie künftig wieder öfter sehen?«, brach Ludwig schließlich das Schweigen.

»Ich sagte doch schon, es ist nicht so, dass ich beleidigt bin. Das Problem besteht weiterhin, das verschwindet nicht, indem sich Ihre Verlobte entschuldigt.«

Langsam senkte sich die Dämmerung über die Stadt, verwandelte die grauen Wolken in flammendes Rot, das zu zarten Nuancen von Rosa zerfranste, in die sich Schlieren von Gold mischten. Die Schatten auf den Straßen verdichteten sich zu Dunkelheit, als habe die Nacht bereits in den Ecken genistet und darauf gewartet, hervorkriechen zu dürfen. Die Straßenbeleuchtung wurde eingeschaltet, und ihr Licht trieb die Schatten zurück.

»Vielleicht gehe ich in einem Jahr nach Amerika«, sagte Minna. »Georg hat Kontakte nach New York, die hilfreich sein könnten, wenn ich mich dort beruflich selbstständig machen möchte. In Amerika haben Frauen viel mehr Möglichkeiten als hier.«

»Amerika.« Eine leise Sehnsucht färbte das Wort. »Dort möchte ich auch hin.«

»Tatsächlich? Aber Sie haben doch das Hotel.«

»Sagen wir lieber, das Hotel hat mich.«

»Gefällt es Ihnen nicht? Es ist doch herrlich.«

»Ja, wenn man Hotelier werden will, ist es das sicher. Für Emma gibt es nichts Schöneres. Aber meine Begabung liegt im Technischen, nicht in der Wirtschaft. Ich möchte

Ingenieur werden und Teil von etwas Großem sein, Schiffe bauen oder Automobile.«

»Aber dann tun Sie das doch. Sie sind ein Mann, Ihnen werden keine Wege verbaut.«

»Wenn das so einfach wäre, hätte ich das längst getan. Aber ich bin der einzige Sohn meines Vaters, der Haupterbe. Ich kann nicht einfach alles hinwerfen. Wer soll an meine Stelle treten?«

Minna warf das Papier mit den Maronenschalen in einen Korb und steckte die Hände in ihren Muff. »Da wird sich schon was finden.«

Eine Zeit lang antwortete Ludwig nicht, und sie befürchtete bereits, etwas zu Profanes gesagt zu haben. Dann jedoch, als sie in eine stille Gasse schlenderten, mit hübschen Häusern, hinter deren Fenster sich häusliche Szenen voller Harmonie und Gemütlichkeit abspielten, berührte Ludwig ihren Arm, und sie wandte sich zu ihm um. Dann zog er sie behutsam an sich und küsste sie. Minna schloss die Augen, ließ den Kuss zu und erwiderte ihn schließlich.

Als sie sich von ihm löste, sagte sie: »Das ist furchtbar unvernünftig.«

»Ich bin es leid, immer nur vernünftig zu sein«, antwortete er und küsste sie erneut.

Auch wenn Nicolas keine große Lust gehabt hatte, mit auf den Weihnachtsmarkt zu gehen, wurde es dennoch sehr nett. Außer ihm waren die beiden Lakaien, die Stubenmädchen, fünf Zimmermädchen, eine Küchenmagd und drei Unterköche mitgekommen. Sie waren gemeinsam aufgebrochen, im Laufe des Abends trennten sie sich jedoch, jeden zog es woandershin, und zum Schluss schlenderte

Nicolas mit der Küchenmagd Anette, Marie und einem Koch namens Henning Wilhelm umher.

Nicolas kaufte gebrannte Mandeln und Zuckerwatte für Anette, die sagte, das erinnere sie an ihre Kindheit. Sie verdiente von ihnen allen am wenigsten, und so erboten sich Henning und Nicolas abwechselnd, ihr Naschereien zu kaufen. Nicolas war erleichtert darüber, dass Marie an ihrer Seite war und nicht Hanni, die zwar gerne gewollt hatte, aber von Fritz in ein Gespräch verwickelt worden war, von dem sie sich nicht einfach losreißen konnte, ohne unhöflich zu sein. Mit Marie war es angenehm, denn diese verfolgte, was ihn anging, keinerlei Ambitionen. Vielmehr war es so, dass Henri es auf sie abgesehen hatte – eine einseitige Angelegenheit, weshalb Marie sich Nicolas und Henning angeschlossen hatte.

Für Nicolas bot das Geplauder mit Anette – wobei er fast nur zuhören musste – eine angenehme Abwechslung zu seinen Grübeleien über Valerie. Im Grunde genommen war das ohnehin müßig, und wenigstens blieb die Sache ohne Konsequenzen.

»Ich übe jetzt immer Lesen, wenn ich Zeit habe«, sprach Anette in seine Gedanken hinein.

»Das ist sehr gut.«

»Ich möchte Herrn Alsberg nächstes Jahr fragen, ob ich eine Ausbildung zur Köchin machen kann. Bis dahin möchte ich gut lesen können.«

»Wenn du möchtest, übe ich mit dir.«

Anette schlug die behandschuhten Hände zusammen. »Ach, das wäre ja großartig.«

Als Marie und Anette auf einen Stand zustrebten, an dem es heiße Schokolade gab, bestanden sie darauf, dieses Mal zu zahlen. Beim Trinken bereute Nicolas bereits, die

Einladung angenommen zu haben. Der Kakao war süß und wässrig, und die Begeisterung der beiden Frauen konnte er nicht teilen. Henning ebenfalls nicht, wie ein Blick auf sein Gesicht bestätigte. Beide lächelten jedoch und tranken tapfer weiter. Der Bodensatz war das Schauderhafteste, da hatte sich der ganze zuckrige Schokoladenrest gesammelt. Nicolas gab den leeren Becher zurück und hoffte, dass sich der widerliche Geschmack bald verflüchtigen würde.

»Ist das nicht Jette?« Anette deutete auf eine junge Frau, die von einer Gruppe junger Männer umgeben war, die mit ihr scherzten. Nun erkannte auch Nicolas das rothaarige Zimmermädchen. Da sie sich jedoch gut zu unterhalten schien und auch nicht in ihre Richtung blickte, gingen sie an ihr vorbei. Nicolas hörte, wie Marie Henning von ihrer vorherigen Stellung erzählte. Die beiden gingen vor ihm und Anette her, die nun schwieg und ihren eigenen Gedanken nachhing. Wenn sie nächstes Jahr Herrn Alsberg um eine Stellung ersuchte, würde Nicolas ein gutes Wort für sie einlegen.

»Ich glaube, die zwei flirten«, sagte Anette mit gesenkter Stimme.

»Den Eindruck habe ich auch«, raunte Nicolas zurück. Ein Blick auf die Uhr sagte ihm, dass es schon nach acht war, und da sie alle am nächsten Morgen früh raus mussten und weder Frau Nettesheim noch Herr Steinfeld ein zu spätes Heimkommen duldeten, war es an der Zeit, den Spielverderber zu spielen. »Wir sollten uns langsam auf den Rückweg machen.«

Henning sah auf die Uhr und nickte. »Wird wohl das Beste sein.«

»Schade«, sagte Marie. »Gerade abends ist es immer so schön und feierlich in der Stadt.« Aber da sie neu war und man gerade auf sie besonders achtete, war ihr natürlich klar, dass es wichtig war, die Ausgangszeiten nicht auszureizen.

Sie wollten sich gerade auf den Weg machen, als sie die Gruppe um Jette erneut sahen, und dieses Mal hatte das Plaudern nichts mehr von scherzender Gelassenheit, stattdessen hatte sich ein zunehmend aggressiver Unterton eingeschlichen, und die jungen Männer standen so, dass Jette nicht ohne Weiteres fort konnte. Nicolas verlangsamte seinen Schritt und beobachtete das Geschehen.

»Hände weg«, hörte er Jette sagen, die keineswegs verängstigt klang, sondern vielmehr verärgert.

»Jetzt stell dich nicht so an. Du hast doch gesagt, du suchst ein bisschen Spaß.«

Gut, das reichte jetzt. Nicolas verständigte sich durch einen kurzen Blick mit Henning, dann ging er auf die Gruppe zu. »Jette. Wir gehen zurück, kommst du mit?«

Die Männer drehten sich zu ihm um. »Stell dich hinten an, Schönling, wir waren zuerst da.«

Nicolas hob die Brauen und wollte etwas sagen, als Henning, der offenbar nicht viel davon hielt, lange Worte zu machen, an ihm vorbei auf die Gruppe zulief, Jette am Arm fasste und dafür von dieser, die ihn im Eifer des Gefechts offenbar nicht erkannt hatte, einen ordentlichen Schwinger auf die Nase erhielt.

»Oh, verdammt.« Er hielt sich die Hände vor das Gesicht, seine Stimme klang seltsam nasal.

»Henning?«

Die Männer brüllten vor Lachen.

»Ach, das tut mir so leid.« Jette lief zu ihm und legte ihm die Hand auf die Schulter. »Tut es arg weh?«

»Ich glaube, du hast mir die Nase gebrochen.«

Die jungen Männer, die offenbar zu dem Schluss gekommen waren, dass die Sache den Ärger nicht wert war, zerstreuten sich, nicht ohne noch ein paar spöttische, gut gemeinte Ratschläge zu erteilen, wie man mit Frauen umging, ohne dabei verprügelt zu werden.

»Ihr habt's nötig!«, rief Jette ihnen nach. Dann wandte sie sich an Nicolas. »Danke, Herr Merlo, dass Sie mir helfen wollten.«

»*Ihm* dankst du und mir brichst du die Nase, ja?«

»Du hast aus der Menge dieser Kerle heraus nach mir gegriffen, was sollte ich denn denken?«

»Und dann schlägt man sicherheitshalber erst einmal zu?«

»In der Situation, ja.«

»Hätte ich auch gemacht«, kam Anette ihr zur Hilfe.

Marie ging zu Henning und zog ihm vorsichtig die Hand vom Gesicht, was er unter Stöhnen geschehen ließ. »Man sieht gar nichts«, konstatierte sie.

»Man *fühlt* es, das reicht«, antwortete Henning und presste wieder die Hand vor die Nase.

»Du überlebst es aber, oder?«, fragte Jette übertrieben besorgt, woraufhin Anette und Marie lachten.

»Ach, lasst mich doch in Ruhe, blödes Weibsvolk«, antwortete Henning.

Es hagelte weiter gutmütiger Spott auf ihn ein, während sie sich auf den Rückweg zum Hotel machten, umso mehr, als sich die anderen nach und nach anschlossen.

»Du hast dir im Kampf um Jette die Nase brechen lassen?«, fragte Fritz, was erneutes Gelächter zur Folge hatte.

Ein paar Mal war Valerie drauf und dran gewesen, hinter der Remise auf Nicolas zu warten, aber was sie ihm zu sagen hatte, durfte nicht zufällig von jemandem mitgehört werden. Nicht auszudenken, wenn diese Sache die Runde machte. Also wartete sie abends mit wild klopfendem Herzen, bis alle schlafen gegangen waren, ehe sie sich wieder vom Bett erhob, ihren gefütterten Morgenmantel anzog und das Zimmer verließ. Im Dienstbotenkorridor kroch die Kälte von den Steinfliesen durch ihre Pantoffeln von den Füßen die Beine hoch. Valerie zitterte.

Dass im Dienstbotenzimmer noch Licht brannte, nahm sie als gutes Vorzeichen. Offenbar wartete Nicolas nach wie vor auf sie. Sie presste die Hand auf ihre Brust, als könne sie damit ihr Herz dazu bringen, ruhiger zu schlagen, und öffnete die Tür. Nicht Nicolas war der Erste, den sie sah, sondern die Küchenmagd Anette, die dicht bei ihm saß. Vor ihnen lag ein aufgeschlagenes Buch auf dem Tisch. Valerie erstarrte. Das Mädchen fuhr vom Tisch hoch und sah sie an, als habe sie eine Erscheinung.

»Guten Abend, Fräulein Hohenstein«, war Nicolas' Stimme zu hören, samtweich lag der Spott darin, den vermutlich nur Valerie wahrnahm. »Wünschen Sie wieder eine heiße Schokolade?«

Valerie räusperte sich. »Ja. Ja, ganz recht.«

»Anette, geh jetzt zu Bett«, sagte Nicolas. Die Küchenmägde mussten morgens als Erste aufstehen.

»Ja, Herr Merlo.« Das Mädchen verließ rasch das Dienstbotenzimmer, und Nicolas schlug das Buch zu, das auf dem Tisch lag.

»Hast du ihr vorgelesen?«, fragte Valerie.

»Nein.« Mehr sagte er dazu nicht.

Valerie schlang die Finger ineinander und setzte sich auf einen Stuhl. »Und? Machst du mir heiße Schokolade?«

»Bist du deshalb hier?«

»Nein.«

»Dann lass doch das Gerede und komm zur Sache.«

»Es ist leichter, wenn ich dabei Schokolade trinke.«

Nicolas seufzte schwer und ging in die Küche. Während Valerie ihn hantieren hörte, drehte sie das Buch zu sich. *Die gutbürgerliche und feine Küche*. Sie drehte es wieder weg. Schließlich hielt sie die Warterei nicht mehr aus und ging ihm nach. Nicolas war gerade dabei, die geschmolzene Schokolade mit Vanille und einigen Gewürzen, die er ihr nicht nennen wollte, zu verfeinern, ehe er sie mit Milch aufgoss.

»Hattest du keine Sorge, dass ich schwanger sein könnte?«, fragte Valerie, die zwar inzwischen sicher wusste, dass sie es nicht war, aber wissen wollte, ob die Gefahr nicht doch bestanden hatte.

Nun wirkte er tatsächlich amüsiert. »Nein, zumindest nicht von mir.«

»Ah ja? Obwohl wir die ... Sache vollzogen haben?«

»Meine Liebe, wir hatten gerade mal angefangen, vollzogen war da gar nichts.« Er reichte ihr den Becher, und sie schloss die Finger darum.

»Warst du mir böse?«, fragte sie.

»Ja.«

»Das tut mir leid.«

»Muss es nicht. Vielleicht war es so tatsächlich das Beste.«

Valerie trank einen Schluck Schokolade, die ihr sämig die Kehle hinunterrann. »Später dachte ich mir, wenn ich schon so weit gegangen bin, hätte es wenigstens Spaß machen können.«

»Das hätte es möglicherweise auch noch.«

Sie zuckte nur mit den Schultern und trank weiter. Dann stellte sie den Becher ab und sah Nicolas an, bemerkte die

Müdigkeit in seinem Gesicht. »Ich halte dich vom Schlafen ab.«

»Ja, aber das macht nichts.«

»Ich wollte dir nur sagen, dass es mir leidtut.«

»Das hast du ja jetzt.«

»Nun gut, dann …« Valerie wollte sich zum Gehen wenden, tat es dann aber doch nicht, sondern blieb vor ihm stehen, hob die Hand an seine Wange, und im nächsten Moment schlang er die Arme um ihre Mitte, sie die ihren um seinen Hals, und sie küssten sich, eine Begierde, die all dem, was Valerie jemals unter Romantik verstanden hatte, entbehrte. Nicolas hob sie hoch, trug sie durch die Küche zurück in das Dienstbotenzimmer, von dort aus in sein Bureau, ohne den Kuss zu unterbrechen. Mit dem Fuß schob er die Tür ins Schloss, setzte Valerie ab, schob ihr den Morgenmantel von den Schultern, während ihre Hände über seine Hemdknöpfe glitten. Sie ließ sich von ihm zu Boden ziehen, wölbte ihm ihren Körper entgegen, und dieses Mal fanden sie einen Gleichtakt, ein Gleiten wie auf Kufen. Immer rascher wurde der rauschhafte Rhythmus, den Nicolas vorgab und dem sie folgte, bis es war, als zerspringe etwas in ihr. Valerie schwindelte, und es dauerte einen Moment, ehe sie wieder einen klaren Gedanken fassen konnte. Sie hielt Nicolas umschlungen, fühlte seine Bewegungen, das Zittern seines Körpers, die Trägheit, die ihn überkam.

Später, als sie an seine Brust gebettet auf dem Boden lag – den Morgenmantel zum Schutz vor der nächtlichen Kälte über ihren Körper gezogen – und in die Dunkelheit starrte, die nur der unter dem Türspalt durchschimmernde Lichtstrahl erhellte, dachte sie, dass sie jetzt wusste, was ihren Bruder und zweifellos auch ihren Cousin in die Dienstbotenquartiere trieb.

»Und was nun?«, fragte Valerie matt.

»Mir würde da das eine oder andere einfallen, lass mich nur ein wenig zu Atem kommen.«

»Du weißt, dass ich *das* nicht meine.«

»Dann lass uns über das Danach ein anderes Mal reden. Oder willst du jetzt schon gehen?«

»Nein«, antwortete Valerie. »Jetzt noch nicht ...« In dieser Nacht überhaupt nicht mehr, wenn es nach ihr ginge – mochte der Boden noch so hart und unbequem sein. »Ein Bett wäre schön«, murmelte sie.

»Ich würde dir meins anbieten, aber das ist schlechterdings nicht möglich.«

Valerie verschränkte die Arme auf seiner Brust und legte ihre Wange auf die Hände, spürte seine liebkosenden Finger auf ihrem Rücken. Sie schloss die Augen, genoss die Schauer, die sie durchliefen. Eine ganze Weile lagen sie schweigend da, und Valerie überkam eine angenehm satte Schläfrigkeit, aus der sie erst seine immer gewagter werdenden Zärtlichkeiten weckten.

»Pass bitte auf, dass ich nicht schwanger werde«, bat sie, als er sie auf den Rücken drehte und sich über sie neigte.

»Keine Sorge. Wir wollen ja nicht, dass man dich noch dazu zwingt, mich zu heiraten.«

»Sagtest du nicht, wir reden über das Danach später?«

»Ja, tut mir leid.« Er küsste sie, und seine Hände fuhren fort, erneut zu erkunden, was sie bereits so ausgiebig erforscht hatten. Beim zweiten Mal war es vertrauter, wenngleich Valerie immer noch dieses ungläubige Erstaunen darüber verspürte, wie genau Nicolas ihren Körper zu kennen schien, während der seine ihr gänzlich fremd war, selbst der ihre kam ihr fremd vor, wie ein Instrument, dem Töne entlockt wurden, von denen sie nichts geahnt hatte.

Und Nicolas spielte überaus gekonnt darauf. Valerie hallte ihr eigenes Keuchen in den Ohren, der rascher werdende Atem, der dröhnende Herzschlag. Hallte in ihr nach, selbst als Nicolas sich von ihr löste. Sie hielt ihn umschlungen, wollte nicht, dass er sie losließ, und so blieben seine Arme eng um sie geschlossen, während er nun still dalag und sein Atem langsam wieder ruhiger ging. Auch nachdem er sich zurückgezogen hatte, glaubte Valerie, ihn spüren zu können. Ich bin verliebt, dachte sie, schrecklich verliebt. Ganz und gar verliebt. Unstandesgemäß verliebt. *Was soll ich denn jetzt tun?*

»Nicolas?«

»Hm?« Seine Stimme klang, als schlafe er bald ein.

Valerie richtete sich auf und tastete nach ihrem Nachthemd. »Ich muss gehen, ehe hier der Betrieb anfängt. Und du brauchst auch noch ein wenig Schlaf.«

Schwerfällig stand er ebenfalls auf und zog sich an. Es war unübersehbar, dass er am liebsten liegen geblieben und an Ort und Stelle eingeschlafen wäre. Wenn Valerie bedachte, dass sie am kommenden Tag aufstehen konnte, wann immer sie wollte, überkam sie der Anflug eines schlechten Gewissens.

»Es war schön«, sagte sie, weil sie das Gefühl hatte, etwas sagen zu müssen.

»Ja, das war es.«

Sie umfasste seinen Kopf, zog ihn zu sich hinunter und küsste ihn. »Schlaf gut«, murmelte sie an seine Lippen. Dann drehte sie sich um und verließ den Raum.

⁂ 19 ⁂

Als Valerie erwachte, war es bereits kurz nach elf. Sie streckte sich, spürte eine Sattheit und Geschmeidigkeit in den Gliedern, die sie bisher nicht gekannt hatte. Entschieden schob sie jeden unliebsamen Gedanken von sich, der sich bei der Erinnerung an die letzte Nacht unweigerlich aufdrängte. Über das Danach wollte sie jetzt nicht nachdenken. Nicht darüber, mit Nicolas brechen zu müssen, da sie, Valerie, nicht die Ehefrau eines Dienstboten werden konnte. Nicht darüber, all das, was sie mit ihm geteilt hatte, mit einem anderen Mann zu teilen – das erschien ihr derzeit vollkommen unmöglich. Natürlich konnte sie diese Beziehung nicht endlos weiterführen, aber einmal noch eine Nacht wie die letzte, dachte sie, und diese ganz und gar auskosten dürfen.

Sie ging ins Bad und läutete dann nach Alice, die umgehend erschien und ihr ein Tageskleid aus dem Ankleidezimmer holte.

»Haben Sie gut geschlafen, gnädiges Fräulein?«

Valerie fragte sich, ob man ihr ansah, dass sie in Nicolas' Armen ihre Mädchenzeit hinter sich gelassen hatte. »Ja, danke Alice.«

Die Zofe half ihr, sich anzukleiden und frisierte sie hernach. Valerie nahm einen Flakon, tupfte sich ein wenig Parfum auf die Handgelenke und beendete damit ihre Morgentoilette.

Im Frühstückszimmer war niemand mehr, und so bediente Valerie sich allein am Brotkorb und summte dabei vor sich hin.

»So gut gelaunt?«, fragte ihr Vater, als er das Zimmer betrat. »Deine Mutter und ich haben uns schon gefragt, ob du krank bist, weil du so lange geschlafen hast.«

»Ach, ich war einfach müde.« Valerie setzte sich an den Tisch und ließ sich von Fritz Kaffee einschenken.

Ihr Vater betrachtete sie aufmerksam. »Und sonst nichts?«, fragte er schließlich.

Valerie wurde heiß, und sie bemühte sich, sich nichts anmerken zu lassen, schenkte ihrem Vater ein unbeschwertes Lächeln. »Was sollte denn sonst sein? Außer, dass seit Tagen endlich mal wieder die Sonne scheint.«

Karl Hohenstein warf einen kurzen Blick zum Fenster und sah dann wieder Valerie an. Er schien noch etwas sagen zu wollen, beließ es dann aber bei einem Nicken. Dass er etwas ahnte, schloss Valerie aus, in dem Fall wäre er mitnichten so ruhig. Er trank noch eine Tasse Kaffee mit ihr, und sie plauderte mit ihm über die Schauspielerin, die im Hotel abgestiegen war.

»Du siehst so begeistert aus«, sagte sie. »Muss ich Mama warnen?«

Er hob die Brauen. »Vergreifen wir uns ein wenig im Ton?«

»Sei mir nicht böse, es war nur Spaß.« Sie lächelte entwaffnend.

Als sie ihr Frühstück beendet hatte, stand sie auf und verließ das Morgenzimmer. Sie holte ihren Mantel aus der Garderobe und ging hinaus in den Hof hinter der Remise, wo sie sich eine Zigarette anzündete und wartete. Es dauerte allerdings fast eine halbe Stunde, ehe Nicolas erschien, und sie war bereits kurz davor gewesen, wieder ins Haus zurückzugehen.

»Guten Morgen«, begrüßte sie ihn.

Er wirkte überrascht. »Du wartest auf mich? Ich hatte befürchtet, heute käme das große Gejammer.«

»Das kommt vielleicht noch, aber nicht heute.« Sie reichte ihm eine Zigarette, ehe er seine hervorziehen konnte. »Du siehst müde aus.«

»Ich bin auch schon seit sieben Uhr auf den Beinen.«

»Habe ich dich erschöpft?«

»Möchtest du darauf tatsächlich eine Antwort?« Er zündete die Zigarette an und nahm einen tiefen Zug.

»Ich lasse dich heute Nacht in Ruhe.«

»Das bedaure ich sehr.«

»Ich würde es bedauern, wenn man dich rauswirft, weil du deine Arbeit nicht vernünftig machen kannst.«

»Damit ich das nicht mehr hinbekomme, braucht es mehr als ein paar Nächte mit wenig Schlaf.«

Valerie sah zur Tür, die nach wie vor verschlossen war, dann wanderte ihr Blick zur Remise, wo ebenfalls kein möglicher Lauscher zu sehen war. »Wann hast du deinen nächsten freien Tag?«

»Übermorgen.«

»Sehen wir uns?«

»Ja, sehr gerne.«

Ein Strahlen glitt über Valeries Gesicht. »Schön. Bis dahin schlaf dich gut aus.«

»Hast du was Größeres vor?«

»Lass dich einfach überraschen.«

»Also gut, ich bin gespannt.« Er rauchte zu Ende und drückte den Zigarettenstummel aus. »Ich muss jetzt wieder rein.«

»Ja, geh nur. Wir sehen uns übermorgen.«

Einmal, dachte sie, einmal will ich es voll und ganz auskosten. Über das Danach würde sie später nachdenken.

Ludwig wusste, dass er eine Dummheit begangen hatte. Eine Dummheit, die sich überaus gut anfühlte. Nach dem Kuss waren er und Minna noch eine Weile spazieren gegangen und hatten sich über Amerika unterhalten, hernach hatte er sie zu ihrem Mercedes gebracht und war ebenfalls heimgefahren. Den ganzen Abend hatte er in einem eigentümlichen Hochgefühl verbracht, das nun, im grauen Licht des Tages, ein wenig von seinem romantisch verklärten Strahlen verlor.

Er verzog sich direkt nach dem Frühstück ins Arbeitszimmer und begann mit der Buchhaltung. Die geordnete Logik von Zahlen war genau das, was er jetzt brauchte. Mit der Konzentration wollte es allerdings nicht so recht klappen, und so benötigte er mehrere Anläufe, um einige Posten auszurechnen. Schließlich gab er es auf, legte den Stift hin und rieb sich mit den Fingerspitzen die Augen.

Er hatte sich in eine Situation manövriert, von der er nicht wusste, wie er wieder herausfinden sollte. Ein Kuss, dachte er, ein Kuss – konnte man dafür bereits sein ganzes Leben hinwerfen und ein neues beginnen? Mit Charlotte teilte er die Wünsche und Vorstellungen, die seine Familie für ihn hatte, mit Minna seine eigenen. So einfach war das. Und wieder nicht. Einen kurzen Moment lang stellte er sich vor, wie es wäre, wenn er seinem Vater sagen würde, dass er das Hotel nicht übernahm, und hernach auch noch seine Verlobung mit Charlotte lösen würde.

Sein Vater war immer liberal gewesen, streng zwar, aber nicht in der Art, die jede Freiheit beschnitt. Dennoch war

Ludwigs Rolle in der Familie und im Hotel von Anfang an klar definiert gewesen. Und als er Charlotte kennengelernt und sich mit ihr verlobt hatte, führte er damit die Rolle, die er zu spielen hatte, sozusagen zur Perfektion. Mit dieser Verlobung hatte er auch für sich beschlossen, das Leben, wie es ihm vorgezeichnet schien, anzunehmen. Nur, um jetzt festzustellen, dass die klaren Linien vor ihm verwischten. Auf einmal war nicht mehr alles so deutlich, lag die Zukunft gänzlich offen vor ihm, mit all den Geheimnissen. Wege, umrankt von uneingestandenen Sehnsüchten und verborgenen Träumen, die er zusammen mit einer Frau beschreiten konnte, die ebenso begierig auf all das war wie er.

Aber es war unmöglich. Eine Verlobung brachte Pflichten mit sich und konnte nicht so ohne Weiteres gelöst werden – schon gar nicht durfte er sie lösen und somit der Gesellschaft praktisch mitteilen, seine Verlobte sei nicht über jeden Zweifel erhaben. Zudem konnte er nicht einfach von einem Tag auf den anderen das Hotel verlassen. Es gab niemanden in der Familie, der seinen Platz einnehmen konnte. Emma sagte selbst, dass ihr die Buchhaltung nicht lag. Natürlich wäre das irgendwie zu lösen, dann würde sein Vater sie wieder komplett allein machen. Aber wer übernahm sie später, wenn der Haupterbe nicht mehr da war?

Man könnte jemanden einstellen, überlegte Ludwig. Aber seine Familie hatte sich nie gerne in die Zahlen schauen lassen, und das würde sich wohl in Zukunft nicht ändern. Vielleicht heiratete Valerie ja einen Mann, der an Ludwigs Stelle in das Hotel einstieg. Aber bis Valerie den richtigen Mann gefunden hatte, wäre er, Ludwig, wohl längst mit Charlotte verheiratet und für den Rest seines Lebens an das Hotel gekettet.

Hans stand vor dem zugenagelten Fenster eines Ladengeschäfts, über dem ein Schild, von dem bereits die Farbe abblätterte, besagte, dass es sich einst um die Bäckerei Roth gehandelt hatte. An seine Großeltern mütterlicherseits erinnerte er sich nur noch vage, sie waren früh gestorben, noch vor dem Krieg. Seine Großmutter war an Krebs erkrankt, sein Großvater hatte kurz darauf einen Herzanfall erlitten. Aber Hans wusste noch sehr genau, wie es in der Bäckerei gerochen hatte und wie warm es dort im Winter gewesen war.

Er fragte sich, ob Jakob sich an all das auch erinnerte. Sie sprachen nie darüber, nicht über die Großeltern in Königswinter, nicht über den Vater, der sie zum Abschied umarmt und ihnen versprochen hatte, er sei bald wieder zurück. Nicht über die Mutter, die sie auf einmal nicht mehr hatten sehen dürfen, weil es hieß, sie sei krank. Nicht darüber, wie Onkel Karl und Tante Julia sie zu sich genommen hatten mit dem Versprechen, sie dürften zurück, wenn die Mutter gesund wäre. Nicht über den Großvater, der stets zu Hans gesagt hatte, er sei das Ebenbild seines Vaters.

Mit seinen Tanten, die in verschiedenen Häusern angestellt waren, hatte Hans schon zu Lebzeiten seiner Eltern wenig Kontakt gehabt, später hatte er sie überhaupt nicht mehr gesehen. Sein Onkel, der die Bäckerei nur kurze Zeit betrieben und dann aufgegeben hatte, hatte seinerzeit den Vorschlag gemacht, dass die Kinder zu ihm könnten, wenn er dafür einen finanziellen Zuschuss erhielt, da er bereits drei eigene Kinder zu versorgen hatte und die Kosten nicht allein tragen konnte. Aber das hatten die Hohensteins abgelehnt.

Hans fragte sich, warum sein Onkel das Haus so verfallen ließ. Warum verkaufte er es nicht? Er legte den Kopf zurück und sah hoch. Die obere Etage, in der seine Großeltern damals ihre Wohnung gehabt hatten, wirkte bewohnt. Zögernd ging Hans zur Tür und drückte den Klingelknopf, über dem in schnörkeligen Buchstaben der Name Paul Roth stand. Er hatte seinen Onkel seit vielen Jahren nicht gesehen und war immer davon ausgegangen, dass dieser nach der Aufgabe der Bäckerei auch das Haus verlassen hatte. In diese Gegend führten ihn in der Regel seine Ausflüge auch nicht.

Schritte, die eine Holztreppe hinunterzueilen schienen, waren zu hören, kurz darauf wurde die Tür von einer jungen Frau geöffnet, deren braunes Haar in einem adretten Knoten steckte. Sie sah seiner Mutter so ähnlich, dass Hans sie nur mit offenem Mund wortlos anzustarren vermochte. Sie hob die Brauen.

»Was glotzen Sie denn so? Und zu wem wollen Sie?« Ihr Blick glitt an ihm entlang vom Gesicht zu den Füßen und wieder zurück. Ihrer Mimik war nicht zu entnehmen, ob das Urteil zu seinen Gunsten ausfiel.

»Wohnt Paul Roth hier?«, fragte er.

»Wer ist denn da?«, rief eine Frauenstimme von oben.

Das Mädchen drehte sich um. »Irgend so ein feiner Pinkel, der zu Papa möchte.«

»Schick ihn weg!«

Das Mädchen sah ihn an. »Sie haben es gehört.« Sie machte Anstalten, die Tür zu schließen, aber Hans hinderte sie daran, indem er mit der Hand leicht dagegendrückte.

Genervt verdrehte das Mädchen die Augen. »Was denn noch?«

Hans spürte, wie es in seinen Mundwinkeln zuckte. »Du bist Onkel Pauls Tochter?«

Ihre Augen weiteten sich kaum merklich. »*Onkel* Paul?«

»Meine Mutter war seine Schwester Agnes.«

Jetzt starrte sie ihn an, als sehe sie einen Geist. »Ach was? Hans? Dich gibt es noch?«

»Magdalena, richtig? Du bist so … erwachsen geworden.«

Sie stemmte die Hände in die Seiten. »Na, das will ich doch wohl hoffen.«

»Magda? Warum dauert das so lange?«, rief die Frauenstimme erneut von oben.

»Mama! Es ist Hans.«

»Hans? Welcher Hans?«

»Tante Agnes' Hans.«

Anstelle einer Antwort waren eilige Schritte zu hören, dann tauchte eine Frau auf, die sich im Laufen die Hände in einem Handtuch abtrocknete. »Ja, Hans. So eine Überraschung.« Sie sah ihn fassungslos an. »Du siehst ja genauso aus wie dein Vater, Gott hab ihn selig. Komm rein, mein Junge. Paul ist noch in der Arbeit.«

»Ich möchte auf keinen Fall stören.«

»Das tust du nicht. Ich koche gerade. Magst du mit uns essen?«

Es war, als wäre er gestern das letzte Mal hier gewesen, und Hans fragte sich, warum er nicht schon früher auf die Idee gekommen war, die Familie seines Onkels zu besuchen.

»Wie geht es dir?«, fragte Annegret Roth ihn auf dem Weg nach oben. »Meine Güte, wie lange ist es her? Zehn Jahre?«

»Etwas mehr als neun. Ich war acht, als meine Mutter gestorben ist.«

»Die gute Agnes, Gott sei ihrer Seele gnädig.« Annegret Roth führte ihn in einen schmalen Flur, an den Hans sich noch gut erinnern konnte. Geradeaus durch kam man in die große Stube. Der Tisch war für zwei Personen gedeckt.

»Die Buben wohnen nicht mehr hier«, sagte seine Tante. »Setz dich doch, ich lege ein weiteres Gedeck auf.«

Zögernd ließ Hans sich auf einem Stuhl nieder, den Annegret Roth ihm zurechtrückte. Ihm gegenüber setzte sich Magdalena, die, wenn er sich richtig erinnerte, inzwischen zwanzig sein musste.

»Du wohnst oben im Hotel, nicht wahr?«, fragte sie.

»Ja.« Leider.

»Muss großartig sein.«

Er zuckte nur mit den Schultern.

»Ach komm, jetzt tu nicht so bescheiden. Tanzpartys, Teenachmittage, Soireen …« Sie seufzte.

Ihre Mutter erschien mit einem Topf, den sie auf dem Untersetzer abstellte und dem ein köstlicher Geruch entströmte. »Ich hoffe, du magst Eintopf«, sagte sie und klang ein wenig besorgt. Offenbar ging ihr in diesem Moment auf, dass er gänzlich anderes gewöhnt war.

»Ja«, sagte er und hoffte seinerseits, dass er niemandem etwas wegaß. Ablehnen konnte er mit dieser Begründung aber auch nicht gut, denn damit stieß er sie womöglich vor den Kopf und würde darüber hinaus wirken, als verschmähte er ihre Gastfreundschaft.

»Schau nicht so besorgt«, sagte Magdalena. »Meine Mutter kocht wirklich gut.«

Annegret Roth schöpfte großzügig Eintopf mit Fleischbrocken auf seinen Teller, dann auf den ihrer Tochter – weniger als auf seinen, wie Hans feststellte – und schließlich eine kleine Portion auf ihren. »Guten Appetit«, wünschte sie, und da Hans wusste, sie wartete neugierig auf sein Urteil, nahm er den ersten Löffel und probierte vorsichtig von dem heißen Essen.

»Sehr gut«, sagte er und lächelte.

»Wie kommt es, dass du auf einmal wieder den Weg zu uns gefunden hast?«, fragte Magdalena.

»Ein spontaner Einfall.«

Annegret Roth griff nun ebenfalls zu ihrem Löffel. »Ich habe deinem Onkel Paul damals gesagt er solle gelegentlich mal bei euch nach dem Rechten sehen, damit ihr die Familie nicht vergesst, aber wie das eben so ist – die Arbeit, der ganze Ärger, da kommt ständig was dazwischen.«

Der Eintopf war wirklich gut, auch das Fleisch, wobei Hans ein schlechtes Gewissen dabei hatte, wenn er sah, wie wenig die beiden bekommen hatten, im Gegensatz zu ihm. Es war ja nicht so, als müsste er darben.

»Wie ich sehe, bist du ein feiner Herr geworden«, sagte Annegret Roth. »Wirklich, genau wie dein Vater. Was macht Jakob?«

»Der geht noch zur Schule.«

Sie drückte seinen Arm und lächelte. »Es ist so schön, dass du hier bist. Ich freue mich.«

Wärme stieg in Hans auf, füllte für einen kurzen Moment seine Augen, dann sah er wieder klar. »Ich freue mich auch«, antwortete er.

»Heul bloß nicht, das fand ich schon schlimm, als du noch klein warst«, sagte Magdalena, und jetzt musste er lachen.

Ein Geräusch ließ sie aufmerken, dann hörte Hans, wie ein Schlüssel ins Schloss geschoben wurde.

»Oh«, rief Magdalena. »Papa kommt früher. Na, der wird Augen machen.« Sie sprang auf und lief in den Flur. Kurz darauf hörte Hans eine Männerstimme, eine freudige Begrüßung, Lachen. Dann: »Du errätst nicht, wer hier ist.«

Hans schlug das Herz bis zum Hals, als er sich zur Zimmertür drehte, durch die Magdalena gerade ihren Vater zog. Der starrte Hans wie vom Donner gerührt an.

»Na so was. Was machst du denn hier, Junge?«

»Er stand plötzlich vor der Tür«, sagte Magdalena mit einer Art Besitzerstolz, als sei ihr ein Welpe zugelaufen.

Annegret Roth stand auf, und ihr Mann küsste sie auf die Wange. »Setz dich, Paul. Ich hole dir ein Gedeck.«

Hans wollte sich erheben, aber sein Onkel bedeutete ihm, sitzen zu bleiben. »Keine Förmlichkeiten. Ich habe dich zwar ewig nicht gesehen, aber Familie bleibt Familie, nicht wahr? Ist Jakob nicht mitgekommen?«

»Nein.«

»Schade. Ich mochte den kleinen Kerl immer gern.«

»Er hat sich nicht verändert, immer noch zu Scherzen aufgelegt.«

»Das höre ich gern. Hab damals angeboten, euch zu nehmen, aber ich war deinen Leuten ja nicht gut genug.«

Da Hans nicht wusste, was er dazu sagen sollte, schwieg er.

»Bei mir wärst du wenigstens ein anständiger Bursche geworden. Hab in der Zeitung gelesen, du warst mit dieser Saubande zusammen, die den Schwarzen totgeschlagen haben.«

Hans spürte, wie ihm das Blut in die Wangen stieg. »Nicht alle haben zugeschlagen.«

Sein Onkel schnalzte abfällig mit der Zunge und musterte ihn. »Was macht der Jakob? Hat der auch diesen Umgang?«

»Nein. Ich auch nicht mehr, Onkel Karl überwacht mich auf Schritt und Tritt.«

»Steht der unten, oder was?«

»Nein, unser Chauffeur hat mich nach Königswinter gebracht und holt mich später ab. Spazieren gehen darf ich hier noch allein, ganz so eng zieht er die Zügel nicht mehr.« So lange zumindest, bis er ihn mit den falschen Leuten sah, was Hans zu verhindern wusste.

»Meine Jungs hab ich in die Lehre geschickt, da waren die jünger als du jetzt. Und dich Bürschchen muss man überwachen? Bist du noch gescheit?«

Wieder wurde Hans' Gesicht heiß.

»Hat dein Onkel dich wenigstens ordentlich verdroschen?«

»Aus dem Alter bin ich wohl raus«, antwortete Hans.

»Solange du dich aufführst wie ein rotzdummer Bengel, solltest du nach meinem Dafürhalten auch wie einer behandelt werden.«

»Ach, Paul«, tadelte seine Frau ihn nun. »Wenn du weiter so redest, denkt Hans am Ende noch, du wolltest ihn verprügeln.«

Na, das konnte er ja gerne mal versuchen.

Paul Roth nahm die letzten Löffel von seinem Eintopf. »Hervorragend, Grete«, sagte er. »Wie immer.« Dann wandte er sich an Hans. »Keine Sorge, ich schlage dich natürlich nicht, schließlich wollen wir dich ja wiedersehen.«

»Ich habe letztens noch gesagt, ich möchte so gerne mal im Hotel tanzen gehen«, rief Magdalena.

»Und ich habe gesagt, diesen Unfug gibt es nicht«, antwortete ihr Vater.

»Warum nicht?«, fragte Hans. »Sie kann doch zu uns kommen.«

Magdalena klatschte in die Hände. »Da hörst du's.«

»Du hast nicht mal ein passendes Kleid«, sagte ihr Vater. »Was denkst du, wie die dich anstarren, wenn du in deinem Sonntagskleid dort auftauchst.«

»Emma und Valerie haben mehr als genug schöne Kleider«, entgegnete Hans. »Daran soll es nicht scheitern.«

»Ach, Papa, bitte.«

Paul Roth sah Hans skeptisch an. »Bisher hat mich dieser Kerl nicht gerade überzeugt, ihm meine Tochter anzuvertrauen. Ändern wir erst einmal seinen Umgang und holen seine Erziehung nach, dann sehen wir weiter.«

Magdalena lachte.

Es war spät, als Hans sich zu Fuß auf den Weg ins Hotel machte, anstatt sich, wie vereinbart, abholen zu lassen. Entsprechend ungnädig erwartete Karl Hohenstein ihn.

»Wo bist du gewesen?«

Bei meinem Onkel Paul, lag es Hans auf der Zunge, aber dann zögerte er. Das war etwas, das er – jetzt zumindest noch – für sich allein wollte. »Aus«, antwortete er.

Sein Onkel hob eine Braue.

Als Hans wortlos an ihm vorbei wollte, umfasste Karl Hohenstein seinen Arm. »Ich habe dich etwas gefragt.«

»Und ich habe geantwortet.«

Abwartend sah sein Onkel ihn an, Hans jedoch dachte an Magdalena, die aussah wie seine Mutter, an Annegret Roths Lächeln, an Wärme und knarrende Dielen. An all das, was sich so sehr angefühlt hatte wie ein Zuhause.

»Möchtest du wieder Hausarrest haben?«

Das würde bedeuten, er konnte die Familie seines Onkels vorerst nicht mehr besuchen. »Nein, bitte nicht«, antwortete Hans.

Nun malte sich Erstaunen in das Gesicht seines Onkels,

der vermutlich mit Widerstand gerechnet hatte. »Also gut, ich vertraue dir. Enttäusch mich nicht.«

Hans nickte nur und ging.

⁂ 20 ⁂

Die Handwerker waren dabei, den ehemaligen Rauchersalon umzubauen. Da geplant war, den Lichtspielraum werbewirksam zu eröffnen, wurde Stillschweigen gewahrt, was so manchen neugierigen Blick zur Folge hatte. Emma war überaus zufrieden damit, wie alles voranging. Zunächst einmal wurde der gesamte Raum neu gestrichen und der Parkettboden geschliffen, geölt und gewachst. Auch die nach Qualm riechenden Vorhänge waren abgenommen worden. An ihrer Stelle wollte Emma welche aus dickem rotem Samt, die zusätzlich mit den Läden den Raum so schlossen, dass er vollkommen im Dunkeln lag. Auf diese Weise würde die Leinwand besser zur Geltung kommen.

Emma stand in dem Raum, die Hände in die Seiten gestemmt, und sah sich zufrieden um. Natürlich wirkte alles noch roh, der Boden war mit Papier abgedeckt, Farbeimer standen herum, Leitern, die Fenster wirkten kahl ohne Vorhänge. Aber dennoch hatte sie bereits deutlich vor Augen, wie es aussehen würde, wenn alles fertig wäre. Sie atmete den Geruch von Farbe, der sich über den abgestandenen Mief von Zigarettenrauch legte, der in den Winkeln nistete und nur noch schwach zu erahnen war.

Über Weihnachten würden die Arbeiten ruhen, aber bis dahin sollten Böden und Wände fertig sein. Über die Anordnung der Bestuhlung hatten sie sich schlussendlich geeinigt, ebenfalls über die Beleuchtung, mit der im Januar begonnen wurde. Wenn es planmäßig lief, würde der Raum im späten Frühjahr eröffnet werden – von Emma persönlich, das hatte ihr Vater ihr versprochen. Ja, es ließ sich alles bestens an.

Die Tür wurde geöffnet, und Emma sah sich um, in Erwartung, es sei Karl, Ludwig oder ihr Vater. Es war jedoch Georg. »Ihr Concierge hat mir gesagt, dass ich Sie hier finde.«

Emma ging zu ihm und reichte ihm die Hand. »Was für eine reizende Überraschung. Ist Minna heute außerplanmäßig hier?«

»Nein, meine Schwester kann ich heute nicht als Vorwand nutzen, um Sie zu sehen.«

In Emmas Bauch kribbelte es so, wie sie es verspürte, wenn sie in vollem Galopp über ein Feld preschte – aufregend, erwartungsvoll. Und ein wenig befremdlich. »Ich freue mich sehr, Sie zu sehen.« Das war sicher nicht das Einfallsreichste, was auf eine solche Eröffnung zu sagen war.

»Dann war es ja die richtige Entscheidung«, antwortete Georg und ging elegant über ihre Unbeholfenheit hinweg. Er sah die Handwerker an, die dabei waren, die Pinsel zu reinigen und die Farbeimer zu schließen. »Was machen Sie aus diesem Raum?«, fragte er.

»Das ist ein großes Geheimnis«, antwortete Emma.

»Ich liebe Geheimnisse. Vor allem als Bewahrer derselben.«

Emma lachte. Die Handwerker hatten zusammengepackt, nahmen ihre Taschen und verabschiedeten sich.

»Nun gut, ich finde es schon noch heraus«, scherzte Georg.

»Meine Lippen sind versiegelt.«

Sein Blick senkte sich auf ihren Mund, und er schenkte ihr ein kleines, hintergründiges Lächeln. Wieder dieser rieselnde Schauer in Emmas Magen.

»Und wie sehen Ihre Pläne nun aus?«, fragte sie, um von ihren verwirrten Gefühlen abzulenken.

»Abgesehen davon, Ihnen Ihr Geheimnis zu entlocken?«

Sie hob das Kinn. »Da wird jeder Versuch vergeblich sein.«

»Ich bin sehr hartnäckig.«

»Na, dann versuchen Sie Ihr Glück.«

»Darf ich damit beginnen, Sie auf einen Spaziergang nach Königswinter mitzunehmen?«

Emma sah sich noch einmal im Raum um. »Ja, warum eigentlich nicht? Ich sage nur rasch meinen Eltern Bescheid.«

Ihre Mutter war im Speisesaal und unterhielt sich mit einer Frau, die am Vortag angereist war und seither an allem etwas auszusetzen hatte. Jetzt beklagte sie sich über die Mousse au Chocolat.

»Mama«, sagte Emma, als die Frau gerade Luft holte. »Ich fahre mit Georg nach Königswinter.«

»Tu das, Liebes. Viel Spaß.«

Die Frau setzte ihre Tirade fort, und Emma beeilte sich, aus dem Speisesaal zu kommen. Die Mousse au Chocolat machte Nicolas Merlo nach einem Rezept aus der Schweiz, wem die nicht schmeckte, bei dem musste etwas durcheinandergeraten sein.

Emma holte Mantel, Schal und Handschuhe aus der Wohnung und kehrte ins Vestibül zurück, wo sich Georg mit ihrem Vater unterhielt. »Ich bin so weit«, sagte sie.

Ihr Vater lächelte. »Dann habt einen schönen Nachmittag.«

»Werden wir haben.« Emma warf ihm eine Kusshand zu und verließ mit Georg das Hotel. Im Hof bemerkte sie seinen Wagen, einen Mercedes Sportwagen 10/40/65 PS – die Geschwister schienen eine Schwäche für diese Marke zu haben. Ein schicker weißer Zweisitzer. Emma hielt den Schlüssel zu ihrem Phantom hoch.

»Wie bedauerlich. Und ich wollte Sie gerade fahren lassen.«

Er schnappte ihr den Schlüssel aus der Hand. »Ich bin mir sicher, mein Wagen steht hier auch noch, wenn ich zurückkomme.«

Emmas Phantom parkte in der Remise, und sie überließ Georg bereitwillig das Steuer. Souverän lenkte er den Wagen über den Hof und auf die Zufahrtsstraße, die nach Königswinter führte.

»Meine Tante ist hier früher immer zur Kur hergekommen«, erzählte Georg, während sie in die Stadt fuhren. »Wirklich ein hübsches Städtchen.«

Das war es in der Tat und darüber hinaus sozusagen der Haupteingang zum Siebengebirge. Die Landbürgermeisterei Königswinter gehörte zum Regierungskreis Köln, wenngleich Bonn näher war. Emma, Valerie und Marianne waren hier in die höhere Mädchenschule gegangen, die Jungen in die städtische höhere Knabenschule, in der es die gymnasialen und realen Klassen bis zur Obertertia gab.

Sie fuhren über die Hauptstraße, an deren Ecke zur Marktstraße die im Zopfstil erbaute katholische Kirche stand, in der jeden Sonntag um sechs, sieben, halb neun und um zehn Uhr der Gottesdienst stattfand. Es gab zudem eine evangelische Kirche an der Grabenstraße und ein Postamt mit Telegraph und Telephon an der Niederdollendorfer Straße, die nördliche Verlängerung der Hauptstraße. An der Hauptstraße selbst lagen außerdem die Redaktionen der beiden Zeitungen, die sie im Hotel bezogen, die *Königswinterer Zeitung* und das *Echo des Siebengebirges*.

Georg parkte den Wagen, da die älteren Straßen sehr eng waren und oftmals nicht gut befahrbar mit dem Automobil. Während die Touristen gerne über die hübsche Promenade schlenderten – die Stadt zeigte sich zum Rhein hin von ihrer schönsten Seite mit ihren Villen und Gasthöfen –, ging Emma gerne im alten Königswinter spazieren, dessen nostalgische Gemütlichkeit sie mochte. Im Sommer war es schön am Rhein, wenn man unter den breitästigen, schattigen Linden spazieren gehen konnte, im Winter jedoch mochte sie die dämmrigen Straßen mit der Weihnachtsbeleuchtung.

»Was den Raum angeht …«

»Ach, Sie versuchen es umsonst, glauben Sie mir.« Dabei war Emma durchaus versucht, allein, um zu sehen, was er von ihrer Idee hielt.

»Und wenn ich Ihnen im Gegenzug eines meiner Geheimnisse erzähle?«

Emma überlegte. »Ist Ihres auch eines, das nicht an die Öffentlichkeit gelangen soll? Ansonsten ist es nämlich sinnlos.«

»Es ist gut gehütet und wird zu gegebener Zeit der Öffentlichkeit bekannt gemacht.«

»Hm, ja, das klingt so ähnlich wie meines. Also gut, aber Sie zuerst.« Emma neigte abwartend den Kopf, während sie langsam weiterschlenderten.

»Ich muss Ihnen aber vorab sagen, es ist ein überaus

delikates Geheimnis, nicht, dass ich Sie noch in Verlegenheit bringe.«

»Sie machen mich höchstens noch neugieriger.«

»Also gut. Ich habe einen Sohn.«

Wie angewurzelt blieb Emma stehen und starrte ihn an. »Sie scherzen?«

»Keineswegs. Er ist das Produkt von, sagen wir, jugendlichem Überschwang. Inzwischen ist er acht Jahre alt und lebt in der Schweiz, wo er auf ein Internat geht.«

Emma fasste sich wieder. Es war ja nicht so, dass sie dergleichen zum ersten Mal hörte. »Warum die Schweiz?«

»Weil dort seine Mutter lebt. Sie ist verheiratet und darf sich aufgrund des drohenden Skandals nicht öffentlich zu ihm bekennen, aber sie wollte ihn in der Nähe haben.«

»Und ihr Mann weiß davon?«

»Ja. Allerdings weiß Tobias nicht, dass sie seine Mutter ist. Er hält sie für eine Freundin der Familie. Wenn er älter ist, sagen wir ihm die Wahrheit.«

»Das ist …« Emma suchte nach dem richtigen Wort.

»Ernüchternd?«

»Nein, es ist ja nicht so, als hielte ich Sie für gänzlich unerfahren mit Frauen.«

»Ich bin mir nicht sicher, ob das ein Kompliment sein soll.«

Emma ließ ihn diesbezüglich im Unklaren. »Nein, ich meinte, das ist irgendwie traurig. Ein Kind zu haben, das so weit weg ist.«

»Ich sehe ihn normalerweise in den Ferien. Letzten Sommer ist er allerdings mit einem Freund und dessen Familie nach Italien gereist. Und über die Weihnachtsferien ist er dieses Jahr bei seiner Mutter, da er letzte Weihnachten bei uns war. Ich sehe ihn also erst im Sommer wieder.« Georg ließ im Vorbeigehen einige Münzen in den Hut eines Bettlers fallen.

»Gott segne Sie, gnädiger Herr«, sagte der Mann.

Es hatte wieder zu schneien begonnen, dicke Flocken, die im bleigrauen Licht des späten Nachmittags herumwirbelten. Als Kinder hatten Emma, ihr Bruder und die Hohenstein-Geschwister immer versucht, den Schnee mit der Zunge aufzufangen. Ein klein wenig war sie in Versuchung, es auch dieses Mal wieder zu tun.

»Nun sind Sie dran«, sagte Georg.

»Also gut, Sie dürfen es aber auch nicht Ihrer Schwester erzählen, sie erfährt es von mir später selbst, schließlich möchte ich, dass sie Photos für die Plakate macht, mit denen ich die Eröffnung bewerben möchte.« Davon wusste Karl allerdings noch nichts.

»Ich werde schweigen wie ein Grab.«

»Es wird ein Lichtspielraum, in dem Filme gezeigt werden. Die Idee hatte ich schon lange, aber mein Vater und mein Cousin haben erst jetzt, als ich ein konkretes Konzept vorlegen konnte, die Erlaubnis dazu gegeben.«

Georgs Augen weiteten sich überrascht. »Aber das ist großartig. Und das Konzept haben Sie komplett selbst ausgearbeitet?«

»Ja, ich habe mir Informationen schicken lassen und dann überlegt, wie das finanziert werden kann – dabei hat mir allerdings Ludwig geholfen, er kennt sich mit den Finanzen besser aus.«

»Das ist wirklich beeindruckend.« Es war Georg anzusehen, dass er das nicht nur so dahersagte. Die meisten Männer, denen Emma von ihrer Tätigkeit erzählte, taten sie als kleine Liebhaberei ab, die ihr die Männer der Familie gönnerhaft erlaubten. Wirklich beeindruckt hatte es bisher niemanden, was Emma auf die Beine stellte, ohne – im Gegensatz zu den Männern der Familie – eine entsprechende Ausbildung oder ein Studium erhalten zu haben.

»Ich bin schon so gespannt. Karl und mein Vater sagen, ich dürfte den Lichtspielraum eröffnen. Das ist so aufregend.«

»Das glaube ich gerne.«

Der Schnee wirbelte dichter, und ihnen stand der Atem vor dem Mund. Sie stellten sich unter einen vorspringenden Dachsims, und Emma lachte. »Wenn Sie wüssten, wie gerne ich jetzt Schneeflocken mit der Zunge fangen würde.«

»Und wenn Sie wüssten, wie gerne ich Sie in diesem Moment küssen würde.«

Emma sah ihn an, senkte den Blick, verwirrt, bestürzt. »Das …« Warum nur konnte sie in solchen Momenten nicht so souverän sein wie Valerie? »Das möchte ich auch, aber …« Sie zögerte.

»Es ist noch nicht der richtige Moment?«

Sie nickte nur, hoffte, er würde das nicht als endgültige Zurückweisung begreifen.

Ein Lächeln trat in seine Mundwinkel, tanzte in seinen Augen. »Dann warten wir den richtigen Moment einfach ab.«

»Und was ist es nun, was du mir zeigen wolltest?«, fragte Nicolas, als sie sich hinter der Remise trafen.

»Kennst du die Wohnung meiner Großeltern im Erdgeschoss?«

»Nein, wie du weißt, bin ich nie in eurem privaten Wohntrakt.«

»Also gut, dann treffen wir uns an der Dienstbotentreppe. Wo es zu den privaten Räumen geht, weißt du aber, ja?«

Er nickte. »Du willst mich also mit in die Wohnung deiner Großeltern nehmen?«

»Sie steht leer.«

»Habe ich mir fast gedacht.«

»Also, ich warte dort auf dich.« Valerie drehte sich um und ging auf den Hof vor dem Hotel, schlenderte zum Eingang und war im Begriff, das Vestibül zu durchqueren, als sie Charlotte traf.

»Ach, wenigstens du bist daheim«, sagte sie. »Ich wollte zu Ludwig, aber der ist aus.«

»Tatsächlich?«, fragte Valerie erstaunt. »Vorhin war er noch in seinem Arbeitszimmer.«

»Trinkst du einen Tee mit mir? Ludwig war gestern bei uns, und er ist so seltsam gewesen, so distanziert.«

»Habt ihr euch gestritten?«

»Nein, das wäre wenigstens eine Erklärung gewesen.«

Valerie hatte ein schlechtes Gewissen, Charlotte einfach stehen zu lassen. Andererseits wartete Nicolas auf sie, und wenn er lange dort in der Nähe des privaten Eingangs stand, würde er sicher bald in Erklärungsnot geraten. »Hör zu, kann ich dich morgen besuchen? Ich bin schon verabredet und kann jetzt nicht mehr absagen.«

Charlotte wirkte enttäuscht, nickte aber. »Natürlich.«

Valerie umarmte sie und verließ das Vestibül, um zum Eingang zum privaten Trakt zu gelangen, der auch von Dienstboten genutzt wurde. Nicolas stand bereits dort. Das schlechte Gewissen wegen Charlotte nagte an ihr, und sie überlegte, ob sie ihn auf später vertrösten und zu ihrer Freundin gehen sollte.

»Stimmt etwas nicht?«

Valerie seufzte. »Meine Freundin Charlotte von Domin, die Verlobte meines Bruders, ist hier und hat Kummer.«

»Wo ist dein Bruder?«

»Nicht da. Und ich habe ihr gerade gesagt, ich hätte keine Zeit für sie.«

»Du lässt deine Freundin allein, um mit mir zu schlafen?«

»Ich konnte dich ja schlecht einfach hier stehen lassen, oder? Außerdem, woher willst du wissen, dass ich mit dir schlafen möchte?«

»Na gut, spiele ich halt den Narren und tue so, als sei mir nicht klar, warum du mit mir in die leer stehende Wohnung deiner Großeltern möchtest.«

Valerie sah ihn an, seinen Mund, seine Hände. Und seufzte erneut. »Ich habe durchaus ein schlechtes Gewissen ihretwegen.«

»Ich bin auch in zwei Stunden noch da, ich warte so lange und lese ein Buch.«

Ein wenig unschlüssig ließ Valerie ihren Blick zurück in Richtung Vestibül schweifen. »Also gut. In zwei Stunden hier, ja?«

»Ja.«

Sie wandte sich um und eilte zurück, fand Charlotte aber nicht mehr vor. »Herr Wolff«, wandte sie sich an den Concierge. »Ist Fräulein von Domin schon fort?«

»Sie wollte gerade fahren, aber Ihre gnädige Frau Mutter hat sie noch zu einem Tee im Salon eingeladen.«

»Sehr gut, danke.« Valerie ging zum Salon, in dem der Nachmittagstee und -kaffee serviert wurde. Ihre Mutter saß dort mit Charlotte an einem Tisch und gab eben eine Bestellung auf.

»Du bist noch da?«, fragte Charlotte. »Was ist mit deiner Verabredung.«

Valerie ließ sich auf einem Stuhl nieder. »Die habe ich verschoben.«

»Mit wem warst du denn verabredet?«, fragte ihre Mutter.

»Ach, nur jemand hier aus dem Hotel, der gerne seinen Nachmittag mit mir verbracht hätte«, antwortete Valerie obenhin. »Nichts, was nicht warten könnte.«

Ihre Mutter taxierte sie prüfend, und Valerie hoffte, dass sie nicht rot wurde. Sie hob den Blick zu dem Kellner und bestellte eine Tasse Darjeeling.

»Weißt du, wo Ludwig ist?«, fragte ihre Mutter.

»Nein, keine Ahnung.«

»Er wird sicher bald zurück sein«, sagte Julia Hohenstein an Charlotte gerichtet. Die nickte nur.

Sie plauderten ein wenig über gesellschaftliche Themen, tranken Tee, danach erhob sich Valeries Mutter und ließ sie allein.

»Was ist nun mit dir und Ludwig?«, kam Valerie mit verstohlenem Blick auf die Uhr direkt zur Sache.

»Er ist so eigenartig. Gestern war er zu Besuch, und obwohl oberflächlich alles bestens war, wirkte er distanziert.«

»Das kommt dir vielleicht nur so vor.«

Charlotte schüttelte den Kopf, schien mit sich zu ringen, dann sagte sie: »Ich habe ihm vor einiger Zeit angeboten unsere … nun ja, unsere Hochzeitsnacht vorzuziehen.«

»Du und er, ihr habt …«

»Nein«, fiel Charlotte ihr ins Wort. »Er wollte nicht.«

»Er wollte nicht?«

Charlotte schüttelte den Kopf und wirkte verzagt. »Ich komme mir vor, als hätte ich eine komplette Närrin aus mir gemacht. Noch vor einem Jahr wäre ich im Traum nicht auf die Idee gekommen … Und wenn, hätte er nicht abgelehnt.«

»Warum hast du es denn jetzt getan?«

»Weil ich das Gefühl habe, er entgleitet mir. Wir streiten so oft, und da habe ich … Seither ist eigentlich alles wieder gut, aber ich habe das Gefühl, er entfernt sich von mir. Hat er dir gegenüber mal was angedeutet?«

»Nein.«

»Ist er mit dieser Photographin sehr vertraut?«

Valerie verzog kurz das Gesicht. »Er versteht sich gut mit ihr, mehr wohl nicht. Er wäre auch ein Narr, wenn er sie dir vorziehen würde.«

Ein flüchtiges Lächeln glitt über Charlottes Lippen.

»Sie ist derzeit ohnehin nicht mehr privat hier. Sie macht ihre Arbeit und geht wieder.«

»Ah ja?« Ein Hoffnungsfunke glomm in Charlottes Augen auf.

»Möglicherweise bildest du dir seine Distanziertheit ja tatsächlich ein.«

Charlotte nickte, ohne wirklich überzeugt zu wirken.

»Mit welcher Begründung hat er denn abgelehnt, mit dir zu schlafen?«

»Er respektiere mich zu sehr dafür.«

»Na ja, das passt zu ihm.«

»Ich habe ihn durchaus auch schon in Situationen kennengelernt, in denen er sich garantiert nicht lange hätte bitten lassen.«

»Diesbezüglich kennst du ihn sicher besser als ich.«

Ein vages Nicken war Charlottes einzige Antwort. Sie bestellten noch ein weiteres Kännchen mit Tee, während Charlotte sich in Spekulationen erging, warum Ludwig sich ihr gegenüber so seltsam verhielt. Da Valerie jedoch nichts dergleichen aufgefallen war, konnte sie außer Trostworten nicht viel dazu sagen, und somit vergingen fast eineinhalb Stunden damit, dass sie versuchte, ihre Freundin zu trösten und davon zu überzeugen, dass ihr Bruder nicht zu den Männern gehörte, die eine Frau einfach aus einer Laune heraus fallen ließen oder sich leichtfertig umentschieden. Immerhin waren sie verlobt.

Als sie bereits überlegte, wie sie pünktlich bei Nicolas erscheinen sollte, ohne Charlotte zu verletzen, tauchte Ludwig auf. Er hatte einen Termin bei der Bank gehabt, den er zusammen mit seinem Vater wahrgenommen hatte – es gab also nichts, woran Charlotte hätte Anstoß nehmen können. Dass er an der Seite seines Vaters heimlich eine andere Frau traf, war zudem mehr als unwahrscheinlich. Wenn sie allerdings bereits so weit waren, dass Charlotte dergleichen vermuten musste, gab Valerie der Beziehung tatsächlich nicht mehr lange.

Sie überließ Ludwig ihren Platz und verließ den Salon. Auf dem Weg wechselte sie noch ein paar Worte mit Konrad Alsberg, der an der Rezeption stand. Nicolas erwartete sie bereits an der Treppe.

»Ich hatte schon überlegt, was ich mache, wenn du es nicht pünktlich schaffst«, sagte er.

»Es war auch ziemlich knapp.«

Valerie sah sich um, dann führte sie ihn in den privaten Wohntrakt und schloss die Tür zur Wohnung im Erdgeschoss auf. Da alle Fensterläden geschlossen waren, erhellte nur das nachmittägliche Zwielicht, das in feinen Fäden durch die Lamellen fiel, die Räume. In Kürze würde selbst das erlöschen, wenn die Sonne unterging. Aber Valerie wollte nicht das Risiko eingehen, Licht zu machen.

»Schöne Wohnung«, bemerkte Nicolas.

»Ja. Darüber wohnen wir und darüber Onkel Konrad. Die Wohnung über ihm steht auch leer, die wird wohl später an Andreas gehen.«

»Und die hier bekommt dein Bruder?«

»Ja, sobald er heiratet.« Valerie führte Nicolas in einen Raum, der früher einmal das Zimmer ihrer Großmutter gewesen war. Alle Möbel waren mit Laken bedeckt, und als Valerie das auf dem breiten Bett beiseite schlug, wirbelte sie eine Staubwolke auf, die sie zum Niesen brachte. »Gibst du mir bitte eins von den Laken dort?«

Nicolas reichte ihr eines, das über einem Sessel gelegen hatte, und Valerie breitete es mit seiner Hilfe über die Matratze. »So«, sagte sie. »Das dürfte bequemer sein als der Boden in deinem Bureau.«

»Ja, ich sehe schon, du scheust keine Mühen, um erneut in den Genuss zu kommen.«

»Da ich weiß, dass es sicher ohnehin noch ein weiteres Mal passiert wäre, habe ich nur schon ein wenig weiter gedacht.«

Nicolas sagte nichts, aber in dem dämmrigen Licht konnte Valerie erkennen, dass er lächelte.

Obwohl Karl einen großen Teil der Buchhaltung an Ludwig übertragen hatte, ging er sie regelmäßig selbst durch, um den Überblick nicht zu verlieren. Den Posten, den Emmas Lichtspielraum verschlang, hatte er bereits rausgerechnet, für weitere große Veränderungen würde im kommenden Jahr zumindest bis zum Sommer kein Geld mehr übrig sein. Werbeprospekte waren ausreichend gedruckt, da fielen vorerst keine weiteren Kosten an.

Von seinem Vater hatte Karl ein beträchtliches Vermögen geerbt, das größtenteils fest angelegt war, sodass es die Inflation ohne nennenswerten Wertverlust überstand. Außerdem verwaltete Karl treuhänderisch das Erbe seiner Neffen. Nachdem sein Bruder Alexander aufgrund der gänzlich unstandesgemäßen Ehe von ihrem Vater enterbt worden war, dann jedoch gestorben war, ehe das Thema Erbe für ihn überhaupt relevant wurde, hatte Maximilian Hohenstein Alexanders Anteil Hans und Jakob vermacht. Es bestand die Auflage, dass ihnen das Erbe erst nach einer Hochzeit ausgezahlt werden durfte, vermutlich eingedenk Alexanders Leichtfertigkeit, die Maximilian Hohenstein auch in seinen Neffen vermutete. Obwohl er Hans ganz offenkundig mehr geliebt hatte, war er gerecht gewesen, als es um das Erbe ging.

Karl hatte Agnes' kleine Bäckerei nach dem Tod seiner Schwägerin verkauft und das bisschen Geld, das diese abgeworfen hatte, ebenfalls für die beiden Jungen angelegt. Alexander selbst hatte nicht viel hinterlassen, das Ersparte war während der Zeit, als Agnes die Kinder hatte durchbringen müssen, fast gänzlich aufgezehrt worden. Von Karl hatte sie seinerzeit nichts annehmen wollen, solange sie selbst noch über Mittel verfügte.

Während des Krieges und auch danach war ein Teil von Karls und Konrads Privatvermögen in das Hotel geflossen, um den Standard zumindest einigermaßen halten zu können. Gäste aus dem Ausland hatte es natürlich nicht gegeben, auch nicht kurz nach dem Krieg, als man den Eindruck gewinnen konnte, es gäbe kein Volk, das in Europa mehr gehasst wurde als das deutsche. Glücklicherweise lief der Tourismus wieder gut an, wenngleich Idioten wie jene, mit denen Hans seine Zeit verbracht hatte, alles zunichte zu machen drohten.

Hans bereitete ihm weiterhin Sorgen. Zwar war er ruhiger geworden, aber er ging nach wie vor stets in Abwehrhaltung, wenn Karl mit ihm sprach. Als er ein Kind gewesen war und Alexander noch gelebt hatte, war er gerne hier gewesen und hatte mit Andreas und Emma gespielt. Nach Alexanders Tod war er distanzierter geworden, aber aus irgendeinem Grund hatte Maximilian Hohenstein einen Zugang zu ihm gefunden. Seitdem jener dann auch gestorben war, schien es, als entgleite Hans der Familie endgültig.

Natürlich konnte Karl nicht jeden seiner Schritte überwachen, aber er blieb dabei, ihn nach wie vor durch seinen Chauffeur fahren zu lassen, damit er zumindest wusste, wo er sich aufhielt. Allerdings schien Hans ihm auch da wieder zu entwischen, bedachte man die Geheimnistuerei, als er vor einigen Tagen heimgekommen war. Wenn er nicht mit diesen Leuten zusammen war, wo konnte er dann sein? Julia hatte vermutet, dass es ein Mädchen gab, und Karl hoffte, dass die Lösung tatsächlich so profan war.

Charlotte hatte dem Abendessen beigewohnt, dafür hatte Valerie gefehlt. Julia sagte, sie habe eine Andeutung über eine verschobene Verabredung gemacht, und der rasche Blick, mit dem Charlotte sie bedachte, ließ darauf schließen, dass womöglich mehr dahintersteckte. Karl seufzte. Die Sorgen wollten kein Ende nehmen. Selbst Ludwig, der Verlässliche, wirkte niedergedrückt, wenngleich er das einigermaßen gekonnt überspielte. Zwischen ihm und Charlotte lag etwas Gezwungenes, als bemühten sich die beiden, ein Schauspiel zu beenden, dessen Text sie vergessen hatten. Wobei Charlotte verzweifelt wirkte und Ludwig bestürzt. Wieder seufzte Karl.

»Guten Abend, Papa«, war Valeries fröhliche Stimme

zu hören, und Karl drehte sich um. Da kam sie ins Vestibül, strahlend und hübsch in einem cremegelben Kleid. Karl warf einen Blick auf die Uhr. Fast zehn, bald wurde das Souper serviert, eine späte – in der Regel kalte – Mahlzeit.

»Guten Abend, Liebes. Wo warst du?«

»Ach, nur ein wenig auf der Suche nach Zerstreuung und dann in meinem Zimmer, ich war müde.«

Karl suchte in ihren Worten und ihrem Gesicht nach Nuancen dafür, dass sie ihm etwas verschwieg. Die etwas zu hohe Stimme, das kurze Senken der Lider, das entwaffnende Lächeln. Die Vorstellung, sie könne sich bis jetzt mit einem Kerl herumgetrieben haben und das verschweigen, war Karl nur schwer erträglich.

»Isst du mit mir?«, fragte sie. »Ich verhungere.«

»Sehr gerne«, antwortete Karl. »Geh doch schon mal, ich komme gleich nach.«

»Gut, bis gleich.« Valerie warf ihm eine Kusshand zu.

Karl verließ die Rezeption, ging in sein Arbeitszimmer und läutete nach dem Hausverwalter. Währenddessen sah er die Dienstpläne durch. Nicolas Merlo hatte seinen freien Nachmittag gehabt. Glaubte Valerie tatsächlich, er, Karl, sei ein Narr? Karl sah auf, als Herr Steinfeld eintrat.

»Ja, gnädiger Herr?«

»Ist Herr Merlo im Haus?«, kam Karl ohne Umschweife zur Sache.

»Er ist früh zu Bett gegangen, ich kann ihn wecken, wenn Sie wünschen.«

»Nein, lassen Sie ihn schlafen. Er hat vermutlich den ganzen Tag gearbeitet und wird müde sein«, tastete Karl sich behutsam vor.

»Er hatte frei und saß den halben Nachmittag lesend im Dienstbotenzimmer, in dieser Hinsicht ist er außergewöhnlich. Andere nutzen ihre freien Tage, um in Wirtshäuser zu gehen.«

Erleichtert atmete Karl auf. »Gut, danke.«

»Soll ich ihn also nicht wecken?«

»Nein. Ich habe gehört, er macht eine hervorragende heiße Schokolade, aber ich bitte ihn ein anderes Mal darum, meiner Frau welche zuzubereiten.«

»Ist gut, gnädiger Herr.« Wenn Herr Steinfeld sich wunderte, dass er extra dafür gerufen worden war, ließ er es sich nicht anmerken. Karl argwöhnte zwar nach wie vor, dass Valerie sich in diesen Kerl verguckt hatte, aber vielleicht machte er sich diesbezüglich zu viele Sorgen.

⁂ 21 ⁂

Licht fiel in schrägen Strahlen durch die Holzlamellen der Fensterläden, die Minna zum Schutz vor neugierigen Blicken geschlossen hatte. Sie und Ludwig befanden sich im Bureau hinter ihrem Atelier, lagen sich in den Armen und küssten sich. Ein wenig atemlos löste Minna sich schließlich von ihm, behielt jedoch die Arme um seinen Hals geschlungen.

»Wie lange kannst du bleiben?«

»Nicht lange, ich muss zu unserem Anwalt, ein paar Formalitäten regeln.«

»Gibt es Probleme?«

»Nein, es sind nur einige Schriftstücke aufzusetzen.«

»Also langweiliger Papierkram.«

»Ja, kann man so sagen.«

Erneut küssten sie sich. Nachdem sie sich in Königswinter nähergekommen waren, hatte Minna abgewartet, wie Ludwig reagieren würde, ob er die Sache einfach im Sande verlaufen lassen und tun würde, als sei nichts passiert – was sie ihm nicht zutraute –, oder ob es etwas Ernstes werden würde. Sein Auftauchen am heutigen Tag ließ zumindest den Schluss zu, dass es nicht einfach ein Moment der Leichtfertigkeit gewesen war, der ihn zu dem Kuss getrieben hatte.

Als sie hörten, wie drüben die Tür zum Atelier geöffnet wurde, fuhren sie auseinander.

»Minna?« Georg. Was machte der denn um diese Zeit hier?

Minna fuhr ordnend über ihr Haar, warf einen kurzen Blick in den Spiegel und ging in ihr Atelier. »Komm«, sagte sie zu Ludwig. »Wenn er sieht, dass du dich hier versteckst, gerate ich in noch größere Erklärungsnot.«

»Guten Morgen, Georg. Ich dachte, du bist schon in der Firma.« Sie gab ihm einen Kuss auf die Wange.

Ludwig reichte Georg die Hand, der wiederum sah erst ihn, dann Minna an. »Du hast mir gestern die Karten für das Theater nicht gegeben«, sagte er.

»Kommst du zwischendurch nicht nach Hause?«

»Nein, wir gehen direkt hin, daher kleide ich mich im Bureau um.«

Es handelte sich um die Karten für die Belegschaft, die Georg einmal im Jahr zu einer Weihnachtsvorstellung im Theater einlud. Minna hatte die Karten am Vortag abgeholt, da Georgs Assistent krank war, und sie im Atelier vergessen. Sie ging zur Kommode und zog die obere Schublade auf.

»Hier sind sie.«

»Ich muss los, mein Termin ist in einer halben Stunde. Bis morgen«, verabschiedete sich Ludwig.

»Bis morgen.« Minna lächelte.

Auch Ludwig und Georg verabschiedeten sich förmlich voneinander, dann verließ Ludwig das Atelier.

»Und was soll das werden, hm?«, fragte Georg.

»Wovon sprichst du?«

»Soll ich jetzt erst einmal den Trottel spielen und so tun, als wüsste ich nicht, warum er hier war?«

Minna zuckte nur mit den Schultern.

»Er ist verlobt.«

»Ich weiß.«

»Und es ist nicht die Art von Verlobung, die man so einfach lösen kann.«

»Auch das weiß ich.«

»Und dann erlaubst du ihm dennoch, dich allein zu besuchen, und ziehst dich mit ihm ins Hinterzimmer zurück?«

»So, wie du das sagst, klingt es anstößig.«

»Es *ist* anstößig.«

Minna setzte sich auf einen Stuhl und schlug die Beine übereinander. »Ich kann mich nicht daran erinnern, dass du dich mir gegenüber jemals für deine Affären gerechtfertigt hast.«

»Du hast mit diesem Mann eine *Affäre*?«

»Ich weiß, ehrlich gesagt, selbst nicht, was wir eigentlich haben.«

Georg sah sie aufmerksam an. »Ich mag Ludwig, ich mag ihn wirklich. Aber ich werde nicht zulassen, dass er dich neben seiner Verlobten zu seiner Geliebten macht.«

»So weit ist es nicht gekommen.«

»Das will ich ja wohl hoffen.«

Nachdenklich blickte Minna aus dem Atelierfenster auf den Marktplatz und das Bonner Rathaus. »Er und ich teilen dieselben Träume.«

»Das nützt dir nur nicht viel, wenn er mit einer anderen verheiratet ist.«

»Das weiß ich. Aber noch ist er es nicht. Und so lange darf ich doch wohl hoffen.«

»Solange er diese Hoffnung nicht ausnutzt.«

Minna wandte langsam den Kopf und sah ihn an. »Mach dir keine Sorgen, Georg. Du kennst mich doch. So viel Macht gebe ich keinem Mann über mich.«

»Schön, dass wir dich jetzt wieder öfter sehen dürfen«, sagte Annegret Roth und stellte einen Kuchen auf den Tisch. Im Ofen prasselte ein Feuer, und es roch nach Kerzenwachs und frisch aufgegangenem Teig.

»Den hat Mama gebacken.« Magdalena schnitt ihn mit einem Messer an. »Papa ist zwar gelernter Bäcker, aber Mama backt viel besser.« Sie legte ihm eine großzügige Scheibe auf den Teller.

»Warum betreibt ihr die Bäckerei unten nicht mehr?«, fragte Hans und biss hinein. Einfacher Sandkuchen, der aber nicht schlecht war.

Annegret Roth seufzte. »Ach, für den Paul war das nie das Rechte. Deine Mutter hätte sie übernehmen sollen, sie war geeigneter dafür, aber dein Großvater war in dieser Hinsicht sehr strikt – das Erbe ging an den Sohn.«

»Papa hat die Bäckerei nach Großvaters Tod geschlossen und sich eine Stelle in Bonn gesucht. Aber er hat ja außer Bäcker nichts gelernt. Er arbeitet jetzt in einer dieser industriellen Bäckereien.«

»Könnte er dann nicht die Bäckerei unten wieder eröffnen?«

»Die Konkurrenz ist groß«, antwortete Magdalena, »und wenn wir ehrlich sind – er backt nun einmal nicht gut genug, um eine rentable Bäckerei zu betreiben.«

»Magda«, mahnte ihre Mutter.

»Warum? Stimmt doch. In der Industriebäckerei kommt wenigstens regelmäßig Geld rein. Aber es reicht trotzdem vorne und hinten nicht, er hat eine Reihe von Schulden, daher dachte Mama wohl auch, du seiest einer der Geldeintreiber, als du das erste Mal hier aufgetaucht bist.«

»Magdalena!« Jetzt war Annegret Roth wirklich wütend. »Es gehört sich nicht, dergleichen auszuplaudern.«

»Warum? Er gehört doch zur Familie.«

»Der Paul kann nichts dafür«, sagte Annegret Roth erklärend zu Hans. »Er hätte das lernen sollen, was ihn interessiert, aber sein Vater war der Meinung, dass er Bäcker werden muss. Unsere beiden Jungs durften sich selbst was aussuchen. Einer arbeitet in einer Werft in Köln und hat gerade die Lehre zum Schiffsbauer abgeschlossen, der andere ist bei den Ford-Werken in Berlin.« Stolz schwang in ihrer Stimme mit.

Franz und Matthias, erinnerte sich Hans an seine beiden älteren Cousins, mit denen er als Kind gelegentlich gespielt hatte. Von den Geldsorgen seines Onkels zu hören, ließ einen Anflug von schlechtem Gewissen in ihm aufsteigen. Dabei konnte er ja nichts dafür. Zudem hatte er selbst – abgesehen von seinem Taschengeld, und auch das war ihm momentan gestrichen worden – keinen Zugriff auf ein eigenes Vermögen, sein Erbe verwaltete Karl Hohenstein.

»Ihr feiert Silvester wieder so groß, nicht wahr?«, sagte Magdalena.

»Ja, das erste Mal seit Ausbruch des Krieges.«

Magdalena seufzte sehnsüchtig. »Von diesen Feiern habe ich gehört.«

»Warum kommst du nicht?«

»Das wird der Papa nicht erlauben.«

»Mir scheint es auch nicht ganz das Rechte zu sein«, sagte ihre Mutter schnell. »All diese reichen Damen und jungen Herren – die setzen dir nur Rosinen in den Kopf.«

»So schlimm sind wir nicht«, scherzte Hans.

»Ach, mein Junge, das weiß ich doch.« Annegret Roth stand auf und schürte das Feuer im Ofen, sodass es wieder prasselte. Es war so behaglich und gemütlich, dass Hans am liebsten hiergeblieben wäre. »Aber ihr lebt nun einmal anders als wir, und Prinzessinnen können wir hier nicht gebrauchen.«

»Ach, Mama!«, schmollte Magdalena.

»Was sagt dein Onkel Karl überhaupt zu deinen Besuchen hier?«, fragte Annegret Roth.

Hans zuckte mit den Schultern.

»Ich hätte gedacht, er kommt auch mal vorbei, immerhin ist es lange her. Und den Jakob würden wir auch so gerne mal wiedersehen.«

»Ich werde es ihm sagen«, antwortete Hans ausweichend, da er nicht zugeben wollte, dass er seinem Onkel nichts von den Besuchen hier erzählt hatte.

Seine Tante bot ihm noch mehr Kuchen an, während Magdalena ihm Kaffee nachgoss. Paul Roth kam erst abends nach Hause, aber da Hans dieses familiäre Beisammensein genoss, kam er gerne etwas früher und plauderte mit seiner Tante und seiner Cousine. Es widerstrebte ihm, Karl Hohenstein davon zu erzählen, aber über kurz oder lang würde er es tun müssen. Und dann würde er auch all das mit Jakob teilen müssen. Hans liebte seinen Bruder, aber Jakob war glücklich im Hotel, Hans nicht. War es da nicht verständlich, dass er dieses kleine Stück familiärer Idylle zumindest noch für eine Weile für sich behalten wollte?

Als Karl den aufgelösten Zustand sah, in dem Amelia Schwenner das Hotel betrat, ahnte er bereits Böses. Sie hatte ihren Aufenthalt hier immer wieder verlängert und weiterhin versucht, Kontakt zu ihrer Großmutter aufzunehmen, die dies stetig ablehnte. »Sie mochte mich nie wirklich und sagte immer, meine Mutter sei zu schwarz gewesen, um eine echte Schwenner zu gebären«, war die Begründung der Schauspielerin. »Aber sie ist alles an

Familie, was ich habe, und mein Vater hat sich vor seinem Tod gewünscht, dass ich meinen Frieden mit ihr mache.«

Jetzt kam sie ins Vestibül, wirkte verstört und zittrig – ein ungewohnter Anblick, bedachte man, wie selbstsicher sie sich für gewöhnlich gab. Karl ging auf sie zu, und auch einige Gäste hielten in der Bewegung inne und sahen sich nach ihr um.

»Was ist passiert?«, fragte Karl.

Amelia Schwenner griff nach seinem Arm und sah ihn aus großen Augen an. »Ich bin in Bonn von einigen Männern beschimpft worden auf eine Art, die ich hier nicht wiedergeben möchte. Es war überaus bedrohlich.«

»Waren Sie bei der Polizei?«

Sie schüttelte den Kopf. »Nein, ich wollte so schnell wie möglich zurück.«

»Sind die Männer übergriffig geworden?«

»Nein, nur … die Art, in der sie mich beschimpften und beleidigten.« Sie biss sich auf die Unterlippe und wirkte auf einmal sehr jung und ein wenig verloren, was sich ungewohnt bei ihr ausnahm. »Und das Schlimmste war – einige Leute, die vorbeigingen, haben sich darum überhaupt nicht gekümmert. So etwas macht mir Angst.«

Karl sah zum Hoteleingang, als stünde zu befürchten, die Meute habe die Frau verfolgt. »Das Beste ist, wenn Sie damit zur Polizei gehen. Können Sie die Täter beschreiben?«

Frau Schwenner zögerte kurz. »Es ist mir etwas unangenehm, das sagen zu müssen. Aber zwei von ihnen habe ich einmal abends in einem Varieté mit Ihrem Neffen Hans gesehen.«

»Mit Hans?« Das war völlig unmöglich. »Wann war das?«

Sie runzelte die Stirn. »Vor drei Tagen.«

Da hatten sie abends eine Soiree gegeben, von der Hans früh verschwunden war. Karl hatte dem keine Bedeutung beigemessen, da Hans dergleichen Veranstaltungen immer etwas zu steif waren. Er dachte an die Ausflüge seines Neffen, zu denen er nichts sagen wollte – wie auch an diesem Nachmittag. Da Hans erstaunlich wenig Widerstand zeigte und wirklich Sorge zu haben schien, dass Karl ihm Hausarrest auferlegte, ging Karl davon aus, dass die Ausflüge tatsächlich weniger mit den alten Freunden als vielmehr mit einem Mädchen zu tun hatten. Jetzt jedoch stellte sich all das anders dar.

»Ich kümmere mich darum«, versprach er. »Hans wird mir sagen können, wer die beiden sind.«

Sie nickte vage. »Mir ist ja nichts passiert, aber es war so … beängstigend. So viel Hass.«

Karl wies in Richtung Damensalon. »Möchten Sie vielleicht etwas essen? Sie sind selbstverständlich mein Gast.«

Sie drückte seinen Arm. »Das ist ganz reizend, aber ich möchte einfach nur in mein Zimmer und mich hinlegen. Die Sache hat mich sehr mitgenommen. Genau diese Dinge sagte meine Großmutter damals über meine Mutter, ich hätte nie gedacht, dass sich so etwas so verbreitet.«

Karl blickte ihr nach, dann drehte er sich abrupt um und ging in seine Wohnung. Im Vorbeigehen sah er, dass Jakob im Studierzimmer saß und lernte. Immerhin. Dann ging er weiter in Hans' Zimmer, öffnete die Schubladen seines Schreibtisches nacheinander, fand jedoch nichts, was darauf schließen ließ, dass sein Neffe den Abend im Varieté verbracht hatte. Aber gut, er wäre wohl auch nicht so dumm, die Beweise dafür aufzubewahren.

In Karl schwelte der Zorn. Einen solchen Ungehorsam kannte er weder von seinen Kindern noch von Jakob. Er verließ das Zimmer wieder und suchte nach Julia, die um diese Zeit meist mit Katharina Präsenz im Hotel zeigte.

»Onkel Karl«, rief Jakob, als er erneut am Studierzimmer vorbeiging. »Kannst du mir bei Algebra helfen?«

»Jetzt nicht, Jakob. Ich schicke dir Ludwig.«

»Ist gut.«

Karl verließ die Wohnung und fand Julia nach einigem Suchen im Hotelsalon, wo sie Kaffee trank. »Kann ich dich kurz sprechen?«, fragte er. »Entschuldige bitte, Katharina.«

»Keine Ursache.« Die Frau seines Onkels nickte ihm freundlich zu.

»Worum geht es?«, fragte Julia, als sie auf dem Weg zurück ins Vestibül waren, und Karl umriss die Problematik in wenigen Worten.

»Vielleicht ist das alles ein Missverständnis.«

»Das will ich hoffen.« Daran glaubte Karl jedoch nicht. »Ah, Ludwig.« Sein Sohn war auf dem Weg zur Rezeption. »Geh doch bitte zu Jakob und hilf ihm bei Algebra.«

Seufzend machte Ludwig kehrt und ging in Richtung des privaten Wohntraktes.

»Sprich mit Hans, wenn er zurückkommt«, riet Julia ihm. »Und versuch, ruhig zu bleiben.«

»Ich bin immer ruhig.«

Karl sah auf die Uhr, dann wieder zum Haupteingang. Es war ein emsiges Treiben auf dem Hof zu sehen. In zwei Tagen war Weihnachten, und die Vorbereitungen für Silvester waren bereits in vollem Gang. Vor einer Woche war eine große Tanne im Vestibül aufgestellt worden, geschmückt in Silber und Blau, nachthimmelfarben, wie Valerie sagte.

Kurz nach dem Abendessen tauchte Hans auf, sah kurz

ins Esszimmer, wo gerade abgeräumt wurde, wünschte einen guten Abend und wollte sich wieder zurückziehen, als Karl ihn zurückrief. »Komm bitte einen Moment.«

Offenbar nahm Hans den nur mühsam unterdrückten Zorn in seiner Stimme wahr, denn eine kleine Furche erschien zwischen seinen Brauen. Karl wandte sich an Ludwig, Valerie und Jakob. »Lasst uns bitte allein.«

Folgsam und auch sichtlich neugierig erhoben sich die drei. Julia winkte Fritz mit einer Handbewegung heran. »Hans, was möchtest du essen?«

»Ich hab schon gegessen.«

Julia nickte Fritz zu, und dieser verließ das Esszimmer.

»Wo warst du?«, fragte Karl seinen Neffen.

»In Königswinter.«

»Hmhm. Und wo warst du abends vor drei Tagen?«

Nun flackerte es ins Hans' Blick. »Warum fragst du?«

»Gib mir eine Antwort, Hans. Wo warst du?«

Hans jedoch schwieg, sah bockig zu Boden, und Karl riss der Geduldsfaden. Er holte aus und verpasste seinem Neffen eine Ohrfeige, die diesen fast zu Boden gehen ließ. Julia sprang auf. »Karl!«

Hans war bleich geworden, sodass sich der rote Abdruck beinahe grotesk von seiner Wange abhob.

»Wo warst du?«

»Du weißt es doch vermutlich schon selbst«, rief Hans. »Sonst würdest du nicht so insistieren.«

Karls Zorn wich einer tiefen Resignation. Er sah seinen Neffen an, der seinen Blick aufsässig erwiderte. »Frau Schwenner ist heute von einer Gruppe Männer belästigt worden, vermutlich die Art Männer, die auch für den Übergriff auf Jerome Kabal verantwortlich war.«

»Und was habe ich damit zu tun? Sagt sie, ich sei dabei gewesen?«

»Nein, aber zwei Männer, mit denen sie dich im Varieté gesehen hat.«

Hans antwortete nicht.

»Du siehst diese Leute also weiterhin?«

»Nur drei von ihnen, mit denen ich befreundet bin. Aber ich ziehe nicht mehr mit ihnen durch die Straßen.«

»Ich sagte, ich möchte nicht, dass du sie wiedersiehst.«

»Sie studieren mit mir zusammen, ich kann den Kontakt nicht einfach beenden. Und so übel sind sie nicht.«

»Ach ja?«

Wieder schwieg Hans.

»War dir das mit Jerome Kabal keine Lehre?«

»Ich habe mit diesen Leuten nichts mehr zu tun, und meine Freunde haben nie jemanden verprügelt.«

»Aber heute waren sie beteiligt.«

»Davon weiß ich nichts.«

»Was deine Treffen mit ihnen angeht – wie oft hast du dich abends davongeschlichen?«

Hans zuckte mit den Schultern, wobei nicht erkennbar war, ob aus Gleichgültigkeit oder weil er es nicht mehr wusste.

»Nun gut. Ich werde dir sagen, was jetzt passiert. Offenbar habe ich die Zügel wieder zu locker gelassen. Ab jetzt hast du strikten Hausarrest, und damit meine ich, dass dir jeglicher Ausgang gestrichen ist.«

Damit schaffte er, was nicht einmal eine Ohrfeige vollbracht hatte. Hans geriet ganz offensichtlich aus der Fassung. »Das kannst du nicht tun.«

»Oh, ich kann. Und ich werde.«

»Und die Uni?«

»Ein Chauffeur bringt dich hin und holt dich ab.«

»Ich bin doch kein kleines Kind mehr.«

Karl gönnte diesem Einwand lediglich ein Schulterzucken.

»Aber ich ... Wenigstens meine ... Spaziergänge darf ich doch wohl beibehalten.«

»Ah ja, die Spaziergänge, zu denen du aufbrichst und Stunden später zurückkommst, ohne zu sagen, wo du gewesen bist.«

»Einfach in Königswinter.«

»Und da bist du stundenlang ziellos herumgewandert, ja?«

Wieder schwieg Hans.

»Ist es ein Mädchen?«, fragte Julia, und Hans drehte sich zu ihr um, wirkte gar dankbar, dass sie ihm diesen Ausweg gezeigt hatte.

»Ja«, antwortete er. »Im weiteren Sinne schon.«

Im weiteren Sinne? »Würdest du bitte konkreter werden«, sagte Karl.

»Es ist nicht nur sie, sondern ihre ganze Familie.«

»Was meinst du?«

»Ich war bei Onkel Paul«

Karl war tatsächlich so verblüfft, dass er sich einen Moment sammeln musste. »Paul? Der Bruder deiner Mutter?«

Hans nickte.

»Und das Mädchen ist ...«

»Seine Tochter Magdalena.«

»Du bist in deine Cousine verliebt?«

Hans schüttelte nachdrücklich den Kopf. »Nein, sie ist vielmehr wie eine Schwester.«

Dann war es ja gut. »Und warum machst du so ein Geheimnis darum? Denkst du, ich verbiete dir, deine Familie zu sehen?«

»Nein, aber es ist so schön dort, und ich wollte es noch ein wenig für mich allein haben.«

Julia sah Karl an, ein kurzer Blick nur, der darum bat, weniger Strenge walten zu lassen.

»Also gut. Du kannst deine Verwandten natürlich weiterhin besuchen. Aber ansonsten bleibt es bei dem, was ich gesagt habe.«

Von Hans kam kein Widerspruch. »Magdalena würde gerne Silvester bei uns feiern.«

»Meinetwegen«, antwortete Karl.

»Ihr Vater lässt sie aber nicht.«

»Nun, dann eben nicht.« Da Karl immer noch wütend war, war er nicht in Stimmung, mit Hans lange darüber zu diskutieren.

»Warum lässt dein Onkel sie nicht zu uns kommen?«, fragte Julia.

»Weil sich von euch keiner bei ihm blicken lässt.«

»Es ist ja nun nicht so«, sagte Karl, »dass er hier durch Anwesenheit geglänzt hätte in den letzten Jahren.«

»Er hatte es nicht leicht.«

Wer hatte das schon?

»Er denkt, ihr seid euch zu fein, um ihn zu besuchen.«

»Ach, denkt er, ja?«

»Schon gut«, antwortete Julia, »wir werden hingehen. Nur vor Silvester wird es nicht mehr klappen, Hans. Aber ich schreibe ihr eine Einladung, ja?«

Hans wirkte enttäuscht, nickte jedoch.

»Du kannst gehen«, sagte Karl. Dass sein Neffe sich nachts davonschlich, hätte er tolerieren können, immerhin wäre Hans nicht der Erste, der dergleichen tat. Nicht tolerieren konnte Karl jedoch das Gedankengut, von dem er argwöhnte, es gärte nach wie vor in dem Jungen.

Nicolas richtete ein vegetarisches Menü an, mit Tomatencremesuppe als Vorspeise und einem Hauptgang aus Kartoffeln und Pilz-Maronen-Ragout mit Salat.

»Davon wird doch keiner satt«, sagte Frau Nettesheim, als sie das Tablett sah, das der Kellner davontrug. Nach wie vor begegnete sie der vegetarischen Küche mit Skepsis. Nicolas' Braten, den er aus pürierten Maronen machte, in die er eine Mischung aus gemahlenen Nüssen, Sahne und Eiern gab und später mit Gewürzen abschmeckte, war ihr nur ein Kopfschütteln wert.

»Was ist falsch an einem guten Kalbsbraten?«, fragte sie.

Da der Maronenbraten sich jedoch großer Beliebtheit erfreute, kam er jeden Monat einmal auf die Tageskarte. So blieb der Reiz des Außergewöhnlichen erhalten.

Nicolas machte einen kurzen Abstecher in die Küche für Süßspeisen, wo einer seiner Lehrlinge dabei war, Schlagsahne mit einer mechanischen Schaumrute zu schlagen. Er durfte an diesem Tag das erste Mal selbst Desserts zubereiten, und so mischte Nicolas sich nicht ein, sondern warf nur einen prüfenden Blick darauf, wie die Arbeit voranging.

Am Vortag war er mit einigen der Köche aus gewesen. Einige Tage zuvor hatte er die Nacht mit Valerie verbracht, die bis in die frühen Morgenstunden bei ihm geblieben war. Wohin sie diese Beziehung führen würde, wusste er noch nicht, aber da Valerie das Arrangement ebenso genoss wie er, führten sie es weiter – wenngleich offensichtlich war, dass es Valerie in arge Gewissensnöte brachte.

Die Hauptküche summte vor Geschäftigkeit, es kamen fortwährend neue Bestellungen an, ganze Gesellschaften fanden sich zum Weihnachtsessen ein, sei es privat oder als Unternehmen. Am späten Nachmittag, als das letzte Licht des Tages bereits von der Dämmerung geschluckt wurde, kam Nicolas endlich dazu, mal eine Pause einzulegen. Er ging durch die Nebentür hinaus, um hinter der Remise zu rauchen.

»Und ich dachte schon, du kommst gar nicht mehr«, begrüßte Valerie ihn, die auf einem Stapel Feuerholz saß.

»Da ist letztens eine Maus drauf herumgeklettert«, antwortete Nicolas, und Valerie sprang auf. Er grinste.

»Du bist ein Flegel und hast es überhaupt nicht verdient, dass ich hier auf dich warte.« Valerie strich ihr Kleid glatt. »Bist du über Weihnachten hier?«

»Du weißt doch, dass ich arbeiten muss. Nur die Köche, die Familie haben, bekommen über Heiligabend und am ersten Weihnachtstag frei. Ich habe den zweiten Tag frei, aber da lohnt es sich nicht, zu meinem Bruder zu fahren.«

»Uns besucht Marianne mit Mann und Kind am ersten Weihnachtstag. Meine Großeltern kommen normalerweise auch aus Königstein im Taunus, aber dieses Jahr fahren sie nach London, um ihre Enkelkinder zu sehen und Tante Henrietta das Leben schwer zu machen.«

»Familienzwist?«

»Ach, frag nicht. Dabei ist sie wirklich reizend. Aber meine Großeltern waren in Fragen der Eheschließung immer etwas eigen.« Valerie sah sich um und kam näher. »Warte heute Nacht im Dienstbotenzimmer auf mich, ja?«

»Nur zu gern.«

Wieder sah sie sich um, dann hob sie die Hand an

sein Gesicht, küsste ihn auf den Mundwinkel und eilte durch die Remise auf den vorderen Hof. Nicolas musste lächeln, während er ihr nachsah, dann ging er zurück an die Arbeit.

Es wurde sehr spät, ehe der letzte Angestellte das Dienstbotenzimmer verließ, um zu Bett zu gehen.

»Machen Sie nicht mehr so lange, Herr Merlo«, sagte Jette.

»Keine Sorge.« Nicolas schlug ein Buch auf und tat, als bemerke er die stumme Einladung in ihrem Blick nicht. Seit er sie verteidigt hatte, schien sie sich ein Interesse seinerseits einzubilden, das nicht ansatzweise bestand.

Eine Weile herrschte vollkommene Stille, in der nur das Ticken der Uhr zu hören war. Dann näherten sich Schritte, eilig, verstohlen, und Nicolas stand auf.

»Ich wäre fast eingeschlafen«, sagte Valerie, die einen weißen Morgenmantel über ihrem Nachthemd trug.

Nicolas ging zu ihr und küsste sie, zog sie eng an sich und nestelte an dem Gürtel, der den Morgenmantel zusammenhielt, als Valerie ihm mit einem Griff um sein Handgelenk Einhalt gebot.

»Wenn ich *das* geplant hätte, hätte ich mich sicher nicht hier mit dir verabredet«, sagte sie.

Mit einem Seufzer ließ Nicolas sie los. »Wie bedauerlich.«

»Ja, das finde ich auch. Aber derzeit geht es nicht.« Ihre Wangen röteten sich kaum merklich.

»Ah, verstehe. Na, immerhin wissen wir so, dass du nicht schwanger bist.«

»Ja, zum Glück.« Valerie griff in die Tasche ihres Morgenmantels und förderte ein kleines in nachtblaues Papier eingeschlagenes Kästchen zum Vorschein. »Mein Weihnachtsgeschenk für dich. Öffne es aber erst, wenn ich weg bin, ja?«

»Ich muss nicht bis Heiligabend warten?«

»Das würde ich nie verlangen, dafür bin ich selbst viel zu neugierig.«

»Weshalb du mein Geschenk erst zu Weihnachten bekommst.«

Sie lächelte erfreut. »Treffen wir uns am ersten Weihnachtstag nachts in der Wohnung meiner Großeltern?«

»Bist du dann nicht mehr indisponiert?«

Wieder röteten sich ihre Wangen. »Wahrscheinlich nicht.«

Sie küsste ihn noch einmal, dann ging sie.

Nicolas löste das Geschenkband von der Schachtel und schlug das Papier auseinander. Zum Vorschein kam eine Armbanduhr, ledernes Band und silbernes Gehäuse. Nicolas nahm sie heraus und betrachtete sie von allen Seiten. In den Boden waren seine Initialen eingraviert. Ein seltsames Gefühl zog ihm die Brust zusammen, Zuneigung und etwas, das er nicht so recht zu benennen wusste.

⁂ 22 ⁂

»Du siehst wirklich gut aus«, sagte Julia und musterte Karl in seinem Smoking. »Sehr elegant.« Sie küsste ihn.

»Das Kompliment gebe ich gerne zurück. Du bist hinreißend.«

Und das war sie in der Tat. Julia trug ein Kleid in einem kühlen, leicht bläulichen Silber. Das Haar hatte sie in einer Wasserwelle frisiert und am Hinterkopf zusammengesteckt. Zudem hatte sie sich an diesem Abend für die Ohrringe entschieden, die seine Mutter ihr vererbt hatte – eine Geste, die sie beide erstaunt hatte, denn Anne Hohenstein hatte Julia nie besonders freundlich gegenübergestanden. Vielleicht bedeutete dieses Geschenk eine Art Friedensangebot nach dem Tod.

Als sie sich zurückziehen wollte, hielt er sie fest und küsste sie erneut. »Fünfundzwanzig Jahre sind es bald. Fünfundzwanzig Jahre.« Und er hatte in den ersten Jahren so wenig zu schätzen gewusst, was er an ihr hatte, sie wieder und wieder betrogen. Noch heute tat es ihm leid, obwohl all das längst vergessen schien und sie nicht mehr darüber sprachen.

Julia richtete seinen Krawattenknoten, wie sie es seit jeher tat. Kleine vertraute Handgriffe. Dann trat sie zurück und sah ihn prüfend an. »Ich würde sagen, du bist präsentabel.«

»Ist die Cousine von Hans schon da?«, fragte Karl.

»Ja, Valerie und Emma waren vorhin dabei, sie einzukleiden.«

Karl hatte das Mädchen das letzte Mal gesehen, als es noch Zöpfe trug. »Hans scheinen diese Leute gutzutun.«

»Ja. Sie bieten ihm wohl eine Art Zuhause.«

»Ein Zuhause hat er hier auch.«

»Das sollte kein Angriff sein, Karl. Aber etwas dort wird ihn wohl an sein Zuhause bei Agnes erinnern, sonst würde er sich dort nicht so wohlfühlen.«

»Gut möglich.«

»So, und nun komm.« Julia hakte sich bei ihm ein und zog ihn zur Tür. »Wir wollen feiern, nicht wahr?«

Er lachte. »Ja, das wollen wir.«

Sie schritten über den Korridor, als die Tür zu Valeries Zimmer aufgerissen wurde. »Mama, das Kleid sitzt nicht, und Alice ist noch bei Emma!«

»Ich komme.« Julia drückte seinen Arm. »Wir sehen uns gleich unten.«

Während Julia Valerie beim Ankleiden half, ging Karl hinunter ins Hotel. Im Vestibül standen einige elegant gekleidete Gäste und unterhielten sich. Karl gesellte sich zu Herrn Wolff und wechselte einige Worte mit ihm, schließlich kamen auch Katharina und Konrad dazu.

»Katharina, du siehst wunderbar aus«, sagte Karl und meinte es ganz ehrlich. Er und die Frau seines Onkels hatten sich zu Beginn nicht besonders gut verstanden, sie war ihm zu burschikos gewesen, er ihr zu arrogant – womit sie nicht ganz unrecht gehabt hatte, er hatte sich ihr gegenüber unmöglich verhalten. Inzwischen verstanden sie sich jedoch gut, und mit Julia verband sie eine enge Freundschaft.

»Vielen Dank, Großvater.« Sie zwinkerte ihm zu.

»War klar, dass du es nicht lassen konntest.«

»Du hast eben ...«

»... früh angefangen, ich weiß.«

»Was macht Marianne mit dem Kind?«, fragte Konrad.

»Jette wird es beaufsichtigen, aber es schläft ohnehin schon.« Marianne und ihr Mann waren nachmittags bereits eingetroffen. Karl wollte noch etwas hinzufügen, als er innehielt und für einen Moment glaubte, das Rad der Zeit habe sich um zwanzig Jahre zurückgedreht. Alexander und Agnes. Und zum ersten Mal seit dem Tod seines Bruders traf ihn das Gefühl des Verlustes mit einer Wucht, die ihm den Atem nahm.

»Grundgütiger«, kam es nun auch von Konrad.

»Onkel Karl«, Hans strahlte. »Das ist meine Cousine Magdalena.«

Karl wurde bewusst, dass er sie anstarrte, und er lächelte. »Du siehst deiner Tante so ähnlich, dass ich für einen Moment an eine Erscheinung geglaubt habe.«

»Wenn denn die Mode stimmen würde«, kam es trocken von Katharina, und Magdalena lachte. »So etwas fällt Männern in all dem Pathos eben nicht auf«, fügte Katharina hinzu und reichte dem Mädchen die Hand.

Nun lachten auch Karl und Konrad, und das Gefühl von niederdrückender Traurigkeit schwand. »Ich frage Minna Rebein, ob sie ein Photo von euch macht für die Familiengalerie.«

Magdalena schlug die Hände zusammen. »Ach, das ist ja großartig. In diesem Kleid?«

»Wenn du das möchtest.« Karl musste lächeln.

»Vielen Dank, Herr Hohenstein.«

»Karl, meine Liebe. Es besteht kein Anlass zu Förmlichkeiten, ich kannte dich bereits, da warst du noch nicht einmal ein Schulmädchen.«

Magdalenas Wangen röteten sich vor Freude. »Oh, zu gern.«

»Komm.« Hans berührte ihren Ellbogen. »Ich zeige dir alles.«

»Sie ist wirklich reizend«, sagte Katharina, als die beiden in den Tanzsaal gingen.

»Ja, das ist sie.«

Julia erschien nun ebenfalls und lächelte Karl an. »Na so was, mein Lieber. Du siehst aus, als hättest du gerade einen Geist gesehen.«

In den letzten Jahren hatte es nur wenig Gelegenheit gegeben, ein Abendkleid zu tragen. Umso mehr genoss Emma es, elegant in einem pailettenbestickten moosgrünen Kleid die Treppe hinunterzuschreiten. Sie trug eine Federboa und hatte das Haar in einer weichen Welle frisiert. Emma hatte das Gefühl, das sich auf den Feiern der Lebenshunger der ganzen Generation widerspiegelte, eine Sehnsucht nach Spaß, die sich in wilden Partys entlud. Nach den Entbehrungen des Krieges und der Zeit danach wollte man sich frei fühlen und tanzte ganze Nächte durch.

Die Silvesterfeier war ein großer Erfolg und die Säle waren brechend voll. Valerie trug sicher eines der aufsehenerregendsten Kleider – schwarz, silberdurchwirkt, paillettenbestickt, schmal und elegant geschnitten, dazu schwarze lange Handschuhe und um den Kopf ein schwarzes Band, in dem seitlich in einer silbernen Spange drei schwarze Federn steckten. Die jungen Männer waren hingerissen – zum offensichtlichen Missfallen der Frauen. Emma jedoch fiel auf, dass Valerie die Aufmerksamkeiten zwar durchaus gerne annahm, ihrerseits aber nicht kokettierte. Sie war sogar auffallend zurückhaltend, was Emma neugierig machte, angesichts dessen, dass Valerie ihre Unschuld an den Ersten Koch verloren und nicht den Eindruck gemacht hatte, es dabei belassen zu wollen. Sie ging zu ihr und hakte sich bei ihr ein.

»Lassen wir die Kerle mal ein wenig zappeln«, sagte Emma.

Valerie streifte die Männer mit einem kurzen Blick. »Meinetwegen können sie zappeln, bis sich jemand anders erbarmt.«

»Kein Interesse?«

»Nicht das geringste.«

»Ist Nicolas Merlo der Grund?«

»Du kannst es dir denken, nicht wahr?«

»Wart ihr noch einmal … ehm … zusammen?«

»Falls du *das* meinst, ist die Antwort Ja.«

»Es ist dir also ernst?«

Valerie zögerte. »Das ist schwer zu sagen.«

»Aber er muss dir doch etwas bedeuten, wenn du so weit gehst.«

Valerie schwieg.

»Was, wenn man euch erwischt?«

»Wir sind vorsichtig. Ach, Emma, ich will jetzt feiern und nicht darüber nachdenken. Es ist ohnehin schon schwer genug.«

»Ist gut, tut mir leid.« Emma gab ihr einen Kuss auf die Wange. Sie hatte Valeries Arm kaum losgelassen, als schon ein junger Mann vor ihnen stand, als habe er den Moment abgewartet, in dem er Valerie um den nächsten Tanz bitten konnte.

Emma wandte sich ab und ging durch den Saal, grüßte

mal hier, mal dort, unterhielt sich mit einigen Freundinnen und hielt Ausschau nach Georg, der versprochen hatte zu kommen. Da sie auch Minna noch nicht gesehen hatte, befürchtete sie, die beiden hätten eine anderweitige Einladung angenommen. Sie sah Ludwig und Charlotte tanzen, und obwohl Emma den Eindruck gehabt hatte, die beiden hätten sich ein wenig voneinander entfernt, wirkten sie nun doch recht harmonisch.

Und dann sah sie Georg, überaus elegant in seinem Smoking. Minnas elfenbeinweißes Kleid, das bei jeder Bewegung schimmerte und einen aufregenden Kontrast zu ihrem dunklen Haar und den grauen Augen bildete, war durchaus dazu angetan, Valerie die Show zu stehlen. Um den Kopf trug sie ein weißes Band, an dem seitlich ein schwarzer, geschliffener Stein weiße, gebogene Federn zusammenhielt. Sie war wirklich atemberaubend schön. Emma bemerkte, dass Ludwig aus dem Takt geriet und musste lächeln, dann ging sie auf Georg zu.

»Wie schön, dass es geklappt hat.« Sie küsste Minna auf die Wange und reichte Georg die Hand.

»Ich wollte schon früher los, aber Minna lag viel an ihrem Auftritt.«

»Glauben Sie ihm kein Wort.« Sie tätschelte Georg die Schulter. »So, mein Lieber, tut ihr zwei, was immer ihr tun müsst, ich gehe feiern.« Sie war noch nicht auf der Tanzfläche angekommen, als sich gleich zwei Männer um sie bemühten.

»Sie ist ein bisschen wie Valerie«, meinte Emma.

»Lassen Sie sie das nicht hören, zu Fräulein Hohenstein steht sie nach wie vor nicht besonders gut.«

»Das beruht auf Gegenseitigkeit.«

Georg warf einen kurzen Blick zu seiner Schwester, dann

sah er Emma an. »Also, beherzigen wir den Rat meiner Schwester und tun, was wir tun müssen. Fangen wir mit dem Tanzen an?« Er zwinkerte ihr zu.

»Aber unbedingt!«

Georg war ein guter Tänzer, und so ließ Emma dem ersten Tanz gleich noch einen weiteren folgen. Danach gingen sie zum Büfett und kamen, während sie etwas tranken, wieder zu Atem. »Großartig«, sagte Emma. »Meinetwegen kann es direkt weitergehen.«

»Wenn ich Sie weiterhin in Beschlag nehme, ziehe ich mir vermutlich die Feindschaft der Männer hier zu.«

Emma sah sich um und zuckte die Schultern. »Die sind zu beschäftigt damit, sich bei Valerie und Minna gegenseitig den Rang abzulaufen. Da bleibt mir gar nichts anderes übrig, als mich mit Ihnen zu begnügen.«

»Tja, man muss nehmen, was man kriegen kann.«

Emma stellte ihr Glas ab, umfasste seine Hand und zog ihn erneut auf die Tanzfläche. Sie fühlte sich übermütig und ausgelassen, und die Stimmung des Abends perlte in der Kehle und machte trunken.

»Amüsiert ihr euch?«, fragte Konrad Alsberg, als sie später in den angrenzenden Salon schlenderten, Emmas Wangen immer noch erhitzt vom Tanz.

»Sehr«, antwortete Emma.

»Vielen Dank für die Einladung«, fügte Georg hinzu. »Ich habe schon von den großen Silvesterfeiern hier gehört. Meine Großmutter hat mir übrigens erzählt, dass meine Eltern sich hier kennengelernt haben.«

»Tatsächlich?«

»Ja, es muss um 1895 gewesen sein.«

»Das war ein wenig vor meiner Zeit hier. Nun, dann steht unsere Bekanntschaft ja unter einem guten Stern.«

Konrad Alsberg klopfte ihm einmal freundschaftlich auf die Schulter und setzte seinen Weg fort.

Sie gingen weiter durch den Salon und ließen sich auf einem Sofa nieder, das Teil einer der kleinen Sitzgruppen war, auf denen die Gäste verweilen konnten. Farne und große Kübel mit exotisch anmutenden Pflanzen, die extra für diesen Abend aus dem Wintergarten geholt worden waren, ließen die Plätze wie eine kleine, grüne Insel inmitten eines wogenden Meeres aus bunten Kleidern und schwarzen Smokings erscheinen.

»Müde getanzt?«

Emma blickte auf und sah Hans mit seiner Cousine auf sie zukommen. »Ein wenig. Wie gefällt es dir, Magdalena?«

»Oh, es ist phantastisch. Ich befürchte nur, ich halte Hans davon ab, sich zu amüsieren, weil er die ganze Zeit bei mir bleiben muss. Ich war noch nie in so einer Gesellschaft und habe furchtbare Angst, mich zu blamieren.«

»Ich habe doch gesagt, ich freue mich, dass du da bist«, sagte Hans und ließ sich mit ihr auf dem Sofa neben Georg und Emma nieder.

»Im Grunde ist es ganz einfach«, sagte Georg. »Wenn Ihr Cousin Sie allein lässt, werden die Männer sich darum reißen, mit Ihnen zu tanzen. Sie gewähren huldvoll nickend diese Gunst und überlassen ihnen das Reden, wenn Sie nicht wissen, was Sie sagen sollen. Da Sie Hans Hohensteins Cousine sind, wird niemand auch nur annehmen, Sie gehörten nicht dazu.«

»Ach, das sagt sich so leicht.«

»Nach ein paar Tanzabenden bei uns hast du es raus«, versprach Emma. Sie blickte auf und bemerkte, dass die Gäste langsam anfingen, auf die Ausgänge zuzuströmen.

»Ich glaube, das Feuerwerk geht los«, sagte sie nach einem raschen Blick auf die Uhr.

Sie erhoben sich und gingen ebenfalls ihre Mäntel holen und dann in den Garten. In der Menge hatten sie Hans und Magdalena rasch verloren, und Emma ließ zu, dass Georg ihre Hand umfasste. Ein wenig abseits, in der Nähe vom Spalier, das den Eingang zum Rosengarten markierte, standen sie da und beobachteten, wie das Feuerwerk losging.

Georg legte den Arm um Emmas Schultern. Sie drehte den Kopf zu ihm, sah ihn an, und er erwiderte ihren Blick, während die Farben über ihnen wetterleuchteten. Dann, ganz langsam, hob sie ihr Gesicht, und er kam ihr entgegen, bis sich ihre Lippen berührten. Emma schloss die Augen und spürte eine kribbelige Wärme in ihrem Bauch aufsteigen, als sie Georgs Kuss auskostete. Ganz kurz löste er sich von ihr, hob den Kopf weit genug an, um ihr in die Augen zu sehen, als wolle er ihre Gefühle ausloten, dann küsste er sie erneut. Emma legte eine Hand um seinen Hinterkopf, ließ sie langsam zu seiner Wange gleiten. Das Feuerwerk zischte, knallte und verbreitete den Geruch von Schwefel, während Emma am winterlich verdorrten Rosenspalier die Liebe kennenlernte.

»Wie viele Männer träumen wohl derzeit davon, das hier tun zu dürfen?«, fragte Nicolas, während er Valerie das Kleid von den Schultern streifte.

»Nun«, sie küsste ihn, zog sich spielerisch zurück und küsste ihn erneut, »das sollte dir gleich sein, wenn es doch nur einen gibt, dem ich diese Gunst gewähre.«

»Bist du gar nicht neugierig auf das Spektakel da draußen?«, fragte Nicolas, während er sie auf seinen Schreibtisch hob.

»Nicht, wenn es mich nach einem Spektakel gänzlich anderer Art verlangt.« Sie küsste ihn und bog ihren Körper unter seinen Liebkosungen.

»Vielleicht hätte ich es gerne gesehen«, gab er – nun schon recht atemlos – zu bedenken.

»Dann beeil dich lieber.« Valeries Worte verloren sich in einem Keuchen, als ihr Körper eins wurde mit seinem und ihr Verlangen sich in immer schneller aufeinanderfolgenden Wellen entlud. Sie warf den Kopf zurück, bot Nicolas ihren Hals, während die Welt in einem wilden Wirbel zerstob.

Als es vorbei war und Nicolas sie hielt, ihre Lippen küsste, die Wangen, die geschlossenen Augenlider, war sie kurz davor, in Tränen auszubrechen. Sie hätte im Garten stehen sollen, feiern, das Feuerwerk genießen. Stattdessen war sie hier und wusste nicht, wie sie aus diesem Irrsinn je wieder herauskommen sollte. Dabei hatten sie bereits draußen gestanden, waren einander nur zufällig begegnet, hatten sich angesehen, und noch während Valerie sich sagte, dass das alles verrückt war, dass sie sich so sehr auf dieses Feuerwerk freute, hatte sie ihm angedeutet, ihn allein sehen zu wollen. Weil wieder diese verzehrende Begierde von ihr Besitz ergriffen hatte, die sie jede Vernunft vergessen ließ.

Das Feuerwerk war fast vorbei, als Valerie sich unauffällig zu den Feiernden gesellte. Nicolas war schon längst draußen, aber sie hatte sich noch frisch gemacht, Parfüm auf den Hals getupft und ihre Frisur überprüft. Dass sie immer noch wacklig auf den Knien war, sah ihr zum Glück niemand an. Das Hochgefühl jedoch, das sie noch kurz zuvor in Nicolas' Armen verspürt hatte, war verflogen, stattdessen war da nur noch eine tiefe Verzweiflung.

Sie bemerkte Emma und Georg und wusste sofort, dass sich etwas zwischen ihnen verändert hatte. Es war erkennbar an der Art, wie sie sich ansahen, an den flüchtigen Berührungen ihrer Hände. Neid kroch wie zäher grüner Schleim in ihr Gemüt. Warum konnte sie so etwas nicht haben? Eine standesgemäße Liebe, eine Liebe, die klaren Strukturen folgte, die wuchs und verlässlich war. Stattdessen stahl sie sich davon, um ihr Verlangen in einem schäbigen Akt auf dem Schreibtisch in einer Kammer zu stillen, während alle anderen feierten. Wahrscheinlich lebte Emma bereits glücklich verheiratet in einer Villa, während Valerie sich immer noch in hastiger Begierde in versteckten Ecken mit dem Ersten Koch traf.

Tief durchatmend versuchte Valerie, den Neid, der sich in immer hässlicheren Auswüchsen zeigte, zu verdrängen. Was konnte Emma denn dafür, dass sie, Valerie, sich ohne Sinn und Verstand in diese Affäre verstrickt hatte? Immerhin war sie diejenige gewesen, die sie gewarnt hatte. Schon längst hatte Valerie damit aufgehört, sich einzureden, es würde nur noch ein einziges Mal passieren und dann wäre Schluss. Es zog sie fortwährend zu ihm, selbst in Momenten wie diesen, auf die sie sich so lange schon gefreut hatte. Alles rückte in den Hintergrund und versickerte in Winkeln eines Verlangens, das nach nichts als Erfüllung strebte.

Valerie ging langsam zurück in den Saal und entdeckte ihren Bruder mit Emma, Georg und dessen Schwester. Und da bemerkte sie es zum ersten Mal, die Vertrautheit zwischen Minna und Ludwig, die offenbar niemandem auffiel, außer ihr, Valerie, mit dem Gespür für Nuancen. Sie wusste nicht, woran genau sie es festmachen konnte, aber es formte sich so deutlich vor ihr, als habe jemand es ausgesprochen: Sie sind ein Paar. Lachend standen sie da beisammen, Emma mit dem standesgemäßen Georg, Ludwig mit seiner verbotenen kleinen Liaison, über die, selbst wenn er sie offenlegte, niemand die Nase rümpfen würde. Vielleicht hätte man ein wenig Mitleid mit Charlotte, aber das wäre bereits alles.

Abrupt wandte Valerie sich ab, ließ zu, dass der Neid hässliche Schlieren in ihre Gedanken wob, ging zu Charlotte, die sich mit einigen Gästen unterhielt. Freundschaftlich hakte sie sich bei ihr ein und führte sie langsam durch den Saal, plauderte mit ihr und blieb wenige Schritte von Ludwig, Minna, Georg und Emma stehen, sah sie lachen, weil offenbar jemand gescherzt hatte.

»Behalte ihn im Auge, es ist ernster, als du denkst«, sagte sie.

Nun waren die Worte heraus und nicht mehr zurückzunehmen. Charlotte beobachtete die vier, verengte kaum merklich die Augen. Und Valerie ahnte auf einmal, dass sie diesen Moment noch bereuen würde.

⁂ 23 ⁂

Karl steckte mitten in den Berechnungen für Emmas neue Werbeidee – die er ihr entschieden ausreden musste –, als es an der Tür klopfte und sein Neffe eintrat. »Was gibt es, Hans?«

Ohne lange Umstände zu machen, ließ Hans sich auf dem Besucherstuhl Karl gegenüber nieder. »Ich brauche Geld.«

»Ah ja. Du bekommst Taschengeld, nicht wahr?«

»Ich brauche mehr.«

»Darf ich auch fragen, wofür?«

»Ich möchte einen Teil meines Erbes ausgezahlt bekommen.«

Karl hob die Brauen. »Tatsächlich?«

»Ja. Also, bekomme ich das Geld?«

»Sobald du verheiratet bist.«

»Aber das dauert noch ewig! Ich brauche es jetzt.«

»Wofür?«

Hans nagte an seiner Unterlippe, und wie immer, wenn ihm etwas nicht passte, trat die Furche zwischen seine Brauen. »Ich möchte es Onkel Paul geben.«

Jetzt war es an Karl, die Stirn zu krausen. »Dein Onkel bittet dich um Geld?«

»Nein, natürlich nicht. Aber es geht ihnen finanziell nicht gut. Er hat Schulden, und ich möchte helfen.«

Karl stieß mit einiger Erleichterung den Atem aus. Sein Neffe hatte also nicht vor, mit dem Geld auf Abwege zu gehen. »Das ehrt dich, Hans, aber ich verwalte das Geld nur, ich kann nicht einfach eine Summe davon abheben. Dein Großvater war in seinen Anweisungen sehr konkret.«

Hans schwieg, dachte nach. »Dann streck es mir vor und nimm es dir zurück, wenn ich erbe.«

Das war eine Seite an seinem Neffen, die Karl noch nicht kannte, da hieß es, mit Fingerspitzengefühl vorzugehen. »Hans, wenn dein Onkel Schulden hat und du bietest ihm Geld an, kann es sein, dass du ihn damit verletzt.«

»Warum? Er hat kein Geld, ich habe welches. Er ist Mamas Bruder, sie hätte es gewollt.«

»Ja, aber er könnte es als Almosen verstehen, als Mitleid.«

»Nun ja, er tut mir ja auch leid.«

»Aber das darfst du ihm nicht so deutlich zeigen, damit verletzt du seinen Stolz.«

Obwohl Hans nicht überzeugt wirkte, nickte er. »Ich kann also nichts tun?«

»Ihr habt euch lange nicht gesehen, lass die familiären Bande wieder fester werden, dann könnte man vorsichtig versuchen, ihm ein Darlehen anzubieten, das er unverzinst zurückzahlen kann. Es bliebe in der Familie, und er würde sein Gesicht wahren.«

Hans' Miene hellte sich auf. »Das ist eine gute Idee.« Er stand auf. »Ich gehe übrigens jetzt zu ihm. Möchtest du dieses Mal mitkommen?«

Karl wollte ablehnen, da er noch viel zu tun hatte, aber in Hans' Stimme schwang bereits die Ahnung mit, dass Karl Nein sagen würde, und so brachte dieser es nicht übers

Herz. »Also gut, warum eigentlich nicht? Es war ja ohnehin geplant.«

Überrascht sah Hans ihn an, und der Anflug eines Lächelns glitt über seinen Mund.

»Was ist mit Jakob?«, fragte Karl.

»Der will einen Freund besuchen, hat er gesagt. Außerdem meint er, ihm sei dort langweilig.«

Karl klappte das Rechnungsbuch zu und erhob sich. »Also gut, ich bin fertig. Ich muss nur kurz an der Rezeption Bescheid geben, Konrad ist erst abends wieder zurück.«

»Was ist mit Ludwig?«

»Der hat heute irgendwann den Termin mit dem Innenarchitekten.«

Sie verließen das Hotel, und Karl gab dem Concierge Bescheid, dass er ausging. »Im Notfall ist mein Sohn da, allerdings wirklich nur im Notfall, er hat einen Termin mit seiner Verlobten hier im Haus.«

»Ist gut, Herr Hohenstein.«

Karl gab ihrem privaten Chauffeur Bescheid, der daraufhin das Automobil vorfuhr. Es war ungewohnt, einen Ausflug mit seinem Neffen zu machen. Das letzte Mal war er mit Hans allein im Automobil gefahren, als er ihn in Godesberg in der Schule angemeldet hatte.

»Werde ich ihn nicht in Verlegenheit bringen, wenn ich unangemeldet auftauche?«, fragte Karl

»Nein, er hat ja mehrmals gesagt, du sollst dich endlich mal blicken lassen.«

»Ah ja.«

»Heute hat er frei, daher passt es gerade gut.«

Es dauerte einen Moment, bis Karl in dem heruntergekommenen Haus die Bäckerei von Agnes' Eltern erkannte. »Er hat es ganz schön runtergewirtschaftet«, stellte er fest.

»Es war halt nicht das Richtige für ihn. Sein Vater hat einfach entschieden, welchen Lebensweg er gehen soll, obwohl er etwas anderes wollte.«

Karl sah zu dem Schild mit der abblätternden Farbe hoch und dachte an den Tag, an dem er Alexander zu Agnes' Eltern begleitet hatte, um offiziell um ihre Hand zu bitten. Es wirke seriöser, hatte Alexander gesagt, wenn jemand aus der Familie dabei wäre.

Hans läutete, und kurz darauf erschien Magdalena an der Tür. »Oh, was für eine Überraschung«, sagte sie. »Kommt rein.«

Sie führte sie über eine enge Treppe in jene Wohnung, die Karl noch vage vertraut vorkam. Er hatte Agnes' Familie, abgesehen von dem einen Besuch, stets in Alexanders Haus getroffen, wenn eine Familienfeier anstand.

»Papa, Hans hat einen Besucher mitgebracht«, hörte er Magdalena sagen, als sie vor ihm die Stube betrat.

Karl hätte Paul Roth vermutlich nicht wiedererkannt, wäre er ihm auf der Straße begegnet. Er hatte ihn als kräftigen Mann mit widerspenstigem Haar in Erinnerung. Nun war er hager, ging ein wenig gebeugt, als drücke ihn eine unsichtbare Last nieder, und sein Haar lichtete sich in der Stirn. Aber die braunen Augen, die denen von Agnes so sehr glichen, waren immer noch durchdringend und von scharfer Intelligenz.

»Na so was«, sagte er nun. »Karl Hohenstein. Als wäre es gestern gewesen.« Er reichte ihm die Hand. »Hat der Bengel hier endlich meine Einladung überbracht?«

Er hat ja mehrmals gesagt, du sollst dich endlich mal blicken lassen. »Ja, tut mir leid, dass es nicht früher geklappt hat«, entschuldigte sich Karl.

»Ach, schon in Ordnung. Nimm Platz.« Er wies auf

eines der beiden Sofas. »Annegret hat Kuchen gebacken, sie ist noch in der Küche. Die wird Augen machen.«

Kurz darauf erschien sie mit einer Platte in den Händen, auf der ein buttergelber Kuchen thronte. Sie stieß einen Ausruf des Erstaunens aus. »Karl!« Dann stellte sie die Platte ab und fuhr sich ordnend über das Haar. »Ich ... Ach herrje, ich sehe furchtbar aus!« Ihr Gesicht glänzte noch von der Wärme des Ofens, und ihr Kleid zierten Mehlflecke, die sie eilig abklopfte. Sie verströmte den Geruch von süßem Teig und Schokolade.

Karl hatte ihre warme Ausstrahlung immer schon gemocht. »Du siehst großartig aus«, sagte er. »Mach dir keine Umstände.«

Zögernd ließ sie sich am Tisch nieder. »Magdalena, hol noch einen Teller und eine Kuchengabel.« Mit einem Taschentuch tupfte sie sich das Gesicht ab. »Unsere Magdalena hat tagelang von dem Abend bei euch geschwärmt. Vielen Dank«, sagte sie.

»Es war uns ein Vergnügen«, antwortete Karl.

»Ich habe Hans schon gesagt, dass es eine Schande ist, wenn die Familie sich so lange aus den Augen verliert. Aber wir hatten es nicht leicht nach dem Krieg. Die Inflation, die Grippe – nein, es war wirklich nicht leicht.«

Karl nickte.

»Aber wie sag ich immer«, fuhr Paul Roth fort, »besser spät als nie.« Er klopfte Hans auf die Schulter. »Ist gar kein übler Bursche. Hätte ein paar Mal übers Knie gelegt gehört, dann wäre er vielleicht nicht ganz so missraten, aber im Grunde kein übler Bursche.«

Jetzt musste Karl lachen und sah, wie Hans rot anlief. Aber er fuhr nicht auf, wie er es bei Karl zweifellos getan hätte, sondern wirkte eher verlegen. Erstaunlich, dachte Karl.

Annegret schnitt den Kuchen an und legte ihm ein Stück auf den Teller, während Magdalena den Kaffee holte. »Du bist vermutlich Besseres gewohnt«, sagte Magdalena.

»Einen guten Kuchen weiß ich immer zu schätzen.«

Sie lächelte und beugte sich vor, um Hans ebenfalls ein Stück zu geben. »Du kannst dir nicht vorstellen, wie sehr wir uns freuen, dass Hans uns so oft besucht. Der Jakob war ja leider nur einmal hier, aber in dem Alter langweilen sie sich schnell, das war bei meinen Buben auch so.«

Der Kuchen schmeckte wirklich vorzüglich. »Du warst immer schon eine gute Bäckerin, Annegret«, sagte er zu ihr.

»Ja«, antwortete Paul an ihrer Stelle. »Wäre besser gewesen, wenn sie die Bäckerei übernommen hätte.«

»Dafür hätt's nun nicht gereicht«, widersprach Annegret, aber ihr war anzusehen, dass sie sich über das Kompliment freute.

Während sie Kuchen aßen, plauderten sie über alte Zeiten, über Alexander und Agnes, über die Grippe, über die Inflation, darüber, wie man mit einem Koffer voller Geld ein Brot kaufen ging. Es war schön, mit jemandem aus Agnes' Familie zu sprechen, jemandem, der ihr und Alexander ebenfalls nahegestanden hatte. Karl bedauerte, dass er den Kontakt hatte einschlafen lassen.

»Wenn du und Annegret mal ausgehen möchtet – ihr seid jederzeit im Hotel willkommen und selbstverständlich meine Gäste.«

»Das ist sehr nett von dir, Karl«, sagte Paul.

»Oh«, rief Magdalena und klatschte in die Hände. »Und ich darf doch noch mal feiern kommen, ja?«

»Magdalena!«, tadelte ihre Mutter.

»Natürlich«, sagte Karl. »Du bist auch ohne offizielle

Einladung auf jeder Feier und jedem Tanzabend willkommen.«

»Ja, setz ihr ruhig Flausen in den Kopf«, antwortete Paul, klang jedoch eher amüsiert als verärgert.

Karl bekam ein weiteres Stück Kuchen von Magdalena, wobei sie ihn keck anlächelte. Ein wenig erinnerte sie ihn an seine Tochter.

Valerie streckte sich genüsslich, schlang hernach die Arme um Nicolas' Hals und zog sein Gesicht zu sich, um ihn zu küssen. Sie kostete den Kuss lange aus, ehe sie sich daraus löste und an Nicolas' Brust schmiegte.

»Wie ich sehe, ist Madame Unersättlich zufrieden.«

»Schweig, du Flegel.«

Träge glitt seine Hand über ihre Hüfte, und Valerie lauschte dem Schlag seines Herzens, der langsam wieder ruhiger ging. Sie fühlte sich angenehm matt und schläfrig. Daheim erwartete man sie ohnehin nicht, ihre Eltern waren beide aus, sie konnte sich also ruhig ein wenig in den Schlaf treiben lassen ...

Und dann öffnete sie die Augen wieder, wusste nicht recht, was es gewesen war, das ihre Sinne schärfte. Nicolas bewegte sich kaum merklich, so, als habe er es ebenfalls wahrgenommen.

Schritte.

Aber das war unmöglich. So unmöglich, dass Valerie davon überzeugt war, es sich einzubilden. Die Vorstellung ließ sich jedoch nicht lange aufrechterhalten, denn zu den Schritten gesellten sich Stimmen.

Reglos lagen sie da, als würde sie das unsichtbar machen. Sie konnten ohnehin nichts tun, die Schritte waren bereits vor dem Zimmer angekommen. Dann wurde die Tür geöffnet, und im ersten Moment nahm man die beiden nicht wahr, ein irritierender Augenblick, in dem Valerie dachte, sie seien tatsächlich unsichtbar geworden.

Hanni durchquerte den Raum und öffnete die Fensterläden. Licht flutete ins Zimmer. Und dann wandten sich die Köpfe ihnen zu. Ludwig, Charlotte, ein fremder Mann und Hanni. Wäre die Situation eine andere, wären die irritierten Blicke geradezu zum Lachen gewesen, dieser rasche Wechsel von Erstaunen zu Fassungslosigkeit.

Dann kam die Verlegenheit, und der Mann zog sich sofort zurück. Valerie, die in einem Gefühl der Unwirklichkeit gefangen war, bemerkte, wie der Ausdruck in Charlottes Gesicht langsam zu Belustigung und Neugier wechselte. Für einen Moment fühlte Valerie sich nicht gar so bloßgestellt. Dann jedoch sah sie Ludwig an, und das Gefühl fiel in sich zusammen. Er drehte sich abrupt um und scheuchte Hanni hinaus, ehe er mit Charlotte den Raum verließ und die Tür heftiger als nötig schloss.

Eilig erhoben sich Valerie und Nicolas, um sich anzukleiden.

»Ausgerechnet Hanni«, sagte Nicolas. »Jetzt haben wir der größten Glocke der Dienstbotenschaft ordentlich was zu läuten gegeben. Hast du nicht mitbekommen, dass dein Bruder sich die Wohnung heute ansieht?«

»Er sagte etwas in der Art, aber ich wusste nicht, dass das heute ist.«

»Na, großartig.«

»Tu nicht so, als sei das meine Schuld«, fuhr Valerie auf, während sie ihre Bluse zuknöpfte.

»Also meine ist es sicherlich nicht. Wer hat denn dieses Zimmer ausgesucht und als sicher genug dargestellt, um es auch tagsüber zu nutzen?«

Valerie antwortete nicht darauf, sondern fuhr sich mit den Fingern durch das Haar, um nicht ganz so desolat auszusehen. Die ganze Sache war eine einzige Katastrophe. »Wir hätten aus dem Fenster klettern sollen«, sagte sie verzweifelt.

»Ja, und die Blicke der Leute im Hof, wenn wir das halb angezogen tun, hätte ich zu gerne gesehen.«

Valerie biss sich auf die Unterlippe und gab die Versuche auf, sich herzurichten, als die Tür wieder geöffnet wurde und Ludwig eintrat, dessen Entsetzen nun offenbar kaltem Zorn gewichen war.

»Raus«, herrschte er Nicolas an.

Der kam dem Befehl umgehend nach und verließ das Zimmer.

»Was, um alles in der Welt, hast du dir dabei gedacht?«

Valerie verschränkte die Arme vor der Brust. »Frage ich dich das auch, wenn du unsere Dienstmädchen beglückst?«

Ein ungläubiges kleines Lachen war zu hören. »Das ist ja wohl mitnichten dasselbe. Ist dir klar, dass es inzwischen vermutlich die halbe Dienstbotenschaft weiß?«

»Du hättest Hanni verbieten sollen, darüber zu sprechen.«

»Ja, das hätte wirklich geholfen, nicht wahr?«, höhnte er. »Und was ist mit dem Innenarchitekten? Ja, er hat zugesagt, Stillschweigen zu bewahren, aber zumindest seiner Ehefrau wird er es ganz sicher erzählen. Und dann kann man es gleich in die Zeitung setzen.«

Valerie schlang die Arme enger um die Brust. »Und wenn schon«, murmelte sie.

»Und wenn schon? Ist dir klar, was das für deine Zukunft bedeutet?«

Ja, war es durchaus, aber darüber wollte Valerie jetzt nicht nachdenken. »Wirst du es Mama und Papa sagen?«

»Es ist ja wohl besser, sie erfahren es von mir als durch das Gerede der Leute. Oder willst du es ihnen erzählen?«

Valerie schüttelte den Kopf. Sie würde im Boden versinken. *Ich habe es in Großmutters Bett mit unserem Ersten Koch getrieben und wurde dabei erwischt.* Sie erschauerte. Fürchterlich.

Erneut ging die Tür auf, und Charlotte betrat den Raum. »Die Männer sind weg.«

»Gut. Weißt du, ob mein Vater inzwischen wieder zurück ist?«

»Ist er nicht.«

»Dann warte ich und erzähle es ihm und Mutter zusammen.«

Charlotte nickte. »Tu das. Und nun sei so lieb und lass uns allein.«

Darum ließ Ludwig sich nicht lange bitten, und Valerie vermutete, dass die ganze Sache ihm auf gewisse Weise nicht weniger unangenehm war als ihr.

»Warum hast du es mir nicht erzählt?«, fragte Charlotte. »Dann hätte ich dich warnen können.«

»Das ist nichts, was man herumerzählt, nicht wahr?« Davon, dass Emma es wusste, sagte Valerie nichts.

»Es der besten Freundin zu erzählen ist wohl nicht dasselbe, wie es herumzuerzählen. Aber ich verstehe dich schon. Ich meine, immerhin ist er ein Dienstbote.«

Dass Charlotte ihn so von oben herab abtat, gefiel Valerie nun auch wieder nicht, aber sie war nicht in Stimmung für einen Disput. Und im Grunde hatte Charlotte ja recht, eine Affäre mit Anthony Gilbert hätte sie ihr nicht verschwiegen.

Charlotte zupfte an Valeries Haaren herum. »Komm, wir gehen in dein Zimmer, und dann richtest du dich erst einmal vernünftig her. So kannst du deinen Eltern nicht unter die Augen treten, auch wenn sie wissen werden, dass du gerade aus dem Bett gestiegen bist.«

»Ach, Charlotte, es ist alles so furchtbar.«

»Ja, das ist es, aber jetzt musst du mit erhobenem Haupt hindurch, wie man so schön sagt. War es denn wenigstens schön?« Ein klein wenig Neugier und Sensationslust hatten sich in Charlottes Stimme geschlichen, wie immer, wenn eine von den jungen Frauen in dieses besondere Geheimnis eingeweiht worden war.

»Sonst hätte ich es wohl kaum getan.« Und da das letzte Mal schon länger her war, war Valerie leichtsinnig geworden. Sie hätte aufmerksamer sein müssen, immerhin hatte Ludwig ja erwähnt, dass dieser Besuch irgendwann ins Haus stand. Aber das Verlangen nach Nicolas hatte jede Vorsicht, jede Vernunft verdrängt. Sie hätte die Gelegenheit nutzen und es beenden sollen, aber der Gedanke war ihr in den Momenten des Verzichts unerträglich gewesen. Und nun war es zu spät.

Nicolas hörte das Gerede bereits, als er in die Nähe des Dienstbotenzimmers kam. Er hielt inne, war noch nicht bereit, sich all dem zu stellen. Hanni hatte ganze Arbeit geleistet, man sprach von nichts anderem mehr.

»Die arrogante Valerie Hohenstein?«, fragte Fritz, der offenbar als Letzter hinzugekommen war. »Ernsthaft?«

»Muss ein erhebendes Gefühl gewesen sein«, rief Henri. »Im Bett hat sie vermutlich *seine* Befehle ausgeführt.«

»Wobei ihr ständiges ›Ich will‹ sicher seinen Reiz hat, wenn sie dabei unbekleidet ist«, kam es von Fritz.

»Sie hatte immer schon etwas Liederliches«, hörte Nicolas Hanni sagen.

»Du bist ja nur neidisch«, erwiderte Anette.

»Sei still, du dummes Ding. Was verstehst du schon davon?«

»Jetzt lästert ihr alle über sie«, mischte sich Jette ein. »Dabei würde in Wahrheit doch jede von euch sofort mit ihr tauschen.«

»Du doch wohl auch«, fauchte Hanni.

»Ja, aber ich gebe es wenigstens zu.«

»Schluss jetzt!« Offenbar hatte Frau Nettesheim den Raum eben durch die Küche betreten. »Ich verbiete jede weitere Spekulation. Wer noch ein respektloses Wort über das gnädige Fräulein fallen lässt, kann seine Koffer packen. Und jetzt an die Arbeit.«

Nicolas gab seinen Lauschposten auf und betrat das Dienstbotenzimmer. Alle sahen auf, aber er ignorierte sie, setzte sich an den Tisch und schlug nonchalant die Beine übereinander, gelassen, als sei nichts geschehen. Fritz und Henri war anzusehen, dass sie zu gerne Details erfahren hätten, aber natürlich wagten sie nicht, dergleichen ihm gegenüber anzusprechen.

»Los, raus hier«, herrschte Frau Nettesheim sie an und scheuchte alle zur Tür hinaus. »Oder fehlt es euch an Arbeit?« Dann setzte sie sich ebenfalls an den Tisch und rief Anette. »Mach Tee, Kind, für mich und für Herrn Merlo. Er wirkt, als habe er ihn nötig.«

Überrascht sah Nicolas sie an, und sie zwinkerte ihm zu. »Na, da haben Sie sich ja in einen schönen Schlamassel geritten.«

Unter anderen Umständen hätte diese unbewusste Zweideutigkeit Nicolas zum Lachen gebracht, aber das war ihm jetzt gründlich vergangen. »Ja, ganz so sieht es aus.«

»Unter uns – es schadet den gnädigen Herrschaften

nicht, mal ihre eigene Medizin zu schmecken. In meiner Jugend hat die Leidenschaft der gnädigen Herren Karl und Alexander – Gott sei seiner Seele gnädig – so manch junge Frau hier die Stellung gekostet. Ich will nicht sagen, es sei ein einseitiges Vergnügen gewesen, denn das war es gewiss nicht, die beiden waren sehr begehrt bei den Damen. Aber die Konsequenzen ihres Tuns trugen stets nur die Dienstmädchen. So manch eine dachte, sie käme auf diese Weise hoch hinaus.«

»Aber irgendwann waren die beiden Herren doch geläutert, hörte ich.«

»Ja, das waren sie. Und die jungen Herren heute sind deutlich zurückhaltender. Aber wie wir bei Flora gesehen haben, hat sich an dem Prinzip der einseitigen Schuld nichts geändert – und das, obwohl es ein Dienstbote war. Aber den Männern kann man es nun einmal nicht nachweisen, nicht wahr? Wie auch immer, das Fräulein Valerie wird Herr Hohenstein ja nun nicht vor die Tür setzen können. Da müssen andere Lösungen her.«

Anette erschien mit dem Tee.

»Danke, Kind«, sagte Frau Nettesheim.

Anette sah Nicolas an und errötete, dann wandte sie sich ab und ging zurück in die Küche.

»Haben Sie schon eine Ahnung, was jetzt wird? Hat Herr Ludwig etwas gesagt?«

Nicolas schüttelte den Kopf. Wie Karl Hohenstein auf dergleichen reagierte, wollte er sich nicht einmal ausmalen. Die Sache unter den Tisch zu kehren, war ja nun schlechterdings nicht möglich. Er konnte also nur hier sitzen und darauf warten, was ihm blühte. Und er fragte sich, wie es Valerie nun wohl erging.

⁂ 24 ⁂

»Ich habe geahnt, dass der Kerl Ärger macht!«

Valerie stand wie ein gescholtenes Kind vor ihrem Vater, die Arme um den Oberkörper geschlungen, beherrscht von dem Gefühl, vor Scham im Boden versinken zu müssen.

»Es ist sicher nicht richtig, ihm allein die Schuld zu geben«, wandte ihre Mutter ein. »Ich nehme an, die Sache war von dir ebenso gewollt?«

Zögernd hob Valerie den Blick zu ihrer Mutter und nickte.

»Er wird doch wohl mehr Erfahrung mit Frauen haben als Valerie mit Männern«, wandte ihr Vater ein. »Er hat ihre Verliebtheit ausgenutzt und sie verführt.«

Valerie holte Luft, wollte Nicolas verteidigen und tat es dann doch nicht. Unmöglich konnte sie ihren Eltern gegenüber eingestehen, dass es sie ebenso danach verlangt hatte wie ihn.

»Wie lange geht das schon so?«, fragte ihr Vater.

»Es hat im Herbst begonnen.«

»Genauso, wie ich es mir bereits gedacht habe.« Karl Hohenstein rieb sich die Augen und wandte sich ab, ging zum Fenster des Salons, das auf den Hof zeigte, stützte sich mit einer Hand an der Wand ab und schwieg.

Hilfesuchend sah Valerie zu ihrer Mutter.

»Du liebst ihn, ja?«

Valerie antwortete nicht, und nun drehte sich ihr Vater wieder zu ihr um.

»Nicht einmal das?«

Valerie zuckte unter dem vernichtenden Tonfall zusammen. So kannte sie ihren Vater nicht. »Ich … Er ist ein Dienstbote. Ich kann doch nicht …«

»Was kannst du nicht? Mit ihm ins Bett gehen konntest du offenbar schon.«

Wieder spürte Valerie, wie ihr das Blut heiß ins Gesicht stieg.

»In ein paar Tagen wird es in der Stadt die Runde gemacht haben. Und damit ist jede Möglichkeit auf eine standesgemäße Ehe – ja, vermutlich auf eine Ehe überhaupt – für dich verloren. Das ist dir klar, ja?«

Valerie nickte.

»Was wäre also das Naheliegendste?«, fragte ihr Vater.

»Ich … ich …« Valerie verstummte.

»Du kannst ihn heiraten und damit zumindest dein Gesicht und den Anstand wahren.«

Alarmiert starrte Valerie ihn an. Auf einmal wurde all das furchtbar konkret. Eine Ehe mit Nicolas? »Aber ich …«

»Ja?« Ihr Vater wartete.

»Ich kann doch nicht die Frau eines Kochs werden.«

»Seine Geliebte aber schon?«

»Das … Ich wollte es doch sowieso beenden.« Irgendwann.

»Wie beruhigend«, antwortete ihr Vater kalt.

»Welche andere Möglichkeit stellst du dir denn vor?«, fragte ihre Mutter.

Darauf jedoch wusste Valerie keine Antwort.

Ihr Vater taxierte sie aus verengten Augen. »Du hast die Wahl, Valerie, ich zwinge dich zu nichts. Wenn du ihn heiraten willst, dann arrangieren wir das. Wenn nicht, dann lebst du eben unverheiratet hier, für dich ändert sich dadurch nichts.«

Einen Moment lang war Valerie erleichtert, dachte, dass sich vielleicht doch alles irgendwie fügen würde, dass auch diese Geschichte in Vergessenheit geriet.

»Ihn jedoch«, fuhr ihr Vater fort, »werde ich ohne Zeugnis auf die Straße setzen. Vielleicht bekommt er dann noch eine Stelle als Hilfskoch, aber selbst das bezweifle ich. Wer möchte schon einen Hausangestellten, der der Tochter seines Brotgebers nachsteigt?«

Valerie erschrak. »Das würdest du nicht wirklich tun.«

»Denk nach, Valerie. Habe ich gezögert, es bei Flora zu tun?«

Sie spürte den Herzschlag schmerzhaft in der Kehle, die sich anfühlte, als wachse ein Klumpen stetig darin an.

»Du hast bis morgen Zeit, dann erwarte ich eine Entscheidung«, sagte ihr Vater. »Und jetzt kannst du gehen.«

Valerie wandte sich ab und war im Begriff, den Raum zu verlassen, als ihr Vater sie noch einmal zurückrief. »Wer hatte eigentlich die Idee, die Wohnung deiner Großeltern für eure Liaison zu nutzen?«

»Das war ich.«

Ihr Vater wirkte, als bewahrheiteten sich seine düstersten Vermutungen, während ihre Mutter nur gelinde erstaunt schien. Ehe weitere Fragen kamen, verließ Valerie den Salon und schloss die Tür hinter sich.

Der Drang, in Tränen auszubrechen, der ihr im Salon noch so übermächtig erschienen war, ebbte ab. Stattdessen empfand sie nichts als Verzweiflung und Ratlosigkeit. Mit wem sollte sie sprechen? Weder Charlotte (»Du kannst unmöglich einen Dienstboten heiraten!«) noch Emma

(»Du wirst doch wohl nicht zulassen, dass der arme Kerl nur wegen deiner Standesdünkel auf der Straße landet!«) schienen ihr da die richtigen Ratgeber zu sein. Dies war eine Entscheidung, die sie offenbar gänzlich allein treffen musste. Immerhin hatte Charlotte ihr beigestanden, bis ihre Eltern sie in den Salon bestellt hatten. Ihr stand noch bevor, dem Rest der Familie gegenüberzutreten, und jeder würde wissen, dass man sie mit dem Koch im Bett erwischt hatte. Einen Moment lang schloss Valerie die Augen und spürte die Demütigung nahezu körperlich.

Sie schlug den Weg zur Küche ein und hoffte, dass sie Nicolas dort antraf. Ansonsten würde ihn jemand aus seiner Kammer holen müssen. Valerie straffte sich und hob das Kinn. Ihr kamen zwei Zimmermädchen entgegen, und obwohl sie die Blicke nicht erwiderte, spürte sie sie. Dann hörte sie das Kichern und war kurz davor, sich umzudrehen und die beiden mit einigen vernichtenden Worten zurechtzuweisen.

Fritz kam mit einem Tablett aus der Küche und nickte ihr zu. »Gnädiges Fräulein.« Damit war er auch schon weg, kein Kichern, keine Anzüglichkeit hinter ihrem Rücken.

Als sie das Dienstbotenzimmer betrat, saßen dort nur Nicolas, Herr Steinfeld, eine Küchenmagd und die Zofen dreier Gäste. Nicolas blickte auf, als er sie sah, wirkte überrascht und auf eine vorsichtige Art abwartend. Die Blicke der anderen ignorierte sie.

»Kann ich dich sprechen?«

»Ja, natürlich.«

Gemeinsam verließen sie das Haus durch den Seiteneingang und traten auf den Hof hinter der Remise. Valerie zog mit zittrigen Händen eine Packung Zigaretten hervor und zündete sich eine an, ehe sie Nicolas die Schachtel hinhielt.

»War es sehr schlimm?«, fragte er.

»Ja, in gewisser Weise schon.«

»Was passiert nun?«

Valerie nahm einen weiteren zittrigen Zug von der Zigarette. »Er hat mich vor die Wahl gestellt, dich zu heiraten oder unverheiratet aber mit ruiniertem Ruf weiterhin bei meiner Familie zu leben.« Vielleicht konnte sie nach England gehen oder nach Ungarn oder Wien? Aber sie wusste, dergleichen Skandale folgten einem überallhin, in dieser Hinsicht war die Welt überschaubar.

Nicolas sagte nichts, sondern neigte nur leicht den Kopf und wartete darauf, dass sie weitersprach.

»Falls ich dich nicht heirate, setzt mein Vater dich ohne Zeugnis auf die Straße.«

Nun flackerte das erste Mal ein Anflug von Angst in seinen Augen auf.

»Ich weiß einfach nicht, was ich tun soll«, brach es aus Valerie heraus.

Die Angst wich Fassungslosigkeit. »Du stehst vor der Wahl, auf deinen gewohnten Luxus zu verzichten oder mich mittellos auf die Straße setzen zu lassen, und weißt nicht, wofür du dich entscheiden sollst? Bist du noch bei Trost?«

»Du wolltest doch unbedingt mit mir ins Bett!«

»Oh, genau, fang jetzt so an. Wer ist denn Nacht für Nacht zu mir gekommen? Wer hat denn entschieden, dass wir uns in der Wohnung ein Liebesnest einrichten?«

»Du hast dabei aber überaus bereitwillig mitgemacht.«

»Daher bin ich ja auch bereit, die Konsequenzen zu tragen.«

»Welche Konsequenzen denn?«, fuhr Valerie auf. »Wenn ich dich heirate, bin ich die Einzige, die mit den Konsequenzen leben muss. Du gewinnst doch sogar noch dabei.«

Der Blick, mit dem er sie bedachte, war so verächtlich, dass sie zusammenzuckte. »Grundgütiger! Offensichtlich habe ich mich geirrt, und du taugst tatsächlich nur fürs Bett.« Er ließ den Zigarettenstummel fallen, wandte sich ruckartig ab und ging zurück ins Hotel.

Wie vom Donner gerührt blieb Valerie stehen und starrte ihm nach. Dann traten ihr Tränen in die Augen, die sie trotzig wegwischte. Nicolas' kalte Verachtung traf sie weitaus mehr als der vernichtende Zorn ihres Vaters. Sie blieb einige Minuten lang stehen, versuchte, sich zu sammeln, aber die Tränen quollen immer wieder hervor. Schließlich hatte sie sich so weit gefasst, dass sie zurück ins Haus konnte. So aufgelöst entsprach sie vermutlich endlich dem Bild, das sie von Anfang an hätte abgeben sollen, denn dieses Mal kicherte kein Zimmermädchen, wenn es an ihr vorbeiging.

Vor dem Arbeitszimmer ihres Vaters hielt sie inne, zögerte, wusste, dass ihre Entscheidung in allen Konsequenzen unumkehrbar war. Dann drückte sie entschlossen die Türklinke nach unten. Ihr Vater saß mit Konrad im Arbeitszimmer. Konrad drehte sich zu ihr um und lächelte ihr aufmunternd zu. Da Valerie befürchtete, erneut in Tränen auszubrechen, wagte sie nicht, zurückzulächeln.

»Ich wollte dir nur sagen«, die Festigkeit entglitt ihrer Stimme, und es brauchte einige Atemzüge, sie erneut zu erlangen. »Ich wollte dir nur sagen, dass ich einverstanden bin. Ich werde ihn heiraten.« Nun war es heraus.

»Gut«, antwortete ihr Vater. »Ich kümmere mich um alles Weitere.«

Valerie nickte und zog sich wieder zurück.

Dieses Mal war Nicolas nicht in das Dienstbotenzimmer zurückgekehrt, sondern lag in seiner Kammer auf dem Bett und dachte nach. Wenn er tatsächlich ohne Zeugnis auf der Straße landete, war es für ihn so gut wie ausgeschlossen, wieder als Koch arbeiten zu können, wenn er nicht gerade in eine Hafenspelunke wollte. Natürlich könnte er das Zeugnis aus der Schweiz vorlegen und sich eine Lügengeschichte ausdenken für die Monate dazwischen, aber der Skandal war groß genug, um ihn irgendwann einzuholen. Und dann wäre es erst recht aus.

Andererseits war er als Mann in gewisser Weise einer Frau gegenüber im Vorteil, was das Auslegen des Skandals zu seinen Gunsten anging. Wenn er es so darlegte, dass Valerie ihre Machtposition ausgenutzt und ihn verführt hatte, wie auch die Männer das mit den weiblichen Dienstboten taten, könnte er sich da herausreden und vielleicht das fehlende Zeugnis als weitere Schikane darstellen. Aber natürlich wäre er dazu nicht imstande, er würde sich unsagbar schäbig dabei fühlen. Da landete er lieber auf der Straße und behielt seine Selbstachtung. Zudem würde die Sache über kurz oder lang auf ihn zurückfallen, immerhin arbeitete er für die Gesellschaftsschicht, der Valerie entstammte, und die sähe es sicher nicht gerne, wenn ein Angestellter ein Mädchen dieser Kreise so in den Schmutz zog. Was, wenn es das nächste Mal die eigene Tochter war?

Nein, man konnte es drehen und wenden, wie man wollte. Wenn er hier rausflog, war es mit der Karriere wohl vorbei. Vielleicht konnte er so lange bei seinem Bruder unterkommen, bis sich etwas Neues bot. Wie Lennard reagieren würde, konnte er sich lebhaft vorstellen. Er hatte ja schon immer gesagt, einmal würde er es zu weit treiben.

Es klopfte, dann trat Fritz ein. »Herr Hohenstein möchte, dass Sie in sein Arbeitszimmer kommen«, sagte er.

Nun war es also so weit. Nicolas verließ das Zimmer, ging die Treppe hinunter und durch den Dienstbotenkorridor ins Hotel, wo sich die Arbeitszimmer der Hohensteins und Alsbergs befanden. Das von Herrn Hohenstein hatte er bisher nur betreten, um sich sein monatliches Gehalt abzuholen. Nun würde er hier seine Kündigung entgegennehmen. Was eigentlich Sache von Herrn Alsberg wäre, aber in dem Fall wollte der betrogene Vater das wohl selbst übernehmen.

Herr Hohenstein bedachte ihn bei seinem Eintreten mit einem Blick, der Nicolas froh sein ließ, dass der Schreibtisch als Hindernis zwischen ihnen stand.

»Setzen«, befahl Karl Hohenstein, und Nicolas ließ sich gehorsam auf einem der Stühle nieder. Hernach taxierte ihn Valeries Vater auf eine äußerst beunruhigende Art. »Also gut«, sagte er schließlich. »Ich will über diese Angelegenheit keine langen Worte machen. Was ich davon halte, dass Sie meine Tochter verführt haben, können Sie sich vermutlich lebhaft vorstellen.«

Nicolas nickte nur.

»Ist es Ihnen ernst mit ihr? Oder war sie nur etwas zum Herumspielen, um sich die Zeit zu vertreiben?«

Die Frage erstaunte Nicolas. Wenn er ohnehin auf die Straße gesetzt wurde, war es doch vollkommen irrelevant, ob es ihm mit Valerie ernst gewesen war. »Nein, sie war nichts zum Herumspielen«, antwortete er. »Ich habe sie wirklich gern.«

»Warum höre ich weder von Valerie noch von Ihnen ein Wort über Liebe? Oder zumindest Zuneigung?«

Nicolas wand sich ein wenig unbehaglich. Kein Vater

wollte hören, dass man mit seiner Tochter schlief, weil es einen gerade danach verlangt hatte. »Verliebtheit trifft es wohl eher«, sagte er vorsichtig. »Für Liebe ist es noch zu früh.«

Karl Hohenstein hob die Brauen. »Na, wenigstens sind Sie ehrlich. Meine Tochter hat mir erzählt, dass es ihre Idee war, die Wohnung zu nutzen. Ich räume ihr also durchaus eine gewisse Mitschuld ein.«

Das war ja immerhin schon mal was.

»Wie Sie sie allerdings dazu gebracht haben, überhaupt so weit zu gehen … Aber gut, wenn man es möchte, bieten sich Gelegenheiten genug. Wie auch immer. Valerie ist damit einverstanden, Sie zu heiraten.«

Jetzt war Nicolas tatsächlich verblüfft. »Ja?«, war seine einzige und nicht besonders geistreiche Erwähnung.

»Ja, sie hat es mir vorhin gesagt.«

Nicolas dachte an Valeries Auftritt im Hof und fragte sich einen Moment lang, ob *er* sie eigentlich heiraten wollte. Ablehnen konnte er natürlich nicht, das hätte das Ende für ihn bedeutet. Im Gegensatz zu Valerie hatte er überhaupt keine Wahl, er konnte nur Ja sagen zu ihrer Entscheidung und dabei hoffen, dass sie zu seinen Gunsten entschied. Wenn sie zu der Ehe Nein gesagt hätte, wäre er auf der Straße gelandet. Sie waren beide beteiligt gewesen – und Valerie war nun wahrhaftig auf ihre Kosten gekommen bei der ganzen Sache. Und doch hing alles allein an ihr, die Strafe hätte ihm im schlimmsten Fall seine Existenz gekostet. Diese Ungerechtigkeit ließ Wut in einer heißen Welle über ihn schwappen, doch er hatte sich schnell wieder im Griff.

»Das freut mich sehr«, antwortete er.

Karl Hohenstein beobachtete ihn aufmerksam. »Nach wahrer Freude klingt das nun nicht.«

»Mir ist der Standesunterschied durchaus bewusst.«

»Sie werden es nicht glauben, aber Ihr Stand ist nicht der Grund, warum mir die ganze Sache zwischen Ihnen und meiner Tochter nicht behagt und ich Valerie schon damals davon abgeraten habe.«

Hatte er?

»Sie sehen erstaunt aus. Hat sie Ihnen das nicht erzählt?«

»Nein.«

»Ich habe genau das, was letzten Endes geschehen ist, kommen sehen.«

Nicolas antwortete nicht.

»Mein Bruder hat eine Wäscherin geheiratet, mein Vater hat ihn daraufhin verstoßen und ihm keine Vergebung gewährt. Später ist mein Bruder im Krieg gefallen, und mein Vater konnte sich das nie verzeihen. Den Fehler mache ich nicht, ich denke, die Zeiten ändern sich, die Stände lösen sich auf. Wenn Valerie einen Mann, der in unseren Diensten steht, heiraten möchte, dann mag sie das tun. Mir wäre allerdings lieber gewesen, Sie hätten offiziell um sie angehalten, anstatt dass es zu dieser peinlichen Angelegenheit gekommen wäre, die meine Tochter vor der ganzen Gesellschaft bloßgestellt hat.«

Hätte Nicolas jemals den Eindruck gehabt, Valerie wolle ihn heiraten, hätte er das gewiss getan. Er hatte durchaus die Ambition gehabt, eine Frau aus reichem Haus zu ehelichen, aber er hatte auf die Zeit gehofft, darauf, dass Valerie von sich aus irgendwann diese Standesdünkel ablegen würde.

»Es tut mir leid«, sagte er nur.

Offenbar reichte Karl Hohenstein diese Antwort. »Also gut, ich werde mit meiner Familie das Nötige vorbereiten.«

»Ich darf also ab morgen normal an meine Arbeit zurückkehren?«

»Ja, dürfen Sie.«

Die Erleichterung war schwindelerregend und köstlich, und erst jetzt wurde Nicolas bewusst, was für eine Angst er gehabt hatte. Er war im Begriff, sich zu erheben, als er eine Frage dennoch stellen musste. »Haben Sie wirklich von Valerie abhängig gemacht, ob ich auf der Straße lande oder nicht?«

»Ja.« Als von Nicolas nur ein knappes Nicken kam, fuhr Karl Hohenstein fort: »Ich kann nicht mit den weiblichen Hausangestellten so verfahren und es bei den männlichen durchgehen lassen, das verstehen Sie sicher.« Selbstverständlich nur, wenn der Mann sich erwischen ließ, und da konnte Nicolas sich nun mitnichten herausreden.

»Natürlich.« Obwohl Nicolas diese Notwendigkeit, gleich eine ganze Existenz zu zerstören, keineswegs verstand. Diese Ungerechtigkeit.

»Valerie sollte sich darüber bewusst sein, was an ihrer Entscheidung hängt. Dergleichen trifft man nicht leichtfertig. Das haben mein Bruder und ich in unserer Jugend zu oft getan.«

»Ich verstehe.«

Mit einem Nicken gab ihm Valeries Vater zu verstehen, dass er nun gehen durfte, eine Aufforderung, der Nicolas umgehend nachkam. Als er auf dem Korridor stand, gesellte sich zu der Erleichterung eine tiefe Niedergeschlagenheit, wenn er an seine Zukunft mit Valerie dachte.

Wenn ich dich heirate, bin ich die Einzige, die mit den Konsequenzen leben muss. Du gewinnst doch sogar noch dabei. Das waren wirklich großartige Voraussetzungen.

Emma lehnte mit dem Rücken am Schreibtisch und sah Karl und ihren Vater an. Als sie am frühen Abend von einem Treffen mit Georg zurückgekommen war, hatte ihre Mutter ihr von Valerie und Nicolas erzählt, und das Gefühl, vor Glück trunken zu sein, war augenblicklich verflogen. Ihren Eltern hatte sie anvertraut, von der Sache gewusst zu haben, aber Karl würde sie nicht davon erzählen, da sie nicht in Stimmung war, sich seine Vorwürfe anzuhören. Was hätte sie auch tun sollen? Ihr Vater, der selbst einmal Wahrer eines ähnlich pikanten Geheimnisses gewesen war, hatte Verständnis gehabt, von Karl als betroffenem Vater erwartete sie dies nicht.

»Wir müssen zusehen, dass wir die Heirat schnellstmöglich arrangieren«, sagte Karl.

»Nein«, warf Emma ein, »nicht schnellstmöglich. Oder ist Valerie schwanger?«

»Das hoffe ich nicht!«

»Also gut.« Emma sah Karl an, um sicherzugehen, dass sie seine volle Aufmerksamkeit hatte. »Die Leute reden, ja? Sie werden sich das Maul zerreißen, weil sie natürlich denken, dass dich das genauso überrascht hat wie sie.«

»Das hat es ja auch.«

»Das geht die Leute aber nichts an. Also leg die Hochzeit auf das Frühjahr, April meinetwegen. Damit signalisierst du, dass keine Eile geboten ist. Zwar gelten Valerie und Nicolas Merlo offiziell als verlobt, aber mit dieser Ruhe signalisierst du den Leuten, dass dich vielleicht überrascht hat, dass sie bereits ohne Ehegelöbnis miteinander im Bett waren. Nicht jedoch die Beziehung an sich. Wann hast du Valerie das erste Mal darauf angesprochen? Im Herbst?«

Karl nickte.

»Dann lassen wir ab und zu die Andeutung fallen, dass du seit Herbst davon wusstest. Damit nimmst du der Gesellschaft den Wind aus den Segeln. Der Skandal ist ja weniger der, dass man Valerie in sehr eindeutiger Situation erwischt hat, sondern vor allem, mit wem. Seien wir ehrlich – bei einem Anthony Gilbert hätten die Leute sich sicher nicht in diesem Maße das Maul zerrissen, sogar, wenn jetzt eilig eine Ehe anberaumt würde. Man würde ihm vielleicht sogar noch zuzwinkern und auf die Schulter klopfen. Aber mit einem Koch? Da musst du etwas geschickter vorgehen.«

Es dauerte eine Weile, ehe Karl antwortete. »Mir wäre eine schnelle Lösung lieber gewesen, aber was du sagst, stimmt natürlich. Wir sollten da nichts überstürzen, sonst richtet die Sache womöglich mehr Schaden an, als dass sie nützt.«

»Was geschieht jetzt eigentlich mit ihm?«, wollte Konrad Alsberg wissen. »Wird er weiterhin als Koch arbeiten?«

»Ja, das ist die Frage, nicht wahr? Es wird das Personal vermutlich verwirren, wenn sie Nicolas Merlo auf der einen Seite als Teil der Familie sehen und sich ihm gegenüber entsprechend verhalten. Er andererseits aber weiterhin mit ihnen arbeitet.«

»Übertrag ihm doch mehr Verwaltungsaufgaben.« Emma griff nach einem Teller mit Gebäck, zog ihn näher zu sich und nahm ein Plätzchen. »Frau Weiland, eine der drei Köche, die ihm direkt unterstellt sind, ist doch sehr gut. Befördere sie als ihm gleichrangig.«

»Warum ausgerechnet sie?«, fragte Karl.

»Weil sie nicht gut lesen und schreiben kann, Nicolas Merlos Stelle also im Grunde für sie unerreichbar wäre.

Aber wenn du sagst, Nicolas Merlo delegiert einen Teil des Kochens an sie und übernimmt dafür die komplette Verwaltung der Küche – was ohnehin schon sehr viel ist –, dann könnte man die Sache sehr elegant lösen. Damit wäre er zwar immer noch Koch – verzichten sollten wir nicht auf ihn –, wäre aber von der Arbeit her näher bei uns. Abgesehen davon ist Valerie nun einmal die Frau des Kochs, sie heiratet praktisch in seine Kreise, nicht er in ihre. Aber durch seine Arbeit könnte man sie zumindest aneinander annähern.« Emma biss in ein weiteres Plätzchen und wischte sich einen Krümel von der Bluse.

»Wir sollten dir die Leitung des Hotels allein übertragen«, sagte Karl. »Du bist klüger als wir alle zusammen.«

Emma musste lachen. »Also, dann machen wir es so?«

»Ja, eine bessere Lösung fällt mir nicht ein. Ich bespreche das mit Julia …«

»Wo ist sie eigentlich?«, unterbrach Emma ihn.

»Bei Valerie. Sie erschien mir in der Sache übrigens weniger entsetzt als ich.«

»Frauen sind da oft etwas pragmatischer«, entgegnete Emma.

Jetzt sahen sowohl ihr Vater als auch Karl sie skeptisch an, aber Emma lachte nur.

Es war einer der Abende, an dem die gesamte Familie zusammen aß. Im Grunde genommen war Valerie ganz froh, dass sie ihnen nun allen zusammen gegenübertreten musste, dann war es überstanden. Sie bemühte sich um Gelassenheit, als sie sich am Tisch niederließ, und es ging auch alles gut, bis Hans der Meinung war, er müsse die Angelegenheit kommentieren.

»Scheint ja so, als schwinge unser Erster Koch nicht nur den Kochlöffel virtuos.«

Valerie erstarrte.

»Hans!« Ihr Vater warf ihm einen kurzen Blick zu, und Hans neigte entschuldigend den Kopf.

Andreas lief rot an, so mühsam unterdrückte er das Lachen.

»Du kannst gerne in der Küche weiteressen, Sohn«, sagte Konrad Alsberg in einem Ton, der es angeraten ließ, sich zu beherrschen.

Eine Zeit lang war nichts zu hören, außer dem leisen Klappern der Löffel. Es gab Kartoffel-Pastinaken-Suppe, die Valerie an und für sich mochte, die sich an diesem Tag jedoch wie Pappmachee in ihrem Mund anfühlte und in ihrem Hals einen stetig wachsenden Klumpen zu erzeugen schien.

»Habt ihr schon über die Wohnsituation nachgedacht?«, fragte Katharina Alsberg. Dadurch, dass sie es so offen ansprach, nahm sie der Sache ein wenig die Peinlichkeit.

»Nein.«

»Ich dachte mir«, sagte ihr Vater, »ihr könnt zunächst eine der Suiten in der Beletage haben. Vorübergehend, bis ihr eine Wohnung gefunden habt.«

Darüber hatte Valerie noch gar nicht nachgedacht. »Können wir nicht erst einmal hier wohnen?«

Ihr Vater sah sie an. »Hier?«

Sie biss sich auf die Lippen, und ihr war klar, wie dumm sich das angehört hatte. »Was ist mit der Wohnung über Onkel Konrad? Bis Andreas dort einzieht, dauert es doch noch.«

»Die muss komplett renoviert und eingerichtet werden, das dauert und ist teuer.« Und diese Kosten, daran ließ ihr Vater keinen Zweifel, war er nicht bereit zu tragen.

»Was ist mit der Wohnung in der Rheinallee?«

»Die ist noch auf fünf Jahre vermietet. Und wir können die Leute ja nicht einfach auf die Straße setzen.«

»Mamas Stadthaus in Königswinter?«

»Das gehört zum Hotel und ist als Wohnhaus auf Dauer auch nicht geeignet.«

»Ihr habt ja Zeit«, sagte Julia Hohenstein. »Sucht in Ruhe.«

»Er wird sich höchstens eine kleine Wohnung leisten können«, sagte Valerie. »Nichts, worin man repräsentativ Gäste empfangen kann. Womöglich werden wir nicht einmal Personal haben.« Erst jetzt wurde Valerie das Ausmaß dessen, was sie zu tun gedachte, bewusst.

Ihre Eltern tauschten einen kurzen Blick.

»Weißt du, im Grunde genommen kann einem dein Zukünftiger schon leidtun«, sagte Hans.

Valerie verengte die Augen. »*Er* kann einem leidtun?«

»Ja, ganz recht. Ich meine, er ist Koch, und er ist wirklich gut. Worin bist du eigentlich gut? Emma hat hervorragende Ideen für das Hotel, Marianne ist wissenschaftlich begabt und eine wahre Partnerin für ihren Mann. Meine Mutter war Bäckerin, deine wäre Architektin geworden, wenn das damals möglich gewesen wäre. Tante Katharina hat die Welt bereist und weiß mehr über fremde Länder als jeder andere hier. Und du? Das Einzige, was du kannst, ist dekorativ in der Gegend herumzustehen. Wenn ich bei Onkel Paul aufgewachsen wäre, kein Erbe zu erwarten hätte, und dann würde ich mich in eine reiche Frau verlieben, die sich anstellt, weil die Wohnung nicht repräsentativ ist – na, besten Dank auch. So groß kann die Liebe gar nicht sein.«

»Was verstehst du schon von diesen Dingen!«, fauchte Valerie.

»Immerhin genug, um zu wissen, dass du eigentlich keinen echten Wert hast für Nicolas Merlo. Gut, du wärmst ihm das Bett, aber das könnte er auch mit weniger Ärger haben.«

»Hans«, mahnte Karl Hohenstein.

Warum griff er überhaupt so spät ein und ließ zu, dass sie beleidigt wurde? Warum schwiegen sie alle? Niemand sagte etwas, niemand stritt die ungeheuerlichen Dinge ab, die Hans über sie verbreitete. *Du taugst tatsächlich nur fürs Bett*.

Valerie senkte den Kopf und löffelte den Rest ihrer Suppe. Fritz erschien und räumte die Teller ab, ehe Henri mit dem nächsten Gang erschien. Valerie winkte ab, als er ihr Filet anbot und nahm nur ein wenig Gemüse.

»Ich würde dich sofort heiraten«, sagte Jakob.

Das Mitleid von ihrem kleinsten Cousin war noch schlimmer, als wenn niemand etwas gesagt hätte.

»Anthony Gilbert wird furchtbar enttäuscht sein«, kam es von Emma.

Als Valerie zu ihr sah, lächelte Emma verstohlen und zwinkerte ihr zu. Dass sie Anthony erwähnt hatte – den reichen, mondänen Anthony, der nur für sie immer wieder kam –, schliff die Kanten von dem, was Hans gesagt hatte, ab. *Sie* hatte sich gegen Anthony entschieden, weil sie die Wahl gehabt hatte. Und sie hatte sich für Nicolas entschieden, weil sie die Wahl gehabt hatte.

Mit schmerzender Kehle beendete sie das Essen. »Darf ich aufstehen?«

Ihre Mutter gab ihr Einverständnis, und Valerie erhob sich. Im Weißen Salon läutete sie nach einem Stubenmädchen, woraufhin Marie erschien. Offenbar war man, um ihr Verlegenheiten zu ersparen, dazu übergegangen, an diesem Tag Hanni nicht zu den Hohensteins zu schicken.

»Sag Herrn Merlo, ich möchte ihn sprechen«, trug Valerie ihr auf.

»Ja, gnädiges Fräulein. Soll ich ihn in den Salon schicken?«

»Nein, in den Hof. Er weiß, wo.«

»Ist gut, gnädiges Fräulein.«

Nachdem Marie gegangen war, holte Valerie ihren Mantel, zog sich Stiefel an und ging auf den Hof hinter der Remise. Sie musste nicht lange warten.

»Ich wollte auch schon mit dir sprechen«, sagte Nicolas.

»Warum hast du es nicht getan?«

»Ich kann dich ja nicht einfach zu mir zitieren.«

Valerie lehnte sich mit dem Rücken an die Wand und sah ihn an. »Doch. So, wie die Dinge stehen, darfst du mich ohne Weiteres aufsuchen, genauso, wie Charlotte es bei meinem Bruder tut und er bei ihr.«

Nicolas nickte nur. »Ich wollte dir sagen, dass mir leidtut, was ich gesagt habe.«

»Mir tut es auch leid.«

Sie schwieg, sah an ihm vorbei in die Dunkelheit. Hinter der Remise war der Stall, wo die Reitpferde standen, und Valerie bemerkte, dass oben, in den Quartieren des Stallpersonals, noch Licht brannte. Als Kind hatte sie manchmal dort mit Ludwig gesessen, den Geruch nach Leder und Pferden geatmet, den Geräuschen gelauscht – dem leisen Rascheln des Strohs, dem gelegentlichen Schnauben.

»Kannst du reiten?«, fragte sie unwillkürlich.

»Nein, es ergab sich nie die Gelegenheit, es zu lernen.«

»Wir können es alle recht gut, Ludwig und Hans am besten. Ich reite nur selten, in dieser Hinsicht schlage ich eher nach meiner Mutter als nach meinem Vater.«

»Kannst du Skifahren?«

»Nein, woher auch. Kannst du es etwa?«

»Ich habe in der Schweiz gelebt, ehe ich hierherkam.«

Trotz des warmen Mantels fror Valerie. »Mein Vater wird dafür sorgen, dass wir uns nicht mehr auf *diese* Art treffen«, sagte sie unvermittelt.

»Wir werden es überstehen.«

»Das sagst du jetzt, weil das letzte Mal erst einige Stunden her ist.«

Nun stahl sich ein Funke Belustigung in seinen Blick. »Du bist wirklich unersättlich.«

Valerie ignorierte das. »Übrigens wohnen wir zunächst in einer Suite in der Beletage.« Gespannt wartete sie auf seine Reaktion, befürchtete beinahe, er könne das als Almosen empfinden und ablehnen.

»Ah ja?«

»Angesichts dessen, dass du weiterhin hier arbeitest und mein Vater und Konrad dir entsprechend eine Möglichkeit zum Wohnen bieten müssen, ich aber nicht in deine Kammer ziehen kann …«

»Schon verstanden, du brauchst es mir nicht schmackhaft zu machen.«

Valerie beschloss, das Thema Wohnung vorerst nicht anzusprechen. Sie würde abwarten, was die Zeit mit sich brachte.

Teil III

Entscheidungen

⁂ 25 ⁂

Charlotte beobachtete. Und das tat sie, wann immer sie das Hotel betrat, aufmerksam und von Argwohn getrieben. Die ganze Zeit schon hatte sie Sorge gehabt, dass Ludwig sich dieser Photographin zuwenden könnte, aber da er bisher keine Anstalten gemacht hatte, die Verlobung zu lösen, war sie zu dem Schluss gekommen, dass sie sich Dinge einbildete, die nicht da waren. Nach Valeries Hinweis an Silvester war sie misstrauischer geworden, aber da Ludwig den Besichtigungstermin für die Wohnung gemeinsam mit ihr besprochen und auch eingehalten hatte, war ihre Besorgnis zunächst gewichen. Dass man bei diesem Termin Valerie im Bett mit dem Koch vorfinden würde – Charlotte wusste immer noch nicht, ob sie entsetzt oder fasziniert sein sollte –, hatte er ja nun nicht ahnen können.

Allerdings hatte er es nun auch nicht eilig, einen neuen Termin zu finden. Im Frühjahr zu heiraten, konnte sie nun vergessen, und auch eine Hochzeit im Sommer wurde immer schwieriger zu bewerkstelligen, da Valerie im Mai heiraten würde und Charlotte widerstrebend zustimmen musste, dass zwei Hochzeiten in der Familie so kurz hintereinander ungünstig waren. Man würde sich gegenseitig den Rang ablaufen, und keinesfalls wollte Charlotte ständig mit Valerie verglichen werden, wozu es unweigerlich käme, wenn es unmittelbar hintereinander zwei Hohenstein-Bräute gab.

Das alles verstand Charlotte und war entsprechend frustriert. Vor allem, da Ludwig das Aufschieben nicht allzu viel auszumachen schien. Ja, er versicherte ihr natürlich, er bedaure es. Aber sein Verhalten sagte etwas anderes. Und nun erwachte auch Charlottes Argwohn wieder. Man konnte sich auf Valeries Beobachtungsgabe verlassen, sie hatte da offenbar ein feines Gespür. Ohne ihren Hinweis hätte sie vielleicht länger naiv angenommen, dass sie sich dergleichen nur einbildete, nun jedoch war sie sich sicher, dass sie recht hatte mit ihrem ursprünglichen Verdacht.

Als sie nun am Hotel eintraf und das Vestibül durchquerte, bemerkte sie, dass Minna Rebein gerade ihre Ausrüstung zusammenräumte. Ludwig stand bei ihr, und auf einmal packte Charlotte die kalte Wut. Sie standen nicht so nahe beieinander, dass es anstößig wirkte, aber seit sie darauf achtete, fiel auch ihr die Vertrautheit auf, die aus ihren Bewegungen sprach, aus der Art, wie sie sich einander zuwandten, wenn sie sich unterhielten, den Blick, den sie austauschten. Dachte diese Frau tatsächlich, sie, Charlotte, ließe sich von ihr den Verlobten ausspannen? Nun gut, Charlotte hatte sich lange genug in Geduld und Zurückhaltung geübt, damit war nun jedoch Schluss. »Meine Liebe«, murmelte sie, »dieses Spiel können wir auch zu zweit spielen.«

Eigentlich hatte sie zu ihnen gehen wollen, um herauszufinden, ob sie ertappt wirken würden oder ob Ludwig gar ein schlechtes Gewissen hatte. Dann jedoch stellte sie sich den Blick von Minna Rebein vor, vielleicht lag Triumph darin, vielleicht gar jene Art des Mitleids, das man einer Gegnerin entgegenbrachte, die noch nicht wusste, dass sie abgehängt war. Und so ging Charlotte rasch weiter, lief von ihnen unbemerkt an dem kleinen Raum vorbei.

Kurz befürchtete sie, Emma in dem Arbeitszimmer anzutreffen, das zwar offiziell Ludwig – und später auch Andreas – gehörte, er sich aber mit ihr teilte. Charlotte hatte jedoch Glück, und es war leer. Vielleicht war Emma mit Minnas Bruder aus, die beiden waren ja unzertrennlich, und man munkelte bereits etwas über eine anstehende Verlobung. Und dann wäre es nicht mehr lange hin bis zur Hochzeit. Falls Charlotte nicht im Herbst heiraten wollte – gegen einen goldenen Herbsttag hätte sie ja noch nicht einmal etwas einzuwenden, aber was, wenn es grau war und regnete? –, musste sie vermutlich bis zum nächsten Frühjahr warten. Und wenn Emma ihr dann zuvorkam? Charlotte musste stärker darauf drängen, dass ein Termin festgelegt wurde. Am besten heiratete Emma sofort, dann wäre es überstanden. Wobei sich Ludwig und Minna dann vermutlich noch häufiger sehen würden.

Während Charlotte vorsichtig auf Emmas Schreibtisch die Unterlagen zu dem geplanten Lichtspielraum durchsah, dachte sie, dass Emma vermutlich gar nicht unglücklich über den Gedanken wäre, dass Ludwig Minna heiraten könnte, die beiden Frauen verstanden sich ziemlich gut. Kein Wunder, irgendwie passten sie zusammen.

Es gab bereits eine Reihe von Photos, die Minna von dem Lichtspielraum gemacht hatte und die wohl für die Werbung gedacht waren. Charlotte nahm die Aufnahmen an sich und stieß dabei auf eine, die sich darunter verborgen hatte. Emma und Georg saßen zusammen im Schatten am Rheinufer, beide lachten gerade über etwas, während sie in die Kamera sahen, als hätte Minna beim Photographieren einen Witz erzählt. Charlotte nahm auch dieses Bild, da sie Emma damit möglicherweise ein klein wenig ärgern könnte. Sie zog ein Buch über Königswinter aus dem Regal und steckte die Photos hinein, dann verließ sie den Raum.

Als sie das Vestibül erneut durchquerte, bemerkte sie, dass Ludwig immer noch mit Minna herumturtelte. Sollte er, damit war bald Schluss. Sie brachte das Buch in das Automobil, in dem ihr Chauffeur saß und in der Zeitung blätterte. »Möchten Sie fahren, Fräulein von Domin?«

»Nein, noch nicht.« Sie schloss die Tür wieder und kehrte ins Hotel zurück. Dann ging sie zu Ludwig, der gerade über etwas lachte, das Minna ihm offenbar erzählt hatte.

»Ah, da bist du ja«, begrüßte er sie.

Minna lächelte freundlich-distanziert, was Charlotte erwiderte. Sie tauschten einen höflichen Gruß, ein kühles Nicken, dann wandte Charlotte sich Ludwig zu. »Gehen wir essen? Ich verhungere.«

»Ja, natürlich.« Er und Minna sahen sich an, und Charlotte vermeinte, etwas wie Bedauern in Ludwigs Blick zu sehen. Vielleicht bildete sie sich dergleichen inzwischen jedoch auch ein. Er wäre wohl kaum so dreist, in ihrer Gegenwart die Gefühle für eine andere Frau so offen zu äußern.

»Warum hast du dich verspätet?«, fragte er. Es war ihm also aufgefallen, dachte Charlotte mit einiger Erleichterung.

»Ich musste noch etwas erledigen, tut mir leid, dass du warten musstest.« Die kleine Spitze konnte sie sich nicht verkneifen, denn sehnsüchtig wartend hatte er wahrhaftig nicht gewirkt.

»Ist nicht so schlimm.«

Nein, das konnte Charlotte sich vorstellen. Es war offenbar längst überfällig, dass sie die Krallen ausfuhr und ihrer

Nebenbuhlerin zu verstehen gab, dass man einer Charlotte von Domin nicht ungestraft den Mann abspenstig machen konnte.

Schon als Kind hatte Valerie gerne mit geschlossenen Augen das Gesicht in die erste Frühlingssonne gehalten und das Spiel der warmen Strahlen nach dem langen, kalten Winter genossen. Sie saß im privaten Garten der Familie auf einer Decke unter einer Platane mit ausladender Krone. An den Stamm gelehnt saß Nicolas, die Ärmel seines Hemdes bis zur Mitte der Unterarme aufgekrempelt, hatte einen Arm auf sein angezogenes Knie gelegt und zupfte gedankenverloren Grashalme auseinander. Seine Jacke hatte er auf die Decke geworfen.

»Du wirst dich erkälten«, sagte Valerie und goss sich noch eine Tasse Kaffee ein. »So warm ist es noch nicht.«

Er sah auf und hob kaum merklich die Brauen, wirkte belustigt. »Ich bin tatsächlich schon alt genug, um das einzuschätzen.«

»Hauptsache, ich muss dich nicht schniefend mit roter Nase zum Altar schleppen.«

»Damit wären wir auf jeden Fall das Gespräch der Stadt.«

»Das sind wir ohnehin schon.« Wobei es nicht so schlimm war, wie Valerie vermutet hatte. Es stimmte, was ihr Vater sagte, der Krieg hatte einiges geändert. Noch vor einigen Jahren wäre eine solche Verbindung deutlich skandalträchtiger gewesen. Jetzt wunderte man sich zwar ein wenig – immerhin hätte Valerie unter recht angesehenen Junggesellen wählen können –, nahm es jedoch hin. Das war sicher auch Emmas kluger Taktik zu verdanken. Valerie tat es leid, dass sie sich insgeheim sogar ein wenig gewünscht hatte, die Beziehung zu Georg möge nicht von Dauer sein, weil sie es nicht ertrug, dass ausgerechnet Emma, der nie viel daran gelegen war, in diese reiche, angesehene Familie einheiratete, während Valerie … Und da war der Gedanke schon wieder.

»Wie werden wir eigentlich wohnen?« Bisher hatte sie das Thema tunlichst vermieden, aber irgendwann musste es ja mal zur Sprache kommen.

»Wir ziehen nach Königswinter, sobald ich eine bezahlbare Wohnung gefunden habe. Solange wir allerdings noch keine Kinder haben, können wir uns vermutlich Zeit lassen.«

Kinder. Valerie sah sich bereits in der Küche stehen und mit einer Hand im Topf rühren, während an einem Bein ein Kind hing und das andere mit einem Tuch auf ihren Rücken gebunden war. Sie erschauerte. »Werden wir Personal haben?«, fragte sie rasch.

Nicolas sah sie an. »Eine Zugehfrau zum Putzen gewiss.«

»Du meinst, ich muss in der Küche stehen?«

»Nein, oder denkst du allen Ernstes, ich würde mich von dir bekochen lassen?«

»Na ja, du kannst es sicher besser als ich.«

»Das möchte ich wohl annehmen.«

»Aber dann essen wir ja immer erst abends …«

»Lass uns darüber nachdenken, wenn es so weit ist, ja?«

Valerie nickte. Sie wollte die Zukunft nicht in so düsteren Farben sehen, konnte aber nicht verhindern, dass genau das geschah. Kein Personal, womöglich dann auch kein Kindermädchen. Sie würde Besucher mit greinenden Kleinkindern am Rockzipfel empfangen. Und wenn sie mal ausgehen wollte? Abgesehen davon – was, wenn sie Kaffee wollte, Tee oder was auch immer? Wer kochte es ihr, wenn Nicolas nicht da war? Vor einigen Tagen hatte sie mit Marianne darüber gesprochen, aber die war richtiggehend ärgerlich geworden. »Ich kann einfach nicht glauben, dass du so oberflächlich bist.« Dann hielt sie ihr einen Vortrag, der letzten Endes dem glich, was Hans gesagt hatte.

Der Blick, mit dem Nicolas sie taxierte, schien jedes Gefühl in ihr auszuloten. »Woran denkst du?«

Sie schüttelte die trüben Gedanken ab, das führte ohnehin zu nichts und verdarb ihr nur den Tag. »Ach, nichts Wichtiges.«

Nicolas stand auf und klopfte sich Grashalme von der Hose. »So schön es war, mit dir zu picknicken, aber ich muss jetzt arbeiten.«

Seufzend erhob Valerie sich ebenfalls und half Nicolas, das restliche Gebäck zusammen mit dem Kaffeegeschirr im Korb zu verstauen. Sie faltete die Decke zusammen und legte sie darüber, dann ergriff Nicolas den Henkel und ging an ihrer Seite langsam zurück zum Haus. Im Grunde genommen genoss Valerie die Mußestunden mit ihm, und es war auch erleichternd, dass sie ihre Gefühle für ihn sich selbst gegenüber nicht mehr verleugnen musste. Sie war nicht oberflächlich, wie alle behaupteten, sie brauchte nur länger, um sich mit dieser neuen Situation zu arrangieren. Allerdings konnte sie auch nicht verhehlen, dass es unsagbar erleichternd war, endlich offen zu ihm zu stehen und dieses unwürdige Versteckspiel zu beenden. Ab und zu konnten sie sogar ein paar verstohlene Küsse tauschen, mehr jedoch – zu Valeries Bedauern – nicht.

»Bis später«, sagte Nicolas.

Da niemand außer ihnen da war, nutzten sie die Gelegenheit zu einem etwas längeren Kuss, aus dem Valerie sich nur ungern löste. »Kommst du später zum Souper?«

»Gerne.«

Nach einem letzten Kuss verließ Nicolas den privaten Wohntrakt, und Valerie ging in die elterliche Wohnung. Sie kleidete sich für das Abendessen um und legte ein wenig Parfum auf. Ihr Blick fiel auf einen grünen Seidenschal, den sie so gern mochte, weil er kühl und glatt wie Wasser durch ihre Finger glitt. Nicolas hatte ihn ihr zu Weihnachten geschenkt, und sie trug ihn oft. Jetzt hielt sie ihn in den Händen und hatte ein erbärmlich schlechtes Gewissen, weil sie so unzufrieden war mit allem, was Nicolas ihr zu bieten hatte, und weil sie all das ständig mit dem verglich, was andere hatten.

»Ja, ist das denn zu fassen?« Karl sah zum Eingang des Hotels, durch den Carlotta schritt, als sei es die größte Selbstverständlichkeit.

»Guten Tag«, sagte sie und stellte sich zu ihm an die Rezeption.

»Was tust du hier?«

»Grüßt ihr auf diese Weise all eure Besucher?«

Karl schenkte einem älteren Ehepaar, das sie neugierig musterte, ein verbindliches Lächeln, dann nahm er Carlotta am Ellbogen und führte sie weg von der Rezeption.

»Was willst du?«

»Mein Sohn ist kaum noch zu Haus, ich habe nichts zu tun, und mir ist langweilig.«

»Ah ja, und da dachtest du, ich sei eine angemessene Zerstreuung?«

»Nein, obwohl ich mir vorstellen kann, dass deine Fähigkeiten diesbezüglich nicht nachgelassen haben.«

»Carlotta«, warnte er.

»Schon gut, ich will dich ja nicht auf Abwege führen.«

Ungeduldig stieß Karl den Atem aus.

»Ich habe gelesen, dass ihr eine Frau für die Telephonzentrale sucht.«

»Und dafür möchtest du dich bewerben?«

»Ganz recht.«

»Ich befürchte, daraus wird nichts.«

»Du weißt doch noch gar nicht, ob ich das kann.«

»Ich möchte dich nicht hier haben, das reicht als Grund.«

Carlotta verschränkte die Arme vor der Brust. »Wegen der Frau *von und zu*? Die wird nach über zwanzig Jahren wohl kaum denken, dass ich es auf dich abgesehen habe. Ich liebe meinen Mann, weißt du. Aber ich möchte arbeiten.«

»Dann bewirb dich woanders.«

»Ohne Zeugnisse und nach fünfundzwanzig Jahren ohne Arbeit? Wer würde mich nehmen?«

»Eben.«

Für einen Moment wirkte sie, als wolle sie zornig auf den Boden stampfen. »Ach, komm schon, Karl.«

»Ich kann dich hier nicht einstellen, du bist Mariannes Mutter.«

»Sie hat nichts dagegen.«

Das verschlug Karl die Sprache. »Du sprichst mit ihr hinter meinem Rücken darüber?«

»Ich wusste ja, welche Argumente du anführen würdest.« Carlotta stemmte die Hände in die Seiten und warf den Kopf zurück. Ein allzu vertrauter Anblick. »Und? Darf ich mich bei Herrn Alsberg bewerben?«

Karl schwieg.

»Es ist nur die Telephonzentrale. Ich werde dadurch nicht wieder Teil deines Lebens.«

»Das bist du schon geworden, als du dich wieder in Mariannes Leben eingemischt hast.«

»Sie ist meine Tochter!«

»Auf die du aber gut und gerne verzichten konntest.«

»Fang nicht wieder davon an. Du weißt selbst, dass es so für alle Seiten das Beste war.«

Kopfschmerzen breiteten sich hinter Karls Stirn aus.

»Marianne freut sich über meine Besuche, auch wenn sie sagt, deine Frau sei ihre wirkliche Mutter, aber das ist gut so. Ich beanspruche nicht, dass ihr Sohn mich als Großmutter sieht, ich möchte auf diese Weise gar nicht in euer Leben zurück.«

»Und warum besuchst du sie dann so oft?«

»Weil es nett ist bei ihr. Und weil ich sie mag.«

Die Kopfschmerzen wurden schlimmer. »Also gut, sprich mit Konrad Alsberg, es ist seine Entscheidung.« Und er würde das Julia irgendwie beibringen müssen.

Die jedoch reagierte gelassener als er erwartet hatte. Sie hörte sich alles ruhig an und nickte schließlich. »Ich denke doch, ich habe nichts zu befürchten, nicht wahr?«, sagte sie.

»Natürlich nicht.«

»Nun denn.« Julia zuckte in einer eleganten Geste die Schultern. »Überlassen wir die Entscheidung Konrad. Ich mag sie nicht, aber daran bist in erster Linie du schuld, mein Lieber. Und wenn sie an der Telephonzentrale sitzt, habe ich ohnehin nichts mit ihr zu tun.«

Nun würde Carlotta also wieder für ihn arbeiten. Wer hätte das zwanzig Jahre zuvor noch für möglich gehalten? Aber Karl hätte auch nicht gedacht, dass man seine Tochter mit dem Koch erwischen würde, daher sollte ihn eigentlich nichts mehr überraschen.

⁂ 26 ⁂

»Ludwig?« Emma durchsuchte die Unterlagen. »Hast du die Photos vom Lichtspielraum gesehen?«

Ludwig blickte nur kurz auf. »Nein.«

»Sie lagen auf meinem Schreibtisch.«

»Dann werden sie da sicher noch irgendwo sein. Ansonsten frag unsere Väter, vielleicht hat einer von ihnen sie genommen.«

Aber auch das von ihr und Georg? Möglicherweise hatte jemand den ganzen Stapel eingesteckt. Eigentlich hatte sie es niemandem zeigen wollen, es war eine gänzlich private Momentaufnahme und eigentlich schon ein klein wenig zu vertraut für ein Paar, das noch nicht einmal verlobt war. Emma stand auf und ging in das Arbeitszimmer ihres Vaters.

»Ist es wichtig?«, fragte er. »Ich wollte gerade los.«

»Hast du die Bilder vom Lichtspielraum genommen?«

»Nein, aber du kannst sie mir später mal zeigen, ich bin neugierig, wie sie geworden sind.«

»Ja, mache ich.« Emma ging zu Karl, aber auch der hatte sie nicht.

»Das ist ja seltsam«, sagte er. »Und du hast sie sicher nicht verlegt?«

Nein, das wusste sie genau. Sie hätten mitten auf dem Schreibtisch liegen müssen, wo sie sie abgelegt hatte, nachdem Minna damit zu ihr gekommen war. Das war wirklich ärgerlich. Emma hatte bereits über einen Werbetext gegrübelt und die Bilder sortieren wollen. Drei gingen an die Zeitung, zwei sollten auf die Werbeprospekte, die sie Karl abgetrotzt hatte – die Werbeplakate noch einmal in klein zum Mitnehmen.

Emma suchte noch einmal alles ab, zog Schubladen auf und ging schließlich sogar an Ludwigs Schreibtisch.

»Hier sind sie sicher nicht.« Es klang genervt.

»Aber irgendwo müssen sie sein.«

»Aber *hier* nicht.«

»Was ist los mit dir? Warum fährst du mich so an?« Emma war nun nicht minder gereizt.

»Weil ich Arbeit habe und du hier rumläufst, rumraschelst, mit Schubladen klapperst und jetzt meinen Schreibtisch in Unordnung bringst.«

»Meine Photos sind weg.«

»Dann notiere dir künftig, wo du deine Sachen hinlegst.«

Jetzt wurde Emma wütend. »Hör zu, ich weiß nicht, was mit dir los ist, aber lass es nicht an mir aus.«

»Ich lasse gar nichts an dir aus. Du gehst mir auf die Nerven, das ist alles.«

Emma warf die Blätter, die sie in den Händen hielt, zurück auf seinen Schreibtisch und ging zu ihrem Stuhl. Als würde es nicht reichen, dass die Sache mit den Photos so ärgerlich war, jetzt musste sie sich auch noch mit Ludwigs schlechter Laune herumschlagen. Sie würde Minna fragen, ob sie ihr neue Abzüge machen konnte. Wegen Valeries Hochzeit war die Eröffnung auf Ende Juni verschoben worden, das hieß, sie hatte noch ein wenig Zeit. Kurz überlegte sie, Minna anzurufen, aber dann entschied sie, direkt nach Bonn zu fahren, dann konnte sie auch gleich Georg besuchen. Abrupt stand sie auf, schob ihre Unterlagen zusammen und wollte den Raum verlassen, als Ludwig sagte: »Ich liebe Minna und weiß nicht, wie ich Charlotte verlassen soll.«

Emma hielt inne, drehte sich zu ihm um.

»Im Grunde genommen«, fuhr er fort, »bin ich gar nicht böse drum, dass die Hochzeit verschoben wurde, das gibt mir noch ein wenig Zeit.«

»Du willst die Verlobung lösen? Einfach so?«

»Du klingst, als würdest du es nicht billigen.«

Emma setzte sich wieder. »Wie weit ist die Beziehung zwischen dir und Minna gediehen?«

»Weit genug, um uns über unsere Gefühle im Klaren zu sein.«

»Schläfst du mit ihr?«

»Nein.«

»Du weißt, dass du nicht so einfach eine Verlobung lösen kannst, nicht wahr? Du stößt nicht nur Charlotte vor den Kopf, sondern auch ihre Familie. Ganz abgesehen von dem Gerede, wenn herauskommt, dass du die ganze Zeit schon nebenher eine Beziehung zu einer anderen Frau unterhältst.«

Ludwig lehnte sich auf seinem Stuhl zurück und sah sie an. »Und deshalb soll ich sie heiraten? Weil die Leute sonst reden?«

»Weil du sie nicht einfach abservieren kannst, nur weil dir eine andere Frau jetzt besser gefällt.«

»Ausgerechnet du sagst das? Du wolltest doch von Anfang an nicht, dass ich sie heirate.«

»Ja, weil ihr nicht zusammenpasst. Du hättest dich aufgrund dessen ohne Weiteres von ihr trennen können, nach außen hin einvernehmlich. Aber das hast du nicht getan. Jetzt wird das alles unter Beobachtung der Öffentlichkeit laufen. Man wird über sie reden – Minna, die eine intakte Verlobung zerbrochen hat. Es werden sich Fronten bilden, denn auch wenn die von Domins nicht reich sind, sie sind eine überaus angesehene Familie. Noch hat der Adel Einfluss.«

»Machst du dir Sorgen um deine Beziehung zu Georg?«

»Dass wir Teil des Geredes werden, ist wohl unvermeidlich. Jeder weiß, dass Charlotte und ich uns nicht mögen. Man wird natürlich denken, dass ich die Sache mit forciert habe.«

Ludwig seufzte. »Und was rätst du mir?«

»Leider kann ich dir nichts raten.«

Er nickte nur. »Nein, natürlich nicht.«

»Es tut mir leid. Aber was ich auch raten würde, es wäre das Falsche. Ich mag Minna, ich mag sie wirklich, sie wäre mir viel lieber als Charlotte. Aber helfen kann ich dir nicht.« Sie stand auf. »Ich gehe jetzt übrigens zu ihr und lasse neue Abzüge der Bilder machen.«

»Die müssen doch irgendwo sein.«

»Ja, müssten sie. Ich verstehe es auch nicht.« Emma sah noch einmal unter einem Stapel Unterlagen nach, obwohl sie wusste, dass sie dort schon nachgesehen hatte. Natürlich war es kein Problem, neue Abzüge von den Bildern zu machen, aber die Sache nagte an ihr. Sie wusste ganz genau, dass sie mit den Photos am Schreibtisch gesessen hatte.

Auf dem Weg in ihre Wohnung kam Karl ihr entgegen. »Hast du die Bilder gefunden?«

»Nein, ich lasse jetzt neue Abzüge machen.«

»Hast du Marie und Hanni gefragt?«

»Nein, aber die nehmen ja nicht einfach Dinge von meinem Schreibtisch. Und selbst wenn sie was verrückt hätten oder sie ihnen runtergefallen wären, hätten sie auf jeden Fall da sein müssen.«

»Vielleicht hast du sie verlegt und es vergessen.«

»Gut möglich.« Emma wusste jedoch genau, dass dem nicht so war. Sie ging in ihr Zimmer und setzte sich einen neuen, randlosen Topfhut auf, der perfekt zu ihrem hellen Frühjahrsmantel passte. Ein kurzer Blick in den Spiegel, dann verließ sie das Zimmer wieder. Sie dachte an Ludwig und Minna. Ob Georg davon wusste? Natürlich war ihr Minna viel lieber als Charlotte, wenngleich Valerie das wohl anders sehen würde. Eine Lösung wäre vielleicht, wenn Ludwig sich von Charlotte trennen würde – so bald wie möglich, ehe die Sache mit Minna publik wurde –, und dann, in einem halben Jahr, seine Beziehung zu ihr öffentlich machte. Sie würde später noch einmal mit ihm darüber sprechen.

Nicolas kochte weitaus lieber, als dass er sich um die Verwaltung kümmerte. Allerdings musste er gestehen, dass die neue Regelung etwas für sich hatte. Zudem war Frau Weiland sehr glücklich über die Beförderung gewesen, die ihr ansonsten nicht offengestanden hätte. Sie wusste natürlich, dass sie die Stelle nur so lange innehaben würde, wie Nicolas hier arbeitete. Wenn er ging, würde die Stelle wieder komplett mit einem Koch besetzt werden, der sowohl die Verwaltung als auch das Kochen übernahm. Ein neuer Koch war eingestellt worden, der Frau Weilands bisherige Position übernahm, und obwohl Nicolas die Verwaltungsarbeit nicht ganz so gerne machte, war es doch ein weitaus entspannteres Arbeiten als zuvor. Er musste auch nicht mehr bis spät abends in seinem Bureau sitzen – wenngleich er dies nur zu gerne getan hätte, würde das bedeuten, dass Valerie zu ihm käme. Doch damit war jetzt erst einmal Schluss, sie würden sich bis zur Hochzeit gedulden müssen.

Das Personal schien ihm die Sache eher nachzusehen als Valerie. Auch wenn man es vor ihm nicht offen aussprach, wusste Nicolas, dass viele glaubten, sie habe ihre Stellung ausgenutzt, um ihn zu verführen. Als hätte er nicht auch die Wahl gehabt. Er wusste, dass einige der Dienstmädchen sich Hoffnungen auf eine Liaison mit ihm gemacht hatten, und gerade die sprachen besonders gehässig über Valerie – wohlweislich, wenn er nicht in der Nähe war. Zugetragen wurde es ihm dennoch, und er wartete nur darauf, es einmal mitzubekommen, um den jungen Damen zu sagen, dass er dergleichen Schmähungen nicht duldete.

Allerdings musste er gestehen, dass er sich unter dem Personal weitaus wohler fühlte als in Gegenwart von Valeries Familie. Angesichts der Situation, in der ihr Bruder sie überrascht hatte, war wohl nicht anzunehmen, dass das Verhältnis zwischen ihnen jemals ein herzliches sein würde. Ludwig sah Nicolas zweifelsohne als skrupellosen Verführer, der die Unschuld der kleinen Schwester ausgenutzt hatte. Karl Hohenstein gab sich zwar nach außen hin freundlich, allerdings konnte er seinen Argwohn Nicolas gegenüber kaum verbergen. Julia Hohenstein hingegen war reizend, ebenso Katharina Alsberg, und auch Konrad Alsberg schien ihn ohne Vorbehalte in die Familie aufzunehmen. Andreas, Hans und Jakob legten ebenfalls kein abweisendes Verhalten ihm gegenüber an den Tag, wenngleich auch kein freundschaftliches. Emma hingegen war ganz Tochter ihrer Eltern und plauderte bei Tisch mit ihm, als würde er schon immer dazugehören.

Nicolas machte sich Gedanken darüber, wie es nach der

Eheschließung weitergehen würde. Mit Valerie verheiratet zu sein mochte so manchen Genuss bieten, aber er ahnte bereits, dass er im Gegenzug dafür etliche Konflikte auszutragen hatte. Valerie führte ein anderes Leben, als er es ihr – derzeit zumindest noch – zu bieten hatte. Und es machte nicht den Eindruck, als sei sie bereit, Verzicht zu üben. Dass ihr Vater ihn darüber hinaus für einen Mitgiftjäger hielt – und die hatte er seiner Tochter immerhin jahrelang erfolgreich vom Hals gehalten –, machte die Sache nicht einfacher.

Vielleicht war das die Strafe für seine Vergehen seinerzeit, Dinge, von denen er hoffte, dass sie ihn nicht eines Tages einholen und all das, was er sich aufgebaut hatte, mit einem Atemzug zusammenbrechen ließen – allem voran sein Renommee. Nicht auszudenken, Karl Hohenstein erführe davon.

Obwohl Nicolas in prachtvollen Hotels gearbeitet hatte, gefiel es ihm hier ausnehmend gut. Er mochte die mondäne Eleganz des Hauses, die sich bereits zeigte, wenn man das Foyer betrat – der Marmor, das afrikanische Holz, die Intarsienarbeiten aus Elfenbein, die silbernen Kandelaber. Nicolas konnte sich durchaus vorstellen, hier zu bleiben. Er verdiente gut, noch besser als in der Schweiz, sonst hätte er die Stelle nicht angenommen. Die Zeit seiner Flucht war vorbei, er war lange genug in der Schweiz gewesen, um – hoffentlich – in Vergessenheit zu geraten.

Es klopfte, und Anette erschien mit einer Tasse Tee. »Ich habe gedacht, Sie freuen sich bestimmt über eine kleine Pause«, sagte sie. »Wenn Sie schon nicht zur Teestunde erschienen sind.«

»Vielen Dank.« Nicolas legte den Federhalter weg, während Anette die Tasse auf seinem Tisch platzierte. Er mochte das Mädchen, dessen freundliche Gesten ohne jeden Hintergedanken waren. Sie war einfach liebenswert, und Nicolas hatte sie gerne unter seine Fittiche genommen. Wenn Konrad ihn fragte, würde er ein gutes Wort für sie einlegen. Am Lesen und Schreiben sollte es nicht scheitern. Zwar hatte er momentan keine Zeit, um mit ihr zu üben, aber er bekam mit, dass sie bereits rege dabei war, es allein zu versuchen. Und weil Frau Nettesheim ebenfalls einmal eine sehr ambitionierte junge Frau gewesen war, unterstützte sie den Lerndrang des Mädchens gerne.

»Sie freuen sich bestimmt schon sehr auf Ihre Hochzeit«, sagte sie. »Fräulein Valerie ist so entzückend. Ich wünschte, ich wäre wie sie.«

Nicolas lächelte. »Ja, ich freue mich.« In gewisser Weise tat er das tatsächlich. »Danke für deine freundlichen Worte.«

Anette wirkte verlegen. »Ich muss jetzt wieder an die Arbeit, bevor Frau Nettesheim mit mir schimpft.«

Für Nicolas war es auch langsam Zeit, zum Ende zu kommen und in die Küche zu gehen, um Frau Weiland abzulösen. Bis in den Abend würde er die Zubereitung der Speisen übernehmen. Zudem musste er sich um seine Lehrlinge kümmern, diese Aufgabe hatte er nicht an Frau Weiland delegiert. Er musste an Anettes Frage denken, ob er sich auf seine Hochzeit freue. Im Grunde genommen war die Hochzeit allein Valeries Angelegenheit, er selbst lud lediglich seinen Bruder mitsamt Familie ein. Andere Verwandte gab es nicht, und besonders eng verbunden war er auch niemandem. Das Leben, das er geführt hatte, war nicht gerade angetan gewesen, um Freunde zu gewinnen.

»Du musst die Bilder kein weiteres Mal bezahlen«, sagte Minna.

»Doch, natürlich. Immerhin bin ich ja schuld, dass sie verloren gegangen sind.« Die Sache ließ Emma keine Ruhe. Aber wer sollte die Photos nehmen? War sie tatsächlich schon so zerstreut?

»Ich bringe dir die Bilder die Tage vorbei. Oder eilt es?«

Emma schüttelte den Kopf. Sie saßen in Minnas Atelier, tranken Kaffee, und Emma sah sich Landschaftsaufnahmen in Sepia an. Es lag eine eigentümliche Schönheit über den Szenen, die Minna eingefangen hatte. Ein See, still wie ein Spiegel unter einem gewitterschweren Himmel. Jeden Moment, so schien es, würde der erste Regentropfen Kreise auf die glatte Fläche zeichnen, würde ein Windstoß die Oberfläche kräuseln. Ein weiteres Bild war im Wald aufgenommen, und man erahnte die Sonne, die sich hinter den Wipfeln langsam einen Weg aus den Wolken bahnen würde. Minna hatte ein gutes Gespür für Photographie, das zeigte sich auch in den Aufnahmen, die sie für das Hotel machte. Der Lichtspielraum war perfekt in Szene gesetzt, die Plakate würden großartig werden.

»Bis wann brauchst du die Bilder?«

»Das eilt nicht, ich habe mich ja bereits entschieden. Wenn du sie mir irgendwann kurz vor Valeries Hochzeit gibst, ist das früh genug für die Plakate. Und das von mir und Georg hätte ich auch gerne noch mal, aber das kannst du mir dann auch mit den anderen geben.«

Minna machte sich eine Notiz und nickte.

»Was ist eigentlich mit dir und Ludwig?«, fragte Emma übergangslos. Sie hatte das Thema nicht anschneiden wollen, aber nun war es heraus. Der Blick, mit dem Minna sie bedachte, war nicht zu deuten, und Emma hoffte, dass sie nicht indiskret wirkte. »Er hat es mir erzählt«, erklärte sie.

Anstelle einer Antwort zuckte Minna nur mit den Schultern, dann nahm sie eine Zigarette, und kurz darauf lag der Geruch von Tabak in der Luft. Sie und Valerie ähnelten sich in der Tat.

»Er ist nach wie vor verlobt«, sagte Minna, als gäbe es in dieser Sache nichts mehr hinzuzufügen.

Emma hörte die Tür gehen und drehte sich um. Ihr Herz machte einen Satz, als Georg das Atelier betrat. »Ach, wie schön«, rief sie. »Ich hatte kaum zu hoffen gewagt, dass wir uns heute sehen.«

»Minna hat mich angerufen.«

Minna gab ihm einen Kuss auf die Wange. »So, ihr beiden, trinkt einen Kaffee, ich muss noch einige Besorgungen machen. In meinem Bureau findet ihr Kuchen. Bleibt anständig, ja?« Sie winkte ihnen spielerisch zu und verließ das Atelier.

Nach einem kurzen Blick aus dem großen Atelierfenster gab Georg Emma einen keuschen Kuss und nahm hernach das Kaffeetablett vom Tisch. »Du hast es gehört, Kuchen finden wir im Bureau.«

Sie hatten jedoch gerade den Raum betreten, als Georg – das Tablett noch in der Hand – die Tür mit dem Fuß ins Schloss stieß, das Kaffeegeschirr abstellte und Emma in die Arme zog. Der Kuss ließ einen wilden Schauer durch ihre Brust in den Bauch rieseln, und die Wärme, die von dort aus aufstieg, war neu und unvertraut. Überhaupt war all das so überwältigend und bestürzend zugleich, dass es Emma den Atem nahm.

»Ich glaube, ich liebe dich«, sagte sie und hörte das Erstaunen in ihrer Stimme.

Sie spürte sein Lächeln, als sein Mund den ihren erneut berührte. »Und wie lange muss ich dich küssen, damit du dir ganz sicher bist?«

Sie schlang einen Arm um seinen Nacken und küsste ihn wieder und wieder. Selbst als sie sich von ihm löste, spürte sie den warmen Nachhall seiner Küsse auf den Lippen. Vorsichtig berührte sie sie mit den Fingerspitzen und warf einen Blick in den Spiegel, in der Annahme, ihr Mund sei so rot geküsst, wie er sich anfühlte.

»Man sieht nichts«, sagte Georg und zwinkerte ihr zu. Dann ging er zum Tablett und schenkte erst ihr Kaffee ein und dann sich selbst.

»Wie lange kannst du bleiben?«, fragte sie.

»Ich muss in einer guten Stunde zurück, da habe ich einen Termin bei der Bank.«

Emma ließ sich auf dem einzigen Sofa im Raum nieder, streifte sich die Schuhe ab und zog die Beine an. »Jemand hat unser gemeinsames Photo gestohlen.«

Fragend hob Georg die Brauen, und Emma erzählte ihm von den verschwundenen Bildern.

»Und du hast sie sicher nicht nur verlegt?«

»Nein, das weiß ich gewiss.«

Georg setzte sich zu ihr, legte einen Arm auf die Rückenlehne und spielte mit ihrem Haar. »Sie tauchen vermutlich früher oder später wieder auf. Ich habe mal Theaterkarten verlegt und hätte schwören können, sie wären in der Schublade meines Schreibtisches. Gefunden hat Minna sie eine Woche später in meinem Wagen im Handschuhfach.«

»Ja, gut möglich.« Daran glaubte Emma jedoch nicht, sie hatte sie nicht verlegt. »Ihr kommt doch zu Valeries Hochzeit, nicht wahr?«

»Minna hat gestern die Zusage abgeschickt. Ich wundere mich, dass sie uns überhaupt eingeladen hat.«

»Valerie weiß, dass es mir wichtig ist.«

»Weiß sie auch von uns beiden?«

»Ich glaube, davon weiß jeder bei uns.«

Georg beugte sich vor und küsste sie. »Ich werde die Gelegenheit nutzen, mich deinem Vater gegenüber offiziell zu erklären. Damit er nicht denkt, ich wolle seine Tochter auf Abwege führen.«

»Was für ein vollkommen abwegiger Gedanke«, murmelte Emma, während sie ihn erneut an sich zog. Als sie seine Lippen berührte, spürte sie, dass er lächelte.

»Könntest du nicht allmählich die Zügel wieder ein wenig lockern?«, fragte Hans.

Karl sah von seinen Rechnungsbüchern auf. »Wo möchtest du hin?«

»Freunde in Bonn treffen.«

»Wen?«

»Kennst du nicht.«

Einen Moment lang taxierte Karl Hans, der vor ihm stand, die Hände hinter dem Rücken verschränkt, die Ungeduld, die ihm das Abwarten aufzwang, nur schwer unterdrückend. »Geht es etwas präziser?«

»Kommilitonen.«

»Männer, die bei diesen Schlägertrupps mitgelaufen sind?«

»Sie haben damit aufgehört, so wie ich.«

»Ich möchte nicht, dass du dich mit Leuten herumtreibst, die dir gefährliche Ideen in den Kopf setzen.«

»Mir setzt keiner was in den Kopf, ich bin erwachsen.«

Karl sah ihn eine Weile schweigend an, dann nickte er. »Also gut. Wenn ich allerdings noch einmal höre, dass du dich mit diesen Leuten auf der Straße herumtreibst, pöbelst und gefährliches Gedankengut teilst, dann bin ich nicht mehr so nachsichtig wie bisher.«

»Du warst noch nie nachsichtig mit mir.« Diesen Widerspruch konnte sich Hans offenbar nicht verkneifen.

»Tatsächlich? Nun, ich denke, du wirst anderer Meinung sein, wenn du provozieren möchtest, wie streng ich wirklich werden kann.«

Von Hans kam nur ein knappes Nicken. »Ich darf also gehen?«

»Ja, nur zu.«

»Darf ich Tante Julias Wagen fahren?«

»Wenn ich dir das erlaube, sehen wir besser beide zu, dass wir Land gewinnen.«

Nun musste Hans trotz allem grinsen. »Ich lasse mich in einem der Hotelwagen fahren.«

»Das wird das Beste sein.«

Nachdem Hans das Arbeitszimmer verlassen hatte, widmete Karl sich wieder den Berechnungen. Sein Blick wanderte über die Gehaltslisten und blieb an Carlottas Namen hängen.

»Daran, dass ich sie nicht mag«, hatte Julia letztens noch gesagt, »wird sich nichts ändern. Aber inzwischen kann ich sie ansehen, ohne mir vorzustellen, wie sie mit dir im Bett liegt.«

Na, das war ja immerhin schon etwas.

»Darüber hinaus«, fuhr sie fort, »ist mir klar, dass die Schuld nicht sie allein trifft. Schlimmer wäre es, wenn du sie geliebt hättest.«

Was er nie getan hatte, da konnte er sie guten Gewissens beruhigen.

»Außerdem scheint Marianne sich gut mit ihr zu verstehen«, hatte Julia geschlossen. »Dann soll es eben so sein.«

Marianne ihrerseits ließ keinen Zweifel daran, wen sie als ihre wirkliche Mutter sah, und sie weigerte sich, Carlotta mit diesem Wort zu belegen. Nichtsdestotrotz fand sie es schön, ab und an mit ihr Kaffee zu trinken und ein wenig von einer Welt zu hören, deren Teil sie einmal gewesen war. Und sie hatte sich darüber gefreut, dass Karl und Konrad sie eingestellt hatten.

Karl hatte die Gesamtaufstellung der Abrechnungen für die Küche vorliegen und läutete nach einem Lakai. Kurz darauf erschien Fritz.

»Schick Herrn Merlo zu mir.«

»Sehr wohl, gnädiger Herr.«

Karl musste nicht lange warten, ehe Nicolas in seiner weißen Arbeitsuniform erschien.

»Setz dich.« Mit einer knappen Geste deutete Karl auf einen Stuhl ihm gegenüber, eine Aufforderung, der sein zukünftiger Schwiegersohn mit fragender Miene nachkam. »Du hast Buchhaltung gelernt, nicht wahr?«

»Ja, das war Teil meiner Ausbildung.«

»Du wirst die gesamte finanzielle Verwaltung der Küche übernehmen.« Karl reichte ihm die Unterlagen. »Bisher hast du nur die Aufstellung der Ein- und Ausgabe gemacht. Ich möchte, dass alles kaufmännisch korrekt gegenübergestellt wird. Das wirst du wöchentlich tun und mir alles vorlegen.«

Nicolas blätterte durch die Unterlagen. »Da sind die Gehaltslisten.«

»Die sind Teil der Abrechnungen aus dem Küchenbereich. Es geht um die komplette wirtschaftliche Aufstellung.«

Zögernd nickte Nicolas. »Dann werde ich weniger Zeit zum Kochen haben.«

»Ist das ein Problem?«

»Ich koche gerne.«

»Nun, du kannst auch weiterhin kochen wie bisher und dafür länger an der Verwaltung arbeiten, das steht dir frei.« Falls er den Arbeitsaufwand erhöhte, konnte Karl auch guten Gewissens das Gehalt ein wenig anheben, aber er würde erst einmal abwarten, ob sein Kalkül in dieser Hinsicht aufging.

Wieder nickte Nicolas. Das Verhältnis zwischen ihnen war im besten Fall als freundlich-distanziert zu beschreiben, und abgesehen davon, dass er gelegentlich von Julia zum Essen und zum nachmittäglichen Kaffee eingeladen wurde, sahen sie sich nicht. Karl hatte Valerie untersagt, sich jenseits des Rahmens zu bewegen, der sich für ein verlobtes Paar gehörte. Er hoffte, ihm blieben damit weitere unangenehme Überraschungen erspart.

»Sonst noch etwas?«, fragte Nicolas. »Ich muss zurück in die Küche.«

»Das war's. Geh nur.«

Nicolas nahm die Unterlagen und verließ das Arbeitszimmer. Tüchtig war er immerhin und einer der besten Köche, die sie je gehabt hatten. Wenn er sich anstrengte, konnte er es wirklich zu etwas bringen. Valerie zumindest würde das Zusammenleben mit ihm vermutlich eine gehörige Portion Pragmatismus einimpfen.

⁂ 27 ⁂

Charlotte saß im Garten des Hotels und trank Tee. Ihr war übel, angesichts dessen, was sie getan hatte. Dann jedoch rief sie sich Ludwig und Minna vor Augen und spürte die vertraute Wut in sich aufsteigen. Die Übelkeit verdrängte diese indes nicht, ebenso wenig das Gefühl, etwas getan zu haben, das furchtbar falsch war.

Dabei hatte sie tagelang darüber nachgedacht, hatte die Absicht verworfen und dann, nach ihrem letzten Besuch, als Ludwig sie weder küsste, noch irgendeine Art von Zärtlichkeit mit ihr tauschte, doch gedacht, dass dies ihr letzter Ausweg war. Das Einzige, was sicher ganz amüsant war, war die Sache mit dem Photo von Emma. Ein Freund aus Kindertagen war Freizeitphotograph und hatte ihr einmal gezeigt, was für faszinierende Veränderungen an Photos möglich waren – eine recht neue Technik. Sie hatte ihm das Photo von Emma und Georg Rebein gegeben und wollte sich eigentlich nur einen kleinen Spaß damit erlauben. Dann jedoch hatte sie gedacht, ein kleiner Racheakt an Emma wäre eine feine Sache. Dann wäre sie nicht nur Minna los, sondern auch Emma würde sicher rasch heiraten und das Hotel verlassen.

Nun jedoch fühlte sich alles furchtbar falsch an, aber sie hatte nun keine Wahl mehr und musste der Dinge harren, die da kamen. Rückgängig machen konnte sie es nicht. Sie winkte den Kellner heran, bestellte eine weitere Tasse Tee und Buttergebäck. Für gewöhnlich achtete Charlotte sorgsam auf das, was sie aß, aber an diesem Tag war es ihr gleich. Ein wenig beneidete sie Valerie um die leidenschaftliche Affäre, die sie mit diesem Koch gehabt hatte. Auch wenn sie deutlich unter ihrem Stand heiraten würde, konnte sie zumindest davon ausgehen, dass sie nicht durch irgendeine Dirne verdrängt würde. Abgesehen davon – wenn Valerie so viel dafür riskierte, musste es schon großartig sein. Natürlich war Charlotte freundlich zu Nicolas Merlo, wenngleich sie selbst sich nie dazu herablassen würde, einen Dienstboten zu heiraten. Aber er war nun einmal der Verlobte ihrer besten Freundin, und somit hatte er sich das Recht erworben, in Charlottes Freundeskreis aufgenommen zu werden.

»Warum hast du nicht Bescheid gesagt, dass du da bist?«, hörte sie Ludwig fragen und sah auf.

»Ach, ich bin ohnehin zu früh und dachte, du seiest noch beschäftigt.«

Er ließ sich ihr gegenüber am Tisch nieder. »Du weißt doch, dass du nicht störst.«

Wusste sie das wirklich? Inzwischen sah sie in seiner Freundlichkeit nurmehr jene Großzügigkeit, die man jemandem zukommen ließ, den man insgeheim bedauerte.

»Sollen wir ein wenig spazieren gehen?«, schlug er vor.

Und dann würde er ihr sagen, dass es vorbei war, dessen war Charlotte sich gewiss, sie glaubte, es an seinem Tonfall zu hören, daran zu bemerken, wie er sie ansah. »Mir ist nicht nach spazieren gehen«, antwortete sie.

»Du siehst aus, als wäre dir unwohl.« Er neigte sich vor, musterte sie. »Fühlst du dich gut?«

Sie nickte nur.

»Dann bleiben wir eben hier«, antwortete er und winkte den Kellner heran, um Kaffee zu bestellen. Er wirkte gelassen, nicht wie jemand, der bei einer unangenehmen Aufgabe einen Aufschub bekommen hatte oder den es dazu drängte, eine Angelegenheit endlich abzuschließen. Charlotte entspannte sich ein wenig.

»Mein Kleid für Valeries Hochzeit ist gestern angekommen«, sagte sie. Sie war eine der Brautjungfern, während Ludwig der Trauzeuge seiner Schwester sein würde. Und jetzt war Charlotte klar, wie dumm ihre Befürchtung hinsichtlich des Spazierganges war. Ludwig würde nicht vor Valeries Hochzeit mit ihr brechen, das würde alles noch weiter verkomplizieren.

»Du wirst sicher wunderbar aussehen«, antwortete Ludwig. »Ich bin ja mal auf *seine* Familie gespannt.«

»Hat er schon gesagt, wer alles kommt?«

»Mir gegenüber nicht, ich muss Vater mal fragen. Ich glaube, er sagte, sein Bruder würde sein Trauzeuge.«

Der Kellner kehrte mit dem Kaffee für Ludwig zurück. Der vorhin noch so sonnige Himmel bezog sich allmählich, und der Wind frischte auf. Charlotte zog fröstelnd die Schultern hoch.

»Möchtest du in den Salon?«, fragte Ludwig. Gänzlich unaufmerksam war er ihr gegenüber also noch nicht geworden.

Charlotte winkte ab. Den ganzen Winter hindurch hatte sie das Sitzen im Garten entbehren müssen, da ließ sie sich nicht von ein paar Wolken und ein bisschen Wind wieder ins Haus scheuchen. Ludwig trank schweigend den Kaffee und schien darauf zu warten, dass sie Konversation machte.

»Wer kommt eigentlich von deiner Familie?«, fragte sie.

»Alle, wie es aussieht. Papa freut sich natürlich auf Tante Johanna, er hat sie lange nicht gesehen.«

Der Concierge erschien auf der Veranda. »Ich bedaure, Sie stören zu müssen, Herr Hohenstein, aber es gibt Probleme mit einer Doppelbuchung, und der Gast lässt sich nicht beruhigen.«

Zeichnete sich da Erleichterung auf Ludwigs Gesicht ab? War es tatsächlich angenehmer, sich mit einem Gast herumzuärgern, als mit ihr zusammenzusitzen? Seine Entschuldigung rauschte an Charlotte vorbei, als er sich erhob, um mit dem Concierge ins Hotel zu gehen.

Der Wind wurde stärker, und die Bergkuppen waren verhangen von grauen Dunstschleiern, während sich rußig graue Wolken heranwälzten. Charlotte, legte den Kopf zurück und spürte die ersten Regentropfen auf ihrem Gesicht.

»Papa?« Valerie lief ihrem Vater durch das Treppenhaus hinterher, nachdem sie ihn beim Nachmittagskaffee verpasst hatte.

Er drehte sich auf der Treppe zu ihr um. »Ist etwas passiert?«

»Nein, ich wollte nur kurz mit dir sprechen.« Valerie ging neben ihm die Treppe hinunter. »Ich wollte dich fragen, wie es mit meiner Hochzeitsreise aussieht.«

Unten angekommen blieb ihr Vater stehen und sah sie an. »Falls du wissen möchtest, ob Nicolas so lange Urlaub bekommt, wird das sicher kein Problem sein. Du müsstest das aber mit Konrad absprechen, die Personalplanung ist seine Sache.«

»Ach, das ist nicht das Problem. Aber ich bezweifle, dass Nicolas genug Geld hat, um eine Reise nach Italien oder gar Frankreich zu bezahlen.«

»Dann fahrt an den Bodensee.«

Valerie starrte ihn an. »Das ist nicht dein Ernst, oder?«

»Mein voller Ernst. Wenn du glaubst, ich zahle deine Hochzeitsreise, muss ich dir leider sagen, dass du dich im Irrtum befindest.«

Da Valerie nicht mit einer Absage gerechnet hatte, wusste sie zunächst nicht, was sie sagen sollte. »Aber …«

Ihr Vater sah sie abwartend an.

»Aber ich dachte, du bezahlst die Reise«, war das Einzige, was ihr zu sagen einfiel.

»Valerie, hast du eine Vorstellung davon, wie teuer das alles wird? Allein die Hochzeit kostet ein Vermögen und ist eine Ausgabe, die ich für dieses Jahr nicht eingeplant hatte.«

»Du hast gesagt, dieses Jahr geht es uns finanziell besser.«

»Ganz recht, das heißt aber nicht, dass ich mein gesamtes Geld für dich ausgebe. Ludwig wird auch demnächst heiraten, sobald sie einen Termin gefunden haben, das wird ebenfalls teuer, aber wenigstens trägt Charlottes Familie einen Teil dazu bei.«

»Aber Ludwig wird eine Hochzeitsreise bekommen.«

»Die zahlt in der Regel ja auch der Bräutigam und nicht die Braut.«

Der Wind trieb Regen prasselnd gegen die Scheiben, und einen Moment lang war nichts anderes zu hören. Valerie dachte nach, versuchte, eine neue Strategie zu finden, das Gewünschte zu bekommen.

»War es das?«, fragte ihr Vater.

»Kannst du mir die Reise nicht zur Hochzeit schenken?«

»Nein.«

»Emma hat von Konrad einen teuren Wagen bekommen, und du kannst mir nicht mal eine Reise schenken?«

Das verschlug ihrem Vater offenkundig die Sprache, jedoch bedauerlicherweise nicht in Valeries Sinne. »Meine Liebe, Konrad hat Emma den Wagen geschenkt, weil sie seit ihrem fünfzehnten Lebensjahr im Hotel mitarbeitet. Der Wagen dürfte einen großen Teil seiner Ersparnisse gekostet haben, und er hat auch nur zwei Kinder zu versorgen und nicht vier wie ich.«

Valerie war den Tränen nahe. »Aber Papa, alle meine Freundinnen machen Hochzeitsreisen ins Ausland.«

»Das hättest du dir überlegen sollen, ehe du mit unserem Koch ins Bett gestiegen bist.«

»Du hast gesagt, sein Stand sei kein Problem für dich.«

»Für mich nicht, aber für dich ist er es ganz offenbar. Du hättest dir früh genug Gedanken über die Konsequenzen machen sollen, anstatt dich hier hinzustellen und mir vorzuwerfen, ich würde weniger Geld für dich ausgeben als Konrad für Emma.«

»So war es doch gar nicht gemeint.«

»Genau das ist das Problem. Du redest und handelst, ohne nachzudenken. Vielleicht haben wir dich wirklich zu sehr verwöhnt.«

Da sie nie ernsthaft auf Widerstand gestoßen war, wenn sie etwas wollte, konnte Valerie mit diesem völligen Verneinen ihres Wunsches nicht so recht umgehen. Sie wusste nicht einmal, was in diesem Fall die richtige Taktik war. »Können wir nicht in Onkel Victors Haus in Wien?«

»Frag ihn.«

»Kannst du das machen?«

»Nein.«

Nun traten Valerie wirklich Tränen in die Augen. »Du bist nur so, weil du mit der Ehe nicht einverstanden bist.«

»Ich bin mit der Ehe nicht einverstanden, da hast du

vollkommen recht, wenngleich ich sie als einzigen Ausweg akzeptiere. Aber das liegt nicht an dem Stand deines Zukünftigen, sondern weil ich all die Probleme, vor denen du nun stehst, vorausgeahnt habe.«

Valerie sog an ihrer Unterlippe, knabberte daran, überlegte, was sie nun noch sagen konnte, um ihren Vater zu überzeugen, aber ihr fiel nichts ein.

»War es das nun?«

Sie nickte nur. Ihr Vater wandte sich ab und setzte den Weg ins Hotel fort. Niedergeschlagen ging Valerie zum Fenster im Eingangsbereich und sah hinaus. Das nasskalte Wetter passte zu ihrer Stimmung, dazu, wie sie sich ihren weiteren Lebensweg ausmalte. Eine kleine Wohnung, in der sie in grauen Kleidern auf dem Boden hockte und Dielen scheuerte, während eine Horde kleiner Kinder auf ihr herumkletterte und nach Essen plärrte. Sie war ganz und gar in der Dramatik des Augenblicks gefangen, der ihr beinahe wieder die Tränen in die Augen trieb, als sie Charlottes Stimme hörte.

»Warum stehst du hier herum und bläst Trübsal, Liebes?«

Valerie drehte sich zu ihr und ließ zu, dass ihre Freundin sie umarmte. »Ach, nichts weiter. Warum bist du so nass?«

»Ich habe das Sitzen draußen wohl ein bisschen zu sehr ausgereizt und wollte mir von dir einen trockenen Schal leihen.«

»Wo ist Ludwig?«

»Der ist wegen irgendeiner Sache ins Hotel gerufen worden.« Charlotte hakte sich bei ihr ein. »Komm, wir trinken bei euch im Salon noch einen Tee, und dann erzählst du mir, welchen Kummer du hast, ja?«

Während Nicolas die Bestellungen für die Vorratskammer auflistete, kümmerte sich Frau Weiland um einige spezielle Desserts, die eigentlich seine Aufgabe gewesen wären. So richtig zufrieden war Nicolas mit der Verbannung in die Verwaltung, die ihm nur noch wenig Zeit in der Küche ließ, nicht. Und das alles nur, um ein wenig standesgemäßer für Valerie zu sein.

Seufzend machte er sich an die Küchenberechnung. Da eine wissenschaftliche Betriebsführung vorsah, dass jeder Teil des Hotels für sich berechnet wurde, um festzustellen, ob gewinnbringend gearbeitet wurde, gab es für die Küche komplett eigene Berechnungen, die später zu Karl Hohenstein in die Buchhaltung gingen. Nicolas musste also die Kosten, mit denen die Küche belastet wurde, zergliedern und übersichtlich aufstellen. Er berechnete die Geschäftsunkosten, die Kosten für Löhne, Licht, Heizung, Kälteerzeugung, Verköstigung des Küchenpersonals und Wasser sowie den Warenverbrauch und etliches mehr.

Die Tür ging auf, und Valerie streckte den Kopf hinein. »Störe ich?«

Nicolas ließ den Stift fallen und rieb sich die Augen. »Nein, komm nur rein.«

Sie schloss die Tür, kam zu ihm, umfasste sein Gesicht und senkte den Kopf, um ihn so lange zu küssen, wie es ihr in dieser recht unbequemen Haltung möglich war. Als sie sich von ihm gelöst hatte, schob sie die Papiere zur Seite und setzte sich auf seinen Schreibtisch. »Ich habe mit meinem Vater über unsere Hochzeitsreise gesprochen.«

»Ach ja?«

»Er wird sie uns nicht bezahlen.«

»Gut, das erspart mir die Peinlichkeit, ihm sagen zu müssen, dass ich sie nicht annehmen werde.«

Damit hatte sie offenkundig nicht gerechnet. »Was du nicht sagst. Und warum nicht?«

»Dein Vater bezahlt die gesamte Hochzeit, denkst du allen Ernstes, ich lasse mir von ihm auch noch die Reise schenken?«

Valerie verschränkte die Arme vor der Brust, und zwischen ihren Brauen erschien jene kleine Falte, die Nicolas bereits zu fürchten gelernt hatte. »Ich möchte aber eine Hochzeitsreise ins Ausland machen.«

»Damit hättest du zuerst zu mir kommen können, anstatt zu deinem Vater zu laufen.«

»Du hast ja bisher nichts dergleichen vorgeschlagen.«

»Weil ich unser Geld lieber für die Einrichtung einer Wohnung aufwenden würde als für ein Luxushotel in Italien oder wo immer es dich hinzieht.«

»Was ist mit der Schweiz?« Das war immer noch Ausland genug.

»Hast du annähernd Vorstellungen davon, wie teuer ein Luxushotel in der Schweiz ist?«

»Kannst du keinen Kredit aufnehmen?«

»Um in den Urlaub zu fahren? Bist du toll?«

Valeries Schweigen war unheilverkündend. »Wenn ich schon an deiner Seite ein Leben in finanziellem Elend führe«, sagte sie schließlich, »will ich vorher wenigstens noch einmal ein wenig von meinem alten Leben auskosten.«

»Im Elend?«

Offenbar wurde ihr bewusst, was sie da gesagt hatte, denn sie biss sich auf die Lippen, entschuldigte sich jedoch nicht. »Du weißt genau, was ich meine. Das Einzige, worauf ich mich in unserer Ehe freue, ist, mit dir ins Bett zu gehen, weil du mir nichts anderes zu bieten hast.«

Nicolas beugte sich vor, umfasste ihr Handgelenk so fest, dass sie zusammenzuckte. »Meine Liebe, denkst du gar, bei mir sei es anders? Das Einzige, was du zu bieten hast, sind Liebesspiele im Bett, und die könnte ich jederzeit auch anderweitig haben, wenn ich denn wollte.«

Mit einem Ruck befreite Valerie ihren Arm. »Dann such dir den Spaß doch anderweitig.«

»Ich nehme dich beim Wort.«

»Das ist mir gleich. Vielleicht finde ich ja einen reichen Mann, mit dem ich mich im Bett erwischen lassen kann, dann wärest du raus und müsstest nicht einmal um deine Stelle fürchten.«

»Viel Vergnügen. Du weißt ja, wo du reiche Kerle findest.«

Ruckartig drehte Valerie sich um und verließ den Raum, wobei sie es sich nicht nehmen ließ, die Tür mit einem Knall ins Schloss zu ziehen. Nicolas seufzte und schüttelte den Kopf. Das lief wirklich großartig. Dabei waren sie noch nicht einmal verheiratet.

Emma sah Charlotte zusammen mit Ludwig zum Abendessen gehen. Obwohl sie sich unterhielten, war die Distanz zwischen ihnen nicht zu übersehen, und Emma fragte sich, wann Ludwig sich dazu durchringen würde, mit ihr zu brechen. Sie hatte ihm ihre Meinung dazu gesagt und ihm nahegelegt, die Sache, wenn er sie denn beenden wollte, baldmöglichst in Angriff zu nehmen. So wenig sie Ludwigs Verlobte mochte – dieses unwürdige Hinhalten, während im Hintergrund eine andere Frau wartete, hatte selbst Charlotte nicht verdient.

Ihr Kleid für Valeries Hochzeit war angekommen, musste aber noch einmal geändert werden. Sie würde zusammen mit Charlotte Brautjungfer sein, was bedeutete, sie würden die gleichen Kleider tragen. Eine schauderhafte Vorstellung, aber was tat man nicht alles. An diesem Tag jedoch wollte sie nicht über ihren Auftritt mit Charlotte nachdenken, denn sie und Georg würden zusammen essen, und sie stand bereits etwas zu früh im Vestibül. Da sie jedoch nicht den Eindruck erwecken wollte, zu warten, ging sie zur Rezeption, sah die Reservierungen durch und beobachtete dabei immer wieder das Kommen und Gehen der Gäste.

Es war erstaunlich, wie sehr sich die Mode gewandelt hatte, das machten vor allem die Kleider der Damen deutlich. Die Frauen des begüterten Mittelstandes hatten die Führung in der Mode ergriffen, die Reichen zogen nach, und auch die unteren Schichten waren bestrebt, sich der Mode anzupassen. Inzwischen vermochte man kaum noch, den gesellschaftlichen Stand einer Dame anhand ihrer Kleidung zu bestimmen. Unterschiede gab es nur noch in der Preislage. Vielfach gehörte zur Abendtoilette ein großer Fächer aus Straußenfedern und ein auf der Hüfte sitzender Gürtel. Unwillkürlich sah Emma an ihrem eigenen Kleid hinab, silbergrauer Seidenchiffon mit einem Unterkleid aus Crêpe de Chine.

»Was für eine Wohltat für die Augen.« Emma blickte auf und sah ihren Bruder an.

»Willst du dich lustig machen?«

Er grinste. »Würde mir im Traum nicht einfallen. Wartest du auf deinen Galan?«

»Falls du Georg meinst, ist die Antwort Ja.«

»Gibt es da sonst noch jemanden?«

Emma schenkte ihm ein hintergründiges Lächeln und bemerkte die aufflackernde Neugier in seinem Blick. Ohne darauf einzugehen, zupfte sie einen Faden von ihrem Kleid und sah verstohlen zum Eingangsportal. Da kam er endlich, einen tropfnassen Schirm in der Hand, den ihm ein Page umgehend abnahm. »Entschuldige mich, mein Lieber.« Sie ging Georg entgegen, der sie mit einem Handkuss begrüßte, die einzige Intimität, die sie in der Öffentlichkeit wagten.

»Du bist der erste schöne Anblick heute«, sagte er.

»Ach, Emma«, kam es von Andreas, ehe sie antworten konnte, »du bekommst ja heute in wenigen Minuten mehr Komplimente als sonst in der ganzen Woche.«

»Werde bloß nicht unverschämt«, entgegnete Emma und wollte ihm einen kleinen Stoß versetzen, dem er geschickt auswich, ehe er grinsend das Vestibül verließ.

»Kleine Brüder scheinen ähnlich nervtötend zu sein wie kleine Schwestern.«

»Lass das nicht Minna hören.«

»Das weiß sie längst.« Er feixte und bot ihr seinen Arm.

Im Salon saßen auch Ludwig und Charlotte, was Georg mit einem leichten Verengen der Lider zur Kenntnis nahm.

»Ich nehme an«, sagte Emma, als sie saßen, »du weißt von ihm und Minna.«

Sein Blick glitt zurück zu ihr, und Georg wirkte nicht erfreut. »Hat sie es dir erzählt?«, fragte er.

»Nein, Ludwig.«

»Aha. Soll das heißen, es ist ihm doch irgendwie ernst und er möchte nicht nur ein wenig mit ihr spielen?«

»Wenn er das wollte, hätte er sie zu seiner Geliebten gemacht.«

Georg sah erneut zu Ludwig. »Warum, um alles in der Welt, löst er dann nicht diese Verlobung? Hat Fräulein von

Domin etwas zu bieten, was Minna nicht hat? Falls das der Fall ist, sollte er meine Schwester in Ruhe lassen und sich wieder seiner Verlobten zuwenden.«

»Das ist nicht so einfach, man kann eine Verlobung nicht so mir nichts, dir nichts beenden.«

Georg zuckte die Schultern. »Es mag schwierig sein, aber nicht unmöglich. Und man kann es durchaus so lösen, dass es den Eindruck macht, als hätte sie die Sache beendet, das erspart ihr Gerede.«

»Ich habe ihm gesagt, er solle die Verlobung lösen, ehe es zu Gerede wegen ihm und Minna kommt.«

»Das möchte ich ihm auch dringend geraten haben.« Georg reichte ihr die Damenkarte, auf der die Preise nicht aufgeführt waren – was in dem Fall eher eine Geste war, denn natürlich wusste sie, was die Menüs kosteten.

»Wie stehst du eigentlich zu einer arbeitenden Ehefrau?«, fragte Emma, während sie sich durch die Karte blätterte.

»Soll das ein Antrag sein, Fräulein Alsberg?«

Emma sah auf. »Werden Sie unverschämt, Herr Rebein?«

»Würde mir im Traum nicht einfallen.«

»Dein Kuss zu Silvester war ein Antrag. Betrachte ihn als angenommen.«

Jetzt lachte er. »Wie gut, dass ich bei dir nicht in die Verlegenheit gerate, mich irgendwie herauszuwinden.«

»Was hättest du sonst auch antworten sollen?«, spöttelte Emma.

»Da bin ich wohl in die Falle getappt.«

»Ja, ganz so sieht es aus.«

»Andere Frauen planen dergleichen, indem sie sich schwängern lassen.«

»Tja, auf das Vergnügen musst du vorläufig noch verzichten. Abgesehen davon – die Mutter deines Sohnes hast du doch auch nicht geheiratet?«

»Wir waren beide noch sehr jung, und ihre Eltern hatten überdies andere Pläne mit ihr.«

Obwohl sie sich bereits entschieden hatte, blätterte Emma noch ein wenig in der Karte herum, ehe sie sie zuklappte. »Du hast mir nicht geantwortet. Wie stehst du zu einer arbeitenden Ehefrau?«

Georg wurde ernst. »Ich sperre dich nicht daheim ein, du kannst weiterhin im Hotel arbeiten. Aber ich möchte Kinder, das solltest du vorab wissen.«

»Die möchte ich auch. Nur vielleicht nicht sofort.« Um diesen Aspekt hatte Emma sich nie Gedanken gemacht. Sie könnte sich ein Kindermädchen nehmen und die Kinder mit ins Hotel. So hätte sie sie in der Nähe und konnte doch arbeiten. Ihre Mutter war immer für sie da gewesen, und Emma wollte es bei ihren Kindern ähnlich halten. Aber sie wollte auch arbeiten, darauf konnte sie nicht verzichten.

»Es wird sich alles irgendwie finden«, sagte Georg. »Mach dir keine Sorgen.« Erneut wanderte sein Blick zu Ludwig und Charlotte. Die versuchte gerade, die Finger um die Hand ihres Verlobten zu schließen, was dieser kurz zuließ, ehe er die Hand wegzog, um nach seinem Glas zu greifen. »Das ist würdelos«, bemerkte Georg. »Wäre sie meine Schwester, würde ich nicht warten, bis *er* die Trennung ausspricht.«

»Von der Verlobung hängt für sie viel ab.«

»Ja, ich weiß, die von Domins haben fast kein Geld mehr. Aber wenn es nur das Geld ist – da gibt es genug Auswahl auf dem Heiratsmarkt, da muss sie nicht an ihm festhalten.«

Und Charlotte war hübsch und hatte Stil, sie würde sicher eine gute Partie machen. Allerdings sagte sich das leicht.

»Ich hoffe, er macht Minna nicht unglücklich«, gab Georg noch zu bedenken. Dann hob er die Hand und winkte den Kellner herbei, der höflich gewartet hatte, solange sie im Gespräch waren, und sich nun beflissen näherte. Emmas Blick zuckte erneut zu Ludwigs Tisch, und obwohl sie Charlotte nicht ausstehen konnte, tat sie ihr in diesem Moment leid. Sie würde noch einmal mit ihm sprechen, es war an der Zeit, dieses Spiel zu beenden.

⁂ 28 ⁂

»Was, um alles in der Welt…« Konrad Alsberg ließ die *Bonner Tageszeitung* sinken. »Emma? Erkläre mir das bitte!«

Emma, die gerade dabei war, eine Scheibe Toast mit Himbeerkompott zu bestreichen, sah ihn ob seines scharfen Tonfalls überrascht an, ließ das Messer sinken und griff nach der Zeitung. Auch ihre Mutter und Andreas waren aufmerksam geworden.

»Was ist denn passiert, Konrad?«, fragte Katharina Alsberg.

Die Antwort ihres Vaters ging jedoch an Emma vorbei, in deren Ohren es auf einmal summte, während sie den Blick starr auf die Seite aus dem Tagesgeschehen gerichtet hielt. Da prangten drei Photos von ihrem Lichtspielraum und unten eines von ihr und Georg. Ihr Blick flog über die Seite, nahm die Überschrift wahr:

LICHTSPIELRAUM IM HOTEL HOHENSTEIN.

Der Text widmete sich ausgiebig den Plänen – Dinge, von denen außerhalb der Familie überhaupt niemand wissen konnte. Und da wurden auch schon die Namen der Rebeins genannt, Minna Rebein, die Photographin, die bereits erste Einblicke genossen hatte, wie es hieß. Und Georg, der mit Emma Alsberg offenbar recht vertraut war. Dann kam das

Photo von ihr und Georg, die Bluse, die Emma trug, war weiter aufgeknöpft, als es der Anstand erlaubte und wohl gerade noch im Rahmen dessen, was eine Zeitung drucken durfte. Georgs Hand hielt keine Zigarette mehr, und nun wirkte es, als habe er sie gerade zurückgezogen, nachdem er Emma die Bluse geöffnet hatte. Das Lachen der beiden bekam auf diese Weise etwas Frivoles.

»Ich warte!«, kam es von ihrem Vater.

Emma schlug die Zeitung zu – wollte nicht, dass sonst noch jemand das beschämende Bild sah. Obschon das sinnlos war, die Zeitung wurde in der ganzen Region bezogen. In jedem Haushalt blickten die Männer nun auf Emmas offene Bluse und Georgs Hand.

»Ich … Ich weiß nicht, wer diese Bilder an die Zeitung geschickt hat. Du erinnerst dich doch sicher, dass ich sie gesucht habe.«

»Das Bild von dir und Georg existiert also in dieser Form?«

»Ja, das heißt nein, nicht so, wie es dort abgebildet ist.«

»Ach?«

»Ich verstehe das alles nicht.« Emma ließ zu, dass ihre Mutter die Zeitung aus ihren kraftlosen Fingern zog. Das Photo von ihr und Georg, ihr Lichtspielraum in der Zeitung und somit das große Geheimnis gelüftet – Emma wurde schwindlig.

»Wer außer den Rebein-Geschwistern wusste davon?«, fragte ihr Vater.

Emma schüttelte nur den Kopf.

»Aber warum sollten sie damit an die Zeitung gehen? Und mit einem derartigen Photo?«, fragte ihre Mutter. »Vor allem angesichts dessen, dass es Georg offenbar ernst ist mit unserer Emma.«

»Ernst?«, fragte ihr Vater. »Hat er sich hier offiziell erklärt?«

Nun sah Emma ihn an. »Aber«, ihr Mund war trocken, ihre Stimme seltsam belegt, »aber du hattest doch nie etwas dagegen, dass er und ich …« Die Stimme versagte ihr.

»Nein, da wusste ich auch nicht, dass *so etwas*«, ihr Vater schlug auf die Zeitung, »dabei herum kommt. Vielleicht warst du nur eine kleine Spielerei für ihn, ein Spaß, den er sich macht in einem Artikel, der dem Photoatelier seiner Schwester – das hier übrigens ausgiebig beworben wird, wie du sicher gelesen hast – große Aufmerksamkeit verschafft.«

»Das würde er nie tun. Und ich sagte schon, das Photo ist gänzlich anders. Vielleicht wurde es bearbeitet. Minna sagte, dergleichen sei möglich.«

»Na, dann weißt du ja bereits, wer es war.«

»Aber warum sollte sie das tun!«, rief Emma.

»Wer außer den beiden wusste denn von dem Lichtspielraum, hm? Wer?«

Darauf konnte Emma keine Antwort geben, denn sie selbst hatte es außer Georg niemandem erzählt, und es war ihr wichtig gewesen, dass die Sache geheim blieb, damit ihre Werbung wirksamer war. »Das sind die Photos, die gestohlen worden sind. Vielleicht hat der Dieb …«

»Emma, du bist doch sonst so klug«, fiel ihr Vater ihr ins Wort. »Wer schleicht sich ins Hotel, kommt ungesehen ins Arbeitszimmer, stiehlt die Bilder und weiß darüber hinaus noch genau Bescheid über den Lichtspielraum? Und warum die Werbung für Minna? Und was soll das mit dem Photo von dir und Georg? Wie passt das alles deiner Meinung nach zu einer fremden Person?«

Gar nicht, das wusste Emma. Sie drückte die Hand auf ihren Magen, spürte Übelkeit in sich aufsteigen.

Die Tür ging auf, und Karl kam in den Raum, die Zeitung in der Hand. »Habt ihr es schon gelesen?«

»Ja«, antwortete Konrad Alsberg, »gerade eben.«

»Waren das die Rebein-Geschwister?«

»Danach sieht es aus.«

Emma war furchtbar elend. Sie wollte Minna und Georg verteidigen und wusste doch, dass jedes Wort sinnlos wäre, denn abgesehen davon, dass sie sich dergleichen nicht vorstellen konnte und für die beiden ihre Hand ins Feuer legen würde, war ihr Gefühl allein nichts, was ihren Vater und Karl überzeugen würde.

Karl sah sie an, und Emma fühlte sich bemüßigt, sich zu verteidigen. »Ich kann den Abzug von Minna holen und euch das Photo im Original zeigen.«

»Das musst du nicht«, sagte ihre Mutter. »Dein Vater und ich glauben dir, und Karl gegenüber bist du keine Rechenschaft schuldig.«

»Sie hat recht«, fügte Karl hinzu. »Wer auch immer das getan hat, hat das in der Absicht getan, dich bloßzustellen, du musst keine Beweise dafür vorlegen, dass ein solches Bild nicht existiert.«

»Und selbst wenn es existierte«, sagte Katharina Alsberg, »wäre die Veröffentlichung hinter deinem Rücken für mich schlimmer als das Photo an sich. Die Frage ist vielmehr, was wir nun tun.«

»Ich gehe hin«, sagte Andreas, »und regele das von Mann zu Mann.«

»Das Angebot ehrt dich, mein Sohn«, antwortete sein Vater, »aber wenn ich der Meinung wäre, dass das unser Problem löst, wäre ich schon auf halbem Weg zu ihm. Wir dürfen uns jetzt keine Blöße geben, die Leute zerreißen sich wahrscheinlich ohnehin schon das Maul.«

»Die Rebein-Geschwister sind hier nicht mehr willkommen«, sagte Karl.

»Aber …«, wollte Emma einwenden, ihr Vater schnitt ihr jedoch das Wort ab.

»Tut mir leid, aber ich stimme Karl zu. Es gibt keine vernünftige Erklärung, die die beiden entlastet.«

»Du könntest ihnen wenigstens die Gelegenheit geben, sich zu rechtfertigen.«

»Und was würde das bringen? Denkst du, sie geben es zu?«

»Aber wenn sie es gewesen wären und derart offensichtlich auf Minna hindeuteten, dann wäre es doch unsinnig, es zu leugnen.«

»Vielleicht dachten sie, sie kämen damit durch, vielleicht war es ein kleiner Spaß, vielleicht ist es aus dem Ruder gelaufen, es gibt viele Möglichkeiten«, antwortete ihr Vater. »Nur dass es jemand anderes war, schließe ich gänzlich aus.«

»Ich werde mit ihm sprechen.«

»Nein, das wirst du nicht. Du wirst diesen Mann nie wiedersehen.«

Emma stieg Hitze ins Gesicht. »Das kannst du mir nicht einfach verbieten.«

»Doch, das kann und werde ich.«

Ruckartig erhob sie sich vom Tisch. »Ich liebe ihn und lasse nicht zu, dass mir irgendjemand das kaputt macht.«

Nun wich der Zorn in den Blicken von Karl und ihrem Vater nachsichtigem Mitgefühl, und das war noch schwerer zu ertragen. Sie wandte sich ab und verließ eilig den Raum.

»Das hast du ja sehr feinfühlig hinbekommen«, hörte sie ihre Mutter noch sagen, ehe sie die Tür hinter sich ins Schloss zog. Sie eilte hinunter in Karls Wohnung und lief in das Esszimmer. Julia saß dort mit Ludwig, Valerie, Hans und Jakob. Der Blick, mit dem alle sie bedachten, war beredt.

»Es gibt kein derartiges Photo von mir und Georg. Jemand wollte uns einen bösartigen Streich spielen.«

»Ich habe Papa bereits gesagt, dass ich mir nicht vorstellen kann, dass es Minna und Georg gewesen sind«, sagte Ludwig. »Aber es spricht nun einmal alles gegen sie.«

»Du glaubst es auch?«

»Nein, ich sage nur, dass die Anzeichen dafür sehr eindeutig sind.«

»Wie auch immer«, meinte Julia, »es scheint fast, als sei es jemand, der insbesondere dich nicht mag. Der Lichtspielraum war deine Idee, und dann dieses Photo.«

»Vielleicht hat Georg Rebein sich mit dir einen geschmacklosen Scherz erlaubt«, wandte Valerie ein. »Die beiden waren mir von Anfang an nicht geheuer.«

»Weil du Minna nicht leiden kannst«, antwortete Emma.

Valerie zuckte nur die Schultern.

»Und was nun?«, fragte Emma an Ludwig gewandt.

»Vater sagt, sie seien hier nicht mehr willkommen«, antwortete dieser. In seinem Blick las Emma jedoch, dass da das letzte Wort noch nicht gesprochen war.

»Dabei war ich schon so früh wach«, beklagte sich Georg.

»Tja, mein Lieber, und doch zu spät.« Minna schlug die Zeitung auf, die sie an diesem Morgen als Erste lesen würde. Es war ihr allmorgendlicher Wettkampf, den Georg in der Regel gewann, denn Minna war im Gegensatz zu ihm ein Morgenmuffel. »Lass das, ich hasse es, wenn man über meine Schulter mitliest.«

»Ich muss aber zur Arbeit«, beschwerte er sich.

»Ich auch.«

»Wen stört es denn, wenn du zu spät bist?«

»Möchtest du die Überreste der Zeitung aus dem Ofen klauben?«

»Schon gut.«

Minna hörte, wie er sich Kaffee einschenkte. »Für mich auch, bitte«, sagte sie, ohne aufzublicken. Und dann: »Grundgütiger!« Ungläubig sah sie die so vertrauten Photos an, dann das von Emma und Georg, und ihre Augen weiteten sich. Sie überflog den Text, las ihn dann ein weiteres Mal, bestürzt, irritiert. »Georg?« Sie legte ihm die Zeitung hin. »Hast du eine Erklärung dafür?«

Er kam jedoch nicht dazu, zu lesen, denn in diesem Augenblick betrat das Stubenmädchen das Esszimmer. »Telephon, gnädiger Herr.«

Georg erhob sich. »Wer ist es?«

»Ein Herr Konrad Alsberg.«

»Ah ja?« Erstaunen.

»Offenbar hat er auch die Zeitung gelesen«, murmelte Minna. Georg sah sie kurz an, dann verließ er den Raum.

Nachdem Minna den ersten Kaffee hinuntergekippt hatte, goss sie sich einen zweiten ein, trank diesen schwarz. Kurz darauf kam Georg zurück, bebend vor Zorn. Mit einer knappen Bewegung griff er nach der Zeitung, las, warf diese dann hin und wandte sich an Minna. »Ich wusste nicht einmal, wovon er spricht, das hat er mir allerdings nicht geglaubt. Wir haben bis auf Weiteres Hausverbot, und er möchte nicht, dass ich Emma noch einmal wiedersehe.«

»Aber das ist doch absurd. Er kann nicht ernsthaft denken, dass wir etwas damit zu tun haben.«

»Der Artikel liest sich anders.«

Das stimmte allerdings. Zwar wurde nicht explizit auf Minna und Georg als Quelle verwiesen, aber es klang doch stets durch. Und dann waren da natürlich noch die Photos …

»Dieses Bild von Emma und mir«, sagte Georg. »Das hat doch so gar nicht ausgesehen.«

Minna zog die Zeitung noch einmal zu sich heran und musterte es genauer. »Das hat jemand bearbeitet.«

»Kannst du dir vorstellen, wer so etwas macht?«

»Wenn ich das wüsste, wüsste ich auch, wer das alles der Zeitung mitgeteilt hat. Wie ist derjenige überhaupt an meine Photos gekommen?«

»Na ja, Emma sagte ja, dass die Bilder verschwunden seien.«

Minna nickte nachdenklich und trank ihren Kaffee.

»Wirst du mit Ludwig sprechen?«, fragte Georg.

Langsam schüttelte Minna den Kopf. »Wenn du damit meinst, ob ich ihn anrufe, ist die Antwort Nein. Er weiß, was passiert ist, und falls er sich nicht bei mir meldet und mir dergleichen tatsächlich zutraut, war er nie der richtige Mann für mich.«

Georg ließ sich wieder auf seinem Platz nieder und las den Artikel erneut. »Ich muss mit Emma sprechen.«

»Das würde ich heute unterlassen.«

»Ich kann die Sache doch nicht einfach ignorieren.«

»Sollst du auch nicht. Aber jetzt ist es eben ungünstig.« Minna schenkte ihm eine weitere Tasse Kaffee ein. »Hier, trink. Du hattest erst einen Kaffee, und wir wissen beide, wie unleidlich du dann bist.«

Die Zeitung raschelte, als Georg sie auf den Tisch knallte. »Wer auch immer das war, es wird ein Nachspiel haben.«

»Nun, um deinen Ruf musst du als Mann nicht besorgt sein, nicht wahr?«

»Ach nein? Wenn die Bonner Geschäftswelt sieht, wie ich gerade öffentlich der Tochter eines angesehenen Mannes die Bluse ausziehe?«

Minna nahm die Zeitung und sah sich das Bild lange an. Die Bearbeitung von Bildern war eine Kunst, die eine hohe Fingerfertigkeit verlangte. »Ich bekomme raus, wer das war«, sagte sie.

Es war nicht so, dass Valerie den Ärger nicht hätte verstehen können, aber, lieber Himmel, es war nur ein Photo. Da war sie, Valerie, in einer deutlich pikanteren Situation erwischt worden. Dieser Gedanke wiederum brachte sie zu Nicolas, mit dem sie seit ihrem Streit nicht mehr gesprochen hatte.

»Ist das denn wirklich so schlimm mit der Hochzeitsreise?«, fragte Marianne, während sie im Garten saßen. »Ich meine, ihr bekommt eine der schönsten Suiten des Hotels, Nicolas hat frei, ihr könnt die Tage genießen. Ich hatte auch keine Hochzeitsreise.«

»Ja, weil so kurz nach dem Krieg niemand verreist ist.«

»Außer dir. Du warst in Ungarn und England, immer abwechselnd, bist auf Bälle gegangen, hast getanzt und gefeiert.«

Valerie sah in den Garten, in dem die Bäume in üppiger weißer Blütenpracht standen. Sie dachte an die Worte von Hans. *Das Einzige, was du kannst, ist dekorativ in der Gegend herumzustehen. Du wärmst ihm das Bett, aber das könnte er auch mit weniger Ärger haben.* Und an die von Nicolas. *Du taugst tatsächlich nur fürs Bett. Das Einzige, was du zu bieten hast, sind Liebesspiele im Bett, und die könnte ich jederzeit auch anderweitig haben, wenn ich denn wollte.* Ob er dergleichen nun tatsächlich anderweitig suchte? Unter den Dienstmädchen waren sicher genug, die nicht abgeneigt wären. Er war kein unbeschriebenes Blatt, Valerie wusste, dass sie nicht die Erste für ihn gewesen war. Würde sie es ertragen, wenn er nun mit einer anderen Frau schlief? Wenn er ihre im Zorn hervorgebrachte Aufforderung, dies zu tun, tatsächlich beim Wort nahm? Und wenn er nun dachte, *sie* würde sich einen anderen Mann nehmen? Würde er dann mit ihr brechen?

»Wenn ihr euch jetzt schon wegen einer solchen Lappalie tagelang streitet, dann sehe ich schwarz für eure Ehe.«

»Wir streiten nicht tagelang, wir reden einfach nicht mehr miteinander.«

»Das macht es natürlich viel besser.«

Gerade weil Valerie wusste, dass sie ihm unrecht getan hatte, fiel es ihr so schwer, zu ihm zu gehen und dies einzugestehen. »Ich habe einige hässliche Dinge zu ihm gesagt.«

»Dann entschuldige dich dafür. Grundgütiger, Valerie, du willst mit diesem Mann dein Leben verbringen.«

»Ich befürchte die ganze Zeit, dass ich einen großen Fehler begangen habe.«

»Liebst du ihn?«

»Ich bin verliebt in ihn, ob das wirklich Liebe ist, weiß ich nicht. Es ist so schrecklich verfahren. Ich möchte ihn nicht verlieren. Aber ich weiß nicht, ob ich das Leben, das er mir bietet, führen möchte.«

»Dann hättest du Anthony Gilbert nicht ablehnen sollen. Er verfügt über ausreichend Mittel, dich auszuhalten.«

»Warum sagst du etwas so Hässliches?«

»Weil ich es fürchterlich finde, wie du daherredest.« Marianne runzelte die Stirn, wirkte nun wirklich verärgert. »Du führst dich auf wie ein bockiges Kind. Kein Mensch hat dich dazu gezwungen, mit ihm ins Bett zu gehen, und offenbar hat es dir gut genug gefallen, um ein großes Risiko dafür einzugehen. Wäre es nur um die körperliche Liebe gegangen, die hättest du wahrhaftig auch standesgemäßer haben können. Und nun, da du die Konsequenzen tragen musst, benimmst du dich wie ein Kindergartenkind, das nicht genug Förmchen im Sandkasten findet.«

»Wie du sprichst ist abscheulich.«

»Wie du dich aufführst ist abscheulich. Der arme Kerl wusste offenbar nicht, was er sich da aufgehalst hat.«

Valerie stand auf. »Ich dachte, wenigstens von dir käme ein wenig Beistand.«

»Wenn du glaubst, ich bestätige dich in diesem närrischen Verhalten, muss ich dich enttäuschen, so leid es mir tut.«

Ohne ein weiteres Wort drehte Valerie sich um und ging. Im Hotelsalon traf sie Charlotte, die offenbar auf der Suche nach Ludwig war.

»Ich habe es vorhin gelesen«, sagte sie. »Wie furchtbar für Emma.«

Valerie nickte. »Ja, sie ist ziemlich niedergeschlagen. Ich habe ja von Anfang an gesagt, dass ich diesen Leuten nicht traue.«

»Was hat Konrad zu all dem gesagt?«

»Er hat ihr jeglichen Umgang mit Georg Rebein verboten – zu Recht, würde ich sagen.«

Charlotte wirkte irritiert. »Hätte er nach der Sache nicht erst recht auf einer Heirat bestehen sollen?«

»Ach, ich bitte dich. Hätte dein Vater das getan, wenn ein Mann dich so bloßgestellt hätte?«

Charlotte antwortete nicht. »Was hat Ludwig gesagt?«, fragte sie schließlich.

»Nicht viel. Der Lichtspielraum ist jetzt leider keine

Überraschung mehr, und Minna Rebein wird das Hotel nicht mehr betreten. Die Photoausrüstung hier gehört ja ohnehin uns, daher besteht kein Anlass, noch einmal zu kommen.«

»Das ist gut.«

»Ja, ist es wohl. Er ist übrigens in seinem Arbeitszimmer.«

»Danke dir.« Charlotte drückte ihre Hand und verließ den Salon, während Valerie überlegte, wo sie hinsollte. Im Salon saßen ihre Mutter und Katharina mit dem kleinen Alexander. So sehr Valerie ihn mochte, war er doch gerade sehr anstrengend, und nach Kindergeplärre stand ihr nicht der Sinn. Zu Marianne in den Garten wollte sie auch nicht, vor allem angesichts dessen, dass ihr Vater sich gerade zu ihr gesellte, wie Valerie sehen konnte. Was er von dem Streit hielt, von dem sie türenknallend aus dem Dienstbotentrakt geflohen war, hatte er ihr noch am selben Abend unmissverständlich erklärt, und Valerie erinnerte sich nicht daran, jemals eine solche Strafpredigt erhalten zu haben. Den Grund hatte sie ihm zwar nicht genannt, aber er konnte ihn sich offenbar denken.

Da der Termin der Hochzeit jedoch näher rückte und Valerie nicht wollte, dass sie und Nicolas einander grollend das Jawort gaben, beschloss sie, als Erste das Schweigen zu brechen. In der Regel war Nicolas leicht zu versöhnen, und Valerie war bereit, sich generös zu zeigen. Sie ging hinaus in den Hof hinter der Remise und wartete auf ihn. Und obwohl ihrem unruhigen Geist zu langes Warten lästig war, blieb sie doch und versuchte, die Momente allein als Muße zu erleben. Es funktionierte tatsächlich, und während sie auf einem Stapel Brennholz saß und das Gesicht in die Sonne hielt, wurde ihr fast schläfrig zumute. Sie öffnete die Augen erst wieder, als sie die Tür hörte.

»Du hättest doch einfach zu mir kommen können«, sagte Nicolas, »wenn du mich sprechen möchtest.«

»Hier finde ich es entspannter.«

Er antwortete nicht, sondern zog sein Zigarettenetui hervor.

»Es tut mir leid«, sagte sie.

Nicolas sah sie kurz an und nickte knapp.

»Hast du nichts zu sagen?«

»Nein.« Er zündete seine Zigarette an, und die Spitze glühte rot auf.

»Ich verzichte auf eine Hochzeitsreise.«

»Wie erfreulich.«

Valerie verdrehte die Augen. »Und ich habe mit keinem anderen Mann geschlafen.«

Jetzt blickte er auf, verengte die Augen kaum merklich, antwortete jedoch nicht.

»Ich weiß ja«, fuhr sie fort, »dass ich es dir nicht immer leicht mache. Aber ihr Männer kämpft doch gerne um eure Frauen, oder nicht?«

Er stieß in einem langen Zug den Qualm aus. »Ich kämpfe aber nicht um dich, Valerie, ich kämpfe gegen dich – das ist ein Unterschied. Und es ist überaus ermüdend, das kann ich dir versichern.«

Valerie wartete darauf, dass er ihr eine Zigarette anbot, aber offenbar hatte er nichts dergleichen vor. »Ich habe doch gesagt, es tut mir leid.«

»Das tut es jedes Mal. Du bist verletzend, Valerie. Verletzend und herablassend. Einem anderen Mann gegenüber würdest du dir dergleichen vermutlich nicht herausnehmen, aber du weißt, dass ich nicht mit dir brechen kann, ohne mittellos auf der Straße zu landen. Ich habe mir nicht ausgesucht, in andere Verhältnisse geboren zu werden als du. Meine Eltern sind früh gestorben, und meine Großeltern haben uns nur mit viel Mühe durchbekommen. Alles, was ich erreicht habe, ist hart erarbeitet, und ich musste nebenher noch meinem Bruder sein Studium bezahlen. Du hast nicht das geringste Recht, dich über mich zu erheben, vor allem angesichts dessen, dass die bisher einzige Leistung deines Lebens war, das Geld deines Vaters auszugeben.«

Valerie spürte, wie ihr das Blut ins Gesicht stieg. »Das mit deinen Eltern habe ich nicht gewusst.«

»Es hat auch nie den Eindruck gemacht, als würde es dich interessieren. Wie auch immer, ich muss wieder rein.« Er trat die Zigarette aus und warf den Stummel in einen Kübel. »Wir sehen uns.« Ohne ein weiteres Wort wandte er sich ab und ging zurück ins Hotel.

Damit hatte Valerie nicht gerechnet, nicht im Geringsten. Er war immer zugänglich gewesen, hatte jede Entschuldigung angenommen und mit einem Kuss die Versöhnung besiegelt. *Die bisher einzige Leistung deines Lebens war, das Geld deines Vaters auszugeben.* Vorsichtig glitt Valerie von dem Holzstapel und zuckte zusammen, als sie einen Splitter in den Finger bekam. Während sie versuchte, ihn mit den Fingernägeln zu fassen zu bekommen, überlegte sie, was sie nun tun sollte.

»Es tut mir leid, aber ich habe ganz andere Sorgen derzeit«, sagte Emma, als Valerie in ihrem Zimmer erschienen war und ihr ihr Leid klagte.

»Warum um alles in der Welt machen alle so ein Aufhebens um dieses Bild. Ihr wollt doch ohnehin heiraten, denke ich, oder nicht?«

»Und da ist es kein Problem, wenn vorher ein Bild in der Zeitung erscheint, auf dem er mich praktisch auszieht?«

»Natürlich nicht, aber – lieber Himmel! – es ist ja nicht so, als wäret ihr miteinander im Bett erwischt worden.«

Das wäre vermutlich insgesamt sogar glimpflicher ausgegangen als diese öffentliche Bloßstellung, die nur zu deutlich sagte, dass sie lediglich eine kleine Spielerei für Georg Rebein und ihr Geheimnis den Geschwistern nichts wert war. »Papa lässt sich nicht davon überzeugen, dass Georg und Minna nichts mit der Sache zu tun haben.«

Davon war auch Valerie nicht überzeugt, das war offensichtlich. »Meine erste Begegnung mit Minna war, dass sie mich fast niedergeritten hat. Wer so egoistisch ist, während er sein Vergnügen sucht, ist es vermutlich auch in anderer Hinsicht.«

Ob Valerie ahnte, dass sie damit in gewisser Weise auch sich selbst beschrieb? Wie sie mit Nicolas umsprang konnte ja nun niemandem verborgen bleiben. »Selbst wenn Minna so etwas hätte tun wollen, hätte Georg das niemals gebilligt.«

Das quittierte Valerie lediglich mit einem kurzen Heben der Schultern. »Was sagt Ludwig eigentlich dazu?«

»Er schweigt sich aus.«

»Ich hatte den Eindruck, dass er mit Minna Rebein eine Affäre begonnen hat.«

»Nein, das hat er gewiss nicht.« Sofern Affäre bedeutete, dass er mit ihr ins Bett gegangen war, denn dafür hätte Minna sich nicht hergegeben, das ahnte Emma. Sie selbst hätte gerne mit Georg gesprochen, aber das war derzeit schlechterdings nicht möglich. Tagsüber war er im Unternehmen, und abends hatte sie das Telephon nicht für sich, da es im Salon stand. Mit ihm ungestört zu sprechen war weder möglich, wenn er im Bureau saß und jederzeit gestört werden konnte, noch wenn sie das Telephon im Arbeitszimmer nutzte, wo sie auch ständig damit rechnen musste, dass ihr Vater oder Karl den Raum betrat.

»Es tut mir leid«, sagte Valerie. »Es ist schlimm, wenn man liebt, und der Mann stellt sich schließlich als Blender heraus.«

»Georg ist kein Blender«, fuhr Emma heftiger auf als gewollt. »Was verstehst du schon davon? Dir ging es bei den Männern doch immer nur ums Vergnügen. Hätte man dich und Nicolas nicht erwischt, würdest du doch immer noch mit ihm ins Bett gehen und dich nebenher nach einer passenden Partie umschauen.«

Damit hatte sie Valerie getroffen, das konnte diese nicht gut verbergen. Es glitzerte verräterisch in ihren Augen, dann erhob sie sich abrupt und lief aus dem Raum. Emma wollte ihr nachrufen, dass sie es nicht so gemeint hatte, ließ es dann jedoch, da es nicht der Wahrheit entsprochen hätte. Sie hatte jedes Wort so gemeint, wie sie es gesagt hatte, und das wusste Valerie.

Da sie das Herumsitzen nicht länger aushielt, zum Arbeiten jedoch auch nicht den Kopf frei hatte, ging sie nun doch in den Salon, setzte sich neben das Telephon und starrte es an. Ins Hotel zu gehen, vermied sie, da sie die Blicke der Leute fürchtete. Jeder, der die Tageszeitung bezog, hatte das Bild gesehen. Wer würde sie in der Geschäftswelt denn jetzt noch ernst nehmen? Und Georg? Dem würde man auf die Schulter klopfen und zwinkernd erklären, dass man das Vergnügen gerne selbst gehabt hätte. Vielleicht sah man es jedoch auch so, dass er sich gegenüber einer Tochter aus seinen Kreisen zu viel herausgenommen hatte. Was, wenn es das nächste Mal die eigene Tochter traf?

Emma hob den Hörer ab und ließ sich mit dem Rebein-Werk verbinden. Kurz darauf wurde an der anderen Seite abgenommen, und sie hörte Georgs Stimme.

»Ja?« Knapp, ungeduldig.

»Georg? Ich bin es.«

»Emma?« Das Eis in seiner Stimme schmolz. »Es tut mir leid. Von den Photos hatte ich keine Ahnung, bis dein Vater angerufen hat. Minna hat gewiss nichts damit zu tun.«

»Das weiß ich«, antwortete Emma und war dennoch ob seiner Worte erleichtert. »Mein Vater hat mir verboten, dich wiederzusehen.«

»Ja, er war am Telephon sehr deutlich.«

»Und was machen wir jetzt?«

»Wir warten ab. Minna sagt, sie wolle versuchen, herauszubekommen, wer das Photo bearbeitet hat. Und dann sehen wir weiter.«

»Und so lange sehen wir uns nicht?«

»Ich möchte dich nicht dazu verführen, deine Eltern zu hintergehen. Lügen und Versteckspiele machen die Situation sicher nicht besser.«

Emma wollte widersprechen, wusste aber, dass er recht hatte. Ein unwürdiges Versteckspiel und das Verstricken in Lügen wäre sicher nicht dazu angetan, ihren Vater zu überzeugen, sich geirrt zu haben. »Also gut, ich warte ab.«

»Du kannst mich jederzeit anrufen.«

»Ja, das werde ich tun.« Da jedes Bekunden von Gefühlen ihr in diesem Moment pathetisch und unpassend erschienen wäre, verabschiedete Emma sich und hängte auf.

⁂ 29 ⁂

Ludwig hatte Minna im Atelier angerufen. Die ganze Sache erschien ihm seltsam, und er wollte ihr die Gelegenheit geben, sich dazu zu äußern.

»Ich weiß nicht, wer es war«, hatte sie gesagt. »Es sind meine Bilder, aber das von Emma und Georg wurde bearbeitet. Wir werden uns jetzt eine Weile nicht sehen, ich will kein Öl ins Feuer gießen. Aber ich bekomme heraus, wer es war.«

Das hoffte Ludwig, denn er selbst hatte keine Ahnung, wie er die Sache aufklären sollte. Die Zeitung gab in der Sache natürlich keine Auskunft, und so konnte er nur versuchen, herauszufinden, wer die Photos aus dem Arbeitszimmer genommen hatte.

Für Emma war es besonders schlimm, und die Leute zerrissen sich bereits das Maul über sie, das hatte Ludwig mitbekommen, als er etwas in der Stadt erledigt hatte.

»Eine schlimme Sache«, sagte Charlotte, als sie ihn nachmittags besuchte. »Ich verstehe nur nicht, warum Konrad sich so querstellt und die beiden nicht einfach miteinander verheiratet, wenn sie es denn schon selbst wollen.«

»Weil er in Sorge ist, dass Emma für Georg nur eine Spielerei ist, und welcher Vater sähe seine Tochter schon gerne an der Seite eines solchen Mannes?«

»Siehst du das auch so?«

»Nein, aber das tut in dem Fall nichts zur Sache.«

Sie nutzten den Umstand, dass es an diesem Tag trocken war, um sich auf die Terrasse zu setzen. »Warum gehen wir nicht mal wieder aus?«, fragte Charlotte. »Das kommt viel zu kurz in letzter Zeit. Meine Eltern beklagen auch schon, dass sie dich so selten sehen.«

Zu Recht, wie Ludwig zugeben musste. In den letzten Wochen hatte er seine Verlobte sträflich vernachlässigt und mit ihr auch ihre Eltern so wenig besucht, dass es an Unhöflichkeit grenzte. Er wusste, es war an der Zeit, die Sache zu beenden. Emma hatte recht gehabt, er konnte Charlotte nicht weiter hinhalten, und das sollte er unabhängig von Minna tun. Er würde sie verletzen, das war unvermeidlich, aber er wollte ihren Schmerz gerne so gering wie möglich halten. Jetzt galt es jedoch erst einmal, Valeries Hochzeit abzuwarten, vorher konnte er auf keinen Fall mit Charlotte brechen.

»Wir können morgen Abend tanzen gehen, wenn du möchtest«, sagte er. Sie musste ahnen, dass sich etwas zwischen ihnen verändert hatte, aber bis sie offiziell getrennt waren, würde er versuchen, so viel Normalität mit ihr zu leben, wie es ihm möglich war. Dass sie sich in aller Freundschaft trennten, erwartete er nicht, vermutlich würde es sogar eine sehr hässliche Szene geben.

»Das klingt wunderbar.«

»Ich hole dich am frühen Abend ab, dann kann ich bei der Gelegenheit auch deine Eltern endlich wieder besuchen.«

Ein Lächeln, in dem ein Anflug von Erleichterung nistete, spielte um ihren Mund. »Sie werden sich freuen, dich zu sehen.«

Daran, wie sie reagieren würden, wenn er die Verlobung

löste, wollte Ludwig gar nicht denken. Vor allem Charlottes Mutter konnte sehr unleidlich werden. Es war aber nicht nur die Verlobung, auch eine andere Änderung stand bevor – er würde seinem Vater endlich sagen, dass er das Hotel nicht übernehmen wollte. Ausschlagen würde er das Erbe nicht, denn in diesem sah er eine Art Treuhand, die er für seine eigenen Kinder verwaltete, aber er würde seinen Vater darum ersuchen, jemand anderem die Leitung zu übertragen und sich selbst komplett daraus zurückziehen. Ein weiteres Gespräch, auf das er sich nicht freute. Jedoch hatte er nun, nach vielen Jahren, endlich das Gefühl, das Richtige zu tun.

»Wir werden die Eröffnung des Lichtspielraums vorverlegen«, sagte Konrad Alsberg.

Emma sah von einem Brief auf, den sie gerade zum zweiten Mal schrieb, weil sie nicht die nötige Konzentration aufbringen konnte. Die ganze Angelegenheit bereitete ihr Bauchschmerzen – all das Gerede, die Blicke. »Für wann?«

»Am besten jetzt demnächst. Warum sollen wir lange warten, wenn der Raum ohnehin schon in aller Munde ist? Eine Überraschung wird er ja mitnichten. Und vielleicht lenken wir so von dem unsäglichen Photo von dir und Georg ab.«

»Es war falsch von dir, ihm Hausverbot zu erteilen. Bei Valerie wurde in aller Eile eine Hochzeit anberaumt, und mir verbietest du den Umgang mit ihm aufgrund eines Photos.«

»Die Sache liegt bei Valerie wohl gänzlich anders, möchte ich meinen. Sollte dir nicht selbst daran gelegen sein, mit einem Mann zu brechen, der dich offenbar nicht wert ist? Dessen Schwester aus einem harmlosen Photo ein derart anzügliches macht?«

»Wenn sie es war.«

»Wer sonst? Es war sonst niemand im Besitz dieser Photos.«

»Es ist mit den übrigen gestohlen worden.«

»Emma, das Thema hatten wir bereits. Niemand hätte den geringsten Grund, so etwas zu tun. Wir versuchen allerdings, herauszufinden, ob es noch jemanden gibt, der infrage kommt. So lange jedoch bleiben wir zu den Rebeins auf Distanz. Es reicht wahrhaftig, dass sich jetzt sogar der unmögliche Neffe der Gräfin Wittershaus auch noch zu Wort gemeldet hat.«

Und er hatte sehr ausführlich dargelegt, wie Emma ihm den Kopf verdreht, er aber Georg Rebein den Platz hatte überlassen müssen, der offenbar erfolgreicher gewesen war, wie man sehen konnte. Das alles war demütigend, und da Emma wusste, dass eine öffentliche Richtigstellung bei den Leuten, die dergleichen glauben wollten, ohnehin nichts nutzte, schwieg sie und saß die Angelegenheit aus. Abgesehen davon widerstrebte es ihr entschieden, sich vor die Öffentlichkeit zu stellen und Dinge richtigzustellen, die die Menschen überhaupt nichts angingen.

»Also gut«, sagte Emma. »An welchen Termin dachtest du?«

»In zehn Tagen.«

»Aber das ist zu früh«, rief Emma bestürzt. »Da haben wir überhaupt keine Zeit mehr für Werbung.«

»Werbung? Denkst du allen Ernstes, wir brauchen noch Werbung?«

»Ja, Werbung, die das Ganze professionell macht. Sollen die Leute vielleicht denken, wir nutzen diesen peinlichen Auftritt für unseren Vorteil? Wenn wir sagen, wir haben damit nichts zu tun, dann bitte professionell.«

»Sie hat recht«, sagte Karl. »So gerne ich die Ausgabe auch gespart hätte. Aber lass uns wenigstens ein Plakat für das Hotel drucken und die Handzettel.«

Mehr konnte Emma vermutlich nicht erwarten, dennoch war sie dankbar und lächelte Karl an.

»Allerdings«, fuhr dieser fort, »wird Ludwig den Raum eröffnen.«

Emma fiel aus allen Wolken. »Wie bitte?«

»Wir halten es so tatsächlich für das Beste«, bestätigte ihr Vater.

»Mich zu bestrafen? Weil jemand mein Photo …«

»Nein«, unterbrach er sie, »nicht bestrafen. Aus der Schusslinie nehmen. Die Leute zerreißen sich das Maul, daran können wir sie nicht hindern. Aber wir können dafür sorgen, dass ihre Aufmerksamkeit auf andere Dinge gelenkt wird.«

»Aber doch nicht auf diese Art. Der Lichtspielraum ist mein Projekt, ihr könnt mich nicht einfach davon ausschließen.«

»Das tun wir nicht«, versuchte Karl zu erklären. »Du kannst ja dabei sein.«

»Ach, wie gnädig! Würdet ihr Ludwig auch verbieten, sein Projekt vorzustellen, wenn man ein solches Photo von ihm veröffentlicht hätte?«

»Wenn es ein Bild in der Zeitung gäbe, wie er eine unbescholtene Tochter auszieht? Ja, dessen kannst du gewiss sein«, antwortete Karl, und Emma glaubte ihm das sogar. Trotz allem war es ungerecht.

»Aber …«

»Emma, hör zu«, unterbrach ihr Vater sie. »Du denkst doch sonst immer geschäftlich. Wäre es von Vorteil für das Hotel, wenn du den Lichtspielraum eröffnest?«

»Du meinst, weil mich derzeit niemand als Geschäftsfrau mehr ernst nimmt und ich praktisch öffentlich als leicht zu haben stigmatisiert wurde?«

Weder ihr Vater noch Karl antworteten ihr, aber das brauchten sie auch nicht, ihre Blicke waren beredt. Emma biss sich auf die Lippen, so nahe war sie daran, in Tränen auszubrechen. Abrupt erhob sie sich.

»Dann macht doch, was ihr wollt.«

»Emma«, sagte ihr Vater.

»Und am besten sucht ihr euch für eure Sekretärinnenaufgaben demnächst jemand anderen. Vielleicht mag Ludwig ja künftig die Briefe für euch schreiben, denn ich tue es gewiss nicht mehr.« Damit drehte sie sich um und lief aus dem Zimmer.

Er ignorierte sie tatsächlich, und das tagelang. Müsste er nicht befürchten, auf der Straße zu landen, hätte er vermutlich sogar mit ihr gebrochen. Das war eine furchtbare Vorstellung. Valerie würde ihm wieder und wieder sagen, dass es ihr leidtäte, wenn sie das Gefühl hätte, es würde etwas nutzen. Doch davon würde er sich nicht beeindrucken lassen. Sie hatte nicht die leiseste Ahnung, was sie tun sollte. Ihm etwas schenken? Und damit signalisieren, dass sie ihm jederzeit teurere Geschenke machen konnte als er ihr? Nein, das war nicht das Richtige. Er hatte ihr erzählt, dass sein Bruder demnächst kommen würde. Sollte sie seinen Töchtern etwas schenken? Nein, das könnte als Almosen missverstanden werden. Es war doch zum Verzweifeln. Und dann fiel ihr doch etwas ein.

Valerie ging hinunter in das Dienstbotenzimmer. »Wo ist Herr Merlo?«, fragte sie Fritz, der sich bei ihrem Eintreten eilig vom Tisch erhob.

»In seinem Bureau, gnädiges Fräulein.«

Das traf sich gut, besser, als wenn er in der Küche gewesen wäre. Valerie klopfte an und wartete Nicolas' Antwort nicht ab, als sie eintrat. Kurz fragte sie sich, was sie täte, wenn sich in diesem Moment rasch eine Frau von seinem Schoß erhob. Aber da war niemand außer ihm.

»Was gibt es?«, fragte er.

Sein kleines Arbeitszimmer bot nicht genug Platz für einen zweiten Stuhl, sodass Valerie zu Nicolas ging und sich ihm gegenüber an den Schreibtisch lehnte. »Ich habe eine famose Idee«, sagte sie.

»Aha.«

»Hast du nicht gesagt, dein Bruder hätte zwei Kinder?«

»Drei.«

»Der Säugling zählt nicht.«

Nicolas hob eine Braue.

»Also, hör zu. Meine Tante Johanna kommt mit fünf Kindern, das Kleinste ist sechs, und Tante Henrietta hat drei Söhne. Und um sie alle zu unterhalten, könnten wir eine große Schatzsuche im Wald veranstalten. Wir teilen sie auf, dass immer einer von den Größeren zwei Kleinere begleitet, das sehen wir ja dann. Und als Preis ... da weiß ich noch nicht so recht. Ich könnte – ganz unkonventionell – meinen Brautstrauß verschenken, aber ich befürchte, dafür lassen sich die Jungs nicht begeistern.«

Ein Lächeln zupfte an Nicolas' Mundwinkeln. »Das ist anzunehmen, ja. Und ich befürchte, wenn die Mädchen sich durch den Wald schlagen, und am Ende bekommen sie nur einen Blumenstrauß, dürfte die Enttäuschung ebenfalls groß sein.«

»Ja, nicht wahr?« Valerie knabberte an ihrer Unterlippe

und überlegte. »Da fällt mir sicher noch was ein. Wir könnten ihnen sagen, sie haben einen Wunsch frei.«

»Meine Nichten sind da recht unbescheiden, die Große wird vermutlich ein Pferd verlangen.«

Valerie musste lachen. »Gut, dann muss ich wirklich noch ein wenig darüber nachdenken. Aber du findest die Idee auch gut, ja? Für Kinder sind Hochzeiten ja immer etwas langweilig.«

»Ja, die Idee ist in der Tat gut.«

»Also abgemacht.« Valerie richtete sich auf. »Dann spreche ich mit Mama und Katharina darüber. Am Hochzeitstag selbst machen wir das besser nicht, ich glaube, die Mütter sind nicht so glücklich, wenn die Kinder sich mit den guten Kleidern durchs Gebüsch schlagen.«

Nicolas' Lächeln wurde zu einem Grinsen. »Ja, ich sehe schon vor mir, wie meine Schwägerin vor Freude kaum an sich halten kann.«

»Wann kommt dein Bruder eigentlich?«

»Fünf Tage vor der Hochzeit.«

»Meine Tante Johanna auch, Tante Henrietta kommt etwas später. Meine Großeltern sind noch in Florenz, die werden erst zwei Tage vorher hier sein und dafür länger bleiben.«

Behutsam griff Nicolas nach ihrer Hand, und seine Finger schlossen sich um die ihren.

»Es tut mir so leid«, sagte sie kaum hörbar.

»Ja, ich weiß. Mir auch.«

»Warst du noch klein, als deine Eltern gestorben sind?«

»Ich war zehn, als mein Vater gestorben ist, bis dahin hatten mein Bruder und ich eine sehr schöne Kindheit. Meine Mutter hat uns zu unseren Großeltern gegeben, damit sie arbeiten konnte. Einmal im Monat haben wir sie gesehen, wenn sie das Geld gebracht hat, sie hat dann den ganzen Tag mit uns gespielt und versucht, die verlorene Zeit nachzuholen. Als ich sechzehn war, ist sie an Schwindsucht gestorben.«

Valerie malte mit dem Daumen kleine Kreise in Nicolas' Handfläche. »Wie alt ist dein Bruder?«

»Neunundzwanzig, drei Jahre jünger als ich.«

»Du bist schon zweiunddreißig?«

»Du heiratest mich in gut drei Wochen und weißt nicht, wie alt ich bin?«

Angesichts Nicolas' entsetztem Blick gab Valerie den Versuch auf, ernst zu bleiben und lachte. »Das war nur Spaß.« Sie beugte sich vor und küsste ihn, löste sich von ihm, küsste ihn wieder und wieder. Als seine Hände über ihren Körper glitten, sie durch das Kleid hindurch liebkosten, ging ihr Atem schneller.

»Jemand könnte reinkommen«, sagte sie an seine Lippen und erwiderte atemlos jeden seiner Küsse, genoss mit wild klopfendem Herzen die zögernden Zärtlichkeiten.

Als Nicolas sie schließlich losließ, gaben ihre Knie beinahe unter ihr nach, und ihr schwindelte. Sie zog ihr Kleid zurecht und sah sich nach einem Spiegel um, während das Verlangen, das Nicolas' Berührungen und Küsse geweckt hatten, ungestillt in ihr brannte.

»Man sieht es dir nicht an«, sagte Nicolas, nachdem sie festgestellt hatte, dass die Suche nach einem Spiegel vergeblich war.

»Ich glaube dir kein Wort.« Valerie öffnete ein Fenster und hielt ihr erhitztes Gesicht in den kühlen Luftzug. »Das hat den Hunger eher angefacht als gestillt.«

»Ich sagte doch, du bist unersättlich.«

»Ich bin mir sicher, wenn wir erst verheiratet sind, wirst du dich nicht beklagen.«

»In dieser Hinsicht habe ich tatsächlich nicht die geringsten Bedenken.«

Valerie hoffte, dass niemand durch das offene Fenster ihr Gespräch belauschte. Sie überprüfte noch einmal mit den Händen ihr Haar, sah an ihrem Kleid hinab und beschloss, dass sie sich wieder unter die Leute wagen durfte. Ehe sie den Raum verließ, blieb sie vor Nicolas stehen und legte ihm eine Hand an die Wange.

»Du grollst mir nicht mehr, weil ich so abscheulich war zu dir, ja?«

Er nahm ihre Hand und küsste die Handfläche. »Nein, es ist alles gut.«

Nach einem letzten Kuss verließ sie den Raum. Obwohl sie sich einbildete, alle würden sie anstarren und ahnen, wozu sie sich beinahe wieder hatte hinreißen lassen, ging sie mit erhobenem Kinn durch das Gesellschaftszimmer.

Seit Hans seinen Onkel Paul besuchte, kam er mit seinem Onkel Karl besser zurecht. All die Dinge, die er getan hatte, um diesen zu treffen, um ihn zu verärgern und zur Weißglut zu treiben, übten keinen Reiz mehr auf ihn aus. Er wollte nicht um die Häuser ziehen und Deutschland-Parolen rufen, Menschen schmähen, die anders waren als er. Als er an die Dinge dachte, die er zu seiner Tante Johanna gesagt hatte, wäre er am liebsten vor Scham im Boden versunken. Er hatte sie beleidigt und Victor Rados, der ihm immer freundlich gesinnt gewesen war. Der Zorn, der seit dem Tod seines Großvaters so stetig in ihm gelodert hatte, war erloschen. Gelegentlich flackerte er auf, wenn er mit Karl Hohenstein aneinander geriet – gänzlich ohne Konflikte ging es eben doch nicht –, aber im Großen und Ganzen war es besser geworden.

Hans war gerade im Begriff, die Wohnung zu verlassen, als Valerie eintrat, die Wangen leicht gerötet, die Augen glänzend und ein kleines Lächeln auf den Lippen. »Erquickliche Stunden gehabt?«, fragte Hans.

Valerie sah ihn an, wirkte einen Moment lang beinahe verlegen. »Ehm, ja. Ich habe übrigens eine Idee, für die ich dich und Andreas brauche.«

Hans hob fragend die Brauen.

»Ich plane mit den Kindern eine Schatzsuche, einen Tag vor der Hochzeit. Ihr Älteren müsst sie begleiten.«

»Ja, lässt sich sicher machen. Und was winkt als Preis?«

»Tja, das muss ich mir noch überlegen.«

»Gut. Du weißt, ich lasse mich nicht mit Kleinigkeiten abspeisen.«

Sie lächelte spöttisch. »Na, das werden wir dann ja sehen. Gehst du wieder zu Paul Roth?«

»Ja, ich bin mit Magdalena verabredet.«

»Bist du nicht doch ein klein wenig verliebt?«

Entschieden schüttelte er den Kopf. »Nein, sie ist eher wie eine große Schwester.«

»Ja, große Schwestern kann man nie genug haben.« Sie zwinkerte ihm zu und setzte ihren Weg fort. Vermutlich hatte sie sich endlich wieder mit ihrem Koch ausgesöhnt, wenn sie so glänzender Stimmung war. Blieb zu hoffen, dass sich das nicht wieder änderte, sie war ja unausstehlich gewesen.

Hans verließ das Haus durch den privaten Eingang und wollte den Hof überqueren, als er Emma durch den Garten zu einem der Pavillons gehen sah. Das tat sie eigentlich nur, wenn sie allein sein wollte und Kummer hatte. Nach einem Blick auf die Uhr entschied er, dass er noch ein wenig Zeit hatte und trat durch das seitliche Tor in den Garten, der gesäumt war vom dunklen Grün des Waldes.

»Kummer?«, fragte er, als er kurz nach Emma im Pavillon ankam.

Sie hatte sich eben hingesetzt und sah nur kurz auf. »Nichts, was du verstehen könntest.«

»Was du nicht sagst.«

Emma verschränkte die Arme vor der Brust und lehnte sich zurück. »Der Lichtspielraum wird früher eröffnet, und nicht ich werde ihn eröffnen, sondern Ludwig.«

»Verstehe.« Hans ließ sich neben ihr nieder. »Und das alles wegen des Photos?«

»Offenbar gelte ich als nicht gesellschaftsfähig.«

»Ich denke, es geht darum, dass die Leute nicht nur deshalb kommen, weil sie neugierig sind nach der Sache mit Georg Rebein. Und anstatt, dass sie sich für den Lichtspielraum interessieren, starren sie dich an und haben schlüpfrige Hintergedanken.«

»Das ist nicht mein Problem. Ich habe hart dafür gearbeitet. Und nun soll das alles umsonst gewesen sein? Wegen eines Photos, für das ich nichts kann?«

»Vermutlich will dein Vater dich schützen.«

Emma nickte nur.

»Und er denkt sicher auch, so sei es das Beste für das Hotel. Daran ist dir doch auch gelegen, nicht wahr?«

»Es wird dem Hotel nicht schaden, wenn ich den Raum eröffne.«

Nein, das vermutlich nicht. Hans beobachtete einige Kinder, die im Garten spielten, und dachte an Valeries Idee. »Valerie plant eine Schatzsuche mit den Kindern am Tag vor ihrer Hochzeit.«

»Wie schön für sie.« Als Hans nicht antwortete, sagte Emma: »Es tut mir leid, ich will nicht gehässig sein. Aber mir ist nicht danach, abgelenkt zu werden, erst recht nicht mit Valeries Hochzeit, auf der ich mit Charlotte als Brautjungfer auftreten muss. Ehrlich gesagt möchte ich jetzt einfach nur allein sein.«

»Also gut.« Hans erhob sich.

»Nicht böse sein, ja?«

»War ich dir jemals böse?« Er drückte leicht ihre Schulter und ging.

Es hatte genug Tage gegeben, in denen Hans ebenfalls hatte allein sein wollen, in denen all die Ablenkungen und all das gute Zureden von Ludwig und Emma nichts an dem verzehrenden Zorn und der Einsamkeit geändert hatten. Jakob hatte sich gut eingelebt, hatte den Tod der Eltern und des Großvaters rasch verschmerzt. Hans jedoch nicht. Sein Onkel Karl hatte ihm gelegentlich gesagt, er käme nach seinem Großvater, was nicht wie ein Kompliment klang. Und Hans war davon überzeugt, dass sein Onkel ihm diese Ähnlichkeit übel nahm. Er hatte es ihm auf seine Art vergolten, ihn da treffen wollen, wo er am empfindlichsten war, an seiner Weltoffenheit.

Es war jedoch nicht allein der Schrecken über den Tod von Jerome Kabal, der ihm die Augen geöffnet hatte, ebenso wenig wie Karl Hohensteins Strenge, sondern es war vor allem Paul Roth gewesen, der vom ersten Moment an mit ihm sprach, als sei er ein heimgekehrter Sohn. Paul Roth stellte sich nicht als sein Richter hin, sondern behandelte ihn wie ein Vater, der erzieherische Mängel auszugleichen suchte.

»Der NSDAP beitreten?«, hatte er gefragt und Hans eine Kopfnuss verpasst, ehe dieser hatte ausweichen können. »Bist du närrisch, oder was?«

»Das war nur eine Idee, ich denke nicht, dass ich es tun werde.«

»Das will ich doch hoffen, sonst bist du hier nicht mehr willkommen.«

Ein schrecklicher Gedanke. Hans verspürte indes ohnehin keine Lust mehr zu dieser Art von Aufstand. Wenn es ihm daheim zu viel wurde, ging er zu seinem Onkel Paul und verbrachte den Nachmittag mit Magdalena. Sein Onkel hatte bereits ähnliche Bedenken geäußert wie Valerie, aber Hans und vor allem Magdalena hatten darüber so lachen müssen, dass ihnen die Tränen kamen.

»Nein, Papa«, hatte Magdalena gesagt. »Aber Hans wird mir als kleiner Bruder sicher eine glänzende Partie verschaffen.«

»Meine Cousine heiratet einen Koch und du einen Grafen, damit ist das Gleichgewicht wieder hergestellt«, hatte Hans gespöttelt. Die nächste Kopfnuss hatte er daraufhin von Magdalena erhalten. Er musste grinsen, als er daran dachte und beschleunigte seine Schritte.

⁂ 30 ⁂

Emma hielt an ihrem Entschluss fest, keine Sekretärinnenaufgaben mehr zu erledigen – denn das war es vermutlich, was sie letzten Endes für alle gewesen war: eine unbezahlte Sekretärin für das Hotel, und keine gleichwertige Geschäftsfrau. Sie war einfach zu naiv gewesen, um das zu erkennen. Jetzt jedoch musste sie doch noch einmal mit ihrem Vater und Karl in das Arbeitszimmer, weil sie die Unterlagen für die Werbeprospekte geordnet übergeben wollte.

»Hier«, sagte Emma, »sind die Texte und einige Vorlagen für Werbeprospekte. Die Photos hatte Minna demnächst eigentlich vorbeibringen wollen, was ihr schlechterdings derzeit nicht möglich ist.«

»Es wird auch ohne Bilder gehen, das hat die Zeitung ja bereits übernommen«, antwortete Karl.

Emma hob gleichgültig die Schultern. Sie nahm den Stapel mit den vorbereiteten Texten vom Schreibtisch, als ein Umschlag, der irgendwie quer dazwischensteckte, hinausrutschte und zu Boden fiel. Sie wollte danach greifen, aber Karl war schneller. Auf dem Umschlag prangte der Stempel von Minna Rebein.

»Nanu«, sagte Emma erstaunt. »Was ist das denn?«

Karl öffnete den Umschlag und entnahm ihm Photos. Konrad Alsberg, der neben ihm stand, sah die Bilder ebenfalls an. Emma legte die Unterlagen zurück und stellte sich neben Karl, um zu sehen, welche Photos es waren, indes ihr Herz wild klopfte.

»Das ist ausgeschlossen«, sagte sie, als Karl sich durch die Bilder des Lichtspielraums blätterte. Sie hatte doch alles abgesucht, wirklich alles. Aber das Schlimmste kam erst noch, als das letzte Bild erschien, das identisch war mit dem aus der Zeitung. Emma wollte danach greifen, aber ihr Vater war schneller, hielt das Bild, schwieg eine ganze Weile.

»Erkläre mir das.«

Emmas Hand zitterte, als sie das Photo nahm. Das war ganz und gar unmöglich. »Ich ...« Sie fuhr mit der Zunge über ihre trockenen Lippen. »Wir haben ein solches Photo nicht gemacht.«

»Was du nicht sagst?«

Karl legte die Photos ab. »Entschuldigt mich bitte, ich denke, das klärt ihr lieber allein.« Er verließ das Arbeitszimmer und schloss die Tür hinter sich.

»Ich sagte doch, das Photo sah nicht so aus.«

»Und wie kommt dieses Bild dann mit den anderen auf deinen Schreibtisch?«

»Vielleicht hat es jemand bearbeitet und dann mit allen Photos wieder zurück...«

»Verdammt noch mal, Emma!«, fuhr ihr Vater sie an, und sie zuckte erschrocken zusammen. So hatte er noch nie mit ihr gesprochen. »Hörst du nicht selbst, wie absurd das klingt? Warum belügst du mich?«

Tränen traten ihr in die Augen. »Aber ich lüge doch gar nicht.«

»Ich heiße sicher nicht gut, was du mit ihm getan hast. Aber lügen, Emma? Du weißt, was ich von Lügnern halte.«

»Ich lüge nicht!«, schrie sie.

Er nahm ihr das Bild aus der Hand, sah es an, dann wieder Emma. »Und welche Erklärung hast du dafür?«

Sie schüttelte nur den Kopf.

»Das dachte ich mir.«

»Ich kann dir nur sagen, dass ich dieses Bild nie gemacht habe, das musst du mir glauben. Minna könnte dir das richtige Photo noch einmal abziehen.«

»Oder aber eines, das in deinem Sinne überarbeitet wurde, was vermutlich glaubhafter wäre als die Geschichte, die du mir auftischst. Ich frage mich, was du befürchtest, wenn du mir die Wahrheit sagst.«

»Das *ist* die Wahrheit.«

Ihr Vater legte das Bild zurück auf den Schreibtisch. »Nun gut, wenn du darauf bestehst.« Er griff nach den Unterlagen für den Lichtspielraum und verließ ohne ein weiteres Wort den Raum.

Emma sah das Photo an und hatte nicht die leiseste Ahnung, was hier gerade passierte. Das Schlimmste daran war jedoch, dass ihr Vater ihr so offenkundig nicht glaubte.

»Was ist geschehen?«, fragte Ludwig, der gerade im Begriff war, die elterliche Wohnung zu verlassen, um in die Stadt zu fahren. Jetzt allerdings, da Emma mit rot geweinten Augen vor der Tür stand, hielt er inne. Sie reichte ihm wortlos ein Photo, jene Aufnahme von ihr und Georg, die in der Zeitung erschienen war.

»Das lag zusammen mit den übrigen Photos auf meinem Schreibtisch, zwischen den Unterlagen für den Lichtspielraum.«

»Du sagtest doch, es existiere nicht in dieser Form.«

»Das stimmt ja auch, daher verstehe ich das alles nicht.«

Ludwig nickte und trat von der Tür zurück. »Komm rein und erkläre mir erst einmal alles.«

»Wo sind deine Eltern?«

»Im Hotel, uns wird also niemand stören. Die Bilder lagen auf deinem Schreibtisch, sagst du?«

»Ja, und das verstehe ich nicht. Ich würde ja befürchten, ich sei vielleicht tatsächlich so zerstreut, wenn nicht dieses Photo wäre.« Sie ließ sich im Salon auf einem Sessel nieder und rieb sich die Schläfen.

»Kaffee oder Tee?«, fragte Ludwig, aber Emma schüttelte nur den Kopf. »Also«, fuhr er fort, »möchtest du es mir erzählen?«

Sie holte tief Luft. »Ich wollte unseren Vätern die Unterlagen für die Werbung geben, und dazwischen lag der Umschlag mit den Photos.«

»Aber dort hattest du doch überall gesucht.«

»Ja, eben. Daher ist das Ganze doch so bizarr.«

Ludwig hielt das Photo nach wie vor in der Hand und betrachtete es nachdenklich.

»Setz dich bitte«, sagte Emma. »Ich habe ohnehin schon Kopfschmerzen, und sie werden schlimmer, wenn ich die ganze Zeit den Kopf in den Nacken legen muss, um mit dir zu sprechen.«

Gehorsam ließ er sich auf einem Sessel nieder. »Wir hatten ja keinen Zweifel daran, dass jemand euer Photo bearbeitet hat. Derjenige hat also alle Bilder mitsamt diesem hier zurückgelegt, damit jeder denkt, das mit der Zeitung sei in der Tat Minna gewesen.«

Emma massierte sich erneut die Schläfen. »Ja, so wird es sein. Und in einer Woche ist die Eröffnung des Lichtspielraums, ich hatte so gehofft, dass sich die Sache bis dahin aufgeklärt hätte und ich den Raum doch eröffnen darf.«

»Ich habe meinem Vater gesagt, ich mach's nicht, aber davon wollte er nichts wissen.«

»Das bringt ja auch nichts.« Emma musste blinzeln, als die Sonne durch die Wolken brach und sie blendete.

»Es kommt mir aber falsch vor«, antwortete Ludwig, während er sich erhob und einen der Vorhänge zuzog. »Das ist dein Projekt, du hast wirklich alles allein gemacht, und nun soll ich mich hinstellen und es präsentieren?« Er setzte sich neben Emma und nahm ihre Hand. »Hör zu, möchtest du, dass ich mit Onkel Konrad spreche?«

»Was sollte das denn nützen? Wenn er mir schon nicht glaubt, wird es bei dir nicht anders sein, und er wird zudem denken, ich schicke dich vor. Nein, da muss ich jetzt irgendwie allein durch.« Sie drückte kaum merklich seine Hand. »Hast du eigentlich mal wieder mit Minna gesprochen?«

»Nein, nur das eine Mal, nachdem der Artikel erschienen war. Sie sagte, sie melde sich, wenn sie mehr weiß, und solange bleiben wir auf Distanz. Aber das ist nicht schlimm, ich muss ohnehin ein paar Dinge hier regeln.«

»Was wirst du tun?«

»Nach Valeries Hochzeit löse ich die Verlobung mit Charlotte.«

Emmas Augen weiteten sich überrascht. »Ernsthaft?«

»Ja, es funktioniert nicht mehr, unabhängig von Minna. Außerdem sage ich meinem Vater endlich, dass ich das Hotel nicht leiten möchte und nach Amerika gehen werde.«

»Grundgütiger!«, kam es fassungslos von Emma. »Warum?«

»Ich wollte nie Hotelier werden, ich habe mich gefügt, weil es erwartet wurde. Mich interessiert die Ingenieurstechnik, und ich möchte nach Amerika und dort etwas Neues aufbauen. Mein Studium, die Arbeit hier – ich habe es wirklich keinen Moment lang gemocht, im Gegenteil.«

»Warum hast du mir das nie erzählt?«

»Weil es hoffnungslos schien, da hätte das Reden darüber nur alles noch schlimmer gemacht.«

»Und Charlotte?«

»Denkst du, sie hätte akzeptiert, dass ich all das aufgebe und in Amerika mit ihr von vorne anfange? Diesen Traum teile ich mit Minna, nicht mit ihr.«

»Verstehe.«

Es war unglaublich erleichternd, darüber zu sprechen. »Du bist nach Minna die Erste, der ich davon erzähle.«

Ein kaum merkliches Lächeln trat auf Emmas Lippen. »Auch wenn ich denke, dass du das Richtige tust, bin ich natürlich traurig, dich zu verlieren.«

»Du verlierst mich doch nicht.«

»Du weißt, was ich meine. Du wirst mir furchtbar fehlen. Künftig teile ich mir dann das Arbeitszimmer mit Andreas und deinem Nachfolger, wer auch immer das sein wird. Das heißt, falls ich selbst hier überhaupt noch arbeite.«

»Natürlich wirst du das.«

Zögernd schüttelte Emma den Kopf. »Es ist ernüchternd, weißt du. Ich hatte so viele gute Ideen, vor allem für die Werbung. Und dann stelle ich fest, dass ich letzten Endes doch nichts war als eine bessere Sekretärin.«

»Das stimmt doch gar nicht.« Ludwig indes war nicht ganz so überzeugt, wie er sich den Anschein geben wollte. Wie man mit Emma seit der unseligen Geschichte umsprang, gefiel ihm ebenfalls nicht, wenngleich er wusste, dass die Beweggründe waren, sie zu schützen. Die Sache mit dem Photo allerdings war skurril. »Soll ich mit Minna über das Bild sprechen?«

Emma sah ihn an, als müsse sie einen Moment lang überlegen, wovon die Rede war. »Nein«, antwortete sie. »Lass nur, das mache ich selbst.«

»Du bist zu streng mit ihr.« Karl ging die Unterlagen für den Lichtspielraum durch. Er würde das an diesem Tag noch in die Druckerei bringen lassen. Den Termin so kurzfristig zu bekommen hatte er sich ein wenig was kosten lassen müssen, aber sei's drum. Dafür sparte er an Werbeplakaten und Prospekten.

»Was du nicht sagst. Wenn dich deine Tochter in der Art belügt, reden wir weiter.«

»Meine Tochter hat man mit dem Koch im Bett erwischt, lieber Himmel. Ja, ich denke, ich kann durchaus mitreden.«

Konrad hob beschwichtigend die Hände. »Schon gut. Allerdings liegen die Dinge bei Valerie anders. Was sie getan hat, ist sicher nicht gutzuheißen, aber sie ist verliebt und hat einen Fehler gemacht. Jetzt heiratet sie den Mann, und die Dinge fügen sich zum Guten.«

»Das kommt auf den Standpunkt an«, murmelte Karl.

»Ich bin Emma nicht böse, weil sie diesem Kerl vertraut hat, und auch wenn ich ein Photo wie das vorhin sicher nicht gerne sehe, bin ich doch eher auf die Person wütend, die es öffentlich gemacht hat. Aber sie lügt, und das hat sie nie getan.«

»Womöglich schämt sie sich.«

»Zu Recht. Aber das ist kein Grund für eine Lüge.«

»Aus ihrer Sicht möglicherweise schon. Oder sie sagt tatsächlich die Wahrheit.«

»Passt das für dich zusammen?«

Nein, tat es nicht, und das wusste Konrad. Nun galt es, neben dem ganzen privaten Ärger, den Hotelbetrieb reibungslos aufrechtzuerhalten, noch dazu, da sie auf Emmas Hilfe nicht zählen konnten – und die fehlte doch, das musste sich Karl ohne zu zögern eingestehen. Sie hatte immer gesehen, wo etwas zu tun war und es erledigt. Jetzt mussten sie wieder alles selbst angehen, jede kleine Notiz, jeden Brief selbst verfassen. Hinzu kam, dass der Lichtspielraum bald eröffnet wurde, und bis dahin gab es noch einiges zu erledigen. Glücklicherweise war der Film bereits ausgesucht. Emma hatte sich für *Das Cabinet des Dr. Caligari* entschieden, und Karl hatte jemanden bestellt, der sich damit auskannte, den Film reibungslos ablaufen zu lassen. Er würde Andreas und Hans in dem Bereich einarbeiten, damit sie sich hernach darum kümmern konnten. Später würde man dann weitersehen, ob es sich lohnte einen Mitarbeiter extra dafür einzustellen.

»Was machst du nun?«, fragte Karl. »Ihr Hausarrest erteilen?«

»Sei nicht albern, natürlich nicht. Ich warte darauf, dass sie mir die Wahrheit sagt.«

»Du vertraust ihr doch normalerweise immer, warum in dieser Sache nicht? Denk mal an damals, an dich und Julia vor zwanzig Jahren. Da erschien mir auch alles so offensichtlich, und dann habe ich mich doch geirrt.«

»Da lagen die Dinge anders, und die Intrige war selbst für dich später nachvollziehbar, weil nicht eine Sache zur anderen passte. Aber ganz ehrlich, Karl, wer stiehlt die Bilder, veröffentlicht sie, macht Werbung für Minna, fälscht ein Photo von Emma und Georg und legt dann alles zurück? Ein Dienstbote? Warum sollte der das tun? Und warum den Verdacht auf Minna lenken? Ich habe durchaus noch mal alle Mitarbeiter überprüft, nicht einer hatte in seiner Vergangenheit mit den Rebeins zu tun.«

Da Karl die ganze Geschichte mit den gestohlenen Photos selbst bezweifelte, widersprach er nicht weiter. Emma hatte sie verlegt, und jetzt waren sie zwischen den Unterlagen für den Lichtspielraum wieder aufgetaucht. Offenbar war sie jedoch wirklich davon überzeugt, die Bilder seien gestohlen worden, denn warum hätte sie sonst so arglos zugelassen, dass Karl sie sich ansah.

»Früher oder später wird sich die Sache aufklären. Gib ihr Zeit«, sagte er.

»Etwas anderes bleibt mir ohnehin nicht übrig.«

⁂ 31 ⁂

Emma wusste, dass ihre Eltern sich gestritten hatten – alles wegen dieses unseligen Photos. Wenn sie es doch nur allein gefunden und versteckt hätte. Das hätte zwar keine Frage beantwortet, geschweige denn das Problem gelöst, vor dem sie stand, aber zumindest hätte es einiges an Ärger erspart. Als ob sie davon derzeit nicht ohnehin genug gehabt hätte.

Dabei war es nicht einmal so, dass ihre Mutter die ganze absurde Geschichte – und einzige Erklärung, die Emma sich vorstellen konnte – glaubte, denn wer würde Photos stehlen, bearbeiten, veröffentlichen und wieder zurücklegen? Das klang in der Tat lächerlich. Aber Katharina Alsberg grollte ihrem Mann wegen der Art und Weise, wie er mit Emma verfuhr, wegen der Kühle und Distanz.

»Sie wird einen Grund dafür haben«, hatte Emma sie sagen hören.

»Einen Grund, uns anzulügen?«

»Vielleicht hat sie Angst.«

»Wovor, um alles in der Welt?«

Dann jedoch war Andreas aufgetaucht, und Emma hatte ihren Lauschposten aufgegeben. Das Schlimmste war, dass sie trotz ihrer Verzweiflung auch noch gute Laune mimen musste für die demnächst anreisende Verwandtschaft. Henrietta würde mit den Kindern kommen, Julias Eltern erwarteten sie ebenfalls, und da es zwischen diesen beiden Parteien ständig zu unterschwelligen Konflikten kam, musste jedenfalls die Hohenstein- und Alsberg-Familie geschlossen auftreten, um alles abzufangen und für die Hochzeit für eine friedvolle Stimmung zu sorgen.

Die Hochzeit – davor graute Emma am meisten. Gemeinsam mit Charlotte als Brautjungfer den ganzen Tag lächeln. Wie sollte sie das schaffen? Und dann stand einen Tag zuvor noch die Schatzsuche auf dem Programm, auf die sie nicht die geringste Lust hatte. Dass sie den Lichtspielraum am heutigen Abend nicht einweihen durfte, war bereits ein schwerer Schlag, ebenso die Tatsache, dass sie letzten Endes doch nicht mehr war als eine Sekretärin, die entbehrlich war. Sie durfte Georg nicht mehr treffen. Und nun hielten ihre Eltern sie auch noch für eine Lügnerin. Und da sollte sie gute Laune heucheln, mit einer Gruppe Kinder durch den Wald streifen und eine strahlende Brautjungfer sein? Konnte man das tatsächlich von ihr verlangen?

Emma ging in den Salon und hob den Telephonhörer ab. Da jeden Moment eines der Stubenmädchen zum Staubwischen und Aufräumen erscheinen würde, musste sie sich beeilen. Sie ließ sich mit Georg Rebein in Bonn verbinden und wartete darauf, dass er abhob. »Bitte sei da«, murmelte sie.

»Georg Rebein.«

»Ich bin's, Emma.« Sie hatten seit dem Tag, an dem der Artikel erschienen war, nur einmal kurz miteinander gesprochen, und Emma wurde schmerzlich bewusst, wie sehr sie ihn vermisste.

»Emma, wie schön, dass du anrufst.«

»Bleibst du heute zu Hause?«

»Ich wollte eigentlich gleich zur Arbeit. Warum?«

»Kannst du daheim bleiben? Ich muss mit dir sprechen.«

»Ist etwas passiert?« Besorgnis hatte sich in seine Stimme geschlichen.

»Ich erzähle dir alles, wenn ich da bin.«

»Ist gut, bis gleich.«

Emma hängte ein und stand gerade in dem Moment auf, als Marie den Salon betrat. »Soll ich später wiederkommen, gnädiges Fräulein?«

»Nein, ich wollte ohnehin gerade gehen.«

Kurz darauf saß Emma in ihrem Phantom und setzte rückwärts in den Hof, auf dem um diese Uhrzeit nur wenig Betrieb war. Sie lenkte den Wagen auf die Straße, folgte dem leichten Rechtsbogen und war schließlich außer Sichtweite des Hotels. Sie passierte die Hirschburg, eine hübsche Landvilla, die von dem Schwager des Barons von Sarter erbaut worden war. Die Hirschburg gefiel Emma deutlich besser als das auf der anderen Seite des Nachtigallentals gelegene Schloss Drachenburg, das ihr zu protzig war. Inzwischen wurde die Hirschburg von dem Kölner Waggonfabrikanten Paul Charlie bewohnt, mit dem Georg wiederum bekannt war, da sie in derselben Branche tätig waren.

In Königswinter nahm Emma die Fähre nach Mehlem und fuhr von dort aus weiter nach Bonn. Das Fahren entspannte sie, und als sie durch die Stadt fuhr, verdrängte die Vorfreude auf Georg jede Wut und Niedergeschlagenheit. Das hätte sie schon viel früher machen sollen. Sie lenkte den Wagen in die Poppelsdorfer Allee, wo sich die Villa der Rebeins befand.

Nachdem sie den Wagen geparkt hatte, griff sie nach ihrer Tasche und stieg aus. Ein schmiedeeisernes Tor führte in den Vorgarten, durch den ein gepflasterter Weg zum säulenbestandenen Eingang der weißen Gründerzeitvilla, mit ihren Erkern, den von fein ziselierten Balustraden umgebenen Balkonen, den geschwungenen Linien und floralen Ornamenten, führte. Emma mochte das Art nouveau, die Aufgabe von Symmetrien, etwas, womit Ludwig nicht viel anfangen konnte.

Der Türgong schlug mit einem dunklen Klang an, und kurz darauf wurde ihr von einem Lakaien geöffnet. »Sie wünschen, gnädiges Fräulein?«

»Schon gut, Peter«, hörte Emma Georg sagen, ehe sie antworten konnte. »Ich mache das.«

»Sehr wohl, gnädiger Herr.«

Emma betrat das Haus, Georg schloss die Tür hinter ihr. Als der Lakai die Eingangshalle verlassen hatte, beugte Georg sich vor und küsste Emma zur Begrüßung. »Du hast mir gefehlt«, sagte er und küsste sie ein weiteres Mal, ehe sie eine Antwort geben konnte. »Komm, ich habe Tee im Salon servieren lassen.«

»Ich wollte dir keine Umstände machen.«

»Ich habe ihn ja nicht selbst gekocht.« Er zwinkerte ihr zu und legte ihr den Arm um die Mitte, als sie die Halle durchquerten. Es handelte sich um einen kleinen, privaten Salon, in dem die Geschwister nur gute Freunde empfingen, ein gemütlicher, elegant eingerichteter Raum, dessen Verandatüren und hohe Fenster zum Garten gingen.

»Welchem Umstand verdanke ich das Vergnügen deines Besuches?«, fragte Georg, als sie saßen und er ihnen Tee eingeschenkt hatte.

Emma öffnete ihre Tasche und entnahm ihr das Photo. »Die Bilder sind auf einmal wieder aufgetaucht, sie lagen auf meinem Schreibtisch.« Georg runzelte die Stirn, sagte aber nichts, und so fuhr sie fort. »Mein Vater und Karl glauben natürlich, ich hätte damals nur nicht richtig gesucht, und ich würde das ja auch vermuten – obwohl ich *weiß*, dass ich alles abgesucht habe. Aber sieh dir mal dieses Bild an.« Sie reichte es ihm.

»Jemand hat dir das falsche Photo untergeschoben?« Er legte das Bild auf den Tisch.

»Ich habe schon angefangen, an mir zu zweifeln, weil es absolut keine Erklärung gibt.«

»Es gibt für alles eine Erklärung, manchmal braucht es nur ein wenig, um darauf zu kommen.«

Emma trank einen Schluck von dem malzigen Assamtee. »Mein Vater denkt, ich hätte ihn belogen.«

»Er kann sich jederzeit von Minna das Original abziehen lassen.«

»Das habe ich ihm auch gesagt, aber er sagte, dass theoretisch das andere Bild bearbeitet sein könnte, das wäre glaubhafter als die Behauptung, das aufgetauchte Bild sei mir von jemandem untergeschoben worden.«

»Da hat er leider recht.«

Emma spürte, wie ihr wieder die Tränen kamen, das war einfach furchtbar, sie hasste heulende Frauen.

»Schon gut«, sagte Georg sanft und berührte ihre Hand. »Nicht weinen, ich meinte nur …«

»Ich weiß, was du meintest, und es stimmt ja auch, was du sagst. Aber es ist alles so verfahren. Nicht einmal meinen Lichtspielraum darf ich eröffnen, das macht Ludwig heute Abend, während ich allenfalls schmückendes Beiwerk sein darf.« Bei dem Gedanken daran schluchzte sie auf.

Georg stellte seinen Tee ab, stand auf und setzte sich neben sie auf das Sofa. Er zog sie an sich, und sie legte den Kopf an seine Schulter, versuchte, sich wieder zu sammeln.

»Was denken deine Eltern eigentlich, wo du jetzt bist?«

»Das ist mir gleich.« Emma schloss die Augen, als Georgs Hand beruhigend über ihren Rücken fuhr, und nach einigen zittrigen Atemzügen schaffte sie es endlich, die Tränen zurückzudrängen. Sie hob den Kopf, sah Georg an, legte eine Hand an seine Wange und küsste ihn.

»Ist Minna zu Hause?«, fragte sie dicht an seinen Lippen.

»Nein, sie ist im Atelier.«

»Sind wir ungestört?«

Er antwortete nicht, taxierte sie jedoch aufmerksam. »Worauf willst du hinaus?«, fragte er schließlich.

»Was denkst du?«

»Emma, ich fühle mich geehrt, aber eine solche Entscheidung trifft man nicht im Zorn.«

Ihre Hand spielte im Nacken mit seinem Haar. »Du weist mich zurück?«

»Nein, ich sage nur, dass du keine übereilten Entscheidungen treffen sollst.«

»Wir heiraten doch ohnehin, nicht wahr?«

»Ja.«

»Na also.« Sie küsste ihn erneut, nahm seine Hand und wies ihr den Weg zu den Knöpfen ihrer Bluse.

»Nicht hier«, sagte er und erhob sich, Emma mit sich ziehend.

Sie gingen zurück in die Eingangshalle, von dort aus die schöne geschwungene Treppe hinauf in den ersten Stock, der eine Galerie hatte, von der aus man in die Halle blicken konnte. Georg führte sie in ein Schlafzimmer, das ganz eindeutig das eines Mannes war. Während Emma sich umsah, schloss er mit einem leisen Klicken die Tür.

»Du bist dir wirklich sicher?«, fragte er.

Ein kurzer Moment des Zögerns, des Aufflackerns von Vernunft, dann ging Emma zu ihm, umarmte ihn und gab ihm damit die gewünschte Antwort.

»Hast du Emma gesehen?«

Valerie, die mit Charlotte im Speisesaal des Hotels frühstückte und gerade den Mund voll hatte, schüttelte nur den Kopf. »Nein, Onkel Konrad, heute noch nicht«, sagte sie, nachdem sie den Toast mit Kaffee runtergespült hatte. »Ist sie nicht mit Ludwig im Arbeitszimmer?«

»Nein, da war ich gerade. Ich wollte mit ihr über den heutigen Abend sprechen.«

»Die Eröffnung?«

Konrad Alsberg nickte nur. »Entschuldige mich, ich sehe mal nach, ob ihr Wagen draußen steht.«

»Seit wann ist es ein Problem, wenn Emma ausgeht?«, fragte Charlotte, während sie sich Kaffee nachschenkte. Sie würde an diesem Tag mit Valerie die Einzelheiten der Feier durchsprechen. Außerdem stand die letzte Anprobe des Brautkleides auf dem Programm, und auf das war Charlotte nur zu gespannt.

»Sie ist ein wenig … hm … niedergeschlagen.«

»Immer noch wegen Georg Rebein?«

»Ja, das auch. Und weil sie ihren Lichtspielraum nicht eröffnen darf, darauf hatte sie sich so gefreut, das war ja alles ihre Idee.«

Das aufkeimende schlechte Gewissen machte es Charlotte fast unmöglich, eine fragende Miene aufrechtzuerhalten. »Warum lassen sie sie nicht? Konrad ist doch sonst nicht so streng.«

Valerie zuckte lediglich mit den Schultern. »Es gab da wohl einen ziemlich hässlichen Streit, vor allem, seit das Originalphoto aufgetaucht ist und Emma darauf besteht, es sei eine Fälschung. Onkel Konrad ist gar nicht mal so wütend, weil sie sich hat hinreißen lassen, sondern weil sie ihn belügt. Da hängt gerade der ganze Haussegen schief, denn er hat sich deshalb auch mit Tante Katharina gestritten.«

Das schlechte Gewissen wurde stärker, ebenso die Übelkeit, die Charlotte immer dann überkam, wenn sie an die ganze Sache dachte, die sie angezettelt hatte. Sie hatte die Photos zurückgelegt, damit offensichtlich war, dass nur Minna die Urheberin des Artikels sein konnte – denn das zumindest hatte funktioniert, Ludwig hatte sie seitdem nicht mehr gesehen. Was Minna anging, bedauerte Charlotte nichts.

Emma mit hineinzuziehen wäre allerdings nicht nötig gewesen, sie hatte sie ein wenig ärgern wollen, weil diese keinen Hehl daraus machte, dass sie gegen eine Heirat von Charlotte und Ludwig war und vermutlich auch dessen Beziehung zu Minna unterstützte. Aber sie hatte gedacht, aufgrund des Photos würde man auf einer raschen Heirat mit Georg bestehen. Das hätte den Vorteil gehabt, dass Emma dann auch endlich nicht mehr im Hotel wohnte. Daran, dass Emma nun ihren Lichtspielraum nicht eröffnen durfte, hatte sie überhaupt nicht gedacht, und dem hatte sie auch keine große Bedeutung beigemessen. Nun jedoch schien es, als zöge die Angelegenheit immer größere Kreise. Die Alsbergs waren zerstritten, Emma durfte ihren Georg nicht heiraten, und der Lichtspielraum wurde in aller Schnelle von Ludwig eröffnet.

»Hast du inzwischen eine Idee wegen der Schatzsuche?«, wechselte sie das Thema.

»Ja, Henning Wilhelm, einer unserer Köche, hat mich darauf gebracht. Er sagte, das eigentliche Abenteuer sei ja die Schatzsuche an sich, und wir sollten mit dem Preis gar nicht so sehr danach gehen, was uns Erwachsenen gefällt. Ich habe in Königswinter einen großen Korb gekauft, und alle Köche backen und kochen Leckereien, die hineinkommen. Auf diese Weise gibt es zwar einen Gewinner, aber alle haben etwas von dem Preis. Ich lege aber noch zwei Kinderbücher hinein, damit die Sieger auch etwas für sich haben.«

»Das klingt reizend. Wie viele Kinder sind es jetzt eigentlich?«

»Nicolas' Bruder hat zwei Mädchen, Tante Henriettas Jüngster ist neun, Tante Johannas beiden Jüngsten sind sechs und neun, wir nehmen aber noch Henriettas Mittleren mit, der ist zwar schon elf, aber sonst geht es nicht rund auf. Die Älteren teilen wir nur als Begleiter ein.«

Charlotte griff nach einem Croissant, und ihre Gedanken wanderten wieder weg von der Schatzsuche hin zu dem Zeitungsartikel. Wenigstens wandte Ludwig sich ihr wieder mit mehr Aufmerksamkeit zu, also war die Sache nicht gänzlich umsonst gewesen. Und zu Emma würde sie künftig freundlich sein, gleich, wie diese sich ihr gegenüber aufführte. Auf diese Weise konnte sie ihr Vergehen vielleicht ein klein wenig gutmachen.

Emmas Blick folgte einem verirrten Sonnenstrahl, der sich vorwitzig ins Zimmer stahl. Im Raum herrschte ein warmes Dämmerlicht, da Georg die Vorhänge zugezogen hatte – Emma zuliebe, die trotz allem Scheu gehabt hatte, die körperliche Liebe im alles enthüllenden Licht des Tages kennenzulernen.

»Kommt jetzt der große Moment des Bedauerns?«, fragte Georg.

Sie drehte sich zu ihm um, fühlte sich träge und auf eine angenehme Art erschöpft. »Nein«, antwortete sie. Vielmehr war sie erstaunt über diese Art der Intimität, das Vertrauen, das sie voraussetzte, Georgs Feinfühligkeit, mit der er ihren Körper erkundete.

Von Valerie wusste sie, dass es wehtat beim ersten Mal, aber es war nicht so schlimm gewesen wie erwartet, was vermutlich daran lag, dass Georg sehr zurückhaltend gewesen war. Dennoch hatte es ihr gefallen, und beim zweiten Mal war es sogar sehr schön geworden. Einerseits konnte Emma Valerie nun verstehen, dass sie dafür all die Heimlichkeiten auf sich genommen hatte, nicht jedoch, dass sie – obwohl sie Nicolas ganz offensichtlich liebte – Angst gehabt hatte, zu ihm zu stehen. Konnte man dergleichen teilen und dann doch den eigenen Stand erhöhen? Hätte Valerie wirklich mit ihm gebrochen, um einen Mann zu heiraten, den sie nicht liebte? Und dann *das* mit ihm gemacht? Für Emma war es unvorstellbar, sie hätte sich nie überwinden können, sich so entblößt und verletzlich einem Mann gegenüber zu zeigen, den sie nicht liebte.

»Ich würde am liebsten gar nicht mehr nach Hause gehen«, sagte sie.

Georg wickelte sich eine Haarsträhne von ihr um den Finger und lächelte. »Nach einer Nacht Liebe wie in den letzten Stunden müsste ich mir morgen vermutlich freinehmen.«

Obwohl sie gerade erst die größtmögliche Nähe zu ihm genossen hatte, stieg Emma das Blut ins Gesicht, und Georg lachte leise.

»Und heute Abend ist immerhin die Eröffnung des Lichtspielraums«, sagte er.

»Erinnere mich nicht daran. Ich werde nicht hingehen.«

»So schnell gibst du auf?« Er drehte sich auf den Rücken und zog Emma an seine Brust.

»Das war mein Projekt, ich hatte mich so darauf gefreut.«

»Aber es bleibt doch deins.«

»Soll ich einfach danebenstehen und zusehen? Während alle über mich tuscheln?«

Seine Fingerspitzen glitten über ihre Wirbelsäule, und Emma bog leicht den Rücken durch, während kleine Schauer darüberrieselten. »Lass sie tuscheln«, sagte Georg. »Die kleinlichen Neider, die dich schmähen, während sie einen Lichtspielraum aufsuchen, der deine Idee war, kann ich mir nur zu gut vorstellen.«

»Denkst du wirklich, sie sind neidisch?«

»Es gibt immer noch viele Männer, die denken, Frauen hätten in der Geschäftswelt nichts verloren, und die gestehen sich nur ungern ein, dass du hervorragende Werbeideen hast. Dann gibt es Frauen, die sich daheim langweilen, sich aber gerne einreden, dass sie das erfülltere Leben haben. Die sehen deine Erfolge vermutlich auch nicht gern. Ganz zu schweigen von denen, die sich nach dem Photo wünschten, sie wären an deiner Stelle.« Er grinste.

»Du bist ganz schön von dir eingenommen.« Emma richtete sich auf und stützte sich mit verschränkten Armen auf seine Brust. »Ich war sehr distanziert den Männern gegenüber, ich vermute, es gibt so einige, die nur zu gern mit dir tauschen würden.«

»Das hielt ich für so selbstverständlich, dass es nicht erwähnenswert war.«

»Du denkst wirklich, das würde ich dir glauben?« Emma stellte fest, dass er kitzlig war und nutzte das weidlich aus, während er lachend versuchte, ihr auszuweichen. Schließlich bekam er ihre Hände zu fassen, und hielt sie mühelos mit einer Hand über ihrem Kopf fest, während Emma auf dem Rücken lag.

»Und was nun, da du mir auf Gedeih und Verderb ausgeliefert bist?«

»Du könntest Gnade walten lassen.«

»Könnte ich.« Seine andere Hand begann mit zögerlichen kleinen Zärtlichkeiten, und schon bald ging Emma der Atem schneller. Sie bemerkte das träge Lächeln, das Georgs Mund umschattete, bemerkte, wie es sich vertiefte, als sie anfing, sich unter seinem Griff zu winden. Schließlich ließ er sie los, und sie umschlang seinen Nacken, bog den Kopf zurück. Immer drängender glitten seine Hände über ihren Körper, gefolgt von seinen Küssen. Dann spürte Emma, wie er sich in ihr bewegte, und dieses Mal war es überwältigend, wie eine Woge, die alles mit sich riss, ein Rieseln aus ihrem Bauch heraus, das in ihr barst. Georg erzitterte in ihren Armen, sie barg ihr Gesicht an seinem Hals und brach in Tränen aus. Erschrocken hielt er inne, atemlos, bestürzt.

»Habe ich dir wehgetan?«, fragte er. »War ich zu ungeduldig?«

»Nein.« Sie zog ihn an sich und barg ihr Gesicht in seiner Halsbeuge. »Ich weiß ja selbst nicht, was mit mir los ist.« Obwohl sie sich bemühte, nicht mehr zu weinen, drangen immer wieder erstickte Schluchzer hervor, und Georg hielt sie in den Armen, bis sie sich wieder beruhigt hatte.

»Weinende Frauen sind mir ein Gräuel«, sagte sie.

»Mir auch, aber verrat es niemandem«, antwortete er, und Emma musste lachen, während sie sich die Tränen wegwischte.

»Du wirst da heute Abend hingehen.« Georg streichelte ihr Haar. »Und du wirst es erhobenen Hauptes tun.«

»Wenn du wüsstest, wie sich dieses Scheitern anfühlt.«

»Du bist nicht gescheitert. Und denkst du ernsthaft, ich hätte im Laufe meines Arbeitslebens nie einen Misserfolg erlebt?«

Emma schniefte. »Auch einen so vernichtenden?«

»Ja. Ich bin sogar Schuld daran, dass auch Minna einen solchen hatte.«

»Tatsächlich?«

»Sie hatte einen Photoauftrag von einem reichen Geschäftsmann, den Auftrag hatte ihr jemand vermittelt, der begeistert von ihren Bildern war. Der Geschäftsmann machte mehr als einmal deutlich, dass er von arbeitenden Frauen nicht das Geringste hielt, und seine Kinder waren so schwierig, dass die Photos Schwerstarbeit waren. Aber Minna schaffte es, sie machte großartige Aufnahmen. Es hatte sie einen ganzen Tag gekostet. Dann ging es ans Entwickeln. Normalerweise schließt sie ihre Dunkelkammer ab, das hatte sie dieses Mal jedoch – aus welchen Gründen auch immer – vergessen. Aber auch so weiß ich ganz genau, ich darf nicht einfach hinein, wenn die Tür geschlossen ist. Ich hatte es allerdings eilig, ich war fürs Theater verabredet und konnte die Karten nicht finden.«

»Mit einer Frau?«

Er lachte. »Warum habe ich geahnt, dass diese Frage kommt? Das war vor deiner Zeit.«

»Also ja?«

»Hmhm«, machte er bestätigend.

»Deine Geliebte?«

»Darf ich darüber diskret schweigen?«

»Ja.«

»Ich danke dir vielmals.« Wieder lachte er. »Wie auch immer, ich bin in den Raum geplatzt, und alle Photos waren ruiniert. Am nächsten Tag musste Emma dem Mann von dem Malheur erzählen, und sie bot an, die Sitzung zu wiederholen. Der Mann jedoch wies sie ab, sagte, er habe dergleichen schon geahnt und würde sich einen männlichen Photographen suchen. Minna war kurz davor, mich zu erschießen.«

Obwohl sie der Geschichte mit dem angemessenen Ernst begegnen wollte, sprudelte das Lachen nur so aus Emma heraus.

»Dann habe ich noch den kapitalen Fehler begangen«, fuhr Georg fort, »ihr anzubieten, mit dem Geschäftsmann zu sprechen und ihm alles zu erklären. So von Mann zu Mann. Sie hat ganze zwei Wochen nicht mehr mit mir geredet.«

»Das tut mir leid«, brachte Emma lachend hervor.

»Ja, das ist nicht zu übersehen.« In seinen Mundwinkeln zuckte es jedoch ebenfalls.

Emma drehte sich um und sah auf die Uhr an der Wand. »Ich befürchte, ich muss allmählich fahren.« Sie umschlang das Kissen und barg ihr Gesicht darin. »Kannst du nicht meinen Vater anrufen und ihm sagen, dass ich hierbleibe?«

»Gute Idee, er hält mich ohnehin schon für einen verkommenen Sittenstrolch.«

Langsam richtete Emma sich auf, streckte sich und tastete neben dem Bett nach etwas, das sie sich überziehen konnte. Das Erste, was sie zu fassen bekam, war Georgs Hemd. Sie zog es an und schloss die Knöpfe vorne, dann erhob sie sich und sammelte ihre Kleidung ein.

»Ein überaus verführerischer Anblick«, sagte Georg, der eben den Gürtel um seinen Morgenmantel knotete. »Wenn wir verheiratet sind, ziehst du das bitte immer an.«

»Schöne Träume noch«, antwortete Emma und warf

ihre Kleidung aufs Bett. »Kann ich dein Bad benutzen? Ich würde gerne duschen.« Irgendwie war ihr die Frage peinlich, denn dies war wieder eine andere Art der Intimität.

»Komm«, sagte er und ging ihr voran in das angrenzende Ankleidezimmer, von wo aus eine Tür zum Badezimmer führte. »Handtücher sind im Regal an der Wand.«

»Danke. Darf ich mir nachher von Minna eine Brennschere und eine Bürste leihen?«

»Ich gebe dir alles, was du brauchst.«

Emma bedankte sich ein weiteres Mal, wartete, bis Georg die Tür geschlossen hatte, und ließ das Hemd von ihren Schultern gleiten. Ob sie dieses Zimmer später gemeinsam bewohnen würden? Würde das ihr Bad sein, das sie, Emma, mit derselben Selbstverständlichkeit nutzen würde wie er?

Sie stellte sich in die Dusche, wartete, bis das Wasser erhitzt war und drehte es auf. Der warme Strahl war herrlich, und sie wählte eine Seife mit einem etwas herben, holzigen Duft aus, um sich zu waschen. Ein tiefer Seufzer des Wohlbehagens drang aus ihrer Brust, als sie das Wasser über sich laufen ließ, ehe sie es schließlich abstellte, nach einem Handtuch griff und sich abtrocknete. Ein weiteres Tuch wickelte sie um ihr Haar und stellte fest, dass sie ihre Kleidung im Zimmer vergessen hatte. Aber sei's drum. Sie zog erneut das Hemd an und ging zurück ins Schlafzimmer, das nun verwaist war.

Emma zog das Hemd aus und begann, sich anzukleiden. Sie war gerade dabei, die Knöpfe ihrer Bluse zu schließen, als Georg zurückkam, fertig angezogen, das Haar noch feucht. »Ich habe im Gästezimmer gegenüber alles an Haarutensilien, was Minnas Bad zu bieten hatte, auf den Frisiertisch gelegt.«

»Du bist ein Schatz.« Emma ging in das Gästezimmer,

setzte sich auf den Hocker vor dem Spiegel und stellte fest, dass Georg die Kohlen für die Brennschere bereits hatte anfachen lassen. Wieder eine beiläufige Bestätigung dessen, dass ihm die Bedürfnisse von Frauen sehr vertraut waren. Aber Emma verbot sich jede eifersüchtige Regung und begann, sich zu frisieren. Georg kam nun ebenfalls, lehnte im Türrahmen und beobachtete sie.

»Du wirst wunderschön aussehen heute Abend«, sagte er und lächelte.

»Ich weiß immer noch nicht, ob ich hingehe.« Emma kämmte ihr Haar zurück, sodass es in einer weichen Welle fiel, und steckte es am Hinterkopf auf. Es dauerte eine Weile, ehe es so aussah, dass sie zufrieden war, dann erhob sie sich. »Wann sehen wir uns wieder?«

»Wann immer du willst. Allerdings werden wir nicht miteinander schlafen.«

Emma runzelte kaum merklich die Stirn. »Hat es dir nicht gefallen?«

»Habe ich diesen Eindruck erweckt?«

»Nein, daher wundere ich mich.«

»Ich möchte dich als Ehefrau, nicht als heimliche Geliebte, die jedes Mal mit mir im Bett Angst haben muss, jemand könne sie dabei erwischen. Mein Personal ist vertrauenswürdig, aber meine Hand lege ich nicht dafür ins Feuer, dass sie nicht darüber plaudern, wenn du zu mir kommst und wir über Stunden in meinem Zimmer verschwinden. Von den Nachbarn ganz zu schweigen.«

Minnas Erstaunen war groß, als sie die Eingangshalle ihres Hauses betrat und in diesem Moment Georg mit Emma die Treppe hinunterkam. »Du bist zu Hause geblieben?«, fragte sie ihren Bruder. »Hallo, Emma.«

»Hallo.«

Minna ging zu ihr und küsste sie auf die Wange. »Schön, dich zu sehen.«

»Ich freue mich auch.«

»Ist heute Abend nicht die Einweihung des Lichtspielraums?«

Emma nickte nur. »Lass dir das alles von Georg erzählen. Auf dem Tisch im Salon liegt ein Photo. Ich möchte dich bitten, es dir einmal anzusehen.«

»Mache ich.«

»Ich muss leider los, wir sehen uns.«

»Bis bald.«

Georg brachte Emma noch zur Tür, während Minna es sich bereits im Salon gemütlich machte, ein Bein über das andere geschlagen, und das Photo zur Hand nahm. Das war durchaus interessant. Sie drehte es um, dann legte sie es zurück, steckte eine Zigarette in eine lange Spitze und zündete ein Streichholz an. Als sie gerade den Rauch des ersten Zuges langsam ausstieß, betrat Georg den Raum.

»Du hast mit ihr geschlafen«, stellte sie fest.

»Woher weißt du das?«

»Weil alle Frauen, mit denen du geschlafen hast, dich so ansehen wie Emma eben. Du machst also offenbar irgendetwas richtig. Davon abgesehen kamt ihr von oben, und ich wüsste nicht, was ihr dort sonst hättet tun sollen. Und sie riecht nach deiner Seife.« Minna wies auf das Photo. »Hat dich das inspiriert?«

»Ich wusste schon vorher, wie es geht.«

Minna warf ihm einen schrägen Blick zu, ehe sie einen weiteren Zug von ihrer Zigarette nahm. »Ich nehme an, wenn du mich hier mit Ludwig praktisch im Bett erwischt hättest, wärest du auch so generös?«

»Das ist etwas anderes.«

»Ah ja.«

»Er ist verlobt.«

»Hmhm, und andernfalls hättest du das natürlich geduldet, ja?«

»Nein.«

»Wenigstens bist du ehrlich.« Sie schnippte die Asche in einen bronzenen Aschenbecher und legte den Kopf zurück, sah an die Decke, zu der kräuselnd der Qualm aufstieg. »Ich hoffe, du hast sie wenigstens nicht geschwängert. Das würde alles nur verkomplizieren.«

»Ich habe aufgepasst.«

»Hm, wann habe ich das schon mal von dir gehört? War das nicht, nachdem Ingas Vater hier tobend im Salon gestanden und Papa dir für dein kleines Malheur ein paar ordentliche Backpfeifen verpasst hat?«

Georg ließ sich auf einen Sessel fallen. »Da war ich noch jung und unerfahren.«

Das quittierte Minna lediglich mit einem spöttischen Heben der Brauen. Dann deutete sie mit der Zigarette auf das Bild. »Woher kommt das Photo eigentlich?«

»Die Bilder sind plötzlich wieder aufgetaucht, auf Emmas Schreibtisch. Und da war dieses anstelle des richtigen dabei.«

Minna nickte. »Interessant. Da gibt sich jemand ziemlich viel Mühe, Emma in Schwierigkeiten zu bringen.«

»Und uns vom Hotel fernzuhalten.«

»Das schränkt die Auswahl der infrage kommenden Leute erheblich ein, nicht wahr?«

Die Geschwister tauschten einen kurzen Blick des Einverständnisses.

»Und was jetzt?«, fragte Georg.

Erneut nahm Minna das Bild zur Hand und sah es lange schweigend an. »Lass mich nur machen.«

Emma ging zum Arbeitszimmer ihres Vaters, wo sie nicht nur ihn, sondern auch Karl und Ludwig vorfand. Alle drei drehten sich zu ihr um. Widerstreitende Gefühle ließen ihr Herz rascher schlagen, das Gefühl, einen Fehler begangen zu haben, und der verzehrende Wunsch, die, die dafür verantwortlich waren, zu verletzen.

»Wo warst du?«, fragte ihr Vater, und in seiner Stimme lag keine Anklage, sondern nur Besorgnis.

»Bei Georg. Ich habe ihn gebeten, mit mir zu schlafen. Erst wollte er nicht so recht, aber schließlich hat er mir diesen Wunsch erfüllt. Da du mich ja ohnehin behandelst, als hätte ich mir etwas zuschulden kommen lassen, dachte ich mir, das kleine Vergnügen kann ich mir gönnen, dann verachtest du mich wenigstens nicht mehr ohne Grund.«

Ihr Vater sah sie erschüttert an, Karl hatte den Blick abgewandt und wünschte sich offenbar, er sei woanders – dergleichen peinliche Szenen hatte er immer schon gehasst –, Ludwigs Miene war nicht zu deuten. Emma machte auf dem Absatz kehrt, schloss die Tür und lief in die elterliche Wohnung. Dort angekommen ging sie in den Salon, wo ihre Mutter saß und ein Buch las.

»Emma?« Katharina Alsberg legte das Buch weg und richtete sich auf. »Was ist passiert, Liebes?«

»Ach, Mama, ich habe etwas Furchtbares getan.« Wieder fing Emma an zu weinen, und ihre Mutter stand auf, kam rasch zu ihr und schloss sie fest in die Arme.

»So, und jetzt erzählst du mir, was passiert ist, ja?«, kam es sanft von ihrer Mutter, als Emma sich ein wenig beruhigt hatte. Katharina Alsberg strich ihr einige Strähnen, die an ihren tränennassen Wangen klebten, aus dem Gesicht und sah sie aufmerksam an. Dann führte sie ihre Tochter zu einem Sofa, setzte sich mit ihr darauf und strich ihr über die Wange.

»Ich habe mit Georg geschlafen«, kam es stockend von Emma. »Und dann bin ich in Papas Arbeitszimmer gegangen und habe es ihm vor Karl und Ludwig erzählt.«

Ihre Mutter nickte. »Und das Furchtbare ist nun, dass du mit ihm geschlafen oder dass du es deinem Vater erzählt hast?«

»Beides, irgendwie. Das heißt«, verbesserte Emma sich hastig, »natürlich war es nicht furchtbar, mit Georg zu schlafen, ganz im Gegenteil.« Ihre Wangen wurden heiß. »Aber der Zeitpunkt war falsch. Er hat mich gewarnt, er sagte, eine solche Entscheidung trifft man nicht im Zorn, aber ich wollte nicht auf ihn hören.«

»Da hatte dein Georg vermutlich recht, wobei er sich sicher nicht vehement dagegen gewehrt hat, deine aus dem Zorn getroffene Entscheidung in die Tat umzusetzen.«

Emma faltete die Hände in ihrem Schoß und presste sie zusammen, bis die Knöchel weiß hervortraten. Alles war aus dem Ruder gelaufen und fühlte sich auf einmal so furchtbar falsch an.

»Hast du es getan, weil du ihn liebst oder weil du wütend warst und es in gewisser Weise deinem Vater heimzahlen wolltest?«

»Ich liebe ihn, aber der Grund, warum ich heute zu ihm gefahren bin, war tatsächlich der, dass ich wütend war.« Es war so schön gewesen, und doch hing immer der Gedanke darüber, dass sie die Entscheidung dazu aus der Wut heraus getroffen hatte. Dieser Moment hätte schönere Erinnerungen verdient. Für sie war es immer selbstverständlich gewesen, vorher zu heiraten, es sollte etwas Besonderes sein, und sie hatte es zu etwas Profanem gemacht.

»Es bringt nichts, sich jetzt zu grämen«, sagte ihre Mutter. »Deine Beweggründe mögen die falschen gewesen sein, aber es ist nun einmal passiert. Und da ich annehme, ihr plant eine gemeinsame Zukunft, wird es wohl nicht bei dem einen Mal bleiben, und das nächste Mal wird es gewiss so, wie du es dir gewünscht hast.«

Emma nickte nur, wenngleich der Gedanke daran sie in diesem Augenblick nicht tröstete. Und wenn sie an die Eröffnung des Lichtspielraums dachte, verstärkte sich die Verzweiflung noch. In diesem Moment erschien ihr alles verfahren und rabenschwarz. »Papa wird nicht zulassen, dass ich ihn heirate. Ich werde durchbrennen müssen, und er wird mich mein Leben lang hassen.«

»Dieses Pathetische kenne ich ja gar nicht von dir.«

Die Tür öffnete sich, und Konrad Alsberg betrat den Salon. Emma richtete sich auf und wischte mit einem Taschentuch die Tränen weg, versuchte, seinem Blick herausfordernd zu begegnen und nicht so klein auszusehen, wie sie sich fühlte.

»Hast du es getan, weil du ihn liebst?«, fragte er. »Oder weil du mir mein Misstrauen heimzahlen wolltest?«

»Macht das einen Unterschied für dich?«

»Ja, denn in ersterem Fall würde ich mich weniger elend bei dem Gedanken fühlen.«

»Ich hätte es nicht tun können, wenn ich ihn nicht lieben würde. Aber das war heute nicht der Grund, zu ihm zu fahren.«

Ihr Vater nickte und ging zum Fenster, verschränkte die Hände hinter dem Rücken, während er hinausblickte.

»Hast du wirklich gedacht, ich würde dich verachten?«, fragte er schließlich.

»Das war doch offensichtlich.«

Er drehte sich zu ihr um. »Ich verachte dich doch nicht, Emma.«

»Du verachtest Lügner und hast mich genau dafür gehalten. Obwohl ich nicht gelogen habe. Die Bilder waren verschwunden, und ein solches Photo, wie du es gesehen hast, habe ich nie gemacht. Bis heute ist Georg nie so weit gegangen, wie es auf dem Bild den Anschein erweckt.«

Ihr Vater schwieg. »Es tut mir leid«, sagte er dann.

»Ich werde ihn weiterhin sehen«, antwortete Emma.

»Als Liebhaber?«

»Nein, er hat gesagt, er möchte mich als Ehefrau, nicht als Geliebte.«

»Nachdem er dich im Bett hatte, nehme ich an?«

Emma wandte den Blick ab, auf einmal zu verlegen, um zu antworten. Es ihm im Zorn zu sagen, war eine Sache, aber es in Ruhe von ihm dargelegt bekommen, eine andere.

»Also gut«, sagte ihr Vater. »Ich möchte nicht so tun, als wäre mir recht, was geschehen ist. Was das Photo angeht, glaube ich dir. Aber solange nicht klar ist, welche Rolle die Geschwister in der Sache spielen, möchte ich, dass du dich fernhältst von ihm.«

»Aber ich liebe ihn.«

»Das weiß ich. Dennoch wirst du in dieser Angelegenheit gehorchen.«

»Und wenn ich schwanger bin?«

»Dann sehen wir weiter.«

Emma verschränkte die Arme vor der Brust, versuchte nicht einmal so zu tun, als wolle sie dem Befehl Folge leisten.

»Du bist nicht volljährig. Und so lange wirst du tun, was ich sage.«

»Du kannst mich nicht dazu zwingen.«

»Ich würde es ungern tun, aber doch, ich kann dich zwingen.«

Ihre Mutter legte ihr die Hand auf den Arm, begütigend, als wisse sie genau, welcher Kampf in ihr tobte. »Lasst uns das Thema für heute beenden. Wir schlafen eine Nacht darüber, und morgen reden wir weiter.«

»Du hast recht«, sagte Konrad Alsberg. »Emma, der Lichtspielraum wird in zwei Stunden eröffnet. Ich nehme an, du möchtest dabei sein?«

»Nein.«

»Und wenn ich möchte, dass du kommst?«

»Um Ludwig zuzuschauen, wie er meine Arbeit präsentiert, weil er ein Mann ist?«

»Wäre es dir lieber, ich würde Valerie das tun lassen?«

Bei dem Gedanken musste Emma beinahe lachen. »Gott bewahre.«

»Na, also.« Ihr Vater ging zur Tür. »Du hattest dir doch extra ein Kleid dafür gekauft. Zieh es an, und wir sehen uns dann gleich unten.« Er nickte ihr aufmunternd zu und ging.

»Das ging ja glimpflicher ab, als ich dachte«, sagte Katharina Alsberg, als ihr Mann den Raum verlassen hatte.

»Er hat mir praktisch Hausarrest erteilt.«

»Das hat er nicht, du kannst gehen, wohin du willst. Er vertraut darauf, dass du seiner Anweisung Folge leistest.«

»Soll ich Georg aufgeben?«

»Nein, nur warten, bis sich alles geklärt hat.«

»Er war es nicht.«

»Davon bin ich ebenfalls überzeugt. Aber er wäre nicht der Erste, der ein falsches Spiel treibt.«

Emma wollte nicht weiter darüber sprechen und stand auf. »Entschuldigst du mich?«

»Natürlich, geh nur.«

Erst wollte Emma in ihr Arbeitszimmer, aber ihr war nicht danach, Ludwig zu sehen, und so ging sie in den Kleinen Salon, in dem das Telephon stand. Sie vergewisserte sich, dass die Schiebetür zum Großen Salon, in dem ihre Mutter saß, geschlossen war und griff nach dem Hörer, um sich mit Georg verbinden zu lassen. Minna nahm ab.

»Es muss ja ziemlich gut gewesen sein, wenn du jetzt schon wieder Sehnsucht nach ihm hast.«

»Er hat es dir erzählt?«

»Musste er nicht. Du erreichst ihn im Werk, er muss ein bisschen was aufarbeiten.«

»Ist gut, danke.«

Emma hängte ein und ließ sich danach mit den Rebein-Werken verbinden. Es dauerte eine Weile, ehe sie Georg am Telephon hatte.

»Ich habe meinem Vater alles erzählt«, sagte sie ohne Einleitung.

»Muss ich befürchten, dass er mit einer geladenen Schrotflinte vor der Tür steht?«

»Nein, aber er möchte, dass wir uns nicht mehr sehen, ehe alles geklärt ist.«

»Warum hast du es ihm erzählt? Hast du mit mir geschlafen, um ihn zu ärgern?«

»Nein«, kam es vermutlich ein wenig zu zögerlich.

»Ich habe dir gesagt, du würdest es bedauern.«

»Ich bedaure nur meine Beweggründe.«

Schweigen.

»Bist du mir böse?«, fragte sie.

»Nein, du warst ja schließlich nicht allein beteiligt, nicht wahr? Und es ist ja nicht so, als hätte ich mir nicht insgeheim gewünscht, dass es passiert. Aber jetzt werden wir tun, was dein Vater verlangt und darauf warten, dass sich alles aufklärt. Danach lasse ich mich allerdings nicht mehr von ihm davon abhalten, dich zu sehen. Und ich erwarte, dass er sich entschuldigt. Übrigens bin ich vorhin der Gräfin Wittershaus begegnet und habe ihr gesagt, was ich davon halte, dass ihr Neffe überall seine fragwürdige Geschichte erzählt. Sie hat geglaubt, sie dürfe aufgrund des Photos unverschämt werden, und da ich ihr ohnehin noch eine Antwort darauf schuldig war, dass sie meine Integrität infrage gestellt hat, habe ich ihr gesagt, ich würde künftig jede Feier, auf der sie eingeladen sei, absagen. Mal sehen, wie den Gastgebern das schmeckt. Ich denke, meine Anwesenheit wird ein wenig höher bewertet als ihre. Und ich lasse hier und da durchsickern, wie sich die Sache mit ihrem Neffen in Wahrheit verhalten hat.«

»Was hat sie gesagt?«

»Dass ich es nicht wagen würde. Nun, sie wird sich wundern.«

Emma musste lächeln, als sie einhängte. Dann stand sie auf und ging in ihr Zimmer, um sich umzukleiden.

Als Emma die Halle betrat, durch die man in das ehemalige Raucherzimmer gelangte, das nun als Lichtspielraum eingeweiht werden sollte, war dort bereits eine große Anzahl von Gästen versammelt. Sie sah Valerie mit Charlotte ein wenig abseits stehen. Hans, Jakob und Andreas waren ebenfalls da, und nun gesellten sich auch Julia und Emmas Mutter hinzu. Julia wusste vermutlich von ihr und Georg, aber ansonsten hatte Karl es sicher niemandem erzählt, und Ludwig würde auch schweigen.

»Da bist du ja«, sagte Valerie, die sich eben durch die Menge zu ihr schob. »Dein Vater hat dich heute Nachmittag gesucht. Wo warst du?«

»In Bonn.«

Offenbar wartete Valerie darauf, dass sie konkreter wurde, aber das war nicht die richtige Gelegenheit, um über ein so pikantes Geheimnis zu sprechen.

»Dein Kleid ist hübsch«, sagte Valerie schließlich und gab damit zu verstehen, dass sie Emmas Schweigen ohne Diskussion akzeptierte.

Ein flüchtiges Lächeln huschte über Emmas Gesicht. »Danke. Ich habe es extra für diesen Anlass fertigen lassen.« Rauchblau, der Ausschnitt eingefasst mit gestickten Ornamenten, dazu eine lange Perlenkette. Um den Kopf trug Emma ein Band in der Farbe des Kleides, das mit winzigen Perlen bestickt war.

»Du bist nicht mehr traurig, oder?«

»Doch, aber das bringt ja nichts.«

Valerie schien etwas sagen zu wollen, aber dann sah sie an Emma vorbei und hob die Hand, um zu winken. »Dort ist Nicolas.«

Der war in seinem Abendanzug so attraktiv, dass sich mehrere junge Frauen nach ihm umdrehten.

»Besitzerstolz?«, fragte Emma auf Valeries Lächeln hin.

»Aber immer doch.« Sie grinste, und Emma konnte ihr Lachen nun auch nicht mehr zurückhalten.

Nicolas kam zu ihnen und legte Valerie den Arm um die Mitte. »Worüber amüsiert ihr euch, hm?«

»Frauenthemen«, antwortete Valerie.

»Tatsächlich?«

»Ja, und jetzt sei nicht so neugierig.« Sie küsste ihn ungeachtet der Zuschauer. »Siehst du, Emma, ich bin viel skandalöser als du. Sie könnten dich den Raum ruhig eröffnen lassen.«

»Ich bin mir nicht sicher, ob du ein Maßstab bist, was Anstand angeht«, entgegnete Nicolas.

»*Meine Tochter*«, kam es von Karl, »war überaus anständig, ehe sie *dir* begegnet ist.«

Nicolas fuhr herum und lächelte entschuldigend. »Natürlich, Verzeihung.«

Karl nickte, sah ihn böse an und ging weiter.

»Tut mir leid«, sagte Emma, »ich hätte dich gewarnt, dass er kommt, wenn ich gewusst hätte, was du sagen willst.«

»Er hätte natürlich auch ein wenig früher kommen und Valerie hören können«, bemerkte Nicolas.

»Ich bin mir sicher, auch das hätte er dir angelastet«, antwortete Valerie.

»Das ist anzunehmen«, stimmte Emma ihr zu.

Ludwig kam zusammen mit ihrem Vater. Er sah sie im Vorbeigehen an, lächelte ihr zu und ging zur verschlossenen Tür des Lichtspielraums. Die Leute verstummten, und ihre Aufmerksamkeit gehörte nun ihm.

»Meine Damen und Herren. Vor einigen Monaten hatte meine Cousine Emma Alsberg die großartige Idee, einen Lichtspielraum im Hotel einzurichten, auf dass wir Ihnen künftig auch diese Art der Zerstreuung bieten können.« Sein Lächeln hatte etwas Gewinnendes, und erneut dachte Emma, wie bedauerlich es war, dass er ging. Nicht nur sie, auch die Gäste würden ihn schmerzlich vermissen. »Eigentlich sollte sie heute Abend hier stehen und den Lichtspielraum eröffnen, aber sie war so reizend, mir den Vortritt zu lassen.«

Die Leute drehten sich zu Emma um, sahen sie neugierig an, der eine oder andere lächelte gar. Emma spürte, dass ihr vor Freude, Erstaunen und auch einer Spur von Verlegenheit die Wärme in die Wangen stieg. Valerie nahm ihre Hand und drückte sie. »Siehst du«, flüsterte sie ihr zu. »Auf Ludwig ist eben Verlass.«

Im Folgenden erzählte Ludwig davon, wie Emma ihnen die Idee eröffnet hatte, erzählte davon, wie sie alles praktisch im Alleingang umgesetzt und alle überzeugt hatte, fügte hier und da eine komische Anekdote ein, mit der er die Leute zum Lachen brachte. Schließlich war es so weit, und die Türen zum Raum wurden geöffnet. Obwohl Emma abseits stand, konnte sie den Anflug stolzer Freude nicht verhehlen, als die Menschen in den Lichtspielraum strömten, wo alles für die Vorführung vorbereitet war. Es würde zwei Vorstellungen geben, damit diejenigen, die keinen Platz fanden, den Film im zweiten Durchgang sehen konnten. Währenddessen wurden im Salon Getränke auf Kosten des Hauses serviert.

»Wollt ihr den Film nicht sehen?«, fragte Emma.

»Doch«, antwortete Valerie, »aber wir lassen natürlich den Gästen den Vortritt.«

Ludwig, Karl und Julia Hohenstein waren mit den ersten Gästen in der Vorführung, Hans und Andreas standen abseits und lachten über irgendetwas, Emmas Eltern unterhielten sich mit einigen Gästen, und Jakob war unter lautstarkem Protest über die Ungerechtigkeit und seine Position der Rechtlosigkeit zu Bett geschickt worden.

»Wo gehst du hin?«, fragte Valerie.

»Ich bin gleich wieder da.« Emma verließ den Salon und ging in ihr Arbeitszimmer, wo sie den Telephonhörer abhob und sich mit Georg verbinden ließ.

⁂ 32 ⁂

Der Mann, der in Begleitung einer jungen Frau, die einen Säugling trug, und zweier Töchter das Hotel betrat, sah Nicolas so ähnlich, dass es sich nur um dessen Bruder handeln konnte. Karl verließ die Rezeption und ging ihm entgegen.

»Herr Merlo?«

Der Mann wirkte einen Moment lang erstaunt, dann breitete sich ein Lächeln auf seinem Gesicht aus. »Es ist offensichtlich, nicht wahr? Ich bin der Jüngere, auch wenn man das vielleicht nicht glauben mag, wenn man uns kennt.«

Karl musste lachen und reichte ihm die Hand. »Karl Hohenstein.«

»Lennard Merlo. Meine Ehefrau Anne«, die Frau hatte einen überraschend festen Händedruck, »mein Sohn Matthias, und diese beiden reizenden Geschöpfe sind meine Töchter Helene und Marlena.«

»Es ist mir ein Vergnügen.«

»Ganz unsererseits.«

Karl führte den Mann zur Rezeption und winkte die Pagen herbei, die das Gepäck trugen.

»Dr. Merlo?«, fragte der Concierge.

Karl war überrascht. »Sie sind Arzt?«

»Nein, Pharmazeut. Mein Bruder hat nicht viel von mir erzählt, nicht wahr?«

»Wir sind noch dabei, uns kennenzulernen«, wich Karl elegant aus.

»Ja, ich hörte von den Umständen, unter denen das Kennenlernen herbeigeführt wurde.«

»Zimmer 105«, sagte der Concierge und reichte dem Pagen den Schlüssel.

»Das ist auf der Beletage«, erklärte Karl. »Unsere schönsten Suiten.« Er ging vor den Mädchen in die Hocke. »Wer von euch wird denn das Blumenmädchen?«

»Marlena«, erklärte die Ältere. »Obwohl sie ein Trampel ist.«

»Bin ich gar nicht!«

»Nicht streiten«, ermahnte ihre Mutter sie.

Karl erhob sich und sah den Säugling an. »Wie alt ist der Kleine?«

»Drei Monate.«

»Mein Enkel ist im letzten Sommer geboren. In zwei Jahren spielen sie sicher prächtig miteinander.«

»Falls mein Bruder Sie nicht bis dahin so weit gebracht hat, ihn hochkant rauszuwerfen«, entgegnete Lennard.

»Das habe ich gehört«, war Nicolas' Stimme zu vernehmen.

»Ich weiß, ich habe dich kommen sehen.«

Dieser Mann war Karl überaus sympathisch.

»Onkel Nicolas!«, schrie Helene und rannte auf ihn zu. Er fing sie auf, wirbelte sie herum und setzte sie ab. »Du wirst ja wirklich von Jahr zu Jahr hübscher.«

»Und ich?«, fragte Marlena, als er sie ebenfalls hochhob und küsste.

»Du bist die zauberhafteste Fünfjährige, die mir je begegnet ist.«

»Du kennst bestimmt nicht viele«, sagte Helene.

»Das reicht jetzt«, mahnte ihr Vater.

Nicolas umarmte seinen Bruder und begrüßte seine Schwägerin so herzlich, dass offensichtlich war, wie gut er sich mit ihr verstand. »Na, mein Kleiner«, sagte er zu dem Säugling und strich diesem behutsam über die Wange.

»Er trägt den Anzug, den du ihm geschickt hast«, sagte Anne Merlo.

Nicolas hielt dem Kind einen Finger hin, um den sich eine winzige Faust schloss. »Er hat schon einen ziemlich festen Griff.«

»Du glaubst nicht, wie viele Haare er mir bereits vom Kopf gezogen hat«, erwiderte Anne Merlo lachend. Dann wandte sie sich an ihre Töchter. »Ihr kommt jetzt erst einmal mit und ruht euch von der Reise aus.«

»Aber ich bin nicht müde«, beschwerte sich Helene. »Ich will bei Onkel Nicolas bleiben.«

»Ich passe auf, dass er nicht wegläuft«, versprach Karl. »Und während ihr euch ausruht, erzählt er mir ein wenig mehr von seiner Familie, nicht wahr?«

Nicolas wirkte einen Moment lang irritiert, dann nickte er. »Nur zu gern.«

»Viel Vergnügen.« Lennart Merlo klopfte seinem Bruder auf die Schulter. »Wir sehen uns nachher.«

Es war das erste Mal, dass Karl Nicolas wirklich glücklich sah, während er den beiden Mädchen beteuerte, dass er schon bald ganz und gar für sie da sein würde. Karl wusste nicht recht, was er erwartet hatte, aber ein solches familiäres Umfeld sicher nicht.

»Du stammst aus einer Akademikerfamilie?«, fragte er, als Lennard Merlo außer Sichtweite war.

»Nein.«

»Erzählst du es mir bei einem Tee?«

Ein Lächeln umschattete Nicolas' Mundwinkel. »Ja, sehr gern.«

»Kommt nachher nicht deine Tante?«, fragte Magdalena, während sie mit Hans durch den Wald ging. Er hatte von Valerie den Auftrag bekommen, passende Wege für die Schatzsuche auszukundschaften. Da Magdalena Wälder liebte, hatte sie sich begeistert angeschlossen.

»Ja, aber bis dahin sind wir sicher wieder zurück.«

»Sie ist mit einem österreichischen Adligen aus Ungarn verheiratet?« Magdalena konnte ihre Faszination nicht verbergen.

»Ein Ungar, dessen Mutter österreichische Adlige war. Der Vater war Offizier, glaube ich.«

Magdalena seufzte entzückt. »Bestimmt gehen sie in Wien auf Bälle, ja?«

»Ja, Valerie war ein paar Mal dort.«

Wieder ein Seufzen. »Und wie ist deine Tante so?«

»Reizend, ich mag sie sehr.« Dennoch bereitete Hans der Gedanke an das Wiedersehen Unbehagen. Hoffentlich hatte sie die hässlichen Dinge, die er zu ihr gesagt hatte, vergessen.

»Deine andere Tante kommt aus London?«

»Ja, Tante Henrietta.«

»Ihr seid so weltgewandt, das ist herrlich.«

»Es klingt großartiger, als es ist.« Hans genoss es, auf dem federnden Waldboden zu laufen und den Geruch von sonnenwarmen Blättern und Gras zu atmen. Obwohl sie mitten im Gebirge wohnten, nahm er sich dafür viel zu selten Zeit. Sein Onkel ritt immer noch jeden Morgen aus, Ludwig tat das gelegentlich auch, und obwohl Hans recht gerne ritt, zog es ihn in seiner freien Zeit eher nach Bonn oder Königswinter. Jetzt merkte er, dass er die Spaziergänge und Ausritte im Wald doch ein wenig vermisste.

Das Hotel lag nahe dem Hirschberg, der sich am westlichen Rand des Siebengebirges am Nachtigallental erhob und zum Norden hin sanft abfiel. Da es seit gut vierzig Jahren einen ausgebauten Fußweg gab, war der Weg zum Gipfel nicht allzu beschwerlich und auch für Kinder gut zu bewältigen. Auf der Kuppe befand sich ein aus Feldbrandsteinen errichteter Aussichtsturm, der zwar keinen weiten, dafür jedoch einen schönen Blick bot. An diesem Tag jedoch verzichtete Hans auf den Aufstieg und machte sich lediglich eine Notiz, dass man dort oben einen Hinweis verstecken könnte. Am Abhang des Berges, an der Nordwestflanke, lag die Hirschburg, und südlich gab es das Wegewärterhaus, das im Sommer als Schankbetrieb genutzt wurde.

»Wie lange sollen die Kinder unterwegs sein?«, fragte Magdalena.

»Zwei Stunden oder so, sonst lohnt es sich nicht, und es soll ja auch Spaß machen.« Hans dachte an einen Weg, der weiter über die Wolkenburg führte. Ein tiefliegender Bergkamm, über den sich seinerzeit der Burggarten der Drachenburg erstreckt hatte, verband die Wolkenburg mit dem Drachenfels. Es gab einen Waldweg am Fuß der Wolkenburg entlang, von dem aus zwei Pfade abzweigten. Einer führte zur Spitze der Wolkenburg, der zweite zu den Steinbrüchen. Letztere boten eine wunderschöne Aussicht, waren aber für Kinder ungeeignet.

»Wirst du die Kinder die Wolkenburg hochschicken?«, fragte Magdalena, die nun in dieselbe Richtung blickte wie Hans.

»Ja, dachte ich. Und von dort aus zum Drachenfels.«

Allerdings musste dabei der Weg über die Drachenfelser Fahrstraße genommen werden, was einen kleinen Umweg bedeutete. Der Weg oberhalb, am Sattel zwischen Wolkenburg und Drachenfels, war ebenfalls als Fahrstraße angelegt, bisher jedoch unvollendet. Hans nahm die Karte und zeichnete den Weg ein, machte Markierungen, wo Hinweise versteckt werden sollten, und bot einen weiteren Weg als Alternative an.

»Was ist mit der Löwenburg?«, fragte Magdalena.

»Viel zu weit weg.«

Magdalena sah zur Wolkenburg. »Warum man es wohl Wolkenburg genannt hat?«

»Angeblich, weil es einmal der höchste Berg der Gegend gewesen sein soll. Durch den Steinbruchbetrieb wurde die Kuppe ziemlich weit abgetragen.«

»Die Burg gibt es aber nicht mehr?«

»Nein.« Hans faltete die Karte zusammen. »Kennst du die Sage dazu?«

Magdalena verneinte.

»Ein adliger Ritter der Wolkenburg hatte eine Tochter mit Namen Hedwig, in die sich ein fahrender Sänger verliebte. Und wie das eben so kommt, verliebte sich auch die Frau in ihn. Der Ritter erfuhr von der verbotenen Liaison und brachte seine Tochter in ein Kloster. Aber der Geliebte wäre kein echter Geliebter, wenn er sie nicht ausfindig gemacht hätte. Er holte sie aus dem Kloster und floh mit ihr zum Rhein. Der Ritter erfuhr davon, und die Tochter stürzte sich mit den Worten ›Vater, du treibst mich in den Tod‹ in die Fluten, gefolgt von dem Geliebten. Der Ritter bereute seine Tat, verließ die Wolkenburg und ging in Klausur an jener Stelle, an der die Tochter gestorben war.«

»Ich mag keine Geschichten, bei denen sich am Ende

die Liebenden töten. Das ist mir zu übertrieben. Was nützt einem denn die große Liebe, wenn man tot ist?«

Das fragte Hans sich auch. Sie stiegen den Berg wieder hinab und machten sich daran, den Weg zum Drachenfels zu nehmen, um weitere Verstecke für Hinweise zu suchen. Hans hoffte, auf diese Weise die Begegnung mit seiner Tante noch ein wenig hinauszuzögern.

»Tante Johanna!« Valerie lief durch das Vestibül und fiel ihrer Tante um den Hals.

»Schön, dich wiederzusehen, du Wildfang«, lachte Johanna Rados und drückte sie an sich.

»Guten Tag, Onkel Victor.« Valerie begrüßte ihn, ihre drei Cousins und die beiden Cousinen. Der Kleinste war sechs und würde bei der Hochzeit die Kerze tragen, während Lennards Tochter Marlena Blumen streute. »Na, Vincent, ich hoffe, du hast schon geübt!«

»Klar«, sagte der Kleine lässig.

»Und wo ist dein Zukünftiger?«, fragte Johanna Rados.

»Der sitzt mit der Familie seines Bruders im Garten, sie sind auch vorhin angekommen. Ich dachte, ihr wollt euch jetzt erst einmal ausruhen.«

»Papperlapapp«, sagte ihre Tante. »Ich möchte auf der Stelle den Mann sehen, der dir so den Kopf verdreht hat.«

»Wir konnten es tatsächlich kaum glauben«, bestätigte Victor Rados und zwinkerte ihr zu. Der Gedanke daran, dass sie alle genau wussten, in welcher Situation man sie und Nicolas erwischt hatte, trieb Valerie das Blut in die Wangen.

»Ist gut«, sagte sie. »Ich hole ihn.«

»Ich komme mit«, rief Sári, ihre fünfzehnjährige Cousine und lief ihr voraus in Richtung Loggia, ehe ihre Eltern Einwände erheben konnten.

»Hallo, Onkel Karl«, hörte Valerie sie kurz darauf rufen.

Ihr Vater kam ihnen entgegen, umarmte seine Nichte und bestätigte ihr, dass sie schon eine richtige Dame sei. Die Kinder von Johanna und Victor Rados waren alle dunkelhaarig wie ihr Vater, aber die beiden Mädchen kamen ansonsten ganz und gar nach ihrer Mutter und hatten Ähnlichkeit mit den Hohenstein-Kindern.

»Wo sind deine Eltern?«, fragte Karl Hohenstein.

»An der Rezeption«, antwortete Valerie anstelle ihrer Cousine. »Wir holen eben Nicolas.«

Dieser saß immer noch mit seinem Bruder auf der Veranda, und eben lachten beide über etwas, das Nicolas erzählt hatte. Als sie Valerie kommen sahen, erhoben sie sich. »Gesellst du dich zu uns?«, fragte Nicolas.

»Nein, ich soll dich holen, meine Tante ist neugierig. Das hier ist meine Cousine Sári.« Valerie schob das Mädchen vor.

»Sehr erfreut«, sagte Nicolas.

»Dem schließe ich mich an«, fügte sein Bruder hinzu.

»Wir essen heute übrigens alle zusammen im kleinen Speisesaal«, erzählte Valerie, während sie ins Hotel gingen. »Papa hat ihn für heute Abend reserviert.« Als sie ins Vestibül kamen, hatten sich dort bereits Julia Hohenstein, Hans und Jakob eingefunden und unterhielten sich mit den Ankömmlingen.

»Ah, das ist er ja.« Johanna Rados löst sich aus der kleinen Gruppe und kam auf Valerie zu. »Wie schön. Sie sind also der Mann, der für so viel Aufsehen gesorgt hat?«

»Tante Johanna, Onkel Victor, Nicolas. Und das«, Valerie deutete auf Lennard, »ist sein Bruder Lennard Merlo. Nicolas, das sind Tante Johannas Kinder Raymund, Lucy, Sándor und Vincent. Vincent, ich stelle dich nachher Marlena vor, sie ist das Blumenmädchen.«

»Ist sie hübsch?«

»Vincent!«, zischte Johanna Rados.

»Na, das möchte ich wohl annehmen«, antwortete Lennard an Valeries Stelle.

Nicolas unterhielt sich mit Victor, der sogar einmal in dem Hotel in der Schweiz gewesen war, in dem Nicolas gearbeitet hatte. »Das war allerdings lange vor deiner Zeit, damals war ich noch nicht verheiratet.«

»Tante Johanna!«, kam es von Jakob, der eben ins Vestibül kam.

»Na so was!«, rief diese. »Du bist ja beinahe ein erwachsener Mann.«

Jakob warf Valerie einen triumphierenden Blick zu. »Das musst du unbedingt Onkel Karl sagen, der denkt, ich sei noch ein Wickelkind.«

»Karl war schon früher unerträglich bestimmend«, antwortete Johanna Rados.

»Und hatte in der Regel vollkommen recht damit«, kam es von Karl Hohenstein.

»Ich könnte dir mindestens ein Dutzend Gegenbeispiele aufzählen, aber in Gegenwart deiner Tochter und deines Neffen möchte ich mal nicht so sein.« Johanna Rados lachte. »Wo ist Hans eigentlich?«

»Er war mit seiner Cousine unterwegs«, antwortete Valerie. »Inzwischen sollte er allerdings zurück sein. Ich sehe mal nach, wo er bleibt.« Allerdings konnte sie sich recht gut denken, warum er sich scheute, seine Tante zu sehen.

Tatsächlich fand sie ihn in seinem Zimmer, wo er – ein gänzlich ungewohnter Anblick – ein Buch las. »Hast du einen guten Weg gefunden?«

»Ja, die Karte habe ich von Hanni in dein Zimmer bringen lassen.«

»Danke.«

»Keine Ursache.«

»Warum ist Magdalena nicht mit zum Hotel gekommen?«

Hans klappte das Buch zu. »Sie sagte, sie wolle nicht stören, wenn die Familie kommt.«

Nach kurzem Zögern lehnte Valerie sich an die Kommode links neben der Tür. »Und was ist mit dir? Warum begrüßt du Tante Johanna nicht?«

Ein kurzes Schulterzucken war die einzige Antwort. »Ich wollte gleich kommen.«

»Denkst du, Onkel Victor ist dir noch böse?«

»Begeistert war er sicher nicht davon, was ich gesagt habe.«

»Du warst damals eben ein wenig … schwierig. Aber inzwischen bist du ja recht umgänglich.«

»Na, besten Dank auch.«

»Jetzt leg das Buch weg und komm.« Aufmunternd nickte Valerie ihm zu und ging zur Tür. »Du wirst ihr heute ohnehin begegnen, und jetzt stehen sie alle noch im Vestibül, vor all den Zeugen wird dir niemand den Kopf abreißen.«

Hans schnitt ihr eine Grimasse, erhob sich jedoch folgsam. An der Tür zum Hotel ließ Valerie ihm den Vortritt und folgte ihm.

»Ich hatte nicht vor, mich hinter dir zu verstecken«, sagte er.

»Das weiß ich, ich wollte dich nur gar nicht erst in Versuchung führen.«

Inzwischen hatten sich auch Konrad Alsberg mit seiner

Ehefrau und Julia Hohenstein hinzugesellt, und Valerie hörte, wie ihr Vater gerade sagte, sie würden alle gemeinsam im Hotel früh zu Abend essen, damit die Kinder sich nach der langen Reise rasch zurückziehen konnten. Später würde man dann den Tag im Garten ausklingen lassen.

»Das klingt großartig«, antwortete Johanna Rados. Sie hatte Valerie und Hans offenbar bemerkt und drehte sich um. Ehe Hans ein Wort hervorbringen konnte, lächelte sie, ging zu ihm und zog ihn an sich. »Mein Lieber, man könnte einen Moment lang glauben, dein Vater stünde vor einem.« Sie ließ ihn los, umfasste sein Gesicht und betrachtete ihn prüfend. »Schön, dich zu sehen.« Dann küsste sie ihn auf die Wange.

»Es tut mir leid, Tante Johanna.«

»Es gibt nichts, was dir leidtun müsste«, antwortete sie. »Jugendsünden sind bei mir stets vergeben und vergessen. Und bei Victor auch. Du kannst ihn also ruhig begrüßen.« Sie zwinkerte ihm zu, und Hans lächelte zögerlich, dann ging er zu Victor Rados, der sich immer noch mit Nicolas unterhielt. Als Hans sich zu ihnen gesellte, unterbrachen sie ihr Gespräch, und Victor Rados' Aufmerksamkeit gehörte nun ihm. Ebenso wie Tante Johanna lächelte er, gab Hans die Hand und legte ihm die andere auf die Schulter, während Hans etwas sagte und dabei rot wurde.

Nicolas kam zurück zu Valerie. »Du hast mir nicht erzählt, dass der Mann deiner Tante Schriftsteller ist.«

Johanna Rados hob die Brauen. »Du erzählst nicht von Victors Büchern?«

»Ich möchte eben, dass es immer wieder etwas Neues zu entdecken gibt«, scherzte Valerie. »Damit es nicht langweilig wird.«

»Über Langeweile kann ich mich an deiner Seite in der Tat nicht beklagen.«

»Du heiratest eben eine Hohenstein«, entgegnete Johanna Rados mit keckem Grinsen. Dann wandte sie sich an Valerie und hakte sich bei ihr ein. »So, meine Liebe, und nun erzählst du mir alles. Und lass keine pikanten Einzelheiten aus.«

⁂ 33 ⁂

Die Schatzsuche wurde ein großer Erfolg. Emma, Andreas und Hans waren die Strecke noch einmal abgegangen und fungierten als Begleitpersonen, da sie sich im Siebengebirge gut auskannten. Nur helfen durften sie nicht, dafür wurde jeweils eines der ältesten Geschwisterkinder mitgeschickt. Beim Aufteilen der Gruppen gab es zunächst Gezeter, da sich die Kinder von Johanna und Valeries Tante Henrietta kannten und daher zusammen sein wollten. Schließlich kam Lennards Helene mit Johanna Rados' Lucy in eine Gruppe und Marlena mit Henrietta von Landaus Elfjährigem. Die dritte Gruppe bildeten deren Jüngster und Vincent. Drei der Älteren meldeten sich freiwillig, je eine Gruppe zu begleiten, und zogen zusammen mit Emma, Hans und Andreas los. Zwei Stunden waren sie unterwegs, und Gewinner wurde die Gruppe mit der kleinen Marlena.

Es war ein herrlicher Maitag, als die Kinder sich im Garten versammelten und mit dem Korb ein Picknick machten. Sie luden Valerie dazu ein, die sich zu ihnen setzte und mit ihnen lachte und scherzte. Sie war glücklich, dass ihre Idee so erfolgreich geworden war, und die Stimmung hätte zum Auftakt ihrer Hochzeit nicht besser sein können. Nicolas sagte später zu ihr, er sei überrascht, wie gut sie mit Kindern umgehen konnte.

»Sobald sie ein bestimmtes Alter erreicht haben, kann

ich was mit ihnen anfangen«, hatte Valerie geantwortet. »Dann macht es sogar Spaß.«

Der Tag verging wie im Flug, und trotz einer nahezu schlaflosen Nacht – Valerie wusste nicht, warum sie so nervös war, das war überhaupt nicht ihre Art – stand sie morgens einigermaßen erholt auf. An diesem Morgen wurde ihr das Frühstück im Zimmer serviert, und als sie im Bett saß und heißen Kaffee trank, bat sie Marie, Emma zu ihr zu schicken.

»Brauchst du Zuspruch?«, fragte diese, als sie kurz darauf das Zimmer betrat. Ebenso wie Valerie war auch Emma noch in Nachthemd und Morgenmantel.

»Ja. Und Gesellschaft beim Frühstück.«

»Bist du aufgeregt?«

Valerie bestrich eine Scheibe Toast mit Butter. »Irgendwie, ein wenig.«

»Das ist wohl normal.«

Marie erschien mit einem zweiten Gedeck, fragte nach weiteren Wünschen und ging wieder.

»Dafür, dass deine Gruppe gestern gewonnen hat, wirktest du ziemlich niedergeschlagen«, sagte Valerie.

»Meine Probleme lassen sich nicht mit einer gewonnenen Kinderschatzsuche lösen.«

»Es tut mir leid, dass dein Georg ein falsches Spiel mit dir gespielt hat.«

Emma nippte an ihrer Tasse. »Das hat er nicht. Ich war bei ihm, an dem Tag, an dem der Lichtspielraum eröffnet worden ist.«

Erstaunt ließ Valerie die Hand mit dem Toast wieder sinken. »Warum hast du mir das nicht erzählt?«

»Weil ich mit ihm geschlafen habe.«

»Du hast …« Valerie verstummte. »Ich kann es nicht glauben«, sagte sie dann.

»Warum nicht? Du hast es doch auch getan.«

»Ja, aber du warst nie so leichtsinnig wie ich.«

Jetzt stieß Emma ein bitteres Lachen aus. »Na ja, leichtsinnig war es vermutlich nicht, aber es war auch nicht so, wie es hätte sein sollen.«

»Hat es dir nicht gefallen?«

»Doch, es war sogar unglaublich. Aber der Zeitpunkt war der falsche.«

»Dafür war bei mir der Zeitpunkt *nie* der falsche.«

Emma lachte hell auf. »Valerie, du bist einfach unmöglich.«

»Nicolas nennt es *unersättlich*. Alle anderen vermutlich schamlos.«

»Und wie nennst du es?«

Nachdenklich kaute Valerie ihren Toast, trank einen Schluck Kaffee hinterher und antwortete schließlich: »Liebe, würde ich sagen. Wäre ich tatsächlich einfach nur schamlos, dann wäre es doch nicht so, dass ich es nur mit Nicolas möchte. Aber in gewisser Weise stimmt das mit dem Zeitpunkt schon. Hätte ich nicht ständig mit mir gehadert, weil ich dachte, eine Ehe mit ihm sei unter meinem Stand, hätte ich mir vermutlich die Bloßstellung und Peinlichkeit erspart.«

»War es wirklich so schlimm für dich?«

»Na, hör mal, möchtest du mit deinem Georg nackt im Bett erwischt werden? Gar von deinem Bruder und einem wildfremden Mann?«

Was für eine furchtbare Vorstellung. »Nein, natürlich nicht. Aber du wirktest immer, als ginge dir das alles gar nicht so nahe.«

»Ich verstelle mich gut, sonst wäre es noch peinlicher gewesen.«

Emma nickte. »Verstehe. Ich bin nicht gut darin, mich zu verstellen, aber ich werde mir heute alle Mühe geben.«

»Und was passiert nun?«, fragte Valerie.

»Ich weiß es nicht, mein Vater bleibt ja bei seinem Verbot, obwohl ich ihm und Karl erzählt habe, dass ich mit Georg geschlafen habe.«

Valerie verschluckte sich an ihrem Kaffee und hustete, bis ihr die Tränen kamen. »Nicht dein Ernst?«

»Doch. Sie standen mit Ludwig im Arbeitszimmer, und ich bin rein und habe es ihnen erzählt. Ich habe meinem Vater gesagt, jetzt hätte er wenigstens einen Grund, mich zu verachten.«

»Grundgütiger! Emma, du bist ja mutiger als ich, so etwas hätte ich mich nie getraut. Was hat dein Vater gesagt? Man merkt es ihm ja tatsächlich nicht an.«

»Er war erschrocken, aber er hat wohl eingesehen, dass er mich zu Unrecht als Lügnerin bezeichnet hat. Georg will er aber nach wie vor hier nicht sehen.«

»Und mein Vater und Ludwig?«

»Dein Vater tut mir gegenüber so, als habe er nichts gehört, wofür ich ihm sehr dankbar bin. Und Ludwig hat bisher nichts dazu gesagt, das würde er auch nie, solange ich ihm gegenüber das Thema nicht selbst anschneide.«

»Mich wundert, dass dein Vater jetzt nicht erst recht auf eine Ehe besteht.«

»So ist er nicht. Solange er denkt, dass Georg mich hintergangen und bloßgestellt hat, wird er nicht wollen, dass ich ihn heirate, daran ändert die Tatsache, dass ich nicht mehr unschuldig bin, auch nichts. Das fällt bei ihm unter Fehler einer Verliebten.«

Nachdem sie das Frühstück beendet hatten, stellte Valerie das Tablett auf ihren Nachttisch. Es war an der Zeit, mit dem Waschen und Ankleiden zu beginnen. »Bis später.« Emma küsste sie auf die Wange und kehrte zurück in ihr Zimmer, während Valerie ins Bad ging, wo der Boiler das Wasser bereits erhitzt hatte.

Da Charlotte mit ihrem Haar und ihrem Teint so ziemlich jede Farbe tragen konnte, hatte man sich bei der Wahl des Kleides an Emma orientiert. Man hatte sich für zartgrüne Seide entschieden, dunkelgrün bestickt am Ausschnitt, mit Silberfäden durchwirkt, schmal und mit filigraner Spitze. Emma fühlte sich mit dem Kleid, als sei sie der Frühling selbst, es war umwerfend. Ihr Haar war in weichen Wellen frisiert, und da sie und Charlotte die gleiche Frisur hatten, trugen sie beide ein Perlenband darin. Charlotte kleidete sich ebenfalls im Hotel an, da man befürchtete, Kleid und Frisur würden auf dem Weg Schaden nehmen.

Nun stand Emma vor dem Spiegel, während Marie hinter ihr einen großen Spiegel festhielt, damit sie sich von allen Seiten betrachten konnte.

»Sie sehen großartig aus«, sagte das Stubenmädchen.

»Vielen Dank, Marie.«

Sie versammelten sich im Salon von Karl, wo sich bereits eine lärmende Schar von Kindern und Halbwüchsigen eingefunden hatte – zehn an der Zahl. Johanna unterhielt sich rege mit Karl, während Victor – der eleganteste Mann, den Emma kannte – im Gespräch war mit Emmas Vater. Ihre Mutter wurde von Sári in Beschlag genommen, denn diese lag ihrem Vater stets damit in den Ohren, sie allein reisen zu lassen, wovon dieser nichts wissen wollte.

»Du *musst* ihn überzeugen«, hörte Emma sie insistieren.

Marlena und Vincent waren hinreißend in dem zartrosa Blumenmädchenkleid und dem winzigen Anzug. Kurz nach

Emma betraten auch Charlotte und ihre Eltern das Zimmer, gefolgt von Ludwig, Hans, Jakob und Andreas.

»Wo ist Julia?«, fragte Emma.

»Bei Valerie«, antwortete Karl. Er wirkte tatsächlich nervös, und Emma musste lächeln. Sie ging zu den beiden Kleinsten, hockte sich vor sie und fragte, ob sie sich schon freuten.

»Wo ist Mama?«, fragte Marlena.

Emma blickte auf und sah sich um.

»Sie ist noch dabei, sich anzukleiden«, sagte Katharina Alsberg.

»Sie braucht genauso lange wie Mama«, sagte Henriettas Ältester, der seinem Vater, Julias Bruder Philipp von Landau, sehr ähnlich sah.

»Ja, so ist das, wenn man nicht an unsere Kreise gewöhnt ist«, sagte Julias Mutter, die eben an der Seite ihres Mannes den Raum betrat.

Ihr Enkel sah sie finster an, und sie lächelte entschuldigend. Emma wusste, dass es ein Abkommen gab, nicht schlecht über Henrietta in Gegenwart ihrer Kinder zu sprechen.

»Du tust dir keinen Gefallen«, sagte Julia, die mit ihren Eltern das Zimmer betreten hatte.

»Ja, schon gut, tut mir leid.«

»Ich hoffe, dergleichen Sprüche kommen während der Hochzeit nicht in Bezug auf Nicolas.«

Jetzt wirkte Julias Mutter brüskiert. »Natürlich nicht, wofür hältst du mich?«

Emma fragte sich, ob Ludwig die Parallele zwischen seiner Verlobung und der Ehe seiner Eltern auffiel. Seine Mutter hatte seinen Vater heiraten müssen, weil die verarmten von Landaus in Geldnot geraten waren, als Richard von Landau mit Aktien zu hoch gepokert hatte. Während Julia und Karl jedoch keine Wahl geblieben war, hatten Ludwig und Charlotte sich ganz bewusst füreinander entschieden. Doch von Liebe war eigentlich nie die Rede gewesen. Wenn Emma an das Gespräch dachte, das Charlotte nach der Hochzeit bevorstand, empfand sie Mitleid mit ihr. Sie stand bei Ludwig, der mit ihr plauderte, und lachte einmal über etwas, das er sagte. Da sie in letzter Zeit sehr freundlich war zu Emma, war es für diese nicht weiter schwer, ihr ebenso zu begegnen. Ohnehin konnte sie nicht jemandem mit Feindseligkeit begegnen, den sie bedauerte.

Die Trauung fand in einem für Festlichkeiten angelegten Pavillon des Rosengartens statt. Die Feier selbst würde man später in den privaten Garten verlegen, aber bei der Trauung durfte das gesamte Personal zugegen sein, und auch die Hotelgäste würden sicher zusehen.

Fritz erschien, wechselte ein paar Worte mit Karl, und der verkündete, dass es nun Zeit sei. Die Familie machte sich auf den Weg ins Hotel, wo sie im Vestibül auf Anne Merlo und Henrietta trafen. Auch die weiteren Gäste waren mittlerweile eingetroffen und saßen bereits auf den Stühlen, die den Weg zum Pavillon säumten. Der Geistliche stand vorne und wechselte ein paar Worte mit Nicolas, der in dem schwarzen Smoking eine überaus elegante Figur machte. Sein Bruder stand schräg hinter ihm und lächelte Emma und Charlotte zu, als diese ihre Plätze auf der Seite der Braut zugewiesen bekamen. Ludwig stellte sich neben Charlotte, und eine erwartungsvolle Stille setzte ein. Emma spürte, dass sie selbst ganz aufgeregt wurde. Nun kam auch Julia und nahm ihren Platz in der ersten Reihe bei Emmas Eltern ein.

Alle wandten die Köpfe, und sie hörte ein Raunen von

den Hotelgästen und der Dienerschaft, die hinten standen und die Braut als Erste sahen. Marlena war offenbar der Meinung, dass mit den Blumen sparsam verfahren werden musste, und warf die Blüten einzeln zu Boden, während Vincent mit konzentrierter Miene die lange Kerze trug. Die Kapelle spielte den Hochzeitsmarsch, und Karl führte eine strahlend schöne Valerie den Gang zwischen den Stühlen entlang. Obwohl sie ganz und gar nicht rührselig war, spürte Emma, wie ihre Augen feucht wurden.

Karl übergab seine Tochter an Nicolas, der ihr den Schleier vom Gesicht hob und sie anlächelte. Valerie lächelte zurück, wirkte gelöst und glücklich. Dann wandten sich beide dem Geistlichen zu, der mit der Trauungszeremonie begann.

Valerie stellte fest, dass Nicolas ein überraschend guter Tänzer war. »Wie konntest du mir das nur verheimlichen?«

»Ich möchte eben, dass es immer wieder etwas Neues zu entdecken gibt. Damit es nicht langweilig wird.«

Valerie lachte und zog ihn an sich, um ihn zu küssen, was einige der jüngeren männlichen Gäste mit Gejohle kommentierten. Einer rief Nicolas gar zu, ob er ein paar Ratschläge benötige.

Ehe er antworten konnte, drehte sich Valerie um und lächelte in spöttischem Übermut. »Mein Freund, glaub mir, es gibt nichts, was du ihm noch erklären könntest.«

»Valerie«, zischte Nicolas halb belustigt, halb schockiert, während der junge Mann rot anlief und die anderen ihn weidlich auslachten.

Sie zog ihn an der Hand von der Tanzfläche im Salon in den Garten, wo überall Gäste standen und immer wieder

Lacher wie kleine Wellen durch das Geplauder schwappten. Es war frühlingshaft warm, Hummeln summten träge und gänzlich unbeeindruckt von dem Gewimmel im Garten. Die Kinder rannten herum und ignorierten die Warnungen, auf ihre Kleider achtzugeben, und Valerie war danach, fortwährend zu tanzen. Da sie sich aber auch den Gästen widmen musste, tat sie das nun und schlenderte mit Nicolas durch den Garten, wechselte mal hier und mal da ein paar Worte. Als sie zu Emma kam, legte sie ihr kurz den Arm um die Mitte. »Amüsierst du dich?«

Tatsächlich erschien ein Lächeln auf Emmas Lippen. »Ja, obwohl ich das nicht erwartet hätte. Es ist eine wirklich schöne Feier.«

»Du hast dich sogar mit Charlotte unterhalten, habe ich gesehen.«

»Ja, ihr Nachbar hat sich ein neues Pferd gekauft und wir waren einer Meinung, dass man das erst tun sollte, wenn man reiten kann.«

»Da kenne ich noch eine Kandidatin.«

»Ach, komm schon, Valerie, nicht heute.«

»Du hast recht, tut mir leid.« Valerie drückte leicht ihren Arm und ging weiter.

»Was ist jetzt eigentlich mit ihr und Herrn Rebein«, fragte Nicolas.

»Ach, das ist kompliziert. Ihr Vater möchte nicht, dass sie sich sehen, aber sie liebt ihn nun einmal.«

»Und was hältst du von der Sache?«

»Das mit dem Artikel wird auf jeden Fall seine Schwester gewesen sein, und ich denke, er hat es gewusst.«

»Also ein Schuft?«

»Womöglich, ja.« Sie kamen am Büfett vorbei. »Hast du Hunger?«, wechselte sie das Thema.

»Nein, ich bin immer noch satt, ich glaube nicht, dass ich heute überhaupt noch etwas esse.«

»Nicht, dass du heute Nacht hungrig wirst.«

»Wenn es zu arg wird, kann ich sicher was aufs Zimmer kommen lassen.«

»Falls ich dich lange genug dafür freigebe.«

Nicolas sah sich rasch um. »Dir ist schon klar, dass wir hier nicht alleine sind, hm?«

»Du hast recht, schockieren wir die Gäste nicht damit, anzudeuten, wir würden die Nacht zusammen verbringen.«

»Sollten die Zoten nicht mein Part sein?«, mokierte er sich.

»Du hast mich eben verdorben.«

Jetzt wurde er ernst. »Sag das nicht, bitte.«

Sie hob die Hand an seine Wange. »Schon gut, ich habe nur Spaß gemacht.« Dann lächelte sie wieder. »Und nun komm, ich möchte mich amüsieren.«

»Wir haben doch eben erst getanzt.«

»Ich habe nie gesagt, dass das Zusammenleben mit mir einfach werden würde.« Sie lachte, und er konnte nicht anders, als ihr zurück in den Tanzsaal zu folgen.

»Wenn man Hans und Magdalena tanzen sieht«, sagte Johanna, »könnte man meinen, man habe Alexander und Agnes vor sich.«

»Ich habe sie Silvester das erste Mal gesehen«, antwortete Karl, »und ich war wirklich im ersten Moment geradezu erschrocken. Was hat Hans eigentlich zu dir und Victor gesagt?«

»Dass es ihm leidtue. Als du mir von dem Mann erzählt hast, den sie totgeprügelt haben, habe ich zwei Tage nur geweint. Die Vorstellung, Alexanders Sohn könne …« Sie verstummte und schüttelte den Kopf. »Ich hoffe, die Läuterung ist ernsthaft und von Dauer.«

»Seine Verwandtschaft tut ihm gut, also nicht wir, sondern Agnes' Seite, warum auch immer.«

»Etwas wird er dort wohl finden, was ihm hier gefehlt hat.«

Karl sah zu Hans und stieß den Atem langsam aus. »Ich habe mich immer bemüht, ihm ein Zuhause zu bieten.«

Johannas Hand schloss sich in einer tröstlichen Geste um seinen Arm. »Und das hast du auch, das siehst du doch an Jakob. Aber Hans ist eben anders, er ist ein wenig wie Vater, und vielleicht ist es das, womit du nie zurechtgekommen bist.«

»Du denkst, ich laste ihm das an.«

»Unbewusst vielleicht.«

»Vater hat ihn verzogen.«

»Das kann schon sein, aber diese ungeteilte Aufmerksamkeit war ihm vielleicht mehr Trost als das, was wir ihm zu bieten hatten. Vater hat ihn so behandelt, wie er Alexander hätte behandeln sollen.«

Karl schwieg, dachte an Alexander, an die Enttäuschung, als sein Vater ihm sogar den Abschied verwehrt hatte. Die Erinnerung tat weh, und wie so oft fragte Karl sich, ob er nicht hätte insistieren sollen, damit Alexander geblieben wäre. Aber sie alle hatten den Krieg nicht so ernst genommen, anfangs hatte sogar eine gewisse Euphorie geherrscht, und irgendwie war Karl davon überzeugt gewesen, dass schon alles irgendwie gut werden würde.

»Sind Valerie und Nicolas heute Nacht eigentlich hier?«, riss Johannas Stimme ihn aus den Gedanken.

»Nein«, antwortete Karl. »Ich habe für die kommenden drei Tage eine Suite im Hotel Dreesen reserviert – ein Geschenk seines Bruders.«

»Machen sie keine Hochzeitsreise?«

»Erinnere mich nicht an das Theater. Nicolas kann sich keine Reise in dem Stil leisten, den Valerie sich vorgestellt hat.« In wenigen Sätzen umriss er die Diskussion, die er mit Valerie geführt hatte. »Daraufhin hat sie sich mit Nicolas gestritten, der ihr sagte, sein Stolz hätte ihn ohnehin jede Reise, die ich ihnen schenken würde, ablehnen lassen. Sie hat türenknallend den Dienstbotentrakt verlassen.«

Johanna legte den Kopf zurück und lachte. »Ich kann es mir so gut vorstellen.«

»Sein Bruder hat mich darum gebeten, die beiden in einem Hotel in der Region einzubuchen, da Nicolas eine Reise wohl auch von ihm nicht annehmen würde.«

»Ich habe Fritz und Georg Dreesen vorhin schon gesehen«, sagte Johanna. »Ist lange her, dass wir uns das letzte Mal begegnet sind, ich glaube, das war noch vor dem Krieg.«

Wie auch das Hotel Hohenstein hatte das Hotel Dreesen mit den wirtschaftlichen Folgen des Großen Krieges zu kämpfen gehabt, und Karl war in den letzten Jahren mehr als einmal dankbar gewesen, dass ihr Haus nicht unmittelbar am Rhein lag, als das Hotel Dreesen mehrfach mit existenzbedrohenden Hochwasserkatastrophen zu kämpfen gehabt hatte.

»Für Valerie wird es genau das Richtige sein«, sagte er. »Ein Hotel am Rhein, in dem sich Politiker und die Prominenz aus der Gesellschaft die Klinke in die Hand gibt. Das gibt ihr hoffentlich den mondänen Flair, der sie über den Verzicht einer Reise hinwegtröstet.«

»Mondänes Flair hat sie hier doch auch.«

»Woanders ist es immer spannender, hier ist es ja doch eher Zuhause als Hotel.«

»Na ja, stimmt schon.«

Es dämmerte langsam, und Julia erschien, um ihm mitzuteilen, dass Nicolas und Valerie aufbrechen würden. Das Gepäck war bereits im Wagen verstaut, und unter viel Gelächter und Zoten wurde das Brautpaar zum Automobil begleitet. Gäste, die im Hof standen, blickten sich um, lächelten, einige Kinder versuchten aufgeregt, einen Blick auf Valeries Kleid zu erhaschen. Gänzlich unkonventionell warf Valerie ihnen den Blumenstrauß zu, und ein kleiner Junge fing ihn auf.

Für anzügliche Witze, mit denen man Nicolas Ratschläge erteilte, hatte Valerie nur ein Lachen übrig. Sie winkte in die Menge, glücklich und übermütig, warf den Gästen eine Kusshand zu und stieg mit Nicolas in den Wagen.

⁂ 34 ⁂

Erstaunlicherweise hatte Valerie die Hochzeitsreise nicht gefehlt. Sie hatten drei schöne Tage im Hotel Dreesen verbracht, und da Nicolas einen Monat Urlaub hatte, hatten sie viel Zeit für sich. Sie unternahmen lange Wanderungen, ließen die Abende im Garten ausklingen und genossen die gemeinsamen Nächte, wohl wissend, dass sie am Morgen so lange schlafen konnten, wie sie wollten. Es war herrlich, sich nicht mehr verstecken zu müssen und die körperliche Liebe zu genießen, wann immer ihnen danach war.

»Ich hoffe, das wird nie zur Gewohnheit«, sagte Valerie, als sie mit Nicolas durch den angenehm kühlen Wald spazierte. »Es ist so wunderbar, als hätte man fortwährend Ferien.«

»Nun ja, ich *habe* Ferien.«

Valerie lachte und küsste ihn. »Du weißt schon, was ich meine.«

»Gewohnheit muss nichts Schlechtes sein, es liegt an uns, immer wieder etwas Spannendes hineinzubringen.«

»Dann hoffe ich, dass wir bis ins hohe Alter kreativ sind.«

Er zog sie an sich. »Ja, lass uns darauf hoffen.«

»Wie lange bleibt dein Bruder eigentlich?«, fragte Valerie, während sie Arm in Arm weiterspazierten.

»Noch ungefähr drei Wochen, er holt bei der Gelegenheit seinen längst überfälligen Urlaub nach.«

»Meine Tanten bleiben auch bis in den Sommer. Tante Henrietta war so lange nicht da, dass sie die Zeit ein wenig auskosten möchte.«

Sie hatten morgens in Königswinter zusammen mit Nicolas' Familie gefrühstückt, hernach waren er und Valerie zu einer Wanderung aufgebrochen. Von Königswinter aus auf dem Fußweg eine gute Stunde zum Petersberg. Valerie hatte vorgeschlagen, die Zahnradbahn zu nehmen, die vom Staatsbahnhof aus nur acht Minuten brauchte. Aber Nicolas sagte, er schaffe den Weg auch zu Fuß, schließlich sei er in der Schweiz oft gewandert.

»Gut«, hatte sie geantwortet, »aber wenn du unterwegs schlappmachst, beklag dich nicht.«

»Keine Sorge, solche Wege habe ich früher auch geschafft.«

»Da hast du vorher die Nacht aber nicht mit mir verbracht.«

»Wer sagt dir, dass ich die Nächte davor allein gewesen bin?«

Dass das die gänzlich falsche Antwort gewesen war, durfte ihm nach einem Blick von ihr klar gewesen sein.

Von Königswinter aus ging es auf der Provinzialchaussee nach Niederdollendorf und von da über die Bahngleise nach Oberdollendorf. Durchquerte man das Dorf, kam man an der Haltestelle für die Heisterbacher Talbahn vorbei und entlang deren Gleisen die Fahrstraße hoch. Linker Hand hatte man einen herrlichen Blick auf die von Wald bedeckte Dollendorfer Hardt. Als sie weitergingen wurde die Steinbruchseite des Petersbergs und der Nonnenstromberg sichtbar, danach ging es durch das Tor von Heisterbach.

»Hier gab es mal ein Kloster«, erklärte Valerie. »Jetzt stehen aber außer dem Tor nur noch die Ringmauer, der

Chorschluss der Kirche und einige Wirtschaftsräume. Das da oben«, sie zeigte auf das Tor, »ist das Abteiwappen.« Eine Buche und ein Bach, überragt von Mitra und Stab. »Buche heißt Hêtre auf Französisch, daher wohl Heister.«

Nicolas sah sich die Gebäude an. »Du solltest Fremdenführerin werden«, sagte er.

»Großartige Idee«, antwortete Valerie lachend. »Ich sehe mich schon entnervt Touristen durch den Wald schleifen.«

»Du kannst ja Führungen für Kinder anbieten, mit denen kommst du doch gut zurecht. Und sie wären sicher hingerissen von dir.«

Valerie zuckte vage die Schultern.

»Es passt zu einer Hotelierstochter. Du kannst die Kinder der Touristen vom Hotel deines Vaters aus führen.«

Über etwas derartiges hatte Valerie noch nie nachgedacht. Sie wollte schon rundheraus ablehnen, aber gänzlich verdrängen ließ sich der Gedanke nicht, und so schwieg sie.

Sie folgten dem Fahrweg weiter durch den Wald, der geradeaus nach Heisterbacherrott führte und rechts als Chaussee angelegt war, der sie nun in den Hochwald bis zu einer Wegkreuzung folgten.

»Geradeaus geht es zur Rosenau und zum Ölberg«, erklärte Valerie. »Schräg rechts kommst du zurück nach Königswinter.« Die Straße rechts war als Fahrstraße neu angelegt und führte direkt zum Petersberg, vorbei am Fuß des Nonnenstrombergs. »Wir nehmen einen der abzweigenden Fußwege«, erklärte Valerie. »Die Fahrstraße ist sehr kurvenreich, und man braucht zu Fuß ewig, bis man oben ist.«

Während sie den restlichen Weg zurücklegten, dachte Valerie über das nach, was Nicolas ihr vorgeschlagen hatte. In ihrer Lebensplanung war es nicht vorgesehen, einer

Arbeit nachzugehen. Aber einen Koch zu heiraten, ebenfalls nicht, und nun wollte sie das Leben mit ihm nicht mehr missen, wenngleich noch einiges an Konflikten auf sie zukommen würde – das ahnte sie. Die Zeiten änderten sich, die Rolle der Frauen ebenso. Nach wie vor mochte Valerie nicht an jene Worte von Hans an jenem Abend denken, nachdem man sie mit Nicolas erwischt hatte. *Das Einzige, was du kannst, ist dekorativ in der Gegend herumzustehen.*

Sie kamen auf dem Plateau des Petersberges an, eine von Wald, Park und Gartenanlagen bedeckte Fläche, von der aus man eine grandiose Aussicht genoss. Valerie hakte sich bei Nicolas ein und führte ihn zu dem hübsch eingerichteten Gasthaus. »Die Küche hier ist großartig«, sagte sie. »Man kann hier sogar übernachten, sie haben vierzig Zimmer und im Sommer eine eigene Post- und Telegraphenstation.«

»Würde sich das für euch auch lohnen?«

»Nein, wir haben es ja nicht weit bis Königswinter, und unsere Boten bringen täglich Briefe und Telegramme auf Wunsch zur Post. Im Sommer findet hier mittwochs ein Militärkonzert statt, und abends ist es wirklich schön hier. Wir könnten uns kommende Woche mal hinfahren lassen, dann müssen wir nicht nachts zu Fuß zurück.«

Sie bestellten kalte Limonade, und Valerie, die der Aufstieg durstig gemacht hatte, trank in langen Zügen. Ihr klebte das Unterkleid verschwitzt am Rücken, und sie tupfte sich mit einem Taschentuch den Schweiß von der Stirn. Nicolas sah sich in Königswinter bereits nach einer Wohnung um, und obwohl Valerie immer noch damit haderte, dass sie keinen repräsentativen Wohnsitz haben würde, fand sie den Gedanken daran, eine Wohnung auszusuchen, die nur ihr und Nicolas gehörte, reizvoll. Sie würde sie komplett einrichten, jedes Detail selbst aussuchen – das hatte durchaus was für sich, dergleichen hatte sie noch nie getan.

Da Valerie nicht gerne lange am Kaffeetisch saß – ihre Unruhe gestattete keine langen Pausen –, standen sie recht bald wieder auf. Ein Weg führte ringsum und bot auf der Rheinseite einen schönen Blick auf das Tal zwischen Petersberg und Hirschberg, auf Königswinter und auf den Drachenfels. Vorbei an der Glashalle des Gästehauses öffnete sich der Blick auf Godesberg, das von oben einem Garten mit malerischen Häusern glich. Valerie ließ den Blick über die fruchtbaren Ebenen um Bonn schweifen und verharrte auf jener dunklen Masse am Horizont, wo Köln lag.

»Hier könnte man den ganzen Tag verbringen«, sagte sie seufzend.

»Was hindert uns daran?«

»Charlotte kommt heute, und ich hatte ihr zugesagt, dass wir mit ihr und Ludwig ausgehen.«

»Dann müssen wir uns gleich schon auf den Rückweg machen.«

Valerie umfasste sein Handgelenk und sah auf die Uhr. »Nein, wir haben noch gut Zeit.«

»Und wie verbringen wir die?«

Sie legte den Kopf zurück, lächelte. »Lass deiner Phantasie freien Lauf.«

Schon als Ludwig zu ihr auf die Terrasse trat, konnte Charlotte sehen, dass etwas nicht stimmte. Sie war ein wenig zu früh gekommen, und da Ludwig noch mit der Bank telephonierte, hatte sie sich so lange in den Garten gesetzt und ein Glas Limonade bestellt. Lange musste sie nicht warten, ihr Lächeln zerfiel jedoch, als sie seine ernste Miene bemerkte.

»Entschuldige bitte, dass ich dich habe warten lassen.«

»Das macht nichts.«

»Gehen wir ein wenig spazieren?«

Da war es wieder, jenes Unwohlsein, das sie wie beim letzten Mal, als er diesen Vorschlag gemacht hatte, überkam. Allerdings hatte sie sich da geirrt, und er hatte in der Tat nur einen Spaziergang im Sinn gehabt. Warum sollte es dieses Mal anders sein? »Sehr gerne.« Sie trank die Limonade aus und erhob sich.

Die beiden verließen den Garten durch die seitliche Pforte, die auf den Hof führte, und Ludwig schlug den Fußweg nach Königswinter ein. Charlotte spürte eine Kühle zwischen ihnen, die sich allein aus seinem Schweigen und der körperlichen Distanz nicht erklären ließ. Der Tag erschien ihr mit einem Mal weniger strahlend, und der Gesang der Vögel kam ihr vor, als hätten diese sich in das falsche Theaterstück verirrt.

»Charlotte, ich werde Königswinter verlassen«, sagte er ohne lange Umschweife und ohne mit belanglosem Geplauder zu beginnen.

Eine nahezu köstliche Erleichterung überkam sie. Wenn das alles war und er ihr nur einen Umzug schmackhaft machen wollte – damit käme sie zurecht. Und vielleicht ließ er sich das sogar ausreden. »Wo möchtest du denn hin?«, fragte sie behutsam.

»Nach Amerika.«

»Ich verstehe.« Doch das tat sie ganz und gar nicht. »Und warum so plötzlich?«

»So plötzlich ist es gar nicht, ich denke schon sehr lange daran.«

»Warum hast du mir das nie erzählt?«

»Du hast nie einen Hehl daraus gemacht, dass du deinen Platz hier im Hotel siehst und dass du Amerika nicht leiden kannst.«

»Und doch möchtest du, dass wir dort hinziehen?« Sie formulierte es absichtlich um, brachte sich ins Spiel, obwohl er nur von sich selbst gesprochen hatte. Aber das konnte, das durfte nicht sein.

»Nein, Charlotte«, kam es nach einer kurzen Pause. »Nicht wir, sondern ich.«

Sie blieb abrupt stehen, spürte, wie ihr Herzschlag sich beschleunigte. »Was willst du damit sagen? Willst du nur vorübergehend hin und hernach zurückkommen?«

Er schloss für einen Moment die Augen. »Es ist gleich, wie ich es formuliere, es wird immer schmerzen, also sei mir bitte nicht böse. Ich werde dort bleiben, Charlotte, aber ohne dich. Wir beide haben keine gemeinsame Zukunft.«

Es dauerte eine Weile, ehe die Worte vollumfänglich in Charlottes Bewusstsein sickerten. »Warum auf einmal?«

»Es kam nicht auf einmal, sondern ich trage mich schon länger mit dem Gedanken.«

Charlotte schluckte mehrmals, aber das seltsam trockene Gefühl in der Kehle blieb. »Ist es wegen … wegen Minna Rebein?«

Er sah sie für die Dauer mehrerer Lidschläge schweigend an, dann schüttelte er den Kopf. »Nein, ich habe schon vorher das Gefühl gehabt, dass es mit uns nicht funktioniert.«

»Aber sie hat dir die Entscheidung erleichtert?«

»Ja.«

Charlotte nickte, dann stieß sie ein bitteres Lachen aus. »Ich kann mir regelrecht vorstellen, wie begeistert Emma davon gewesen sein muss. Sicher hat sie dich darin nach Kräften bestärkt?«

Einen Moment lang schien Ludwig irritiert. »Emma? Nein, Emma war eigentlich diejenige, die mich ständig deswegen getadelt hat. Sie war diejenige, die mich damals bedrängt hat, mich mit dir zu versöhnen. Sie hat mir auch gesagt, dass ich mir den Schritt gut überlegen soll, da man eine Verlobung nicht einfach so auflösen kann.«

Charlotte schloss die Augen, spürte Tränen heiß zwischen den Lidern hervorquellen. Verdammt noch mal. Dann sah sie Ludwig wieder an. »Sie hat recht, man kann eine Verlobung nicht so einfach lösen.«

»Möchtest du es mir schwer machen? Ändert das etwas?«

Sie schwieg.

»Wir werden es vor den Leuten so formulieren, dass du die Verlobung mit mir gelöst hast, auf diese Weise bist du keinem Gerede ausgesetzt.«

»Wie unglaublich rücksichtsvoll von dir.«

»Wäre es dir lieber, wenn wir zusammenblieben, obwohl ich dich nicht liebe?«

»Freundschaft reicht doch auch als Fundament für eine Ehe.«

»Hast du das Gefühl, dass uns eine Freundschaft verbindet, die von Dauer ist?«

»Es tut weh, was du sagst.« Charlotte schlang die Arme um den Oberkörper und spürte, wie ihr die Tränen über die Wangen liefen. Sie wandte sich ab und machte sich langsam auf den Weg zurück zum Hotel.

»Es tut mir leid, Charlotte, wirklich.«

»Ich wäre sogar mit dir nach Amerika gegangen.«

»Du hättest es gehasst und es mich täglich spüren lassen.«

So gerne Charlotte gesagt hätte, dass dem nicht so wäre,

so wusste sie doch, dass er im Grunde genommen recht hatte. Aber sie wollte ihn nicht verlieren.

Den Rest des Weges legten sie schweigend zurück, und sie waren fast am Hotel angekommen, als Stimmen und Gelächter zu hören waren. Valerie und Nicolas kehrten zeitgleich mit ihnen zurück. Als Valerie Charlotte jedoch sah, erstarb ihr das Lächeln.

»Was ist passiert?«

Charlotte schwieg, grub die Zähne in die Unterlippe, um nicht in Tränen auszubrechen. Es war ohnehin alles schon so demütigend.

»Was hast du mit ihr gemacht?«, wandte Valerie sich nun an ihren Bruder, und Charlotte, die es nicht mehr länger aushielt, lief zum Hotel, gleich, wie undamenhaft es wirken mochte. Ihr Chauffeur stand im Gespräch mit dem Privatchauffeur der Hohensteins, und Charlotte winkte ihn mit einer herrischen Geste heran.

»Nach Hause«, befahl sie ihm und zog die Tür des Automobils auf, noch ehe er bei ihr war.

»Charlotte?«, hörte sie Karl Hohenstein, der eben das Hotel verließ und zum Ausfahren gekleidet war. »Ist etwas passiert?«

Sie ignorierte ihn und stieg ein. Ihr Chauffeur schloss die Tür, setzte sich hinter das Steuer und ließ den Wagen an. Ludwig kam gerade mit Valerie und Nicolas auf den Hof, als Charlotte diesen verließ.

»Was, um alles in der Welt, war das?«, fragte Karl Hohenstein, als Ludwig den Hof betrat.

»Ludwig hat irgendetwas zu Charlotte gesagt«, antwortete Valerie, ehe dieser dazu kam. »Sie wollte nicht einmal mit mir darüber sprechen.«

Ludwig selbst, der einerseits zutiefst erleichtert war, dass er dieses Gespräch nun hinter sich hatte, spürte, wie ihm das, was noch bevorstand, niederdrückte. »Ich erzähle es dir später in Ruhe«, sagte er zu seinem Vater.

Der sah seinen Chauffeur an und gab diesem mit einem Wink zu verstehen, dass er ihn nicht mehr benötigte. »Ich habe Zeit.«

»Wolltest du nicht gerade weg?«

»Das kann warten. Komm, reden wir.«

Gut, das war vielleicht tatsächlich das Beste, dann wäre es überstanden. Sie gingen ins Vestibül, und Ludwig spürte Valeries tadelnden Blick in seinem Rücken. Nicolas hatte die Angelegenheit nicht kommentiert, was Ludwig ihm hoch anrechnete.

Sie gingen in das Arbeitszimmer seines Vaters. »Setz dich schon einmal«, sagte dieser und läutete, woraufhin Fritz erschien, dem er auftrug, Tee zu bringen und seinem Kammerdiener Bescheid zu geben, den Termin in Königswinter zu verschieben.

Währenddessen hatte Ludwig sich auf einem Sessel in der kleinen Sitzecke niedergelassen, leicht nach vorn gelehnt, die Ellbogen auf die Knie gestützt, die Handflächen aneinandergedrückt. Sein Vater setzte sich ihm gegenüber und schlug entspannt ein Bein über das andere.

»Und nun erzähl.«

Ludwig blickte auf. »Ich habe die Verlobung gelöst.«

Sein Vater nickte langsam. »Einfach so?«

»Nein, nicht einfach so. Ich hadere schon seit einiger Zeit damit.«

»Steckt eine andere Frau dahinter?«

Nun zögerte Ludwig. »In gewisser Weise schon.«

»Wer.«

»Minna Rebein.«

Karl Hohenstein verengte kaum merklich die Augen. »Trotz allem?«

»Ja, trotz allem.«

»Und du siehst in diesem Hotel eine gemeinsame Zukunft mit ihr? Nach dem, was geschehen ist?«

»Da ich davon überzeugt bin, dass sie nichts mit dem Zeitungsartikel zu tun hat, sehe ich eine Zukunft mit ihr, ja.« Ludwig holte tief Luft. »Aber ich sehe diese Zukunft nicht hier.«

»Was meinst du damit?«

Jetzt war es endlich heraus. »Ich möchte kein Hotelier werden, Vater. Ich wollte es nie.«

Damit hatte er ihn getroffen, das konnte sein Vater nicht gut verbergen. »Du hast nie auch nur eine Andeutung gemacht.«

»Weil ich wusste, dass es von mir erwartet wird. Und als ich mich dann mit Charlotte verlobt habe, schien der Weg ohnehin festgelegt. Aber ich kann es nicht, Vater, es fühlt sich jetzt schon an wie ein Gefängnis. Ich weiß, du wirst furchtbar enttäuscht sein, aber …«

Karl Hohenstein hob die Hand, gebot ihm zu schweigen. »Ich bin nicht enttäuscht. Erschüttert träfe es eher, aber dafür kannst du nichts.«

»Es tut mir leid.«

»Das muss es nicht, ich wünschte nur, du hättest früher etwas gesagt, dann hätte ich entsprechende Vorkehrungen treffen können.«

»Ich werde nicht einfach gehen und dich und Konrad mit allem allein lassen.«

Sein Vater senkte kurz den Blick, wirkte nachdenklich.

»Es wird sich eine Lösung finden, aber ich wäre dir dankbar, wenn du noch so lange bleiben könntest, bis wir jemand anderen eingearbeitet haben.«

»Ich bleibe noch ein Jahr, wenn du das möchtest, ich will nur kein Hotelier sein.«

»Schlägst du das Erbe aus?«

»Nein, das Erbe ist eine Treuhand, mir steht es nicht zu, es meinen Kindern zu verwehren. Aber ich ziehe mich aus den Entscheidungsprozessen zurück.«

Fritz erschien mit dem Tee, und Ludwig war froh um die Unterbrechung, obschon das Gespräch nicht so schlimm verlaufen war wie befürchtet.

»Ich werde mit Charlottes Eltern sprechen«, sagte sein Vater, nachdem Fritz gegangen war. »Wir werden zusehen, dass es in der Öffentlichkeit so dargestellt wird, dass Charlotte die Verlobung gelöst hat.«

»Das habe ich ihr auch gesagt.«

»Ein Trost ist das natürlich nicht, aber auf diese Weise bleibt ihr das Gerede erspart.« Karl Hohenstein rührte Zucker und ein wenig Sahne in seinen Tee. »Was deine Stelle angeht, werde ich mit Konrad sprechen, vielleicht stellen wir vorübergehend jemanden ein, oder ich übernehme wieder alles.«

Erneut überkam Ludwig ein schlechtes Gewissen, denn er wusste, dass es für seinen Vater eine Erleichterung gewesen war, immer mehr an ihn abzugeben und nicht mehr bis in die Nacht arbeiten zu müssen. Die Hotelfinanzen mussten täglich kontrolliert und abgestimmt werden, und die buchhalterische Aufsplitterung in die verschiedenen Bereiche bedeutete viel Arbeit. Während die Betriebsorganisation aufgeteilt war auf die leitenden Angestellten, gab man die Finanzen nicht aus den Händen.

»Ich bleibe, solange du mich brauchst«, versicherte er erneut.

»Was möchtest du in Amerika überhaupt machen?«

»Ich würde gern Ingenieur werden.«

»Technik hat dich immer schon interessiert. Und es muss Amerika sein?«

Ludwig nickte.

»Paul Roth hat mir mal gesagt, sein Leben wäre anders verlaufen, hätte sein Vater ihn nicht dazu gezwungen, in seine Fußstapfen zu treten. Dergleichen möchte ich dir natürlich ersparen. Ich bitte dich lediglich darum, dir diesen Schritt genau zu überlegen.«

»Das werde ich.« Mit einem leisen Klirren stellte Ludwig seine Tasse ab. »Andreas und Hans sind bald mit der Universität fertig.«

Mit fragender Miene blickte sein Vater auf. »Andreas wird Konrads Bereich übernehmen, und Hans … du denkst doch nicht ernsthaft, ich setze ihn hier im Hotel an die Finanzen?«

»Warum nicht? Er ist nicht dumm.«

»Nein, aber leichtsinnig und stur.«

»Er ist noch sehr jung.«

Karl Hohenstein winkte ab. »Auf keinen Fall werde ich Hans an meine Rechnungsbücher setzen, da warte ich lieber, bis Jakob alt genug ist.«

»Der ist in frühestens sechs bis sieben Jahren so weit.«

»Es wird sich eine Lösung finden.« Karl Hohenstein stand auf. »Gut, dann werde ich jetzt bei den von Domins anrufen.«

»Danke.«

»Keine Ursache, sie werden erwarten, dass ich das tue.«

»Das wird kein angenehmes Gespräch.«

»Ich stand deiner Mutter gegenüber, nachdem mir Carlotta Marianne gebracht hat. Glaub mir, danach ist jedes Gespräch ein Spaziergang.«

Nun musste Ludwig trotz allem lachen.

»Ich muss mit dir sprechen.« Karl schloss die Tür zu Konrads Arbeitszimmer.

»Worum geht es? Charlotte und Ludwig?«

»Hat es sich schon herumgesprochen?«

»Ja, Ludwig hat es Emma erzählt und die wiederum mir. Valerie ist übrigens nach Bonn zu ihr gefahren, vorher hat sie sich mit Ludwig gestritten, und als Nicolas gewagt hat, zu sagen, Ludwig habe möglicherweise seine Gründe gehabt, hat er auch noch einen Großteil ihres Zorns abbekommen.«

»Großartig«, murmelte Karl. »Aber das ist nicht das Schlimmste«, fügte er laut hinzu.

Konrad krauste fragend die Stirn.

»Ludwig wird uns verlassen.«

Nun war sein Onkel in der Tat überrascht. »Wie kommt es?«

»Er möchte nach Amerika und Ingenieur werden.«

»So plötzlich?«

»Nein, ich glaube, er wollte nie etwas anderes, er hat bisher lediglich das getan, was ich von ihm wollte.«

Konrad schwieg, wirkte nachdenklich. »Da kommen eine Reihe von Veränderungen auf uns zu. Wann geht er fort?«

»Nicht, ehe wir seine Nachfolge geregelt haben.« Karl rieb sich die Augen.

»Du solltest darüber nachdenken, ob du nicht eine Brille benötigst«, sagte Konrad übergangslos.

Karl sah ihn an. »Hm?«

»Du reibst dir ständig die Augen und klagst nach längerem Lesen über Kopfschmerzen.«

»Das ist lediglich Überanstrengung.«

Konrad nickte nur, wenig überzeugt.

»Mein Vater hat früher alles allein gemacht.«

»Das waren andere Zeiten, die Buchhaltung war weniger umfangreich, wir hatten weniger Personal, und alles war überschaubarer. Ich kann dir einen Teil der Abrechnungen abnehmen, und du könntest Nicolas vorübergehend aus der Küche raus in die Buchhaltung holen.«

»Stimmt, an den hatte ich nicht gedacht. Das wäre aber ohnehin keine Dauerlösung, da er mir mal gesagt hat, das Kochen fehle ihm schon jetzt. Ich kann ihn nicht ganz aus der Küche holen, dann hätte ich anstelle eines unzufriedenen Sohnes einen unzufriedenen Schwiegersohn.«

Konrad nickte. »Was ist mit Hans?«

Karl glaubte, sich verhört zu haben. »Selbst du schlägst mir ausgerechnet Hans vor?«

»Wer noch?«

»Ludwig.«

»Er kennt ihn eben besser als du. In drei Jahren ist er so weit, und vorher könnte man ihn schon während des Studiums einarbeiten.«

»Auf gar keinen Fall lasse ich Hans an meine Bücher.«

»Es sind nicht nur deine Bücher, Karl. In dieser Angelegenheit habe ich mitzuentscheiden.«

»Die Aufgabe Hans zu übergeben kann unmöglich dein Ernst sein. Geschweige denn die Verwaltung des halben Hotels, er würde praktisch in Ludwigs Fußstapfen treten.«

»Ich weiß, dass du ihn nicht magst, aber das sollte deine Entscheidung nicht beeinflussen.«

Aber das stimmte doch nicht. Karl wollte vehement widersprechen, schwieg dann aber doch.

»Er ist wie dein Vater«, fuhr Konrad fort. »Und das kannst du ihm nicht verzeihen. Dabei hatte dein Vater nicht nur schlechte Seiten.«

»Das sagst ausgerechnet du?«

»Ja, das sage ausgerechnet ich. Er hat mir wahrhaftig oft übel mitgespielt, und ich habe harte Kämpfe gegen ihn ausgefochten. Er war dir und Alexander gegenüber unerträglich streng, auch das weiß ich. Aber er hat Johanna aufrichtig geliebt, er war deiner Frau gegenüber immer überaus freundlich. Er hat sich bemüht, an Hans gutzumachen, was er an Alexander versäumt hat, und obwohl er Jakob sicher weniger liebgewonnen hat, war er gerecht, was das Erbe anging. Er war sogar Emma gegenüber aufmerksam, und das heißt schon was, wenn man bedenkt, wie wenig er mich und Katharina mochte. Und was Ludwig, Valerie und sogar Marianne angeht, denen war er immer ein guter Großvater.«

Karl seufzte und wollte erneut die Hand heben, um mit den Fingerspitzen die geschlossenen Lider zu massieren, als ihm Konrads Worte einfielen und er die Hand wieder sinken ließ. Er brauchte keine Brille.

»Dein Vater war ein guter Geschäftsmann, wenn Hans wirklich nach ihm kommt, hat er auch das geerbt.«

Das alles konnte Karl natürlich nicht in Abrede stellen. Aber Hans in der Buchhaltung? Vielleicht sollte er sich mit Paul Roth darüber unterhalten, der hatte den unverfälschteren Blick auf ihn.

»Ich denke darüber nach«, sagte er schließlich. Und dann konnte man weitersehen.

⁂ 35 ⁂

Das schöne Wetter hielt an, und Minna nahm sich vor, nachmittags reiten zu gehen. Am Vorabend hatte sie mit Ludwig telephoniert. Eigentlich hatte sie ihn anrufen und ihm von einer Neuigkeit erzählen wollen, aber er war ihr zuvorgekommen, hatte sich bei ihr gemeldet, um ihr mitzuteilen, dass er sich von Charlotte getrennt hatte. Das war in der Tat überraschend, denn Minna hatte keineswegs damit gerechnet, dass er dies tatsächlich so bald tun würde. Und nicht nur das – sie, Minna, würde mit ihm nach Amerika gehen, denn er hatte sich zudem endlich dazu durchgerungen, mit seinem Vater zu sprechen. Minna entschied sich, über ihre eigenen Neuigkeiten zu schweigen und beschloss stattdessen, einen Besuch zu machen.

»Gehst du ins Atelier?«, fragte Georg, der an diesem Morgen schneller gewesen war und die Zeitung gerade aufschlug.

»Nein, ich mache einen Besuch.«

»Warum hast du es ihm gestern eigentlich nicht erzählt?«

»Weil ich mir etwas anderes überlegt habe.«

»Darf ich auch wissen, was?«

»Nein.«

Er sah sie über die Zeitung hinweg an. »Ich möchte aber gerne mit Emma darüber sprechen.«

»Das kannst du auch, aber jetzt kommt es auf den einen Tag ja nun auch nicht mehr an. Und da ihr Vater dich bisher nicht verprügelt hat, können wir wohl annehmen, dass er es auch künftig nicht tun wird. Es sei denn, er wartet darauf, dass du dich in Sicherheit wiegst.«

»Das ist eine beruhigende Vorstellung, danke.«

Minna griff nach der Kaffeekanne. »Wenn du nicht lesen willst, dann gib mir die Zeitung.«

Er lehnte sich zurück und senkte den Blick auf das Geschriebene, während Minna schweigend frühstückte. Georg trank wie immer nur zwei Tassen Kaffee, dann faltete er die Zeitung zusammen und erhob sich. »Bis heute Abend.«

»Bist du verärgert?«

»Nein, ich habe nur keine Lust auf Spielchen.«

»Du solltest mich gut genug kennen, um zu wissen, dass ich darauf nicht aus bin.«

»Das will ich hoffen.« Er verließ das Esszimmer, und Minna hörte ihn mit einem der Dienstboten – wahrscheinlich Peter – sprechen, danach fiel die Haustür ins Schloss.

Minna frühstückte in Ruhe, trank Kaffee, las die Zeitung und entschied schließlich, dass sie nun ihren Besuch machen konnte, ohne unhöflich früh zu sein. Sie läutete nach dem Lakai.

»Peter, sag Bescheid, dass mein Wagen vorgefahren wird.«

»Ja, gnädiges Fräulein.«

Vor dem Spiegel in der Eingangshalle setzte Minna einen cremeweißen Glockenhut mit braunem Hutband auf, passend zu ihrem hellen Kleid. Sie drehte den Kopf, betrachtete sich prüfend von der Seite, dann griff sie nach ihrer Handtasche und trat hinaus in den Hof, wo ihr Mercedes bereitstand. Sie setzte sich hinters Steuer, startete den Wagen und lenkte ihn auf die Straße.

Dem Wohnsitz der von Domins konnte man, wenn man einen Blick fürs Detail hatte, ansehen, dass es finanziell nicht zum Besten stand. Zwar war der Verfall noch nicht offensichtlich, aber das würde nicht mehr lange dauern. Die Trennung von Ludwig Hohenstein war wohl auch in finanzieller Hinsicht eine Katastrophe, denn ohne den reichen Schwiegersohn als Bürgen konnte die Familie vermutlich nicht einmal einen Kredit aufnehmen, um sich die wichtigsten Instandsetzungen zu leisten.

Minna stieg aus dem Wagen und ging zum Eingangstor, durch das sie auf einen kiesbestreuten Weg kam, der durch den kleinen Vorgarten zur Haustür führte. Auf ihr Läuten hin öffnete ein Lakai die Tür.

»Ja, bitte?«

»Ich möchte zu Fräulein von Domin.«

»Wen darf ich melden?«

»Minna Rebein.«

Er trat zurück, sodass sie eintreten konnte, und führte sie in einen kleinen Salon. »Warten Sie bitte einen Augenblick, ich frage, ob Fräulein von Domin zu Hause ist.«

Was so viel bedeutete, wie, dass er fragte, ob sie Minna empfangen wolle. Sie nickte und ging zu den hohen Fenstern, die zu dem recht hübschen Garten gingen. Trotz fehlender Mittel gaben sich Charlottes Eltern viel Mühe damit, das Anwesen zu pflegen und den Schein zu wahren. Als Schritte zu hören waren – energisch und offenbar von Zorn getrieben – wandte sich Minna zur Tür, die nun ruckartig geöffnet wurde.

Charlotte von Domin hatte ganz offensichtlich eine schlaflose Nacht hinter sich, was ihrer zweifellos hübschen Erscheinung jedoch lediglich etwas Dramatisches gab. Obwohl Minna nicht daran zweifelte, dass die junge Frau sie am liebsten gar nicht erst empfangen hätte, stand sie nun vor ihr, das Kinn herausfordernd gehoben. »Was gibt es? Sind Sie hier, um Ihren Triumph zu feiern?«

»Ich sehe es nicht als einen Triumph, immerhin ist Ludwig keine Trophäe, die erobert wurde. Er hat sich gegen Sie entschieden, was gänzlich unabhängig von mir geschah.«

Charlotte stieß ein bitteres Lachen aus. »Was Sie nicht sagen.«

»Sie sind mir böse, das verstehe ich, mir selbst ginge es nicht anders. Aber, meine Liebe, Sie werden auf dem Heiratsmarkt neue Erfolge erzielen, glauben Sie mir. Doch natürlich muss Sie der Verlust Ihres Verlobten angesichts der Mühen, die Sie auf sich genommen haben, um mich zu vertreiben, umso schwerer treffen.«

Charlottes Stirn krauste sich kaum merklich.

»Wir Photographen kennen uns untereinander, wissen Sie. Und es gibt nicht viele, die wirklich gut darin sind, Bilder zu bearbeiten und optisch zu verändern.«

Jetzt wurde Charlotte blass.

»Er hat Georg natürlich erkannt, aber er dachte ja, das Bild sei nur als kleiner Scherz gedacht, ganz so, wie Sie es ihm zugesichert haben, als Sie ihn um den kleinen Freundschaftsdienst baten.«

Charlotte blinzelte, wandte den Blick ab, sah dann wieder Minna an. »Davon ist kein Wort wahr.«

Minna seufzte. »Ach, bitte, fangen wir jetzt wirklich so an? Ist das nicht etwas würdelos? Er war übrigens ziemlich erschrocken, als er das Bild in der Zeitung entdeckt hat, und es dauerte eine Weile, ehe er zugeben wollte, dass er dafür verantwortlich ist.«

Es war das erste Mal, dass Minna Charlotte unsicher, ja, beinahe ängstlich erlebte. »Und was wollen Sie nun tun?«

»Ich? Ich werde gar nichts tun. Ich hätte es Ludwig gestern Abend sagen können, aber das habe ich nicht, weil ich Ihnen die Möglichkeit geben wollte, Größe zu zeigen und alles zu gestehen.«

Nun lief Charlotte rot an. »Ich soll einen Tag, nach dem er mich so erniedrigt hat, zu ihm gehen und mich erneut vor ihm demütigen?«

»Sie nennen es demütigen, ich nenne es die Wahrheit sagen. Also, Sie haben jetzt die Möglichkeit, ihm, Karl Hohenstein und Konrad Alsberg zu erzählen, wie sich alles abgespielt hat. Ich dachte zunächst auch an Emma, aber das erspare ich Ihnen. Dafür werde ich schweigen. Ansonsten weiß es nächste Woche die ganze Gesellschaft, das dürfte die Chance auf eine gute Partie für Sie merklich mindern.« Minna lächelte freundlich.

Als von Charlotte keine Antwort kam, nickte sie ihr aufmunternd zu. »Treffen Sie die richtige Wahl, meine Liebe. Ich erfahre sicher morgen davon, wenn Sie es getan haben. Einen schönen Tag noch.« Sie ging an ihr vorbei zur Tür und durchquerte den Eingangsbereich. Der Lakai eilte vorbei, um ihr noch rasch die Haustür zu öffnen, und mit einem knappen Nicken dankte Minna ihm, ehe sie hinaus in den sonnigen Vormittag trat.

Nachdem das Gespräch zwischen seinem Vater und Wilhelm von Domin am Abend zuvor eher unerfreulich verlaufen war, hatte Ludwig nicht damit gerechnet, Charlotte so bald wiederzusehen. Als sie nun jedoch in seinem Arbeitszimmer auftauchte, blass und übernächtigt, befürchtete er, dass es zu einer schlimmen Szene kommen würde. Er erhob sich, ging um seinen Schreibtisch herum auf sie zu.

»Charlotte ...«

»Ich muss mit dir sprechen«, unterbrach sie ihn. »Mit dir, deinem Vater und Konrad.«

Ludwig tat einen tiefen Atemzug und stieß die Luft langsam aus. »Hör zu, Charlotte. Lass uns ein wenig Abstand zu der Sache gewinnen, ja?«

»Es geht nicht um die Trennung. Denkst du, ich erniedrige mich so weit, einen Tag später mit dir vor deinem Vater und deinem Großonkel zu sprechen, um dich dazu zu bringen, mich zurückzunehmen?«

»Die Formalitäten haben doch unsere Väter schon geklärt, nicht wahr?«

»Auch für die würde ich nicht persönlich kommen. Und nun sag ihnen Bescheid, es war ohnehin schwer genug für mich, zu kommen.«

»Also gut. Setz dich bitte. Möchtest du einen Kaffee?«

Charlotte verneinte und nahm Platz, wobei sie, wie Ludwig bemerkte, nervös die Hände knetete. Er verließ den Raum, ging in das Arbeitszimmer seines Vaters und bat diesen zu sich, dann schickte er Fritz zur Rezeption, um Konrad Alsberg zu holen.

»Was möchte sie, hat sie das gesagt?«, fragte sein Vater, während sie zu seinem Arbeitszimmer gingen.

»Nein, nur, dass du und Onkel Konrad dabei sein sollt.«

»Hoffentlich keine Szene.«

»Das glaube ich nicht, sie wirkte eher nervös.«

Karl Hohenstein öffnete die Tür, ließ Ludwig den Vortritt und betrat hernach das Arbeitszimmer. »Guten Tag, Charlotte, meine Liebe.« Er gab ihr die Hand. »Bleib bitte sitzen. Hat Ludwig dir nichts zu trinken angeboten?«

»Doch, aber ich wollte nichts.«

Karl Hohenstein nickte und deutete auf die Sitzgruppe,

die in der Ecke des Zimmers links der Tür stand. »Komm, dort ist es bequemer.«

Charlotte erhob sich von dem Besucherstuhl und ließ sich gehorsam auf einem der Sessel nieder. Sie knabberte an ihrer Unterlippe, faltete die Hände, wobei sie diese so fest aneinanderdrückte, dass die Knöchel weiß hervortraten. Sie war sehr blass. Dass es ihr so schlecht ging, hatte Ludwig nicht gewollt, aber er wusste auch nicht, wie er an diesem Umstand etwas ändern sollte.

Er nahm gerade neben ihr Platz, als Konrad Alsberg den Raum betrat, Charlotte sah und fragend die Stirn krauste. »Ihr seid sicher, dass ihr mich dabei haben wollt?« Er begrüßte Charlotte.

»Ja«, antwortete sie. »Das war mein Wunsch.« Sie wartete, bis er sich gesetzt hatte, als sie nach einigen zittrigen Atemzügen begann. »Es ist nicht einfach, aber da es nicht besser wird, wie auch immer ich es formuliere, mache ich es am besten direkt und ohne Umschweife. Ihr werdet mich verachten, aber sei's drum.«

»Ich glaube nicht, dass wir dich verachten werden«, antwortete Ludwig.

»Warte erst einmal ab, bis du gehört hast, was ich getan habe.« Und dann erzählte sie es, erzählte von den Photographien, die sie an sich genommen hatte, davon, wie sie einen Freund, der Photograph war, um einen Gefallen gebeten und wie sie die Bilder am Ende an die Zeitung gegeben hatte. »Ich wollte, dass Minna aus deinem Leben verschwindet«, sagte sie in das fassungslose Schweigen hinein. »Und weil Emma mir immer zu verstehen gegeben hat, dass sie mich nicht ausstehen kann und es ihr recht wäre, wenn wir uns endlich trennten, wollte ich sie ärgern. Ich dachte, dass sie und Georg dann eben etwas schneller heiraten werden, die Folgen konnte ich nicht absehen.«

Konrad Alsberg war der Erste, der das Schweigen brach. »Konntest du nicht, ja?« In seiner Stimme glitzerte eine Kälte, die Ludwig noch nie bei ihm vernommen hatte. »Und die ganze Zeit hast du geschwiegen, hast zugelassen, dass Emma und die Rebeins für eine Sache beschuldigt werden, die sie nicht getan haben.«

»Ich konnte es zu dem Zeitpunkt ja schlecht zugeben.«

»Weil dein schöner Plan dann zusammengebrochen wäre?«, fragte Konrad Alsberg.

»Weil Ludwig mich dann zweifellos verlassen hätte, und ich wollte ja, dass er gerade das nicht tut. Und du hättest Emma ja nicht verbieten müssen, ihren Georg zu heiraten.«

Konrad Alsberg lachte ungläubig. »Du hast den Nerv, mir das zum Vorwurf zu machen? Nachdem du ihr noch das gefälschte Bild untergeschmuggelt hast, damit deine Geschichte glaubhafter wird?«

Charlotte sog die Unterlippe ein. Man sah ihr an, wie unbehaglich sie sich fühlen musste.

»Hättest du es uns erzählt, wenn ich mich nicht von dir getrennt hätte?«, fragte Ludwig.

Sie sah ihn an, und er bemerkte die Schluckbewegung ihrer Kehle, die Starre in ihren Schultern. »Das weiß ich nicht.«

»Nun gut«, Karl Hohenstein beendete das Verhör. »Dass das, was du getan hast, niederträchtig war, weißt du selbst, nicht wahr?«

Charlotte nickte, schien etwas sagen zu wollen und blieb doch stumm.

»Wir könnten uns jetzt zu deinen Richtern erheben, aber

das macht die Sache nicht ungeschehen. Der Lichtspielraum ist eingeweiht, früher als geplant, aber in dieser Hinsicht ist uns kein Schaden entstanden. Was Emma angeht, sieht die Sache jedoch anders aus.« Karl Hohenstein sah seinen Onkel an. »Konrad hat ihr den Umgang mit Georg verboten, ich denke, dieses Verbot wird nun aufgehoben werden, aber das Leid und all den Streit, den es verursacht hat, macht man damit natürlich nicht ungeschehen.«

»Was Emma angeht, tut es mir furchtbar leid«, beteuerte Charlotte.

»Und der Rest?«

»Dass ich Minna und Ludwig getrennt habe, kann ich nicht guten Gewissens bereuen.«

»Na, wenigstens bist du ehrlich«, sagte Konrad Alsberg, dessen Stimme kein Deut freundlicher geworden war. »Emma hingegen nützt dein Bedauern recht wenig, möchte ich meinen.«

»Wenn sie und Georg verheiratet sind, interessiert es doch niemanden mehr, was einmal in der Zeitung gestanden hat.«

In dieser Hinsicht hatte sie recht, aber das änderte nichts. »Wie konntest du uns danach eigentlich noch in die Augen sehen?«, fragte Ludwig, der nicht recht wusste, ob er Zorn oder Mitleid empfand. »Himmel, Charlotte, du wolltest mich heiraten und so ein Geheimnis mit in die Ehe bringen?«

»Du hättest nicht mit Minna anbändeln sollen, während wir verlobt waren. Und ich habe es in meiner Naivität nicht einmal bemerkt, hätte Valerie mich nicht darauf aufmerksam gemacht. Ich habe dir vertraut, mich nicht zu hintergehen.«

»Valerie?«

Charlotte biss sich auf die Lippe und schwieg.

»Wie auch immer«, sagte Karl Hohenstein. »Ludwig mag falsch gehandelt haben, aber wenn Minna der Grund war, warum hast du nicht lieber mit ihm gebrochen als ihn durch eine List zu zwingen, diese Frau nicht wiederzusehen.«

»Weil ich ihn nicht verlieren wollte.«

Ludwig dachte an das, was Emma ihm gesagt hatte, dass sie ihm geraten hatte, die Verlobung rechtzeitig zu lösen. »Es tut mir leid«, sagte er.

Charlotte antwortete nicht, in ihren Augen sah er jedoch Tränen schimmern. »Ich verstehe«, sagte sie an Karl Hohenstein gewandt, »wenn du mir den Umgang mit Valerie künftig verweigerst.«

»Valerie ist erwachsen, ich kann ihr nicht verweigern, ihre Freunde zu sehen, abgesehen davon, dass sie verheiratet ist und ich ihr in dieser Hinsicht ohnehin nichts mehr zu sagen habe. Im Übrigen – wenn ihr so eng befreundet seid, wie es den Anschein macht, wird eure Freundschaft das überstehen. Allerdings bist du vorerst kein gern gesehener Gast mehr in diesem Hotel, in dieser Hinsicht möchte ich dir nichts vormachen. Natürlich wird dich niemand hinauswerfen, und wir werden auch kein Hausverbot aussprechen, aber du solltest genug Feingefühl besitzen, um das Hotel für die nächste Zeit nicht zu betreten.«

»Außerdem«, sagte Konrad Alsberg, »erwarte ich, dass du dich bei Emma persönlich entschuldigst.«

»Das werde ich tun, nur nicht gleich heute. Ich würde gerne eine Weile damit warten, ehe ich ihr gegenübertrete.«

Das verstand Ludwig nur allzu gut.

Konrad Alsberg nickte kühl. »Solange du nicht monatelang damit wartest.«

»Wir werden die Nachricht verbreiten, dass jemand sich

mit dem Artikel einen üblen Scherz erlaubt hat, ohne einen Namen zu nennen. Die Rebeins waren es jedoch nicht. Was das Photo von Emma und Georg angeht, werden wir das richtigstellen. Den angerichteten Schaden repariert das nicht, aber zumindest hört das Gerede dann auf.«

»So werden wir es machen«, sagte Ludwig. Er sah Charlotte an. »Komm, ich bringe dich hinaus.« Damit war deutlich, dass das Gespräch beendet war, was sie mit einiger Erleichterung zur Kenntnis nahm.

Als sie auf dem Korridor standen, bat Charlotte darum, dass sie das Haus durch den privaten Eingang verließen. »Es war schon schwer genug, vor den Blicken des Concierge und der Angestellten in dein Arbeitszimmer zu gehen, vor allem, da offensichtlich war, dass sie überlegt haben, ob sie mich einfach so passieren lassen. Ich möchte nicht auch noch deinen Verwandten begegnen, diese Blicke und das Mitleid könnte ich nicht ertragen.«

»Dann kannst du möglicherweise nachvollziehen, wie es Emma in den letzten Wochen ging«, antwortete Ludwig, während sie den Weg in den privaten Wohntrakt einschlugen.

»Du bist furchtbar wütend auf mich, nicht wahr?«

»Was erwartest du?« Er öffnete die Tür, ließ sie vorbei und folgte ihr durch den Korridor, der vom Hoteldurchgang zum Ausgang aus dem Wohnbereich führte. »Du hast doch gesehen, was du angerichtet hast. Aber es war dir gleich, wenn du mich nur dazu zwingen konntest, bei dir zu bleiben.« Er legte die Hand auf den Knauf der Haustür und hielt inne, um Charlotte anzusehen. »Hast du gedacht, wenn ich ernsthaft mit dem Gedanken spiele, die Verlobung zu beenden, dass es dann ausreicht, eine Frau, die mir gefällt, außer Reichweite zu rücken?«

»Ich dachte, es läge allein an ihr.«

»Dann kennst du mich weniger gut, als ich dachte.«

Sie verließ das Haus und blieb auf der breiten, halbrunden Stufe vor der Tür stehen. »Es tut mir leid«, sagte sie ein weiteres Mal.

»Mir auch. Ich wollte nicht, dass es auf diese Weise endet.«

»Ich wollte nicht, dass es überhaupt endet.«

»Lebwohl, Charlotte.«

»Lebwohl.«

Ludwig sah ihr nach, wie sie über den sonnigen Hof zur Vorderseite des Hotels ging und bald außer Sicht war. Dann wandte er sich ab, um Minna anzurufen.

Emma konnte es kaum glauben.

»Und sie war hier und hat alles gestanden?«

»Ja«, antwortete ihr Vater. »Sie wird sich auch bei dir persönlich entschuldigen.«

»Darauf kann ich gut und gerne verzichten.«

»Solltest du aber nicht. Ich bin ihr auch böse, aber das sollte uns nicht daran hindern, mehr Größe zu zeigen als sie.«

Emma zuckte lediglich mit den Schultern. »Ich hoffe, sie fühlt sich elend.«

»Das tut sie ganz sicher. Bisher gehörten unsere Sympathien nach der Trennung ihr, das dürfte nun vorbei sein.«

Selbst Emma hatte Mitleid mit ihr gehabt. »Und was ist mit dir? Du hast mir nicht geglaubt, nicht wahr?«

»Dafür habe ich mich bereits vor ihrem Geständnis entschuldigt, nicht wahr?«

»Wir machen die Sache aber nicht öffentlich?«

»Nein, was würde das bringen? Wir hängen es nicht an

die große Glocke. Ich vermute, Karl wird mit Johanna und Henrietta darüber gesprochen haben, aber weder ihre Kinder noch Hans, Jakob und Andreas erfahren es. Was Valerie angeht, überlassen wir es Charlotte, ihr die Wahrheit zu sagen.«

Falls ja, würde Charlotte sicher gelegentlich noch ins Hotel kommen.

»Sie ist hier nicht mehr gern gesehen«, sagte ihr Vater, als habe er ihre Gedanken gelesen. »Das hat Karl sehr deutlich gemacht.«

»Na, immerhin.«

»Ludwig hat bereits mit Minna Rebein gesprochen und sie und ihren Bruder für heute Abend eingeladen.«

Emmas Augen weiteten sich. »Im Ernst?«

»Ja, wir werden uns natürlich in aller Form entschuldigen.«

»Wann kommen sie?«

»Um sechs Uhr. Wir essen im Hotel, dann ist es auch gleich öffentlich, dass der Zwist beigelegt ist.«

»Gut.« Emma lehnte sich im Sessel zurück und zog die Beine an. Sie saßen im Kleinen Salon, in dem auch das Telephon stand, die Sonne fiel durch die Spitzenvorhänge und malte ein filigranes Muster auf den Boden, das zum Teil im Teppich versickerte. »Und wie stehst du nun zu mir und Georg?«

»Du weißt, dass ich vor dieser Angelegenheit nichts dagegen hatte, dass es mit euch etwas Ernstes wurde. Es ging mir lediglich darum, dich nicht an eine Luftnummer zu verlieren.«

»Ich hätte mir gewünscht, dass du ihn magst.«

»Ich mag ihn. Aber dich mag ich mehr.« Er zwinkerte ihr zu, und nun musste Emma lachen.

»Du weißt doch, was ich meine.«

»Ja, mein Liebes, ich weiß. Wenn ich ihn nicht mögen würde, hätte ich von Anfang an Einwände gehabt, wenngleich ich ihn als deine Wahl akzeptiert hätte. Aber das, was vorgefallen ist, wog nicht gerade leicht, und auch wenn ich vielleicht ungerecht war, war es mir wichtiger, dich vor dem falschen Mann zu bewahren.«

»Aber es ist mein Leben.«

»Das stimmt, aber aus einer Ehe kann man nicht ohne Weiteres wieder ausbrechen. Die Zeiten ändern sich nicht in jeder Hinsicht. Ich mag zu hart gewesen sein, aber was dir an der Seite eines falschen Mannes hätte widerfahren können, wog für mich schwerer.«

Emma verbrachte den Tag in fieberhafter Erwartung. »Freust du dich auf Minna?«, fragte sie Ludwig. Der wirkte jedoch niedergeschlagen.

»Ja, aber wir werden uns natürlich noch nicht als Paar präsentieren dürfen. Mir geht die Sache mit Charlotte und dem Zeitungsartikel zudem noch nach.«

»Fühlst du dich schuldig?«

»In gewisser Weise schon. Ich hätte gleich reinen Tisch machen sollen.«

»Das ist allerdings auch das Einzige, was du dir zum Vorwurf machen kannst. Aber was den Artikel angeht, ist das allein ihre Schuld, ich habe noch nie so etwas Niederträchtiges erlebt.«

»Sie wird sich bei dir entschuldigen.«

»Das hat mein Vater mir schon gesagt, aber eigentlich ist mir das gleich, ich möchte sie überhaupt nicht wiedersehen.«

»Wird sich wohl nicht vermeiden lassen, wenn sie Valeries Freundin bleibt.«

Jetzt jedoch wollte Emma nicht an Charlotte denken. Sie ging mit Johanna spazieren, was immer sehr kurzweilig war, und half ihrem Vater später sogar noch ein wenig bei der Verwaltungsarbeit, was dieser mit einem dankbaren Lächeln zur Kenntnis nahm. »Schön, dass du wieder dabei bist«, sagte er. Auf diese Weise ging die Zeit bis zum Abend rasch vorbei, und als Emma kurz vor sechs fertig angekleidet im Vestibül stand, schlug ihr das Herz vor Aufregung bis zum Hals. Dann kamen sie endlich.

»Georg!« Emma gab jede Zurückhaltung auf und ging durch das Foyer auf ihn zu, umarmte ihn ungeachtet aller Zuschauer. Ihr war es gleich, was die Leute dachten, sie gehörten zusammen, und das konnte auch jeder sehen.

»Bei der Begrüßung«, sagte Minna, »muss er bei eurer letzten Begegnung ja beeindruckend gewesen sein.«

»Ich bin immer beeindruckend«, antwortete Georg, den Arm immer noch um Emmas Mitte gelegt.

Minna küsste Emma zur Begrüßung auf die Wange. »Schön, dich zu sehen, Liebes.«

Konrad Alsberg, Karl Hohenstein und Ludwig kamen nun ebenfalls. Glücklicherweise verlief die Begrüßung herzlich und ohne Verlegenheit, was vermutlich auch dem Umstand geschuldet war, dass Emma und Georg immer noch vertraulich nah beieinanderstanden und auf diese Weise bereits klar machten, dass die Familien künftig auf mehr als freundschaftliche Weise verbunden sein würden.

»Essen Tante Johanna und Tante Henrietta auch mit uns?«, fragte Emma.

»Nein, heute nur im kleinen Kreis«, antwortete ihr Vater. »Aber wir werden sicher auch eine Einladung für die ganze Familie machen.«

»Wie lange bleibt Ihre Verwandtschaft noch?«, fragte Georg.

»Noch einen guten Monat«, antwortete Karl. »Sie bleiben zur Sommerfrische, die Kinder haben ohnehin Ferien, und wir sehen uns so selten.«

Valerie kam nicht, sie nahm Ludwig nach wie vor die Sache mit Charlotte übel und mochte Minna nicht als – wenn auch inoffizielle – Nachfolgerin akzeptieren. Hans, Andreas und Jakob aßen mit Henrietta zu Abend. Auf diese Weise konnten sie offen über die Angelegenheit mit Charlotte und dem Zeitungsartikel sprechen, ohne darauf zu achten, was die Jungen hören durften und was nicht.

Sie nahmen Platz in dem eleganten Speisesaal, der in Silber und poliertem Mahagoni gehalten war. Sonnenlicht fiel schräg durch die hohen Fenster in den Raum und schuf goldene Lichtflecke zwischen malerisch anmutende Schatten.

Julia und Emmas Mutter hatten bereits am Tisch Platz genommen und erhoben sich nun, um die Geschwister zu begrüßen. »Ehe wir uns der Speisekarte widmen«, sagte Karl, »möchten wir uns bei Ihnen für den falschen Verdacht entschuldigen. Aber ich hoffe, Sie verstehen, dass die Sache zunächst eindeutig erschien und nichts, aber auch gar nichts, auf ein Zutun von Fräulein von Domin hindeutete. Es gab einfach keine andere Erklärung für all das.«

»Wir verstehen es durchaus«, antwortete Georg, »wenngleich ein wenig mehr Vertrauen in unsere Integrität wünschenswert gewesen wäre.«

»Es ist nicht so, dass wir uns nicht um Aufklärung bemüht hätten«, antwortete Karl.

»Davon abgesehen«, kam es von Emmas Vater, »hätte manch anderer Vater Sie nach der Entgleisung mit meiner Tochter«, Emma spürte, wie sie rot wurde, »wutentbrannt zur Rede gestellt. Sehen Sie es als kleinen Vertrauensvorschuss, dass ich dergleichen nicht getan habe.«

Georg nickte knapp.

»Hätten Sie in geschäftlicher Hinsicht anders gehandelt?«, fragte Julia. »Oder in Hinblick auf Ihre Tochter, wenn Sie eine hätten?«

»Vermutlich nicht.«

»Sie werden öffentlich machen, dass wir nichts damit zu tun hatten, ja?«, fragte Minna. »Dem Ruf meines Ateliers hat das nämlich nicht gerade gutgetan.«

»Natürlich«, versprach Konrad Alsberg.

»Dann soll die Sache von unserer Seite aus vergessen sein«, antwortete Minna. »Widmen wir uns also dem Essen.«

Die Erleichterung in der Runde war wie ein kollektives Aufatmen, und Emma spürte, wie sich Georgs Hand unter dem Tisch um ihre schloss.

⁂ 36 ⁂

Valerie drehte sich noch einmal im Bett um, dann gab sie den Versuch auf, erneut einzuschlafen, und widmete sich stattdessen dem Vorhaben, Nicolas auf eine Art zu wecken, die eine überaus angenehme Fortsetzung der letzten Nacht zur Folge hatte. Hernach lag Valerie an ihn geschmiegt, während sie langsam wieder zu Atem kam, und bemerkte, dass Nicolas erneut einschlummerte. Sie richtete sich auf.

»Sag bloß, du schläfst schon wieder?«

»Nein«, murmelte er schlaftrunken, »ich mache nur die Augen zu.«

Valerie löste sich aus seinen Armen, was er widerstandslos geschehen ließ. Zur Strafe schlug sie ihm mit dem Handrücken gegen die Schulter, aber er drehte sich nur zur Seite, und so erhob Valerie sich seufzend, zog Nachthemd und Morgenmantel an, um nach dem Etagendiener zu läuten. Sie war hungrig und brauchte unbedingt einen Kaffee.

Nachdem sie das Frühstück bestellt hatte, ging sie zum Kleiderschrank und suchte die Garderobe für den heutigen Tag heraus. Charlotte hatte sie am Abend zuvor angerufen, ein wenig mit ihr geplaudert und vorgeschlagen, sie könnten sich doch mal wieder treffen, sobald Nicolas' Urlaub vorbei war. Ins Hotel wollte sie vorerst nicht mehr kommen, aber das war angesichts Ludwigs Verhalten auch nur zu verständlich. Dafür ging Minna seit dem Abendessen vor einigen Tagen hier ganz selbstverständlich ein und aus und hatte auch ihr Photoatelier wieder eröffnet.

»Es ist doch seine Entscheidung«, hatte Nicolas gesagt, als sie sich darüber aufgeregt hatte. »Du hättest dir auch nicht reinreden lassen.«

»Nein, aber muss er es gleich so offensichtlich machen? Denkt er mal darüber nach, wie das für Charlotte ist?«

»Er macht es nicht offensichtlich, das sieht für dich nur so aus, weil du weißt, wie es um die beiden steht. Tatsächlich ist sie meist mit Emma zusammen, wenn sie kommt, und Ludwig gesellt sich höchstens mal dazu. Wenn überhaupt, sehen sie sich vermutlich eher, wenn er nach Bonn fährt.«

Valerie gefiel das dennoch nicht, auch nicht die Vorstellung, Minna irgendwann als Schwägerin akzeptieren zu müssen. Aber gut, sie hatte Ludwig auch nicht gefragt, ob er mit Nicolas verschwägert werden wollte.

Sie hatte eben die Wahl getroffen und ein Kleid herausgelegt, als es an der Tür klopfte. »Machst du bitte auf?«, rief sie Nicolas zu. »Oder nein, lass. Bis du angezogen bist, bin ich schon zweimal zur Tür gegangen.« Sie öffnete, und der Etagendiener schob den Servierwagen mit dem Frühstück in die Suite.

»So langsam kannst du wirklich aufstehen«, sagte Valerie, während sie den Wagen zum Bett schob.

»Lass mir die paar Tage noch«, murmelte Nicolas. »Immerhin muss ich bald wieder früh raus.«

»Dann muss ich dich ja noch früher wecken, wenn ich ein wenig Spaß vor dem Frühstück haben möchte«, scherzte Valerie.

»Untersteh dich«, murmelte Nicolas.

»Ich fange schon ohne dich mit dem Frühstück an.« Valerie nahm ein halbes Brötchen.

»Hmhm.«

»Beschwer dich nicht, wenn nachher der Kaffee kalt ist.«

»Hmhm.«

Valerie verdrehte die Augen, schlug die Zeitung auf, wobei sie laut und vernehmlich damit raschelte und schenkte sich eine Tasse Kaffee ein. Nach dem Frühstück ging sie ins Bad und drehte die Flamme im Boiler auf. Als das Wasser heiß war, zog sie sich aus und stellte sich in die Dusche.

»Du schläfst *immer noch?*«, fragte sie, als sie später in ein Handtuch gewickelt in das Schlafzimmer zurückkehrte. Er murmelte etwas, wovon Valerie nur »Augen zu« verstand, und seufzend begann sie damit, sich anzukleiden und zu frisieren.

»Ich gehe jetzt«, rief sie ihm zu, bekam jedoch keine Antwort, und so verließ sie augenverdrehend den Raum.

Im Speisesaal saß ihre Tante Johanna mit ihrer Familie gerade beim Frühstück. Henrietta von Landau war mit ihren Söhnen vermutlich – wie jeden Morgen – zu einem langen Spaziergang aufgebrochen. Da sie gerade nichts so recht mit sich anzufangen wusste, setzte Valerie sich zu ihrer Tante und verbrachte die folgende Stunde in angeregtem Geplauder mit Victor Rados. Sie war gerade im Begriff, sich zu erheben, als Nicolas in den Raum geschlendert kam, frisch und erholt. Er lächelte ihr zu und wünschte ihrer Tante einen guten Morgen. Aus dem Augenwinkel nahm Valerie eine Bewegung war und wandte den Kopf, bemerkte eine Frau, die im Alter ihrer Tante sein musste und wie erstarrt dastand. Erst vermutete sie, die Frau erkenne in Johanna Rados eine alte Bekannte, es war jedoch Nicolas, den sie fixierte, und in dessen Miene sich erst Befremden, dann Erschrecken zeichnete. Die Frau presste sich eine Hand an den Mund, als müsse sie einen Schrei unterdrücken, kam dann auf sie zu, und noch ehe jemand reagieren konnte, verpasste sie Nicolas eine schallende Ohrfeige, die diesen fast in die Knie zwang.

»Du Schuft!«, schrie sie und holte ein weiteres Mal aus, dieses Mal jedoch war Nicolas schneller und bekam ihre Hand zu fassen.

Victor Rados war aufgesprungen, ebenso Valeries Tante, während ihr ältester Sohn sich halb erhoben hatte und die vier Jüngeren die Szene nur entsetzt beobachteten. Valeries Blick flog hilfesuchend zu ihrer Tante, dann wieder zu Nicolas.

»Was …«

»Deine Ehefrau, vermute ich«, sagte die Frau und befreite ihren Arm mit einem Ruck.

»Sie vermuten richtig«, antwortete Valerie. War das gar eine ehemalige Geliebte von Nicolas?

»Na, dann gratuliere ich«, höhnte die Frau. »Jung, hübsch und zweifellos reich. Darunter macht es dieser Mitgiftjäger nämlich nicht.« Ihre Stimme war mit jedem Wort lauter geworden, und inzwischen hatte es auch der Letzte im Speisesaal mitbekommen.

»Wäre es nicht besser, etwaige Unstimmigkeiten in kleinerem Kreis zu klären?«, schlug Victor Rados vor.

»Warum?«, fragte die Frau in unverminderter Lautstärke. »Damit keiner hört, wie dieser Kerl Frauen ausnimmt wie Weihnachtsgänse und sich dann mit dem Geld aus dem Staub macht, um in der nächsten Stadt sein Glück zu versuchen?«

Inzwischen hatte auch Karl Hohenstein zugetragen bekommen, dass sich im Speisesaal eine recht unerfreuliche Szene abspielte, und er kam mit raschen Schritten in den Raum. »Darf ich Sie darum bitten, mit in mein Arbeitszimmer zu kommen«, sagte er höflich, aber bestimmt. »Dann können Sie mit meinem Schwiegersohn klären, was zu klären ist.«

»Ihr *Schwiegersohn*?« Sie wandte sich an Nicolas. »Ah, dieses Mal hast du dir nicht nur ein reiches Töchterchen an Land gezogen, sondern direkt den Arbeitgeber als Schwiegervater mit dazu.« Sie sah Valeries Vater an. »Wie hat er Sie denn davon überzeugt, kein mittelloser Mitgiftjäger zu sein? Hat er die Kleine ins Bett gekriegt und sich dabei erwischen lassen?«

Valerie schoss das Blut ins Gesicht, und die Frau lachte höhnisch. Dann holte sie unvermittelt aus, und die zweite Ohrfeige, die sie Nicolas verpasste, war nicht weniger heftig als die erste.

»Das reicht jetzt.« Er umfasste ihren Arm so heftig, dass sie zusammenzuckte, dann wandte er sich ab und zerrte sie hinter sich her aus dem Saal, gefolgt von Karl Hohenstein und Valerie, die den Kopf senkte, um niemanden ansehen zu müssen.

»Lass mich los«, fauchte die Frau, aber Nicolas ignorierte sie. Die Rezeptionisten und der Concierge starrten sie an, als sie an ihnen vorbeigingen, ebenso die Gäste. Valerie wäre vor Peinlichkeit am liebsten im Boden versunken.

Im Arbeitszimmer ihres Vaters schließlich ließ Nicolas die Frau los, und diese ging auf ihn los, wollte ihm die Fingernägel ins Gesicht schlagen, was Nicolas gerade noch zu verhindern wusste, indem er ihre Hände ergriff.

»Schluss jetzt!«, brüllte Karl Hohenstein in einer Lautstärke, die Valerie ebenso zusammenfahren ließ wie Nicolas und die Frau, die er immer noch fest im Griff hielt.

»Was auch immer vorgefallen ist, wir benehmen uns jetzt wie Erwachsene«, fuhr er fort. »Hinsetzen!«

Die Frau befreite ihre Hände und ließ sich auf der Kante eines der beiden Besucherstühle nieder, als wolle sie jeden Moment aufspringen.

»Gut.« Karl Hohenstein nahm hinter seinem Schreibtisch Platz, während Nicolas stehen blieb, ebenso wie Valerie.

»Also, was ist passiert?«, fragte ihr Vater. »Abgesehen davon, dass Sie wohl mal seine Geliebte waren und sich betrogen fühlen.«

»Seine Geliebte? Ich war nicht seine Geliebte. Fürs Bett hat er sich die jungen, hübschen Dinger genommen.« Dabei, fand Valerie, war die Frau gar nicht unattraktiv. Nur eben deutlich älter als Nicolas. »Mir«, fuhr die Frau fort, »hat er vorgegaukelt, ernste Absichten zu haben, hat sich von mir seinen kostspieligen Lebenswandel bezahlen lassen, hat mich ausgenommen und so getan, als wolle er mich heiraten. Dass er mich nicht als Geliebte genommen hat, empfand ich als Wertschätzung, als Zeichen dafür, dass er es ernst meinte.« Die Frau lachte, als verhöhne sie sich selbst. »Dass er sich anderweitig bedient hat, habe ich später erfahren, nachdem er mit meinem Geld auf und davon war. Vermutlich hat er mich aus dem einfachen Grund nicht angerührt, weil er keine Verpflichtungen eingehen wollte, ich war ja noch nicht aus dem Alter raus, in dem man schwanger werden kann, nicht wahr?« Sie sah Nicolas an, der den Blick schweigend erwiderte.

»Er hat Sie ausgeraubt?«

»Ausgenommen, gestohlen hat er nicht. Frauen wie ich sind für Männer wie ihn wohl in dieser Hinsicht leichter zu kriegen. Wohlhabend, aber in einem Alter, in dem man die Hoffnung auf eine Ehe schon fast verloren hat. Und dann kommt jemand wie er … Meine Güte, ich war so dumm.

Dabei haben mich meine Freundinnen gewarnt.« Die Wut schmolz in der Stimme, wurde von Tränen überlagert.

Karl Hohenstein sah Nicolas an. »Hast du etwas dazu zu sagen?«

Es klopfte, und Nicolas bekam einen kurzen Aufschub. Lennard Merlo trat ein, sah ihn an, dann die Frau und wieder ihn. »Ich wusste, dass das irgendwann Ärger gibt.«

»Er hat das alles mit Ihrem Wissen getan?«, fragte Karl Hohenstein.

»Nein«, entgegnete Nicolas. »Ich habe ihm erst später davon erzählt.«

»Es ist also wahr?«

»Ja.«

Wieder stieß die Frau ein bitteres Lachen aus, dieses Mal tränenschwer. »Ich habe dich geliebt, weißt du das?«

»Ja, ich weiß.«

»Mit wie vielen Frauen hast du das gemacht?«, fragte Karl Hohenstein, während Valerie dachte, dass all das einfach nicht wahr sein durfte. »Ich kann mir nicht vorstellen, dass das eine einmalige Sache geblieben ist.«

»Mit zwei Frauen. Danach bin ich in die Schweiz gegangen, damit die Angelegenheit in Vergessenheit gerät. Hier wollte ich dann ganz unbelastet neu anfangen.«

»Wo du dir meine Tochter geschnappt hast, die ja genau in dein Beuteschema passt.«

»Nein, bei Valerie war es anders.«

»Ja, natürlich. Was sonst solltest du jetzt auch sagen?«

Valerie schwieg, sah an Nicolas vorbei aus dem Fenster, dann begann sie zu sprechen. »Du hast dich mit mir erwischen lassen, um mich zu zwingen …«

»Du weißt doch selbst«, fiel Nicolas ihr ins Wort, »dass es so nicht gewesen ist. Woher hätte ich wissen sollen, dass

Ludwig an diesem Tag die Wohnung besichtigt? Zudem hast du diesen Ort überhaupt erst vorgeschlagen. Und du selbst weißt sicher am besten, dass nicht ich derjenige war, der immer wieder ...«

»Ich weiß!« Valerie fuhr dazwischen. »Erspar uns die Details.« Sie senkte den Kopf, um ihren Vater nicht ansehen zu müssen.

»Es genügt.« Karl Hohenstein erhob sich. Dann wandte er sich an die Dame vor ihm. »Ich würde gerne mit meinem Schwiegersohn und meiner Tochter alleine sprechen. Solange Sie hier sind, logieren Sie natürlich als mein Gast.«

Ohne darauf zu antworten, erhob sich die Frau und verließ den Raum.

»Erkläre dich!«, sagte Karl Hohenstein zu Nicolas. Valerie hatte ihren Vater noch nie so wütend erlebt.

»Es gibt nicht viel zu erklären. Ich brauchte mehr Geld, als ich verdient habe, und auf diese Weise war es leicht zu bekommen.«

»Großartig.« Karl Hohenstein rieb sich mit den Fingerspitzen die Augen, als habe er Kopfschmerzen. »Ganz großartig. Mein Schwiegersohn ist ein Mitgiftjäger, der Frauen mit einem Versprechen auf die Ehe ausgenommen hat.«

»Ich habe ihnen nie die Ehe versprochen.«

»Du hast sie in dem Glauben gelassen, das macht keinen großen Unterschied, denkst du nicht?«

Nicolas schwieg.

»Ich möchte nicht gutheißen, was er getan hat«, sagte Lennard nun. »Aber er musste seinerzeit viel Geld an mich zahlen, damit ich studieren konnte. Und mir ist erst später klar geworden, dass er das unmöglich alles aus seinem Gehalt bestritten haben konnte.«

»Das ist keine Entschuldigung«, antwortete Karl Hohenstein.

»Natürlich nicht«, antwortete Nicolas, »aber eine Erklärung. Abgesehen davon lässt es sich leicht urteilen, wenn man immer genug Geld gehabt hat. Ich weiß, dass es falsch war, aber ich wollte auch, dass Lennard sein Studium beendet.«

Valerie war übel. Sie dachte an all die Frauen – die beiden, die er betrogen, und die, mit denen er ins Bett gegangen war. Und sie, Valerie, hatte ihm dann endlich das geboten, was seinen Ambitionen entsprach. »War für dich schon immer klar«, fragte sie mit brüchiger Stimme, »dass du kein Dienstmädchen heiraten wirst, sondern eine Frau mit Geld?«

Er sah sie an, schwieg. Das war ihr Antwort genug. Sie erhob sich und verließ den Raum. Erst wollte sie instinktiv in die Suite laufen, die zu ihrem vorübergehenden Zuhause geworden war, dann jedoch überlegte sie es sich anders und ging in ihr Mädchenzimmer.

»Also gut.« Karl taxierte Nicolas. »Und was machen wir jetzt, hm?«

»Ich bin mit deiner Tochter verheiratet, ich würde sagen, das gibt dir nicht viel Spielraum, nicht wahr?«

»Nicolas!«, schnappte Lennard.

»Schon gut«, sagte Karl. »Er hat recht. Eine Trennung kommt natürlich nicht infrage, das würde für Valerie alles nur noch schlimmer machen. Ich habe jahrelang jeden Mitgiftjäger von ihr ferngehalten, und dann bist du gekommen…« Er verstummte, dachte an Nicolas' Worte. Zumindest war deutlich geworden, dass seine Tochter nicht das leichtfertig verführte Opfer gewesen war. Das machte die Sache natürlich nicht besser, ließ Nicolas aber weniger schlecht dastehen, was seine Motive anging.

»Du hast dich für sie interessiert, weil sie reich ist?«

»Nein. Ich wusste zwar, ich heirate kein Dienstmädchen, aber wäre es mir nur um das Geld gegangen, hätten sich Gelegenheiten genug zu einer Ehe geboten. Das mit Valerie war komplizierter.«

»Abgesehen davon«, mischte sich Lennard ein, »ändert das doch jetzt nichts mehr – sie sind verheiratet. Und jetzt zumindest bedeutet es ihnen beiden ja ganz offensichtlich etwas. Viel wichtiger ist, dass wir diese Angelegenheit mit so viel Anstand wie möglich aus der Welt schaffen.«

Karl nickte. »Du hast recht. Mir muss das alles nicht gefallen, aber wir müssen sehen, wie wir verhindern, dass die Sache größere Kreise zieht. Zunächst kann ich versuchen, ihr das Geld, um das du die Frauen erleichtert hast, zurückzuzahlen. Als Darlehen, versteht sich – ich ziehe es dir vom Gehalt ab, damit wir uns da verstehen. Ich schlage Valerie keine Hochzeitsreise aus, um dann die Frauen, die du in der Vergangenheit betrogen hast, zu entschädigen. Wir werden auch die andere ausfindig machen, ich möchte keine Überraschungen mehr erleben.«

Nicolas starrte ihn an.

»Was denn? Dachtest du, du kommst jetzt so einfach davon?«

»Mir steht noch ein Gespräch mit Valerie bevor. Ich glaube also mitnichten, dass ich einfach so davonkomme.«

Karl erinnerte sich an dergleichen Gespräche mit Julia. »Ja, ich kann es mir lebhaft vorstellen. Erwarte kein Mitgefühl von mir.«

»Das tue ich nicht.«

Die ganze Sache war tatsächlich nicht ganz einfach, darüber hinaus hatte Karl nicht wissen wollen, dass seine Tochter – seine unschuldige Valerie – die Affäre ebenso forciert hatte wie Nicolas. Aber gut, die Sache zwischen Nicolas und Valerie war geregelt worden, und was immer seine Motive gewesen waren, spielte nun, im Nachhinein, keine Rolle mehr. Allerdings war da nun seine Vergangenheit, die Vergangenheit eines Mannes, der Frauen mit der Aussicht auf eine Ehe um viel Geld betrogen hatte.

»Und du hast wirklich mit keiner dieser Frauen geschlafen?« Was der Sache eine weitaus anrüchigere Note geben würde, denn dann war er nicht nur ein Betrüger, sondern hatte sich darüber hinaus auch noch von ihnen aushalten lassen.

»Nein. Ich wollte in dieser Hinsicht kein Risiko eingehen.«

Karl erhob sich. »Also gut. Ich werde mich gleich mit Julia darüber beraten, denn das Geld muss ich aus meinem Privatvermögen abzweigen. Ich brauche die genaue Höhe der Summen, ich hoffe, die bekommst du noch einigermaßen zusammen.«

»Ich setze mich nachher daran und schreibe alles auf.«

»Gut. Dann darfst du dich jetzt zurückziehen.«

Was praktisch ein Rauswurf war. Nicolas stand auf und verließ zusammen mit seinem Bruder den Raum.

»Valerie?« Ein leises Klopfen an der Tür folgte der Stimme Julia Hohensteins.

Obwohl Valerie in überaus melodramatischer Stimmung war und sich am liebsten weinend aufs Bett geworfen hätte, kam nun keine einzige Träne. Vielmehr war sie wütend und fühlte sich betrogen. Wie konnte Nicolas ihr eine solche Vergangenheit verschweigen? Zudem war die Vorstellung, dass nicht nur sie selbst, sondern auch ihr Geld und ihre Herkunft einen immensen Reiz auf ihn ausgeübt hatte, nicht sonderlich schmeichelhaft. War das tatsächlich alles gewesen, was bei der Wahl zwischen ihr und einem Dienstmädchen den Ausschlag zu ihren Gunsten gegeben hatte? An das, was er in der Vergangenheit getan hatte, mochte Valerie nicht einmal denken. Die Frau hatte ihr leidgetan, sie konnte nur zu gut nachfühlen, was in ihr vorgegangen sein musste.

»Warum antwortest du mir nicht?«, fragte ihre Mutter, nachdem sie die Tür geöffnet hatte und eingetreten war.

Valerie drehte sich auf den Rücken und sah sie an. »Mir ist nicht nach Gesellschaft.«

»Dein Vater hat mir alles erzählt.«

Nichts anderes hatte Valerie erwartet.

»Das ist natürlich eine schlimme Geschichte, und ich kann verstehen, wenn du enttäuscht von ihm bist.«

»Ich weiß nicht, wie ich ihm das verzeihen soll.«

Julia Hohenstein hob die Brauen. »Verzeihen? Was hast du ihm denn zu verzeihen? Wenn überhaupt wäre es an der Frau, ihm zu verzeihen.«

»Er hat mir seine Vergangenheit verschwiegen.«

»Was hätte es geändert, wenn er es erzählt hätte? Hättest du dann die kleine Liaison mit ihm beendet?«

Valerie wollte bejahen, konnte das jedoch nicht guten Gewissens tun. »Nein, vermutlich nicht.«

»Du kannst von ihm enttäuscht sein, ich wäre es auch. Aber du solltest nicht aus den Augen verlieren, dass er dir durchaus zugetan ist. So hat es zumindest den Anschein.«

Valerie richtete sich auf. »Diese ganze Szene war so furchtbar peinlich, bestimmt reden alle darüber.«

»Das ist anzunehmen.«

»Und diese Frau … Ich meine, wie konnte er nur?«

»Frag ihn, was seine Beweggründe waren.«

»Geld natürlich. Sie sagte ja, sie habe seinen kostspieligen Lebenswandel damit finanziert.«

»Sagt sie. Vielleicht steckt mehr dahinter. Das soll sein Tun nicht rechtfertigen, aber du solltest ihm wenigstens die Möglichkeit geben, sich zu erklären.«

Valerie jedoch war gerade nicht in der Stimmung, nachsichtig zu sein. »Warst du auch so verständnisvoll, als du von Marianne erfahren hast?«

»Das kannst du wohl kaum vergleichen. Nicolas hat dich nicht hintergangen und dazu noch hinter deinem Rücken ein weiteres Kind versorgt.«

Nun, vielleicht erlebte Valerie diesbezüglich ja auch noch eine Überraschung. »Ich fahre zu Charlotte«, sagte sie, einem spontanen Einfall folgend.

»Ja, tu das.«

»Charlotte wird am ehesten verstehen können, wie ich mich gerade fühle.«

Ihre Mutter nickte nur, und so erhob Valerie sich und kleidete sich zum Ausfahren um. Der Wagen stand im Hof bereit, als sie das Hotel verließ – glücklicherweise, ohne jemandem aus der Verwandtschaft zu begegnen. Die Blicke der Gäste und der Rezeptionisten reichten schon, da brauchte sie nicht auch noch das Mitleid ihrer Familie. Es war so unfassbar peinlich. Wie sollte sie je wieder erhobenen Hauptes durch das Hotel gehen? *Hat er die Kleine ins Bett gekriegt und sich dabei erwischen lassen?* Grundgütiger!

Valerie hoffte, dass Charlotte überhaupt zu Hause war, sie hatte nicht daran gedacht, sie vorher anzurufen. Aber sie hatte Glück, und der Lakai führte sie umgehend in den privaten Salon der Familie, wo Charlotte saß und Klavier spielte.

»Ach«, rief sie und stand auf. »So eine Überraschung.« Sie klang erfreut und kam auf Valerie zu, um sie zu umarmen. »Wie schön, dass du mich besuchst. Heinrich, bring uns bitte Tee.« Sie winkte den Lakaien mit einer Handbewegung fort und wandte sich Valerie zu. »Meine Eltern sind zu Besuch bei meiner Tante, und sie wollten, dass ich mitkomme, aber darauf kann ich verzichten. Wir stellen es so dar, dass ich die Verlobung gelöst habe, sonst wird nur spekuliert, ob ich mir etwas zuschulden habe kommen lassen. Na ja, das tun sie jetzt zwar nicht, aber dafür halten sie mir vor, wie dumm ich war, den Hohenstein-Erben abzuweisen, und ob ich überhaupt an meine Familie gedacht habe. Ist das nicht furchtbar?«

Ja, das war es. »Bei uns ist heute auch etwas Unerfreuliches vorgefallen«, sagte Valerie. »Es geht um Nicolas.« Sie nahm mit Charlotte zusammen auf den etwas altmodischen Sesseln Platz und erzählte ihr alles. Charlottes Augen weiteten sich, und hinter all der Betroffenheit war auch ein klein wenig Sensationslust zu erkennen, aber das konnte Valerie ihr nicht einmal übel nehmen, die Geschichte war ja auch skandalös.

»Und sie hat ihn vor allen Leuten geohrfeigt? Wie unglaublich peinlich.«

»Ja, ich wollte im Boden versinken. Aber das Schlimmste kommt noch.« Sie schilderte die Vorwürfe, die sie erhoben hatte, und nun wandelte sich das Erstaunen in Charlottes Gesicht zu Ungläubigkeit.

»Er hat Frauen um Geld betrogen? Eine Art Heiratsschwindler?«

»Na ja, verheiratet war er nicht mit ihnen. Und eine intime Beziehung hatten sie wohl auch nicht.«

»Behaupten sie. Ich würde dergleichen ja auch nicht gestehen.«

»Mach es nicht noch schlimmer, ja?«

Nachdem der Lakai den Tee gebracht hatte, herrschte eine Zeit lang Schweigen, und Charlotte schien mit den Gedanken weit weg zu sein. Dann kehrte ihr Blick zu Valerie zurück. »Es ist sicher nicht der beste Zeitpunkt, dir davon zu erzählen, aber ein besserer wird wohl nicht kommen. Nicht nur dein Nicolas hatte Geheimnisse vor dir, sondern auch ich. Machen wir also alle am selben Tag reinen Tisch.«

Valerie, die eben die Hand nach der Tasse ausgestreckt hatte, hielt in der Bewegung inne. »Wovon sprichst du?«

»Es geht um den Zeitungsartikel in der Tageszeitung. Das war nicht Minna Rebein, sondern ich, um diese Frau von Ludwig zu trennen.«

Dafür hätte Valerie sogar noch Verständnis aufbringen können. »Und was hatte Emma damit zu tun?«

»Ich dachte, sie würde Ludwig in einer Trennung bestärken, sie mochte mich ja nie. Dass es so schlimme Konsequenzen für sie haben würde, konnte ich nicht ahnen.«

Valerie nahm nun doch einen Schluck Tee und musste das Gesagte erst einmal verdauen. »Weiß Ludwig es?«

»Ja. Minna Rebein hat es herausgefunden und war bei mir, danach bin ich zu Ludwig gefahren und habe alles gestanden.«

»Mir haben sie nichts davon erzählt.«

»Vermutlich, weil wir befreundet sind und sie mir trotz allem die Möglichkeit geben wollten, mit dir darüber zu sprechen. Wenn du mich jetzt nicht mehr sehen möchtest, verstehe ich das natürlich, aber …«

»Rede bitte keinen Unsinn. Ich fand von Anfang an, dass

um die Sache ein zu großes Gewese gemacht wurde. Allerdings hast du Emma übel mitgespielt.«

»Auch wenn du mir vielleicht nicht glaubst, aber ich hatte ein sehr schlechtes Gewissen ihr gegenüber.«

»Daher warst du auch auf einmal so freundlich zu ihr.«

Charlotte schwieg und rührte in ihrer Tasse.

»Ich weiß nicht, wie weit ich selbst an deiner Stelle gegangen wäre«, sagte Valerie.

»Du hättest ihn ziehen lassen«, entgegnete Charlotte. »Dafür, dir die Zuneigung eines Mannes auf diese Weise zu sichern, bist du viel zu stolz.«

Das stimmte vermutlich. »Wie hat Ludwig reagiert?«

»Du kannst es dir sicher denken. Dein Vater hat mir praktisch verboten, vorläufig das Hotel zu betreten, aber das hätte ich ohnehin nicht getan. Und Konrad … nun ja, der wird wohl in Zukunft kein Wort mehr als unbedingt notwendig mit mir wechseln. Mit Emma werde ich noch sprechen und mich persönlich entschuldigen.«

Darum beneidete Valerie sie nicht gerade, Emma würde sehr ungnädig sein.

»Was passiert jetzt mit dir und Nicolas?«

»Ich weiß es nicht.«

»Aber ihr trennt euch nicht, oder?«

Der Gedanke war nun vollkommen abwegig. »Natürlich nicht.« Da Valerie allerdings nicht wusste, wie sie jetzt mit ihm umgehen sollte, beschloss sie, eine Begegnung vorerst zu vermeiden.

Nicolas fand die Frau – Elisabeth – im Garten, wo sie Tee trank. Als sie aufblickte, bemerkte er, dass ihre Wut verraucht war, und zurück blieb nur Traurigkeit.

»Darf ich mich zu dir setzen?«, fragte er.

Sie zuckte nur mit den Schultern, und er nahm das als Erlaubnis. »Es tut mir leid«, begann er, was sicher nicht das Einfallsreichste war, aber er wusste auch nicht, wie er sonst anfangen sollte. »Wirklich, es tut mir leid.«

»Hast du gelegentlich mal an mich gedacht?«, fragte sie.

Das konnte er guten Gewissens bejahen.

»Als eine Frau, die so töricht war, auf dich reinzufallen?«

»Nein, mir ist durchaus bewusst, dass ich derjenige war, der sich falsch benommen hat.«

»Ich war wirklich nicht die Einzige, der du so übel mitgespielt hast?«

Er schüttelte den Kopf.

»Und das mit deinem Bruder, der studierte und für den du das Geld brauchtest, war vermutlich auch gelogen, nicht wahr?«, fragte sie in einem Tonfall, in dem Resignation mitschwang.

»Nein. Er hat inzwischen promoviert. Möchtest du ihn kennenlernen? Er ist hier.«

»Ich glaube dir auch so, auch, wenn es sich erstaunlich anhören mag. Vielleicht waren deine Beweggründe nicht so verlogen, wie es den Anschein gemacht hat, aber das ändert nichts daran, wie weh es getan hat. Und immer noch tut. Vor allem, wenn ich dich nun mit dieser hübschen jungen Frau sehe, die über die Jugend verfügt, die ich dir nicht bieten konnte.«

»Das allein war es nicht.«

»Was war es dann?«

Nicolas holte tief Luft, dann erzählte er von Valerie, davon, wie sie sich kennengelernt hatten – die ganze Geschichte.

»Da lag ich ja gar nicht so falsch mit meiner Vermutung, dass man euch erwischt hat.«

»Ja, aber auf diese Weise hätte ich es gar nicht planen können, ich wusste ja nicht, dass ihr Bruder die Wohnung besichtigt.«

»Wie wäre es dann andernfalls weitergegangen?«

Nicolas zuckte vage die Schultern. »Das kann ich dir, ehrlich gesagt, nicht beantworten. Wir wussten beide nicht so recht, wo die ganze Sache hinführen würde.«

»Verstehe.« Elisabeth goss sich eine weitere Tasse Tee ein.

»Ich werde dir das Geld, das ich genommen habe, zurückzahlen. Mein Schwiegervater gibt es mir als Darlehen.«

Elisabeth nickte nur und schwieg so lange, dass Nicolas bereits vermutete, er habe sie mit diesem Angebot ein weiteres Mal verletzt. »Es war nicht das Geld«, sagte sie schließlich.

»Das weiß ich«, antwortete Nicolas. Der Schmerz in ihren Augen war ihm nur schwer erträglich, sie hatte ihn offenbar wirklich geliebt.

»Sie haben über mich gespottet, weißt du. All die Leute, die mir schon vorher gesagt haben, dass du es sicher nicht ernst meinst und mich nur ausnutzt.«

»Ich wünschte, ich könnte es wieder gutmachen.«

Wieder antwortete sie ihm lange Zeit nicht. »Es ist schon gut«, sagte sie dann. »Ich bin froh, dass ich dich noch einmal gesehen habe. Der Gedanke daran, wie du dich über meine Naivität lustig machst und dich dabei mit anderen Frauen vergnügst, war schlimm. Gut, dass dem nicht so ist. Aber hättest du mich jemals aufgesucht, um dich zu entschuldigen?«

»Ich weiß es nicht. Vielleicht irgendwann.«

»Dann hoffe ich, dass du glücklich wirst. Ja, das tue ich tatsächlich.«

⁂ 37 ⁂

Die Überraschung war Karl gelungen. Er hatte befürchtet, dass Julia irgendwie von der geplanten Reise erfuhr – es war schwer, etwas vor ihr geheim zu halten –, aber sie war vollkommen überrascht gewesen, als er morgens das Frühstück in ihr Zimmer kommen ließ und ihr die Zugbilletts zeigte, die in dem Prospekt des Hotels steckten, in dem sie während ihrer Hochzeitsreise in Florenz gewohnt hatten. Julia hatte eine Hand auf den Mund gelegt und war in Tränen ausgebrochen. Vor dem Krieg war sie das letzte Mal in ihrer Lieblingsstadt gewesen, und Karl wusste, wie sehr sie ihr fehlte.

»Ich weiß nicht, was ich sagen soll.« Sie hatte die Hotelbroschüre durchgeblättert und die Billetts angesehen, als befürchte sie, sie könnten sich vor ihrer Reise in Luft auflösen.

»Sag nichts«, hatte er geantwortet und sie geküsst.

Sie würden Anfang August fahren und bis Mitte September bleiben, die erste Reise, die sie sich gönnten, seit die Kinder groß waren. Karl war in Hochstimmung, als er Julias Schlafzimmer verließ, und er beschloss, ein weiteres Anliegen, das er bisher vor sich hergeschoben hatte, in Angriff zu nehmen.

Hans war in seinem Studierzimmer, ein leider immer noch seltener Anblick, wenngleich er inzwischen mehr lernte als noch vor einem Jahr. Vielleicht wurde auch er langsam vernünftiger, was Karl angesichts dessen, was er ihm zu eröffnen gedachte, zutiefst hoffte.

»Was gibt es?«, fragte Hans und legte seinen Füllfederhalter beiseite. Er schien nicht gerade böse um die Ablenkung vom Lernen.

»Ich muss mit dir sprechen.« Karl zog einen Stuhl heran und setzte sich.

»Wenn du dir die Zeit nimmst, hierherzukommen und mich nicht zu dir zitierst, muss es noch ernster sein als sonst.«

Karl musste lächeln. »Das ist es, aber nicht auf die Art, wie du wahrscheinlich vermutest.«

Hans lehnte sich zurück und verschränkte die Arme vor der Brust, die Stirn fragend gekraust.

»Du weißt, dass Ludwig uns verlässt, nicht wahr?«

»Ja, leider.«

»Nicolas wird mir einen Teil der Buchhaltung abnehmen.«

Hans nickte. »Offenbar wurde er in Gnaden wieder aufgenommen.«

»Er war nie verstoßen.«

Ein knappes Schulterzucken war die Antwort. »Und? Warum erzählst du mir das alles? Die Belange des Hotels waren doch nie die meinen.«

Das fing ja gut an. »Du machst dich doch ganz gut an der Rezeption.«

»Ich habe ja keine Wahl, oder?«

Es brachte nichts, lange um den heißen Brei herumzureden. »Hör zu, Hans, es geht um Folgendes: Da Ludwig fortgeht, dachten wir daran, dich in die Buchhaltung einzuarbeiten.«

Unglaube und Bestürzung wechselten in rascher Folge auf Hans' Gesicht. »Du scherzt?«

»Mitnichten.«

»Warum ausgerechnet ich?«

»Du bist nach Ludwig der nächste in der Familie, und ich möchte niemanden von außen in die Finanzen gucken lassen.«

»Aber ich …«

Karl wartete.

»Ich weiß nicht, ob das das Richtige für mich ist.«

»Das wirst du merken, wenn du es ausprobierst.«

»Du wirst furchtbar ungeduldig mit mir sein, Onkel Karl, und ich weiß nicht, ob ich es ertrage, täglich unter deinen Argusaugen zu arbeiten. Du bist doch schon jetzt nie zufrieden mit mir. Warum nimmst du nicht Jakob, den magst du wenigstens.«

Karl rang um Ruhe. »Ich mache in meiner Zuneigung keinen Unterschied zwischen dir und Jakob. Aber du siehst doch sicher ein, dass du es mir in den letzten Jahren nicht gerade leicht gemacht hast.«

»Es lag also nur an mir, ja?«

Das war der falsche Ansatz. »Nein, nicht ganz. Ich muss zugeben, du bist deinem Großvater ähnlicher als deinem Vater – zumindest, was den Charakter angeht. Und das war tatsächlich schwierig für mich. Mein Vater und ich hatten ein etwas … problematisches Verhältnis. Das heißt aber nicht, dass ich dich nicht ebenso gern habe wie Jakob.«

Hans war ganz offensichtlich nicht überzeugt.

»Ich war nie ungerecht zu dir.«

»Nein, nur übermäßig streng.«

»Nicht ganz zu Unrecht, nicht wahr?«

Hans schwieg.

»Du kannst ausprobieren, ob dir die Arbeit gefällt, ich zwinge dich zu nichts. Aber ich wäre froh, wenn du es versuchst.«

»Und wenn ich etwas falsch mache? Gerade in der Buchhaltung dürfen keine Fehler passieren.«

»Denkst du, ich hätte nie Fehler gemacht? Oder Ludwig? Zudem fängst du langsam an, ich arbeite dich allmählich in alles ein, während du weiterstudierst. Und natürlich bezahle ich dich, du bekommst ein Gehalt.«

Jetzt war Hans' Interesse geweckt. »Und wenn du wütend auf mich bist? Streichst du mir das dann ebenso wie mein Taschengeld?«

»Nein, das kann ich nicht, die Gehälter haben nichts mit privaten Unstimmigkeiten zu tun, da kann ich nicht beliebig kürzen oder streichen. Das soll aber nicht heißen, dass ich Verfehlungen nicht auch künftig ahnden werde.«

Ein kaum merkliches, spöttisches Lächeln spielte um Hans' Mund. »Was auch sonst?« Er wurde wieder ernst, zögerte, drehte den Füllfederhalter zwischen den Fingern. »Also gut, ich versuche es.«

»Das freut mich.« Karl erhob sich, zufrieden damit, wie der Tag bisher verlaufen war.

»Stimmt es eigentlich wirklich, dass du zwischen mir und Jakob keinen Unterschied machst?«

Karl war bereits auf dem Weg zur Tür und hielt noch mal inne. »Tante Johanna, dein Vater und ich standen uns sehr nahe. Ich ehre sein Andenken in seinen Kindern.«

»Wie lange willst du mir noch aus dem Weg gehen?«, fragte Nicolas. Seit fünf Tagen schlief Valerie in ihrem alten Zimmer, und inzwischen hatte er genug davon, dass sie ihm stetig auswich, und so war er kurzerhand in der Wohnung der Hohensteins aufgetaucht, während sie noch im Bett lag.

»Kannst du nicht warten, bis ich aufgestanden bin?« Valerie rieb sich den Schlaf aus den Augen.

»Nein, denn dann wirst du wieder einen Grund finden, nicht mit mir zu sprechen.«

»Wer hat dich überhaupt reingelassen?«

»Mich muss keiner reinlassen, ich bin dein Ehemann, schon vergessen?«

»Wie könnte ich?« Valerie stopfte sich das Kissen in ihren Rücken, sodass sie bequem saß. »Und was ist so wichtig, dass du mich in aller Frühe sprechen musst?«

»Hältst du unsere Ehe nicht für wichtig genug?«

»Nun ja, die besteht ja in einigen Stunden auch noch, hoffe ich.«

»In einigen Stunden wirst du wieder unzählige Gründe finden, mir aus dem Weg zu gehen.«

»Ich brauche Zeit, immerhin war das ja nun keine Kleinigkeit.«

Nicolas ließ sich am Fußende des Bettes nieder, lehnte sich an den Bettpfosten und taxierte sie. »Du hättest mit mir darüber sprechen können.«

»Und was hätte das gebracht?«

»Ich hätte dir meine Beweggründe erklären können.«

Valerie zerknüllte die Bettdecke zwischen ihren Fingern und strich sie bedächtig wieder glatt, ohne ihm zu antworten.

»Ich habe meinen Bruder unterstützt. Er brauchte mehr Geld, als ich verdient habe.«

»Hättest du mit mir dasselbe gemacht wie mit dieser Frau, wäre ich älter gewesen?«

»Nein, das war nicht mehr nötig, zum Leben reicht mir das, was ich habe, und Lennard verdient sein eigenes Geld.«

»Aber dir war klar, du wirst keine mittellose Frau heiraten. Also war der Unterschied zwischen mir und einem Dienstmädchen lediglich das Geld. Bist du damit nicht genau die Art von Mitgiftjäger, vor denen mein Vater mich immer gewarnt hat?«

Nicolas stieß ein spottendes Lachen aus. »Meine Liebe, du hast von Anfang an damit gehadert, dass ich kein reicher Mann bin. Das war der einzige Grund, warum ich dir nicht längst einen Heiratsantrag machen durfte. Und nun machst du mir genau das zum Vorwurf? Warum? Weil es bei dir ›standesgemäße Ehe‹ heißt und bei mir ›Mitgiftjäger‹? Waren deine Motive edler als meine?«

»Aber ich habe letzten Endes auf den reichen Mann verzichtet.«

»Und ich habe eine Frau geheiratet, die mir ständig das Gefühl gibt, ihr nicht zu genügen. Wir haben also beide Abstriche gemacht, möchte ich meinen.«

Valerie sah an ihm vorbei, dann wieder zu ihm. »Es mag sein, dass ich es zu Beginn so gesehen habe. Aber inzwischen nicht mehr. Es stimmt nicht, dass du mir nicht genügst. Auch wenn ich – das gebe ich offen zu – mir ein mondänes Leben gewünscht hätte.«

»Das heißt aber nicht, dass das Leben, das du bekommst, schlechter ist.«

Gedankenverloren zupfte Valerie an ihrer Bettdecke herum. »Als ich gehört habe, was du dieser Frau angetan hast, habe ich gedacht, wie glücklich ich bin, dass ich nicht sie bin. Das hätte ich nicht ertragen. Ich weiß nicht, was ich getan hätte, hättest du mir dergleichen zugefügt. Es kam mir schon fast gehässig vor, wie froh ich war, nicht sie zu sein. Dabei tut sie mir so leid. Sie muss dich wirklich geliebt haben. Und ich habe mit so leichter Hand das bekommen, was sie so begehrt hat. Sie hat Geld, und dein Stand war ihr egal, so sehr hat sie dich geliebt.« Valerie verlagerte ihr Gewicht, stopfte erneut das Kissen zurecht. »Und dann war mir das alles so fürchterlich peinlich. Diese Blicke, das Getuschel. Dann habe ich gehört, was sie gesagt haben. Sie haben nicht über dich geredet oder über mich, sondern über sie. Dass sie sich lächerlich gemacht hätte, was für eine törichte Frau sie sei. Vermutlich sei sie die Art von Frau, die man sich fürs Vergnügen nehme, wobei sie danach ja nun nicht aussehe. So etwas. Und dann fand ich es nicht mehr peinlich, sondern nur noch furchtbar ungerecht. Ich wäre gerne zu ihr gegangen, aber das käme mir vermessen vor. An ihrer Stelle würde ich nicht gerade von der Frau getröstet werden wollen, die den Geliebten bekommen hat, den sie begehrte. Das käme mir sehr herablassend vor.«

Nicolas schloss für einen Moment die Augen. Er hatte bei der Sache immer eher an seinen eigenen Leumund gedacht als an das, was er den Frauen zugefügt hatte. Irgendwie hatte er angenommen, sie kämen leicht darüber hinweg, so wie auch er sie in den hintersten Winkel seiner Erinnerungen verbannte. Ihren Zorn hätte er leichter ertragen als ihre Traurigkeit. Und als Valerie ihm von den Gehässigkeiten erzählte, empfand er so tiefe Scham, wie noch nie zuvor in seinem Leben. Dabei kannte er die Gesellschaft, hätte wissen müssen, dass sie mit betrogenen Frauen überaus ungnädig verfuhr.

»Ich würde es gutmachen, wenn ich könnte«, sagte er.

»Ja, ich weiß. Aber leider kannst du nicht mehr tun, als um Verzeihung zu bitten.«

»Würde dir das genügen?«

»Nein. Aber so ist es nun einmal.«

Schritte waren zu hören, gepaart mit dem Geplauder

der Stubenmädchen, die ihr Tagewerk aufnahmen. Das Haus war schon Stunden, ehe die Herrschaften erwachten, in emsiger Betriebsamkeit. »Und was wird nun?«, fragte Nicolas.

»Wir arrangieren uns mit der Vergangenheit, um unbelastet in die Zukunft blicken zu können.«

So viel Pragmatismus hatte er von Valerie nicht erwartet, und so hob er lediglich fragend eine Braue.

»Du hast übrigens in der bisher kurzen Zeit unserer Ehe vollbracht, was wir bisher tunlichst vermieden haben. Trotz meiner Bitten, achtsam zu sein.« Ein leiser Vorwurf hatte sich in ihre Stimme geschlichen, aber auch ein kleines Lächeln, das verwundert anmutete, als berge es ein Geheimnis, mit dem es noch nicht umzugehen wusste. Und Nicolas verstand.

Epilog

»Ich finde den Gedanken an eine verspätete Hochzeitsreise ja irgendwie ganz romantisch«, sagte Emma. »Und Julia hat es wirklich verdient.«

»An unserem fünfundzwanzigsten Hochzeitstag machen wir das auch«, versprach Georg.

»Jetzt ist es doch keine Überraschung mehr«, tadelte sie, und er lachte.

Sie saßen im privaten Garten und genossen die Ruhe des frühen Abends. Herbstlaub färbte Wege und Gras in rostigen Rot- und Gelbtönen, und die schrägen Strahlen der Sonne schufen Schatten, in denen bereits die abendliche Dunkelheit nistete. Ende September, als Julia und Karl erholt und glücklich aus Florenz zurückgekehrt waren, hatten sich Emma und Georg offiziell verlobt. Die Hochzeit würde im kommenden Frühjahr stattfinden.

Minnas und Ludwigs Umgang wurde in der Öffentlichkeit ein wenig vertrauter, blieb aber immer noch distanziert genug, um kein Gerede zu erzeugen. Insgeheim jedoch war die Beziehung zwischen den beiden deutlich enger, und Georg ließ gelegentlich die Andeutung fallen, er hoffe, Ludwig verhalte sich wie ein Ehrenmann.

»Hat das mit der Wohnung in Königswinter eigentlich geklappt?«, fragte Georg. Ein Freund von ihm, der als Makler tätig war, hatte Nicolas eine Wohnung vermittelt.

»Ja, sogar Valerie war zufrieden.«

Angesichts dessen, dass sie im kommenden Jahr zu dritt sein würden, war es an der Zeit, ein eigenes Heim zu finden, wenngleich das Kind anfangs auch mit den Eltern in der Suite leben konnte. Valerie als Mutter war ohnehin eine Vorstellung, mit der noch keiner so recht etwas anzufangen wusste, vor allem angesichts dessen, dass sie bisher noch nicht schwanger wirkte und ihr Drang nach Zerstreuung derselbe war wie zuvor. Beobachtete man sie jedoch genauer, fiel eine Veränderung auf, sie wirkte vorsichtiger, schützte bei bestimmten Bewegungen unbewusst ihren leicht gerundeten Bauch, gab sogar das Rauchen auf, weil ihr Mariannes Mann gesagt hatte, das sei besser für das Kind.

Die Wohnung war zwar nicht so geräumig, wie Valerie es gewohnt war, aber es gab eine Küche mit zwei angrenzenden Kammern für Personal sowie einen Salon, der vom Esszimmer durch Flügeltüren getrennt war und bei Feiern durch Öffnen der Türen zu einem großen Raum wurde. Außerdem würden sich Nicolas und Valerie gänzlich unstandesgemäß ein Schlafzimmer teilen. Es gab noch drei weitere Räume, von denen eines als Kinderzimmer eingerichtet werden würde, eines als Valeries privater Raum und eines als Gästezimmer.

»Falls wir drei Kinder bekommen«, sagte Nicolas, »können wir ja entsprechend umräumen. Und falls es noch mehr werden, ziehen wir um oder es kommen zwei Kinder in ein Zimmer.«

»Mehr als drei Kinder?«, hatte Valerie geantwortet. »Du beliebst zu scherzen. Sei froh, wenn es mehr als eins wird.«

Das Einzige, was den Sommer für die beiden getrübt hatte, war der Umstand, dass Nicolas die andere Frau hatte aufsuchen müssen, die er betrogen hatte – und das war keine erfreuliche Begegnung gewesen. Karl hatte ihn begleitet – nicht als Beistand, wie er betonte, sondern um Nicolas den Anstrich der Seriosität zu geben.

Charlotte hatte sich mittlerweile bei Emma entschuldigt, und Emma hatte erstaunt festgestellt, dass ihr Zorn verraucht war. Sie nahm die Entschuldigung an, und da ihr Mitleid mit Charlotte überwog – die Liebe machte offenbar nachsichtig –, verzichtete sie auf gehässige Repliken. Seither waren sie sich nicht wieder begegnet, aber Emma wusste von Valerie, dass sich ein Adliger aus München um sie bemühte, der allerdings ebenso mittellos war wie die von Domins.

Ludwig kam aus dem Salon auf die Terrasse. »Ah, hier seid ihr. Minna ist für heute fertig im Atelier, sie räumt gerade zusammen.«

Georg sah auf. »Und jetzt fragst du, ob wir mit euch ausfahren, damit es nicht gar zu auffällig ist, wenn ihr allein tanzen geht. Da ich weiß, was mir heute blüht, wenn ich Nein sage, werden wir wohl mitgehen.«

»Immerhin tut sie so, als hättest du die Wahl.« Ludwig grinste.

Emma war eigentlich nicht nach tanzen, sie hätte lieber ruhig im Garten gesessen. Aber da Ludwig bereits angekündigt hatte, im kommenden Sommer das Hotel Hohenstein zu verlassen, war sie froh um die Zeit, die ihnen noch gemeinsam blieb. Sie würde ihn furchtbar vermissen.

»Ah, ich sehe, du hast schon gefragt«, sagte Minna, die nun ebenfalls in den Garten kam.

»*Gefragt*, ganz recht«, antwortete Georg.

Minna zwinkerte ihm zu, zündete sich eine Zigarette an und tat einen tiefen Zug.

Das Gartentor quietschte, und Emma sah Valerie und

Nicolas, die sich nur noch als Silhouetten in der Dämmerung abzeichneten. »Ah, es riecht nach Tabak«, hörte sie Valerie sagen.

»Verzeihung«, entgegnete Minna ungerührt. »Aber ich finde, Verzicht sollte etwas sehr Bewusstes sein.«

Nicolas lachte, und Valerie stieß ihn an. »Du bist auf meiner Seite, verstanden?« Sie wandte sich an Emma. »Was macht ihr heute Abend?«

»Wir gehen tanzen.«

»Gute Idee, mir ist nach Feiern.«

»Feiern?«, fragte Ludwig. »Was, um alles in der Welt, willst du feiern?«

»Ach«, rief Valerie, »dafür findet sich immer ein Grund.«

»Wir sind im nächsten Sommer weg«, sagte Minna, »vielleicht feiert sie das.«

Valerie warf ihr einen schrägen Blick zu. »Das wäre was, aber da Ludwig dann auch fort ist, vergeht mir die Lust.«

»Für unsere Verlobung bist du etwas spät dran«, sagte Emma.

»Und für unsere zu früh«, fügte Ludwig hinzu, womit er sie vermutlich ein wenig ärgern wollte.

Valerie schwieg, schien nachzudenken, dann legte sie die Hand auf den Bauch. »Feiern wir die kommende Generation.«

Personenübersicht

Haus Hohenstein
Karl Hohenstein, Hotelier, Besitzer des Hotels Hohenstein
Julia Hohenstein, seine Frau
Ludwig Hohenstein, sein Sohn
Valerie Hohenstein, seine Tochter
Marianne Wagner (geb. Hohenstein), seine uneheliche Tochter
Hans Hohenstein, sein Neffe, Sohn seines verstorbenen Bruders
Jakob Hohenstein, sein Neffe, Hans' Bruder

Haus Alsberg
Konrad Alsberg, Hotelier, Karls Onkel und Besitzer des Hotels Hohenstein
Katharina Alsberg, seine Frau
Emma Alsberg, seine Tochter
Andreas Alsberg, sein Sohn

Personal
Nicolas Merlo, Koch
Dora Nettesheim, Haushälterin
Albert Steinfeld, Hausverwalter
Herr Wolff, Concierge
Fritz, Lakai
Henri, Lakai

Flora, Stubenmädchen
Hanni, Stubenmädchen
Marie, Stubenmädchen
Jette, Zimmermädchen
Elsbeth, Zimmermädchen
Anette, Küchenmagd
Elsa, Küchenmagd

Sonstige
Paul Roth, Hans Hohensteins Onkel mütterlicherseits
Annegret Roth, Pauls Ehefrau
Magdalena Roth, Annegrets und Pauls Tochter
Charlotte von Domin, Ludwigs Verlobte
Minna Rebein, Photographin
Georg Rebein, Industrieller, Minnas Bruder
Carlotta, Mariannes Mutter
Lennard Merlo, Nicolas Merlos Bruder
Anne Merlo, Lennards Ehefrau
Marlena, Helene, Matthias, Annes und Lennards Kinder